Les Lions diffamés

DU MÊME AUTEUR
aux éditions Aubéron

Cycle d'Ogier d'Argouges

Les Lions diffamés
Le Granit et le Feu
Les Fleurs d'acier
La Fête écarlate
Les Noces de fer
Le Jour des reines
L'Épervier de feu

Cycle de Tristan de Castelreng

Les Amants de Brignais
Le Poursuivant d'amour
La Couronne et la Tiare
Les Fontaines de sang
Les Fils de Bélial
Le Pas d'armes de Bordeaux
Les Spectres de l'honneur

Collection "Histoire à l'encre noire"

Les Épées de la nuit

Chez d'autres éditeurs

Romans

Les Mauvaises routes, *Gallimard, Denoël*
La Femme du boxeur
Les Quatre fers en l'air
Les Dernières foulées, *Rencontre*
Deux Voyageurs pour Avignon, *Rencontre*

Essais

La Foire au muscle, *Éditeurs Français Réunis*
L'Athlète et son destin, *Éditions J.*

Biographie

Le Terrassier de Prague (Emil Zatopek), Jérôme Martineau

Pierre Naudin

Les Lions diffamés

CYCLE D'OGIER D'ARGOUGES

Aubéron

I.S.B.N. 2-908650-10-X

A ceux grâce auxquels cet ouvrage est né :
Gérald Gauthier qui fut le parrain dévoué d'Ogier d'Argouges ;
Félix del Valle y Diaz, maître armurier,
descendant de Pedro del Valle* armurier de Tolède ;
André et Suzanne de Rechignac
sur le domaine desquels fut conçue cette histoire ;
Donald W. Masterson, ex-professeur à l'Université de Salford,
qui se livra sur place et pour mon compte
à des recherches sur Robert Knolles, Hugh Calveley
et la plupart des capitaines anglais de la Guerre de Cent Ans.
Toute ma gratitude à Frédéric Scuvée
dont les informations, les conseils
et les encouragements m'ont soutenu et me soutiennent
dans ma tâche.

* Cité dans l'ouvrage de Linda Martz et Julio Porres Martin-Cleto : *Toledo y los Toledanos*, Tolède, 1974.

RECHIGNAC

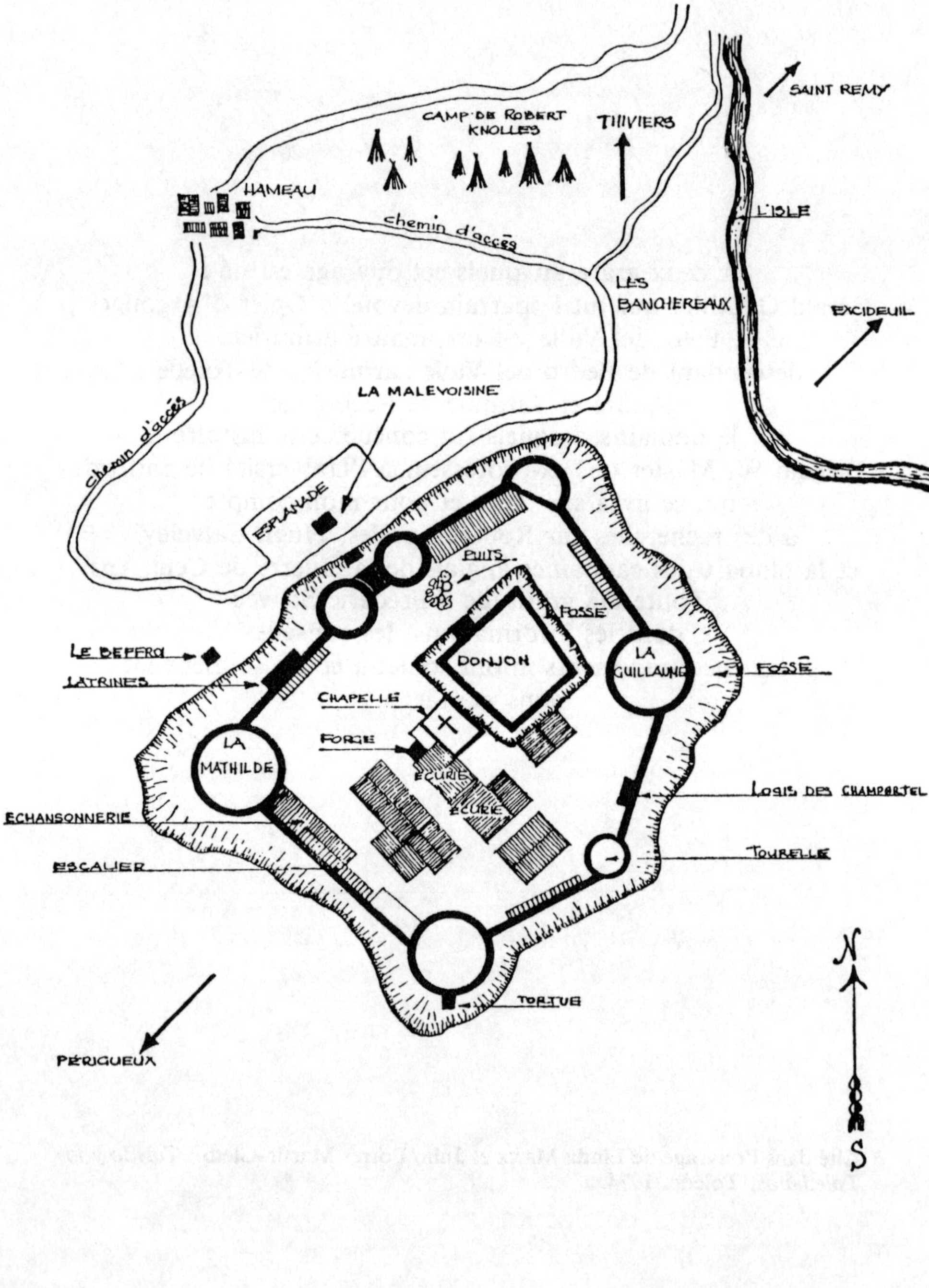

CAMP DE ROBERT KNOLLES
THIVIERS
SAINT REMY
HAMEAU
chemin d'accès
L'ISLE
LES BANCHEREAUX
EXCIDEUIL
LA MALEVOISINE
chemin d'accès
ESPLANADE
PUITS
FOSSÉ
LE BEFFRO
LATRINES
DONJON
LA GUILLAUME
FOSSÉ
CHAPELLE
FORGE
LA MATHILDE
ÉCURIE
ÉCURIE
LOGIS DES CHAMPARTEL
ÉCHANSONNERIE
ESCALIER
TOURELLE
TORTUE
PÉRIGUEUX
N
S

PREMIÈRE PARTIE

Le malheur vient de la mer

I

Il marchait lentement, à grandes enjambées rudes soulignées par les tintements de ses éperons d'or. Il allait de la fenêtre en arceau à la porte de chêne entre-close, et quand il advenait qu'il suspendît son pas, il soupirait amplement tout en heurtant ses poings emmaillotés de fer.

— Parlez-moi, Père, je vous prie. Êtes-vous courroucé contre moi ?

— Comment pourrais-je l'être, mon fils ? Je me reconnais en toi tout autant que mon père se reconnaissait en moi.

Immobile et transi au chevet de son lit, attentif au va-et-vient de ce guerrier taciturne, le jouvenceau luttait contre l'obscur mésaise, mêlé d'ennui, qu'il avait éprouvé lorsque ces grosses mains couvertes d'anneaux doux et frais, l'avaient arraché au sommeil.

— Je ne sais plus que dire, fit-il en nouant le cordon de son col de chemise.

— Mais ne dis rien, Ogier. C'est à moi de parler et j'hésite à le faire.

— Si vous devez m'admonester, mieux vaut que ce soit maintenant. Votre venue m'a comblé de joie, votre départ m'afflige.

L'agitation de ce père si maître de soi d'ordinaire décontenançait l'enfant. Son séjour au château avait été tellement bref qu'il n'avait disposé d'aucun loisir pendant lequel il eût pu commettre une faute, une méprise dont il dût se repentir. D'ailleurs, jamais autant qu'en ces deux courtes journées, Godefroy d'Argouges n'avait montré plus d'intérêt pour les exercices auxquels lui, Ogier, s'était livré soit à pied, soit à cheval en redoutant d'être désapprouvé par cet homme vénéré.

— Vous m'avez couvert d'assentiments, Père, pour mes propos, ma conduite, mes desseins.

— C'est vrai... Il m'est cruel parfois de te savoir si loin.

Pourquoi, après tant de sourires bienveillants et de bourrades affectueuses, Godefroy d'Argouges était-il là, morose, impatient, aux premiers flamboiements de l'aube ? Pourquoi se taisait-il une fois de plus ?

— Avez-vous quelque souci à me confier dont il vous déplaisait de m'entretenir devant Mère ?

— Non.

— Devant Aude ?

— Ce n'est pas ce que tu crois.

— Hier, au souper, vous nous avez annoncé vos adieux pour le milieu du jour. Or, vous voilà prêt : couvert de mailles jusqu'au bout des doigts, le heaume lié à la ceinture ; Almire, votre épée, suspendue à son renge (1).

Le prud'homme fit face à son fils dont la confusion s'aggrava. Pour essayer d'y mettre un terme, Ogier s'enhardit :

— Je voudrais partir avec vous... Père !... Acceptez ! Je veux me battre à vos côtés et recevoir de vos mains les éperons d'or... J'en ai l'âge, il me semble.

Sans chercher à retenir un sourire où se mêlaient inégalement l'indulgence et la tendresse, Godefroy d'Argouges considéra son fils. L'éclatante lueur du soleil levant avivait sa blondeur et donnait à l'expression de son visage une volonté, une maturité hors du commun. Il était grand, et fier de ses larges épaules et de ses bras musclés.

— Tu auras treize ans le 22 août, mon gars, si ma mémoire est bonne.

Il y eut dans les yeux du chevalier quelque chose qui, Ogier le devina, s'en allait au-delà de la contemplation, et ce fut d'un ton presque froid et railleur qu'il ajouta en se remettant à marcher :

— Quant aux éperons, je comprends ton désir de les obtenir. Mais tu es trop jeune encore pour entrer dans la Chevalerie !

— Pourtant, Yves de Montmartin m'a dit un jour que vous avez été adoubé (2) à cet âge.

(1) Ou *renge à épée :* anneau adapté à la courroie servant de ceinture et qui soutenait l'épée. Cette courroie ou cette ceinture elle-même. Parfois ce mot désigne aussi un baudrier.

(2) *L'adoubement* était non seulement l'action de passer ses vêtements de guerre ; c'était aussi l'acte par lequel on « faisait » d'un guerrier un chevalier.

— Fausseté. J'ai reçu la colée (1) à quinze ans.

Godefroy d'Argouges était maintenant un quadragénaire trapu, aux cheveux couleur de cuivre. Il avait une tête ronde, des yeux noirs, un nez petit davantage criblé de son que ses joues glabres, une bouche lippue de gros mangeur sous une épaisse moustache. Un haubert de fines mailles treslies lui tombait aux genoux, dissimulé en partie par une cotte de lin bleu sur laquelle se froissait le blason des Argouges : d'*azur à deux lions d'or affrontés, armés de même.*

Bien qu'il se souciât peu d'héraldique, Ogier savait ce que les armes de sa familles représentaient. Symbole de vaillance, le lion figurait par deux fois aux armoiries du château de Gratot (2). Ces fauves étaient dressés gueule à gueule, sur leurs pattes de derrière, toutes griffes dehors, et leur queue en panache était presque aussi velue que leur crinière. L'or de leur pelage signifiait la foi, la force, la constance, et l'azur du fond de l'écu, la loyauté, la beauté, la pureté, la courtoisie et la renommée. Oui, il était fier de ces lions agressifs, lui, le jouvenceau affamé de prouesses. Il devinait qu'un jour il leur ferait honneur.

— Je serai patient pour les éperons, dit-il, résigné. Quant à vous, Père, j'attendrai votre retour... impatiemment.

Godefroy d'Argouges s'immobilisa un instant devant la porte ; son regard se perdit dans les ciselures du bois.

— La patience est une vertu, mon gars, mais elle peut aussi devenir un vice.

— Le sire de Marigny viendra-t-il avec vous ?

— Tu sais fort bien qu'il laisse ses féaux en paix. Je lui ai baillé ma foi. Voilà quinze jours, il m'a dit qu'il me retrouverait... Je ne sais où !... C'est un preux chevalier. Je n'ai jamais eu regret de lui avoir prêté l'hommage lige (3)... Pourquoi me regardes-tu ainsi ?

(1) *La colée* — paumée — achevait le cérémonial de l'adoubement. Elle consistait en un violent coup de paume appliqué sur la nuque de l'impétrant par le chevalier qui l'accueillait au sein de l'Ordre.

(2) Gratot commence à être cité vers 1160 : *Gerartot,* puis, en 1326 : *Grartot.* Probablement de *Geir :* lance, javelot et *Hard :* fort + *Tot :* établissement en ancien scandinave. Les *Argouges,* venus de Bretagne, n'y étaient point, sans doute, à l'origine (probablement germanique en raison de *Ar : Ari :* aigle, ou encore *Hari :* armée. On ne sait trop pour *Gouge).*

(3) Les Argouges dépendaient du seigneur de Marigny. Raoul d'Argouges, fils de Guillaume et de Jeanne de Gratot, avait été armé chevalier en 1252 « pour ses belles actions ». Il avait épousé Jeanne de Granville, dame de Granville, Donville, Saint-Pair et autres lieux. Il vivait encore avec elle en 1275. Jeanne était fille de Thomas de Granville, chevalier. Son fils Philippe fut curé de cette paroisse, qui eut plus tard deux autres prêtres de cette famille : Pierre d'Argouges en 1310 et après lui, Jean d'Argouges, son frère.

La seigneurie de Gratot vint aux Argouges par le mariage de Guillaume d'Argouges avec Jeanne de Gratot, vers 1251. C'était une dépendance de Marigny. En 1384, un Guillaume d'Argouges rendit aveu du fief de Gratot à la seigneurie de Marigny (in *Etudes géographiques et historiques sur le département de la Manche,* M. de Gerville. Cherbourg, 1854). Marigny est situé à 20 km à l'est de Gratot.

— Je me fais mal à l'idée que vous repartez en guerre.

D'une façon confuse, et sans que son jugement fût la conséquence d'une admiration au demeurant fort légitime, Ogier savait qu'un chevalier tel que son père était un homme exceptionnel. Sa persévérance à se sacrifier sans répit ni calcul au duché de Normandie, sans pourtant rien négliger des affaires du royaume, participait du don de soi présent dans les tout premiers préceptes de l'Ordre. Son âpreté à la bataille, sa douceur et sa clémence hors d'elle, constituaient, elles aussi, des éléments quasi tangibles de dignité chevaleresque. Sous les mouvements lents et souples de cet homme aux pensées toujours soigneusement distillées, sous cette chair atteinte par maints tranchants d'épée, de lance, et solide comme le granit, courait un sang impétueux.

Godefroy d'Argouges contourna le coffre de chêne sur lequel son fils s'asseyait. Il s'approcha de la fenêtre. La pièce, étroite et austère, était située au sommet de la plus haute des quatre tours. De là, par ciel clair et lorsque l'hiver défeuillait les arbres, Ogier affirmait entrevoir la colline de Coutances. Une cathédrale l'exhaussait dont les flèches inachevées semblaient deux gros moignons de pierre. Godefroy d'Argouges aimait à s'y rendre à cheval, le dimanche, afin d'y entendre la messe. Chevauchant Clopinel, son palefroi, il précédait un *vourste*, ce char à bancs surtout conçu pour suivre les chasses. Son épouse et ses deux enfants y prenaient place ainsi que quelques-uns de leurs serviteurs.

— Le service du roi m'éloigne fréquemment de Gratot, mais à chacune de mes visites, mon gars, je vois et devine quels ont été tes progrès. Crois-moi : je regrette qu'Yves de Montmartin soit mort deux semaines avant mon départ pour le Clos des Galées (1). Je l'avais laissé sciemment près de toi en dépit de son désir de me suivre. C'était un bon écuyer. Mais ce fou a voulu se tremper dans la mer un jour de gros temps.

— Dieu ait son âme !... Je n'ai rien oublié de ses enseignements sans pour autant faire fi de vos conseils.

— Tu m'es cher.

Cet aveu proféré sèchement, comme à regret, le baron reporta son attention sur la plaine, par-delà les ramures envahies d'oiseaux dont l'aubade, un moment, s'apaisa.

— Les beaux champs et les beaux arbres !... Il nous faut savoir les préserver !

(1) Le Clos des Galées, à Rouen, était alors un petit arsenal communiquant avec la Seine par un système d'écluses. Il fut développé par Charles V (1338-1380).

Ogier se leva. Bien qu'il eût été réveillé en sursaut, il était quiet, attentif.

Le regard ténébreux et songeur dirigé à nouveau sur sa personne aggravait son expectative.

— Se peut-il, Père, que notre duché se trouve un jour en perdition comme ces pays d'où vous venez ?

Le guerrier tapota la prise de son épée. Une soudaine crispation de la lèvre inférieure accrut encore, Ogier y fut sensible, la rage et l'incertitude dont sa réponse était chargée :

— Qui sait ? Édouard III a de bons capitaines. Les Anglais et les Flamands nous tiennent en échec en Flandre et en Hainaut... Les Goddons passent par un havre que je connais assez bien : l'Ecluse. Ils y déchargent des hommes et des laines... Notre roi devrait se garder de la navie (1) anglaise. Je l'en ai prévenu... En vain... Il se prend pour Alexandre et Neptune !

L'intégrité de Godefroy d'Argouges à l'égard de la Couronne de France ne cessait, pour Ogier, d'être un sujet de méditation. Fervent substitut de son père, Philippe VI, le duc Jean s'employait à régner sur l'antique pays de Sapience comme s'il en avait accompli la conquête. Lorsqu'il avait appris, au commencement de l'année 1338, que le roi s'apprêtait à lever sur les Normands des impositions extraordinaires, le seigneur de Gratot avait décidé de se rendre à Paris afin d'exprimer à son suzerain ses doléances grandissantes assorties de l'espoir que jamais un roi de France ne toucherait à la *Charte aux Normands* (2). L'avant-veille de son départ, en découvrant parmi ses pairs assemblés à Saint-Lô, des barons disposés à servir l'Angleterre, il avait renoncé à son dessein. Il pouvait se courroucer contre Philippe VI, il ne se sentait point enclin à le trahir. Sans doute était-ce à compter de ce jour-là qu'il avait brisé une accointance pourtant solide avec son puissant voisin, Godefroy d'Harcourt, lequel s'imaginait parfois en duc

(1) La flotte.

(2) A l'occasion du mariage de sa fille Isabelle avec Edouard II d'Angleterre, Philippe le Bel avait levé un impôt exceptionnel auquel les Normands n'avaient point échappé alors qu'ils eussent dû en être dispensés. D'où une résistance à la royauté, des exactions de la part de celle-ci, et un apaisement confirmé par une ordonnance du 19 mai 1314, à la fin du règne du roi de Fer. Louis X le Hutin compléta cette ordonnance le 22 juillet 1315. Ces deux documents sont désignés sous le nom de *Charte aux Normands*.

Le roi s'engageait à rétablir en Normandie la monnaie du temps de Saint-Louis. Il renonçait à lever dans ce duché des tailles et subventions extraordinaires, sauf cas d'absolue nécessité. Le roi ne pouvait retenir ni rappeler sous sa bannière ses feudataires normands une fois leur temps de service militaire accompli. Aucun homme libre ne pouvait être soumis à la question, sauf présomption très forte de crime ; et même, en ce cas, la torture ne pouvait aller jusqu'au risque de la vie ou la perte d'un membre. Les épaves devaient appartenir aux seigneurs de la côte. L'échiquier de Rouen deviendrait une cour souveraine dont les arrêts seraient sans appel.

de Normandie. Pour tenter de contrarier les décisions royales, Argouges avait placé tous ses espoirs dans la réunion des Etats Généraux de Pont-Audemer. Las ! il avait vu les représentants du clergé, de la noblesse et de la bourgeoisie sur lesquels il avait fondé ses espérances, devenir soudain veules, résignés, prêts à subvenir aux besoins effrénés des Valois.

A trop vilipender l'injustice et les exactions des collecteurs en des campagnes ou des fiefs sans protection, Argouges s'était fait des ennemis dans l'entourage d'un monarque dont le règne s'annonçait fluctuant, prodigue et frivole. Toutefois, c'était moins pour affaiblir leur malveillance à son égard que pour obtenir du roi des gages de gratitude dont pourraient bénéficier les Normands qu'il avait tenté, auprès du souverain, une démarche audacieuse : le 23 mars 1339, à Vincennes, assuré d'exprimer la grogne des députés du duché tous présents, le seigneur de Gratot avait demandé à Philippe VI de respecter la Charte aux Normands. *« Contre quoi ? »* s'était inquiété le roi. La réponse était venue, prompte, ferme, loyale : les guerriers de Normandie, consultés, se déclaraient prêts à envahir l'Angleterre comme Guillaume, trois siècles plus tôt. S'ils réussissaient dans leur entreprise, la couronne et le sceptre d'Édouard III appartiendraient au duc Jean, et après lui, à ses héritiers, rois de France à perpétuité.

— Tu vois, Ogier, l'an dernier, à Rouen (1), la *Journée des Normands* m'avait comblé d'espérance. Le roi, son fils Jean et nos prud'hommes semblaient en profitable concordance. Nous avions cru bien faire en proposant au roi de débarquer sur la Grande Ile. Ce gros rassemblement a précédé de quelques semaines — souviens-t'en —, la Convention de Vincennes, le 23 mars... Le 25 avril, j'ai de bonnes raisons de m'en souvenir, les Etats du duché ratifiaient notre décision de passer en Angleterre... Il y avait de très nobles et valeureux signataires : Pierre Roger, l'évêque de Rouen dont certains disent qu'il aimerait coiffer la tiare (2), Guillaume Bertrand, l'évêque de Bayeux, Jean de Hautfrine, l'évêque d'Avranches, le connétable Raoul d'Eu, Jean d'Harcourt...

— Un Pape normand, Père, serait peut-être un merveilleux allié.

— Certes... Toujours est-il que notre dessein de conquête, dont Édouard III fut informé, a légitimé aux yeux des Goddons, l'envahissement de la France.

— Nous n'en sommes point là !

(1) 30 janvier1339.

(2) Pierre Roger devint Pape sous le nom de Clément VI.

— Si, mon fils. Des erreurs sanglantes ont été commises et nous les allons payer !... L'exil (1) de Portsmouth... C'est en battant pavillon anglais que nos nefs sont parvenues dans ce havre... Viols, flammes, meurtres de gens désarmés. Quel est le responsable ? Hue Kieret... Il a récidivé à Hantonne... Puis à Hastings, Thanet, Douvres, Folkestone qui ne sont que des villages ayant un pied dans la mer, si j'ose dire... Il a ramené ses « prises » à Calais : des malheureux Goddons auxquels il avait fait couper le nez et les oreilles... Nous vivions jusqu'ici dans l'animadversion : Kieret a semé la haine... Vois-tu, je me demande pourquoi je suis allé à Vincennes.

« C'est vrai », songea Ogier, « Père aurait pu se dispenser de ce voyage. Consacrer son savoir et ses forces à Gratot qui se remettait enfin de ses tourments tout comme un malade au sortir de son lit (2). »

Le jouvenceau s'enhardit :

— Allez-vous affronter les Goddons ?

Godefroy d'Argouges, occupé à regarder par la fenêtre, se retourna. Des rides fissuraient son front. Il passa ses mains sur sa cotte afin de les essuyer : elles devaient suer sous les mailles comme le corps entier sous les anneaux de fer.

— En vérité, mon gars, la guerre prend tournure. Nous voici presque au milieu de l'an 1340 et il se peut que nous regrettions

(1) Le 24 mars 1338, veille de l'Annonciation, Portsmouth fut attaqué par l'escadre française *battant pavillon anglais.* Cette scandaleuse innovation est passée sous silence. Quelques jours plus tard, les Français débarquèrent à Serk et Aurigny, d'où ils allaient être rejetés. Ils conquirent Guernesey dont le Château Cornet était défendu par Aymar de Valence et le comte de Clèves. Bertrand de Bricquebec y déploya sa bannière : *d'or à un lion de sinople.* Bien que muni de trois canons de fer et un canon à main, le *Christophe,* commandé par Jean Starling, et *l'Edouarde* ne purent rien contre ce débarquement.

Quelque temps après, Kieret repéra, dans l'anse d'Arnemuinden, près de Middelbourg, cinq nefs dont le *Christophe* et l'*Edouarde.* Les équipages étaient descendus à terre. Le Français disposait de quarante-huit galères, deux caraques, quelques vaisseaux. Il attaqua. Le capitaine du *Christophe,* alors Jean Kingston, résista une journée. Il y eut plus de mille morts. Les vaisseaux anglais furent ramenés à Calais. (Il semble qu'à l'Ecluse, le *Christophe* n'avait point ses canons).

Ce fut alors le carnage de Southampon et le sac de la cité. Les Français s'enfoncèrent dans l'embouchure de la Tamise. La vue d'un bateau suspect les fit virer de bord (5 octobre 1338).

Il y eu une nouvelle descente à Hastings (27 mai 1339), Thanet, Douvres, Folkestone *qui n'étaient alors que des villages de pêcheurs.* Les Français revinrent triomphalement à Calais (2 juin) exhibant dans les rues des Anglais aux oreilles et au nez coupés. L'amiral Morley répliqua contre Boulogne, immédiatement, et dans des ports secondaires. Les pertes françaises s'élevèrent à quatre vaisseaux détruits, vingt petits, dix-neuf galères, à Boulogne. En tout quatre-vingts navires détruits. Qui sème le vent...

Lire l'*Histoire de la Marine française,* par Charles de la Roncière (Paris, 1899).

(2) La Normandie avait vu sa prospérité se dégrader lors d'une suite d'étés catastrophiques suivis d'hivers très rigoureux. Les pluies torrentielles des années 1315, 1316, 1317 avaient suscité la disette, puis la famine. Aux perturbations inattendues des saisons s'ajoutèrent celles d'une crise économique : « industriels » et artisans ne surent comment y remédier. Et la peste apparut à l'état endémique. Sans oublier les guerres entre seigneurs.

de nous être mis trop tard à l'ouvrage. Si le jour où je le lui ai demandé, Philippe n'avait pas craint de placer nos hommes sous le commandement du duc Jean, nous aurions renouvelé l'appertise (1) du Conquérant. Nous serions maintenant maîtres de la Grande Ile. Édouard, ce fils de sodomite et de putain, pourrirait en quelque geôle du Petit-Châtelet ou du Château-Gaillard.

D'ordinaire, Godefroy d'Argouges mesurait ses propos. Il fallait qu'il fût étreint par un émoi peu commun pour s'exprimer sans ambages.

— Que redoutait notre roi ?

— Que Jean trouvât la mort en bataille rangée.

Un coq chanta. Un autre, lointain, lui répondit.

— Le temps passe, mon gars. Voilà le déjuc (2)... Oui, le duc de Normandie aurait été moult protégé. Nous devions fournir quatre mille hommes d'armes et vingt mille piétons... Sous ses airs effrontés, le fils du roi et de la Boiteuse est une espèce de couard. Oh ! certes, il peut devenir bataillard, mais j'en doute... Peut-être le sera-t-il lorsque sa vie atteindra son terme et qu'il voudra l'achever bellement... Il a dit à Blainville, qui s'est empressé de me le rapporter, que j'avais eu l'idée de cette invasion de l'Angleterre pour grossir mon seul mérite.

— Je déteste Richard de Blainville.

— Il me répugne aussi. Puis-je connaître tes raisons ?

Un instant, dans sa mémoire, Ogier portraitura ce baron dont certaines terres jouxtaient celles de sa famille. Des cheveux noirs ; un visage rougeaud, large et bas, aux pommettes saillantes. Des yeux gris profondément enfoncés sous le bourrelet touffu des sourcils, et des lèvres courtes, surplombées d'une broussaille brune — elles souriaient avec une sorte de mélancolie hargneuse.

— Non seulement Blainville est laid, mais bien qu'ayant votre âge, il est venu, en votre absence, demander la main d'Aude à Mère... Je me suis abstenu d'en parler parce que je n'ai rien à dire en ce qui concerne ma sœur, mais...

— Je sais, je sais !... Luciane a éconduit Blainville qu'Aude méprise autant que toi.

— Vous ont-elles dit qu'il est parti fort courroucé, en jurant de se venger ?

Godefroy d'Argouges se remit à marcher :

— Je sais... Je l'ai vu dimanche dernier, au Clos des Galées

(1) La prouesse.

(2) Heure où les poules quittent leur juchoir.

où j'ai fait halte avant de venir ici. Rassure-toi, je lui ai dit qu'Aude ne sera jamais sienne... Elle a quatorze ans !... Il l'oubliera... On raconte que le roi, la Boiteuse et le duc ont pour ce malfaisant des égards sans pareils.

— Il doit vous détester, désormais.

— Il m'en veut. Si cela peut t'égayer, sache qu'il sera bientôt contraint de renoncer aux éloges et faveurs dont il jouit à la Cour. Bon gré mal gré, il va devoir troquer le velours et la soie contre de lourds habits de fer... Comme moi, il doit embarquer.

— Vous allez donc envahir l'Angleterre ?

— Voire, Ogier. Il y a un an, et même deux, l'effet de surprise aurait permis, aidé notre débarquement. Maintenant, Édouard connaît nos desseins. Il a pris des précautions... C'est pourquoi il est à craindre que ce retard n'ait compromis notre entreprise.

— Ce n'est pas vous qui l'avez différée, mais le roi.

— Deux ans de perdus ! soupira Godefroy d'Argouges. Jamais nos havres n'auront été aussi actifs qu'en ce temps-là. Nous avons remis en état vingt vaisseaux existants et nous en avons construit quatre-vingts... Par Dieu, les charpentiers de marine auront eu de la besogne !... Et les armuriers !... Quant aux gens d'armes, nos Normands loyaux et hardis, j'avais placé en eux toutes mes espérances.

Le chevalier s'était animé. Non seulement sa voix redevenait claire, chaleureuse, mais son personnage avait recouvré quelque chose qui le rajeunissait. Une toux brève, rugueuse, le secoua, puis il dit :

— J'étais sûr qu'avec ces hommes de notre terroir, nous pouvions gagner toutes les batailles, mais Philippe a renoncé. Il atermoie toujours : c'est dans sa nature.

— Maintenant, Père, il consent !

Godefroy d'Argouges remua une épaule. La flamme qui avait étincelé dans ses yeux s'éteignit :

— Les Génois viennent d'arriver. Blainville les a instamment réclamés au duc Jean... Que veux-tu ? Je n'ai guère confiance en ces mercenaires. On se bat mieux quand c'est uniquement par devoir... Mais quoi ! Une seule chose importe : vaincre les Anglais. Cependant, plus les jours passent, plus nos bonnes chances d'y parvenir s'amenuisent. Le roi et le duc Jean dispersent une partie de nos forces en Flandre. J'en viens et peux t'en parler : Guillaume de Hainaut, le beau-père d'Édouard, nous mène la vie dure avec ses soudoyers, ses bouchers et ses tisserands !

Ogier connaissait en partie les raisons pour lesquelles l'Angleterre était devenue l'ennemie de la France. Tout avait commencé à la mort de Louis X (1). Le défunt ne laissait pas de fils. De sa première femme, Marguerite de Bourgogne, il avait une fille : Jeanne. Sa seconde, Clémence de Hongrie, était grosse. Si elle accouchait d'un fils, l'enfant serait roi. Mais si c'était d'une fille ? Une régence s'imposait. Charles de Valois et Eudes de Bourgogne, oncle de Jeanne, se l'étaient disputée avant d'être supplantés par le comte de Poitiers, Philippe le Long, deuxième fils de Philippe le Bel.

Or, la reine avait mis au monde un fils : Jean (2). Il n'avait vécu que cinq jours. Dans les idées d'alors, le trône revenait à Jeanne. Le droit des femmes à l'héritage royal était reconnu partout : en Castille, Aragon, Portugal, Navarre, Sicile, Angleterre, Ecosse, Hongrie, Pologne. Mais la France différait de ces pays. Son suzerain s'estimait supérieur en puissance, et aucune femme n'avait régné : l'hérédité masculine était une habitude. Enfin, la légitimité de la naissance de Jeanne prêtait à soupçon en raison de la condamnation de sa mère accusée d'adultère. Philippe le Long avait gagné à sa cause son oncle, Charles de Valois, son plus jeune frère, Charles de la Marche, et maints autres barons. Toutefois, deux pairs de France seulement avaient figuré à son sacre (3) : Charles de Valois et la comtesse d'Artois. Les ducs de Bretagne, Bourgogne, Guyenne et le comte de Flandre étaient demeurés chez eux. Le duc de Guyenne, roi d'Angleterre, Édouard II, n'avait élevé aucune protestation, bien que son épouse, Isabelle, fille de Philippe IV, eût pu prétendre au trône. Un mois après son couronnement (4), le nouveau roi avait tenu, à Paris, une assemblée où l'on avait vu siéger auprès du Clergé et du baronnage, des bourgeois et des membres de l'Université acquis d'avance. L'assemblée avait déclaré que *« femme ne succède pas au royaume de France »*. On disait que des légistes avaient invoqué une loi des Francs saliens dont Clovis, sans doute, était l'auteur. La formule était réapparue au début de février 1328, à la mort de Charles IV, dernier fils de Philippe le Bel. *« Femme, ni par conséquent son fils, ne peuvent succéder au royaume de France. »* Le défunt ne

(1) 5 juin 1316.

(2) 13 novembre 1316. Le 17 juillet précédant cette naissance, le régent avait eu la précaution de passer des conventions avec une assemblée de barons réunis à Paris, au cas où naîtrait une fille. On n'avait pas songé à l'éventualité d'un fils qui ne vivrait point.

(3) 9 janvier1317.

(4) 2 février 1317.

laissant que deux filles, la coutume leur refusait le trône. Édouard III, petit-fils du roi de Fer par sa mère Isabelle, avait revendiqué la couronne et le sceptre vacants. Il s'était trouvé écarté au profit de Philippe de Valois et d'Anjou : n'avait-il pas pour père le frère de Philippe IV le Bel ?

Bien qu'il eût jugé la sentence inacceptable, Édouard III, alors âgé de seize ans, avait prêté hommage à Philippe — devenu Philippe VI —, son suzerain en France, pour protéger son duché d'Aquitaine. Six ans plus tard, cédant aux instances de Robert d'Artois, banni et dépouillé de ses biens en raison de ses méfaits, le souverain d'Angleterre avait réclamé l'héritage de son grand-père. En juillet 1338, conduisant ses vaisseaux bourrés d'hommes d'armes, il avait abordé à Anvers. Sur les bannières, les lis de France touchaient aux léopards.

Dès le commencement des hostilités, Godefroy d'Argouges avait quitté Gratot. Il y réapparaissait de temps en temps pour des visites de plus en plus brèves et dont l'intervalle allait grandissant. Il avait combattu en Thiérache, à Cambrai, au Mont-Saint-Martin. Il avait été blessé deux fois en affrontant les Flamands. Un échevin, Jacques Van Artevelde, conduisait ces démons subjugués par Édouard III, lequel avait pris à Gand le titre de roi de France avant de rembarquer pour son pays...

Godefroy d'Argouges s'assit sur le coffre, près de son fils. Il semblait anxieux, indécis. Derechef il toussa puis reprit à voix basse :

— Édouard va revenir d'Angleterre avec une flotte puissante et moult guerriers bien adurés (1). Il a laissé à Gand la reine Philippa, son épouse, et leurs enfants.

Ogier se taisait, imaginant ces enfants royaux plutôt que cette femme qu'on disait grosse et laide.

— Ce n'est pas tout. On sait qu'il a offert pour otages à son cousin, le duc de Brabant, deux de ses préférés : Henry de Lancastre, comte de Derby, et Guillaume de Montagu, comte de Salisbury.

— Père, vous avez évité de parler de vos batailles devant Mère et Aude, ce que je comprends fort bien... Mais dites-moi : vous êtes-vous battu ces dernières semaines ?

Le seigneur de Gratot caressa la prise d'Almire. C'était une épée

(1) Vaillants et endurcis à la fatigue.

longue, lourde, large, enfoncée dans un fourreau de frêne recouvert de cuir noir clouté d'or.

— Il y a eu des escarmouches sur terre et sur mer... Nos maîtres écumeurs ont répandu le feu sur les côtes anglaises et conquis deux grandes nefs dont Édouard était fier... J'ai suivi le roi au siège d'Escaudœuvres. Alors que je revenais à Gratot, j'ai su par un lainier de Lille qu'Artevelde veut lancer contre nous ses Flamands — ils sont soixante mille — et qu'Édouard va tenir sa promesse : toucher le continent le jour de la Saint-Jean-Baptiste.

— C'est bientôt.

— C'est pourquoi nous devons différer le débarquement en Angleterre et attendre dès maintenant les Goddons en eau profonde... Quand nous aurons coulé leurs coques, la mer nous appartiendra et nous attaquerons la Grande Ile.

— Bonne idée !

— Certes ! Mais Blainville est contre... Plutôt que de prendre dans nos nefs des gens de mer de chez nous accoutumés aux abordages, il prétend les bourrer de chevaliers, de Génois et d'une piétaille encombrante.

Godefroy d'Argouges se tut. Son silence semblait attendre une réponse, non de son fils — qui jamais ne l'avait vu aussi las et embarrassé —, mais de lui-même.

— Parlez-moi, Père ! Qu'avez-vous ?... Vous me paraissez soucieux.

Jusqu'à ce moment lourd d'incertitude, Ogier n'avait pas senti s'égrener le temps ; il voyait depuis deux ans si peu son père. Autour d'eux, tout était silence, ou presque, car en bas des coqs chantaient, des bœufs et des vaches meuglaient dans les étables ; un cheval hennissait quelque part.

Croisant soudain les bras, Godefroy d'Argouges se leva et considéra son fils :

— Par saint Michel, mon gars, je ne vais pas balancer davantage. C'est dans un but précis que je t'ai tiré du lit !... Et si j'hésitais encore à te demander *ça*, c'est que ta vie m'est précieuse.

Sa voix s'étrangla :

— Maintenant que tu en as l'âge, te sens-tu le cœur de me compagner ?

Ogier bondit :

— Avec joie !

Son visage rouge d'un plaisir auquel Godefroy d'Argouges fut sensible, se crispa subitement :

— Mère ne voudra jamais que je parte avec vous !

Le chevalier posa ses mains lourdes et nerveuses sur les épaules du garçon. Son contentement avait disparu ; désormais, une sérénité glacée pétrifiait sa figure :

— J'ai parlé à Luciane avant de venir t'éveiller... Je te prends et lui laisse Aude : nous sommes quittes.

— Elle doit être tout adoulée.

— Cesse de t'apitoyer, c'est mauvais. Afin d'éviter des recommandations et des pleurs inutiles, tu ne verras ni ta mère ni ta sœur...

Le chevalier ouvrit le coffre. Ses mains plongèrent dans son contenu :

— Il y a dedans des vêtements propres, un surcot de cuir, et ce perce-mailles de bon acier toulousain que je t'ai offert l'an passé, pour ton anniversaire... Habille-toi et rejoins-moi à l'écurie. Nous partirons avec Asselin et Lesaunier. Ils sont prêts et ramèneront nos chevaux... Nous dînerons avec frère Peynel et les bénédictins de Hambye avant de cheminer vers Caen... J'y suis attendu par Fauvel de Vaudencourt en visite personnelle. Bien qu'il soit devenu quelqu'un de haut placé (1), nous sommes toujours bons amis... Ensuite, nous irons à Honfleur... Quinze lieues en suivant la bande (2).

Godefroy d'Argouges allait franchir le seuil de la chambre lorsqu'il se retourna :

— Ne te réjouis point trop de venir avec moi. La guerre n'est pas ce que tu imagines. Nul ne s'y plaît et n'y rit, même quand il sort vivant et vainqueur des pires échauffourées... On y souffre, crie, pleure et gémit... On y meurt en maudissant Dieu plus encore que l'ennemi auquel on doit son trépas... Les plus vaillants, dans les mêlées, connaissent des peurs affreuses... De plus, pour ta sauvegarde, il te faudra m'obéir...

— Je vous obéirai.

— J'y compte bien !

A quel point d'amitié en étaient-ils arrivés !

— Comme je te l'ai dit, j'ai rencontré Guillaume de Rechignac, le frère de ta mère, et son sénéchal. Voici un mois, informé par un chevaucheur de ce qui se préparait, Guillaume a quitté son Périgord sans autre compagnon que Blanquefort, dans l'espérance de

(1) Bailli du Cotentin (1327-1331), conseiller au Parlement (1336-1340), Maître des Comptes (1345), Maître des Requêtes de l'Hôtel à partir de 1346, Fauvel de Vaudencourt avait su se rendre indispensable.
(2) La côte.

fournir encore moult coups d'épée, et de venir, ensuite, passer quelques jours à Gratot... si toutefois il survit aux mêlées !

— Je vais enfin connaître mon oncle !

— Il a grand désir de te voir et, je le reconnais, sa présence me rassure. Entre lui, Blanquefort et moi-même, tu seras en sécurité.

— Oui, Père.

— Hâte-toi. J'ai promis à Thomas Fouque de lui porter la santé avant d'embarquer.

— Qui est-ce ?

— Le Garde du Clos des Galées. Il veille au nolisement des vaisseaux. Tous nos ports sont en état de guerre (1). De Rouen, Fouque devait se rendre à Honfleur. S'il n'y est pas, nous monterons sur le *Christophe* sans l'attendre.

— Ah ! vous savez déjà le nom de votre nef.

— Ce *Christophe*, nos mariniers l'ont pris avec l'*Edouarde*, pendant l'hiver dernier, lors de l'exil de quelques hogues (2) d'Angleterre.

Et changeant brusquement de ton :

— Es-tu satisfait ?

Un sourire trembla sur les lèvres d'Ogier : par l'entremise de son père, le Ciel lui rendait justice. Il se sentait un homme et le saurait prouver.

— Je suis prêt à vous suivre et à vous faire honneur !

Il se sentit enfermé dans un regard chaud, protecteur. Godefroy d'Argouges parut vouloir faire un pas vers lui — pour l'étreindre ? —, puis renonça.

— Ne nous attardons plus. Je t'attends dans la cour.

Le baron disparut sur cette dernière instance. Ogier entendit son pas décroître dans l'escalier. En sifflotant, il se hâta de s'habiller. Enfin, il allait voir une bataille. Et, sans doute, y participer.

(1) Voir annexe en fin de volume.
(2) « lors de la destruction de quelques ports ».

II

A Honfleur, dès l'aube du 14 juin, Godefroy et Ogier d'Argouges embarquèrent sur le *Christophe*, le grand vaisseau soustrait à l'Angleterre. Il était doublement mâté : un gros arbre maître légèrement en retrait de son centre et un bropié (1) à la façon des Normands. Ses ancres, nombreuses, renforçaient ses flancs d'une ceinture de fer. On distinguait, tout proche du château de proue, le sommet du hoquereau qui bientôt lèverait l'amarre principale.

Le chevalier et son fils précédèrent de très peu deux hommes d'aspect, d'âge et de vêtements dissemblables engagés, depuis le bas de la passerelle, dans une controverse acharnée qu'ils suspendirent une fois sur le pont.

— Qui sont-ils, Père ?

— Le plus vieux, Pierre Bahuchet, capitaine de la Mer. L'autre un Génois, Barbanera (2), qu'on appelle aussi Tête-Noire.

— Ils ont un commandement ?

— J'ignore tout de leurs attributions. Mais vois-tu, quelles qu'elles soient, nous devrons nous fier davantage aux manœuvres du mercenaire qu'à celles de Bahuchet... Car il n'a jamais affronté quiconque.

(1) *Beaupré,* dont Camille Enlart, dans ses manuels d'archéologie, attribue la paternité aux Normands. Les navires à deux et même trois mâts commençaient à sortir des chantiers navals. Le gros mât s'appelait l'*arbre maître,* les petits les *trinquets.* La hauteur très grande au-dessus de la flottaison donnait prise au vent, de sorte que les ancres étaient nombreuses. On en compta parfois jusqu'à quatorze. On levait les ancres à l'aide de guindeaux. Le guindeau de l'avant se nommait le *hoquereau.*

(2) Les chroniqueurs orthographient ce nom différemment : *Barbanera,* Tête Noire ou *Barbavera* (barbe à plusieurs couleurs). Froissart le nomme *Barbevère.*

— Jamais ?

— Jusqu'à ces dernières semaines, il était chargé des armes et des nolisements, c'est-à-dire de l'affrètement et du louage des navires. Trésorier de la Couronne, il a passé toute sa vie immobile sur un siège et la plume à la main.

— Cela se voit ! dit Ogier en considérant le quinquagénaire au teint flétri, frileusement enveloppé dans une houppelande noire. Pensez-vous qu'il ait tout de même certaines connaissances ?... Car, pour avoir un commandement...

— Aucune, te dis-je ! Il vient avec nous de par la volonté de Philippe, notre roi si plein de discernement !

Intrigué par cette ironie fielleuse, le jouvenceau s'empressa de demander :

— Et son compagnon, Père ? Oyez et voyez comme il se récrie !

Le Génois hirsute et gesticulant était vêtu d'un haubergeon crevé de déchirures, et coiffé d'une barbute parée de plumes de cygne. Il portait à la ceinture une épée d'Albanie, dite *arnaute*, reconnaissable à la courbure de son fourreau et à sa prise, tous deux plaqués d'argent blanc repoussé.

— On le prendrait pour un Mahomet !

— Barbanera, mon fils, est un bon mercenaire. Il connaît la mer. Il a mis à la disposition du roi ses galères et ses dromons (1), et pour qu'il soit présent dès maintenant, c'est qu'il a touché sa solde... D'après ce que je vois, l'accord est loin d'exister entre lui et Bahuchet.

Le Génois levait les bras au ciel, les rabattait fermement, calait ses poings contre ses hanches et secouait la tête avec indignation. Ogier entendit ces mots : *« Droit sur Douvres »*, puis : *« un vieillard ! »* Bahuchet acquiesçait mollement, ébauchait des objections : *« Mais non, mais non, messire »*, auxquelles l'autre répondait par des *« Madonna ! Madonna ! »* exaspérés.

— Un lion et un âne, commenta Godefroy d'Argouges. Bien clairvoyant qui saurait nous apprendre si ces lamentations relèvent de la fureur ou la confusion... Mais pour en savoir plus, attendons les suivants.

Ce furent Guillaume de Rechignac et son sénéchal.

— Salut, Godefroy ! s'écria, réjoui, le baron périgourdin en accédant au tillac. Nous voilà, parent, à la traîne, mais le chemin

(1) Autre sorte de navire de guerre à rames.

est long, de Rouen en Honfleur, même à bord du petit *Saint-Jean* qui prend bien le vent et vient de nous déposer.

— Vous ne serez pas les derniers.

— Ce retard, beau parent, est un peu de ma faute. Comme je n'osais confier nos escarcelles à l'hôtelier du *Poisson bleu*, maître Felletin, chez lequel nous avions pris pension, nous sommes allés trouver Nicolas Salviati, un Lombard dont le frère, Francesco, tient boutique en Périgord. C'est d'ailleurs Francesco qui nous l'a recommandé... Ce Nicolas, plus Normand que Lombard, est un banquier que je te recommande. Il nous a retenus à sa table et ma foi, ses vins se laissant boire...

— Il va conserver nos écus, coupa irrespectueusement Blanquefort, et maître Felletin nos chevaux... Qu'avez-vous fait des vôtres, messire Godefroy ?

— Deux de mes hommes, qui nous avaient accompagnés, sont repartis avec eux pour Gratot.

Dans l'entrefaite, précédé d'un écuyer arrogant, porteur d'une livrée grise à parements safran, l'amiral Hue Kieret apparut. Vêtu en partie de mailles noires, ce vieillard aux longs cheveux gris salua puis interpella un des marins les plus proches de la coupée :

— Holà, toi, navieur (1) plutôt que de paroler...

L'équipage se tut, cessa de se mouvoir.

— Cours à la cuisine et fais-m'y préparer un chaudeau !...J'ai faim.

Le commandement, hurlé d'une voix zézayante d'édenté, créa l'étonnement et suscita quelques sourires, surtout lorsque l'amiral ajouta :

— Et qu'on apprête aussi un pichet de halbi (2). J'ai soif !

Puis d'un pas chancelant, bien que la nef fût immobile, il gagna l'accastillage de poupe.

— Voilà l'époux de Blanche d'Harcourt, mon fils. Tandis que le frère de cette noble dame souhaite fleureter avec les Goddons pour le plus grand bien de la Normandie — ce que je comprends sans peine —, son beau-frère doit nous conduire devers eux pour que nous les taillions en pièces !

Trois comtes, quinze barons, vingt-trois écuyers survinrent. Ils occupèrent le pont et l'entrepont tandis qu'une centaine d'arbalétriers génois s'alignaient le long des garde-corps. Un vacarme de voix et de cliquetis d'armes commença, percé de loin en loin par

(1) Marin.
(2) Boisson normande faite de pommes et de poires fermentées.

les injonctions des enseignes. Deux hommes s'élancèrent dans les enfléchures et plantèrent au centre de la gabie (1) la hampe du tode, large flamme à deux pointes, d'azur semé de fleurs de lis d'or. L'un d'eux redescendit pour haler, au moyen d'un palan, un gros sac de cuir dans le gréement.

— Qu'y a-t-il là-dedans ? demanda Ogier.

— La sagoule, mon fils, que d'autres appellent *catharn* ou *andriveau,* contient les munitions qui serviront au gabier. Arbalète, carreaux, boulets... Que sais-je encore ?... Et toutes ces manœuvres dormantes que tu vois, passées en couronne, à la tête du mât, et qui servent d'appui aux palans, sont des *carnals* ou *calicornes*. Elles soulèvent les lourds fardeaux destinés à la bataille et permettent d'étendre sur l'équipage un filet à mailles étroites destiné à sa protection. On appelle cela le *pont de cordes*... Tiens, regarde : on amène la *penne* et le *carrau*.

Une voile s'élevait au-dessus de la poupe, une autre vers la proue.

— Le voilà ! maugréa Godefroy d'Argouges.

Blainville arrivait. Il était seul, habillé de velours noir des pieds jusqu'au chaperon. Ogier lui découvrit un visage funèbre. Quand cet homme, d'un geste agacé, l'éloigna de son bras pour aller droit au timonier, il eut envie de cracher sur ses pas. D'un regard, il consulta son père.

— Ce malfaisant a feint de ne pas nous connaître, releva Godefroy d'Argouges. C'est peut-être mieux ainsi.

— C'est donc lui le conseil du roi, grogna Guillaume de Rechignac. Ma parole, j'ai cru voir un malandrin. Je ne dis point cela, Godefroy, pour te complaire. As-tu-vu ? Il est venu jusqu'au *Christophe* en litière, comme une...

— ... princesse, acheva Ogier.

Nul ne rit. Le seigneur de Gratot sourcilla.

— Demeurez, dit-il à ses compagnons groupés au pied du château de poupe. Je vais saluer quelques bons amis et surtout tendre l'oreille pour savoir où nous irons.

Il disparut dans la cohue. Quand il revint, son visage maussade se fripait sous l'effet d'une colère invincible :

— Voyez ces vaisseaux, dit-il en désignant une douzaine de bâtiments prêts à appareiller, sur le pont desquels scintillaient les fers des cottes et des armes. Eh bien, nul n'y sait encore où nous allons... Les capitaines ont reçu mandement de suivre le *Christophe,* rien de plus... Il y a dans ces coques quatre ou cinq mille

(1) La hune.

hommes. Vingt-cinq mille nous attendent dans les nefs que nous devons retrouver en haute mer. Nul ne peut dire encore vers quoi nous cinglerons ! Levant ? Ponant ? Tout ce que j'ai appris, et qui me paraît redoutable, c'est que Hue Kieret ne commandera pas seul. Il sera secondé par Bahuchet, Tête-Noire et surtout Richard de Blainville, truchement du roi...

Un sourire mit un peu de clarté dans la bouche du baron de Gratot :

— Blainville omniprésent !... Les autres enragent. Leurs dissentiments viennent de commencer, car il leur faut aussi compter avec les capitaines Wylard Lardot, un Espagnol, et Jean Godefroy.

Derechef, le chevalier s'accorda une pause, sans doute pour fournir plus de force à une révélation dont Ogier fut tout aussi consterné que son oncle et Blanquefort :

— Jean Langlois, qui approvenda ces nefs, et ses lieutenants, Jean Champenois et Laurent de Valricher, m'ont fait quelques confidences. Apprenez, compères, que si nos quatre chefs sont d'accord pour atteindre la Grande Ile, chacun d'eux veut toucher terre en un lieu différent.

— Cela commence bien !

— Eh oui, Blanquefort. S'ils ne cessent de se quereller, c'en sera fait de nos desseins, et plutôt que d'être conquise, l'Angleterre nous conquerra !

Ogier regarda une compagnie d'archers grimper aux échelles de coupée de la *Belle Jeanne*, voisine du *Christophe*. Il se retourna :

— Ils devraient avoir prévu où, quand et comment frapper, dit-il. Ils en ont eu le temps.

— Ils n'ont rien décidé, mon gars... Rien !

La Seine et le ciel grisaillaient. Des paquets de vaguelettes se fracassaient sur les jetées et les appontements. Guillaume de Rechignac, occupé à croquer une pomme, sourit à son beau-frère :

— Allons, beau parent, apaise-toi. Je conçois ton courroux, mais il est inutile... Prends patience et dis-toi...

Il mordit dans le fruit et tout en mastiquant :

— Dis-toi que Dieu nous aidera.

C'était un homme de cinquante ans, haut de plus de cinq pieds, robuste, les joues et le menton couverts d'une barbe encore brune. Des yeux sombres à reflets roux, brillants comme deux hannetons, et un continuel sourire éclairaient son visage. Et tout en observant cet inconnu dont certains traits — le front plat, dégagé, les lèvres minces et le menton proéminent — lui rappelaient ceux de sa mère, Ogier se demanda si la guerre ne constituait pas pour lui un jeu à peine plus éprouvant qu'un tournoi. Caressant la prise de son épée comme si l'envie de la tirer du fourreau le démangeait, il affirma :

— Quels que soient le jour et le lieu de rencontre, nous écraserons les Goddons. Car nous sommes et resterons les plus forts. Pas vrai, Hugues ?

Du même âge que Guillaume, sans doute, mais grisonnant, le sénéchal parut d'une opinion différente :

— Ils ont une archerie puissante et redoutable.

Puis, sa dextre posée sur l'épaule d'Ogier :

— As-tu peur ?

— Pour être franc : point trop.

De ces deux hommes, le garçon ne savait auquel accorder sa préférence. L'un était assuré, remuant, présomptueux sans malice : son oncle ; l'autre prudent et placide. Quelle que fût l'opposition de leurs caractères, il était fier et rassuré que ces guerriers aux tabards pourpres — comme rougis par des sangs anciens —, coiffés d'une cervelière à nasal au bord clouté de cuivre, l'eussent pris en affection.

— Laisse agir ces quatre larrons, Godefroy, insista Guillaume en lançant le trognon de pomme par-dessus bord. Où que ce soit, une fois sur le sol d'Angleterre, nous dirons notre mot !

Blanquefort approuva d'un mouvement du menton le seigneur qu'il servait certainement depuis ses enfances, tandis qu'Ogier, fasciné par la forêt de mâts prête à se répandre sur l'eau, se demandait s'il survivrait à cette vogue inquiétante.

Un géant blond d'une trentaine d'années, moustachu et vêtu en bourgeois descendait l'escalier du château de poupe. Son courroux s'amoindrit lorsqu'il reconnut le seigneur de Gratot :

— Ils prétendent aller jusqu'aux îles pour s'assurer de n'être point pris à revers... Aurigny, Jersey et surtout Guernesey... Qu'en penses-tu, Argouges ?

Il attendait une réponse qui corroborât ses craintes et le confortât dans son indignation. Tout en l'examinant, Ogier se dit qu'il était capable d'affronter à lui seul trois ou quatre Goddons.

— Nous n'avons rien à faire en ces îles, dit Godefroy d'Argouges. Guernesey me paraît française pour longtemps (1). Elle commande à toutes les autres.

(1) Depuis le printemps 1338 Guernesey était française.

Le baron regarda Guillaume et son sénéchal aimablement, puis annonça :

— Nous allons appareiller. Le mandement vient d'en être donné par messire Blainville avec l'assentiment de Bahuchet... Dieu vous ait en Sa sainte garde !

Et l'homme courroucé partit d'un pas pesant.

— Qui est-ce, Père ?

— Je ne connais que son nom : Pierre d'Estrelant. Il est de Normandie, mais je ne sais quelle nef est sienne.

— C'est une espèce de géant.

— C'est vrai. Ses amis l'ont surnommé Hercule... C'est un Neptune qu'il nous faudrait.

Le seigneur de Gratot se tourna vers son beau-frère. Sa pâleur, sa nervosité s'étaient aggravées :

— Nous devons nous préparer à moult déceptions. Blainville, Kieret et Bahuchet vont nous mener à hue et à dia pour tenter d'obtenir des succès qu'ils s'imaginent aisés dans leurs petites têtes. En nous aventurant vers Guernesey (1) où les Goddons n'iront point, car ils sont résolus à passer en Flandre, nous risquons de manquer Édouard et ses navires lorsqu'ils quitteront les havres où ils ont coutume d'attendre des conditions favorables...

Contre le mât central — l'arbre —, deux hommes liaient l'antenne par une drosse garnie de paillets de vieux cordages appelés *mentelets* et de morceaux de bois nommés *bigots*, de façon à former un collier de racage.

— Tiens, fils, dit Godefroy d'Argouges, cette petite voile qu'on hisse à l'arrière, c'est le *tersarol*. Elle est pour le moment inutile. Sans doute est-ce Blainville qui a demandé qu'on la déploie... Ah ! nous sommes bien lotis avec des mariniers de cette espèce.

— Laisse-les à leurs agissements, beau-frère, conseilla Guillaume avec lassitude. Débarquer chez l'ennemi, c'est bien ce que tu voulais ?

(1) Léopold Delisle (*Histoire du château et des sires de Saint-Sauveur-le-Vicomte*, 1867) affirme que Robert Bertrand de Bricquebec l'avait conquise à la France *« dans les premières campagnes de la Guerre de Cent Ans »*.

D'après les actes de concession *« qui sont au Trésor des Chartes, Normandie, II, 34 »*, la seigneurie lui en fut conférée en octobre 1339. Delisle cite également une quittance du 20 janvier 1339 attestant une livraison d'armes à Jehan l'Alemant, *« commis par mons. Robert Bertrand... à recevoir plusieurs armures et artilleries pour la garde des yles. »* La version de Gustave Dupont, dans son *Histoire du Cotentin et des îles* (1870-1885) paraît plus exacte. Il date la donation précitée d'octobre 1338 et d'après lui, la conquête de Guernesey serait l'œuvre de Bahuchet, descendu dans l'île le 8 septembre 1338. Bertrand n'aurait donc pas été le conquérant mais le seigneur et gardien de l'île. C'est pour cette raison qu'il s'approvisionnait en armes en janvier 1339.

— C'est ce que j'ai voulu il y a deux années. Et je n'étais point seul. On a congratulé nos mariniers après qu'ils eurent pris Guernesey. Pour moi, ce fut une petite victoire... Je dois même te dire que les pêcheurs goddons et les nôtres s'entendaient bien. Maintenant, ils se haïssent et se livrent à de petites guerres meurtrières dont, évidemment, nul ne parle... Notre Guillaume serait fou de rage s'il voyait ce qui se prépare.

— Il a conquis l'Angleterre, certes, et il en fit ce grand pays qui nous emmerde !

Godefroy d'Argouges acquiesça, mais Ogier vit que c'était du bout des lèvres. Il admirait le Grand Guillaume comme il admirait Rolf le Marcheur, idole des Normands de jadis.

— Etes-vous sûr, demanda Blanquefort, que la flotte d'Édouard va cingler vers la Flandre ?

— Aussi sûr, Hugues, que je sens le poids d'Almire à mon flanc.

— Nous enverrons toutes ces nefs par le fond... Tiens, beau-frère, regarde ces tonneaux qu'on charge. Est-ce du vin ?

— J'en doute, dit en souriant Godefroy d'Argouges, encore qu'il soit d'usage d'emmener toujours du malvoisie pour guérir les maux de mer... Je crois plutôt que ces tonneaux contiennent de l'*eau de Sarrasin,* autrement dit du feu grégeois. Les Mahomets nous en vendent et ce liquide-là coûte plus cher que le malvoisie.

De dépit Rechignac cracha dans la mer et, se relevant :

— Regarde cet homme, sur la *Jeannette,* là-bas. Ne te fait-il pas des signes ?

— C'est mon cousin Guillaume d'Argouges... J'aurais aimé le voir de plus près. Ce sera pour une autre fois.

Godefroy agita ses bras ; Ogier en fit autant.

— Notre famille est au complet, Père, dit-il (1).

On chargeait maintenant des mannes de fromage, des sacs de pois, fèves, lentilles et des injonctions retentissaient :

— Esclipez ! Esclipez (2) !

Soudain l'on vit monter dans le ciel un étendard dont les trois roses serties d'étoiles ventilèrent bruyamment.

— La bannière de Bahuchet, dit Godefroy d'Argouges.

(1) Capitaine de la *Jeannette*, de Caen, Guillaume d'Argouges allait faire merveille à la bataille de l'Ecluse, repoussant avec ses hommes les assauts ennemis. Il avait pour état-major son frère Raoul, chevalier, Thomas de Carville et Héon Roussée, écuyers, Robert Broquet, son chapelain. Il ne faut pas confondre sa *Jeannette* avec la *Jeannète* de Robert Nordest, engagé, lui aussi, dans ce terrible combat naval.

(2) Embarquez !

Une seconde parut monter à sa rencontre.

— Les trois lis de Kieret.

Une troisième flotta, plus grande.

— *De sable à un griffon d'argent couronné d'or, membré et armé de même,* lut Ogier. Celle-là, je la connais : c'est celle de Blainville.

— Sa taille est double des deux autres, mon neveu. Cela signifie qu'il y aura des querelles de commandement sur le *Christophe...* si elles n'y sont déjà.

Le seigneur de Gratot enrageait d'impatience.

— Quand partirons-nous ? dit-il. On a cessé d'emplir cette nef en vivres et en hommes. La coque en est suifée à ce que j'ai vu. Nous allons glisser sur l'eau comme une grosse baleine !... Partons !

Quelque chose ripa bruyamment l'un des flancs du navire. Il y eut des cris, des sifflets tandis que des bras se levaient. Guillaume de Rechignac sourcilla :

— Te voilà exaucé !... Par le ciel, Godefroy, tu as Dieu dans ta Manche !

*
* *

Le vent leur étant favorable, la *Jeannette,* le *Saint-Eustache,* la *Mère de Dieu,* la *Belle Jeanne,* le *Saint-Jean, le Saint-Antoine* et la *Sainte-Marie* s'engagèrent dans l'estuaire de la Seine à la suite du vaisseau amiral. Les galères et les dromons de Barbe-Noire, des coques picardes, génoises, castillanes les attendaient au large, de sorte que brusquement, autour du *Christophe,* sur cette mer couleur d'acier que les Argouges connaissaient bien, vogua un grand troupeau de bâtiments de toutes formes, certains couverts de vastes houssements de parade qui, tombant de leur poupe, plongeaient leurs franges dorées dans les flots. Il y avait là des galiotes que les hommes d'équipage comparaient, pour le nombre de guerriers à bord, à une demi-galère ; des lins de douze à quinze toises de long, et qui portaient pour la manœuvre quarante mariniers et dix mousses ; des hoquebots contenant des Espagnols et des Génois ; des barbotes couvertes de cuir ; les galères de Barbanera dont les flancs enfermaient entre cent cinquante et cent quatre-vingts rameurs et dont les éperons d'acier semblaient dilacérer les vagues. Et d'autres nefs encore aux noms inconnus de Godefroy d'Argouges. Leurs voiles bariolées, gonflées comme des poitrines de jouvencelles, les sifflements ondoyants et graves des pennons et des flammes accrochés aux espars, les grincements des membrures, les chants et les cris des hommes s'activant sur les ponts, dans les enfléchures et les hunes, tout exaltait Ogier tandis que ce grandiose archipel de bois, de fer et de bannières entourant la nef amirale, glissait et ondulait vers le haut Cotentin, laissant derrière lui des houaches profondes au-dessus desquelles des mouettes planaient dans l'espérance d'y voir et happer quelques débris de nourriture.

— Nous sommes plus de deux cents, dit Blanquefort.

— Vois, Ogier, dit Godefroy d'Argouges. Le *Saint-Nicolas,* le *Saint-James,* le *Notre-Dame* et le *Jésus-Christ* !

— Pourquoi semblent-ils ne pas se quitter ?

— Ces nefs sont de Cherbourg. Elles portent en elles quatre cents hommes : une centaine par coque.

— Ce qui me plaît, fit Guillaume de Rechignac, c'est que nous soyons partis... *Notre-Dame* et *Jésus-Christ.* Avec eux, nous pouvons prétendre à la victoire.

Blanquefort se pencha :

— Te sens-tu à l'aise, mon gars ?

Ogier répondit affirmativement bien qu'il se fût rendu à l'évidence : il n'avait pas le pied marin. Le tangage du gros vaisseau ne cessait de l'incommoder. Comme il se détournait pour échapper au regard attentif du sénéchal, il vit Blainville emboucher un gueulard de cuivre :

— *Oyez, tous, mariniers et hommes d'armes !... Et qu'on se le dise de nef en nef !... Les gens de Seine et les quelques Flamands qui sont des nôtres, à l'avant de notre flotte... Les Dieppois et les Picards au corps de bataille. Les gens de Caen et du Cotentin en arrière-garde !*

— Il veut nous priver des bénéfices d'une victoire, si victoire il y a, commenta Godefroy d'Argouges.

— *De nuit, la nef amirale portera un feu, deux s'il faut jeter l'ancre, trois s'il faut la lever ! Le premier qui découvrira une nef suspecte dès la vesprée et jusqu'à l'aube, doit fussiller (1) ! Tout manquement à ce que je commande vaudra au coupable les honneurs de la coursie et du tonneau !*

— Je ne comprends pas, dit Ogier.

Sans cesser d'observer Blainville qui descendait l'escalier de poupe, Godefroy d'Argouges expliqua :

(1) Tirer d'un briquet une fusée d'étincelles.

— La coursie, c'est cet espace entre l'avant et l'arrière. Encombrée de sacs et de pavois, elle s'élargit près du grand mât en une sorte de placette, appelée d'ailleurs *place publique, chapelle* ou *tribunal.* On s'y rassemble, on y dit la messe, mais aussi on y expose certains coupables, en robe de femme, sur un tonneau.

— Les mariniers ont d'étranges mœurs, dit Guillaume de Rechignac. Je ne me vois pas vêtu en donzelle : j'ai la barbe trop haut placée.

Ogier, agacé de se sentir défaillir, s'éloigna pour s'accroupetonner au pied de l'arbre maître. Il ferma les yeux. Son estomac parut refluer de sa gorge.

A la fin du troisième jour, il se sentit guéri. Cependant, il continua de manger à peine bien que la nourriture, puisée à coups de louche dans des baquets de cuivre apportés sur le pont, fût acceptable. Pour dégourdir ses jambes accoutumées à plus de mouvements et d'espace, il allait d'une démarche incertaine et la bouche parfois pincée, du château d'avant au château d'arrière où se confinaient les chefs, sauf Hélie Barbanera, le plus remuant des nautoniers. Chaque soir, lorsque le *Christophe* jetait l'ancre à quelques encablures du rivage, le Génois prenait place dans une nacelle à deux rameurs et se faisait conduire à sa galère capitane. Rassuré sur l'état de ses bâtiments et de leurs chiourmes, le mercenaire revenait à bord du vaisseau amiral au milieu de la nuit. Titubant alors plus qu'en haute mer, piétinant les dormeurs étendus sur le pont, il répandait sur son passage des odeurs de vin et de mangeaille.

Parfois, pour varier ses errances, Ogier s'engageait derrière les pavesades, dans des corridors comparables aux étroits chemins de ronde de Gratot ou bien il allait observer la calamite : grâce à cette aiguille aimantée, munie d'un flotteur de liège et posée dans un vase à demi plein d'eau, le *Christophe* frayait infailliblement sa voie. Des hommes d'armes en assuraient la surveillance. Comtes, barons, écuyers allaient et venaient sur le pont et l'entrepont, gênant parfois les manœuvres de l'équipage, tandis qu'adossés aux mâts, accroupis, agenouillés ou assis parmi des câbles roulés en plets, les arbalétriers discutaient, se querellaient ou jouaient aux dés sur les revers de leurs grands pavois, les uns rectangulaires comme des petites tables, les autres en forme de cœur allongé.

Cependant, ce qu'Ogier préférait, c'était rester en compagnie de son père, de son oncle et de Blanquefort, près de l'escalier du château d'arrière. Au sommet de celui-ci s'élevait la chambre de poupe où se concertaient et dormaient Kieret, Bahuchet, Blainville et peut-être Barbanera. C'était là qu'on attachait le gaillard d'étoffe richement brodé que Blainville avait fait retirer sitôt que le *Christophe* s'était trouvé en eau profonde. A l'avant de cette chambre se trouvait une espèce de trône. De cette chaire magnifique appelée *tabernacle* par les Italiens et *carrosse* par les gens de France, Kieret venait parfois dominer l'équipage.

Sous cette construction s'étendait le *paradis*. En ce lieu, quatre fois par jour, l'amiral et ses conseillers, les comtes et les barons privilégiés se réunissaient pour faire le point et confronter leurs tactiques. Tout ce qu'Ogier en savait, c'était que par des trappes, on descendait dans une sorte de cave obscure et sans aucun jour, asile, parfois, des passagères de haut rang. Kieret y serrait son trésor dans une huche cadenassée de deux serrures. Cette cave jouxtait le cellier qu'on appelait *compagne,* et une étable à bestiaux. La soute à pain, le *payol,* n'en était guère éloignée. Dans la cabine d'avant, un barbier soignait les malades. Les blessés en cours de bataille seraient allongés sur un lit : le *taular*.

Godefroy d'Argouges figurait parmi les hommes admis au paradis. En regagnant l'entrepont après des consultations tumultueuses, le seigneur de Gratot ne réprimait plus sa colère. Non seulement les propos qu'il avait entendus lui paraissaient déraisonnables, mais encore, si quelque hardi dessein se trouvait adopté, son exécution serait meurtrière et stérile.

— Quoi que nous fassions, confia-t-il à son beau-frère au terme du quatrième jour de vogue, j'ai grand tourment que nous échouions ! On n'envahit pas l'Angleterre comme un duché tombé en quenouille ! Tous, autour de moi, semblent oublier que c'est une île aux accès difficiles. Et vaste ! Et défendue par des hommes nombreux, bien armés... D'ailleurs, nous nous en éloignons jour après jour !... Te rends-tu compte, Guillaume, et vous aussi, Blanquefort, que Blainville ne sait pas encore ce soir devant quelle côte il fera carguer les voiles ?... Dieu nous aide, car nous sommes partis à l'aventure sous la conduite de trois écervelés !... Je dis bien trois car Barbe-Noire pense à ma façon... du moins presque...

— Je croyais que Blainville, Kieret et Bahuchet avaient reçu des ordres de Philippe et s'y conformeraient.

— *Rien,* Guillaume !... Ils ergotent et se contestent à tel point que d'autres que moi et Barbe-Noire commencent à perdre patience.

— Et qui donc ?

— Evrecy, Balleroy, Longval, Trévières, que je t'ai présentés... Comme nous, ils souhaitent affronter les Goddons, mais ils exigent de savoir où, quand, comment ! Or, Richard de Blainville atermoie... J'aimerais connaître ses pensées.

— En tout cas, Godefroy, grommela Guillaume, cet homme ne t'aime pas. Il suffit de voir comment il te regarde quand tu lui montres ton dos.

— T'ai-je dit que c'est depuis que Luciane et moi lui avons refusé la main d'Aude ?

— Oui.

— Il convoite nos terres. Son mariage avec ma fille lui aurait permis de mettre un pied dessus... Il se serait arrangé, quelque temps après, pour nous éliminer l'un après l'autre... Ses deux premières femmes, Anne de Percy et Béatrix de Jullouville, lui ont apporté du bien... Elles sont mortes étrangement toutes deux : l'une noyée dans la Sienne, l'autre écrasée par une poutre...

— C'est un malandrin, dit Ogier.

— De plus, Guillaume, reprit Godefroy d'Argouges, pour que tu comprennes bien son ressentiment à mon égard, sache aussi que lors des dernières joutes où nous nous sommes affrontés, aux lices de Rennes, devant Charles de Blois et Jeanne de Penthièvre, voici trois ans, j'ai rompu six lances et lui quatre. Il a chu deux fois à terre et moi jamais... J'ai été le seul à tenir tête à Bertrand Guesclin, auquel j'ai enlevé, d'un coup de lance, la ventaille de son heaume. C'est ainsi que son père l'a reconnu (1).

— La rumeur de cette prouesse est parvenue jusqu'à Rechignac. Je savais qu'un chevalier normand avait exécuté ce coup de maître, mais j'ignorais que c'était toi !

— C'était moi.

— Je comprends que Blainville te déteste. Choir et mordre la poussière devant toute la noblesse de France — ou presque — réunie là... Cet homme doit être plus habile à la Cour qu'en champ clos, mais méfie-t'en tout de même... Et de plus, une chose est sûre...

— Laquelle ?

— J'ai été fort avisé, eu égard à mon horreur des parlures, de

(1) On sait peu de choses sur ce tournoi qui était une joute, où paraît-il se révéla Guesclin. Son chantre, Cuvelier, dit lui-même, sans préciser qu'il s'agissait du mariage de Charles de Blois et de Jeanne de Penthièvre : « *Vers ce temps* (1337), *il y eut grande fête criée de joutes de grands prix entre nobles chevaliers et hardis écuyers* (...) *Cette fête eut lieu un mardi.* » L'acte de mariage du neveu de Philippe VI et de Jeanne de Penthièvre avait été signé par le roi de France, le 4 juin 1337.

ne pas assister à tous ces conseils, dans ce qu'ils appellent le paradis, et qui me semble, à moi, un purgatoire.

Guillaume riait ; Godefroy d'Argouges ne se dérida point.

— Continue à t'abstenir, parent, dit-il avec un soupir. A quoi bon alourdir de tout ton poids cette discorde ? Deux chevaliers, Etienne de Langneran et Gilbert de Herde, sont d'avis d'aller débarquer en Cornouailles ; les hommes d'armes d'Édouard y sont, disent-ils, moins nombreux que partout ailleurs. Trois autres, des Bretons, veulent pousser plus au Nord et porter l'attaque en Pays de Galles. Il paraît que les Gallois sont ennemis des Goddons... Toutefois moins que les Escots.

— Mais comment reviendrions-nous de là-bas ?

— C'est ce que je leur ai dit... Trois autres proposent Hastings... Ceux-là me semblent avoir l'assentiment de Blainville... Il se prend sans doute pour Guillaume le Conquérant... Il affirme que d'Hastings nous gagnerions aisément Londres.

— Pensent-ils tous qu'Édouard est un couard sans armée ni machines de guerre ?... Quelles objections leur avez-vous présentées, messire Argouges ? demanda Blanquefort. Je commence à être las de ces controverses dont les rumeurs, parfois, descendent jusque sur le pont !

— Je leur ai dit qu'il nous faut débarquer le plus près possible de Londres, *mais après avoir coulé, si nous le pouvons, la plupart des nefs d'Édouard*. Ainsi, la mer nous appartiendra. Nous enverrons alors des messagers en France et nos vaisseaux les suivront pour revenir à nous remplis d'hommes et de vivres... J'ai ajouté : « Nous n'avons pas de chevaux... » et je n'ai pu poursuivre, car Blainville s'est esclaffé : *« Qu'à cela ne tienne, nous les prendrons sur place. »* Je lui ai dit : « Nous n'avons pas assez de victuailles », et il m'a répondu : *« Nous en trouverons plus qu'il nous en faudra »,* et je leur ai dit encore : « Si nous devons combattre jour après jour, et perdre la plupart de nos hommes, où trouverons-nous, messires, de quoi renforcer nos rangs ?... Tous les vaisseaux de France sont autour de nous : Édouard, si nous ne coulons pas sa flotte, les empêchera de refranchir la mer ! » A quoi Blainville a répliqué : *« Nous sommes trente-cinq mille. Même si notre armée ne compte plus que cinq mille hommes en parvenant à Londres, nous aurons l'Angleterre à merci ! »* Que veux-tu, parent, répondre à cela ?

— Je trouve, fit Guillaume, l'attitude de Blainville étrange. Si peu que je l'aperçoive, il me paraît bien quiet. Il gaspille le temps comme à plaisir ! Tu avais bien raison, quand nous sommes partis : jamais nous n'aurions dû voguer vers le Ponant pour rallier à nous quelques nefs de Barfleur, Cherbourg et autres petits ports. C'était à elles de nous rejoindre. Procéder ainsi c'est imprudemment favoriser le retour d'Édouard en Flandre.

— Ah, beau parent ! Je crains que la plupart de nos compagnons n'aient des œillères. Je leur ai à nouveau répété : « Quand nous aurons vaincu Édouard en haute mer, plus besoin de tergiverser : nous contournerons la côte anglaise, passerons au large de Douvres, Ramsgate, Margate et nous engagerons dans l'estuaire de la Tamise. Là, Barbanera nous ouvrira la voie avec ses galères et nous atteindrons Londres. Sitôt la bataille engagée, nous enverrons un message aux Escots. Quelques-uns de nos vaisseaux iront même en quérir des milliers pour les amener à pied d'œuvre ! » (1)

— Comment as-tu pu aligner toutes ces choses ?

Godefroy d'Argouges haussa les épaules.

— J'y pense depuis si longtemps !

Et, tourné vers le baron de Rechignac et son sénéchal, attentif :

— Nous devrions changer de cap, voguer droit vers Douvres et attendre les Anglais à une demi-lieue de ce port... Si Édouard tient sa promesse aux Flamands, il passera par là... Nous ne sommes plus loin de la saint Jean-Baptiste !

— Oui, dit Guillaume de Rechignac, morose. J'ai aperçu Barbe-Noire. Il semblait furieux.

— Ses chiourmes se fatiguent sans nulle bonne raison.

— Et Hue Kieret ? questionna Ogier. Que dit-il ? C'est tout de même l'amiral... Ses avis devraient être judicieux.

— Il est sourd, pusillanime, ou feint de l'être. En fait, il obéit à Blainville, sans doute pour qu'il engage seul ses responsabilités envers la Couronne.

Godefroy d'Argouges leva l'index en direction du château d'arrière :

— Tenez ! Regardez-le !... Il est si vieux, si fripé, qu'il fait presque pitié, au seuil du... paradis.

(1) Robert Bruce, le roi lépreux, étant mort en 1329, peu après la réalisation d'une fugitive indépendance écossaise (mars-mai 1328), son fils David fut chassé de son royaume par le prétendant, Édouard de Balliol, allié aux Anglais. Bruce se réfugia à la Cour de France, amie de son pays depuis 1295. Lorsque, en 1333, Edouard fit à Philippe des conditions intéressantes quant au fief de Guyenne, celui-ci exprima son intention de voir David et tous les Ecossais compris dans cette paix. En 1336, Philippe fit transférer en Normandie la flotte qu'il avait fait équiper pour une croisade assez folle (son fils Jean, devenu roi, eut aussi cette idée saugrenue de reconquérir les Lieux Saints) et crut pouvoir attaquer avec succès la côte anglaise. Robert d'Artois envenima tous ces desseins. En Ecosse, le conflit durait, entrecoupé de trêves.

A l'avant de cette vaste plate-forme portée sur des épontilles, Hue Kieret venait de s'asseoir entre les accoudoirs du tabernacle. Il y demeura immobile, observant soit la mer, dont les vaisseaux, de leur étrave scintillante, labouraient le grand pré mouvant, soit le ciel d'où les mouettes tombaient en criaillant avant de ricocher sur les sillons aux crêtes écumantes. Et tout en observant ce vieillard rêveur, calfeutré dans une houppelande noire fourrée d'hermine, Ogier se dit qu'il préférait la terre ferme, et surtout sa terre natale, à cette immensité molle aux confins blafards ; le ciel de Normandie à celui qui, au-dessus des voiles gonflées et des bannières ondulantes, ne cessait de rouler des torrents de nuages obscurs.

— Si j'avais su ce qui se passerait, dit Guillaume, je serais resté à Rechignac !

Soudain, le *Christophe* changea de cap et les nefs d'accompagnement amorcèrent la même manœuvre.

— Je crois que nous faisons demi-tour, dit Blanquefort.

— C'est par Dieu vrai ! se réjouit Guillaume. Et nous n'avons ouï aucun commandement.

— Enfin ! soupira Godefroy d'Argouges. Je bénis l'homme qui manœuvre le peautre (1).

— Mais pourquoi, Père, tout ce temps perdu ? demanda Ogier.

— Est-ce *volontairement,* insista Blanquefort, que Blainville aurait laissé la mer à la disposition d'Édouard entre Douvres, Calais et les côtes de Flandre ?... En ce cas, cela ressemblerait fort à de la traîtrise !

— C'est un cagou (2), capable de tout. Mais un traître ?... Non ! Pourquoi irait-il trahir le roi et son fils ? Ils ne cessent de l'élever... Quant à la reine, elle le couvre, dit-on, de bienfaits.

— Beau-frère, dit Guillaume, tes arguments sont d'un honnête homme. Ils ne peuvent s'appliquer à celui-ci... Il peut très bien manger dans deux écuelles... Certains Normands — tu le sais mieux que moi — sont favorables aux Anglais. Pourquoi pas lui ?... Mais cessons d'en parler. L'important, pour ce jour, c'est que nous voguions enfin vers l'Angleterre... Toute la navie (3) cingle vers le Levant.

Au milieu de cette journée, une déception nouvelle fut infligée à Godefroy d'Argouges et à ses compagnons, car plutôt que de

(1) Le gouvernail.
(2) Gueux, lépreux.
(3) La flotte.

faire voile vers l'île de Wight, Portsmouth, Eastbourne, Hastings ou Douvres, afin d'aborder, s'ils n'avaient encore pris la mer, les Anglais au sortir de leurs repaires, les nefs de France longèrent les côtes normandes, puis voguèrent lourdement vers la Zélande, qu'ils atteignirent en quatre jours, le vent leur étant contraire.

Godefroy d'Argouges héla Blainvillle au matin du cinquième jour quand celui-ci, ayant délaissé le paradis pour inspecter les Génois remontait à son perchoir.

— Alors, messire ? Dans quel sens allez-vous désormais nous conduire ? Je ne crois pas que vous ayez abandonné les rênes à Hue Kieret, comme on l'affirme autour de moi depuis que nous avons rebroussé. Vous êtes trop accroché au pouvoir pour accepter de le partager !

— Je n'ai rien à vous préciser.

— Allons, messire, tout doux. Dites-moi seulement ce que nous allons faire. Comme tous ceux d'ici, j'ai le droit de savoir.

— Vous n'avez aucun droit, simplement des devoirs !

Etonné par la lividité de cet homme exécré, Ogier pensa qu'il souffrait lui aussi du mal de mer, à moins que ce ne fût de la chaleur, si forte déjà que certains Génois s'étaient à demi dévêtus sans que leur capitaine y trouvât à redire.

Blainville portait un pourpoint de velours grenat et des chausses noires enfoncées dans des heuses légères. Une épée pendait à sa hanche dans un fourreau de cuir aux viroles d'or. Furieux d'avoir été interpellé devant ces arbalétriers moqueurs auxquels se mêlaient des seigneurs attentifs, il gravit quelques marches pour éluder une querelle qui ne pouvait que le desservir. Mais, formant un cornet de ses mains, car le vent soufflait en courtes et bruyantes rafales, Godefroy d'Argouges hurla :

— Avez-vous compris ce que je vous ai dit ?

Blainville se retourna. Sous son buisson de poils noirs, sa bouche se plissa dans une expression méprisante :

— Je n'ai nullement l'intention de vous répondre, dit-il, cramponné à la rampe de l'escalier, car le *Christophe* tanguait fort. Soyez prêt à combattre... Et vous aussi, Rechignac... Quant à toi, Ogier, je n'ai pas oublié la moleste (1) que tu m'as criée alors que je quittais Gratot... Ah ! je suis un malandrin ?... Un jour, jeune coq, tu me paieras le prix de ton outrecuidance !

Ogier vit la main paternelle empoigner la prise d'Almire.

(1) L'injure.

— Père, dit-il, sans éprouver le moindre repentir, il est vrai que j'ai outragé cet homme le jour où il vint demander Aude en mariage... Un écuyer et trois sergents l'accompagnaient... Ils se sont ri de moi en franchissant le pont-levis.

— Et pourquoi ?

— Pour rien... Parce qu'ils sont mauvais... J'ai suivi Blainville et écouté aux portes... Quand j'ai su ce qu'il venait demander à Mère, et les bourdes qu'elle recevait après son refus, pourtant courtois, mon cœur s'est serré... Je les ai moqués lorsqu'ils sont repartis...

— Tu as bien fait...

Godefroy d'Argouges avança en direction de Blainville qu'Ogier vit gravir une marche et serrer tout à coup la poignée de son arme.

— Il y a aussi comme une offense, messire le truchement du roi, à ce qu'un seigneur dévoyé comme vous prétende entrer dans une famille honorable... Les deux lions de mes armes n'ont que faire du griffon figurant sur les vôtres... Mais là n'est pas mon propos !... Je vous ai demandé ce que vous vouliez entreprendre. Nous avons passé plus d'une semaine en mer... Pour rien, sinon pour épuiser les chiourmes, les vivres et la patience des hommes. Nous voici à la veille de la Saint-Jean-Baptiste (1) et plutôt que de ranger les côtes de l'Angleterre, nous avons aperçu Dunkerque... après Calais ! Avez-vous oublié qu'Edouard et ses nefs doivent appareiller pour la Flandre et que si nous voulons les vaincre, il nous faut les attendre en pleine eau ?... Mais sans doute voulez-vous faire parade de nos vaisseaux devant ces Flamands qui nous haïssent... Il est vrai qu'à ce jeu...

Richard de Blainville s'apprêtait à répondre lorsqu'un gabier souffla dans son cornet, puis hurla, le torse et les bras hors du tonneau de hune :

— Singles (2) en vue !... Oyez ! Oyez !... Singles en vue !... A l'arme ! A l'arme !... La navie anglaise à bâbord !

— Qu'on se hâte à la manœuvre, cria Blainville au gros Wylard Lardot qui venait d'apparaître sur le seuil du paradis. Quant à toi, Argouges, je te retrouverai !

Et en courant, il remonta l'escalier.

*
* *

(1) Le 23 juin 1340.
(2) Voiles ; d'où *singler,* puis *cingler :* faire voile.

Les Français se trouvaient devant l'île de Kadzand, à l'embouchure de l'Escaut. Trois nefs d'avant-garde anglaises (1) venaient d'apparaître derrière lesquelles, voiles gonflées, bannières frémissantes et disposés en ordre de bataille, deux cents vaisseaux se déployaient afin de manœuvrer plus à l'aise : le roi d'Angleterre cinglait vers l'Ecluse (2) pour assister son beau-père et les Flamands dans leurs combats contre Philippe VI et ses armées.

— A l'arme ! A l'arme ! répétèrent sur tous les bâtiments les vigies tandis que çà et là, des trompes et des cornets sonnaient le branle-bas et que les chaînes des ancres de proue grinçaient contre les écubiers.

Les arbalétriers du *Christophe* prirent place derrière les pavesades (3). Les seigneurs et les écuyers confinés dans l'entrepont, parce qu'il y faisait moins chaud que partout ailleurs, surgirent des écoutilles et posèrent des questions auxquelles, en guise de réponse, il suffisait de tendre le doigt vers la flotte ennemie. Aussitôt les imprévoyants replongèrent dans le ventre du navire pour y revêtir leur harnois de guerre ou ceindre leur épée accrochée au râtelier d'armes ; quand ils réapparurent, la plupart s'agglomérèrent à bâbord et à la proue afin de surveiller les évolutions des Anglais qui, prudents, commençaient à réduire la toile.

— Enfin ! se dit Ogier.

Après tant de jours de navigation fastidieuse, cet imminent péril provoquait, dans son esprit, une sorte de capiteux vertige. Son ébahissement et son soulagement, profonds, intenses, le frappaient si fortement au cœur que son sang y semblait secoué au rythme d'une course.

— Enfin ! dit-il à Blanquefort, adossé, impassible, au maître mât.

Il avait soif de mouvement, de bataille ; il avait hâte d'assister aux prouesses dont tous ces hommes, autour de lui, étaient capables, et au besoin de les y aider. L'air de la mer, soudain, lui paraissait tellement plus vif qu'il en grelottait.

« L'air ? » se demanda-t-il. « Non, l'émoi où cette apparition m'a plongé. » En tous cas, il n'eût pas frissonné davantage un

(1) Ces trois nefs étaient commandées par Renaud de Cobham, Jean de Cundy et Etienne de Laburkin.

(2) De Sluys, au Pays-Bas, était un bourg où se trouvait une écluse régularisant le niveau des eaux des marais derrière des cordons dunaires naturels ou des digues. Édouard III comptait débarquer au nord de Bruges, à Blankenberge et rejoindre les Flamands et des mercenaires cantonnés là. (Voir Annexe I).

(3) Rangées de pavois disposés bord à bord le long d'un navire pour en dissimuler l'intérieur et protéger les combattants.

matin de neige à Gratot. Lorsque la main du sénéchal se posa, lourde et protectrice, sur son épaule, il fut près de s'indigner. Il n'était plus un enfant.

— Nous nous battrons sans doute, dit Blanquefort d'une voix unie, pour une fois dépourvue d'ardeur.

Un homme tel que lui ne pouvait craindre une bataille, même sur mer. Des épaules carrées, une vaste poitrine, un cou vigoureux et court, rugueux d'une barbe grise ; une tête taillée à la serpe dont les pommettes en bosses rougissaient sous l'effet du vent ; une mâchoire solide, aux angles saillants. Il y avait du lion ou du tigre en ce guerrier qui s'inquiétait sourdement :

— Tu trembles... As-tu peur ?

Ogier se dégagea, suffoqué :

— Peur ?... Ah ! non, messire... Ils sont enfin là ! Je les vois... Ils sont tels que je les imaginais.

Aussi surprenant que ce fût pour Blanquefort, le jouvenceau n'éprouvait aucun effroi. Il était, au contraire, heureux et soulagé : *ils* étaient là ! Nulle objection, pas même cette sensation diffuse que la mort avait pris position en même temps que les Anglais, ne pouvait résister au choc de cette certitude enivrante : ils étaient là ! Ils manœuvraient, carguaient leurs voiles et la bataille paraissait inévitable — une bataille qu'il sentait à la mesure de son courage, de son énergie et d'un appétit d'action tout neuf, confinant à la voracité. Pour la première fois, le plancher du *Christophe* était solide et stable sous ses semelles.

— Je veux me battre, dit-il.

Blanquefort eut une sorte de ricanement :

— Es-tu certain que ce soit si simple ?

— Je sais manier une épée, messire !... En doutez-vous ?

Le sénéchal tendit ses mains, paumes en avant, du côté des Anglais, comme s'il était doué du pouvoir de les tenir à distance :

— Tu vois ces nefs, là-bas, rapetissées au point qu'elles semblent des jouets, mais tu distingues mal les hommes qu'elles contiennent... Je comprends qu'ils ne t'effraient pas, car d'où nous sommes on dirait des fourmis. Cependant, fie-toi à moi : de près, ces guerriers sont aussi valeureux que terribles.

— Je veux me battre !

— Crois-tu que ton père te le permettra ?... Crois-tu qu'infailliblement nous les repousserons s'ils nous abordent... même si tu nous aides ? Allons, mon gars, au lieu de les regarder de cet œil supérieur, cherche plutôt l'endroit d'où tu plongeras si le sort nous est funeste.

Bien que l'ironie de Blanquefort l'eût contrarié, Ogier jugea inutile de se rebiffer au moyen d'une réponse insolente. D'ailleurs, le sénéchal avait raison : son père lui refuserait une épée, alléguant qu'il était trop jeune, inexpérimenté, sans heaume ni haubert.

D'une voix hachée par la colère, il demanda :

— N'ai-je pas le droit, messire Blanquefort, de me sentir aussi hardi que vous, que mon père et mon oncle ?... Cette aversion pour les Anglais, où l'aurais-je prise, sinon dans les propos de mon père, puis dans ceux que vous et mon oncle avez échangés avec lui. Comment voudriez-vous que je la refoule ?

Tournant le dos à la flotte ennemie, il regarda autour de lui tous ces hommes prêts à combattre. Chaque lueur d'acier nettement détachée de la grisaille des cottes, des tissus, des boiseries du *Christophe* lui parut alors si nette, si rassurante, si intimement liée à la fortitude quasi tangible de tous ces guerriers aux aguets, qu'il s'en merveilla comme d'un signe annonciateur de réussite.

— Ah ! messire Blanquefort, soupira-t-il, si vous doutez de la victoire, pas moi !

Avec une satisfaction plus exaltante encore que lors du départ de Honfleur, il constatait combien, corps et âme, il appartenait à cette armée flottante dont les quelque deux cents passagers du *Christophe* constituaient les éléments d'élite. Où qu'il posât ses yeux, tout le réconfortait : ces Génois effrontés, querelleurs, devenus soudain muets, sereins, en position défensive, l'arbalète prête à cracher son carreau ; ces seigneurs, chevaliers, écuyers au gantelet crispé sur la prise de leur épée ; et même cette guisarme à l'acier scintillant, surgie d'une écoutille et maintenue d'aplomb, à deux mains, par un baron inconnu dont l'œil unique reflétait une morgue immense ; cette bannière éployée frappée d'une aigle d'argent sur fond d'azur sous laquelle s'étaient groupés trois membres d'une même famille : un vieux — le père — et deux jeunes : les fils. Tous ces hommes — comtes, barons, bacheliers, mercenaires — en attendant l'engagement, lui fournissaient l'image multiple et vivifiante d'une volonté, d'une énergie cohérentes, et si complètement affirmées dans la lumière de ce jour de soleil qu'elles comblaient ses espérances : les guerriers de Philippe VI allaient dominer ceux d'Édouard III. Il ne pouvait en être autrement.

— Apaise-toi, Ogier, conseilla Blanquefort. Laisse faire les choses et viens avec moi, là-bas. On s'y dispute.

Une altercation s'achevait à la poupe. Le sénéchal en avait perçu les éclats.

— Que se passe-t-il ?

Guillaume de Rechignac, attentif parmi un groupe de barons, fit un pas en arrière. Il s'adossa au limon de l'escalier d'accès au paradis, remua ses bras dans un mouvement d'impuissance, puis les croisa pour dominer leur tremblement.

— Barbe-Noire est allé trouver Hue Kieret afin de connaître ses intentions. Rendu furieux par la tâche que l'amiral vient de lui assigner, le Génois a protesté sans obtenir le moindre changement à des injonctions qu'il trouve insensées... Tiens, le voilà !

En criant : *« Ah ! les affreux ! Les affreux ! »* Barbanera descendait précipitamment du château d'arrière sous les regards intrigués des témoins de cet esclandre.

— Eh bien, messire, vous voilà prêt à nous quitter ! observa Etienne de Liancourt, un chevalier du Valois, quand le mercenaire passa devant lui.

— Si nous en croyons nos oreilles, intervint Gauthier d'Évrecy, un Normand, les dieux du paradis semblent désapprouver vos propos... ou vos conseils.

— Pouvons-nous savoir, demanda Blanquefort, quelle en était la nature ?

Trop heureux de révéler ses desseins, le mercenaire se laissa entourer par une douzaine de prud'hommes bruyants dont il exigea le silence.

— Messires, leur dit-il, une main sur le cœur comme pour en amortir les battements, vous savez, vous aussi, que la victoire appartient de préférence à ceux qui prennent l'offensive...

Il y eut des hochements de tête et des murmures d'assentiment à la suite desquels la main large et poilue du Génois, abandonnant le plastron de son haubergeon, se crispa sur la boucle de sa ceinture.

— En vertu de ce principe, j'ai voulu porter toutes mes galères à la rencontre des Anglais pour rompre le front de leurs naves d'avant-garde. Une fois cette attaque accomplie, vos vaisseaux se seraient enfoncés sans trop de peine dans la formation ennemie. Assaillis de l'intérieur et de l'extérieur, les Goddons ne pouvaient que subir la défaite... Et croyez-moi, puisque nous sommes en surnombre, leur ardeur aurait été refroidie pour longtemps.

Il entrevit Guillaume de Rechignac au dernier rang de l'assistance et s'adressa particulièrement à lui :

— Après avoir coulé la plupart de ces coques, plus rien ne nous empêchait d'accoster en Angleterre, comme le souhaitait Argouges.

— Eh oui ! fit Guillaume.

Le regard de Barbanera glissa sur les visages de ses auditeurs, et sa bouche, visible à travers la broussaille de la barbe et de la moustache, frémit sous un nouveau spasme de colère :

— Rien de ce qui est bon pour nous ne se fera, messires !... J'ai parolé avec un niais : Kieret. Un couard lui a donné raison : Bahuchet, qui veut attendre lui aussi les Goddons au mouillage. Blainville a accepté cette immobilité... à moins qu'il ne l'ait inspirée !

Blanquefort parut humer l'air devant lui :

— La discorde est montée à bord dès Honfleur. Le *Christophe,* depuis, empeste la défaite.

Barbanera l'approuva, mécontentant Ogier.

— Kieret et Bahuchet ont l'intention de passer sur le *Saint-Georges* et d'en faire *in promptu* le vaisseau amiral... Ces deux chefs, sur une même nef, se gêneront l'un l'autre !

C'était l'évidence, mais nul ne pouvait rien contre cette ineptie.

— Allons, compère, dit Guillaume de Rechignac, au lieu que ce soit sur des murailles de pierre, les Goddons se briseront sur nos parois de bois !

— Faire haler, dit Barbanera méprisant, à l'avant de la première ligne, nos quatre grosses nefs : le *Saint-Georges,* le *Saint-Denis,* le *Christophe* et le *Saint-Nicolas* !

— Il y a, dit Liancourt, sur le *Saint-Georges,* autant d'hommes que sur le *Christophe.*

— Oui, dit Barbanera : deux cents. Et pour ces quatre naves, quatre cents arbalétriers. Kieret et Bahuchet...

— Croient-ils, interrompit Blanquefort, que le roi d'Angleterre est effrayé de nous voir ?... Regardez en face !

Tous se tournèrent vers les Anglais.

— Ces quatre balinghiers (1), dit Gauthier d'Evrecy, font la nique aux nôtres !... Il y a là-bas l'amiral Morley... le bien-nommé ! Le comte de Hutington, le comte de Northampton et sûrement Gauthier de Masny, tous mariniers réputés et seigneurs de haut lignage. Nos nefs n'ont que de petits capitaines. Je ne veux pas médire des Bouvet, Danoys, Thomas Saquespée, Jean l'Avironneur... Ni déprécier Wylard Lardot qui, avec Jean Godefroy, est maître du *Christophe.* Or, je nous sens petits malgré notre grand nombre, et sans l'aide de Dieu...

(1) Ou *ballengniers* ou *balinghières :* grands bateaux d'où est né le baleinier.

Il n'osa terminer, mais tous avaient compris. Puis il reprit avec une sérénité qui, visiblement, lui coûtait :

— Les Anglais vont barbeyer (1) jusqu'à temps que nos nefs n'en peuvent plus de les attendre. Alors, ils se jetteront sur nous !

Soudain, Barbanera brandit ses poings en direction du paradis.

— Couards ! Couards ! Fils de couards ! hurla-t-il. Vous allez bientôt savoir ce qu'il en coûte d'agir comme des femelles.

Il enjamba la pavesade et, avant de poser le pied sur le premier barreau de l'échelle de coupée, il s'adressa encore aux guerriers immobiles :

— Vous méritez la victoire, mais ces trois-là, tout en haut, font en sorte de vous en priver !... Nous ne nous verrons plus, je pense... Alors, si les Goddons vous assaillent, eh bien, soyez plus vaillants qu'à l'ordinaire !... A Dieu, compagnons !

Tandis que le Génois, dans sa nacelle à deux rameurs, s'éloignait vers la galère capitane, Blainville lui réitéra son commandement d'assurer le flanquement de la flotte à bâbord.

— Rien de plus, messire ! insista le favori du roi penché au garde-corps du château d'avant.

Barbanera se résigna mal.

— J'ai été soldé pour obéir, répliqua-t-il dans son gueulard de cuivre. Adonques, j'obéirai...

— Ah ! Ah ! ricana Blainville. J'aime à vous contempler sous mon obédience !

Ogier n'osait croire à ce qu'il entendait. Il éprouvait le sombre besoin de voir cet homme détesté piquer du nez dans les flots. Il observait le Génois avec une compassion rageuse, enivrante : c'était un sage, malgré son aspect grossier. Novice, certes, et souvent traité comme tel, il ne comprenait pas qu'on pût se quereller ainsi avant une bataille, et ce qui l'ulcérait surtout, c'était l'orgueil de Blainville, cet épanouissement violent et ostentatoire d'une importance acquise probablement par une succession de moyens pervers et d'astuces innombrables.

Barbanera remboucha son gros entonnoir étincelant. Sa voix vibra, chargée de mépris et de dérision :

— Vous vous repentirez bientôt, Richard, des manœuvres auxquelles vous nous avez contraints depuis deux semaines et de cette immobilité qui vous satisfait présentement !... Quant à moi, je

(1) *Barbeyer :* Se tenir, par rapport au vent, de façon que le bateau gouverne sans avancer.

n'aurai aucun scrupule à vous abandonner lorsque vos instructions révéleront leurs faiblesse. Et croyez-moi : ce ne sera point trahison mais sagesse.

Blainville disparut. Ogier vit le mercenaire génois monter à bord d'une galère et prendre place sur l'espale (1). Il sentit une main sur son épaule : son père était de retour.

— Qu'y a-t-il, Guillaume ? demanda Godefroy d'Argouges. Je reviens de la proue. J'ai compté leurs navires. Ils sont plus de deux cents.

— Il y a, parent, que notre amiral, imbu d'autres habitudes que le Génois, a décidé, en accord avec Bahuchet et Blainville, d'embosser toute la flotte dans l'estuaire de l'Escaut.

Un des deux capitaines marins descendait du *paradis*. Liancourt l'interpella :

— Eh, Lardot !... Que fait-on ?

— Nous allons nous immobiliser à l'ancre sur quatre lignes, messire, en plaçant, reliés par des chaînes, les plus gros vaisseaux, dont le *Christophe*, en avant !

— Il ne me déplaît pas, avoua Guillaume de Rechignac, d'être ainsi un des tout premiers à me battre. Mais c'est folie que de nous attacher les uns les autres...

— Folie, en effet, approuva Godefroy d'Argouges.

Lentement, il détacha la tresse de cuir maintenant son heaume à sa ceinture ; puis, tourné vers son fils :

— Te sens-tu bien ?

C'était une façon détournée de demander : « As-tu peur ? » Ogier sourit :

— Très bien... Selon vous, Barbanera a-t-il raison ?

— Hélas, oui !... Surtout, demeure près de nous.

Ogier croisa le regard moqueur de Blanquefort, mais ne s'en irrita pas. Le sénéchal comprenait, tout comme lui maintenant, combien son ardeur belliqueuse, telle qu'il l'avait manifestée, participait d'une exaltation naïve, inconséquente.

— Je ne m'éloignerai pas, dit-il. Je me suis engagé, en quittant Gratot, à vous obéir en tout point... Même s'il m'en coûte, je ne faillirai pas à ma parole.

Il n'avait pu s'empêcher d'assortir cette nouvelle promesse de soumission d'une remarque destinée à rassurer son père, tout en lui révélant son état d'esprit. Il ajouta cependant :

(1) Partie des galères comprise entre le dernier rang des rameurs et la poupe.

— Vous agirez sans vous soucier de moi. Je serai prudent mais vous adjure de l'être plus encore lorsque ces démons seront là !

— N'aie crainte !

Et pour dissiper sa gêne ou son inquiétude, Godefroy d'Argouges ébouriffa les cheveux de son fils tout en lui demandant d'une voix railleuse, en désaccord avec la gravité de son visage :

— Te font-ils peur ?

— Non, par le sang de nos aves (1) !

Il ne mentait point. Il était furieux, haletant, le cœur lourd mais sa détestation des Anglais l'empêchait de céder à l'angoisse : ces loups trop enclins à dépecer le royaume de France ne pourraient que reculer sous les coups.

Comme il se retournait pour regarder les navires ancrés derrière le *Christophe,* il entrevit le plat pays grisâtre et verdoyant où les Flamands pouvaient se tenir à l'affût.

— Le péril peut aussi venir de par là.

— Eh oui ! approuva Godefroy d'Argouges. Je m'y attends.

— Vous vaincrez... Vous êtes supérieurs en vaisseaux et en hommes.

Ogier s'interrompit, étonné d'avoir parlé moins pour se rassurer que pour ragaillardir son père, car soudain, malgré la vigueur tranquille que cet homme dégageait, il le devinait soucieux, nerveux, peut-être résigné. Après ses fréquentes colères, sa soudaine sérénité semblait un mauvais présage.

— Gardez-vous bien ! insista-t-il.

— Nous ferons notre possible. Pas vrai, vous deux ?

Sous le dôme luisant de la cervelière à nasal, les faces de Guillaume de Rechignac et de Blanquefort étaient crispées, pâlies. Leurs yeux avaient perdu leur éclat, ce dont Ogier s'inquiéta jusqu'à ce que, regardant les guerriers autour de lui, il eût trouvé sur la plupart des visages, la même expression résolue. Allons, la fortitude qu'il devinait ramassée chez ces hommes, les trente mille autres groupés sur les nefs de France la possédaient eux aussi.

— Oui, mon gars, nous devons les vaincre s'ils nous attaquent. Il le faut, mais nous y perdrons beaucoup de compagnons...

Ainsi, Godefroy d'Argouges n'affirmait pas : « Nous les vaincrons. » Son « nous devons les vaincre » avait des relents de défaite.

— Allons, fils, ne fais pas cette tête-là !... Je t'ai demandé de

(1) Ancêtres.

me suivre et tu as accepté de grand cœur... Accomplissons notre devoir et advienne que pourra.

— Je ne regrette rien, père, et suis fier d'être en votre présence.

Touchant son perce-mailles, Ogier découvrit combien cette arme, si petite fût-elle, était nécessaire à l'égalité de son humeur et surtout à sa confiance en lui-même.

*
* *

Lorsque le crépuscule empourpra les nuages, rien ne s'était passé : les ennemis s'observaient. Les équipages des nefs de France, après avoir lentement manœuvré, venaient d'ériger entre la terre et les Anglais, un rempart si long et si large qu'Ogier, après l'avoir contemplé du sommet du château d'avant, fut convaincu de l'invincibilité de cette flotte devenue citadelle, et dont seule, pareille à une barbacane de bois pavoisée aux lis de France, l'étrave du *Christophe* débordait sur la mer.

— S'ils attaquent, nous les contiendrons ! s'exclama Bahuchet en tournée d'inspection.

— Par Dieu, oui ! S'ils se frottent à nous, ils souffriront et saigneront ! renchérit Hue Kieret.

Tout en parlant, l'amiral frottait ses mains maigres, couvertes d'un lacis de veines énormes, chenilleuses. Godefroy d'Argouges les interpella :

— Croyez-vous vraiment, messires, triompher de ces batailleurs ? Tête-Noire avait vu juste : il nous fallait les surquérir (1).

— Non ! C'eût été commettre une imprudence. Rester là, baron, c'est sagesse.

Toisant ce veillard chétif, engoncé dans une robe noire, sale et déchirée, le seigneur de Gratot eut un haussement d'épaules dans lequel Ogier trouva moins de mépris que de commisération.

Bahuchet ricana :

— Disposés comme nous le sommes, ils n'oseront nous agresser ! Leur navie s'est ababouinée par crainte et non par absence de vent !

— Les Anglais, messire, ne sont pas les couards que vous imaginez !

— La nuit viendra sans qu'ils ne remuent, continua Bahuchet d'une voix basse, sentencieuse. Demain à l'aube, ils seront loin...

(1) Les attaquer.

Ils auront profité de l'ombre pour voguer vers d'autres lieux où débarquer.

Dans sa barbute peinte à la couleur d'eau, le visage du capitaine, triste et livide, était agité de tremblements. Avait-il froid ? Avait-il peur ?

— Je ne suis pas homme de guerre, dit-il enfin, mais homme d'étude et de calcul.

— Oh ! ça, je n'en doute pas, messire le Trésorier de la Couronne, interrompit Godefroy d'Argouges. Que n'êtes-vous demeuré au Palais... Ici, pas d'écus à compter... Rien que des morts, bientôt, chez nos navieurs, les Génois et nous-mêmes !

Concevant que ses outrances pouvaient inquiéter son fils, le chevalier normand ajouta sur un ton de bienveillance tellement insincère qu'Ogier ne put éviter de sourire :

— A votre place, messire Kieret, j'assaillirais ces Goddons maintenant, dans le sillage des galères génoises ! Libérez, je vous prie, nos vaisseaux de leurs chaînes.

Comme autour d'eux des chevaliers murmuraient, l'amiral reprit d'une voix pointue, chevrotante :

— J'ai l'expérience de la mer, moi, et vous, Argouges, celle de la terre. Or, sur le pont de ce *Christophe* que j'ai ravi moi-même aux Anglais (1) j'affirme qu'il nous faut attendre !... Nous avons cent nefs et dix mille hommes de plus qu'eux ! S'ils se risquent à nous affronter, eh bien, nous ferons en sorte de les tailler en pièces.

— Kieret a raison, Argouges, approuva Richard de Blainville en apparaissant, coiffé de fer, les mains gantées de chevrotin vermeil. Et sachez-le une fois pour toutes : vos avis nous indisposent et nous n'en ferons jamais rien. Je commande ici de par le roi, et vous me devez pleine et entière obéissance.

Surpris et rassuré par le mutisme et l'impassibilité de son père, Ogier dévisagea ce baron qui naguère, en visite au château familial, l'avait embrassé et fait sauter sur son genou. Pâle, hautain, bras croisés, sourcils joints dans un terrible effort de volonté, Blainville provoquait Godefroy d'Argouges, et si peu qu'il l'eût entendu, le jouvenceau lui trouva un côté monstrueux. Cette voix acérée méritait d'être couverte par une autre, injurieuse ; cette suffisance d'autant plus affirmée qu'elle avait pour soutien la confiance royale, méritait d'être offensée. Mais comment ?

(1) Froissart place cet événement au début de 1340, les *Chroniques de France* et le continuateur de Nangis en 1338. C'était, effectivement en 1338.

— De par le roi, Argouges... Ne l'oubliez point !

Quelle que fût l'étendue du pouvoir dont il se prévalait, ce n'était pas le favori de Philippe VI qu'Ogier se surprit à exécrer le plus, mais bien l'homme tel que foncièrement il était : outrecuidant, matois, sans scrupule ; et tellement fier de prospérer à l'abri de la Couronne que ce privilège, étalé sans pudeur, paraissait dégager des miasmes. Quant à son rire, il semblait précéder un crachat de venin.

— Laissez-nous, Argouges. Allez donc vous coucher... Nous avons autre chose à faire, présentement, qu'à tendre l'oreille à vos lamentations... Mais par Dieu ! Vous voilà blanc comme un œuf... Craindriez-vous ces écumeurs ?

— Messire, gronda le seigneur de Gratot, un mot de plus...

— Allons, allons, intervint Gauthier d'Evrecy en bousculant Kieret pour séparer les deux hommes. Nous avons intérêt à nous unir. Tailler, occire des Anglais, soit, messire Blainville... Nous nous sommes embarqués dans cette intention... Cependant...

Il se tourna vers Godefroy d'Argouges, immobile, impénétrable :

— Comme vous, compagnon, j'aimerais nous sentir en position forte. Et notre force, Tête-Noire l'a compris, c'est de nous mouvoir hardiment. Nous l'entendrons bientôt crier la passe-vogue (1).

— Non, comte d'Evrecy, hurla Blainville.

Il fit un pas en arrière, décroisa les bras, et du plat de sa dextre rouge, il eut un geste tranchant :

— Non ! Jamais ! Nous formons, assemblés, une bastille imprenable...

Sans achever, il s'éloigna, entraînant avec lui Kieret et Bahuchet qu'il avait pris par l'épaule.

— Vous avez raison, Evrecy, dit Godefroy d'Argouges, tandis qu'Ogier s'étonnait que ce barbu débonnaire, avec lequel son père s'était entretenu quelquefois, fût vêtu d'une robe et d'un chaperon gris, comme un bourgeois endimanché.

Lancelot de Longval s'approcha. Il eut un rire léger, presque efféminé :

— Je respecte les vieillards, dit-il. Mais un temps vient, quand l'âge vous a bien amoindri comme Kieret, où, plutôt que de guerroyer, il vaudrait mieux songer à faire la paix... avec Dieu.

(1) Commandement aux rameurs des galères de faire force de rames.

Il était jeune — vingt ans, sans doute — blond et pâle. Une houppelande fourrée de peaux et de queues de renards s'entrouvrait sur son haubert fendu à la mode ancienne — sur le devant et les côtés. Il n'avait pu se séparer de ses éperons. Il était coiffé d'un heaume à calotte conique, surmonté d'un gland d'or auquel pendait une chaînette — un bracelet de femme adulée — ; il se tourna vers Evrecy :

— Il serait bon, Gauthier, que tu ailles troquer le velours de cette robe contre de bons anneaux insensibles aux coups. Bientôt, sur ce pont, il grêlera du fer et du feu !

— Mais où est donc passé Blainville ? demanda tout à coup Blanquefort.

— Disparu, envolé, dit Guillaume de Rechignac dont les mains crochetées par les pouces simulèrent un battement d'ailes.

— Essaie donc de savoir ce qu'il trame, demanda Godefroy d'Argouges à son fils. Mais surtout, ne te fais pas découvrir.

La nuit tombait. Ogier parcourut le *Christophe,* couvert çà et là par les ombres immobiles des dormeurs. Chez les Génois, la discipline se relâchait : ils avaient abandonné les pavesades. Leurs cranequins, leurs arbalètes et leurs carquois jonchaient le pont. Certains jouaient aux osselets et aux dés. D'autres se disputaient. Quant aux barons et chevaliers, la plupart d'entre eux avaient regagné l'intérieur du navire.

— Allons, ce n'était qu'une alarme sans conséquence, dit Etienne de Liancourt en étouffant un bâillement. Je vais dormir. Si les Anglesches avaient eu l'intention de nous affronter, nous nous battrions déjà.

« Mais alors, pourquoi ne partent-ils pas ? » se demanda Ogier.

Quand l'obscurité fut épaisse, il aperçut Blainville à la pointe du château d'avant déserté par son guetteur. Après avoir regardé vivement autour de lui, le favori de Philippe VI découvrit la lanterne qu'il dissimulait sous sa houppelande et l'agita en direction des Anglais.

— Par Dieu, il les défie !... A moins qu'il ne s'agisse d'un signal... S'il recommence, je cours avertir mon père...

Mais Blainville jeta la lanterne à la mer et redescendit sur le pont.

Il passa près du garçon accroupi derrière le cabestan, salua de la main trois arbalétriers que son attitude — s'ils l'avaient surprise — avait laissés indifférents, puis gravit à pas lents l'escalier d'accès au paradis.

— Ça alors !

Perplexe, Ogier alla s'étendre entre son oncle et son père.

— J'ai vu Blainville.

— Par pitié, mon gars, oublions-le. La bataille est pour demain et je dois m'y préparer.

— Soit... Blainville, père, est peut-être un malandrin plus malfaisant encore que nous l'imaginions... Demain, je vous en parlerai.

Soudain, des rires, des voix, des chants de femmes traversèrent la nuit silencieuse et chaude.

— Putains ! grogna quelque part Blanquefort.

— Putains, non, dit Godefroy d'Argouges. Ce sont les comtesses, les baronnes, les bourgeoises et leurs meschines (1)... Elles vont à Gand où les attend la reine Philippa. Si nous avions attaqué, nous aurions peut-être pu isoler cette nef, nous emparer de ces femmes et contraindre Édouard à négocier...

— Bah ! grogna de nouveau Blanquefort, dont Ogier, soulevé sur un coude, distingua la forme allongée, proche de son oncle. A quoi bon songer à tout ce que nous n'avons pas fait.

— Taisez-vous ! protesta un homme quelque part.

— On a sommeil, cria un autre.

Godefroy d'Argouges toussota ; sa voix devint un chuchotement :

— Mon gars, ces démons vont se venger du pillage de Hantonne (2). C'était voilà deux ans, un dimanche matin. Les Goddons assistaient à la messe. Pas le temps de se défendre. Les femmes ont été violées dans l'église, sur les corps de leurs maris trépassés... Tous les enfants furent occis. Celui qui commanda ces meurtres, c'est Kieret.

— S'ils le prennent, dit Blanquefort, il lui couperont les coulles.

Godefroy d'Argouges approuva et, tourné vers Ogier :

— Si les Goddons accèdent au *Christophe,* n'attends pas : saute à l'eau. Une fois à terre, garde-toi des Flamands et s'ils te prennent, feins d'être sourd et muet.

— Pourquoi, Père ?

— Depuis plus de trente ans qu'ils guerroient contre nous, ils ont imaginé une astuce pour découvrir ceux de chez nous. Faire dire à tout suspect d'être de France : *Schild end Vriend...* Je le dis fort mal : eux seuls sont capables de prononcer ces trois mots « à la flamande », et c'est pourquoi je te fournis ce conseil.

— Et si je reste libre ?

(1) Servantes.
(2) Southampton.

— Fie-toi au soleil pour regagner Gratot. Chaque soir à son coucher, il te montrera la voie. Déplace-toi la nuit... Si tu cours tout au long des rivages de mer, défie-toi des bougues (1). Une fois rendu, protège ta mère et ta sœur.

— Oui, Père.

— J'ai peut-être eu tort de t'emmener.

— Ne pensez plus qu'à vous. Essayez de dormir.

Godefroy d'Argouges saisit la main de son fils et la serra très fort :

— Si je meurs, fais-moi honneur. Veille toute ta vie au respect de nos lions... Et si tu as besoin d'aide, va trouver Robert Bertrand à Bricquebec ou Fauvel de Vaudencourt... sans oublier le seigneur de Marigny auquel nous avons fait aveu.

Quelque chose brillait entre les cils du chevalier. Ce pouvait être aussi bien une larme que le reflet d'une étoile.

(1) Sables mouvants. Les bougues de Quineville, en Normandie.

III

L'aube vint, révélant peu à peu les Anglais immobiles et silencieux dans des brumes cuivrées qu'un vent de nord-est dissipait. Justifiant les prévisions de Godefroy d'Argouges, ils s'étaient approchés à la faveur des ténèbres.

— Bon sang ! s'écria Blanquefort, regardez !

Les galères de Barbanera s'éloignaient. Le mercenaire semblait fuir le combat avant même qu'il eût commencé.

— Tête-Noire dérape ! cria Blainville à l'avant du Paradis. Ah ! je le ferai pendre.

Aucun homme, sur le *Christophe,* ne parut partager sa fureur. Au contraire : il y eut des rires. Il n'était pas prouvé, en effet, que le Génois refusait la bataille.

Patiemment, l'on attendit. Quelque temps avant midi, Ogier vit se détacher de la flotte ennemie une galiote aux voiles rouges sur laquelle trois léopards semblaient bondir au vent. La manœuvre était claire :

— Voyez, dit Godefroy d'Argouges à ses compagnons : ils vont attaquer *la Riche.* Ils l'ont jugée petite et mal armée, ce qui est vrai.

— Qui la commande ? demanda Ogier.

— Guillaume de Gromesnil... Il me semble que cette galiote est bourrée d'écuyers avides de gagner leur Chevalerie... et qui peut-être ont désobéi : c'est folie d'agir ainsi quand on a deux cents coques derrière soi.

Des grappins volèrent. La galiote se serra contre *la Riche.* Une grêle d'hommes de fer s'abattit sur le pont du vaisseau normand cependant que les guerriers de Gromesnil attaquaient par l'avant la coque adverse. Le *Christophe* était trop éloigné de ce combat pour que ses passagers pussent en suivre les péripéties. Ils virent toutefois du feu se propager sur le pont du bâtiment anglais et dans ses soutes tandis que *la Riche* se détachait soudain de son agresseur. Bientôt, la galiote tout entière fut embrasée.

— Elle coule ! s'écria Ogier.

— Voyez, dit Blanquefort. Nos compères jettent les Goddons à la mer... Cela me semble un heureux présage.

Godefroy d'Argouges resta silencieux. Les Anglais continuaient leur manœuvre. Face à l'est, le soleil dans les yeux, Édouard III avait dû commander qu'on amenât d'un quart à tribord. L'abatée ne suffisant pas pour gagner le vent qui soufflait du nord-est, il vira de nouveau.

— Que font-ils ? demanda Blanquefort.

— Édouard détrit un petit peu... Il me paraît certain qu'il attend la marée (1).

L'intention des Anglais paraissait tellement évidente qu'un hunier exprima l'opinion de tous en criant :

— Ils partent ! Ils vont mouiller au-delà de l'Écluse !

La manœuvre, effectivement, ressemblait à une retraite.

Les Français et les Génois se bousculèrent sur le château d'avant du *Christophe* afin d'assister à ces évolutions qui les délivraient de leur anxiété. Après les insultes, les bourrades, les menaces nécessaires à quiconque voulait atteindre les garde-corps, ce fut sur le navire amiral, comme sur tous les autres, un moment d'accord total dans une liesse effrénée. Des cris fusèrent, des mains s'agitèrent :

— Bon vent !

— *Buon viaggo !*

— Allez vous faire lanlaire, malandrins !

— L'Écluse, ce soir, nous appartiendra !

Hue Kieret et Bahuchet, réveillés sans doute en sursaut, descendirent précipitamment du Paradis, s'informèrent auprès du timonier puis se rendirent à la proue du vaisseau pour s'imprégner de cette jubilation qu'Ogier trouva outrancière et inopportune.

— Ils s'esbignent ricana Hue Kieret. Je vous l'avais bien dit, compère : leur coques sont trop enhuchées (2) pour contenir des guerriers en suffisance !

(1) Les Anglais allaient se rendre maîtres du vent et de la marée qui, ce jour-là commença à 11 heures 23 (d'après le bureau des longitudes britannique).

(2) Un bâtiment enhuché était un bâtiment haut sur l'eau.

— C'est de la couardise, on dirait.

Hilare, Bahuchet interpella Godefroy d'Argouges sans chercher à lui dissimuler son soulagement :

— Eh bien, chevalier, qu'en dites-vous ?

— Rien encore, messire. J'attends... Si je commandais sur cette nef, je demanderais aux Génois de regagner les pavesades, d'y décrocher leur pavois et d'armer sans tarder ces arbalètes sur lesquelles nous trébuchons.

Il donna un coup de pied dans l'une d'elles. Ogier qui le suivait écarta du sien un carquois.

— Bah ! Bah ! ricana Bahuchet. Cessez de vous courroucer. Ils partent. Ils nous craignent. Cela seul à de l'importance.

— Je me doutais, dit Hue Kieret, qu'ils nous destouilleraient (1). L'Écluse est nôtre. L'Angleterre attendra. Si Blainville s'ajuste à nous, ce soir, les Flamands et les Hannuyers (2) seront à genoux.

Le seigneur de Gratot, impassible, fit quelques pas, bras croisés, tête basse puis, comme étranger à la cohue vociférante, il monta s'accouder à la balustrade du Paradis parmi les marins dont il écouta les commentaires tout en surveillant l'orientation des Anglais.

— Ils enfilent le chenal du Zwyn, dit-il, en serrant la côte vers les polders d'Et-Hazegras tandis que nous sommes immobiles, acculés à l'est sur Kadzand... Bientôt, cinquante mille hommes vont s'entretuer... Viens, Ogier !

Godefroy d'Argouges redescendit sur le pont, et sans aucun émoi, mais la senestre tapotant le fourreau d'Almire, il marcha en direction de l'amiral et du capitaine de la Mer dont il interrompit l'exultation :

— Plutôt qu'une retraite, messires, j'appelle ce qu'ils nous préparent, un assaut... Et s'ils n'ont pas Dieu en poupe, du moins Son vent et Son soleil leur sont-ils favorables... Vous pensiez qu'ils nous attaqueraient de front s'ils s'enhardissaient — ce dont vous doutiez — eh bien, nous allons subir leur choc à tribord et les flancs des petites nefs que vous y avez fait placer n'y résisteront pas.

En effet, leur mouvement tournant accompli, les vaisseaux d'Édouard voguaient droit sur ceux de Philippe.

— A l'arme ! A l'arme ! hurlèrent partout les vigies.

Ébahis et comme gênés dans leurs mouvements, les Français ne purent ni désentraver leurs navires pour se porter au-devant de

(1) Débarrasseraient.
(2) Gens du Hainaut.

l'ennemi, ni suspendre des masses à leurs antennes, encore moins fixer un bélier à leur mât de misaine, comme c'était la coutume. Quelques vaisseaux seulement eurent leurs écoutilles fermées et leurs trébuchets en place. Partout, comme sur le *Christophe* où le désarroi était complet après que les guerriers eurent dégringolé du château d'avant, on eut à peine le temps de garnir les garde-corps de toile double bourrée de literie, de caisses, de câbles, de sacs de lentilles et de farine ; tout convenait pour faire écran aux traits de l'ennemi. Cependant, derrière ces remparts édifiés en hâte tantôt devant, tantôt derrière leur grand pavois, les Génois furent incapables de s'installer commodément pour épauler leur arbalète ; on se bouteculait trop auprès d'eux. Leur première volée de carreaux, inhabile et prématurée, s'éparpilla dans la mer après avoir effrayé et abattu quelques mouettes.

— Regarde-moi ça, Guillaume, dit Godefroy d'Argouges à son beau-frère tout en toisant Hue Kieret et Bahuchet, confondus par la promptitude de l'assaut, et qui enjambaient la passerelle reliant le *Saint-Georges* au *Christophe*, jamais, sur terre, je n'ai vu pareil pêle-mêle.

— Et où est donc passé notre grand connétable ? demanda Blanquefort en feignant la naïveté.

— Blainville ?

— Eh oui, Blainville, messire Argouges.

— Il doit être aux latrines. La *caque sangue* lui tord et brûle les boyaux !

Son mépris épanché, le seigneur de Gratot ajouta, le regard de nouveau tourné vers le large :

— Ces démons n'en ont guère pour longtemps à nous atteindre.

Précédé de ses balinghiers alignés sur un seul rang de trente, et leur voiles gonflées à éclater, l'ennemi, à moins de trois cents toises, cinglait sur la flotte de Philippe VI. Ces nefs de pointe, pavoisées de bannières ponceau, amarante et jonquille, et dont les étraves, pareilles aux poitrails des chevaux de bataille, étaient bardées de fer, crachaient feu, flèches et dards. Le rostre de l'une d'elles éperonna la carène d'une galère de Babanera. Ogier entendit le cliquetis des avirons brisés, le craquement des membrures rompues et les plaintes des hommes de bonne voglie (1) engloutis

(1) Contrairement à ce que l'on croit, les rameurs des galères n'étaient pas des condamnés, mais des spécialistes. Un rameur de bonne voglie était un honnête homme, solide et endurant : une sorte d'engagé volontaire dans la marine royale.

par les flots bouillonnants. Il fut près de se boucher les oreilles, mais c'eût été déchoir ; il y renonça.

— Eh bien, voilà ! dit Godefroy d'Argouges. Nous allons nous trouver bientôt dans la mêlée, sans pouvoir bouger tant nous sommes enchaînés les uns aux autres... La belle ouvrage !... Et le bel amiral qui nous a conduits là !

Furieux qu'on eût coulé une de ses galères, Barbanera dirigeait la sienne vers une petite nef en retrait des autres.

— Il va la défoncer, dit Godefroy d'Argouges.

— Cela semble certain... Mais que fait-elle si esseulée ?

Blanquefort s'inquiétait pour l'ennemi !

Ogier, courroucé, se détourna du sénéchal et ne quitta plus du regard toutes ces rames qui frappaient la mer vivement, en cadence, à la façon d'un mille-pattes. Un homme d'équipage prétendit connaître la nef infortunée :

— Le *Rich-Oliver* ! J'en jurerais. Oyez, messires, les cris qui s'en échappent !... Ce sont des dames qu'il contient.

La galère capitane atteignit le navire. Son éperon pénétra dans la coque, provoquant une voie d'eau que seul un miracle eût pu aveugler. Ogier vit des femmes et des enfants sauter par-dessus bord. Il ferma les yeux et voulut se boucher les oreilles.

— Viens, fils, dit Godefroy d'Argouges. Barbanera ne fait qu'exercer son métier.

Le jouvenceau fut entraîné vers la coursie. Son père lui montra un tonneau attaché à l'arbre maître :

— Il a contenu des harengs ou des sardines. Pendant que tu dormais, je l'ai pris dans la soute et monté avec Guillaume. Viens t'y musser.

— Épargnez-moi cette vergogne !

Ogier frémissait et claquait des dents. D'indignation, non de crainte. A défaut de la voir tout entière, il voulait assister aux prémices de la bataille.

— Pas là-dedans, Père.

L'orgueil et l'inanité de son refus lui apparurent aussitôt. Une fois spontanément, une autre à contrecœur, il avait engagé sa parole, et plutôt qu'obéir, il se rebellait.

— Têtu, broncha Godefroy d'Argouges, tourné vers son beau-frère et son sénéchal.

— A ta semblance, répliqua Guillaume. Attends un peu : quand il verra de quoi il retourne, il sautera de lui-même en cet asile et s'accommodera de son odeur.

— Attendre ! s'étonna le chevalier normand. Mais ne vois-tu pas qu'ils sont là ? N'es-tu plus d'accord avec moi ? Où veux-tu qu'Ogier se dissimule ? Dans la carcasse du *Christophe* ? Il n'en pourra sortir quand nous bataillerons. Il y risque trois morts : le feu, la noyade ou l'estoc d'une épée !

Autour d'eux, c'étaient les cris, la précipitation, les appels et parfois les commandements. Les hommes d'équipage couraient sans discontinuer. Certains allaient quérir des armes — arcs, sagettes, vouges, épieux — dans le ventre du navire ; d'autres en extrayaient des paillasses, des couvertures, des sièges, des portes d'armoires : de quoi renforcer les pavesades. Et malgré les menaces et les insultes de Wylard Lardot, les vigies, les gabiers abandonnaient leurs perchoirs.

— Plus rien à faire là-haut ! dit l'un d'eux en lâchant la corde au moyen de laquelle il était descendu.

Un autre, écartant de son chemin le capitaine marin, lui conseilla sans égards d'abandonner le Paradis pour toujours car l'enfer était tout proche :

— Voilà où vos dissensions nous ont menés !... Foi de Joël, ça ira mal pour nos goules ! La nef d'Édouard vient droit sur nous !

Une barge aux armes écartelées de France et d'Angleterre, cimée au sommet d'un mât d'une couronne d'argent doré où flamboyait un soleil, voguait droit sur le *Christophe*.

— Le *Thomas* ! hurla un homme. Gardons-nous !

Ogier entrevit, à l'arrière du vaisseau, un guerrier vêtu d'une longue cotte de cuir blanc, l'épée prête à trancher, pourfendre, ensanglanter.

— Édouard ! dit Godefroy d'Argouges. Au moins, les Goddons se sont-ils donnés un conduiseur hardi.

— Va-t-il nous assaillir ?

Ogier dut s'avouer qu'il s'exhortait au courage. Vainement. Un gabier qui passait et l'avait entendu lui tapota l'épaule :

— Il va nous aborder et nous envoyer par le fond ! Moi, je me sauve !

Ensuite, usant des coudes et de la voix pour se frayer un passage, l'homme disparut dans la cohue.

Godefroy d'Argouges avait assisté, muet et méprisant, à cette scène. Il poussa son fils en avant :

— Entre dans ce tonneau. Il empunaise, c'est vrai, la saumure ; c'est toutefois le meilleur des asiles. Surveille-nous. Nous pouvons les refouler, mais dans le cas contraire, n'attends pas que les Anglais t'entourent pour guerpir.

— Mais, Père, j'aimerais mieux…

— Je sais. Tu es trop jeune encore pour nous venir en aide. Obéis sans te rebiffer à la manière de ce gabier dont la couardise mérite la mort, d'où qu'elle vienne.

Tourné vers ses deux compagnons comme s'il s'attendait à des objections, le seigneur de Gratot commenta :

— Qu'Ogier entre dans ce malestan (1) ne peut-être une lâcheté de sa part… Vous voyez d'ailleurs comment il y consent !

Blanquefort eut un indéfinissable mouvement du menton ; Rechignac resta muet, immobile, et Godefroy d'Argouges prit ce silence pour de la réprobation.

— Tu ne peux pas savoir, toi, lança-t-il au baron. Tu n'as que deux pucelles, et elles sont loin.

C'était dit d'une voix lasse, grognonne, sans aucun effort d'aménité. Rechignac n'avait fait allusion qu'une fois à ses filles — pour confier à son beau-frère ses intentions d'envoyer quelques années la plus jeune, Tancrède, indocile, au couvent. Il ne se méprit pas sur l'état d'esprit de son parent :

— Tu fais bien de mettre ton gars en sécurité, et, ma foi, je te l'ai dit : ce baril est le meilleur refuge que nous ayons pu lui trouver sur ce vaisseau.

— Si je meurs, comprends-tu, il faut qu'Ogier…

— Garde tes raisons, coupa Guillaume. Je suis veuf depuis longtemps. Si je meurs, moi, mes pucelles deviendront je ne sais quoi… Certes, s'il survit et retourne au pays, Blanquefort pourra veiller sur elles.

Le baron écarta d'un geste ces conjectures : elles l'importunaient. Blanquefort n'ayant pas bronché, il ajouta :

— Godefroy, si j'avais un gars, je l'aurais pris avec moi comme tu l'as fait, car c'est la meilleure probation que je connaisse. Et je le préserverais de façon qu'à ma mort mes armes, mon nom et mon sang continuent.

Il toucha l'épaule de son neveu :

— Ne te montre pas plus rétif qu'il ne convient. Aurais-tu l'âge d'ostoier (2) que je serais le premier à te crier : « Bats-toi ! » Présentement, tu dois obéissance à ton père… Alors, enjambe ce baril ! Ton père et moi… et la sagesse l'exigent.

Ogier bouillonnait de malerage : lui, là-dedans ? Il se tourna

(1) Tonneau défoncé d'un bout. On y mettait les poissons destinés à être saumurés, particulièrement les sardines.

(2) De guerroyer, de combattre dans l'ost.

vers Blanquefort, espérant que son attitude avait au moins obtenu son assentiment. Il découvrit sur le visage figé du sénéchal, non seulement une tristesse infinie, mais une sorte d'agacement. Estimait-il qu'il devenait un trop lourd fardeau, et se disait-il qu'à la place de Godefroy, pour une expédition pareille, il ne se serait jamais encombré d'un enfant ?

— Ou tu entres là-dedans, insista Guillaume, ou ton père et moi te balançons par-dessus bord.

— J'aimerais bien voir ça, gronda Ogier.

Le tonneau lui arrivait à la poitrine. Une main crispée sur la corde qui le fixait au mât, le garçon regarda une dernière fois en direction du château d'avant.

Quoique la nef amirale n'eût pas encore été abordée, sa défense commençait. Les arbalétriers tiraient sur les balinghiers d'Angleterre, maintenant à portée de carreau, et dont parfois un homme se détachait d'un gréement. Derrière eux, accroupis ou agenouillés pour échapper aux sagettes ennemies jaillies en sifflantes nuées, les chevaliers et leurs écuyers attendaient l'instant du premier heurt. Tous avaient dégainé. Des cris, des jurons, des blasphèmes éclataient tout au long de cette haie vivante, écaillée de fer et de bois, et dont un homme parfois basculait en portant ses mains à sa poitrine ou à sa tête. Et quelque chose d'intangible et pourtant d'aussi lourd que du plomb pesait sur le pont du *Christophe :* la peur. Telle une araignée gigantesque accrochée aux vergues, aux cargues, à la résille des haubans, elle guettait ; immobile, invisible, elle surplombait sans aucune distinction de rang, de race et d'âge tous ces hommes contraints à se défendre après qu'ils eurent tous rêvé d'attaquer. Ils semblaient habités par une énergie, une résolution semblables, et ceux qu'une flèche, un carreau atteignait peu grièvement demeuraient en place, une fois le trait arraché à leur chair, bien décidés à combattre à outrance.

— Nous n'avons même pas un presbythérien ! commenta Godefroy d'Argouges en désignant un écuyer ployé en deux sur le bordage du château d'avant, et dont le sang lui sortait par le dos.

— Allons, Ogier, insista Blanquefort auquel le regard écœuré du garçon n'avait pas échappé. Voilà notre premier martyr : Guyot de Janville, dix-huit ans... Il y en aura d'autres avant peu... Ne regrette rien... Musse-toi dans ce tonneau. C'est, par ma foi, une autre façon d'avoir des douves autour de soi... Il y a même un couvercle. Entrebâille-le et observe... Et si ça va mal, n'attends pas qu'ils te prennent : saute à la mer et prie d'abondance pour ton salut !

La rancune du garçon envers le sénéchal s'apaisa. Il lui sourit puis, résigné :

— Bien que cela me déplaise, je suis prêt.

Muet, Godefroy d'Argouges l'aida à s'introduire dans la cuve. D'une main, il en ramassa le couvercle par l'ansette, et de l'autre il saisit son bouclier que Blanquefort lui tendait avec une déférence dont il était peu coutumier envers Guillaume. Ensuite, le chevalier normand interpella le timonier :

— Eh ! l'homme... Viens donc t'abriter.

Le marin était jeune, moustachu, le torse pris dans un surcot gris. Railleur, il désigna le tonneau :

— Souhaitez-vous, messire, que j'assiste ce jeunet en cas de déconfiture ou que je m'enfourne là-dedans avec lui ?

— Je ne te demande rien, il me semble. Et mon gars est d'humeur à défendre sa vie.

— N'empêche que moi, messire, à votre place, j'aurais...

Il ne put poursuivre : une flèche s'était fichée dans sa gorge. Il s'affaissa en gargouillant, rampa, porta ses mains sur le trait mortel, parvint à s'agenouiller, puis roula sur le flanc et ne bougea plus .

Argouges enfonça la tête de son fils dans le tonneau :

— As-tu vu ? Tu pourrais périr comme lui, toi qui n'as pas une once de fer sur la peau... Quand je t'ai demandé de venir avec moi, j'étais sûr que la bataille tournerait à notre avantage. Maintenant, son issue me paraît... différente... Quoi qu'il advienne, fils, ne m'en veuille pas ! J'ai cru bien faire et me suis fourvoyé.

Il posa le couvercle sur la tête d'Ogier, qui le maintint entrebâillé. Puis il dégaina Almire et affermit le grand écu aux lions d'or devant son torse enveloppé de mailles, elles-mêmes couvertes d'une cotte bleue où les lions encore, leurs griffes déployées, semblaient rugir en se tirant la langue.

— A Dieu, mon fils. Si je meurs sois un preux hardi et redoutable.

Il se précipita vers l'avant du navire.

— Ohé !Attendons-nous, parent ! s'écria Guillaume en courant derrière son beau-frère, Blanquefort sur les talons. Demeurons ensemble afin de nous prêter la main... Regardez ! Ils commencent à lancer leurs graves (1) !

*
* *

(1) Grappins.

Dans la pénombre où il se trouvait soudain plongé, Ogier cessa de refréner sa colère.

« Il n'aurait pas mieux traité un chien. »

L'attitude intransigeante de son père avait été dictée par le bon sens plus encore que par l'affection ; mais que l'esprit eût devancé le cœur dans cette affaire ne changeait rien à son résultat : recrobillé dans une cuve infecte, il se sentait glacé de honte.

« Seigneur ! Je le maudirais presque. S'il estime que je suis encore un enfant, que signifient les paroles qu'il m'a dites à Gratot ? *« A présent que tu en as l'âge, te sens-tu le cœur de me compagner ? »* Je l'ai suivi avec joie. Il en a paru satisfait. En chemin, il m'a même dit : *« Tu seras comme un écuyer attaché à mon service. »* Alors quoi ? Que me veut-il vraiment ? Est-ce en agissant comme un couard que je deviendrai chevalier ? »

Un souvenir précis traversa sa mémoire et lui tordit le cœur : sa mère surgissant de la porte piétonne et courant après eux, dans la brumasse du petit matin : *« Laisse-le, Godefroy ! Laisse-le... Il est encore trop jeune... Par pitié laisse-le. »* Il ne lui connaissait pas cette voix déchirante, chargée de rancœur et de désespoir. Ensuite, comme elle sanglotait, son père avait donné de l'éperon : *« Au galop, fils... Bon sang, elle n'a pas pour deux sous de courage ! »* Et alors qu'ils parvenaient à Coutances : *« Ne me parle jamais de cet abandon, Ogier ! Oublie-le ! »* Cette scène, maintenant, il devait l'avoir lui aussi en mémoire.

«Mère !... Que faites-vous ?... Avez-vous pardonné ? »

D'ordinaire, penchée sur le garde-corps du perron, elle nouait au coude de son époux un volet de mollequin rouge, broché, que Néel d'Argouges, son aïeul, avait arboré à Hastings. Elle lui supposait des vertus protectrices. Bien qu'elle se déclarât insensible aux superstitions de toutes sortes et qu'elle réprouvât le port de certains phylactères par maintes dames du Cotentin, il fallait qu'elle accomplît ce rite de la manche honorable en usage, surtout, lors des joutes et des tournois. Alors, en regardant s'éloigner son mari et ses hommes d'armes, elle recouvrait son humeur avenante. Il lui reviendrait : messire saint Michel soutiendrait sa vaillance.

Cette fois, par mégarde ou blâme inexprimé, elle avait enfreint la coutume instituée par elle. Pis encore : elle n'avait pas soufflé sur le plat de sa main le baiser d'adieu dont son preux chevalier ne pouvait s'émouvoir puisque, sitôt franchi la voûte cavalière, il ne se retournait jamais. Elle n'avait pas crié, supplié : *« Reviens-moi ! »* avant de s'en aller prier à la chapelle.

— Le *Thomas* ! hurla un homme. Édouard est sûrement dedans…

Le visage tendu vers la faible clarté retenue entre le couvercle et le bord du malestan, le garçon écouta les bruits de plus en plus proches et distincts : cris rauques surgis des nefs d'Angleterre et qui, pareils à des bourrasques, tourbillonnaient sur le pont du *Christophe ;* sifflements secs et brefs des sagettes ; chants discordants et rudes des chiourmes ramant pour l'ennemi ; fanfares aigres, parfois couvertes par les orages des tambours ; tout cela, — les rumeurs torrentueuses et les fers acérés —, déferlait sur la nef amirale et les bâtiments voisins tellement immobiles qu'ils paraissaient échoués.

— Si seulement je pouvais m'agenouiller. Mais non, c'est trop étroit, et d'ailleurs je ne verrais plus rien.

Sans qu'il sût s'il devait ce désagrément supplémentaire à son attitude incommode, ou bien au fait qu'il entendait tout sans rien voir ou presque, l'anxiété, dans le corps crispé du garçon, propageait sa fièvre et ses frissons. Que faire ? Demeurer figé, aussi inutile qu'un mort dans ce cercueil renflé comme un ventre d'obèse ? Certes non… En surgir, évidemment. Frayer sa voie dans la male cohue et parvenir à la poupe. Grimper jusqu'au paradis, s'allonger sur son seuil et regarder entre les chanceaux du garde-fou… Cela c'était possible.

« A cause de leur insistance à me mettre là-dedans, je n'ai pas eu le temps de les prévenir que Blainville adressait des appels aux Anglais. » Là, il exagérait : il n'avait pas vu des signaux, mais un signal. Ce pouvait être une provocation.

Il décroisa ses bras ramenés devant sa poitrine, et comme il s'écorchait le revers des mains contre les douves, son exécration empira :

« Qu'ai-je à faire, moi aussi, des menaces de ce malfaisant ? Ce n'est plus le moment d'y penser, mais une chose est sûre : c'est lui qui nous a menés là. Nous sommes perdus par sa faute, et je dois quitter ce navire alors qu'il en est temps. »

Fuir !… Lui qui avait rêvé de sauter à l'abordage sur le pont d'un navire anglais… Fuir, lui, le fils de Godefroy d'Argouges ! Lâcheté ou prudence ? Allons, il n'allait pas balancer ! A quoi lui servait-il de demeurer dans cette obscurité puante ? Il y suait plus qu'aux étuves et écoutait comme on écoute aux portes, sans pourtant rien savoir du dehors, ou si peu…

— Moi, là, comme un hareng en caque !… Plus je me

morfondrai dans ce tonneau, plus j'y divaguerai et plus j'empunaiserai la saumure.

Le bruit uniforme des combats engagés sur d'autres navires se craquela, puis se reforma et s'accrut, ainsi que l'obsédant frissement des sagettes. Et soudain le garçon sursauta : l'une d'elles s'était fichée dans le haut d'une douve.

« Bon Dieu ! Au niveau de mon front... Elle n'est sortie du bois que d'un pouce, mais s'il s'était agi d'un carreau, il l'aurait traversé davantage et j'aurais pu être éborgné... Ces démons sont tout proches à présent. »

La peur se délaya dans son sang.

« Père s'est trompé : je le savais bien, moi, que j'étais en péril ici autant qu'ailleurs. »

L'immense et féroce terreur qui s'abattait sur la mer envahit tout à coup le tonneau, et de son crâne Ogier en poussa le couvercle. L'air sentait l'étoupe, la poix, le soufre, l'huile, et fumait à tel point qu'il en éternua. Il hésita à sortir sa tête hors de l'abri, car les traits empennés tombaient en grêles serrées, incessantes. Quand il s'y hasarda, les mains crispées sur le bord du couvercle afin de le maintenir au-dessus de lui, il aperçut son père, son oncle et Blanquefort en compagnie de quatre chevaliers normands : Paul de Balleroy, Gauthier d'Evrecy, Louis de Trévières et Lancelot de Longval. Il ne put toutefois les observer longtemps : dans un crépitement si assourdissant qu'il ressemblait à la chute de la foudre, une centaine de pots de terre se fracassèrent sur le pont. Des hommes atteints par ces projectiles ou par leurs éclats hurlèrent, tandis que d'autres, glissant sur leur contenu et tombant, se convulsèrent en appelant à l'aide. Ces récipients pas plus gros que des cruches avaient été remplis de savon mou et de chaux vive. Deux marins sortirent d'une écoutille avec un balai, dans l'intention d'un nettoyage, mais les trébuchets anglais jetèrent alors sur le *Christophe* des crocs de fer liés à des cordes, tandis que de leurs faucilles à long manche, des hommes à calefourchies sur les antennes d'un vaisseau cherchant l'abordage à tribord se mettaient à lacérer les voiles et à détruire les gréements. Les archers et les arbalétriers tirèrent, et certains churent sur le pont de la nef française où demi-morts déjà, ils furent exécutés.

Ogier rentra sa tête dans le tonneau. Le couvercle, en retombant, le replongea dans l'expectative et l'obscurité.

« Présentement, ils nous dominent, mais quand nos chevaliers, nos écuyers, nos barons entreront en action... »

A quoi bon empiler les espoirs inutiles. L'évidence de la faillite, son père, son oncle, Blanquefort la portaient sur leurs visages avant l'engagement. Et Tête-Noire. Et ensuite Kieret et Bahuchet affolés par la manœuvre inattendue des Anglais. Plus qu'une désillusion, pour eux : un châtiment. Erreur qui saigne. Jamais ils ne s'en remettraient. Et lui, le fils Argouges ? Il ne savait comment se donner du courage. L'imminence de la bataille, et surtout la crainte que son résultat ne fût fatal à son père, le secouaient de frissons si violents que ses dents claquaient. Non, il ne resterait pas entre ces planches. Il toucha son cœur dont les frappements l'inquiétaient.

« On dirait que j'ai couru dix lieues sans m'arrêter. »

D'une façon lourde, animale, il percevait l'épaisseur du ciel bleu, au-dessus de lui, hachuré d'épieux et de traits. Solitude. A quoi bon s'être embarqué pour languir dans ce malestan juste avant la male saignée !

« De toute manière, je dois partir. Mon dos me fait trop souffrir. Impossible de changer de posture. »

Il passa un doigt sur le fer de la flèche. C'eût été la mort s'il était sorti au moment où elle s'abattait.

Il s'enhardit et leva la tête moins pour juger de la situation que pour reprendre haleine. Son regard tomba sur le timonier. En larges coulées coagulées, le sang maculait son cou, le haut de son surcot, et la sagette mortelle tirait un trait d'ombre sur sa poitrine.

Terrifié, indécis, le jouvenceau se rencogna dans le tonneau. Abondante, exaspérante, la sueur ruisselait sur son front, ses joues, son dos.

« Tu as peur, conviens-en ! »

Il demeura immobile, frissonnant, attendant, espérant il ne savait quoi. Une chose était sûre : le temps fuyait. La chaleur gagnait en puissance.

Il déplaça le couvercle. Les Goddons n'avaient pas encore abordé mais sur le grand vaisseau la peur les devançait. Ne sachant à qui obéir, car Lardot et Godefroy, au pied du maître mât, hurlaient des commandements contradictoires, les guerriers, les mariniers et les Génois accomplissaient ce que bon leur semblait, de sorte que l'encombrement était partout, sauf au château d'avant où s'étaient groupés les seigneurs de la guerre.

« Père est là, parmi eux. Il est vaillant, moi non. Ah ! si seulement je pouvais m'en montrer digne ! »

Le garçon se renfonça dans son tonneau car Lardot et

Godefroy s'en approchaient. Alors, les poings serrés, il entendit ces hommes accablés :

— Si nous avions des mangonneaux !... Ils en ont, eux.

— A quoi bon ces regrets. Jean Langlois (1) a fait son possible. Nous allons vaincre !

— Le croyez-vous vraiment ? Nos gens sur le *Denis* reculent. Je me doutais qu'ils déblaieraient autour du *Christophe* et du *Saint-Georges* avant de les assaillir.

— Ces deux nefs leur appartenaient. Holà ! toi, La Gourvande, as-tu aperçu Blainville ?

— Au paradis. Il vidait un hanap... Avez-vous vu ? *La Riche* de Leure a coulé bas une de leurs grosses coques.

Les deux hommes s'éloignèrent, poussés vers le château d'arrière par la grande haleine de mort qui soufflait sur le navire où un homme s'exclamait :

— Ah ! ça y est...Le *Thomas* nous aborde !

Il y eut un choc. Le *Christophe* craqua, sursauta. Ogier repassa sa tête hors de son gîte : deux nefs anglaises, à la proue et celle qui se maintenait à tribord interdisaient à jamais les manœuvres. Leurs mangonneaux commencèrent à cracher des pierres grosses comme des jambons, mais les navires se touchaient trop : les projectiles s'entrecroisèrent par-dessus bord, arrachant au *Christophe* ce qui restait des drisses et haubans.

Deux marins s'arrêtèrent à proximité du tonneau :

— Tête-Noire est parti avec ses galères.

— A tribord, il y a cinq naves par le fond.

— Ils ont des plongeurs armés d'esserets.

— C'est quoi ?

— De longues tarières, et ces coquins ont assez de souffle pour percer les carènes. Viens, Raimbaut, quittons cette nef !

Ogier, le couvercle maintenu de guingois sur son crâne, hasarda sa tête hors du tonneau.

— Seigneur, êtes-vous donc en faveur des Goddons ?

Les bordages, les bossoirs, les échelles des navires d'Angleterre grouillaient de guerriers prêts à sauter, et cette engeance avide de tuerie braillait et gesticulait dans un étincellement de métal.

— C'en est fait de nous, grogna le jouvenceau. Ils sont vingt fois plus...

Tout d'abord composé de seuls cris humains, le vacarme se

(1) Il était Maître des garnisons du roi.

cuirassa des stridences des trompes, des cornets et des tintements aigus des nacaires. Puis des tambours frappés à coups de poing ajoutèrent leur bourdonnement à l'orage, et tout à coup, comme un essaim de frelons, les Anglais s'abattirent sur le *Christophe.*

Apre, inégal, le combat à main commença.

On s'insultait sans se comprendre, on se huait et se hélait avant de croiser le fer. Des haches tournoyaient, des fers claquaient, des boucliers tombaient. Les tranchants d'épée s'émoussaient en jetant des étincelles, et réduisant ces heurts à un innocent cliquetis, il y avait au-dessus de ces hommes en mêlée, cette immense voussure de plaintes, d'invectives, de hurlements jaillis des bâtiments voisins où la bataille développait ses haines et ses férocités.

Ogier résista au désir de replonger dans les ténèbres. Et pourtant, il eût voulu être petit, mieux : invisible. Il avait beau serrer son perce-mailles, cette lame, maintenant, lui paraissait futile. Une épée, fût-ce la Durandal de Roland ou la Joyeuse de Charlemagne, n'eût pas amoindri ce sentiment cuisant, atroce et affligeant, qu'il était en péril de mort. Il grelottait, gémissait, incapable de déterminer sa conduite, mais imaginant, tout proches, les ahans de son père, de Guillaume et de Blanquefort. Ils ne pouvaient rien contre cette marée meurtrière ; l'honneur, cependant, les condamnait à se battre jusqu'à leur dernière parcelle d'énergie. La hargne et l'horreur des combattants touchés qui, en s'affaissant, s'égosillaient parfois plus que les autres, il les percevait aussi. Le tonneau était devenu perméable à toutes les douleurs, et sa vie à lui, Ogier d'Argouges, semblait soudain quelque chose de dérisoire. Les surcots, les plastrons de fer lacérés ou crevés rutilaient de sève humaine, suintante ou giclante selon l'arme et la violence du coup porté. Têtes de cire ou têtes rougeaudes sous les heaumes intacts ou fracassés ; dégoulinades rouges accusant la blancheur des tabards devenus tout à coup des suaires. Le même langage partout : des cris : « Ah ! » « Oh ! » « Dieu ! » et des grognements de bêtes fauves, ivres, exaspérés, rayant d'éclairs d'acier cet orage rouge, rouge, toujours et de plus en plus rouge... Fuir. Rien d'autre. Honte à toi, Ogier, tu as peur ! Sa peau frémissait, il serrait les dents, les fesses et sentait ses cheveux se dresser sur son crâne. Il gonfla ses poumons, puis contint son souffle, mais continua de trembler.

— Tu as voulu voir, eh bien, tu vois...Tiens, celui-là qui s'effondre, un épieu dans la poitrine, c'est Liancourt... Mort... Et cet autre... Longval... Il se bat bien !... L'Anglais, en face, paraît rude… Allez, vas-y… Repousse-le… Comme ça… Encore… A la désespérade !… Tu vas l'avoir… Tue-le vélocement avant qu'il ne te tue !

Il parlait haut et mimait certains des gestes auxquels il assistait, insensible, maintenant, aux écorchures de ses doigts contre les douves. Ainsi, participait-il, lui aussi. Il souffrait, lui aussi, et plus tard, il dirait… Non, il se tairait, trop soucieux de révéler étourdiment que lors de cette bataille, il se muchait dans un tonneau.

Il y replongea soudain et le tapage grossi de fracas en fracas enveloppa son abri.

« Où est Père ?… Je ne l'ai pas vu… Mort ? Impossible… Pas lui !… Et Blanquefort ?… Pas vu non plus… Et Guillaume ?… Lui, il m'a semblé l'entendre crier… Que font-ils ? Ils sont proches de moi, maintenant… Tiens, on vient même de heurter le tonneau… Voir… Allons, il te faut voir, Ogier… Prouve-toi que tu as du cœur !… Tu t'es indigné d'être exclu de ce grand enchas (1) ? Te voilà en plein dedans ! »

Il osa un regard au-dehors et son étonnement sombra, tourbillonna, éclata en effroi : les mariniers et les chevaliers ainsi que quelques Génois privés de leur arbalète, ne défendaient plus pied à pied leur tillac. Aussi vifs qu'une bourrasque, sans doute, aussi nombreux que dix compagnies du guet de Coutances, les Anglais avaient envahi le pont jusqu'au château d'arrière.

« Ils sont partout, partout, jusqu'à la poupe ! »

Godefroy d'Argouges se battait là. Criant sans doute *« Gratot »* à s'en faire éclater la gorge, il férissait les Anglais tout en piétinant la bannière qu'on avait levée dès l'apparition de l'ennemi, une traîne de soie azurée, longue d'au moins dix aunes et large de deux. Blanquefort était également présent, taillant et meurtrissant de sa lourde lame, qu'il maniait comme un merlin. Ils accablaient les Goddons avec de grands ahans d'abattage. Des crânes craquaient sous les heaumes défoncés ; des poitrines, couvertes par les écailles des hauberts et des brigantines, cédaient, crevaient, basculaient. Le sang fluait ; les épées qui, avec les bras tranchés, commençaient à joncher le pont, en étaient gainées jusqu'à leur garde. On s'insultait, on criait aussi pour fortifier son courage. Des tisons tombaient et se consumaient en touchant le plancher visqueux. La senteur âcre des blessures se répandait, plus corrosive encore qu'une fumée d'incendie.

(1) Combat.

Un Anglais, la face broyée par un coup de hache ou de fléau d'armes, s'approcha en vacillant du tonneau. Horrifié, Ogier vit de part et d'autre du nasal défoncé, derrière lequel le nez était réduit en bouillie, des orbites remplies de caillots palpitants. Face à ce regard béant et vermeil, il ne fut plus que vertige et nausée. Et comme ses jambes se dissolvaient sous lui, il se surprit à prier pour cet homme :

— Dieu ! Dieu !... Achevez-le !

Lancelot de Longval passa. Plutôt que d'occire ce Goddon épouvantable, il le culbuta d'un coup d'épaule, puis continua sa trouée dans la masse grouillante et s'y noya, bouclier en avant.

Deux combattants s'approchèrent et le garçon revint à son obscurité : ceux-là se battaient à la hache. Il entendit leurs souffles, leurs geignements, les chocs clairs des lourds croissants acérés. Soudain, alors qu'un des hommes exhalait un râle, le tonneau remua : la corde qui le retenait au mât venait d'être tranchée.

Ogier joignit ses mains : *« Dieu ! Dieu ! Sauvez-moi ! Faites que mon abri ne bascule pas ! »* Il s'était cru fort, endurci, c'était faux. Il ne différait d'aucun autre garçon de son âge, fût-ce un fils de manant. Et quand il vit, abasourdi, une lueur épaisse et lente sinuer, comme une longue chenille, sur le bois de la douve, il n'osa y poser son doigt. Il savait : c'était du sang.

Un spasme d'horreur le secoua. Il souleva le couvercle et le lâcha tant il tremblait. Le disque de bois roula et heurta l'épaule de l'Anglais défiguré, lequel sursauta et, toujours muet, tenta de se remettre debout. Fuir ! Fuir ! Mais la frayeur qu'il avait cru dissoudre en proscrivant les ténèbres se fit encore plus forte lorsqu'il comprit que le destin du *Christophe* se jouait à l'instant même.

— *Go ahead ! Go ahead !* cria un homme.

Édouard III venait d'apparaître.

« Sa cotte blanche est maculée de sang ! »

La présence du roi d'Angleterre ne pouvait passer inaperçue, même dans le grouillement couvrant toute l'embelle (1). De plus, le souverain était entouré d'une nombreuse écuyerie où figurait un porte-bannière. Les grands plis bleus et vermeils de l'étendard agitaient aux souffles du vent les léopards ennemis et les lis d'or usurpés à la France.

Le roi portait sur sa tête un camail de mailles si fines qu'il semblait une chevelure d'argent. Il était pâle et souriant. Après un

(1) Partie du pont d'un navire comprise entre les deux gaillards.

mouvement d'hésitation, car on se battait ferme à l'entour, il leva son épée, engageant ses compagnons à l'imiter. Ensemble, ils avancèrent vers le château d'arrière.

Godefroy d'Argouges venait d'abattre un adversaire d'une formidable estocade. Voyant le souverain, il recula et lâcha son écu pour porter la main à sa ceinture. Son poignard vola, aussi prompt qu'un trait d'arbalète, et atteignit l'Anglais à la cuisse.

— Le beau coup, murmura Ogier. Ah ! il s'en est fallu de peu...

Édouard III poussa un cri et désigna du doigt son agresseur. Aussitôt trois Goddons se ruèrent sur le chevalier normand. Sous les yeux terrifiés de son fils, Godefroy d'Argouges maniant Almire des deux mains si violemment qu'on la voyait à peine, abattit deux guisarmiers, mais le troisième homme, surgissant dans son dos, brandit un fléau d'armes et l'assomma sans qu'il eût pu prévenir le coup.

Il s'affaissa et ne remua plus.

« Il vit ! Il vit... Son heaume est solide... Ah ! crapuleux Anglais... Puisses-tu bientôt expier ta fausseté en enfer ! »

La hargne et la ferveur qui avaient habité le jouvenceau durant ce combat inégal étaient tombées en même temps que son père. La peur réintégra son corps, son esprit, mais elle avait changé d'objet, de dimension. *« Il est mort »*, affirmaient ses yeux tandis que sa raison refusait l'évidence. Et pourtant, le corps de cet homme admiré ne bougeait pas tandis que son vainqueur, un pied sur son épaule, comme il l'eût fait pour un sanglier abattu, saluait son souverain lequel, d'un geste, lui adressait compliment.

« Sales Goddons ! Si vous l'avez tué... »

Un sanglot secoua les épaules d'Ogier, et ses mâchoires se crispèrent.

« Il ne peut être mort ! Pas lui !... Le fer de son heaume est épais et il porte en-dessous une cale (1) de bourre aussi grosse que mon pouce... Non, il ne peut être mort, mais il me faut m'en assurer. »

Il s'était renfoncé dans le malestan, furieux et désolé d'en avoir lâché le couvercle. Il pouvait être débûché et occis d'un instant à l'autre. Il frottait rageusement ses mains inutiles et s'aperçut que quelque chose de tiède tombait sur l'une d'elles. Une larme.

Il se dressa et jeta un regard sur le corps étendu, abandonné.

« Il n'a pas bougé, mais ça ne prouve rien. »

(1) Sorte de gros bonnet qui se plaçait sous le heaume et protégeait la nuque et les oreilles.

Ses pensées avaient un goût amer et terrible. Il était secoué de sanglots, de malédictions. Ses yeux abandonnèrent le gisant pour observer la cohue bourdonnante et vermeille d'où surgissait de temps en temps le hurlement d'un bugle, pareil à celui d'un loup dans la nuit.

« Sors, Ogier, cordieu !... Peur ou non, il te faut sortir... Va t'assurer qu'il est en vie. »

Sauver le seigneur de Gratot ! L'arracher, même mort, à ce navire... Comment ? Il devait atteindre ce corps inerte... Et s'il était vivant ? Mais non : à peine l'aurait-il approché et retourné pour voir son visage qu'un tranchant d'épée ou de hache le clouerait au plancher.

— Eh bien, tant pis.

Il ressortit sa tête hors du tonneau, s'aperçut que les Génois étaient occis et vit son oncle, tout proche.

Guillaume de Rechignac accablait de ses coups un chevalier qui le dépassait d'une tête et dont le plumail noir oscillait à un pied au-dessus de lui.

— Pars ! hurla le baron. Pars, mon neveu. C'est Artois, j'en fais mon affaire.

D'un mouvement sec, Ogier fit basculer le tonneau dans l'espoir d'en sortir aisément. Contrairement à ses prévisions, celui-ci roula vers la proue, écrasant ses doigts crispés à son rebord et l'éloignant de son père. Un grand pavois brisé l'immobilisa.

— Tout m'est contraire ! enragea le jouvenceau.

En rampant, il quitta son abri. Aussitôt, il aperçut Blanquefort.

Le fidèle compagnon de Guillaume se frayait en direction de Godefroy d'Argouges un chemin de sang et de plaintes. Parvenu auprès de celui-ci, le sénéchal jeta son épée sur un vougier qu'elle transperça, empoigna le chevalier normand aux aisselles et le jeta par-dessus bord. Après quoi, enjambant le garde-corps, il se précipita dans la mer, évitant de justesse un épieu qu'un colosse au torse nu, poilu comme un bouc, avait lancé sur lui.

— Il ne me reste plus qu'à sauter.

Le ventre ravagé par une colique irrésistible, Ogier se vitula (1) vers le plat-bord en s'immobilisant parfois, tel un cadavre. Le plancher couvert de sang, jonché d'entrailles, de corps figés, entiers ou amputés, de membres rompus, d'épées, d'arbalètes et de tessons de poteries, était si gluant que des guerriers glissaient et tombaient en s'affrontant.

(1) *Se vituler :* ramper, verbe qui n'existait pas.

Deux combattants piétinèrent le jouvenceau. Il fit le mort encore, alors qu'il se disait : *« Hâte-toi... Tu n'aurais pas dû t'attarder... Si tu meurs, tu l'auras bien cherché... Tu n'auras été utile à personne. »* Faire le mort une fois de plus.

Il rampa derechef, s'arrêta pour savoir où en était la mêlée, — curiosité amère et regrets vénéneux — puis il repartit lentement. Il pleurait, suffoquait de frayeur et d'humiliation.

« Nous allons être vaincus... Nous ne méritions pas ce châtiment terrible... Ah ! mon père, où êtes-vous maintenant ? »

Il entendit un Français, sans doute une vigie, hurler :

— Les Flamands !... Les Flamands arrivent. Leurs hourques (1) sont bourrées d'hommes... Et sur terre, les bannières des Hannuyers (2) !

Il se redressa, prit son élan et sauta dans la mer.

(1) Bâtiments de charge en usage en Flandre.

(2) Guillaume 1er, comte de Hainaut, fils de Jean et de Philippe (ou Philippa) de Luxembourg, avait succédé à son père en 1304. Il mourut le 7 janvier 1337. Il avait épousé, en 1305, Jeanne de Valois qui, après sa mort, se retira à l'abbaye de Fontenelles. C'était la mère de Philippa, qui avait épousé le futur Édouard III, le 24 janvier 1328.

Avant le commencement de la bataille, quelques Anglais, débarqués subrepticement, étaient allés chercher des renforts. Les Flamands arrivèrent de tous côtés : Bruges, Dam, Aardenburg, Oostburg, Nieuport, etc. Leur intervention sauva les Anglais qui commençaient à faiblir.

IV

Le contact de l'eau lui parut glacial. D'un puissant effort de tous ses membres roidis et comme prêts à se rompre, il abandonna les épaisseurs glauques et les ombres à reflets d'écailles des guerriers engloutis.

Trouant, essoufflé, la surface, il retint mal un cri de haine et d'épouvante. Ce qu'il découvrait, les yeux picotants, dépassait en hideur la sanglante jonchée du *Christophe*. Entre les navires aux entraves rompues, la mer semblait un vaste champ de trépassés. Une odeur nauséabonde stagnait sur cet ondoyant charnier d'où montaient des appels, des imprécations et des plaintes.

Surmontant sa répugnance, le jouvenceau fraya sa voie parmi les corps et les épaves. Il repoussa un des écuyers de Kieret qui, deux flèches dans la poitrine, réclamait son aide.

— Par pitié, mon garçon... Par pitié.

— Ah ! messire, dit-il en brassant vigoureusement, Dieu vous assiste !...Pas moi... J'ai déjà trop de mal à sauver ma personne.

Il claquait des dents, crachait de dégoût et levait haut la tête afin que l'eau n'atteignît pas ses lèvres. Au-dessus de lui, on se battait toujours ; il entendait les hurlements, les jurons et le cliquetis des armes, alors qu'il se faufilait parmi les coques, les unes immobiles et les autres vibrantes du tapage mené sur leur pont. Devant, derrière lui, des corps tombaient, barbotaient un instant et s'enfonçaient en exhalant un cri ou un gargouillement.

« L'enfer ! C'est l'enfer !... Et *eux*, où sont-ils ? »

Le geste de Blanquefort l'avait en partie rassuré sur le sort de son père. Pour que le sénéchal l'eût jeté par-dessus bord, il devait penser, lui aussi, que Godefroy d'Argouges n'était qu'assommé. Le plongeon l'avait sûrement ranimé. Fuyaient-ils, maintenant ? Quand et comment pourrait-il les rejoindre ? D'ailleurs, les retrouverait-il ? Le fer dont ils étaient couverts ne les condamnait-il pas à la noyade ?

Le jouvenceau nageait à gestes lents et amples, évitant les éclaboussures, s'arrêtant pour feindre de flotter comme un mort près de couler, car sur les vaisseaux conquis, des archers embusqués harcelaient les fuyards. Quatre hommes s'étaient cramponnés à une roue de gouvernail (1). En les contournant d'aussi loin que possible, le garçon les vit sursauter sous une volée de traits empennés, puis s'engloutir l'un après l'autre, alors que des cris de joie mêlés aux éclats des trompettes retentissaient.

— Malandrins ! Ils ont pu toucher ainsi Blanquefort et mon père !

Le jouvenceau entrevit ses mains. Dans ce bain affreux, elles avaient pris une teinte vineuse. Il n'osa plus les regarder.

Nager ! Nager toujours ! En haut, à deux toises ou plus selon la taille des navires, c'était la mouvante huée, les vivats de victoire mêlés au bourdonnement des incendies dévorant les voiles ou embrasant les soutes. Après le fer, les Anglais répandaient le feu sur les nefs de Philippe. Et les corps s'abattaient par deux, par trois, muets ou hurlants, parfois avec des ailes de flammes. L'eau rejaillissait sous leur chute, tavelant de sang et de sanie les carcasses couvertes de haubans, de toiles lacérées et d'échelles rompues après lesquelles les estropiés s'agrippaient et échangeaient des coups. Les plus atteints criaient à l'aide, puis l'eau putride envahissait leur bouche, et après un hoquet, ils coulaient, entraînant parfois un compagnon saisi par le haubert ou la ceinture. D'autres, aux plaies bénignes, lâchaient soudain le cordage ou le safran auquel ils s'étaient accrochés et brassaient très fort vers la berge ; mais les sagettes et les carreaux rayaient aussitôt l'ombre où s'effilochaient les reflets de la mer : ils s'engloutissaient.

Il y avait là des Anglais, des Français, des Génois, des Castillans, et chacun criait ou priait dans sa langue. A certains, le trépas imminent avait enlevé toute haine : ils ne se lamentaient que

(1) Le gouvernail d'étambot apparut au début du XIIIe siècle. Solidement fixé au moyen d'une charnière de fer sur l'étambot ou partie retroussée du navire, muni d'une pale ou *safran* d'une ampleur en rapport avec le tonnage, il fut tout d'abord manié à l'aide d'une barre puis d'une roue. Ses pivots à pentures se nommaient ***aiguillettes*** et ses gonds les ***femelots***. ***(De la marine antique à la marine moderne,*** par le commandant Lefebvre des Noëttes, Paris, 1935.)

sur leur sort ; mais leurs voisins s'invectivaient, et ceux qui ne pouvaient ou n'osaient s'entrebattre, se crachaient au visage. Seul être intact dans ce cloaque où la marée ballottait les bois brisés, les chairs ouvertes ou tuméfiées, inertes ou palpitantes, Ogier fut accablé par un nouvel accès de découragement : ses forces faiblissaient ; les épreintes qui, sur le pont du *Christophe,* avaient tourmenté ses entrailles, les ravageaient de nouveau.

« Holà !» songea-t-il tout à coup, « méfiance. »

Glissant contre le flanc d'une nef éperonnée, qui peu à peu prenait l'eau, des gribanes (1) sans mât venaient d'apparaître. Il ne pouvait hésiter sur la race des guerriers qu'elles transportaient : c'étaient des Anglais. Un rameur et un barreur manœuvraient trois d'entre elles tandis qu'au milieu, la flèche encochée, veillaient deux archers debout.

La quatrième barge, un fustereau, attira particulièrement l'attention d'Ogier. Deux hommes l'occupaient : un marinier, torse nu, et un personnage enveloppé d'un manteau noir. Debout à l'avant, bras croisés, il regardait la côte. Quand il se retourna pour prêter l'oreille aux propos du rameur, le garçon le reconnut aussitôt.

« Blainville !... Il est tombé au pouvoir des Goddons. »

Sa jubilation était telle qu'il en avala un peu d'eau. Il la recracha, le cœur soulevé d'un dégoût si affreux qu'il vomit une gorgée de bile.

« Malfaisant, tu subis ce que tu mérites ! Le responsable de cette boucherie, c'est toi... Enfin, Dieu te réserve un châtiment sévère !... Les Anglais te l'infligeront. »

Cependant, insoucieux apparemment de sa mésaventure, Blainville considérait son entourage avec cet air de pesant mépris qui lui était coutumier. Et cette morgue, cette sérénité troublèrent Ogier. Un captif devait être ou furieux ou résigné. Pas lui. Il devait être surveillé de près et avoir au moins les poignets liés. Pas lui. On eût dit que, sous bonne garde, il se rendait à une audience. Apprenant ou connaissant l'importance de cet homme à la Cour de Philippe VI, les Anglais lui avaient-ils épargné un traitement ignominieux ?

A demi satisfait par cette explication, le garçon leva la tête aussi haut que possible hors de l'eau et suffoqua d'étonnement : Blainville venait d'enlever son manteau ; il portait une épée au côté. De plus, ses vêtements semblaient secs.

(1) Barques quelquefois pourvues d'un petit mât, particulièrement en usage en Normandie.

« Ainsi, ce gobelin n'a pas quitté le *Christophe* à la nage... Où ces Goddons l'ont-ils cueilli ? Pourquoi n'est-il pas désarmé ? »

Assez loin pour que sa présence ne fût pas remarquée, le jouvenceau brassa dans le sillage des barques. La mer y bougeait mollement. Les bourdonnements de la bataille et les crépitements des incendies formaient dans l'air chaud et puant un tumulte opaque, invariable et lourd, et pour qu'ils s'entendissent, Blainville et son rameur devaient élever la voix.

— Souque fort, Regnault.

— Je fais ce que je peux, messire.

Ogier ne pouvait voir ce personnage : Blainville et les archers de la gribane avançant à leur suite, le lui cachaient.

« Eh bien », songea-t-il, « pour des captifs !... »

Des fragments de mâts et de bordages à demi calcinés chuintaient dans l'eau infecte ; il entendait les chocs des étraves et le râpement des avirons contre ces débris. Entre les coques, des buissons de cordages s'enchevêtraient comme une végétation marine tout à coup jaillie en surface.

— Il ne restera rien, dit Blainville, de cette flotte dont Philippe était si fier ! Messire Robert Morley a vaincu... Artois doit s'ébaudir en sa compagnie.

Effaré, Ogier entendit un grand rire de soulagement. Blainville continua, sévère :

— Allons, va, Regnault ! Je devine le mal que tu éprouves à fendre cette croûte immonde... Et pourtant, *ils* nous ouvrent la voie.

Ogier brassa l'eau fangeuse avec plus de nervosité tandis que les nacelles se frayaient et lui ouvraient un passage dans un fatras de toiles dilacérées, de tonneaux, de cadavres au-dessus desquels bourdonnaient des tourbillons de mouches.

— Demain... commença Regnault.

— Hé oui ! Demain sans doute, Philippe apprendra sa défaite. Sa fureur sera telle qu'il voudra lui-même étouffer le coulon porteur du message... Et je ne voudrais pas être le sergent qui le lui remettra !

— J'ai vu, messire, vos amis pendre Bahuchet à une vergue.

— Kieret s'est rendu, pensant agir avec sagesse. Un de leurs écuyers l'a éventré... Quant à Barbanera, il est loin.

Les tolets grinçaient. Les bateliers ramaient lentement. Les bruits, les morts, la mer avec son ramassis d'épaves, ses vaisseaux inclinés de toutes parts, démâtés, fumants, et les blessés hurlant à l'aide, tout semblait laisser les guerriers d'Édouard et leurs captifs indifférents.

« Où vont-ils ?... Pourquoi ce Regnault a-t-il parlé *d'amis* ? »

Une fatigue immense rongeait les reins d'Ogier, plombait ses bras et commençait à engourdir ses pensées. Un corps lesté de fer tomba. Cet homme hurlait. Il disparut, refit surface et parvint, sur son passage, à s'agripper à la barque de Blainville.

— Laisse-ça ! Tu vas nous faire chavirer.

Puis, reconnaissant le blessé :

— Tiens ! Guichard de Lierbon... Ah ! chevalier, veuillez lâcher prise.

— Emmenez-moi, Blainville, supplia le blessé. Je n'ai plus qu'un bras et peux vivre... Je serai comme vous un otage de...

— Non, Guichard ! Non... Ces gens-là sont pressés et vous allez crever. Lâchez ! Mais lâchez donc, vous dis-je... Donne-lui, Regnault, une palade (1) !

— Impossible, messire.

— Eh bien, tant pis, Lierbon... Vous m'obligez à sévir !

Le baron, à coups de talon, s'acharna sur la main du malheureux qui ne céda qu'à l'instant où des flèches hérissèrent ses épaules et son cou.

— Les malandrins !... Dieu les punisse !

Les visages des archers exprimaient une hilarité sauvage.

— Les saligots !

Incapable de refouler son exécration, Ogier vomit et toussa.

— Halte ! cria Blainville. On nous suit.

Les barques s'arrêtèrent.

Ogier s'était immobilisé derrière un fragment de gabie. Incapable de décider quoi que ce fût, et désolé que la peur née de cette péripétie nouvelle eût aggravé les tortures de ses intestins, il essaya de contrôler son souffle et les battements de son cœur. L'odeur dégagée par l'eau grumeleuse sur laquelle le soleil versait son feu devenait insupportable. Un voile de moustiques et de moucherons ondulait, bruyant, devant son visage. Il dut remuer pour éviter leurs assauts, et quand un insecte se posa sur son nez, l'immersion seule, prudente et lente, lui évita d'éternuer.

« Ils me cherchent ! » songea-t-il lorsqu'il put reprendre son souffle. « Ils n'abandonneront pas aisément ! »

(1) Coup de rame.

Il s'étonnait à peine que les Anglais eussent obéi au commandement de Blainville. Dans cette bataille, tout était possible. Que, pour sauver sa tête, le Normand se fût acoquiné aux vainqueurs ne le surprenait pas. Bahuchet et Hue Kieret avaient péri par malchance. Leur mort, désormais, conférait à ces médiocres une sorte de dignité.

« Et même si Blainville avait fait pis encore... »

Ses pensées s'arrêtèrent là, car les archers, le bois d'if à demi bandé, le talon d'une flèche engagé dans la corde, abaissaient leur arme vers la surface de l'eau.

« Ils ne m'effraient pas !»

C'était vrai tant il se croyait à l'abri. Cependant, un sergent, dans la barque la plus proche, se baissa et se releva en brandissant un harpon.

— Là ! dit-il. Je le vois.

« Merdaille !» enragea le jouvenceau.

Il sentit le harpon glisser contre sa hanche et vit bientôt, angoissé, l'instrument terrifiant remonter : il tenait à une corde.

« Ce diable de Goddon a bien failli m'atteindre ! »

Ne pouvant revenir en arrière, Ogier progressa au hasard dans des bas-fonds gris et opaques puis, faute d'air, remonta. Aussitôt, il aperçut, toute proche et couchée sur le flanc, une figure de proue, mi-femme mi-poisson, peinte à la couleur chair et dont les cheveux d'or couvraient la nudité. Tout en se disant que les nefs normandes n'avaient pas de pareils acrostoles sous leur beaupré, il glissa jusqu'à la sirène. Accroché à son bras enlaidi d'écrouelles, il aperçut entre les seins gercés par l'eau de mer, le sergent occupé à lover la corde du trident.

— Il te faut l'atteindre, Elliot, cria le serviteur de Blainville sur un ton dont l'exigence indigna son maître.

— Holà ! Regnault, les oreilles m'en cuisent. D'où tiens-tu tout à coup l'envie de commander ?

L'ombre de la lourde naïade pesait sur la tête et les épaules d'Ogier. Une des barques approchait. A travers le vol des insectes, de plus en plus serré — comme une dentelle grise, ondoyante —, le jouvenceau entrevit la tête de Regnault. Il devait avoir vingt ans. C'était un gars rougeaud avec, sous son chaperon noir, un nez camard et un menton à la poulaine. Au timbre de sa voix, il ne pouvait être ni Parisien ni Normand ni Breton.

— Messire, dit-il, depuis que je vous connais, je ne vous ai jamais vu faire acte de mansuétude... Si je prends vos façons, c'est comme un bon élève... Aussi bon, sans doute, que Ramonnet !

— Ne deviens pas trop effronté, Regnault. Quant à toi, Elliot, fais en sorte d'atteindre ton homme.

— Je vais vous le livrer, messire, comme un germon ou un dauphin fraîchement pêché.

Ogier décida de brasser vers les ténèbres, entre deux coques. Là, aucune barque ne pourrait pénétrer.

« Saligots, vous ne m'aurez point. »

Comme il se déplaçait, la sirène, heurtée par une rame, bougea, et dans un remous bomba hors de l'eau son ventre aux squames bleues.

— Là ! cria Blainville.

Le garçon plongea.

Il senti le heurt du harpon à la surface et vit l'arme descendre obliquement à sa droite, frôlant au passage un corps décapité, dont le sang s'échappait comme une mince fumée noire.

« Manqué !... Ah ! malandrins, aucun de vous ne m'aura ! »

Ses bras, son cou, ses épaules, ses reins durcissaient à mesure qu'il s'enfonçait dans ce puits liquide. Touchant le fond trouble et vaseux, il y trouva debout deux victimes. Leurs bras oscillaient doucement et leurs cheveux flottaient par saccades régulières comme si ces chevaliers vêtus d'écailles dansaient leur dernière carole. Ils le regardèrent de leurs yeux blancs tandis que des poissons effleuraient leur poitrine et que leurs jambes s'enrubannaient de goémons.

Lentement, Ogier remonta. Avant d'atteindre la surface, il aperçut la forme brouillée, terrifiante, du sergent à l'avant du bateau et l'imagina, un pied posé sur le couvercle du tille (1), l'autre au fond de la coque, fermement appuyé pour accroître la force d'un coup plus redoutable que les précédents.

« Mon perce-mailles ! »

En s'enfonçant de nouveau, le garçon tira de son étui la lame toulousaine emmanchée dans un morceau de bois de cerf. Ce contact le rassura. D'une pression du jarret, il s'éleva encore.

Il s'apprêtait à remplir ses poumons lorsque le trident troua l'eau, suscitant autour de sa hampe un cortège de bulles frémissantes.

La corde glissait, tendue ; Ogier la saisit et la tira par le fond pour laisser croire qu'il était atteint, puis il trancha le chanvre.

L'arme continua sa descente tandis que la corde remontait en

(1) Compartiment à l'avant et à l'arrière des barques.

sinuant. Ogier la suivit. Émergeant à l'ombre d'un coffre au couvercle arraché, et d'où pendaient des lambeaux de soieries, il entendit Blainville s'exclamer :

— Ventre-Dieu... Il est habile.

— Partons, dit un Anglais. Pas de temps à perdre.

— Attendez, cria Regnault. Nous allons voir où il remonte.

Ogier respirait avec peine. L'eau, tout près de ses lèvres, exsudait une écume vermeille, et çà et là, devant son menton, des caillots, des viscères flottaient, ainsi qu'une marmite à demi pleine, tachée de sang, sur le bord de laquelle une mouche frottait ses pattes.

Le jouvenceau s'approcha du coffre et entendit Blainville dont le courroux redoublait :

— Pour qui te prends-tu, Regnault ? Tu me dictes tes volontés !

— Non, messire. Mais cessez, je vous prie, votre grigne envers moi. N'oubliez pas que sans moi, vous seriez toujours sur le *Christophe* et dans un bel état, j'imagine !

— Tu n'es qu'un grésis (1) que j'ai tiré de l'ombre. L'as-tu oublié ?

Ogier s'aperçut qu'intéressés par cette altercation, les Anglais renonçaient à sa recherche, et dans le même instant, Regnault, habité par la colère des couards, en était parvenu aux injures :

— Soit, j'étais un grésis... Et vous un grand fumeux, un traiteur, un herlos (2) ! Je n'ai que faire de votre jugement. Si Philippe connaissait seulement le quart de vos agissements et le duc Jean vos intentions quant au duché de Normandie...

Craignant soudain pour sa vie, le rameur se dressa en lâchant ses avirons.

— Non ! s'écria-t-il. Non !

Sa voix recouvrait soudain l'humilité craintive des serviteurs.

— Non, messire ! Par pitié !

Ogier ne vit rien, car heurté par un fragment de hune, le coffre derrière lequel il s'abritait avait bougé, mais il entendit un cri horrifié. Quand il put apercevoir la barque, Regnault, ployé en avant, oscillait en son milieu et Blainville trempait son épée dans la mer.

— Vivre ? Une crapule de ton espèce ?

Regnault vacillait, pleurnichait, incrédule. Ses mains gantées de rouge appuyées sur son ventre. Il bascula.

(1) Novice ignorant les manœuvres.
(2) « Et vous un grand violent, un traître, un maraud ! »

— Partons, messire, décida l'Anglais au harpon. Foi d'Elliot, cet homme devenait dangereux. Prenez les pelles et suivez-nous.

Blainville empoigna les avirons. Les barques s'éloignèrent. Regnault émergeait encore. En quelques brasses, Ogier l'atteignit.

— Ainsi, dit-il, c'est toi qui voulais ma perte... Tu ne seras pas seul en bas, tu peux m'en croire.

Regnault gémissait ; ses paupières mi-closes s'ouvrirent et, comme sa bouche béait de surprise, il avala une gorgée d'eau puante et la recracha.

— Aide-moi !

Il savait nager, et c'était pourquoi il s'était maintenu en surface, mais ses forces faiblissaient. Il dit encore, d'une voix graillonneuse en tournant vers Ogier un regard effrayé :

— Aide-moi !

Le garçon le saisit par l'aisselle. Il eût volontiers martelé de ses poings cette tête détestée.

— J'ai plus de miséricorde pour toi que tu n'en avais pour moi avant que Blainville ne t'ait saigné. C'est toi qui l'as aidé à quitter le *Christophe* ? Tu étais à bord ?

— J'ai vécu trois semaines à la cuisine, dans un réduit dont le fond communique avec la soute... Je connaissais bien cette nef : j'y ai servi du temps qu'elle appartenait à Édouard.

— Tu es Anglais ?

— Flamand... Aide-moi à atteindre la côte... Je te dirai où me mener... Tu y seras toi-même à l'abri.

— Chaque chose en son temps... Comment es-tu sorti du *Christophe* ? Par un huvelot ?

— Oui, cette nuit... J'ai nagé jusqu'au *Black Sun,* comme convenu... Une flette (1), celle dans laquelle nous étions, m'attendait à la poupe du *Christophe...* Tellement... nuit noire... et brume. Personne ne m'a vu... Blainville est descendu dès que la bataille... Sauve-moi !... Une trappe... Une échelle de corde...

Regnault hoqueta et vomit du sang. Par précaution, car des flèches volaient encore, Ogier le tira dans l'ombre d'une nef.

— Où alliez-vous ?

— Voir Artevelde... à Gand...

Au fond des prunelles brûlées de sueur et de larmes, une vision ressuscita :

— C'est moi qui passais ses messages...

(1) Ancien nom de la chaloupe.

— En Angleterre ?

Un frisson secoua Regnault.

— Maudit soit-il !

Une extraordinaire expression de sérénité nettoya le visage imberbe des stigmates de la souffrance et de l'effroi. Regnault eut un mouvement des mains et s'aperçut qu'il ne flottait plus. Alors ses traits se contractèrent. Épouvanté, il sanglota :

— Sauve-moi !... Sauve-moi !

— Dieu est bon, malandrin, qui nous a mis en présence. Dis-moi : pourquoi Blainville va-t-il à Gand ?

— Je ne sais... Il se peut qu'il y... rencontre Édouard... Il a tout fait pour le laisser parvenir sans encombre à l'Écluse... A un jour près, le roi passait... sans bataille... Le long séjour en mer... c'était pour ça.

— Mon père s'en doutait !

— Qui est-il ?

— Godefroy d'Argouges !

— Venge-moi ! Venge-moi !... Ton père...

Regnault eut une sorte de râle et devint mou. Ogier le lâcha et s'en éloigna comme d'une pourriture.

— Que Neptune te dévore !

Le moribond s'enfonça en remuant à peine.

— Allons, grogna le jouvenceau, j'en ai appris suffisamment. Nul ne me croira si je révèle maintenant ce que je sais ! Et si Blainville apprend que je connais ses forfaits, c'en sera fait de moi !... Mais je le confondrai !... J'ai tout mon temps !

Et sans plus se soucier des flèches, de l'eau visqueuse et des corps éparpillés, le garçon brassa vigoureusement vers la terre.

V

Sitôt qu'il eut atteint le rivage de sable, Ogier sentit ses forces et sa volonté s'amenuiser brusquement : il était perdu, à la merci d'ennemis impétueux dont il ne pouvait soupçonner ni la présence ni le nombre. Toutes ses pensées lui paraissaient inconsistantes. Au tréfonds de son âme il sentait comme un glas. C'était celui de sa jeunesse prime plus encore que celui des trépas auxquels il venait d'assister.

Son cœur lui faisait mal, et ses bras, ses épaules. L'incertitude le rongeait tout autant que la fatigue. Quelque chose se fanait en lui sans qu'il sût quoi. Il s'était comparé à un fauve indompté lorsque seul, à Gratot, il maniait les armes dans l'espérance que son père apprécierait ses coups et ses astuces. Il pouvait mépriser cette naïveté !

Un seul recours importait désormais : fuir, ce qui, présentement, ne serait point une lâcheté. Préserver sa vie devenait un acte honorable s'il l'assortissait du besoin de se venger de Blainville.

« Mais de quel côté ?... A dextre ? A senestre ? »

Regardant le soleil qui s'inclinait déjà, il partit résolument sur sa droite, enjambant ou contournant des corps, indifférent aux plaintes et aux menaces que ces survivants incapables de marcher exhalaient à son passage. La mort s'abattait aussi sur cette multitude épuisée où vainqueurs et vaincus se confondaient dans une même souffrance, un même accablement, un dégoût insurmontable de la guerre.

Plus loin, à deux ou trois toises du rivage, des Français et des

Castillans tout ahuris d'avoir survécu au massacre, rabrouèrent ce bec-jaune qui, se faufilant parmi eux, demandait :

— L'un de vous connaissait-il Godefroy d'Argouges ?... L'a-t-il vu ? Sait-il où il est ?

Allongés ou titubants, prostrés çà et là, solitaires ou groupés par trois, quatre, quelquefois davantage, ils s'accordaient un répit avant se mettre en quête d'un refuge ; mais leur nombre et surtout leur lassitude et leur indécision leur porteraient un préjudice irréparable. Renonçant à les interroger, Ogier s'en éloigna aussi vélocement que ses jambes le lui permettaient. Seul, il ne pourrait retenir l'attention des Flamands dont il voyait déferler, sur l'écran des maisons grises aux toits noirs, les hordes hérissées de fer.

— Ils nous attaquent à revers !... Les hideux ! Les saligots !

Les vaisseaux flambaient, donnaient de la gîte, coulaient. D'incessantes fumées enfleuries de vermillon se boursouflaient dans l'azur.

— Après tout, si Père est mort, il vaut mieux qu'il n'ait pas vu cette déconfiture.

L'adolescent courut longtemps dans les dunes. A chaque bruit suspect, il s'accroupissait ou s'allongeait, jetait un regard autour de lui, et repartait, guidé par le soleil. L'angoisse, la faim, la fatigue, la fureur le tenaillaient.

La terre remplaça le sable et les cailloux. Ses creux et bosselures se couvrirent d'herbes, de buissons puis d'arbustes.

« Cours !... Hâte-toi ! Tu ne courras jamais assez ! »

Bientôt, cependant, il dut marcher.

« Un point de côté !... Manquait plus que cela ! »

L'épuisement distendait ses muscles, gonflait son cœur de palpitations telles que parfois il y portait la main. A chaque pas, sa volonté s'affaiblissait devant cette évidence : il était las, esseulé — *perdu.* Il avait soif et des frissons glacés traversaient son dos, ses reins, sa poitrine. Il s'arrêta et remua la tête avec précaution comme si tout mouvement brusque pouvait attirer l'attention d'un archer en embuscade. Mais non, il avait franchi près d'une demi-lieue et il était seul, seul avec sa peur et son chagrin, seul avec, collées à ses cuisses et ses mollets plâtreux, gris de vase à moitié sèche, les sangsues de la fatigue. La mer avait laissé sur lui tant d'immondices que son odeur même lui donnait la nausée.

« Les démons ! Les linfars (1) ! Nous ne méritions pas une telle défaite ! »

(1) De l'Allemand *leicht fertig :* méchant, prêt à tout.

Il pleurait, gémissait, l'échine fléchie, la tête bourdonnante.

« Que fera Mère en apprenant qu'elle est veuve ?... On ne retrouvera jamais son corps !... Blainville est responsable ! *Il vit, lui.* Ah ! l'infâme... Le soleil est là, devant... Jusqu'à son coucher, il me faut aller vers lui... Mais Gratot, c'est si loin !... Y parviendrai-je... Et Aude ? Elle aura du chagrin, elle aussi... Père m'a dit de les protéger, mais que puis-je contre Blainville ? »

Il portait parfois ses mains à son ventre douloureux ; il sanglotait et chassait ses larmes à coups de doigts rageurs. Ne pas pleurer ? Impossible !... Et ses cousines ? Que deviendraient-elles si Guillaume et Blanquefort avaient péri ? Certes, cela ne le concernait pas. Mais tout de même...

Un sentier apparut, aux talus poudreux ourlés de chardons et d'orties. Il sinuait vers le sommet d'une butte et ne devait guère être passant puisque des buissons, parfois, l'obstruaient. Cependant, on l'avait emprunté récemment : il y avait çà et là, pas plus grosses que des têtes de clous, des gouttes de sang sur la terre et les pierres.

Ogier s'arrêta, méfiant, indécis. A sa gauche, des hommes que l'éloignement rapetissait couraient, se poursuivaient, criaient encore leur haine et leur souffrance et s'entre-tuaient toujours. A sa droite, c'était un échiquier de prairies et de cultures séparées par des murets. Plus loin moutonnait un bosquet au-dessus duquel planait une buse.

Le jouvenceau courut dans cette direction.

« Je reviendrai à Gratot ! Je marcherai la nuit. Le jour, je me vitulerai (1) dans les fourrés... Je passerai au large des cités et des hameaux. Je me nourrirai des fruits des champs. J'ai mon percemaille. Je tuerai des bêtes, s'il le faut. Chaque fois que je le pourrai, je roberai des œufs dans les poulaillers. Si je retrouve la mer dans quelques lieues, je mangerai des huîtres, des palourdes, et si je le peux, je roberai un cheval. »

Il s'arrêta encore et reprit haleine.

« Je dirai à Mère : *Votre époux est mort, sans doute, mais ni Lancelot, ni Perceval, ni même le grand Roland n'auraient fait mieux que lui dans cette estourmie* (2). »

Il veillerait sur sa sœur. D'ailleurs, il ne serait pas seul ; il y avait de bons et loyaux serviteurs à Gratot : Anquetil, Letailleur, Dauvin, Joubert, Lemosquet, Ledentu : des sergents que

(1) *Se vituler* : se coucher à terre de tout son long, comme un veau.
(2) Mêlée.

Godefroy avait renoncé à emmener avec lui... Et c'était sagesse : s'ils avaient pris part à la mêlée, tous y auraient péri !

« Je reviendrai chez nous ! Frère Isambert, notre chapelain, m'aidera à consoler Mère et Aude... »

Dieu avait veillé à ce qu'il fût épargné ; ce n'était pas pour qu'il perdît la vie en touchant terre !

Son besoin de bataille était rassasié. Reclus et inutile dans son tonneau, il y avait obtenu la justification de ce qu'il avait toujours pressenti, à savoir que son père était vigoureux, violent, audacieux comme les lions de ses armes. Sa vaillance, plutôt que d'être la conséquence d'un mépris total du danger, était en fait l'expression frénétique de son zèle de vassal dans l'accomplissement d'un devoir déplaisant. Chaque mort donnée devait endolorir sa conscience. Ne portait-il pas si bien l'idée chrétienne en son âme qu'il entendait chez lui quatre messes par jour ? Frère Isambert disait qu'il était presque un saint...

Éploré de nouveau à l'idée d'avoir perdu cet homme exemplaire, le garçon revit en pensée ce visage grave, ces yeux bruns, luisants comme l'eau tranquille des douves du château natal, et ce sourire tellement avare, mais dont il se doutait, lui, Ogier, qu'il s'épanouissait au-dedans de la bouche... Et maintenant qu'il y pensait, Godefroy d'Argouges était aussi à l'aise dans ses vêtements quotidiens que dans son harnois de guerre ! Au temps des gros travaux — les labours, la moisson, la fenaison — et quand le ciel se montrait hostile aux Normands, les harcelant de ses pluies et de ses tempêtes, le maître de Gratot affirmait que c'était un péché de dormir avant d'avoir tout accompli. C'était à lui, souvent, que revenait le dernier sillon, le dernier coup de faux, la dernière fourchée. Une entière rudesse vis-à-vis de soi-même, un réel mépris, parfois, de sa condition, et une endurance à peu près sans limite : ce chevalier-là savait se faire respecter sans pour autant être orgueilleux.

— Je le vengerai, se promit Ogier à mi-voix. Chaque fois que je le pourrai, je tuerai un Anglais. Et je confondrai Blainville !

Il se remit en marche. Il avait faim et soif. Il avançait doucement dans cette montée verte où piaillaient des oiseaux. Il s'arrêta près d'un ormeau, écouta les cris et le cliquetis des armes, semblables, tant ils étaient lointains, à des bruissements de feuillages. Il repartit puis s'arrêta, stupéfait, en voyant posés sur une murette aux pierres moussues deux chapeaux de fer à bord saillant, comme en portaient les archers d'Angleterre.

Impossible de se méprendre : il y avait là deux guerriers, peut-être davantage. Ils ne parlaient pas. Ils devaient être dans un état de fatigue extrême, sans quoi ils eussent songé à dissimuler leurs coiffes et à placer un guetteur.

Ogier fut près de rebrousser chemin, il ne le put : trois hommes gravissaient le sentier : deux Anglais et un captif qu'ils poussaient à la pointe de leur épée.

Dans ce prisonnier titubant, Ogier, incrédule et tellement heureux qu'il en cria de joie, reconnut Godefroy d'Argouges.

Les bras tendus, pleurant à gros sanglots, il courut au-devant de cet homme éprouvé, et quand il l'eut rejoint, il lui saisit les mains qu'il baisa l'une après l'autre.

— Père !... Père !... Ah ! Dieu est bon.

Il balbutiait tandis que d'un bras, le guerrier vaincu l'étreignait sans rudesse.

— Ah ! Père, en quel état ces Goddons vous ont mis !

Le seigneur de Gratot avait perdu son heaume. Une plaie large d'un doigt le marquait au front. Le sang qui en fluait barbouillait son visage. Son épaule senestre avait été atteinte ; de sa dextre, il la soutenait, engluant sa main de vermillon. Son haubert et sa cotte n'étaient plus que de sordides penailles, rougeâtres, noirâtres, après lesquelles pendaient des filasses d'herbes marines.

— Père !... Je me désespérais en vous croyant noyé !

Le chevalier sourcilla. Ses cils retinrent une larme, mais d'autres sur ses joues se teintèrent de rouge.

— Sur mon âme, dit-il d'une voix affaiblie, rauque et tremblante, je ne pensais pas te revoir de sitôt ! C'est miracle !... Nous sommes tant à errer sur ces terres... Ah ! oui : Dieu est infiniment bon.

— Avez-vous grand mal ?

— Le mal n'est rien, mon fils, car tu vois : ils m'ont pris.

Sous leur chapel de fer en forme de bassin, les Anglais, des jeunes au sortir de l'enfance, avaient des faces émaciées, livides. Leurs yeux légèrement vitreux reflétaient la lassitude et la terreur. Tous portaient des haubergeons démaillés. Leurs jambières gluaient de boue et de sanie.

— Ainsi, dit Godefroy d'Argouges en marchant de nouveau, sans épée, toutefois, dans les reins, tu en as réchappé !

Son visage désolé s'éclaira, puis se rembrunit brusquement. Sa voix devint furieuse et désolée :

— Mais tu t'es fait prendre sottement !... Ces jouvenceaux sont enragés ! Ils peuvent nous occire !

Le danger était-il là, vraiment, personnifié par ces guerriers en herbe ainsi que dans ces deux autres qui venaient d'enjamber le muret derrière lequel ils s'étaient mussés ?

— Je vous sauverai, Père !

Ogier s'élança dans un chemin creux, le dos à la mer, parmi les herbes et les racines.

Sans qu'il se fût retourné, il devina bientôt qu'un des quatre guerriers s'était jeté à sa poursuite. Il tenta d'allonger ses foulées et de tirer sur ses bras, mais son corps n'obéissait plus à sa volonté ; l'autre se rapprochait, sautant par-dessus les buissons et poussant parfois des grognements de rage.

Était-il trop las lui qui, à Gratot, se montrait invincible à la course ? Il hurla de colère et de désespoir quand une main de fer le saisit par l'épaule.

— *Goddam ! Goddam ! Keep quiet* (1) !

Il se débattit, donna des coups de pied dans les jambes de cet ennemi à la force placide, s'épuisant en vain et regrettant d'être si faible.

— Laisse-moi !... Lâche-moi, sale Goddon !

Il allait saisir son poignard ; l'Anglais à peine plus âgé que lui, immobilisa son bras contre son flanc dans une étreinte dont Ogier s'indigna :

— Cesse de me tenir comme une fiancée !

Leurs souffles se mêlaient. Leurs visages se touchaient presque. Une vague de haine s'élevait en eux, si forte que leurs mâchoires tremblaient sur des mots qu'ils n'osaient proférer tant ils leur semblaient fatals ; mais leurs yeux s'exprimaient sans crainte aucune.

— *Boy ! Boy !*

— Lâche-moi, Goddon, t'ai-je dit !

Comme Ogier voulait se dégager, l'Anglais hurla en direction de ses compères :

— *He can't keep still* (2)...

— *Kill him !* (3)

— Ne bouge plus, surtout, cria Godefroy d'Argouges. Sans quoi il te tue.

Haletant, résigné, le garçon se laissa ramener vers le muret

(1) Bon Dieu, reste tranquille !
(2) Il ne peut pas rester tranquille.
(3) Tue-le.

sur lequel son père s'était assis. Un barbu s'approcha de lui et le gifla d'un revers de main, sans ménager sa vigueur. Sous le heurt, Ogier ne put retenir un gémissement, et cette défaillance l'emplit de honte.

— Sois quiet, *boy*... Je comprends ta langue... Est-ce vraiment ton père l'otage de mes compagnons ?

— Oui.

— Nous ne vous voulons aucun mal.

— Menteur, grogna Ogier en frottant sa joue brûlante et gonflée.

L'Anglais avait un air morose, une figure maigre, dure, et la mine d'un malandrin ; mais il semblait sincère. Nul fer ne le couvrait. Il n'était pas armé, et ses pieds nus s'enfonçaient dans les herbes. Afin de mieux nager, sans doute, il s'était délivré de son harnois de guerre.

— Si tu t'assagis, ne crains rien... Ton père est-il chevalier ?

Ogier hésita, puis, sans même quêter l'acquiescement de Godefroy d'Argouges, il répondit affirmativement. Le barbu désigna le petit pré ceint par le muret, au milieu duquel il y avait deux pommiers et un tas de fagots.

— Nous allons nous asseoir là et manger, faute de mieux, ces pommes vertes en attendant la nuit.

Il se tourna vers ses compères. Leur mine était à la fois soucieuse et sinistre. L'un d'eux ôta sa coiffe de fer, puis son camail ; une cicatrice violacée courait sur son crâne ras.

— Si des gens à nous viennent jusqu'ici, continua l'Anglais en dévisageant sans haine Godefroy d'Argouges qui vacillait en le suivant, eh bien, messire, vous en serez captif. Et je puis vous dire que le seul mal dont vous souffrirez sera le paiement d'une rançon... Foi de Thomas Ramsey, c'est ainsi qu'on procède... Si ce sont des Français, eh bien, nous aviserons.

Ogier s'approcha de son père.

— Appuyez-vous sur moi... Ah ! si vous saviez ma joie de vous savoir vivant... Allons, appuyez-vous !

Le chevalier obéit. En titubant et gémissant, il entra dans le petit champ.

Il s'étendit le long du mur, dans les hautes herbes. Ces quelques mouvements semblèrent avoir exigé de lui un effort extrême. Son souffle était court, sifflant ; une bave teintée de sang, qui parfois se cloquait entre ses lèvres, couvrait le bas de son visage. Il ferma les yeux.

— Laissez-moi vous soigner, Père !

Ogier enleva son surcot et quitta sa chemise, dont il arracha une manche. Il mit le tissu en boule et le comprima dans ses mains pour en exprimer toute l'eau. Ensuite, s'aidant de son perce-mailles, il découpa deux bandes qu'il noua l'une à l'autre.

— Je vais d'abord m'occuper de votre front...

La blessure était large et longue. L'espèce de blancheur vaguement rosâtre, entre les caillots, devait être l'os du crâne. Un coup à peine plus fort eût été mortel.

— Durement touché, commenta le barbu en se penchant. Il respirait à peine quand nous l'avons trouvé pas loin d'où nous sommes... Quatre des nôtres gisaient autour de lui.

— Comment le soigner ?

— Il faudrait le recoudre, mais nous n'avons rien !

— Lui mettre un bourdonnet ?

— *What ?* Un bourdonnet ?

— Un bouchon de charpie.

— Cela ne suffirait pas !... D'ailleurs, pour te rassurer, dis-toi que ton père, un jour, sera fier de cette navrure.

L'Anglais s'agenouilla. De ses doigts, il rapprocha les lèvres de la plaie. Le blessé gémit. Ogier n'osait le regarder.

— Serre fort, *boy,* en enroulant ton linge autour de sa tête ! Et crois-moi, c'est tout ce que tu peux faire.

Godefroy d'Argouges frémit et ferma ses paupières tandis que l'étoffe sale commençait à couvrir son front, ses tempes. Sur le linge humide, une fleur de sang apparut.

— Ah ! fils... fils...

Le teint crayeux du blessé, l'imperceptible tremblement de ses lèvres pâles, les cernes de ses yeux toujours clos désespérèrent Ogier. Son regard croisa celui de l'Anglais, lequel ne se méprit pas sur sa signification.

— Non, dit-il. Ton père est solide... Il vivra !

Il s'empressa de rejoindre les siens, avec lesquels, tout en cueillant des pommes, il se mit à parler sans élever la voix.

De ces hommes aux vêtements lacérés et sanglants émanait une impression d'entente, de confiance et d'énergie latente.

— J'espère que Blanquefort est sauf, murmura Godefroy d'Argouges en ouvrant les paupières. Il m'a sauvé... A peine au sol, il a dû se battre à poings nus. Moi aussi... Puis nous avons trouvé des épées... Pour nous préserver encore. Nous nous sommes perdus de vue...

Sa main se posa sur celle de son fils, fiévreuse, apaisante.

— Et mon oncle Guillaume, Père ?

— Je ne sais... Pourvu qu'il vive !

Godefroy d'Argouges remua imperceptiblement la tête :

— Nous pouvions les vaincre... Sans ces capiteux (1) qui nous commandaient, nous aurions eu le dessus.

— *Capiteux,* Père ? Je dirai plutôt ces goguelus (2). Sur les trois, Kieret et Bahuchet sont morts... Blainville est à terre, je l'ai vu.

— Il faudra qu'il nous paie cette déconfiture.

Un instant, Ogier fut tenté de révéler que Blainville était un traître, mais l'homme fourbu, livide, sur lequel il se penchait, n'était guère en état de recevoir une telle confidence ; il l'ajourna.

— Père... Pourquoi ces hommes qui vous ont capturé ne vous ont-ils pas occis ?

Godefroy d'Argouges soupira. Ses poings, amenés sur sa poitrine, se crispèrent.

— Ils sont repus de sang... Ils se sont dit : « Un de plus, un de moins... A quoi bon ? » Ils veulent une rançon... Ils l'auront... Tu comprends désormais pourquoi il est bon d'avoir de l'or dans les coffres des basses caves.

— Oui, Père. Maintenant, je vais soigner votre bras. Il en est grand temps !

— Attends, Ogier... Il te faut fuir... Reprends des forces. Il convient qu'un de nous revienne à Gratot. Il te faudra costier la mer... le plus près possible... Défie-toi de la marée et des verholes (3). C'est notre mer, mais en ces lieux, tu ne la connais pas.

Godefroy d'Argouges serra la main de son fils. Et soudain, tendant l'oreille, il dit à voix basse :

— On vient !... Des chevaux...

Effectivement, des cavaliers approchaient. Le sable avait amorti le bruit des sabots, mais quelques pierrailles venaient de trahir leur présence. Ogier évalua leur nombre à cinq ou six. Les Anglais les avaient également entendus : ils parlaient, s'agitaient. Deux d'entre eux avaient empoigné leur épée.

— Des chevaux, grogna Godefroy d'Argouges étonné. Ce sont des Flamands.

— A moins qu'il ne s'agisse, Père, de quelque petite compagnie du duc Jean.

(1) Obstinés.
(2) Contents de soi.
(3) Nom donné dans la Manche aux retours de marée partant en travers des terres et des jetées.

— Non, il roucoule quelque part auprès de quelque femme… ou quelque gars. D'ailleurs, cet outrecuidant ne se déplace jamais sans une centaine d'hommes.

Surgissant au faîte d'une dune, les cavaliers s'engagèrent dans le sentier et s'élancèrent à la queue leu leu en direction du muret au pied duquel les Anglais s'étaient dissimulés. Ils avançaient au galop. Un cheval apparut, puis un autre.

— Halte ! dit soudain un homme au passage. Halte !… Voyez ces chapels-là… Parole : ils sont anglais.

— Va voir, Ramonnet, mais hâte-toi : je suis attendu !

Cette voix brève aux accents impérieux, c'était celle de Richard de Blainville. Cette voix, c'était celle de la fatalité.

VI

Blainville était coiffé d'un petit bassinet (1) dont la bretèche pendait sous son menton, par-dessus les anneaux du camail. S'il portait toujours ses vêtements noirs, un plastron protégeait sa poitrine. La tabule (2) de cette cuirasse, grosse comme une corde, révélait que le fer destiné à la préservation du buste était d'une épaisseur peu commune.

Il mit pied à terre et, d'un geste, enjoignit à ses hommes de l'imiter. Ils étaient dix, apprêtés pour la guerre et couverts, par-dessus leur harnois, d'une cotte aux couleurs de Blainville — le sable et l'argent (3) — où le velours de Gênes et le drap de Roubaix formaient un assez bel ensemble.

« D'où les sort-il, ceux-là ? » se demanda Ogier.

Devinant que toute fuite, toute résistance étaient impossibles, un Anglais essaya de parlementer.

— Messire, dit-il en offrant son épée au baron, considérez-nous comme vos alliés, sinon comme vos otages.

Blainville saisit l'arme et la jeta au loin. Un sourire éclaira sa face renfrognée tandis que des rires s'élevaient.

(1) Dans ce type de « casque » préfigurant le bassinet (ou bacinet) à bec de passereau, le haut de la tête était abrité par une cervelière en fer plein, de forme sphérique ou conique. Une série de rivets retenaient un camail dont les anneaux protégeaient les joues, le menton, le cou, la nuque et les épaules. Un nasal concave, de forme triangulaire, était fixé au camail juste sous le menton. Avant le commencement des combats, on assujettissait cet appendice de métal à un crochet rivé sur la coupole de fer, au-dessus et au milieu des yeux. Il portait un nom : la *bretèche*.

(2) L'arêtière médiane de la cuirasse.

(3) Le noir et le blanc.

— Tiens, dit-il en découvrant Ogier agenouillé près de son père. Vous êtes saufs tous deux !

— Tout comme vous, messire, répliqua effrontément le jouvenceau.

Un sergent barbu, d'allure effrontée, se pencha sur Godefroy d'Argouges et le considéra sans lui dissimuler son abomination. Impassible en apparence, le chevalier subit cet examen tout en défiant du regard Blainville qui l'observait les poings aux hanches.

— Qu'en dis-tu, Ramonnet ?

L'homme lige se redressa. Ses yeux gris, vifs et porcins, se portèrent sur son maître :

— Durement atteint, messire. Plus près du ciel que de la terre...

— Pas de temps à perdre, alors, dit Blainville en se dirigeant vers son cheval, un destrier noir superbement harnaché.

S'arrêtant soudain, il se tourna vers ses hommes :

— Même s'il vous en coûte, débarrassez-nous de ces quatre drôles... Laissez-là Argouges et son gars... Si le père trépasse, le fils saura bien enfouir cette charogne.

Ogier serra les dents. Répliquer, c'était mourir. Il vit les Anglais cernés par les hommes d'armes. Il entendit leurs cris, leurs plaintes. Quand le cercle immonde se rompit, quatre guerriers, la gorge ouverte, gisaient dans l'herbe. Ainsi, par précaution et sauvegarde des apparences, Blainville n'avait pas hésité à sacrifier des alliés.

Ramonnet boitilla vers son cheval tout en essuyant contre sa cuisse la lame de son couteau.

— Voilà, c'est fait, dit-il avec un air de componction qui suscita des rires autour de lui.

— Quatre à la fois ou presque. Tu as dû jouir autant que si tu les avais forniqués.

Soudain exaspéré par ce qu'il entendait, Godefroy d'Argouges trouva la force de se lever. Il marcha d'un pas vacillant jusqu'à Blainville, se jeta sur lui et le serra au cou en criant d'une voix que son exténuation éraillait :

— Par Dieu, la Vierge et les archanges, tu viens de te conduire en pourceau ! Tu déshonores la Chevalerie !... Tu n'es rien d'autre qu'un malandrin.

Blainville se débattait, suffoquait, grondait sourdement ; ses hommes s'étaient portés à son secours, mais Godefroy d'Argouges maintenait sa prise.

— Vil herlos (1) ! poursuivit-il, insensible aux coups de

(1) Maraud.

gantelet assenés sur son corps et sa tête blessée, tu peux être loué, magnifié par Philippe, sa ribaude et leur petit duc, ta faveur auprès d'eux finira par décliner.

Ogier comprit que même s'il survivait au courroux de Blainville, le sort de son père allait changer dès cet instant. Le roi ne lui pardonnerait jamais ces offenses, et son favori, en les lui rapportant accommodées à sa façon, disposerait non seulement d'un témoin aussi perfide que lui-même, Ramonnet, mais aussi des hommes de sa mesnie (1).

« Ces larrons », se demanda-t-il, « sont-ils Français ou Flamands ? Et où ont-ils pris ces livrées ? »

Un coup de plat d'épée frappa le seigneur de Gratot. Retenant cris et injures, Ogier se précipita pour le protéger de son corps, mais s'effondra avant de l'atteindre : Ramonnet lui avait fait un croc-en-jambe.

« Ainsi », enragea-t-il en rampant vers le guerrier inanimé, le regard brouillé de larmes, « nous aurons en ce jour tout injustement subi... Ah ! je nous vengerai des forfaits de ce maudit... Mais ne vont-ils pas nous occire ? »

Il entendit Blainville s'esclaffer. Puis, comme elle grossissait par saccades nerveuses, l'hilarité du maître déclencha celle de ses serviteurs.

« Les malandrins... Que Dieu les châtie comme ils le méritent ! »

Il approcha sa joue du visage exsangue de son père et fut soulagé d'y sentir un souffle. Quand il se releva, un cheval était près de lui : le roncin de Blainville dont l'éperon armé d'une molette énorme à cinq piquants, luisait à quelques pouces de son visage. Feignant d'ignorer ce redoutable talon de fer, Ogier dévisagea l'homme en noir. Aucun doute : le Normand exécré pourpensait une férocité nouvelle.

— Que faisait ton père parmi ces Goddons ?

— Il était leur prisonnier.

— Voire... Tu veux dire, fils de pute, leur compagnon.

Ogier accepta l'outrage. Plus il serait passif, mieux cela vaudrait. Dans le soir que le soleil tavelait de pourpre et de nacre, et sous un bassinet à vrai dire inutile, la face pâle, figée, attentive de Blainville, était celle d'un démon prêt aux pires cruautés.

— Ton père est un félon. Je le croyais occis... Quel dommage !

(1) Ensemble des gens attachés à un seigneur.

— Messire, protesta Ogier en se portant, les poings serrés, devant l'étalon noir dont les yeux globuleux l'observaient avec une attention aussi déplaisante que celle de son maître. Messire ! Par Dieu qui nous voit...

— Laisse Dieu ! Il est loin !

— Mon père a fait merveille lors de cette bataille !... Il est plus armeret (1) que vous-même !

— Ton père est un félon et je le briserai ! Je pourrais l'occire maintenant or, j'ai mieux à faire. Je remets à quelques jours un dessein qui m'est cher, mais peut attendre... Et je vais m'acquitter envers ton géniteur, sitôt hors de ce pays, d'une sorte de bienfait que je lui dois. Il va se repentir d'avoir trahi son suzerain, puis de l'avoir honni ainsi que sa famille !

Blainville se tourna vers ses satellites :

— Liez cet homme en travers d'une selle jusqu'à ce que nous trouvions un chariot pour le conduire en quelque geôle. Il en sortira plus plat et puant qu'une bouse.

Ogier retint péniblement un cri de haine. Ainsi, assuré par avance de l'assentiment du roi auquel il relaterait les événements à sa façon, et confirmé dans ses dires par des témoins à sa solde, sinon à sa dévotion, Blainville allait obtenir une vengeance inespérée.

— Eh bien, damoiseau ?... Tu reste coi !

— Par contrainte et amour paternel, messire. Vous n'êtes point un homme auquel on peut parler.

— Ton audace me plaît et te préjudicie... Sache-le, cependant, avant que je te punisse : aussi vrai que j'ai nom Richard, ton père ne restera pas longtemps chevalier : je vais le dégrader publiquement moi-même. Ensuite, seulement, j'aviserai le roi.

(1) Vaillant, intrépide.

VII

L'impitoyable cérémonie eut lieu le 4 juillet au matin, dans la haute cour du château de la Broye, à quelque quarante lieues de l'Écluse. Trois cents survivants de cette immense tuerie (1) s'y trouvaient réunis.

Coupant à travers les campagnes, contournant prudemment les cités, les bourgs, les hameaux, les forteresses, et se fiant aux plus hardis comme aux plus matois d'entre eux, ces fugitifs étaient arrivés là par petits groupes exténués. Les sages s'étaient limités à une retraite nocturne pour s'enfoncer dès l'aube au plus profond des forêts afin d'échapper aux milices ennemies acharnées à leur poursuite. Marchant de jour dans leur hâte d'atteindre leur pays, les présomptueux avaient dû se battre et se battre encore, perdant ainsi, en d'inégales échauffourées, de valeureux compagnons. Tous s'étaient nourris d'herbe, de pissenlits, de fruits, de raves et parfois, crues, car le moindre feu les eût retardés ou trahis, de quelques bêtes des bois. Sitôt en terre d'asile, ils avaient mieux mangé, certes, et marché au soleil sans crainte des embûches, mais ils s'étaient vu accueillir en vaincus. Ils souffraient dans leur corps des coups portés par l'adversaire, et dans leur cœur de la réprobation ou du mépris de tous ces nobles et roturiers pour la sécurité desquels, tout de même, ils avaient combattu. Leurs visages blêmes ou tuméfiés, couenneux ou barbus, griffés de rides ou

(1) Il y eut 22 000 victimes dans le camp de Philippe VI et 8 000 dans celui d'Édouard III qui, dès lors, eut la maîtrise de la Mer du Nord et de l'Océan. Le problème du soutien en vivres et en hommes de son duché d'Aquitaine était résolu. (Voir Annexe I.)

entamés par les tranchants des armes, leur œil hagard et leur bouche pincée sur des soupirs ou des gémissements, exprimaient un désespoir sans fond.

Guillaume de Rechignac, Ogier, Blanquefort côtoyaient ces guerriers exténués, hébétés, puant la sueur et le sang caillé, tandis qu'au centre de la cour, harcelant trois sergents occupés aux ultimes préparatifs de son triomphe, Blainville régnait en maître en attendant de se conduire en despote. Il était coiffé de son petit bassinet ; cependant, *ad ostentationem* — à moins qu'il n'eût voulu se surhausser d'un pied —, il l'avait orné d'un plumail.

— Du cygne, murmura Blanquefort. De la blancheur pour ce fredain (1) !

— Le paon lui sierait mieux.

— Ah ! mon oncle, soupira Ogier, j'ai le cœur dolent de ce que je dois voir.

Ils s'étaient placés au premier rang de l'assistance noble, face à l'échafaud érigé au pied du donjon, entre la chapelle et les écuries, d'une part, et de l'autre, un grand pan de muraille à la crête garnie d'arbalétriers et d'archers. Presque aussi nombreux que les piétons alignés sur six rangs, à l'ombre du mur d'enceinte, les seigneurs et les écuyers attendaient l'apparition de Godefroy d'Argouges. La plupart le connaissaient. Le croyaient-ils capable de couardise et de félonie, comme Blainville en avait fait répandre la rumeur ? Certains parlaient à leurs voisins, lesquels jetaient autour d'eux des regards inquiets ou distraits ; d'autres méditaient, taciturnes, et de ceux-là, le jouvenceau eût aimé connaître les pensées. Le temps lui avait manqué pour raconter ses mésaventures à son oncle. Depuis leur entrée à la Broye, l'avant-veille au soir, Guillaume et Blanquefort avaient eu bien autre chose à faire qu'à l'écouter : sauver l'honneur de son père, s'évertuer à lui épargner un châtiment injuste et d'autant plus inadmissible que, contrairement aux usages, le procès avait eu lieu, disait-on, dans sa geôle, la nuit même de son arrivée, sans témoins ni défenseurs : Blainville prenait ses aises avec les procédures. Il lui restait à présider aux rites exécutoires de la sentence. Sa fébrilité, impudemment exhibée par la voix et les gestes, révélait son désir de les mener rondement.

Afin de se délester, s'il le pouvait, de ses angoisses et de ses souvenirs, Ogier reprit :

(1) Scélérat.

— Quand ces linfars ont jeté Père en travers d'une selle, je les ai suppliés de me laisser l'accompagner... Ils ont refusé... Trois d'entre eux — qui sont ce jour d'hui devant nous — m'ont saisi et frappé puis lié à un arbre. J'ai mis la nuit à me dégager ; ensuite, j'ai warrouillé à travers le pays. Les Flamands y pourchassaient l'homme avec plus d'ardeur que le cerf ou le sanglier. Je ne sais pas encore pourquoi je suis en vie.

— Allons, apaise-toi, enfant, dit Blanquefort. A quoi bon te mettre en cet état puisque tu nous a retrouvés, moi, non loin de Dixmude à la nuit tombante avec neuf de nos gens, et ton oncle tout près d'ici, à Hesdin.

— C'est une belle et bonne chance, dit Guillaume, que j'aie pris le chemin de Saint-Omer avec Ernauton de Penne. Tant des nôtres, par impatience ou peur, se sont éparpillés et perdus avant même d'arriver sur nos terres.

— A quelle nef, messire, demanda Blanquefort, appartenait ce chevalier ? Depuis nos retrouvailles, avant-hier, je n'ai guère eu le temps de vous interroger.

— Ernauton commandait les gens de la *Mahaut*. Avant qu'elle ne sombre, il l'a quittée pour la *Diane* et s'y est battu jusqu'à ce qu'un épieu l'atteigne à l'épaule. Nous nous sommes trouvés à terre en même temps...

Guillaume gratta sa crinière inculte, puis sa main retomba, molle, lasse, contre le fourreau, vide, de son épée.

— C'est une chance aussi que nous nous soyons arrêtés dans un hameau du nom d'Azincourt pour avaler un hanap de vin. C'est là que j'ai appris le passage de Blainville.

— Et comment, mon oncle ?

— Il s'y était arrêté pour manger. L'aubergiste qui nous abreuvait en nous avisant sur les débris d'armée passant par son pays, s'était étonné, ce jour-là, de voir un captif dans le chariot que ce malfaisant traînait à sa suite... Il a voulu lui donner à boire... Blainville s'y est opposé... Ensuite, il s'est moult égayé à révéler aux curieux le nom de ton père et celui de l'endroit de sa captivité.

Ogier crispa ses mains à sa ceinture et fut heureux d'y sentir son poignard.

— Je savais depuis longtemps, moi, qu'il me fallait atteindre ces murailles... Tandis que Ramonnet, ce boiteux, là-bas, me faisait lier à un arbre par les deux drôles qui l'aident en ce moment, il leur cria : « Pressez-vous. Nous devons promptement gagner la Broye, en Artois. » J'aurais couru, je crois, les pieds nus jusqu'ici !

— Pourquoi la Broye ? demanda Guillaume. Je connais à peine Gaucher de Lor (1). Il n'était pas des nôtres à l'Écluse, ni son fils, Olivier. De plus, ils ne sont nullement apparentés à Blainville.

— Qu'importe, dit Blanquefort en considérant les piétons dépenaillés alignés sur leur droite, à quelque quinze pas. Et pour en terminer avec nos malheurs, il me faut vous dire que sitôt en Artois, Ogier et moi avons aisément trouvé cette bastille... Blainville avait dépêché partout des hommes d'armes avec mission d'enjoindre à tous les réchappés de rallier ces murailles au plus tôt. Il tenait à être entouré de nombreux témoins, mais ne s'attendait pas à nous découvrir parmi eux.

— Hélas ! regretta Guillaume, son dépit de nous savoir présents ne me satisfait même pas. Nous sommes parvenus ici bien tard. J'aurais voulu avoir le temps d'informer le duc de Normandie, à défaut du roi, des cautelles et faussetés de ce coquin... Mais Jean chevauche on ne sait où... Quant à lui, ce perfide, il a bien ri de mon courroux et de mes menaces lorsque je l'ai sommé de surseoir à cette dégradation.

Le baron baissa la voix :

— Longval, Évrecy, quelques autres encore qui nous ont précédés, l'avaient adjuré de refréner son impatience, tant elle leur paraissait louche... Ils présument qu'Argouges est innocent de tout ce dont ce malandrin l'a accusé... Ils l'ont vu dans les mêlées bien avant l'affaire du *Christophe.* A défaut de pouvoir lire les attendus et l'arrêt pris par les juges, ils ont, comme moi, exigé de prendre connaissance de la sentence du roi... Ils pensaient que Blainville leur mentait quand il affirmait avoir envoyé un écuyer et deux sergents au Palais pour obtenir, après examen des pièces du procès, le verdict de Philippe... Or, cette nuit s'achevait quand un chevaucheur lui a apporté l'agrément du roi... Argouges doit être exclu de la Chevalerie.

Guillaume eut un soupir, presque un gémissement.

— Ah ! l'étrange tribunal : les uns siégeant dans l'ombre d'un cachot, et l'autre, ce suzerain présomptueux, rendant sa sentence à distance sans rien savoir d'une accusation imméritée, sinon, sur des parchemins, les mensonges effrontés d'une poignée de crapuleux !

— Dégradé seulement ? s'inquiéta Blanquefort.

(1) Gaucher de Lor, chevalier, seigneur de la Broye et de Ressons, n'a guère laissé de traces. L'on sait, cependant, qu'il prit part à la défense de Reims contre Édouard III en 1359-1360.

— Oui, Hugues, rassure-toi : seulement dégradé. Le roi est formel.

Ogier ne se méprit pas sur la signification de ces paroles. Rares étaient les dégradations conclues différemment que par un coup de hache. Quelles que fussent donc ses préventions à son égard, et la rigueur des accusations de son substitut, Philippe devait douter de la trahison d'un chevalier farouchement ennemi de l'Angleterre. Mais alors, pourquoi ne mandait-il pas l'accusé à Paris ? Quels témoignages avait fournis Blainville ? Avait-il tant d'amis parmi les survivants de la bataille ?

— Paris est trop loin, remarqua tout à coup Blanquefort, pour que Philippe ait été prévenu de cette vilenie et qu'il ait renvoyé un message à Blainville... D'ailleurs, à ma connaissance, il faut enquêter des semaines, voire des mois avant d'exclure un chevalier de l'Ordre... Ses juges, qui sont aussi ses pairs, se doivent de faire comparaître devant eux les témoins de la félonie... Or, nous étions présents, nous, mais on nous ignore. Quant aux juges, en ces murs, Blainville n'en a que deux à son service... Ils ne sont pas chevaliers.

— Peut-être le sont-ils.

— Ils ont, dit Ogier, fort mauvaise figure !

— Non, Hugues, Paris n'est pas trop loin, reprit Guillaume, maussade, après un temps de réflexion. En relayant cinq ou six chevaux, on peut, d'où nous sommes, y aller et en revenir en cinq ou six jours.

Et sans chercher à dissimuler sa tristesse :

— Je te le répète encore : avant de venir prendre rang ici, j'ai vu le sceau royal à la lueur des chandelles. Et je n'étais pas seul ! Maints barons, chevaliers, écuyers présents autour de nous, l'ont eu sous les yeux.

— C'est un sceau contrefait par un homme à Blainville !

— Je connais le sceau de Philippe.

— On l'a copié... Un faussaire.

— Ah ! Hugues... Philippe est loin, c'est vrai, mais Blainville n'est pas homme à prendre des risques... Ses prétextes étant faux, il se trahira un jour !

— C'est un traître ! Je le sais... Je l'ai vu.

— Tais-toi, mon gars. Mesure tes paroles. Par Dieu, nous avons assez d'ennuis avec ton père. Garde-toi d'en ajouter.

Puis, de nouveau tourné vers Blanquefort et parlant bas tandis qu'Ogier, consterné, baissait la tête, Guillaume de Rechignac continua :

— Je crois, Hugues, que ce chevaucheur vient du Palais.

La voix du baron devint presque imperceptible :

— Je n'oublie pas que la reine a des faiblesses pour Blainville. Ce ne serait pas la première fois qu'elle déroberait son sceau à Philippe et ferait imiter son paraphe pour assouvir une haine aussi ardente que le feu qu'elle a au cul (1) !

— Argouges la connaît à peine, protesta Blanquefort, effaré. Elle ne peut donc lui en vouloir.

— Qui sait, dit Guillaume. Chez elle, tout est bancal : l'esprit, le corps, les sens... Godefroy a pu involontairement l'outrager en ne la complimentant pas assez un jour qu'il paraissait à la Cour.

— Il y est allé trois fois, dit Ogier. Et nullement de bon gré.

Il observait les piétons devant lui. Ils étaient eux aussi résignés et s'entretenaient à voix basse. Il demanda, sans souci de parler fort :

— Les loyaux compagnons de mon père sont-ils si peu nombreux pour obtenir, l'épée en main, sa liberté ?

— Le délivrer ainsi ? s'étonna Guillaume. Ce serait attirer l'aversion du roi sur nos têtes, sans que ton père soit déchargé de son opprobre. Non, vois-tu, mon neveu, Godefroy doit accepter son sort, quoi qu'il nous en coûte, ainsi qu'à lui... Mais il se reprendra, tu verras.

— Allons, Ogier, sois digne, chuchota Blanquefort. Certains, parmi nous, savent qui tu es. Montre-leur que tu as le cœur bien fait.

— Je vois que l'on s'agite autour de...

— L'échafaud, mon oncle ! N'ayez crainte des mots.

— L'échafaud, soit, dit Guillaume. Les tapisseries et les écus dont il est paré ne font certes pas illusion... Ah ! mons gars, ce que tu vas voir est inique et outrageux. Plus tard, Godefroy confondra son accusateur. Il réclamera contre lui le jugement de Dieu et le roi des Cieux soutiendra son bras... En vérité, Blainville a

(1) Jeanne de Bourgogne, la femme de Philippe VI, serait un beau sujet d'étude pour un médecin aliéniste. Son ascendance suffit à expliquer son état morbide. Elle était fille de Hugues IV, un faible d'esprit dont le grand-père avait eu, lui aussi, une fin misérable, *mente alienatus* au dire du chroniqueur Mathieu de Paris. Elle était la fille d'Agnès de France qui eut un frère fou. Elle était aussi la sœur de Marguerite de Bourgogne, épouse de Louis le Hutin, qui n'a pas usurpé, tant s'en faut, sa réputation de salacité sexuelle. Elle-même n'est pas à l'abri de tout reproche. Elle devait mourir de la peste le 12 décembre 1349.

la partie belle : nous ne sommes qu'une dizaine à avoir échappé au massacre du *Christophe* et à savoir comment les choses s'y sont passées.

— Hélas ! les menteries de ce malfaisant ont eu plus de poids que nos vérités assemblées.

— Blainville est le seul, mon oncle, à ne pas avoir pris de coups.

— C'est vrai ! dit Guillaume.

Il s'était bien défendu, lui ; il avait une plaie profonde, violette, croûteuse au menton et le bras droit en écharpe. Sa cotte et son haubergeon étaient crevés, lacérés. Blanquefort avait été touché au coude gauche. Sous la cervelière ternie par l'eau de mer, son visage se craquelait de rides frémissantes.

— Il fallait des semaines d'enquête, répéta-t-il. Devant tous ceux qui restent du *Christophe,* Godefroy aurait dû être confronté à Blainville.

— Hélas ! oui, approuva Guillaume. Mais tais-toi et regarde ces corneurs.

Deux hommes d'armes appartenant à la garnison du château, venaient de monter sur l'estrade. Ils embouchèrent leur olifant dont le vent porta les mugissements aux quatre coins de la cour.

Aussitôt, une porte s'ouvrit au pied du donjon de granit, carré, bas et sombre.

— Voilà Godefroy, dit Guillaume. Mon Dieu, on le soutient. Il est plus mal encore que je le redoutais.

— Ils l'ont tourmenté, cria Ogier, les yeux écarquillés d'effroi.

— Non, le rassura Blanquefort. La question, même infligée modérément, laisse des traces... Blainville peut tout se permettre, sauf ça... Ne bouge pas. Ne commets rien d'irréparable... Attends.

Deux sergents au torse couvert d'une dalmatique noire étaient allés chercher le prisonnier dans son cachot. Contournant l'échafaud, ils l'amenèrent au centre de l'esplanade, et son apparition ne provoqua nul cri, nulle rumeur, pas même un mouvement d'hostilité chez ces guerriers recrus de fatigue et repus de sang. Ils formaient autour du « coupable » et de ses gardes une espèce de grande haie large, à peine remuante, composée de fer, de loques, d'où çà et là pointait, une pique, un épieu, une guisarme. Il y avait aussi quatre gonfanons en haillons.

— Et voyez comme ils l'ont habillé, s'exclama quelque part un baron, lorsque les sonneurs cessèrent de jouer.

— Dans l'état où il est, dit un autre, je me demande comment il peut supporter tout ce fer... Pauvre Godefroy !

Les sergents contraignirent Argouges à pivoter sur lui-même, de façon à être vu par tous. Il fermait les yeux, serrait les lèvres. Il obéissait par lassitude extrême, rien d'autre. Il était vêtu d'une manière aussi répugnante que possible. Sous le haubert malpropre et lacéré qui l'engonçait, débordait un pan de chemise sale, maculé de sang. Une épée nue, passée dans sa ceinture, rendait sa marche difficile. Un heaume dont le plumail verdâtre consistait en une poignée d'orties et de chardons pendait à son baudrier. Sa tête, inclinée en avant, était toujours couverte du bandage qu'Ogier y avait enroulé, mais le linge, de rouge, était devenu brun.

— Eh bien, voilà, grognonna Guillaume.

Il pressentit l'impulsion de son neveu et le retint durement par un bras.

— Non, ne crie pas… S'il sait que tu te trouves ici, il perdra tout son courage…Et il lui en faut.

— Nous ne pouvons rien, regretta Blanquefort. A quoi bon envenimer les choses… Tu en pâtirais.

Dans le silence recouvré de ce matin de grand soleil et de vent aigre, le cérémonial de la dégradation commença.

Un héraut vêtu de mailles sous sa dalmatique aux couleurs de Blainville, rejoignit les sonneurs sur l'estrade et s'immobilisa entre eux. Il était jeune, imberbe et coiffé d'une cervelière à calotte pointue. Il fit un signe aux hommes et ils cornèrent aussi longtemps qu'à leur apparition. Quand ils cessèrent, le héraut tira le parchemin coincé dans son ceinturon, le déroula et proclama d'une voix hargneuse :

— *Oyez ! Oyez !… Au nom de notre sire Philippe le sixième, roi de France par la grâce de Dieu ; au nom de la Benoîte Trinité, le Père, le Fils, le Saint-Esprit, et de la Vierge glorieuse, sainte Marie, que nous avons pour dame et patronne dans toutes nos actions, nous, Richard, baron de Blainville, savoir faisons à tous présents devant nous, que l'homme qui est là est couard, traître et félon, et qu'il a, en conséquence, été jugé par un Tribunal dont notre bien-aimé Suzerain a ratifié la sentence, cela en raison de sa conduite avant, pendant et après l'Écluse…*

Guillaume plaqua sa main rude sur la bouche d'Ogier :

— Tais-toi ! Par Dieu, enfant, il te faut t'abstenir de crier ta fureur !… De plus, ne nous fais point trop remarquer… Ce baveux (1) que je ne connais pas, a l'œil fixé sur nous !

(1) Bavard.

— *... et subira,* continuait le héraut, *les volontés de la sentence en la forme et manière d'agir pour de tels cas !*

Ogier suffoquait et pleurait en silence, bien que l'envie de mordre et de hurler lui ravageât la poitrine.

— Le démon ! marmonna Blanquefort sans quitter du regard Blainville. Ce malicieux, ce marmouset (1) de mon cul a sur la conscience le plus grand cimetière du royaume, et il va déshonorer un Preux !

— Sergents, agissez pour le mieux.

Cela dit, le héraut ordonna aux sonneurs de le suivre. Ils quittèrent leur juchoir et disparurent derrière ses tentures rouges et noires : le sang et le deuil...

*
* *

Sur l'échafaud, accessible par quelques marches étroites et roides, un tronc de chêne soutenu par deux trépieds figurait un cheval. En poussant et tirant le condamné, les sergents le contraignirent à s'exhausser. Comme il se regimbait, ils l'accablèrent de coups de poing et d'injures jusqu'à ce qu'il eut enfourché cette monture outrageuse. Blainville alors les rejoignit. Après avoir craché au visage de son ennemi, il le traita d'indigne et de dégénéré.

— Ce n'est pas tout, continua l'accusateur à tue-tête lorsqu'il eut regonflé ses poumons. Je vous tiens pour responsable de notre défaite de l'Écluse. Non seulement vous vous êtes toujours opposé à Bahuchet, à Kieret et moi-même, mais encore, afin de mieux contrarier nos desseins, vous avez incité Tête-Noire à déraper dès l'apparition des nefs d'Angleterre.

— Ah ! l'ordure, s'écria Blanquefort.

Il regretta aussitôt cette offense, car se méprenant sur son destinataire de nombreux piétons, ignorant tout des disputes antérieures à l'affrontement, tendirent le poing en direction d'Argouges et hurlèrent :

— Ordure ! Ordure !

— Au billot !

— Pour venger nos morts, confiez-nous son châtiment !

Le seigneur de Gratot était si épuisé, si recru d'infamie, qu'il s'affaissa sur le chevalet.

(1) Favori.

— Voyez ! triompha Blainville tourné tout à coup vers les épaves du combat désastreux. Voilà que le remords l'assomme.

Furieux que le sénéchal eût involontairement déclenché cette vague d'hostilité dans la piétaille, Ogier perçut, chez les seigneurs groupés autour de lui, des murmures sur la signification desquels il s'interrogea. Ces hommes épuisés, anxieux peut-être de voir surgir les Anglais et leurs alliés cette fois sur la terre ferme, étaient-ils aussi, dans leur majorité, favorables à Blainville ?

— Père est innocent ! Il devrait accuser ce mençongier !

— Tu vois bien qu'il n'en a pas la force, dit Blanquefort. Si les sergents cessaient de le tenir, il tomberait. Ces maufaiteurs l'ont mis dans un si grand état de recréance et de grief (1) qu'il est prêt à tout accepter pourvu qu'ensuite, on le laisse en repos...

Godefroy d'Argouges fut également sans réaction quand, face aux deux juges qui venaient de s'asseoir sur un banc, dans un angle de l'échafaud, Blainville lui reprocha d'avoir refusé le combat sur le pont du *Christophe,* et d'avoir été pris, non loin de l'Écluse, en compagnie de quatre ennemis avec lesquels il négociait, pour son fils et lui-même, son passage en Angleterre.

Ogier ne se contient plus :

— Saligot ! Malebouche ! Termulon !... Le traître c'est...

Un poing, celui de Ramonnet, s'abattit sur sa tête.

— Tais-toi, fils de...

Le barbu au tabard de sable et d'argent n'acheva pas, car après un revirement, Guillaume avait crispé ses doigts au rebord de son gorgerin, rendant ainsi sa respiration impossible.

— Bas les pattes, gronda-t-il. Plus qu'aucun autre autour de nous, tu sais que ce chevalier est innocent et que son fils est pur. Si tu t'es insinué dans nos rangs pour connaître nos pensées, ta bonne chance est passée... D'ailleurs, ta place n'est pas parmi nous. Elle est... tout comme celle de ton maître, sur ce fumier que je vois fumer là-bas.

— Les forfaits, malfaisant, ajouta Blanquefort, tu les commets avec délices. Quelle prouesse, en vérité, que de lier un jouvenceau à un arbre ! De plus, Ogier m'a dit comment tu as égorgé quatre Goddons désarmés... Ah ! vaillant homme, il me faut t'en congratuler.

Guillaume venant de le lâcher, le sénéchal lança son poing dans le ventre du sergent qui chut à la renverse dans les pieds des barons silencieux.

(1) De soumission et de douleur.

— Holà ! Que se passe-t-il, Ramonnet ? s'inquiéta Blainville, furieux d'avoir été interrompu.

— Rien, messire, rien... Poursuivez.

Le sergent plié en deux s'éloigna tandis qu'Ogier, tout en suppliant le Ciel d'aider son père, arrêtait ses regards aux fenêtres du donjon, pleines de bas en haut, de coiffes bariolées. Ainsi, des femmes assistaient à la pire humiliation d'un homme ! Il les détesta.

— Eh bien, oui, tu vois ! ricana Blanquefort. Ces nobles dames, là-haut, vont avoir de quoi gangler (1).

Guillaume était loin de ce genre de considération.

— J'ai fait tout ce que j'ai pu pour sauver Godefroy ! enragea-t-il, sans crainte, cette fois, d'être entendu. J'ai même — eh oui ! — adjuré ces deux juges de revenir sur leur sentence... Hélas ! Amaury de Lôme et Michel de Fontenay n'ont pas plus de cœur qu'un aspic !

Il se tourna vers ses proches compagnons, inquiets mais attentifs, et dont Ogier trouva les regards aussi ternes que le fer de leurs vêtements de guerre.

— Ces deux suppôts de Blainville ont rejeté mon intercession en arguant que je suis le beau-frère de l'accusé !

— Parle bas, Guillaume ! conseilla un homme quelque part.

— Non, Herbert, non, répondit le baron.

Puis, considérant Blanquefort, et posant sa main sur son épaule, geste que le sénéchal accepta sans trop l'apprécier :

— Vous connaissez tous Hugues. Après avoir sauvé Godefroy de la noyade, il a combattu les Flamands à ses côtés pendant que Blainville était Dieu sait où... Eh bien, ce malandrin et ses satellites ont pris ses dires en dérision.

— C'est vrai, messires ! approuva Blanquefort. *« Plutôt que de combattre à outrance, vous avez quitté le* Christophe *et sauté à la mer ! »* m'a reproché Michel de Fontenay. Et Amaury de Lôme a conclu : *« Vous voulez faire passer pour des appertises (2) des actes de couardise dont vous devriez rougir ! »* Voilà ! Et j'ajoute, moi, — et vous le savez tous —, que cette dégradation est contraire aux usages... Je ne suis pas chevalier, mais vous, messires, qui l'êtes presque tous, comment pouvez-vous tolérer ce qui se commet sous vos yeux ?

— Assez, Hugues ! dit Guillaume. Tu vois bien que tu les

(1) Causer familièrement.
(2) Prouesses, exploits.

indisposes... Ils ne sont pas pour Lôme et Fontenay, mais ils rechignent à leur faire de la peine.

Ogier fut insensible aux protestations qui s'élevaient soudain dans les rangs des seigneurs. Il regardait les deux juges. En les voyant s'installer sur leur banc, il avait compris que ces hommes noirs, maigres, aux visages cireux, émaciés, étaient des ascètes du mal, des pervertis de la Justice : il n'en fallait attendre aucune pitié.

Les yeux brûlants de larmes, la gorge obstruée de cris et de sanglots qu'il maîtrisait à grand-peine, le jouvenceau considéra son père à calefourchies sur le tronc infamant. Sa faiblesse était telle que les sergents l'y maintenaient malaisément. Parfois l'un d'eux le lâchait un peu afin qu'il vacillât.

Voyant que cette épreuve ne suscitait aucun rire, pas même parmi la piétaille qui se rechignait, contrairement à son attente, Blainville l'interrompit.

— Assez chevauché, dit-il. Descendez cet homme.

Sans ménagement, les sergents obéirent.

— Portez-le là !

Soutenant leur prise aux aisselles, et tandis que ses pieds traînaient sur le plancher, ils amenèrent Godefroy d'Argouges au centre de l'échafaud.

— Allez, dit Blainville, approuvé par les juges.

Tandis qu'un sergent saisissait le condamné à bras-le-corps, l'autre lui enleva son heaume, son épée, ses jambières et ses éperons. Le haubert tomba le dernier. Pour approcher son ennemi, Blainville, pâle mais radieux, avait attendu qu'il fût en chemise.

— Eh bien, messire Argouges, se récria-t-il les bras levés, avec une emphase dont il se régalait seul, comme vous voilà mis !... Par le sel de mon baptême, vous n'êtes plus si asségur (1) !

Il se baissa et prit l'épée. Levant un genou, il rompit dessus la lame sciée à l'avance.

— Sale arme ! dit-il en laissant tomber les tronçons. Et mains traîtresses qui l'ont tenue.

Il saisit ensuite le lourd marteau de forge que Ramonnet lui présentait et, s'agenouillant, à l'aide de cette mailloche plus redoutable qu'une masse d'armes, il s'acharna sur les dépouilles de fer entassées devant les juges. Quand il eut fini d'assouvir ses forces et sa fureur, il se redressa et lança l'outil en bas de l'estrade, comme s'il venait de le souiller au contact des habits de guerre. Enfin,

(1) « Vous n'êtes plus si sûr de vous. »

de ses talons, en conservant la même expression de répugnance, le substitut de Philippe VI de Valois brisa les éperons dorés de sa victime et les foula longuement aux pieds, comme s'il écrasait deux araignées géantes.

Le silence était tel qu'Ogier entendit les craquements des molettes brisées.

Un sergent réunit ces débris et à pas lents quitta l'estrade. Il s'en alla vers le tas de fumier, devant les écuries, et les y jeta, effarouchant des volailles et des oiseaux occupés à gratter la paille fangeuse. Il frotta ses mains contre son tabard. Son visage poisseux exprimait un tel dégoût qu'on eût pu croire qu'il venait de toucher des hardes de lépreux.

— Nous sommes trois cents à assister à ce forfait, grogna Guillaume. Pas un ne bouge !

Ogier désavoua cet avis. Il y avait eu quelques murmures aussi bien chez les seigneurs que chez les piétons ; tous les visages s'étaient figés en direction de l'échafaud. Ils exprimaient, sans exception, le courroux et la répugnance.

— Mieux vaut attendre, dit Blanquefort. Si vous vous rebelliez tout seul, messire, vous ne reverriez pas Rechignac... Blainville est puissant et artificieux.

— Il est baron comme moi.

— Avec le roi dans une manche, le duc Jean dans l'autre et la reine dans ses braies... Il nous faut, je vous l'accorde, de la patience et du courage... Car c'est courage, en vérité, de demeurer sans bouger ni mot dire, alors que notre corps et notre bouche nous démangent horriblement.

— Vois, Hugues.

Un palefrenier venait de sortir un cheval des écuries. C'était un roncin noir à crinière rase, aussi large et placide qu'un bœuf.

— Je vois, messire, et devine ce qui va suivre.

Blainville se dirigea vers les juges et prit, entre eux, un écu sur lequel il avait fait reproduire les armes du seigneur de Gratot : *d'azur à deux lions d'or affrontés armés de même.* Il leva ce bouclier à bout de bras et ses couleurs à peine sèches étincelèrent au soleil.

— Voilà, messires, hurla-t-il à l'intention des nobles de l'assistance, quel était, à ce jour, le blason des Argouges... Ces bêtes vont aussi subir un châtiment.

Il tendit le bouclier à Ramonnet qui, dévalant les marches de l'échafaud, s'empressa d'aller l'attacher, pointe en haut, à la queue du cheval. Ensuite, prenant celui-ci par la bride, et tout en clopinant, le sergent le mena dans la cour. Les lions d'or, au bout de leur corde, furent maculés de boue, de purin, de crottin et de bouse.

Le boiteux revint devant l'échafaud. Sur une signe de Michel de Fontenay, tirant son poignard, il coupa la maigre queue de l'animal. L'écu tinta quand, volontairement ou non, Ramonnet le heurta du pied ; ce fut avec le cri désespéré d'Ogier, le seul bruit que l'on entendit.

Tandis que le roncin reprenait seul, au trot et comme honteux, le chemin de l'écurie, Blainville quitta l'estrade, s'approcha de l'écu, et le soulevant de nouveau, pointe en haut, le traîna vers le fumier. Lorsqu'il eut atteint le tas de litières souillées, grouillantes de poules, d'oies et de pigeons, il considéra les guerriers muets, immobiles, dont la moitié peut-être, nobles et piétons, regardaient ailleurs que dans sa direction. Cette indifférence affectée corrompit son plaisir : le dépit qu'il en concevait se mua en fureur.

— Tournez-vous tous vers moi, exigea-t-il, la bouche en avant comme pour mordre les indolents. Le roi vous en requiert par ma volonté... Il commande qu'en témoignage de couardise on équeute les lions présents sur cet écu.

Ramonnet arriva, boitillant, un chaudron à la main. Il posa le récipient et soutint l'écu devant sa poitrine tandis qu'à coups de pinceau rageurs, Blainville barbouillait de noir les queues des fauves.

— Voilà, dit-il quand il eut achevé. Regardez tous, messires, et que la punition vous soit profitable... Allons, fais-leur voir, Ramonnet... Désormais, les armes des Argouges seront : *d'azur à deux lions d'or affrontés et diffamés !...* Nul ne pourra les voir sans s'ébaudir... Et maintenant, jette aussi cet écu au crottin.

Le sergent obéit. Le bouclier tomba, effrayant les volailles.

— Par ma foi, reprit Blainville, les lions couchés sur cette litière auront désormais du mal à chasser les mouches qui viendront chatouiller leur cul,

S'il espérait provoquer des rires, il se méprenait. Ses satellites — même Ramonnet — semblaient contagionnés par la tristesse de tous les guerriers effarés.

— Fumier toi-même, souffla Blanquefort tandis que Blainville revenait vers sa proie. Je voudrais pouvoir plonger jusqu'au cou ta sale goule dans ce merdier.

— Tais-toi, Hugues ! intima Guillaume. Nous ne pouvons rien. Ce démon a le vent à gré... Tu vois bien qu'autour de nous nul ne bouge !... Tu avais raison : ne risquons pas de nous faire mettre en geôle !... Cet enfant-là, entre nous, est notre protégé.

Alors, le héraut d'armes que Blainville s'était choisi apparut sur le seuil de la chapelle. Il était petit, chafouin, comme englouti dans une dalmatique rouge à parements d'argent et coiffé d'un chaperon gris gancé d'or.

— C'est Roland de Sourdeval ! s'étonna Ogier. Je le reconnais. C'est un vavasseur (1) auquel mon père n'a jamais rien fait.

— En tout cas, grommela Guillaume, ce marmouset n'était pas à l'Écluse. Je l'ai vu arriver hier matin, en bonne compagnie, sans chercher à m'informer de ce qu'il venait faire...

Lentement Roland de Sourdeval gravit les marches de l'échafaud. S'approchant de Godefroy d'Argouges, maintenu debout par les sergents, il le dévisagea et fit, comme horrifié, quatre pas en arrière. Se détournant, il parcourut du regard les rangs muets, figés, des guerriers. Alors, d'une voix bêlante et le doigt tendu en direction du condamné, il demanda :

— Qui est là ?

— Le chevalier Godefroy d'Argouges, répondit Blainville, face aux nobles et la main sur la prise de son épée.

— Non cela n'est pas ! proclama Roland de Sourdeval. Il n'y a aucun chevalier devant moi... Je ne vois qu'un couard qui a menti à sa foi.

Ogier regardait son père : il s'était brusquement affaissé sans que les sergents eussent tenté de le retenir. C'était une masse blanche, inerte. Était-il mort, supplicié par tant d'iniquité ?

— Qui est là ? redemanda Sourdeval en s'approchant du malheureux dont de l'index il toucha le front.

— Le chevalier Godefroy d'Argouges, répéta Blainville, immobile, bras croisés.

— Non, cela n'est pas ! insista le héraut d'armes en agitant sa main comme s'il se l'était brûlée lors de l'attouchement du condamné. Il n'y a pas céans de chevalier.

Il effleura du bout de son houseau la forme blanche, immobile :

— Je ne vois qu'un suppôt d'Édouard d'Angleterre.

Ogier se boucha les oreilles.

— Ah ! fit-il, que de mensonges. Ce sont eux, ces forcenés, qui pataugent dans la forfaiture.

(1) Petit vassal, homme libre propriétaire d'une *manse*, d'une *haie*, sans droit de construire des défenses militaires. En Italie, il est cité des « princes vavasseurs ». (Voir annexe sur ce sujet en fin d'ouvrage).

Il pleurait, reniflait, tapait le sol du talon. Il sentit la main de Guillaume se poser sur son épaule.

— Tu as voulu voir, enfant. Eh bien, tu vois.

Ogier laissa ses bras retomber. A cet instant, ses yeux rencontrèrent ceux de Blainville. *« Ça y est ! Il me voit... Il exulte ! »* Il voulut hurler : *« Traître toi-même. »* Il n'en eut ni le courage ni l'énergie. Il entendit :

— Qui est là ?

— Le chevalier Godefroy d'Argouges.

— Non, cela n'est pas ! Il n'y a parmi nous aucun chevalier de ce nom !... Je ne vois qu'un falourdeur (1) vautré dans son ignominie. Qu'on l'emporte !

Empoignant Godefroy d'Argouges par les aisselles et les chevilles, les sergents le descendirent de l'estrade. Ils le lâchèrent à quelques pas de l'escalier.

Alors deux moines sortirent de la chapelle. Ils étaient aussi gros que les juges étaient maigres. Ils s'approchèrent de l'homme étendu sur le sol et récitèrent en tournant lentement autour de lui :

Quantus tremor est futurus,
Quanto Judex est venturus,
Cuncta stricte discussurus (2).

— C'est quoi ? demanda Blanquefort.

— L'as-tu donc oublié ? Les vigiles des morts.

Les voix étaient quelconques, monotones ; elles devinrent sèches, impérieuses, lorsque les religieux se penchèrent pour prononcer sur la tête du malheureux le psaume *Deus laudem meam,* chargé des pires imprécations contre les traîtres.

Les juges, Sourdeval et Blainville, quittèrent l'estrade. Et tandis que les hommes noirs s'éloignaient vers le donjon, le héraut d'armes remit à son compère une bassine remplie d'eau qu'un sergent lui avait tendue. Blainville en jeta le contenu au visage de son ennemi pour effacer ainsi le caractère sacré conféré par l'accolade, lors de son adoubement.

— Tous les martyrs de l'Écluse crient vengeance !... Ô vous qui en êtes revenus, tendez l'oreille à leurs plaintes et hurlements ! *« Fais justice, Blainville ! »* Oyez leurs supplications ! Oyez les craquements des vaisseaux qui s'embrasent !... Oyez tous ces

(1) Ambitieux, présomptueux.

(2) Quelle sera la terreur des hommes/Quand le souverain Juge/ Viendra scruter toutes leurs actions !

fantômes et leurs lamentations !... Et tu voudrais peut-être, Argouges, que je fasse acte de miséricorde ? C'est un tonneau de fiel que je devrais verser sur ta figure !

Cette prosopopée amusa Blanquefort :

— Tel qu'il est à présent, il apitoierait une merde.

— Il m'a tout l'air d'un couillard impuissant qui se satisfait par le mal.

Ogier serra les dents. La main légère de son oncle ébouriffa ses cheveux.

— Ne te décourage pas. Ton père est trop affaibli pour se regimber... Souviens-toi : ces deux juges, là-bas, sont aussi coupables que Blainville. Sans eux, il ne pouvait accomplir ses desseins.

Adossés au donjon, surveillant la cérémonie, Amaury de Lôme et Michel de Fontenay conversaient, leurs mains enfoncées dans leurs larges manches en barbes d'écrevisse.

— Qu'ils soient maudits, grogna Blanquefort. Avant même que ton père, enfant, ait comparu devant eux, ils avaient arrêté leur sentence. Ils veillent d'un cœur léger à son application.

— On ne peut avilir un homme à ce point. Je viens de remarquer — avec plaisir — que les sires de la Broye n'assistent pas à la fête. Blainville doit en avoir du dépit... Mais les femmes, elles, jouissent plus encore qu'en quelque joute ou tournoi... et peut-être qu'au lit elles ont moins de plaisance !

Cessant de désigner les fenêtres, Guillaume s'ébahit :

— Mais où sont passés les presbytériens ?

— De ceux-là aussi, dit Ogier, je voudrais connaître les noms. Mais que vont-ils lui faire à présent ?

Un sergent passait une corde autour du torse de son père, immobilisant ses bras le long du corps. Deux autres le tirèrent brutalement vers une claie qu'un palefrenier venait d'amener devant l'échafaud, et sur laquelle ils l'étendirent.

Aussi prompts que deux rats échappés d'un trou, les moines surgirent de la chapelle. Chacun tenait l'extrémité d'un linceul. Ils en couvrirent leur victime.

Blainville, toujours bras croisés, bâilla comme au sortir d'une nuit d'insomnie. Puis il rit et tituba un peu, pris soudain d'une sorte d'ébriété sauvage.

— Allez, allez, dit-il aux sergents. Qu'on l'emmène !

Les deux hommes s'apprêtèrent à traîner Godefroy d'Argouges dans la chapelle.

— Que lui préparent-ils, à présent ? dit Ogier.

L'angoisse écrasait sa gorge au point qu'il avait dû faire un terrible effort pour parler.

— Comment, mon gars, tu ne devines pas ce qui va suivre ?

Blanquefort avait sciemment élevé la voix. Lui aussi, soudain, souffrait d'une peur indissimulable.

— Pour que la déchéance de ton père soit complète, ajouta-t-il, les moines vont réciter sur son corps les mêmes prières que sur un défunt...

Guillaume, très pâle, se tourna vers son sénéchal :

— Il faut s'interposer ! J'avais cru qu'*il* s'arrêterait là... Tu devines, Hugues, ce qui se prépare.

— Oui... Mais Blainville en a-t-il reçu commandement ?

— Non... Je n'ai rien lu de tel sur le rescrit royal !

— Il fallait se douter qu'il règnerait ainsi.

Ogier comprit ce dont il s'agissait quand il vit un géant sortir de la chapelle. Le torse pris dans un hoqueton rouge et coiffé d'une cogole noire, pointue comme un clocher, dont le col festonné lui couvrait les épaules, le bourreau portait sur l'épaule un branc (1) dont l'acier jetait des lueurs d'un bleu profond.

— Ce serait une énormité... commença Blanquefort.

— Par Dieu, non ! grogna Guillaume. Pas cela, *miladious !*

Il n'eut pas à intervenir : un des barons présents à sa droite quittait les rangs, se retournait vers ses compagnons les plus proches pour quêter leur assentiment, puis, satisfait, marchait sur Blainville.

Il était grand. Son visage, qu'Ogier avait trouvé avenant sur le *Christophe,* exprimait l'indignation. Il tenait son épée dans sa senestre. Un voisin avait dû la lui sortir du fourreau, car il avait perdu l'avant-bras dextre. Du côté du membre amputé, son haubert était maculé de sang sec, et son moignon, enveloppé de charpie vermeille, semblait suppurer toujours. C'était Gauthier d'Évrecy.

— C'est assez ! cria-t-il.

Et comme l'ange exterminateur, il brandissait sa lame dont les coups avaient ébréché l'acier.

Blainville recula. Son plumail oscillait sans que le vent qui se levait en fût cause : des tremblements agitaient cet homme incrédule et furieux qu'un trouble-fête eût interrompu son plaisir.

D'une démarche lasse de guerrier tourmenté dans sa foi et sa chair, Évrecy atteignit l'indigne substitut sans se soucier des sergents qui, la main sur leur perce-mailles, s'étaient portés à sa rencontre.

(1) Longue épée à deux mains.

— Tu abuses, Richard du pouvoir que tu t'es arrogé. Sache-le : dussé-je être jugé à mon tour et subir le même sort, Godefroy ne franchira pas le seuil de cette chapelle... Et si tu tiens à poursuivre ta cérémonie jusqu'à la fin qui te satisferait en nous déshonorant tous, prends garde ! Je n'ai plus qu'un bras... L'autre, j'en ai perdu une bonne moitié en me battant auprès de Godefroy et de Blanquefort au pas de l'Écluse... Le malheur a voulu que nous fussions séparés, sinon nous n'en serions pas là... Eloigne tes presbytériens. Congédie tes juges et ton bourreau dont la vue me lève le cœur. Et hâte-toi, car ma patience est tarie !

Un autre chevalier quitta les rangs des seigneurs. Tête nue, enveloppé du cou jusqu'aux genoux dans une cotte naguère échiquetée d'argent et de sinople, et qui tombait en lambeaux, il avançait l'épée au clair.

— C'est Ernauton, commenta Guillaume. Par Dieu, il a reçu des soins : son épaule est roide et son bras pris dans une attelle. Quelque dame a dû s'en occuper.

— Évrecy a raison, messire Blainville, dit l'homme avec un accent chantant. Vous accusez Argouges de trahison, soit ! Vous dites l'avoir surpris avec des Goddons, ce dont je ne disconviens pas... Toutefois, j'aurais aimé connaître sa défense... Or, ce n'est pas un homme qui est sorti de la geôle où vous l'aviez soustrait à notre attention mais, Dieu me pardone, une loque !

— Oh toi ! protesta Blainville, indécis, furieux, et reculant devant les deux contestants.

Un troisième seigneur vêtu de mailles sortit du rang. Il était blond, ses cheveux touchaient ses épaules. Il boitillait. Au lieu d'une arme, il tenait un bâton.

— Aussi vrai, dit-il, que je m'appelle Lancelot de Longval, j'ai vu se battre Argouges. Et se battre bien ! J'étais sur le *Christophe* quand il a jeté sur Édouard une dague qui lui a percé la cuisse... Aussi, je doute fort qu'il se soit accointé aux Goddons. De plus, messire Blainville, je n'oublie surtout pas que si nous l'avions suivi quand il voulait les aborder en pleine mer, nous n'en serions pas là ! Il n'est en rien responsable de la défaite. C'est à vous, Kieret et Bahuchet que nous la devons !

— Prends garde, damoiseau ! menaça Blainville, livide, mais sans ébaucher un pas.

Indifférent à la menace, Longval poursuivit, impassible, tourné vers les seigneurs attentifs :

— Il serait tout de même étonnant, compagnons, qu'Argouges ait voulu faire hommage au roi d'Angleterre !... Et pour en finir avec cette cérémonie odieuse : s'il est en cette assemblée question de vaillance, je me porte garant que Godefroy en possède grandement et grossement ! Et jusqu'à preuve du contraire, davantage que vous, Blainville !

L'accusateur portait la main à son épée quand un autre seigneur quitta les guerriers, provoquant des rumeurs jusque dans les rangs des piétons. Cet homme couvert de soie sinople entre les déchirures de laquelle jaillissaient des lueurs de métal, écarta les juges, les sergents et les moines accourus pour le repousser.

— Vous le savez tous, cria-t-il non sans orgueil en parcourant du regard l'assistance, je suis Raoul, vicomte de Longpré... J'atteste que Godefroy d'Argouges s'est toujours hardiment conduit. A Cambrai, naguère, alors que nous battions en retraite, il m'a sauvé la vie. Il m'a porté deux lieues sur son dos... Et quand, hors d'atteinte de ces maudits Flamands, je lui ai dit ma reconnaissance, il m'a répondu : *« Ce que j'ai fait pour vous, vous l'auriez fait pour moi. »* Eh bien, je n'en suis pas si sûr... Et ce que j'affirme présentement devant vous, c'est qu'Argouges est non seulement vaillant, mais secourable et loyal... En vérité, compagnons, ce procès ténébreux et cette sentence hâtive me contrarient. Tout cela empunaise je ne sais quelle vengeance bien éloignée de la déconfiture à laquelle nous avons survécu. Assez de dissimulations, Blainville !... Il convient de tout recommencer, et cette fois de tout instruire au grand jour, devant témoins et devant le roi. Alors, oui, j'en ai la conviction, nous verrons apparaître les faiblesses, les responsabilités ainsi que — pourquoi pas ? — les vraies trahisons.

Les rumeurs s'enflèrent, surtout chez la piétaille dont les armes remuèrent. Comprenant que les événements tournaient en sa défaveur, Blainville recula vers la porte du donjon devant laquelle un valet (1) aux allures efféminées venait d'apparaître.

— Soit, messires, dit-il en riant nerveusement. Je vous abandonne Argouges au point où nous en sommes parvenus... Mais pour l'équeutage de ses lions, le roi a décidé... Je vous laisse imaginer son courroux au cas où sa volonté serait transgressée... Le

(1) Ou plus justement *varlet,* un des noms donnés aux aspirants à la Chevalerie. Au cours des années, ce mot fut complètement discrédité.

beau-frère et le fils de Godefroy sont présents. Qu'ils prennent acte !

Il appela Ramonnet :

— Avec Eudes et Blérancourt, va seller les chevaux. Je vais prendre congé de nos hôtes.

Flairant des difficultés, il s'esquivait. La petite porte du donjon se referma sur lui, tandis que Ramonnet et le bardache (1) se hâtaient vers les écuries.

L'assistance, en murmurant, s'éparpilla. Il y eut des heurts de métal, quelques cris de mécontentement, des huées à l'adresse de Blainville que certains seigneurs eussent voulu voir décollé par le géant à tête noire qui, sa grosse lame sur l'épaule, pénétrait dans la chapelle.

Précédant son oncle et Blanquefort, Ogier s'était précipité vers son père. Il le débarrassa de son linceul.

— Ah ! dit-il, c'est fini... Vous voilà libre.

L'expression d'hébétude ou de résignation qui, depuis le début de la cérémonie, contractait la figure de Godefroy d'Argouges avait disparu. Sous sa barbe crasseuse, la tendresse et l'humilité se disputaient ses traits.

— Mon gars ! Tu as vu... Pourrais-je survivre à tant d'abaissement ?

— Il le faut, Père !

Ogier saisit son couteau et coupa les liens tendus sur la poitrine oppressée.

— Vous avez de bons compagnons... A défaut de les voir quand le suaire vous couvrait, vous avez pu ouïr leur défense.

— Ils ont agi bien tard... A quoi bon vivre ainsi ? J'aurais dû trépasser sur le pont du *Christophe*... Et ce roi qui m'a condamné sans savoir ! Il n'est rien qu'un chevalier médiocre et le plus mauvais capitaine du royaume... Ah ! Guillaume, vous étiez trois cents, m'a-t-on dit. Trois cents contre cette poignée d'hommes vils qu'il vous fallait détruire... Et vous n'avez rien fait ! Ils sont saufs, prêts à recommencer.

— C'est vrai, convint Guillaume nullement affecté par ce reproche. Mais crois-tu que je suis resté inactif ? J'ai essayé de rallier des hommes à notre cause. J'ai échoué tant ils craignent et le roi et Blainville.

— Jamais je n'oublierai, Père, sanglota Ogier en replongeant sa lame dans son étui. Je devine quelle vergogne est la vôtre, mais

(1) Mignon, giton, etc..

vous adjure de vivre... Pour mère, pour Aude et pour moi ! De plus, il faut vous revancher du mal qu'on vous a fait !

Blanquefort et Rechignac aidèrent le seigneur de Gratot à se mettre debout, tandis qu'Ogier continuait :

— Le traître, c'est ce suppôt du diable... Je prie Dieu qu'il me vienne en aide.

Il se signa, imité par son oncle et tous leurs compagnons, puis continua, désolé :

— Je ne peux, hélas, le prouver... Père, et vous aussi, messires qui nous entourez... Sachez-le : la nuit même de la bataille, je l'ai vu, une lanterne à la main, faire des signaux aux Goddons.

Le jouvenceau épiait tous les visages autour de lui pour y trouver de l'ébahissement sinon de la colère. Il n'y vit que de l'incrédulité, sauf sur celui de son père.

— Ce n'est pas tout, messires, dit-il avec une fureur à laquelle Blanquefort parut compatir. Tandis que vous vous battiez encore avec l'espérance de vaincre et que je gagnais la terre, j'ai vu Blainville dans un fustereau que j'ai suivi.

— Il fuyait ! s'exclama Lancelot de Longval.

— Il est vrai, dit Guillaume de Rechignac, que je ne l'ai pas vu dans la presse... Dis-nous-en davantage, mon neveu.

— C'était au plus fort de votre infortune, quand je gagnais la côte à la nage... Entouré d'Anglais, Blainville allait voir Artevelde, et sans doute Édouard... La capture de mon père a retardé ses desseins.

— Comment sais-tu cela ? demanda Ernauton de Penne.

— Ils parlaient... Blainville a d'ailleurs, peu après, estoqué son compagnon... Le gars en savait trop et devenait effronté.

— Sais-tu son nom ? demanda Évrecy.

— Regnault.

— Regnault ! répéta Lancelot de Longval. Par Dieu, il est vrai qu'un de ses serviteurs s'appelle ainsi.

— Il devait avoir vingt ans... Ce qui est certain, c'est que je ne l'ai jamais rencontré en Normandie.

— Regnault logeait au petit hôtel que Blainville habite lors de ses séjours à Paris... près de la porte Barbette.

— On devait les attendre à terre, continua Ogier, car lorsqu'il nous a trouvés, mon père et moi, avec sa maudite herpaille (1), ce malandrin, sans être vêtu de neuf, avait un plastron de fer sur le corps... Il n'en portait jamais sur le *Christophe*...

(1) Troupe de coquins.

— Cordieu ! soupira Godefroy d'Argouges. Maintenant que tu dis cela, mon fils, je pense qu'à part ce sergent, Ramonnet, les autres ne pipaient pas... C'étaient sûrement des Flamands !

— Mais leurs livrées, Père ?

— Préparées depuis longtemps en quelque endroit convenu. Blainville devait avoir un sauf-conduit pour galoper sans crainte sur ces terres.

— Mais les quatre Anglais !... Ils étaient leurs alliés !

— Blainville et Ramonnet n'ont que faire d'en occire. S'il le fallait, ils tueraient père et mère... et même femme et enfants.

Lancelot de Longval, Gauthier d'Évrecy et Raoul de Longpré s'entre-regardèrent, tandis qu'Ernauton de Penne s'exclamait :

— Pour moi, Blainville n'a jamais été net !... Ce que tu nous racontes, Ogier, ne m'étonne guère.

Ils formaient, autour de Godefroy d'Argouges et de son fils, un étroit cercle de fer, écran au mal, aux calomnies. Lancelot de Longval lissa ses cheveux blonds. Il avait une bosse violette à la tempe. Il regarda les moines et les juges immobiles sous l'ogive béante de la chapelle, et leur montra son bâton :

— Que le Très-Haut, dit-il, vous châtie et vous brise !

Et, prenant Ogier par l'épaule :

— Dès maintenant, mon gars, songe à te revancher. Forge dans ton esprit les armes de la haine... Et ne pleure plus !

— Je pleure de soulagement, messire !... Mon père est sauf.

— Dommage, mon fils, dit Argouges d'une voix lente, oppressée, que tu n'aies pas de preuve autres que celles que tu viens de nous fournir !

— Mais un traître se trahit toujours !... Nous aurons désormais Blainville à l'œil... Pas vrai, messeigneurs ?

Guillaume de Rechignac et ses compagnons approuvèrent Ernauton de Penne, et Gauthier d'Évrecy offrit son bras valide au chevalier déchu :

— Godefroy, lui dit-il, vous savez que mes terres sont assez proches des vôtres. Je vais vous y ramener.

— Messire, murmura le baron chancelant, je peux à peine me mouvoir... Ma présence vous retarderait... Sans doute, plutôt que de revenir en notre Normandie, feriez-vous mieux d'aller voir le roi avec vos compagnons... Car Blainville vous tient dans sa vindication comme il m'y tient toujours... Prenez garde !... Défiez-vous de lui à compter de ce jour. De plus, et si vous le pouvez, empêchez-le de raconter à sa façon notre défaite. Défendez l'honneur de nos morts !

— Je vais aller trouver le duc Jean, décida Lancelot de Longval. Je lui dirai pourquoi nous avons été vaincus... Il m'a en estime, et je crois pouvoir compter sur son appui auprès du roi.

— J'irai avec toi, approuva Raoul de Longpré. Le duc me connaît bien aussi. Nous confondrons Blainville, Argouges, et vos lions retrouveront...

Il dut s'interrompre : le chevalier déchu venait de s'affaisser. Cependant, si ses jambes ne le soutenaient plus, son esprit demeurait clairvoyant. D'une voix chuchoteuse, alors que Guillaume et Blanquefort le remettaient debout, il révéla :

— Je n'ai pas mangé depuis quatre ou cinq jours, et j'ai perdu mon sang... J'ai soif aussi... Sans trêve, ils venaient me titiller dans ma geôle pour m'empêcher de dormir.

— J'ai, devant le pont-levis, une litière empruntée au baron de la Broye, dit Gauthier d'Évrecy. J'y ai mis deux de mes hommes. Ils ont perdu un bras, comme moi, et la retraite, avec eux et quelques autres, nous a été un martyre... Vous allez monter auprès d'eux, Godefroy, quand on vous aura donné des soins et de la nourriture. Et je vous conduirai à Gratot.

— Bien dit ! fit Guillaume. Emportez-le, Évrecy. Veillez sur sa vie comme sur la vôtre... Par le sang du Christ, Godefroy n'est plus chevalier et les lions de ses armes ont été diffamés, mais un jour viendra où il sera disculpé des méfaits dont tous ces hypocrites l'ont accusé !

— Allons, dit Évrecy, je passerai par Darnétal, près de Rouen, où j'ai laissé des chevaux et des hommes... Ne tardons plus. J'ai hâte de quitter ces contrées affreuses. Il me semble sentir encore, d'où nous sommes, la punaisie de nos morts.

— Et c'est le responsable de cet échec qui se permet de juger !

— Un échec, compagnons ? s'exclama Guillaume. Comme vous y allez !... La pire défaite, en vérité, que les lis aient subi depuis celle des Éperons d'or (1).

— Des nefs sont-elles revenues de cet enfer ? demanda péniblement Godefroy d'Argouges... Je veux savoir... Il faut me le dire...

Évrecy eut un soupir accablé :

(1) 11 juillet 1302. Courtrai. 68 grands seigneurs français périrent, 1 100 chevaliers, une multitude d'écuyers et de piétons aussi.

— On dit que le *Saint-Denis,* de maître Martin Danoys, a été coulé... Et le *Saint-Nicolas* de Guillaume de Bordeaux. Mais nous n'en avons pas la preuve.

— Ce que je sais, moi, dit Raoul de Longpré, c'est que Matthieu le Mire, Roger Caron, Jean du Jardin, Pierre le Valois ont pu sauver leur galiote. J'ai vu le mât du *Saint-Georges* s'abattre sur des hommes.

— Ce que je sais, moi, dit Ernauton de Penne, c'est que trente nefs ont pu se retraiter, soit environ trois mille hommes... La *Cécile,* l'*Édouarde,* le *Saint-Martin,* le *Saint-Firmin* et le *Saint-Georges,* sont éprouvés.

— Et la *Jeannette,* de Caen, commandée par mon cousin Argouges ?

— Il y a une *Jeannète* sauvée : celle de Robert Nordest.

— Sauvés également, dit Lancelot de Longval, le *Saint-James* de Jean Hudeline, le *Saint-Éloi,* de Jean Ertaut, le *Saint-Georges* de Guillaume Hardi.

— Vous êtes renseignés, murmura Godefroy d'Argouges.

— Nous n'avons aucun mérite, dit Évrecy. Tous les hommes qui sont à la Broye citaient les uns tel vaisseau, les autres tel autre... Pierre d'Estrelant, ce géant, a tenu seul son navire avec quatre écuyers... Toute la journée et toute la nuit ! Certains le disent mort, mais ils sont rares (1). Il paraît que Guillaume Clinton, l'ancien amiral d'Angleterre et son compère Jean Badding ont voulu prendre pied sur sa nef ; il les a jetés par-dessus bord.

— Mais la plus belle appertise, dit Blanquefort, c'est celle de Guillaume Avestoize, maître du *Saint-James.* Alors qu'il s'enfuyait, il a jeté des graves (2) sur une nef de Sandwich...

— ... appartenant, coupa Guillaume de Rechignac, au prieur de *Christ-Church* à Cantorbery... Il l'aurait emmenée sans l'intervention...

— ... de l'amiral Huntington, renchérit Blanquefort. Forcé de lâcher prise, Avestoize a soutenu un combat à outrance...

— Toute la nuit, compléta Évrecy. Ce preux est mat... Au matin, selon un Anglais que Blainville dit avoir capturé, il y avait quatre cents morts sur le *Saint-James...* Édouard III a lancé son meilleur marinier, Jean Crabbe, à la ressuite de nos vaisseaux, mais en vain... Ils sont à Boulogne...

(1) Pierre d'Estrelant, laissé pour mort, survécut à ses blessures.
(2) Grappins.

Godefroy d'Argouges eut un léger sourire :

— Ils ne les ont pas tous coulés et réduits en cendres. Ah ! mes compères. Mourir là-bas, je l'aurais accepté, mais périr par la volonté de Blainville...

— Appuie-toi sur moi beau-frère : tu défailles.

Guillaume de Rechignac et son sénéchal soutinrent le blessé. Lentement, ils traversèrent la cour d'où partaient les derniers guerriers. Les femmes ne se penchaient plus aux fenêtres. Le seuil de la chapelle était désert. Seule une fillette jouait sur le pavement à l'ombre du donjon. Elle devait compter entre dix et douze ans. L'obscurité faisait valoir sa blondeur et la pâleur rosée de sa carnation. Elle était vêtue d'une robe verte. A cloche-pied, elle sautillait sur les cases d'une marelle dans un clapotement de galoches dont elle semblait se merveiller. Elle s'immobilisa lorsque passèrent Godefroy d'Argouges et ses compagnons.

— Ils ont été méchants avec lui tous ces hommes !

Plongé dans ses pensées, Ogier releva la tête et s'arrêta.

— Pas tous, dit-il. Ceux que voilà sont bons.

— C'est ton père ?

Du doigt, elle désignait le seigneur de Gratot dont la chemise tachée de sang ondulait au vent.

— C'est mon père.

Ogier s'attendait à ce que la fillette s'ébaudit.

— J'ai tout vu, dit-elle simplement.

— Ah !

— Il ne me paraît pas un homme abominable. Je suis doulousée (1) pour toi.

Le groupe était passé ; Ogier s'attarda : au bout de quatre épuisantes semaines, cette fillette à la longue chevelure blonde, c'était, personnifiée, la première douceur rencontrée sur son chemin. Elle était aussi la fraîcheur et la paix, la gaieté, la joie de vivre. Soudain gêné par ses haillons, ses larmes et sa voix nasillarde, il demanda :

— Que fais-tu en ces murs ? Sont-ils à tes parents ?

— Oh ! non... Ici vit Gaucher de Lor dont le filleul, Thierry, vient d'épouser ma sœur Béatrix. Je demeure loin d'où nous sommes : à quelques lieues de Poitiers.

— Mon nom est Ogier d'Argouges.

(1) Affligée, attristée.

Ogier dut renifler avant de demander, confondu par ce chagrin sans doute indigne d'un garçon :

— Et toi ?

— Isabelle Dary.

— Je m'en souviendrai toujours !

Après avoir connu la fureur des hommes, leurs complots, leurs trahisons, Isabelle lui offrait spontanément quelque chose de pur, de sincère, le plus subtil peut-être des sentiments — en tout cas celui qui, sur le moment, pouvait seul le réconforter : la tendresse.

— Tu parais bon et avenant, dit-elle.

Cette opinion bouleversa Ogier alors qu'en toute autre circonstance, il en eût ri, sans doute.

— Au revoir...

— Au revoir, Ogier !

Le garçon posa un baiser furtif sur la joue de la fillette, puis s'éloigna.

En rejoignant son père, il pressentit que, pendant son absence, il avait été question de lui dans l'entretien de Godefroy d'Argouges et de ses compagnons.

— Père, dit-il, je suivrai votre litière à pied.

Le malheureux que soutenaient maintenant Ernauton de Penne et Lancelot de Longval, s'arrêta pour reprendre haleine. De grosses gouttes — sueur et larmes — emperlaient son visage, et son menton tremblait.

— Non, fils, tu ne me suivras pas.

— Vous ne pouvez pourtant vous priver de mes soins !

— Tu ne reviens pas à Gratot.

— Mais, Père, plaida le jouvenceau, sans vous je ne suis rien. Que dois-je faire ?... Gratot, c'est toute ma vie ! Où voulez-vous que j'aille ?

Argouges remua négativement la tête. Une veine battait le long de son cou, bleue, énorme. La fleur de sang s'était épanouie sous son pansement croûteux. Il avait, au coin des lèvres, deux griffes que son fils ne lui avait jamais vues. Malgré ses larmes, ses yeux manquaient d'éclat.

Ogier se sentit étreint par une épouvantable sensation de solitude, la même que lorsqu'il avait vu cet homme assommé, inerte sur le pont du *Christophe*.

— Tu vas aller, mon fils, en Périgord.

— Si loin ?

Soudain, le garçon s'enflamma. Le respect, la pitié, l'affliction disparurent. L'ironie investit son visage et son cœur :

— Est-ce ainsi que vous m'aimez ? En vous séparant de moi !

— Il t'aime sans doute encore plus que tu crois, intervint doucement Blanquefort. Mais comprends-le ! Il ne peut plus faire de toi un chevalier.

— Je ne suis plus rien, Ogier, bredouilla Godefroy d'Argouges.

Sa voix blanche, sans inflexion, se durcit :

— Plus rien !

Cette fois, il pleurait pour de bon, sans retenue, à gros et douloureux hoquets. Et les guerriers autour de lui essuyaient leurs yeux de leur main nue ou gantée de mailles.

La voix du seigneur de Gratot devint déchirante :

— Il te faut devenir chevalier... Et quels hommes, mieux que ton oncle et son sénéchal, peuvent contribuer avec autant de cœur que moi à ton éducation ? Guillaume est mon parent... Il tient fermement la lance, l'épée, le fléau d'armes... Et Blanquefort également... Je comprends qu'il t'en coûte de ne pas revoir Gratot, ta mère, ta sœur... Mais tu es mon fils... mon sang... mon hoir (1) et successeur, ne l'oublie jamais ! Tu dois accomplir sans broncher ce que je viens de décider... Va en Périgord le cœur léger. Tu t'y forgeras une âme et un corps, un courage et une endurance... Sitôt de retour à Gratot, j'enverrai Anquetil, Ledentu et quelques autres porter chez ton oncle deux cages de six coulons (2). Ils m'en ramèneront autant de chez Guillaume... Ainsi, nous saurons nous prévenir en cas de besoin... Et par nos chevaucheurs, nous les renouvellerons sitôt que nécessaire...

Une toux nerveuse déchira la poitrine de cet homme au bord de la pâmoison. Quand il eut repris son souffle, il ajouta :

— Je ne suis plus qu'un seigneur sans honneur. Tels que je les connais, ni le roi ni son fils ne m'accorderont une audience !... Blainville veillera ou fera veiller devant leur porte !... Il me faut donc apprendre la patience... Crois-moi, la vie à Gratot va devenir difficile... Mais sois assuré que ta mère, Aude, nos serviteurs et moi qui t'aime tant braverons l'adversité !... Deviens un homme, Ogier, et mon restorier (3). Ce devoir, désormais, doit diriger ta vie !

(1) Héritier.
(2) Pigeons.
(3) Vengeur.

Godefroy d'Argouges jeta sur son garçon un regard d'amour si lourd, si appuyé que le jouvenceau en ressentit l'enveloppement presque matériel, puis il s'inclina pour tendre la joue :

— Donne-moi un baiser, mon fils !

Ogier obéit. Il ne pleurait pas, mais sa gorge était lacérée par un mal si effrayant que toute parole semblait impossible. Après un douloureux effort il exprima un vœu :

— Veillez bien, père, sur Broieguerre !

C'était bien le moment de penser à son cheval !

— Emmène-le, dit faiblement Godefroy à son beau-frère.

Guillaume et Blanquefort acquiescèrent.

*
* *

Parvenu sous la voûte obscure précédant le pont-levis, Ogier se retourna. La dernière vision qu'il aurait de son père serait celle d'un homme brisé, vêtu d'une chemise ensanglantée, maintenu debout par deux chevaliers.

Plus loin, une fillette sautillait en plein soleil.

Le garçon essaya de sourire et agita sa main. Godefroy d'Argouges était trop affaibli pour remuer la sienne. Mais Isabelle, surprenant ce mouvement, y répondit.

Et son geste semblait un signe d'espérance.

VIII

Le soleil embrasait la plaine infiniment pelée. Çà et là, en lisière des talus couverts d'herbes roussies, des corbeaux et des pies se disputaient des graines.

— Courage, dit Guillaume. J'ai hâte de quitter ce pays sans verdure.

— Courage, Ogier, répéta Blanquefort.

— J'en ai ! Ne soyez pas en peine à mon sujet, messires.

Il avançait derrière son oncle et Blanquefort, lesquels s'étaient munis de longs bâtons trouvés en chemin. Il avait faim. La chiche nourriture distribuée matin et soir par les serviteurs de la Broye — un morceau de lard sur du pain — et des lambeaux de sommeil dans le fourrage d'un galetas, au-dessus des écuries, avaient peu contribué à réparer ses forces. Une journée de marche suffirait sans doute à les dissiper. En outre, et contre toute évidence, il se sentait intolérablement seul, perdu, presque orphelin. Bien qu'il fût édifié sur la fermeté de leur amitié envers son père, il ne pouvait s'empêcher de redouter ses deux compagnons. Ah ! certes, ils avaient bons visages, franches manières, et leur sollicitude sincère et rude, le réconfortait ; cependant, il ignorait tout de leur nature profonde. Tant d'hommes exemplaires au combat pouvaient se révéler décevants sitôt de retour dans leur château, soit que leur brutalité mortifiée par l'ennemi ou incomplètement épanchée face à lui exerçât ses ultimes assouvissements contre leurs familiers ou leurs voisins ; soit que leur méchanceté foncière, envenimée par la défaite, les rendit encore plus odieux qu'avant leur départ pour la guerre.

De quelle trempe étaient Guillaume et Blanquefort ?

— Dans combien de jours atteindrons-nous Rouen ? demanda le sénéchal.

— Cela dépend, Hugues... Nous en sommes sans doute à trente lieues. Il nous faut sans tarder acquérir des chevaux.

— Où espérez-vous en trouver ?

— Abbeville... Si c'est Abbeville que nous voyons là.

Guillaume désignait une procession de peupliers derrière lesquels un clocher pointait son fuseau de pierre grise.

— Abbeville ou quelque autre cité, peu importe ! Mais nous ne sommes pas seuls à vouloir chevaucher. D'autres sont passés par ici avant nous... Et dans le cas d'un achat possible, avec quoi comptez-vous payer ?

— Allons, allons, Hugues ! répliqua Guillaume après un rire bref et grinçant. Je te sais plus prévoyant que moi... Tu couds toujours, où que tu ailles, une poignée d'écus d'or sous tes mailles.

Toute proche des murailles de la cité — Ailly et non Abbeville — ils aperçurent une écurie.

Deux bêtes s'appuyaient au bois de leur bat-flanc : elles étaient vieilles et de santé douteuse. Sans barguigner, Blanquefort y laissa ses écus. Guillaume opta pour la plus mauvaise : un moreau cagneux, presque sans queue ni crinière, et fortement ensellé ; le sénéchal et Ogier chevauchèrent l'autre, une jument pommelée qui, tout comme le noiraud, se révéla docile et vaillante.

— Allons, soupira le baron, estimons-nous heureux. Nous montons à cru des palefrois de pauvres, mais la plupart d'entre nous vont revenir à pied dans leur fief... Et puis, à Rouen, nos chevaux nous attendent !

Ils atteignirent Neufchâtel et passèrent sans manger la nuit dans une grange. Le lendemain soir, fourbus et affamés, ils arrivèrent à Rouen.

Bien que fort aimablement accueillis par maître Felletin et son épouse — deux vieillards rougeauds, gros et amènes — Guillaume et Blanquefort décidèrent de ne rester qu'un jour au *Poisson Bleu*, temps suffisant pour récupérer leurs escarcelles chez Nicolas Salviati et employer une bonne part de leur contenu à l'achat d'armes et de hauberts.

— J'ai plus besoin de fer que de pain, dit Guillaume.

Levé à l'aube, et sitôt que les cloches eurent sonné l'angélus, il se rendit seul, à pied, chez le banquier lombard. Lorsqu'il réapparut, Ogier et Blanquefort buvaient un bouillon à la table d'hôte.

— Tiens, Hugues, voilà la tienne grossie de ma dette envers toi.

Le baron posa une bourse devant l'écuelle du sénéchal, et tout en se chauffant les mains au feu de cheminée, il recouvra sa grigne et son autorité :

— Hâtez-vous de lamper ce brouet ! Il nous faut nous vêtir au plus tôt. Salviati m'a recommandé un armurier. Selon lui, c'est le meilleur de la ville. Allons-y.

*
* *

Petite et sombre, la boutique de maître Dunoyer avait un plafond bas et des murs garnis de faisceaux d'armes de toutes longueurs et provenances. L'air y sentait le fer et la graisse. L'ombre de la cathédrale stagnait là, rendant plus brillantes encore les mailles des hauberts choisis par le baron et le sénéchal. L'essayage de ces vêtements n'avait guère suscité de remarques, ni d'ailleurs le choix des heaumes et des épées.

— C'est sagesse de vous munir ainsi, messires ! commenta l'armurier quand il vit étinceler sur son comptoir, parmi les écus insuffisants, deux grosses émeraudes qui constituaient l'appoint du paiement. Le chemin est long jusqu'en Périgord et l'on dit l'Orléanais peu sûr.

— Rien n'est sûr, Dunoyer, fit Guillaume. Une armée d'Anglais peut établir bientôt son logement devant ta bonne ville... Nous n'avons pas su les contenir.

— Je sais, messire. Le surlendemain du grand dam de l'Écluse, nous étions au courant.

— Les mauvaises nouvelles galopent plus vite qu'un cheval fou, dit Blanquefort.

L'armurier dont le visage s'était brusquement figé acquiesça.

— En tout cas, Rouen est bien triste, constata Ogier.

Les hommes du guet avaient des mines soucieuses. Les passants se hâtaient. La ville ne se trouvait pas en franc état d'alarme, mais les arbalétriers veillaient, nombreux, aux créneaux de son enceinte.

— Ce garçon était-il à l'Écluse avec vous ?

— Oui, Dunoyer. Il a bien souffert.

Guillaume approuva son sénéchal cependant qu'Ogier s'interrogeait : si les Rouennais étaient informés du désastre, savaient-ils *aussi* pour Godefroy d'Argouges dont la renommée débordait du Cotentin ? Il y avait des Normands parmi les témoins de sa dégradation. Sans doute à Gratot, Coutances et Marigny, les gens connaissaient-ils son infortune. Pourquoi Rouen eût-il fait exception ?

Le jouvenceau décida de ne plus participer à l'entretien par crainte que l'armurier voulût connaître son nom, et ne lui révélât ensuite, par une attitude malavisée, qu'il n'ignorait rien du châtiment de son père.

— Les Goddons sont loin, dit maître Dunoyer. Avant de parvenir jusqu'à nous, ils trouveraient devant eux le duc Jean et ses hommes.

— Je n'en suis pas si sûr, avoua Guillaume. Mais qu'en pensent, l'ami, tous ceux qui viennent en ta boutique ?

L'armurier soupira et gratta son nez camus. Ogier comprit qu'il serait discret sur les propos entendus au fil des commandes, des achats et des essayages. Blanquefort dut penser comme lui : pour abréger un entretien inutile, il toucha le coude de Guillaume :

— Et votre neveu ? Allez-vous le laisser sans mailles et sans épée ?

— Oh, moi, messire !... protesta le jouvenceau immobile près d'une porte derrière laquelle il entendait des heurts de marteaux et le chuintement d'un soufflet de forge.

— Mais si, enfant. Il nous faut te vêtir.

En suivant Guillaume et son sénéchal, le garçon s'était étonné que Blanquefort se fût soucié avant son oncle de le débarrasser de ses haillons et de le pourvoir, tout comme eux, en heuses neuves. Une fois encore, cet homme d'austère apparence pressentait ses désirs et en prenait à cœur l'aboutissement.

Guillaume, poings aux hanches, le considéra en riant, puis interpella l'armurier occupé à glisser ses écus dans une bourse en peau de porc.

— Dis donc, l'homme, as-tu dans tes réserves un vêtement de guerre à la taille de mon neveu ?

Dunoyer repoussa prestement un des tiroirs de son comptoir. A travers sa barbe roussie aux feux de la forge, il adressa un sourire oblique au baron.

— Je préfère, messire, que vous en jugiez vous-même.

Il était petit, mais à marteler des défenses de fer pour les hommes et des bardes pour leurs chevaux, il avait acquis une force massive et placide. Cette vigueur déjà perceptible dans son torse volumineux et velu, s'exprimait presque insolemment dans ses bras : plus longs que la normale, ils étaient, de l'épaule au coude, aussi gros que des gigots. Un tablier noir, épais, corné de crasse, ceignait ses hanches.

— Je reviens, dit-il, et vous allez sans doute être tous satisfaits.

Dans un clapotement de sabots, il quitta son officine. Il y réapparut presque aussitôt, portant sur son avant-bras au poignet gainé de cuir, un haubert qu'il souleva deux ou trois fois.

— Ah ! messire baron, expliqua-t-il d'une voix doucereuse, en voilà un qui vous contentera. Je l'avais rangé depuis un an. Il doit peser...

— Qu'importe ! fit Blanquefort. Ce jouvenceau doit s'accoutumer au poids des mailles.

— C'est de la treslie, messire.

— Je vois, je vois.

— Ce haubert était destiné...

— A un damoiseau, cela se conçoit... Allons, Ogier, passe-moi ces anneaux et qu'on n'en parle plus !

Le garçon endossa le vêtement avec l'aide de l'armurier.

— Ce sont des mailles à la façon de Chambly (1), messire baron.

— Bon, bon ! dit Guillaume. Dunoyer, tu as l'œil exercé : ce haubert lui va bien.

— Te sens-tu à l'aise, mon gars ? interrogea le sénéchal.

— Oui, messire, dit Ogier qui se sentait pourtant gêné aux emmanchures et aux plis des coudes.

— Eh bien, dit Guillaume à l'armurier, donne-lui aussi une ceinture et une épée. Mais dis-moi d'abord le coût de cette merveille.

Tandis que son oncle et Blanquefort négociaient le prix du vêtement, Ogier marcha dans la pièce. Il y avait des heaumes, des barbutes sur des étagères ; il n'osa, cependant, exprimer son envie de s'en coiffer. Le haubert était froid, lourd, contraignant, mais c'était son premier habit de guerre. Un instant, un sourire de fierté décolla ses lèvres, puis son visage se rembrunit : c'eût été à son père de lui offrir pareil harnois.

Il saisit l'épée que Dunoyer lui présentait. Elle était longue de deux pieds, large, avec des quillons droits. Elle avait servi : cela se voyait à la matité de sa prise et aux quelques stries de sa lame. Il l'enfonça dans son fourreau de cuir renforcé de viroles de fer, et lorsqu'elle fut en place, de biais sur le devant de sa jambe gauche, Blanquefort s'exclama :

(1) Les cottes les plus fameuses du royaume étaient maillées à Chambly. Elles firent la renommée de cette cité de l'Oise où devait exister une industrie de guerre. Dans la *maille treslie*, un anneau sert de point d'attache à quatre autres. Le poids d'un haubert d'adulte variait entre 12 et 20 kilos. Il était composé d'environ 50 000 anneaux, mais davantage si ces anneaux étaient petits. Ainsi, l'auteur s'en est confectionné un de 92 000 anneaux pour une taille de 1,78 m.

— Te voilà presque un prud'homme ! Maintenant, nous pouvons partir. Nous avons dilapidé nos fortunes, mais cela en valait la peine.

Les chevaux d'Ailly s'étant révélés bien meilleurs que Guillaume ne le pensait le jour de leur acquisition, il fut décidé qu'Ogier monterait le moreau, la jument devenant bête de somme.

— Elle ne se fatiguera pas, dit le sénéchal à la recherche d'une plaisanterie susceptible de rompre une mélancolie tenace. Nous sommes venus à Rouen sans autre fardeau que nos armes, nous repartirons de même... avec l'amertume en plus.

Guillaume haussa les épaules. Le sort de la jument lui était indifférent : il était heureux d'avoir retrouvé Baucent, son destrier, lequel, en le voyant réapparaître, lui avait manifesté sa joie par des ruades et des hennissements. Blanquefort chevaucherait Veillantif, un cheval gris, placide. Une flèche l'avait éborgné. Il portait sur le côté droit de sa tête une œillère de cuir rouge frappée d'une étoile d'or.

*
* *

Ils quittèrent le *Poisson Bleu* à l'aube et parvinrent aux abords de Louviers vers midi.

— A quoi bon entrer en ville et perdre quelques écus à une table d'hôte, fit le baron qui n'avait cessé d'ouvrir la marche. Arrêtons-nous donc là, débridons nos chevaux et mangeons.

Il désignait un ruisseau courant entre deux haies de frênes et de roncières. L'herbe autour était haute et des oiseaux chantaient.

— Soit, dit Blanquefort en mettant pied à terre.

Ogier l'imita et l'aida à desseller les bêtes. Quand elles furent abreuvées, Guillaume tira d'une besace portée par la jument, une terrine de pâté, une miche et quelques morceaux de viande rissolée la veille au soir sur la broche de maître Felletin.

— Mangeons, dit-il.

Son repas avalé, Ogier alla se désaltérer au ruisseau, puis il s'étendit à l'ombre.

Il faisait bon. Aucun souffle d'air. Nul autre bruit que ceux des mâchoires des chevaux broutant l'herbe, et les voix des deux hommes évoquant leurs combats. Les oiseaux ne piaillaient plus. Des papillons et des guêpes voletaient au-dessus des marguerites et des coquelicots.

« On est bien », songea le jouvenceau.

Il n'était certes pas heureux, mais quiet, engourdi de douce confiance, les nerfs et les muscles lâches, et si éprouvé par ses courses et ses émois que le sommeil, soudain, l'assomma, lourd, sans rêve.

Lorsqu'il ouvrit les yeux, le baron et Blanquefort discutaient toujours.

— La paix ? s'étonnait le sénéchal, hargneux. Comment voudriez-vous que nous l'obtenions ? Anglais et Flamands doivent se sentir puissants, désormais... Il ne saurait, pour eux, être question de paix. Ni de trêve... Et croyez-moi : s'ils n'ont pas profité de leur avantage après l'Écluse, c'est qu'ils redoutaient que quelques-unes de nos connétablies aient été embûchées quelque part, prêtes à les tailler en pièces... Mais, si ce n'est déjà fait, quand ils apprendront que Philippe n'a rien — ou si peu — à leur opposer, ils nous assailliront. Jamais Édouard et Philippe ne se réconcilieront, car jamais Édouard ne renoncera à ses droits à la couronne de France !... Moi, si j'étais Philippe, j'essaierais sans tarder de prendre ma revanche.

— Avec quoi ? Il n'y a pas cent hommes valides parmi les réchappés de l'Écluse. Et je doute qu'ils veuillent combattre.

— J'irais à la bataille avec ceux que je réunirais au plus tôt.

— Tu convoquerais l'ost (1) ? Insensé !... Il y a presque quarante jours que nous sommes partis en campagne.Nous voilà donc tous quittes envers Philippe, et en droit de revenir chez nous.

— Certes !... Mais au diable les coutumes ! Si Philippe avait un soupçon d'astuce, il irait affronter les Anglais avec d'autres compagnons. Cette attaque, ni Édouard ni ses maréchaux , encore moins leurs chevaliers et leurs piétons ne s'y attendent. Ils pensent qu'il a dû licencier l'ost, alors qu'en fait, ils l'ont anéanti. Ah ! Ventre-Dieu... Même avec dix mille hommes, en guerroyant maintenant, la surprise jouerait en notre faveur.

— Tu le sais aussi bien que moi, Hugues : il faut de quatre à huit semaines pour reformer l'ost royal. De plus, crois-tu que si Blainville est vraiment un félon, nous puissions compter sur l'effet d'ébahissement dont tu parles ?... Crois-tu que les Anglais n'ont

(1) Il n'existait pas d'armée régulière. L'ost — ou armée — était constitué par les vassaux du souverain et les hommes d'armes qu'ils mettaient à sa disposition. Cette armée comprenait, sous les ordres des chevaliers bannerets, les chevaliers, écuyers et la piétaille. Les frais d'entretien étant à la charge des vassaux, la durée des campagnes dépassait rarement quarante jours par an. Entre deux mobilisations, la guerre se réduisait à des escarmouches opposant des groupes de partisans, jusqu'au jour où les souverains en belligérance reconvoquaient l'ost pour repartir en guerre quelque quarante jours, à la fin desquels une trêve — fort rarement respectée par les partisans — était conclue.

Il ne faut donc pas s'étonner qu'après l'Écluse, Édouard III n'ait pas profité de son immense avantage et que Philippe VI soit demeuré dans un grand état d'apathie. Ces deux souverains ne pouvaient ni l'un ni l'autre réunir de nouveaux combattants sans mécontenter ces vassaux dont ils avaient tant besoin pour leurs « quarantaines ». De plus, il fallait les solder ; or, les deux souverains furent toujours désargentés et prodigues des fruits de leurs emprunts.

pas songé à se prémunir contre nous dès leur débarquement ?... D'ailleurs, — Guillaume eut un rire par lequel tout autant que son sénéchal il se prenait en dérision —, va dire au roi, à la reine et au duc Jean que leur protégé, leur confident, leur parangon de vertu les trahit ! Ils s'essaneront (1) et tu te trouveras enchaîné au Châtelet, et peu après, dûment jugé et pendu, les corneilles de Montfaucon te picoreront la face... Crois-moi, éloignons-nous sans regret. Revenons vivre à Rechignac. Nous avons fait notre devoir. Notre conscience est propre. Nous méritons de nous aquoiser (2).

— Comment pouvez-vous parler ainsi ?... Je ne vous reconnais plus !

— Je parle ainsi parce que la saignée de l'Écluse m'a fait plus de mal à elle seule que toutes les autres réunies ! Je parle ainsi parce que si les Anglais nous envahissent, rien, tu le sais aussi bien que moi, ne pourra s'opposer à ce qu'Édouard s'asseye sur le trône de Philippe. Je parle ainsi parce que la vaillance est vaine. Tu as vu de quelle façon celle de mon beau-frère a été récompensée ? Soucie-toi moins du royaume et davantage de Rechignac. Là, au moins, nous vivrons en paix. L'enceinte — t'en souviens-tu ? — était terminée lorsque nous sommes partis pour Rouen... Qu'importe s'il y manque encore quelques merlons !

Guillaume s'accorda un instant de silence, puis :

— S'il est un traître, il faudrait mettre Blainville hors d'état de nuire. Sais-tu comment ?

— Mais Blainville *est* un traître ! Douteriez-vous de ce qu'Ogier nous a dit ?

— Certes non !

— Ce neveu-là, baron, c'est de la franche et bonne graine. Il n'est pas comme...

— Tais-toi. Il est proche et il se peut qu'il ne dorme pas.

— Soit, mais moi, à votre place, je n'hésiterais pas pour le préparer à ce que vous savez... Plus vous reculez l'échéance...

— Ah ! il suffit, Hugues, interrompit Guillaume. J'informerai Ogier en temps voulu. Ces choses me concernent seul.

— A votre aise.

« De quoi et de qui peut-il être question ? » se demanda Ogier. Une surprise déplaisante l'attendait à Rechignac. De quelle espèce ?

(1) Ils seront hors de sens.
(2) « Nous méritons d'être tranquilles. »

Il se coucha sur le flanc afin d'observer les deux hommes, entre les jambes et les têtes des chevaux occupés à brouter. Leurs visages reflétaient les sentiments contradictoires qui les agitaient, et pour se soulager de leur déception et de leur colère, ils arrachaient, parfois, des brins d'herbe qu'ils jetaient après les avoir suçotés.

— Votre neveu est un cœur vaillant, insista Blanquefort. Quand je l'ai retrouvé, il était à bout. Il avait fait l'admiration des gars avec lesquels il avait cheminé. C'étaient pourtant des endurcis !

Ogier sentit une larme rouler sur sa joue. Il se souviendrait longtemps — toute sa vie peut-être — des dix archers rencontrés un soir au creux d'un boqueteau. *« Bon sang ! ce que tu es jeune... Tu étais à l'Écluse ?... Le* Christophe *!...On s'est bien battu sur cette nef ! »* Un nommé Mahieu Chefdeville ou Quiedeville, lui avait dit : *« Viens avec nous. Nous regagnons notre royaume ! »* Leur royaume ! Ils en parlaient mieux que les grands seigneurs. Depuis l'Écluse, ils portaient un de leurs compagnons sur une civière composée de branches et de ceintures d'armes : Lorris. Il avait mis deux jours et deux nuits pour succomber à un coup d'épée dans un poumon... Pas le temps de l'ensépulturer. Avec quoi, d'ailleurs, creuser ce sol sec et dur ? Mort pour rien comme des milliers d'autres. Mahieu, capitaine du *Saint-Jean* de Rouen, n'avait cessé de le pleurer.

Ogier se leva d'un bond :

— Apprenez-moi à ostoyer aussi fellement (1) que vous, dit-il aux deux hommes ébahis par la violence de son intervention. Je ne vous demanderai jamais rien d'autre.

— Nous t'apprendrons, dit Guillaume.

— Tu deviendras digne de ton père... Aussi vrai que je me nomme Blanquefort !

*
* *

Plutôt que de tirer Ogier de ses pensées, le long cheminement lui parut fastidieux. De triste il devint maussade. Les questions qu'il se posait quand rien n'accaparait son attention, concernaient autant le présent que l'avenir. Le présent, c'était son père. Était-il parvenu à Gratot ? Comment y avait-il été reçu ? N'allait-il pas mourir après tant d'infamies ?... L'avenir, c'était son apprentissage des armes. Quelles têtes avaient les gens de Rechignac ? Et

(1) *Ostoier :* guerroyer, combattre dans l'ost ; *fellement :* durement.

ses cousines, Claresme et Tancrède ? Comment serait-il accueilli ? Une inquiétude sourde, à mesure qu'il approchait du Périgord, tenaillait son cœur.

« Quel homme es-tu, Guillaume ?» se demandait-il parfois en considérant le dos droit de son oncle, sous ses mailles scintillantes. « Que me caches-tu, dont Blanquefort se soucie ? A qui a-t-il fait allusion près du ruisseau, lors de notre première halte ? »

Chaque soir, dans l'auberge élue pour le gîte et le couvert, Guillaume s'informait : Que savait-on, céans, des événements de Flandre ? Que se passait-il à Paris ? Philippe avait-il envie de se revancher ? Les hôteliers, les manants et les bourgeois attablés devant un godet de vin ou de cervoise avaient à peu près tous la même grimace et le même geste d'ignorance.

— Rien ! constatait alors le baron tourné vers son sénéchal, lequel grognait et haussait les épaules.

Cette nonchalance quelquefois provocante de Blanquefort, le chevalier de Rechignac n'en avait cure ou s'en accommodait : il y semblait accoutumé. Mais les rapports à la fois étroits et abrupts entre ces deux hommes intriguaient Ogier. Unis dans le combat et l'infortune, quelque chose en dehors d'eux les dissociait. Cet antagonisme tantôt léger, tantôt appuyé, ne résultait ni de leurs relations de baron à vassal, ni même de la dissemblance de leurs caractères. Quelle en était la raison ? A mesure que leurs plaies se cicatrisaient, il semblait que d'autres, plus intimes, plus profondes, se fussent remises à suppurer.

*
* *

Après Châteaudun, Blois, Châteauroux, Argenton, le pays jusqu'alors assez plat, se boursoufla, se crevassa et se couvrit de châtaigniers et de chênes. La route s'y enfonça, gluante et ténébreuse, pailletée d'or quelquefois aux lézardes des frondaisons. Cessant de transpirer sous le harnois de fer dont il se défaisait la nuit pour s'en revêtir à l'aube, Ogier apprécia autant qu'un bain glacé la fraîcheur enracinée là, captive de ces colosses aux torses bruns ou blêmes dont les chants et les appels d'oiseaux n'allégeaient pas la gravité.

— Garde ta main proche de ton épée, mon garçon, lui recommanda Blanquefort.

Et Guillaume ajouta :

— Si quelques malandrins bondissaient de ces ronces et de ces fougères, laisse aller ta jument ; défends-toi !

Aucune embûche ne leur fut tendue, de sorte qu'à la fin d'un après-midi orageux, au terme de la seconde semaine de chevauchée, le baron, satisfait, put désigner Limoges incrustée, grise et noire, au fond d'une vallée.

— Nous y sommes presque ! dit-il.

Trois jours après, au déclin du soleil, alors qu'ils sortaient d'une interminable forêt et qu'une pluie fine commençait à grésiller sur leurs mailles :

— Nous y voilà !... C'est lui !

Une joie profonde secouait le baron. Sa voix était pleine de vibrations contenues. On eût dit qu'il allait pleurer.

— Regarde !

Rechignac était juché sur une motte rocheuse, déboisée à son sommet, et dont, de loin, les approches paraissaient difficiles. Deux tours avaient été coiffées d'ardoises, celles, expliqua Guillaume, flanquant le pont-levis. Une troisième venait d'être pourvue de son poutrage. Les autres, reliées par des murailles en partie privées de merlons, ne se trouvaient qu'au quart de leur érection. Au centre, rien, ce dont Ogier s'étonna.

— N'aie crainte, dit Guillaume, pressentant la raison de sa surprise. Il y aura un donjon. Quand nous sommes partis pour la Normandie, les maçons venaient d'en commencer les fondements.

Il retenait Baucent qu'une ardeur toute neuve parcourait à la vue des prairies et des bois familiers.

— Allons, avançons, dit-il. Précède-nous, mon neveu. Ainsi tu découvriras mieux tout ce qui m'appartient.

Ogier jeta un regard de biais à Blanquefort. Cette construction surgissant inégalement du sol, devant eux, presque livide sous le ciel de suie, semblait laisser le sénéchal indifférent. Il caressait la crinière de Veillantif, lequel respirait à pleins naseaux l'air frais du crépuscule. Il dit d'une voix grave, plate, expression d'un caractère aduste :

— Allons mon gars... Ta venue va en ébahir plus d'un... et plus d'une.

Ogier talonna les flancs de son moreau. Il avait hâte d'entrer dans cette couronne de pierre, hâte d'y manger puis de s'étendre quelque part, loin de Blanquefort et de Guillaume dont le sommeil s'assortissait de ronflements. Il entendit le sénéchal dire à son oncle :

— Tout ne sera pas si simple ! Allez-vous lui parler, à la fin ?

— A quoi penses-tu, Hugues ? demanda Guillaume, agressif.

Blanquefort dut ébaucher un geste d'étonnement et d'irritation qu'un bref silence souligna ; puis il reprit, acerbe :

— A Didier, vous le savez bien. Si je n'avais craint de vous déplaire, j'en aurai dit deux mots à Ogier.

Farouche, menaçante, la réponse jaillit :

— Didier n'aura qu'à s'incliner !

— *Milladious !* Le connaissez-vous donc si mal ? Il a un an de plus que le fils de Godefroy... Et son père...

Ogier ne pouvait plus feindre d'ignorer cette altercation.

— Quel est ce gars, Blanquefort ? demanda-t-il en se retournant. Et qu'ai-je à redouter de lui ?

Guillaume respira profondément, puis sans chercher à dissimuler son embarras :

— C'est mon autre neveu (1) : Didier de Saint-Rémy... Ma femme, Guibourc, était une Saint-Rémy. L'ignorais-tu ?

— Non. Ma mère l'a bien connue.

— C'est vrai. Quand ta mère vivait à Rechignac — qui alors n'avait pas cet aspect — elle et Guibourc se fréquentaient. Son mariage avec Godefroy les a séparées... Et pour en revenir à Didier, Jean de Saint-Rémy, son père, est le frère de ma défunte épouse...

— Je comprends.

— J'ai pris Didier à mon service quelques semaines avant de partir pour le Clos des Galées.

— Lui et moi sommes en quelque sorte parents !

Blanquefort eut un rire désagréable. Ogier se retourna de nouveau : le visage du sénéchal ne reflétait plus la tristesse habituelle, mais quelque chose qui, à l'encontre de Didier, pouvait être de l'aversion.

— Tu apprendras à le connaître. Toutefois, si je puis te fournir un conseil, efforce-toi de vivre à l'écart.

— Pourquoi ?

Blanquefort défia Guillaume du regard, et après un soupir :

— Didier est retors, ombrageux. Il ne sera pas seul à voir ton arrivée d'un sale œil : Renaud et Haguenier, qui eux aussi prétendent à la Chevalerie, sont passés sous sa coupe... Je t'en préviens

(1) Il conviendrait, en vérité, d'employer le mot *nieps*, puisque *neveu* signifiait alors *petit-fils* ou *descendant*. Curieusement, le féminin, *nièce*, a subsisté.

avant ton oncle — mais avec son assentiment, ou du moins je l'espère — : tu vas être traité en ennemi.

Mettant Baucent au trot, le baron rejoignit son neveu.

— Hugues est un outrancier.

Si la voix du baron paraissait enjouée, l'expression de son visage ne cessait plus d'être soucieuse et compatissante. Ogier la lui connaissait : c'était celle des pires moments de la cérémonie de la Broye.

— J'aime le franc-parler de Blanquefort, mon oncle. Il ne me décourage point. Je lui en sais bon gré au contraire de vous.

— Tu laisseras en paix ces trois larrons. Tu coucheras ailleurs qu'où ils couchent. Le matin, après les soins aux chevaux, quand vous vous exercerez au maniement des armes dans la haute cour, je veillerai avec Blanquefort et Vivien.

— Qui est-il, lui, mon oncle ? Vous en avez parlé parfois, mais j'ai trouvé malséant de vous interroger.

— Vivien de Podensac est chevalier. Il n'a pu supporter de demeurer en Guyenne auprès des Anglais. Voilà dix ans qu'il vit en mes murs... Il gouverne en notre absence...

« Ils auraient pu m'informer davantage », enragea tout à coup le garçon.

Bientôt, il serait entouré d'inconnus. Les uns se montreraient indifférents à sa présence, les autres s'y révéleraient hostiles. Comment agirait-il si Didier et ses deux compères le provoquaient ? Allons ! c'était à lui de se faire accepter sans tomber dans la componction et respecter en se gardant de toute outrecuidance.

La pluie tombait toujours, poussière et nacre, mêlée au loin à la buée nocturne dont les vagues montaient des prairies comme les fumées d'un feu qui s'étouffe.

— Sale temps pour notre retour, dit Guillaume.

Ogier ne partagea pas cette grogne. Après des jours et des jours de chaleur, il s'imprégnait avec plaisir, plus encore qu'en forêt, de cette moiteur aux senteurs d'herbes et de feuilles. Elle lui rappelait — l'âcreté de la mer en moins — celle du Cotentin. Sur sa crête, tel un grand animal pétrifié, le château offrait ses flancs aux caresses liquides, tandis qu'en haut des murailles quelques maçons pas plus grands que des mouches allaient et venaient dans un incessant cache-cache derrière les crénelages incomplets. Le jouvenceau fut tout à coup incapable de décider s'il admirait cet ouvrage rude, imposant, où sa vie bientôt se trouverait enclose. Son apparence redoutable, provocante, lui donnait du mésaise. Était-il nécessaire, sur les escarpements où elle était juchée, que cette couronne de pierre fût si grande et si haute ? Et puisqu'elle révélait la richesse et les sentiments de Guillaume, se pouvait-il qu'il eût atteint ces niveaux de fortune et d'orgueil ?

— Un géant, hein, mon neveu ?

Incapable d'énoncer un compliment, Ogier approuva de la tête.

— Il va falloir bien des hommes pour garnir toutes ces défenses.

— J'en aurai !

Des châteaux, ils en avaient vu, proches ou lointains, au cours de leur chevauchée, mais sans jamais s'y arrêter. Craignant d'être interrogé sur l'Écluse par les seigneurs restés en place ou les épouses et les enfants de ceux qui n'en reviendraient pas, Guillaume, à l'hospitalité de ses pareils, avait préféré la promiscuité des auberges. Contrairement à Gratot, construit en plaine et ceint d'arbres et d'eau dormante, ces forteresses accrochées à un sol souvent nu avaient toutes un air d'arrogance mélancolique. Quelques-unes, démembrées par les hommes, puis dépecées par les éléments, et semblables à de grandes carcasses, levaient au ciel, comme pour une imprécation ultime, le moignon d'une tour, d'une barbacane ou d'un donjon. A l'intérieur envahi d'herbes et d'arbustes, le vent dévidait ses plaintes, tandis que jaillissant des orbites ruinées, des pigeons et des corbeaux mêlaient leurs cris, tout en éclaboussant le ciel de leur vol tapageur. Quelles qu'elles fussent, vivantes ou défuntes, ces bastilles exprimaient un présent ou un passé d'action composé de haine, de sang, de prudence — d'amour aussi, soigneusement préservé, mais voué sans doute au chagrin. Solides, rigides dans l'inquiétante gloire de leur entassement, ou bien éparses au sol et déchiquetées dans l'espace, toutes ces pierres parlaient davantage de malheur que de félicité.

Tandis que la pluie redoublait, pensant soudain à la mer, si proche de Gratot qu'aux équinoxes on y entendait mugir ses tempêtes, Ogier se dit que c'étaient les animaux les plus fragiles ou les plus couards — les huîtres, les praires —, qui sécrétaient les coquilles les plus solides, les plus malaisées à disjoindre... En allait-il ainsi des grands seigneurs ? Et, pour ce qui concernait Guillaume : en décidant d'agrandir et d'affermir cette carapace héritée de ses ancêtres, à quelle sorte d'inquiétude avait-il obéi ? Ses voisins ou les Anglais ? La Guyenne d'Édouard III jouxtait le Périgord...

Après avoir emprunté un chemin sinueux, ils atteignirent un hameau d'une dizaine de masures qu'Ogier trouva lugubre. Pas une femme, pas un enfant sur les seuils.

— C'est là, mon neveu, que vivent quelques-uns de mes culverts, dit Guillaume. Ils doivent être encore aux champs, là-bas, au bord de l'Isle.

— Deux toits s'effondrent, observa Blanquefort. Il faudra...

— Ah ! Hugues, s'écria le baron, ne commence pas à me ramentever ce qu'il me faut entreprendre. Laisse-moi arriver !

— A votre aisement, messire.

— Voilà qui est bien dit !

Le sénéchal, imperturbable, continua d'examiner les toits fléchissants et les murs délabrés.

— Je suis né là, dit-il à Ogier, stupéfait. Mais je ne puis te montrer la maison de mon enfance. Elle n'est plus... Son toit aussi s'est écroulé et les pierres ont servi pour d'autres...

Guillaume, lui, gardait les yeux levés sur sa demeure.

Ils s'engagèrent sur la sente d'accès. Au bout d'une demi-lieue de grimpée, ils trottèrent à l'ombre de la formidable bâtisse qu'une profonde douve sèche entourait.

— Mon oncle, vous n'avez pas d'eau là-dedans, comme nous à Gratot, mais ce vide à lui seul est décourageant !

— Pas besoin d'eau, mon gars, hormis dans ma citerne et dans mon puits. Voilà trois ans qu'une trentaine de gars du hameau et d'ailleurs ont fossé la terre et le roc... Tu vois le résultat !

— Et vos murailles !

Leurs soubassements grisâtres, rugueux, étaient si bien incorporés à la pierre, dont ils épousaient le relief tourmenté, que le garçon ne pouvait distinguer, en certains endroits, où finissait le roc et où commençait l'assise d'une tour ou d'une courtine.

— Elles sont aussi épaisses que celles de Coutances !

Dressé sur ses étriers, oublieux de sa fatigue et des événements qui l'avaient mené en ce lieu ; insoucieux, même, de l'inquiétant Didier, Ogier s'abandonnait à une admiration sans réserve. Ce colosse lové sur son mamelon hérissé de roncières dégageait une telle force grave, massive elle aussi, qu'il éprouvait d'emblée, en sa proximité, un sentiment de confiance absolue. L'Anglais pourrait l'assiéger : avec une garnison à sa mesure, il en supporterait impunément les assauts.

Ils arrivèrent sur l'esplanade, devant le pont-levis dressé. Tout à coup, de son poing, Guillaume menaça un homme à cheveux blancs penché à une embrasure :

— Alors, Chastagnol, vas-tu ouvrir ? Où sont les guetteurs ? Ils auraient dû nous voir de loin !... Ne me reconnais-tu pas ?

Brusquement il ôta son heaume :

— Sacredieu, as-tu perdu la vue et l'ouïe en mon absence ?

Il y eut un cri, puis le mugissement d'une trompe. Bientôt, cliquetant, craquant, grignant, l'énorme tablier de bois renforcé de grosses pentures commença, secousse après secousse, à s'incliner.

Pour accéder à Rechignac, il fallait franchir une arche de pierre soutenue, au tiers du fossé, par deux piles de granit dont l'entablement constituait l'extrême appui du pont-levis. Afin d'accroître sa portée, on l'avait établi en saillie de l'axe des tours portières, dans un maigre ouvrage rectangulaire surmonté d'une bretèche hérissée de gargouilles et percée d'assommoirs (1). Au-dessous, et avant que le ponton eût atteint ses assises, Ogier aperçut la herse d'une poterne.

— Qu'en penses-tu, mon neveu ? Sicart de Lordat, mon maître d'œuvre, a fait de la belle ouvrage !

— *Il* est beau ! dit l'adolescent. Il est...

— Rassurant ? questionna Blanquefort, un soupçon d'ironie dans la voix.

— Rassurant. C'est bien ça, Hugues, approuva Guillaume, tandis qu'avec fracas, le lourd panneau d'accès s'encastrait dans son logement.

— Eh bien, entrons, mon gars ! dit Blanquefort. Mais passe devant moi.

Guillaume avança le premier. Ogier, poussant le moreau et tirant la jument réticente, le suivit de près. L'ombre épaisse et froide de la grande voûte l'assaillit désagréablement.

— Nous y sommes enfin ! dit Guillaume.

Puis, après un soupir d'aise, tandis que le pont remontait :

— Je vivrai désormais paisible en ces murailles. Crois-moi, Hugues, je n'irai jamais plus au-delà du Puy-Saint-Front (2) et de Thiviers. Je jouterai encore quelques années puis m'abstiendrai de ces déduits (3). Il faut quand il est temps laisser la place aux jeunes.

— Vos filles, annonça le sénéchal tout en accrochant son heaume au pommeau de sa selle.

Elles accouraient, sans souci des flaques et de la boue. Elles riaient, piaillaient : « Père ! Père ! » suivies par quelques serviteurs

(1) Ouverture pratiquée dans la voûte d'un passage pour le jet des projectiles.
(2) La cité du Moyen Age est devenue Périgueux.
(3) Jeux, amusements.

criant : « Noël ! Noël ! » tandis que les maçons muets, attentifs, suspendaient leur ouvrage.

Le baron mit pied à terre, abandonna Baucent et tint l'étrier d'Ogier pour l'aider à descendre du moreau. Et déjà elles étaient là, vêtues d'une robe de lin safrané, serrée par une cordelette à la taille et dont l'extrémité frôlait la pointe de leurs esclots.

— Voilà Ogier, votre cousin, annonça Guillaume après les embrassades.

Il poussa le garçon en avant :

— Celle-ci c'est Claresme et celle-là Tancrède.

Claresme, l'aînée, était une blonde de quatorze ans, assez petite et pâle. Ogier, en la baisant, lui trouva la joue molle et fade. Tancrède était une brune de treize ans, aux longues tresses luisantes. Elle avait des yeux bleu-vert, perçants. D'une bouche sèche et avide, elle effleura les lèvres d'un cousin dont la confusion l'amusa. Si Claresme était timide, Tancrède semblait assurée d'un pouvoir auquel Ogier ne put fournir un nom.

— Comment le trouvez-vous ? interrogea Guillaume.

Claresme rougit, et pour ne pas répondre se précipita dans les bras de Blanquefort qui s'approchait, entre Baucent et Veillantif.

— Mon cousin paraît las, Père, dit Tancrède. Est-il malade ? Il est si pâle...

— Malade, lui !... Ce jouvenceau n'a point son égal en vaillance. Il était à l'Écluse auprès de moi, d'Hugues... et de son père, bien sûr.

Ogier ne sut aucun gré à son oncle des louanges qu'il venait de lui décerner. Les estimant sans doute exagérées, Tancrède l'observait avec une insistance déplaisante, et tout en soutenant son regard, il se demanda si les lèvres pincées de la jouvencelle retenaient une impertinence ou une moue d'incrédulité. Il devait être pâle, en effet. Il avait faim et suait sous son haubert. Il s'était pourtant accoutumé au poids du vêtement, au bruissement des mailles à chacun de ses gestes. Il croisa les bras tandis que sa cousine, abandonnant son examen, allait embrasser Blanquefort, lequel, le torse rejeté en arrière, donnait des ordres aux palefreniers tout en portant ses paumes à ses reins douloureux. Et pendant que Guillaume s'informait des événements auprès de ses sujets, le garçon esseulé considéra en s'orientant les murailles dressées autour de lui.

La forteresse dans laquelle il venait d'entrer avait été construite par Thibaut de Rechignac, à son retour de la première Croisade. Conservant au nord et à l'ouest une partie considérable des fondations primitives, nettement apparentes de l'intérieur, Sicart de Lordat, l'actuel maître d'œuvre, en avait étendu l'enceinte à l'est et au sud. Il l'avait flanquée, au sud-est d'une tourelle de surveillance, et à la pointe septentrionale — la plus vulnérable sans doute — d'une grosse tour demi-ronde dont le mur plat était tourné vers la rampe d'accès de façon à la battre de front sur toute sa longueur.

— Sept tours, c'est grand !... C'est solide. Mais...

Le garçon se sentait tout à coup vergogneux, stupide, inquiet d'être là pour longtemps. La pluie, la grande cour bourbeuse, les ruissellements gris sur les murs blêmes contribuaient sans doute au désarroi issu de cette découverte. De plus, malgré la flèche gracile de la chapelle et la simplicité des logis réservés au seigneur, aux hommes d'armes et à la domesticité, il percevait combien l'énergie procédant de l'édifice entier sentait le drame plutôt que le bien-être et la sérénité. Tout ici, du moins pour lui, l'étranger, paraissait trop massif, *trop contraire à sa présence.* Alors qu'ils foisonnaient partout ailleurs que sur la petite montagne où leurs troncs rompus au niveau du sol rocailleux restaient visibles, aucun arbre ne poussait en ces murs. Il y avait dans cette vacuité comme une maladie de carence ; le symptôme que *quelque chose* dont il ne pouvait définir la nature était enraciné là. Sa perspicacité se trouvait en échec. Les courtines, percées d'étroites fenêtres de part et d'autre du bâtiment seigneurial, étaient partout ailleurs absolument aveugles. Quant au donjon, érigé en partie sur l'emplacement de l'ancien dont les pierres avaient dû être réemployées pour la construction des murailles, ses assises et le fossé destiné à sa protection laissaient déjà pressentir ses proportions arrogantes.

« C'est étrange : Rechignac me plaît davantage du dehors que du dedans. »

Il eût voulu s'enflammer ; il n'y parvenait pas. Rechignac l'observait de toutes ses archères. Au fond des orbites de pierre, des ombres remuaient. Avenantes ? Maléficieuses ? Une buse vint tournoyer au-dessus de la cour. Aussitôt, malgré la présence des hommes et des femmes, coqs, poules, canards coururent s'abriter. Les pigeons s'enfoncèrent dans les trous à boulins nombreux sur tous les murs. Rien de lugubre en tout cela. Il fallait s'en convaincre. D'ailleurs, la main de Guillaume se posait, réconfortante, sur une épaule un peu trop fléchie.

— Viens, mon neveu. Allons au-devant de Mathilde. Je t'en ai parlé...

Ogier se souvint qu'effectivement, son oncle avait prononcé ce nom à plusieurs reprises. D'après ce qu'il avait compris, cette femme régentait les chambrières et les filles des cuisines.

— Holà ! Mathilde.

Dans le visage joufflu, piqueté de son de la domestique, les yeux minces clignotaient, joyeux, et la bouche épaisse et rose béait sur un cri inaudible. Elle courait, penchée en avant, soutenant de ses avant-bras croisés, les outres de sa poitrine.

— Ah ! messire... messire...

Elle était vêtue d'une robe grise au col largement échancré. Elle agitait ses mains blanches, potelées.

— Enfin... Nous vous croyions morts. J'ai prié, prié pour que vous nous reveniez, messire, tel que vous êtes.

Elle s'inclina dans une révérence où sa gorge charnue apparut presque tout entière, plus impudique encore qu'un fessier, auquel ainsi, elle ressemblait.

— Allons, allons, m'amie... Nul doute que tu as bien prié, car c'est miracle que je sois de retour. Relève-toi... Relève-toi te dis-je !

A en juger par la familiarité de cette femme rousse, presque obscène dans le débordement de ses appas, et dont une tresse détorse couronnait la tête, Ogier comprit qu'elle régnait, à défaut du cœur, sur le corps de son oncle.

— Qui est ce jouvenceau ? demanda-t-elle enfin, sans la moindre aménité.

— Ogier, mon nieps... Le fils de Luciane.

— La femme du Normand ?

Ogier perçut dans cette question une sourde malveillance. Mathilde avait dû connaître sa mère. Et la détester. Guillaume, contrarié, s'emporta :

— Je n'ai jamais eu qu'une sœur ! Son fils est là pour quelques années. Fais-lui sans retard préparer une chambre. Je veux qu'il côtoie *les autres* le moins possible. Et désormais, traite-le comme tu traiterais le gars que je n'ai pas eu...

Mathilde, un instant, parut tellement indignée qu'Ogier crut qu'elle allait protester : « Un fils ? Mais vous en avez un ! » ou « Que faites-vous de Didier ? » Guillaume, apparemment, s'en désintéressa. Prenant derechef son neveu par l'épaule, il l'entraîna au milieu de la cour.

— Je le traiterai de mon mieux, messire, cria la grosse femme en s'éloignant.

Ogier la regardant partir, s'interrogea. Comment allait-il vivre ici ?

Des maçons, des charpentiers passaient. La plupart, malgré la pluie, étaient torse et pieds nus — boueux —. Les uns tiraient ou poussaient un chariot plein de pierres ou de briques, les autres soutenaient à cinq ou six de longues poutres grossièrement équarries. On entendait partout des heurts de marteaux, de piques et d'herminettes. Et des poulies grinçaient, des palans couinaient tandis que s'élevaient çà et là, le long des murs, des mannes d'osier et des baquets si pleins qu'il fallait, au sol, trois ou quatre hommes pour tirer sur les virebouquets.

— Il fait presque nuit. Quand cessent-ils cette besogne ?

— Quand ils n'en peuvent mais.

Ogier aperçut ses cousines. Elles s'entretenaient avec Blanquefort et Mathilde. Ils se mirent à parler avec de grands gestes et il sut qu'il était question de lui lorsque tous les regards convergèrent dans sa direction.

« Que vont-ils faire de moi ? Eux, les hommes, un guerrier. Mais ces filles, ces femmes et tous ces gens qui me regardent de loin comme... »

Il ne put achever sa pensée : Guillaume à nouveau l'entraînait :

— Allons saluer mon tonsuré... Le voilà sur le seuil de la chapelle. Comme tu le vois, il n'a rien d'un nattaire (1). C'est, la coule au vent, Arnaud Clergue. Il a autant de religion que d'appétit.

— Il ressemble à frère Isambert, notre confesseur. A croire que l'espèce est la même.

Guillaume sourit. Sans doute, pour les choses de la foi, tenait-il son chapelain en petite estime. Pour lui, Dieu n'avait point de substituts. D'autres, en ce château, devaient penser différemment.

— J'avais retenu ce nom de Clergue ; pas celui de *votre* Mathilde.

Ogier n'eut guère le loisir de se reprocher cette incongruité : le presbytérien, après avoir étreint vigoureusement Guillaume, lui souhaitait la bienvenue.

— Sachez-le, Clergue, révéla aussitôt le baron, ce jouvenceau sait lire, écrire et connaît le latin.

— Juste un tantinet, dit Ogier.

Le clerc débonnaire et pansu, vêtu d'une bure sale, déchirée, l'appela *« mon fils »,* le bénit et fut heureux d'apprendre qu'il resterait céans longtemps.

— Je n'aurai guère à vous enseigner, puisque vous savez l'essentiel !

(1) Se disait d'un moine solitaire qui n'avait pour lit qu'une natte de jonc.

— Bah ! Bah ! fit Guillaume en frappant sans douceur sur le dos du cordelier, vous trouverez de quoi l'occuper. Il lira Végèce avec vous et *Renaud de Montauban* avec moi.

Puis, se détournant et parlant soudain bas :

— Ne bouge plus, Ogier ! Voilà les vaunéants dont je t'ai entretenu un peu tard : Didier de Saint-Rémy, Renaud d'Augignac et Haguenier de Trélissac. Ils n'ont pas l'air ravis de me voir.

Visages bruns et ronds, crâne rasé mais front étroit, tous avaient des yeux noirs, petits, sous des sourcils épais. La lenteur de leur démarche exprimait la présomption, surtout celle du plus robuste : Didier.

« Des hurons (1) », songea Ogier, tandis que le chapelain rentrait dans la chapelle.

Fût-ce parce qu'il était vêtu d'un haubert et eux de hardes malpropres ? Ils se montrèrent à la fois distants et rogues après que Guillaume l'eut présenté. Nulle poignée de main ne fut échangée. Pour y échapper, Didier croisa ses bras, et Renaud, imitant Haguenier, crispa ses doigts à sa ceinture. L'immixtion d'un gars de leur âge dans leur groupe de jouvenceaux privilégiés, les indignait pareillement. Blanquefort avait prévu cette attitude intransigeante.

« Que croient-ils ? » se demanda Ogier, indifférent en apparence à l'expression d'hostilité de ces trois faces rustaudes. « Que mon oncle va se montrer moins rigoureux envers moi qu'envers eux ? Les sots ! Tels que je les connais, lui et son sénéchal, ce sera plutôt le contraire. »

— Tu es donc aussi son nieps, fit Didier.

Cette constatation chargée d'autant de mépris que de menace insidieuse fut sans effet sur Ogier. Répliquer eût été accorder trop d'intérêt à ce lourdaud, et se déprécier en se plaçant à son niveau ; il se contenta d'incliner la tête.

— Si je m'attendais à ça !

Didier eût aimé en savoir davantage. Guillaume ne le satisfit qu'en partie :

— Il était à mes côtés, à l'Écluse. Il y a vu ce que tu ne verras jamais. Que sa venue te plaise ou non, garde-toi de lui chercher noise.

Il se tourna vers Haguenier et Renaud :

— Ceci vaut également pour vous.

Baissant la tête, Ogier remarqua trois paires de poings. Alors, croisant à son tour les bras, il redévisagea Didier : un front court,

(1) Paysans.

plat, où la lisière des cheveux ras formait un trait courbe, grisâtre ; des yeux de jais sous des paupières agitées ; un nez long et cassé qu'un bouton rougissait à sa pointe ; un menton bref où des poils poussaient en friche.

— Aussi vrai que je me nomme Ogier d'Argouges, je ne chercherai querelle à personne... Ignorais-tu, Didier, mon existence ?

— Mon oncle, mes cousines (le gars mordait lourdement sur le possessif), m'avaient parlé de toi... Mais de là à te rencontrer...

Ogier ne sut que répondre. Ces yeux ténébreux enfoncés dans les siens lui donnaient un avertissement. De quelle nature ? Les compères de Didier qu'ostensiblement il négligeait, devaient le regarder avec la même méchanceté.

— Allons viens, mon neveu... Nous avons d'autres gens à voir.

Ogier sentit la main du vétéran sur son épaule. Il devina que ce geste protecteur — ou affectueux — indignait *l'autre.* Il eut envie de s'y soustraire, tant son soudain avantage sur Didier lui paraissait abusif ; puis il s'en délecta.

— Tu le connais maintenant, dit Guillaume. Un jour, tu verras Jean de Saint-Rémy... Pire que lui... Sa sœur, ma défunte... Mais à quoi bon t'en parler... Sache seulement qu'elle ne ressemblait en rien à ces deux-là. Par ma foi, elle ne fut pas engendrée par le même homme que Jean !

Et comme un manchot apparaissait sur le seuil des écuries, le baron tout à coup souriant le héla :

— Vivien ! Par Dieu c'est toi que j'aurais aimé voir en premier... Où étais-tu pour avoir tant tardé ?

— Je dessellais le Blanchet. Nous revenons d'un petit galop dans les bois de Savignac.

Les deux hommes s'embrassèrent.

— Voici Vivien de Podensac, Ogier.

C'était un homme de cinquante ans, brun, barbu, aux yeux gris et tristes. Un chaperon vert le coiffait. De complexion solide, il portait un pourpoint de cuir noir et ses chausses, noires également, s'enfonçaient dans des heuses de daim armées d'éperons d'or. L'extrémité de sa manche gauche, vide, était coincée dans son ceinturon.

— Il a perdu son bras au Mont-Cassel.

— Le 25 août 1328, précisa Vivien en portant d'instinct sa dextre à son épaule amputée.

— Ce n'était pas Artevelde, alors, l'ennemi des Français, mais le bourgmestre de Bruges, Guillaume de Deken.

— Maudits Flamands, grogna le manchot d'une voix presque murmurante.

— Tu connais Godefroy d'Argouges, dit Guillaume. Il est le père de ce jouvenceau.

Vivien s'anima, son visage rougit et ses yeux tristes s'éclairèrent.

— Un rude tournoyeur... Et un jouteur comme j'en ai peu connu... J'ai couru, à Chinon, quatre lances contre ton père, mon gars, du temps où je pouvais tenir un écu... Va-t-il bien ?

— Aussi bien que possible, mentit Ogier en évitant le regard de son oncle.

— Quelle bonne chance il a d'avoir toujours deux bras, deux mains... Mais pourquoi ne veut-il pas t'enseigner le métier des armes ? Nul mieux que lui...

— Il préfère, intervint Guillaume, que son fils l'apprenne avec nous.

— L'idée me plaît... Or çà dis-moi, mon compère, d'après ce qu'on m'a rapporté, les Goddons vous ont taillés en pièces, à l'Écluse.

Il n'y avait aucune ironie dans cette constatation, mais plutôt une sorte de fureur désespérée.

— Tu sais donc ça déjà !... Depuis Limoges, nous n'entendions plus parler de rien.

— Nous savons tout, ici, et sans nul mérite : un chevaucheur est passé hier. Il allait informer Bertrand de l'Isle-Jourdain, à Bergerac.

— Un capitaine du roi qui se prend pour un connétable, commenta le baron tout à coup agressif. Mais la Saintonge, le Limousin, le Périgord qu'il gouverne avec la bénédiction de Philippe sont quiets et convenablement pourvus en gens d'armes... Je doute que les Goddons viennent nous chicaner.

— Sait-on jamais...

— En tout cas, Vivien, le royaume tout entier doit désormais connaître notre déconfiture.

— Abstiens-toi d'en parler, Guillaume. Je sais combien c'est douloureux d'être vaincu sans avoir démérité... Et crois-moi, même avec mon seul bras, j'aurais aimé être des vôtres.

Puis, comme honteux de son infirmité, Vivien de Podensac s'éloigna.

— Maintenant, viens, mon neveu, dit Guillaume.

Il interpella Mathilde. Elle allait au puits, un seau dans chaque main, accompagnée d'une jouvencelle aux longs cheveux blonds.

Cette fille âgée de quinze ou seize ans portait sous le bras un panier empli de linge.

— Femme ! Femme !... Où vas-tu faire dormir mon neveu ?

Voyant Mathilde approcher, Ogier se dit qu'il n'aimait décidément pas cette commère aux allures effrontées, ni d'ailleurs la servante qui l'avait suivie : elle avait un visage triangulaire, aux pommettes aiguës, des yeux légèrement obliques et d'un bleu presque noir ; des lèvres minces, étroites, exsangues.

— Qui est-ce, mon oncle ?

— Gersende, la chambrière de Tancrède ; l'autre, celle de Claresme, à nom Margot...

Tandis que Guillaume et Mathilde s'éloignaient pour un entretien à voix basse, Ogier soutint — assez mal — les regards de la fille. Ils le confondaient. Pourquoi, d'emblée, cette domestique le considérait-elle comme un gêneur et le défiait-elle en silence ?

« Didier peut me détester : je vais désormais empiéter sur tout ce qu'il considérait comme sien. Mais cette meschine (1) ? Je ne suis nullement son rival, je ne vais rien lui rober, si tant est qu'il y ait quelque chose à prendre à une chambrière... hormis son pucelage... Et il semble que celle-ci l'ait perdu depuis longtemps. »

— Que fais-tu encore là, toi ? demanda Mathilde, impatiente, à la servante. Allons !... Va donc porter ton linge au lavoir.

Sèchement, elle repoussa la fille, et celle-ci, en riant, s'en alla d'une démarche dandinée. Alors, saisissant l'anse de ses seaux, la grosse femme déclara :

— Messire Ogier, vous coucherez dans le grenier de l'échansonnerie, la maison collée à cette tour, là-bas, qui sera bientôt couverte... D'ailleurs, elles communiquent.

— Plus tard, bien sûr, ajouta Guillaume, tu logeras au donjon.

« Eh bien », songea le garçon, en se tournant vers les assises de l'ouvrage, « il va me falloir attendre deux ou trois ans. »

Il suivit son oncle à l'échansonnerie et gravit, à sa suite, un escalier de bois grinçant.

— Voilà, ce sera ta chambre, dit Guillaume en poussant une porte.

C'était une pièce carrée dont le lit de bois fruste, pourvu d'une paillasse et de peaux de moutons occupait presque tout l'espace. De part et d'autre d'une lucarne, deux perches étaient destinées à la suspension des vêtements. Il y avait un billot dans un coin,

(1) Domestique.

et dessus, dans une cuvette, un broc ; tout près, un seau de cuivre et, sur un tabouret à traire, deux draps pliés.

— Ton fief, si j'ose dire. Nul n'y viendra t'ennuyer.

Ogier acquiesça. Ce logis misérable, sombre, exigu, contrastait avec sa chambre de Gratot. Pourtant, si lourd que fût son désarroi, il s'atténua devant sa ferme résolution d'endurer toutes les provocations et déconvenues sans se plaindre.

— Vos trois écuyers, mon oncle, où couchent-ils ?

— Au-dessus de mon armerie, dans la maison que tu vois là-bas.

— Et Blanquefort ?

— Au-dessus de l'écurie.

C'était plutôt la place des palefreniers, mais lorsqu'il s'agissait du sénéchal, tout était possible.

« Et vos filles ? » fut sur le point de demander le garçon. Mais déjà Guillaume redescendait.

*
* *

Deux hommes vêtus de noir traversaient la cour en direction des tours portières.

— Qui sont-ils, mon oncle ?

— Le petit, Sicart de Lordat. L'autre, Girbert Bressolles, son aide… Tous les gars que tu vois autour de nous, et qui sont cent cinquante, leur doivent obéissance.

Pour l'instant, les maçons semblaient peu nombreux ; la plupart soupaient dans un logis proche des écuries et des étables. Ogier entendit des bruits d'écuelles, des rires, des chants ; il vit passer des servantes portant des bassines et des chaudrons fumants.

— Ah ! messire, s'écria de loin Sicart de Lordat (1) en marchant à la rencontre du baron. Loué soit Dieu qui vous rend à nous.

Il devait avoir vingt-cinq ans, et quel que fût son plaisir de revoir Guillaume, son visage demeurait fermé. Moins, cependant, que celui de son compagnon. Si le maître d'œuvre était blond de poil, pâle de peau et d'apparence chétive, Girbert Bressolles, du même âge que lui, sans doute, était solide. Dans son visage hâlé, brun et prématurément ridé, Ogier ne vit que son regard : ses yeux bleu pâle étaient si grands, si lumineux qu'ils semblaient ceux d'un prophète.

(1) Un des très rares ingénieurs militaires dont on connaît un peu plus que le nom. Ce gentilhomme du comté de Foix appartenait à une grande famille féodale dont le château dominait la vallée de l'Ariège. Il devint non seulement le maître d'œuvre de Gaston Phébus, mais aussi le chef de l'artillerie de l'armée comtale. On lui doit les châteaux de Pau, Montaner, Labastide-Villefranche, Sauveterre-de-Béarn, Morlaas et Viellesegur. Il mourut entre 1380 et 1383.

— Je ne sais si Dieu est pour quelque chose dans mon retour, dit Guillaume en souriant. Mon épée — que j'ai d'ailleurs perdue et remplacée — y fut pour beaucoup. Hein, Ogier ?

Et les présentations faites, le baron désigna des hommes et des enfants occupés à manœuvrer un grand pilier de pierre en équilibre sur des billes de chêne.

— Ces drôles ont-ils toujours autant le cœur à l'ouvrage ?

— Toujours autant. Et pourtant, un des leurs est mort hier.

Bressolles désigna la charpente de la grosse tour jouxtant l'échansonnerie, à laquelle il ne manquait plus, semblait-il, que sa coiffe de lauzes.

— Un couvreur. Il est tombé alors qu'il venait de cheviller la dernière poutre du faîtage... J'ai, pour ce jour, suspendu les travaux en cet endroit... Il s'appelait Jean. Nous l'avons, ce matin, enterré au hameau. Il était heureusement sans famille.

Guillaume se tourna vers le disciple de l'architecte. L'expression de son visage signifiait : « Je ne vous ai rien demandé », puis il dit :

— Cet homme est à plaindre, c'est vrai. D'où nous venons, nous en avons vu mourir des milliers. Ils n'auront pas, eux, la bonne chance de votre couvreur : ceux que le feu n'a pas dévorés, les poissons s'en chargeront... La plupart avaient femme et enfants.

Satisfait de sa repartie, le baron entraîna Ogier :

— Allons, viens, mon gars... Sicart est du comté de Foix... Bressolles, lui, vient de Carcassonne... S'il y avait encore des patarins, je te dirais qu'il en est un.

Ogier trouva son oncle excessif. Il y avait plus d'un siècle que Simon de Montfort et les Inquisiteurs avaient pacifié la Langue d'Oc (1). Il était impossible que cet homme-là fût hérétique.

— Il sait façonner la pierre. Il taillera ma figure dans un de ces rochers que tu vois là, et d'un autre, il fera sortir Guibourc, ma dame, qui repose en la chapelle... Je lui raconterai comment de visage, de corps et de cœur elle était... T'ai-je dit qu'elle mourut en donnant le jour à Tancrède ?

— Non, mon oncle.

— Tu allais ajouter un mot ?

— Plusieurs, en vérité. J'allais dire : « Quel nom, pour une fille ! » Est-ce votre choix ?

Guillaume sourit, et tout en frottant son front rougi par le bord du heaume :

(1) Le *Languedoc* est postérieur à cette orthographe.

— Si ma femme avait survécu à la naissance de ma puînée, elle l'aurait baptisée Rosemonde, Luciane, Esclarmonde, Aiglantine... Que sais-je encore... Mais j'attendais un fils. J'ai gardé le nom que je lui destinais. Comment la trouves-tu ?

La question embarrassa Ogier. Il ne pouvait répondre, comme il l'eût fait pour Claresme : « Je crois qu'elle aura de l'affection pour moi. » Au contraire de son aînée, cette pucelle, d'emblée, s'était montrée distante et hautaine. On eût dit qu'elle n'ignorait rien ni de lui ni des raisons de sa venue à Rechignac.

— Je connais trop petitement vos filles, mon oncle. Comment pourrais-je vous dire ce que je pense d'elles ?

— Dans huit jours, je conduirai Tancrède au couvent de Lubersac, dont la sœur de Vivien est prieure. Elle y apprendra les bonnes manières, l'écriture... Enfin tout ce qui sied à une pucelle bien née.

« Et pourquoi pas Claresme ? » fut tenté de demander Ogier. Craignant que cette curiosité ne fût considérée comme une impertinence, il revint à Tancrède :

— Se réjouissait-elle, avant que vous n'alliez en Normandie, de partir si loin de vous et si longtemps ?

— Sans doute.

— Et sa sœur ?

Guillaume parut trouver cette question absurde :

— Claresme est bonne à marier.

Pour clore cet interrogatoire, le baron eut un geste mou, exprimant une fatigue de l'esprit plutôt que du corps.

— Aime-les comme elles t'aimeront.

C'était exactement ce qu'Ogier pensait.

IX

Après qu'il se fut lavé aux étuves en compagnie de Blanquefort, Ogier prit part au souper. Il y mangeota. Il se sentait trop las, trop esseulé parmi des commensaux bruyants et bavards qu'il dérangeait dans leurs habitudes. Sa présence n'en laissait aucun indifférent. Certains l'observaient sans trêve, d'une façon tantôt droite, tantôt furtive. D'autres, entre deux bouchées, deux gorgées, échangeaient en langue d'oc des appréciations dont la teneur semblait à son désavantage. N'étant à Rechignac que pour un jour ou deux, il se fût peu soucié du mésaise qu'il éprouvait. Mais il allait devoir demeurer en ces lieux où il se connaissait déjà trois ennemis.

« Bah ! » se dit-il, « qu'importe ! Ne suis-je pas venu céans pour m'endurcir ? »

Comme il pignochait une gruotte bien cuite (1), relevée de poivre et de safran, Mathilde, courroucée, lui présenta deux jattes. Elles contenaient des pâtés.

— Allons, damoiseau ! L'un est d'oie, l'autre de lièvre. Ils sont truffés et fondants à souhait… S'il y goûte avant vous, notre cordelier vous dira qu'il les trouve divins.

Comme Arnaud Clergue, approuvant de la tête, présentait son écuelle à la tentatrice, le garçon crut habile d'exciper de sa fatigue :

— Je suis moulu, dame Mathilde, et crains aussi d'avoir le ventre moins profond que celui de votre chapelain.

(1) Tranche de chevreuil.

La grosse femme rejeta ces prétextes d'un « Voire ! » incrédule et offensé, assorti d'un haussement d'épaules.

— Quand je suis éreintée, moi, je dévore... Va falloir vous satisfaire, messire, de ma cuisine et de mes façons. Et si elles vous déplaisent, faudra retourner croquer des pommes avec la Luciane.

— Paix, femelle, ordonna Blanquefort, éteignant du même coup les rires de Claresme et de Tancrède. Toute protégée que tu sois de Guillaume, qui hélas ! gloutonne et ne prête intérêt qu'à ta mangeaille, garde-toi d'ennuyer son neveu. Ce que je l'ai vu faire, jamais aucun de tes bâtards n'en sera capable.

— Mes bâtards ! Mes bâtards !... En tout cas, nul des deux n'est de toi, sénéchal. Quant à mes filles...

— Telles que leur mère... Je me demande parfois, mâtine, quel plaisir tous ces hommes ont pu trouver à te... sonner et même à te carillonner !

— Le même qu'ils eurent à manger les mets que j'accommode, et dont parfois tu te régales un tantinet.

Apparemment sourd à cette altercation, Guillaume discourait tout en se délectant des venaisons apprêtées par sa concubine et ses aides. Il les arrosait de nombreuses rasades d'un vin piquant et léger qui laissait des cernes mauves sur l'étain des hanaps.

— Mon premier vrai souper depuis l'Écluse ! dit-il en tendant son écuelle à Didier, promu écuyer tranchant. Redonne-moi de ce cuissot ! Par ma foi, sa tendreté me fait penser à une cuisse de pucelle !

« Comment vais-je pouvoir vivre là ? » se demanda Ogier. « Ni les gens ni les pierres ni la nourriture ne ressemblent à ceux que j'ai quittés. Et cette Mathilde ! Elle déteste ma mère. Pourquoi ? Blanquefort pourra-t-il m'en donner la raison ? Il l'a sûrement connue, lui aussi. »

Plus encore que sur son oncle imposant et disert, c'était vers lui qu'il sentait converger la curiosité des convives. Guillaume l'avait placé face à lui et à ses filles, entre Arnaud Clergue et Blanquefort. Cette faveur avait dû mécontenter Didier et ses compères, relégués à un bout de table.

— Le baron te traite à la façon d'un fils, murmura le sénéchal quand Mathilde se fut éloignée, mais ses marques de bienveillance ne seront pas du goût de tous.

Les regards chaleureux de Vivien de Podensac ; ceux, diligents, de Tancrède et de Claresme ; celui, pénétrant, de Girbert Bressolles ; ceux, aimables et insistants, des trois servantes qui passaient derrière la chaire du seigneur pour aller déposer leurs bassines, plats et chaudrons devant Sicart de Lordat, Renaud et Haguenier, lui donnaient des agaçins. « Pâle... bien las », avait dit Tancrède. Il était encore sous le coup de cette appréciation. A peine entrevue, la jouvencelle avait éveillé en lui la cuisante amertume de n'être qu'un adolescent au lieu d'un mâle imbu de sa vigueur et de sa séduction. Car il en était sûr : elle l'avait trouvé fade et pusillanime. Quelle fille ! Il comprenait mal, cependant, que son père la mît au couvent pour y apprendre les bonnes manières.

Soudain, comme elle lui jetait une œillade moqueuse, il souhaita l'irruption de n'importe quoi de violent et de rude à cette tablée bruyante, afin d'être contraint de sortir de sa peau trop exiguë et plus lourde à supporter, ce soir, que son haubert.

« Tant et tant de lieues pour en arriver là ! »

A quoi devait-il d'être ainsi désenchanté ? A l'éloignement des siens, plus évident et oppressant que jamais, maintenant qu'il était fixé ? Tandis qu'il se morfondait ici, que se passait-il à Gratot ? La table du seigneur n'offrait pas cet aspect vulgaire. On y parlait sans trop hausser la voix ; les femmes et les filles de cuisine étaient moins effrontées. Bien sûr, il y avait Bertine... Guillemette... Seul Arnaud Clergue ressemblait à frère Isambert.

— Allons, dit Blanquefort en portant son hanap à ses lèvres, je bois à ta quiétude, Ogier. Le repas prend fin. J'espère que tu passeras une bonne nuit. Demain, au lever du jour, trouve-toi sur le seuil des écuries ; je t'y rejoindrai.

*
* *

Tandis qu'il barbotait dans les flaques de la haute cour, après avoir pris congé de son oncle, de ses cousines et du chapelain, Ogier se retourna plusieurs fois. Didier, Renaud et Haguenier avaient quitté le logis seigneurial avant lui. Où étaient-ils ?

Il ouvrit doucement la porte de l'échansonnerie, dont il gravit l'escalier à tâtons jusqu'à ce qu'il fût guidé par la lueur du pot à feu qui éclairait le passage communiquant avec la tour.

« Si mon oncle avait un fils et qu'il soit venu à Gratot, mon père ne l'aurait pas traité comme un manant... Après le tonneau de l'Écluse, me voici logé au-dessus des foudres et des futailles... Et leur odeur pénètre d'autant mieux les lattes du plancher, qu'elles sont disjointes et vermoulues. »

Un remugle de bois humide et de vin stagnait dans la chambre obscure. Pour le combattre, il suffisait d'ouvrir la lucarne. Ogier se dirigea vers elle.

— Bon sang ! maugréa-t-il en se cognant à la paillasse, puis en heurtant du front la perche sur laquelle il avait ployé son haubert. Cette grosse Mathilde éhontée n'a pas songé à me fournir une chandelle.

Guidé par un faible rayon de lune, il avança jusqu'à l'huis dont il trouva et poussa la targette. Rassuré, il se dévêtit et s'allongea, mais il était trop désappointé, trop occupé de son devenir pour céder au sommeil. De plus, il faisait chaud : une tiédeur soyeuse dont les averses avaient comme exacerbé la moiteur. Il décida de se rhabiller pour monter au sommet de la tour ; l'air d'en haut rafraîchirait son corps et ses tempes douloureuses.

Comme il achevait de mettre ses chausses, il dressa l'oreille. Quelqu'un marchait, étouffant ses pas, dans la galerie, devant la chambre.

« En voilà des précautions. Qui erre ainsi ? »

Il bondit et poussa doucement la porte.

Nulle présence sur le seuil. Plus loin, la lueur du pharillon éclairant la trouée de la tour. Quelque part, des hommes chantaient, un cheval hennissait, on martelait du fer au loin sur une enclume.

« Ce devait être un rat, une souris ou un chat si mon oncle aime ou tolère ces bêtes-là... Heureusement que j'ai un verrou ! Il est possible que ces larrons qui me détestent me préparent un mauvais coup. Et même si Didier rôdaille seul par ici, je dois m'en assurer et lui montrer qu'il ne m'effraie pas. »

Il boucla sa ceinture et dégaina son perce-maille. Nu-pieds, laissant la chambre ouverte, il se dirigea vers l'escalier tout proche.

Son trouble s'aggrava sitôt qu'il l'eût atteint. Devait-il monter ou descendre cette spirale de pierre ? Dix enjambées, pas plus : il serait dans la tour. Trente ou quarante degrés accédaient à son faîte. Sous la voûte en plein cintre qui desservait l'ouvrage défensif, une torche achevait de se consumer. S'en saisir, c'était révéler son approche.

Il gravit lentement les étroites et hautes marches. Elles aboutissaient à une guette en encorbellement sur l'extérieur de l'enceinte. Avant que d'en sortir, il tendit l'oreille. Rien d'autre que le souffle de la nuit. Estimant alors ses précautions inutiles, il émergea sous l'énorme cône de poutres et de madriers miroitants, et dans le même instant où le vent et le froid l'agressaient, il dut de n'être point découvert à un tas de chevrons et de voliges apportés là pour être assujettis au gros œuvre.

« Ainsi, c'étaient elles. »

La lune ennuagée nimbait pauvrement la scène : immobiles entre deux merlons, Tancrède et Gersende plongeaient leurs regards au tréfonds de l'immensité nocturne, leurs têtes jointes dans une pose si familière qu'Ogier accroupi, la curiosité à vif, faillit choir à la renverse.

« Ça alors ! »

La fille du baron n'avait point quitté la robe blanche dont elle s'était parée pour souper. La chambrière portait une chemise légère sous laquelle s'inscrivaient, au hasard des plis mouvants, les contours moelleux de son corps. Des tressaillements la parcouraient car sous l'étoffe, et pour qu'on devinât si bien ses formes, elle devait être nue. Les grandes vagues du vent glacé répandaient, en les effilochant, ses cheveux d'or sur l'épaule de sa compagne, et celle-ci lui parlait de si près à l'oreille qu'elle semblait craindre qu'une bourrasque ne vînt emporter son propos.

« Mais... voilà qu'elles s'accolent et que leurs bouches se joignent ! »

Pantelant de froid et de stupéfaction, Ogier rengaîna son perce-mailles. L'intimité de ces filles soudées l'une à l'autre sur un fond de ciel orageux lui paraissait tellement insane qu'à l'étonnement de les avoir surprises dans cette attitude d'abandon, de tendresse ou de complicité, se mêlait une amertume ulcérante et hargneuse.

« Folles !... Impudentes et imprudentes ! »

Avaient-elles cru, en venant se jucher sous l'énorme entonnoir du toit inachevé, se placer hors d'atteinte des regards et des médisances ? Eh bien, non : figé dans l'ombre du poutrage, il était là, pantois et plus attentif qu'en n'importe quel affût.

« Une pareille étreinte ! »

Comment eût-il pu imaginer cela. Ce qui l'ébahissait, c'était qu'à son indignation se fût substituée cette attention sournoise, immodérée. Sans procès, il condamnait ces créatures, et cependant, leur embrassement dégageait une félicité tellement accomplie dans son impudicité même, qu'il en grelottait d'émoi, d'impatience. Cet aguet malséant et indigne ravageait son cœur, ses entrailles, mais pour rien au monde il n'y eût renoncé. D'ailleurs, comment eût-il pu y mettre un terme ? Bouger, c'était se trahir.

« Qu'elles agissent ! Qu'elles agissent ! »

Il y avait dans sa hâte de voir s'achever ce prologue alléchant une sorte de désespoir — ou d'ivresse. « *Elles sont folles !* » Et lui ? Quelle abjection de se brouiller les sangs pour ces jouvencelles en mal d'amour ! Mais il n'y pouvait rien ; sa raison, sa volonté abdiquaient devant cette double exigence : entendre et voir.

— Dès que ton père a franchi le pont-levis, dit Gersende, j'ai pensé : « *Il revient, elle va partir.* » Ah ! mon aimée, j'aurais voulu qu'il périsse en Flandre...

Tancrède frotta sa joue contre celle de sa servante. Leurs cheveux épars se fondirent en une longue flamme obscure moirée d'or.

— Ne sois pas sotte. Voilà six mois qu'il a décidé de me conduire à Lubersac. Nous avons eu le temps de nous résigner à cette séparation.

— Il m'en coûte plus qu'à toi. Tu sais combien...

Ogier tendit l'oreille : le vent redoublait de vigueur et certains mots lui échappaient. Proche de Gersende par le corps, Tancrède restait lointaine par l'esprit, et la voyant ainsi, insensible à la détresse de sa compagne, le garçon comprit qu'elle lui faisait confusément peur, tout en l'attirant. C'était moins parce qu'elle avait pris d'emblée ses distances avec lui que parce qu'il connaissait maintenant son secret qu'il éprouvait, presque affolant par sa simplicité, ce désir vil peut-être, mais véhément, d'emplir ses mains de ses contours. Elle allait partir. Il n'aurait pas le temps de la connaître, et surtout de la mieux connaître. Pour le moment, il lui suffisait d'attendre et de voir. Quoi ? Qu'allaient-elles faire ? Rien peut-être.

« Ah ! non, non, qu'elles agissent ou qu'elles s'en aillent. »

La lune enfin dégagée caressait d'une ondée d'argent les étoffes mouvantes, soulignant ainsi la fixité de Tancrède et l'indolence de la chambrière. Sa clarté avivée par celle des étoiles ajoutait aux arcanes de cette scène, une sorte de fièvre et d'ivresse infinies.

— Si tu ne m'emmènes pas, menaça Gersende excédée par un silence abrupt et comme définitif, je me tuerai.

Tancrède désigna, devant elle, l'ouverture d'un mâchicoulis.

— Jean a chu par là... N'attends pas... Saute !

La servante recula. Tancrède émit un petit rire, contempla de bas en haut sa chambrière, qu'elle serra de nouveau contre elle avant de la baiser à pleine bouche.

— Allons, allons, m'amie, tu ne vas pas pleurer ?

Quelque chose d'âpre et de brûlant se mêlait à la salive d'Ogier. Il ne regrettait pas d'avoir quitté sa chambre, bien que le désespoir de Gersende et l'âpre ardeur de Tancrède le confondissent de remords, et pour elles, et pour lui. Il existait des amitiés solides entre des pucelles nobles et des vilaines à leur service. Ainsi, à Gratot, les rapports d'Aude et de Guillemette, sa chambrière, étaient presque ceux de deux sœurs. Mais cet attachement-là ! Ce tutoiement aux accents passionnés, ces gestes et ce baiser goulu, c'étaient, réunis, comme un mauvais simulacre d'amour. Et qui avait initié — ou plutôt corrompu — l'autre ? Qui donnait ? Qui recevait ? Claresme était-elle informée ? Qui *savait* au château ? De tels égarements ne pouvaient demeurer méconnus.

En tout cas, ses pressentiments ne l'avaient pas trompé : Gersende haïssait les mâles. D'où venait-elle ? La puînée de Guillaume ne comprenait-elle pas que cette fille maléficieuse devait jouir de sa déchéance plus encore que de leurs errements.

— Tu ne te tueras pas... Tu m'attendras.

Tancrède avait prestement contourné la servante. Le ventre contre ses reins, elle posa les lèvres sur sa nuque, passa ses bras sous ses aisselles et lui caressa les seins par l'échancrure du vêtement où le vent dru s'engouffrait.

« Ça alors... Si je m'attendais... Bon sang, si elles veulent qu'on les tâtonne qu'elles s'adressent... »

A lui, Ogier ? Absurde ! Il ne pouvait détacher ses regards de ces reins creux et de ces nasches (1) bellement rebondies. S'il en distinguait bien peu, il pouvait en imaginer la tiédeur, le grain, la suavité... Et voilà que Tancrède se recollait face à Gersende qui sanglotait et lui disait : « J'ai peur » d'une voix semblable à un râle.

— Peur ? Mais de quoi ? Tu sais bien que je t'aime.

— Alors, serre-moi bien fort...

Cette ferveur, ces voix mouillées d'une inconcevable langueur parurent pires qu'obscènes au jouvenceau. Il eut une pensée attristée pour Guillaume : en chevauchant, le baron lui avait ressassé qu'il existait entre les seigneurs et les manants une barrière infranchissable. Comment eût-il réagi en trouvant sa préférée baisotant et tendressant sa chambrière ?

— Je reviendrai... Je ferai en sorte que la prieure me renvoie.

Silence. Parfums noirs des bois de la charpente énorme, odeurs floues des pierres et des sombres forêts gorgées de sève, de pluie, de mystère, et cernant de leurs effluves emmêlés ces deux corps palpitant de douceurs et de turbulences impures.

(1) Fesses.

Ogier commençait à s'exaspérer contre son immobilité, contre cet intervalle qui s'amenuisait à mesure que les deux filles se déplaçaient dans sa direction. Il essaya de se désenliser : *« Ribaudes !... Mécréantes ! »* L'une éplorée, l'autre, malgré ses mines altières, aveulie par ses goûts insensés.

— Viens, dit la chambrière, descendons.

— Pas encore... Plus j'aurai froid et plus tu me réchaufferas.

Le garçon avait oublié sa tristesse et jusqu'aux jérémiades de Mathilde. Tapi, grelottant, les genoux et les reins lourds, il se gorgeait les sens et la vue de ces corps plus attrayants dans les vapeurs nocturnes et les plis folâtres des étoffes que s'ils avaient été nus et précis. Damnées ! Elles devaient avoir coutume de prendre un bon bain de nuit avant de se plonger ailleurs — mais où ? — dans un long bain de volupté. Nues, bien sûr... Quelles caresses et quelles effronteries ? En ébaucheraient-elles avant de disparaître ?

— Viens, il nous faut partir... Nous nous sommes tout dit.

Le bras demi-nu de la domestique ceintura Tancrède. Sa main descendit et retroussa sa robe afin de mieux saisir une cuisse à demi gainée d'ombre et qui ne s'effaça pas.

« Il est heureux qu'elle parte au loin !... Après ce que je sais, jamais je n'aurais pu m'entendre avec elle. »

Et pourtant... Ce dos creux, ces bras nacrés de lune... Ces hanches douces... Splendeurs... Et ces étoffes minces, ridées de vent, ce grand vent ténébreux qui les atteignait toutes...

Le garçon appuya son front contre le bois rude et piquant : « Je n'aurais pas dû monter et je ne peux partir sans qu'elles ne me découvrent. » Ses mains, ses lèvres tremblaient. Il était dur dans toutes ses extrémités, tendu comme un arc prêt à lâcher son trait. Il se dressa lentement : « Si elles me voient, je rirai et partirai sans un mot... La moquerie leur sera plus cruelle encore que le mépris. » Et tout à coup, alors que, prenant des risques, il s'apprêtait à contourner son abri, un fantôme surgit de la guette : Didier.

Gersende se retourna et vit le regard dont cet intrus les enveloppait, sa compagne et elle. Nullement contrariée, — du moins en apparence — mais d'un geste qu'Ogier trouva insolent par sa lenteur même, elle se désunit de Tancrède, que le vent engloutit dans une de ses vagues. Sans se détourner, la fille du baron protesta :

— Viens contre moi !... Réchauffe-moi !... Qu'est-ce qui te prend ?

Ogier sentit d'irritants picotements sur sa peau. Didier, sans précipitation, avançait.

— Tiens, c'est toi, feignit de s'étonner la chambrière pour préparer Tancrède à un affrontement.

— Cousin !

Elle s'était brusquement retournée. La surprise, la perplexité puis l'aversion animèrent son visage. Suffocante de fureur, Gersende se porta en avant :

— N'as-tu rien d'autre à faire ? Plutôt que de t'occuper de nous, ne ferais-tu pas mieux de t'intéresser au nouveau ?

Ogier tressaillit. Son cœur battit à gros spasmes désordonnés.

— Le nouveau me déplaît autant qu'à toi, mâtine. S'il m'empêche la vie, eh bien, il me trouvera. Mais s'il reste dans son coin, je resterai dans le mien.

— Pour que tu parles ainsi, le Normand te fait peur.

— Peur, cousine ? Certes, non. Mais Guillaume l'a pris sous sa protection. Et Blanquefort. Et peut-être Vivien... Quoi que je fasse, les torts seront toujours de mon côté.

Même la nuit, vêtu des chausses et du surcot de velours cramoisi qu'il portait au repas, Didier inspirait le mépris, sinon la répulsion. Il semblait plein de quelque chose de malpropre et de rance. Chaque fois qu'il s'approchait d'un pas, les filles s'en éloignaient d'autant vers la guette. Il était né crasseux, gluant, et le resterait toujours. Il fut pris d'un accès de rire :

— Il en ferait une tête, le baron, s'il vous surprenait à vous amourer. Vaut mieux que ce soit moi qui vous mignote ensemble. Qu'en dites-vous ? Veux-tu que je commence par toi ?

Il avait saisi Gersende par le coude sans que Tancrède eût réagi. Elle demeurait immobile, les bras ballants, dans une attitude à la fois songeuse et rébarbative.

— Lâche-moi, malebouche ! protesta la chambrière en griffant la poigne qui la meurtrissait. Et puis va-t'en : tu empunaises. (Sa colère redoubla.) Qui es-tu ? Un goguelu à peine plus avantagé que moi dans l'estime du baron. A partir de demain, tu sentiras combien tu comptes peu pour lui... Tu as vu où il a placé l'autre, à table ? Il ne t'a jamais fait cet honneur !

— Tais-toi, menaça Didier. Tais-toi ou tu vas te repentir d'avoir la langue un peu longue... Si ce défaut, j'imagine, ne messied pas à ma cousine, sache qu'il me déplaît.

Il repoussa la fille avec tant de violence qu'elle trébucha.

Tancrède la reçut contre elle et l'enveloppa dans ses bras. Aussitôt Gersende se crut autorisée au rire et à la provocation :

— Messire Didier, fit-elle courbée dans une révérence, qui êtes-vous pour donner ainsi tant de commandements ?

— Un culvert, dit Tancrède. Rien de plus.

— Toujours puant, ajouta la servante.

Cessant imprévisiblement ses grâces, elle était redevenue hardie, haineuse. Didier leva la main ; l'audace de Gersende s'en trouva dilatée :

— Allons, vaillant gars... Frappe-moi... Je connais tes poings... Il t'a fallu cogner fort, pas vrai, pour me violer ?

— Menteuse !

— Menteur toi-même, gros pétaud ! Vipère !... Messire Guillaume venait de partir pour Rouen... Mathilde m'avait dit de nettoyer sa chambre, et c'est là que tu m'as prise, et je crois bien que tes deux compères faisaient le guet !... A qui me serais-je plainte, sinon à elle ?

Gersende, qui s'était tournée vers Tancrède, fit de nouveau face à Didier.

— Vivien ne se satisfait que d'apparences. Du moment que les murs lui semblent bien gardés, le reste ne l'intéresse pas.

— Putain ! Ne te fais pas mieux que tu n'es !

— Il suffit, Didier, dit Tancrède. Va-t'en. Gersende n'est sûrement pas la seule que tu as chevauchée sans son assentiment... Mais les autres ne parlent point. Elles ont à tout jamais désespoir et vergogne... Laisse-nous !... Avant de m'en aller, je préviendrai mon père.

Didier passa de l'insolence à la menace :

— Tu ne diras rien, cousine, car ma bouche est encore plus grande que la tienne. Comment dit-on, déjà ?... Je serai éloquent.

Au lieu de se montrer tout à coup anxieuses, les deux filles se tinrent l'une l'autre par la taille, échangèrent un regard et s'ébaudirent.

— Essaie, dit Tancrède. Imagine que j'arrive devant Guillaume la robe déchirée, les chairs égratignées, en pleurnichant : *« Père ! Père ! »* — elle prenait une voix stridente, douloureuse — *« Mon cousin Saint-Rémy m'a violée. »* Que crois-tu qu'il ferait ?

Ogier ne perdait rien de la chicane. Gersende jouissait de la stupéfaction du rustaud, et pour accroître sa fureur, elle planta un baiser sur la joue de Tancrède, qui le lui rendit. Alors, poings aux hanches, la fille du baron s'adressa au perturbateur :

— Laisse-nous.

— Es-tu sourd ? questionna Gersende. Elle te dit de partir. Allez, va te faire foutre par Haguenier ou Renaud !

La main de Didier allait s'abattre sur la servante quand Tancrède s'interposa.

— A la jouée, cousin, préférerais-tu la fessée ? Ce serait plus dans tes goûts.

— Hé, qui sait ? s'esclaffa Gersende. Voyez donc ses yeux, damoiselle. Est-ce donc ça que tu veux voir, Didier ?

Portant soudain ses mains au col de sa chemise, la chambrière fit saillir sa poitrine par l'échancrure du vêtement, et se pencha, doucereuse :

— Comment les trouves-tu ? En as-tu gardé souvenance ? Touche-les donc si l'envie t'en démange.

Elle soupesait, tâtonnait ses seins devant le garçon interloqué. Tancrède avait eu un mouvement de protestation ; elle pouffa et proposa :

— Touche-les, cousin, touche-les donc... Pourquoi te priver de ce solas (1) puisque cette putain te les offre ? Pince-les ou mords-les, même, si ça te tente !

Elle se tourna vers Gersende, figée, désolée par cette injure et ces invites inattendues.

— Approche-toi de lui... Allons, obéis donc... Où as-tu fourré ton audace ?

La voix était féroce : Tancrède ne pardonnait à sa complice ni son geste ni la crudité de sa proposition.

— Hé ! Hé ! fit Didier tandis que la chambrière dissimulait sa poitrine. En un soir, j'en aurai vu de belles... Bonne nuit. Je vous laisse vous aouser (2).

Des murmures coléreux le poursuivirent. Parvenu sur le seuil de la guette, et tout comme Ogier ramassé dans l'ombre, il entendit le *« Oh ! »* consécutif au claquement sec d'une gifle. Il se retourna pour voir Tancrède empoigner Gersende par les cheveux et la secouer furieusement.

— Malicieuse ! Cagne ! Effrontée !... Pourquoi t'es-tu montrée ainsi ?

Marchant à reculons, la fille du baron entraîna sa servante, puis la poussa des poings et des genoux dans l'escalier où elles

(1) Plaisir.
(2) Adorer.

disparurent. Et tandis qu'elles s'enfonçaient dans le ventre de la tour, des *« Saligote ! Saligote ! »* retentirent aux oreilles d'Ogier ainsi que les protestations de plus en plus faibles de Gersende :

— Il ne les a pas touchés, m'amie ! Je savais qu'il ne l'oserait !

Une porte grinça et ce fut le silence.

Méfiant, Ogier descendit dans les profondeurs noires.

« Les gaupes ! »

Sa pensée n'allait pas au-delà de ces mots. Et si les battements de son cœur s'apaisaient, sa bouche conservait comme un goût d'amertume.

*
* *

La torche se consumait sous la voûte, entre la tour et l'échansonnerie. Plus loin, la porte de la chambre était entrebâillée. Une lueur bougeait à l'intérieur.

Ogier s'approcha sans crainte et poussa brusquement le battant. Il y eut un jappement et il vit, assise sur son lit, une jouvencelle vêtue de noir, un chiot dans les bras. Elle se leva. Elle semblait apeurée.

— Que faites-vous là ? s'étonna-t-il. Ah ! je crois comprendre : Mathilde vous a chargée de m'apporter cette chandelle.

C'était plutôt un tronçon de cierge collé sur une écuelle bosselée. La flamme en était haute et large. L'inconnue secoua la tête :

— Mathilde ne m'a rien dit, messire. J'ai passé la journée en bas, au chevet de mon père. Comme je revenais du hameau, Benoît, un regard (1), m'a dit qu'elle avait fait vider ma chambre pour vous la donner... Je ne l'ai pas crue... Nous allons partir.

Elle baisa le petit chien sur l'oreille, puis, tout en regardant, soucieuse, autour d'elle :

— J'avais des esclots et, dans un coffre, quelques linges, deux robes... Dieu sait ce qu'ils sont devenus !... Et comme ce soir, notre seigneur étant de retour, il serait malséant de titiller Mathilde, il me reste à aller coucher dans le fourrage des étables en attendant qu'elle veuille bien me donner un lit où bon lui plaira.

Embarrassé par tant de patience et de résignation, Ogier ne sut que dire. Il était un intrus dans ce logis misérable. Pourquoi cette fille acceptait-elle aussi aisément d'en être exclue ? Elle aurait dû pleurer, crier, supplier qu'on le lui laissât.

(1) Guetteur.

— Pouvez-vous me confier votre dague ?

— Je veux bien, mais pourquoi ?

— Le fourrage, messire. Dedans, j'y crains moins les rats que les hommes.

Elle fit un pas vers la porte. Serré contre sa poitrine, le chiot émit un gémissement.

— Attendez, dit Ogier. Votre bête est malade.

— Pas malade, messire. Elle a failli mourir, mais elle est presque guérie...

— Mourir ?

— Une sagette (1).

— Une sagette !

Il ne fallait pas qu'elle partît. Pas maintenant. Ogier désigna le lit et rengaina son perce-mailles .

— Asseyez-vous et racontez.

Elle obéit, et berçant le chiot :

— C'était le dimanche d'il y a trois semaines... Saladin — c'est le nom que je lui ai donné —, me suivait au puits... Didier, Renaud et Haguenier bersaient (2)... A l'arc, Renaud est le meilleur des trois. Il a touché Saladin à la cuisse... Là, vous voyez ? Le pauvret a fait un tel bond que les deux autres l'ont manqué.

Ogier se saisit du cierge et se pencha sur l'animal. La lueur dansante révéla, entre les poils jaunes, une cicatrice fraîche, pareille à celle qu'eût laissée la lame d'un poignard.

— Un passadoux (3) ! s'écria-t-il, effaré. Ces malandrins sont dépourvus de sentiment.

Saladin lança un jappement plaintif tandis que la jouvencelle expliquait :

— Le coup avait été porté de loin, mais le fer a presque traversé les chairs. Mathilde l'a recousu. Elle a préféré ça au cautère... Moi, j'étais en larmes et ma main tremblait.

Ainsi, la grosse femme acariâtre avait à l'occasion bon cœur.

— Ce huron aurait pu lui briser l'os ! grommela Ogier, toujours penché sur la plaie qu'il effleurait de l'index. Il me paraît guéri.

— Oui, messire, il l'est. J'en suis encore toute dolente.

La jouvencelle, de ses cuisses et de son ventre, formait un lit à Saladin. Ogier fut tenté de s'agenouiller devant elle et de caresser

(1) Flèche. En réalité, le mot *flèche* ne désignait que la hampe de cette arme.
(2) Lancaient des traits sur une cible ou *bersail*. En Piémont, les archers s'appelaient *bersagliers*. .
(3) Fer de flèche plat à section triangulaire.

le flanc de l'animal pour la frôler, la toucher. Il différa ces gestes et posa le cierge sur le plancher.

— Il recommence à courir. Il revient de loin, comme on dit, car une fois la sagette ôtée — par moi — Didier l'a voulu égorger, disant qu'ainsi percé il ne vaudrait plus rien. Les deux autres et la plupart des hommes d'armes étaient de son avis... Par bonheur, messire Vivien allait à la chapelle. Il s'est opposé à cette vilenie...

— Depuis quand as-tu ce chien ?

Ogier passait au tutoiement sans presque s'en apercevoir.

— Il vient d'avoir trois mois. Je l'ai pris à quinze jours. C'est le seul qui ait vécu de la portée d'une chienne du hameau. On dirait — pas vrai ? — un petit loup jaune.

— Pourquoi l'as-tu appelé Saladin ?

— Non seulement il est de la couleur des Infidèles, mais il porte entre les yeux un croissant blanc comme ils en ont sur leurs bannières.

— C'est vrai. Qui t'a appris tout ça ?

— Mon père, messire... Il a longtemps servi notre baron. Il a perdu la moitié d'une jambe au Mont-Cassel... Mais avant, il avait vu les mahomets... (Elle soupira.) Il est bien mal, le pauvre, en ce moment !... Je l'ai veillé avec ma mère.

Puis, en touchotant l'oreille de l'animal :

— Je dois vous paraître hardie de lui avoir choisi un tel nom.

— Nullement. Et ton Saladin me plaît.

Ogier caressa le crâne soyeux, le museau long, la truffe humide du chiot. Il était étrangement bien dans l'intimité de cette blonde aux courtes tresses serrées à leur extrémité par un ruban de laine sombre. Grâce à elle, il reprenait appui sur des réalités réconfortantes.

Il plongea ses yeux dans ceux qui l'examinaient. Au jour, ils devaient être de la couleur des châtaignes. Des yeux étirés vers les tempes ; des paupières lisses sous des sourcils presque droits et fournis. Des pommettes hautes ; un nez petit, retroussé, aux ailes palpitantes. Et sur tout cela, un air de distinction rare pour une meschine. Il s'assit à son côté.

— J'ai eu un chien, dit-il. Il m'a quitté au printemps. Toute une nuit, j'ai tenu sa patte. Il est mort doucement. Je l'ai pleuré. A toi j'ose le dire. Il avait mon âge : seize ans. (Là, il mentait sans vergogne.) Il était noir, poilu, petit... hargneux... Juste bon à la chasse aux rats et aux belettes ! Ma mère l'avait baptisé Gratot, du nom de notre demeure.

Le chiot l'observait de ses grandes prunelles d'ambre où flottaient les lueurs du cierge. S'arrachant à cette émotion inopportune, Ogier demanda :

— Que fais-tu chez mon oncle ? Et quel est ton nom ?

— Lavandière, messire. On m'appelle Anne.

— Lavandière !... Une des besognes les plus rudes.

— Il paraît... Je suis née bien trop bas pour servir aux cuisines... Et puis, Mathilde a ses têtes... Un de ses gars et ses deux filles y sont... et quelques autres. Mais je ne me plains pas !... D'ailleurs, à quoi bon : c'est la volonté de Dieu, pas vrai ?

Ogier acquiesça sans conviction. La candeur, la tristesse et la soumission de cette servante dont la pénombre, plutôt que de l'estomper, soulignait la grâce maigrichonne, l'agitaient bien au-delà de la compassion. Près d'elle, sur ce matelas de paille un peu bruyant — *son lit !* — avec autour d'eux les senteurs douceâtres du vin et des vieux bois, il était heureux.

— Anne, murmura-t-il tandis qu'aussi soudain que glacial un regret ou un remords fulgurait en lui.

— Que vouliez-vous dire, messire ?

Il était incapable de parler. Cette mélancolie avait un corps, une odeur, une voix et un nom : Bertine. Il rejeta ce souvenir.

— Ce que j'avais à te dire, c'est que je suis bien... Parce que tu es là.

Il examina de nouveau la jouvencelle. Le visage, certes, mais aussi les seins, petits, pointus sous le tissu élimé de la robe. « Non, non ! » Était-ce à cause de ce qu'il avait vu et entendu avant de revenir dans cette chambre ? Avec une rapidité désastreuse, le venin bien connu corrompait son sang, suscitant dans son corps et sa mémoire des remous incendiaires. Deux filles gourmandes l'une de l'autre. Deux filles échangeant des gestes et des mots d'amour. « Pouah ! »... Et puis celle-là, si proche de lui que son haleine effleurait son visage. Anne. Un doux nom. Elle lui parlait sur un tel ton de confiance qu'on eût dit qu'ils se connaissaient depuis toujours. Vierge ? Sans doute pas. Quelle fille du commun, dans un château, pouvait préserver longtemps sa virginité ?

— Anne, murmura-t-il derechef en caressant le chiot. Tu es bonne.

Il y avait en lui deux Ogier : un garçon pénétré de principes aussi pesants qu'un vêtement de fer, mais qu'il supportait comme d'autres un cilice ; un adolescent d'autant plus enclin au rassasiement des sens que son expérience des femmes se réduisait à une étreinte : Bertine. En croyant le contenter, mais en le laissant insatisfait et morose, cette fille lui avait inoculé l'obsession du plaisir. Soumis à cet antagonisme de l'esprit et du corps, il s'étonnait que ses vertus pussent être menacées par cette sensualité vivace, oscillant, comme un plumail au vent, de la douceur à la frénésie.

« Elle te fait envie hein ? » se dit-il. « Mais ne tente rien. Ne l'effraie pas... Elle est si avenante... »

Anne ne pouvait deviner les secousses qui l'ébranlaient. Plus le désir d'aimer et d'être aimé l'oppressait, plus son apparence empêtrée, alourdie de velléités, de craintes et de renoncements lui semblait celle d'un couard.

« Ces folles, là-haut ! » songea-t-il encore, navré de ne pouvoir oublier. La chair de Gersende jaillissant, laiteuse et ronde, par la soudaine brèche de sa robe, devant Didier interdit. La cuisse haute et pâle de Tancrède inondée d'or lunaire. Et maintenant, avec Anne confiante et grave, cette solitude imprévisible et combien propice aux effusions ; cette sérénité imprégnée de leurs soucis, de leurs fatigues, de leurs espoirs, et qui peut-être, s'il osait un mot, un mouvement, deviendrait béatitude.

— Tu ne trouves pas qu'on est bien ?

— Si, messire.

Jamais il n'avait éprouvé cette double appétence de chair et de tendresse. Il brûlait. Besoin de se délecter, de se repaître, de s'enivrer de rondeurs, de tiédeurs, de vallonnements, de toisons. De paroles... Dénouer ces tresses, y plonger ses mains, son nez, sa bouche ; goûter à ces lèvres et se river à ce corps...

— Anne, dit-il, aimes-tu mes cousines ?

— Je préfère Claresme à l'autre.

Réponse ambiguë, mais précise. Dans cette chambre tout aussi indigne de lui que d'une domestique, Ogier restait subjugué par ces enlacements éhontés. Ni la présence d'Anne, ni sa volonté, pourtant affermie depuis l'Écluse, ne pouvaient dissiper la torpeur de ces émanations charnelles. Pernicieuses, elles devaient flotter partout, dans la tour, comme les brumes au-dessus des étangs.

Anne voulut se lever. D'un geste, il la retint :

— Ah, non, demeure ! Tu n'iras pas dans le fourrage. Si tu l'exiges, je t'y remplacerai sans regret... Mais nous pouvons rester ensemble.

Elle avait besoin de dilection et de sollicitude ; il ne songeait qu'à l'étreindre. Les deux autres, là-haut, l'avaient contaminé.

— Quel âge as-tu ?

— Seize...

« Deux ans de plus que moi, mais ça ne se voit pas ! »

A la lueur frémissante du cierge, ses regards glissèrent de l'oreille d'Anne, petite, rose, à son cou maigre et long, digne d'une parure, mais que des rides cerclaient déjà de délicats colliers ; glissèrent encore sur l'épaule un peu tombante et s'arrêtèrent — car elle l'observait et savait à quoi il pensait. Il mentit :

— Je me demandais si tu étais heureuse en ces lieux.

Elle soupira. Il comprit qu'elle se tairait. Il affirma :

— Je te protègerai. Et Saladin aussi.

— Gardez-le, messire... Au moins, je le saurai en sécurité.

— Soit !... Je t'en sais bon gré. Il sera notre chien.

Elle caressait le chiot qui parfois remuait d'aise. Mains fines, veloutées, couleur, douceur de cire. Pour le moment, car pure ou non, froide ou chaude, l'eau, un jour, en serait l'ennemie. Elles se rideraient, se gerceraient et se crevasseraient. L'hiver, les engelures... Peu à peu ces doigts longs, agiles, se feraient crochus, rougeâtres, rêches et mats tel que fer ou bois brut ; et ces paumes lisses, devenues calleuses, poliraient le mancheron du battoir. Mains propres, ô combien, mais inaptes aux attouchements parce que roides et râpeuses.

Il décida : « Je demanderai à Blanquefort de fournir une autre tâche à cette... » il n'osa employer le mot « fille ». Et tandis que la jouvencelle continuait de mignarder Saladin, il se souvint de cette soirée où un ménestrel, Pétrus d'Estivaux, avait demandé asile à Gratot.

C'était en février — le mardi gras. Son père venait d'arriver de Rouen pour deux jours. « Eh bien, Pétrus, demeurez céans autant que moi ! Nous repartirons ensemble. » Il lui avait offert la meilleure chambre des communs et l'avait invité à partager son souper avec ses serviteurs. Le soir venu, vêtu de pourpre, son rebec à trois cordes à la main, Pétrus avait franchi le seuil de la grand-salle. C'était un brun d'une beauté grave, mais trompeuse, car en dehors de ses ballades enjouées, énamourées, il poussait loin l'audace et l'irrespect des dames.

— Anne, mon oncle accorde-t-il asile aux trouvères ?

— Oh ! non, messire... Il n'accueille que des hommes d'armes.

Mardi gras. Un moment Ogier ferma les yeux.

Ce soir-là, il avait surpris Bertine, la fille aînée de Violaine, la lingère, dans un recoin de la bûcherie. Elle avait vingt ans. Pas farouche... En fait, il l'avait suivie le cœur fou, entraîné, poussé, tiré par une envie pire qu'un maléfice. Il avait trop bu, et les chants audacieux de Pétrus après que sa mère, son père et Aude eurent regagné leur chambre, avaient pimenté son ivresse...

— Qu'avez-vous donc, messire ? Vous ne parlez plus. Je vous ennuie.

— Demeure, Anne. Ça va passer... J'ai quitté tant et tant de choses...

Bertine. Comme c'était loin ! Une rosée de sueur perlait sur son front. Elle avait écouté Pétrus en apportant les derniers plats, et ses yeux reflétaient une ardeur insensée. Elle avait posé sa chandelle sur un billot, et comme Gersende, elle avait ouvert sa camisole, sorti ses seins, demandé : « Touche-les ! » C'était la première fois qu'il découvrait la féminité dans tout ce qu'elle pouvait avoir de troublant et de provocant. Il avait caressé cette chair offerte, suant et frémissant de plaisir, n'osant trop regarder, dans le visage blêmi par la petite flamme jaune, proche de leurs genoux, les yeux rieurs qui l'examinaient, et laissant faire les mains effrénées de la fille. Il lui avait dit : « Viens. Allons dans ma chambre », mais elle avait pressé ses lèvres contre les siennes : « A quoi bon, damoiseau ? On est bien là... Pour ta chambre, on verra plus tard, si l'envie me prend de recommencer ! » Il eût aimé résister à cet envoûtement insane. Il eût voulu pouvoir trouver la force d'opposer sa volonté à une envie contraire aux doux élans imaginés en songe. Bertine le tenait, le serrait, audacieuse, impudique. Il sentait tout ce que l'intervalle entre ses souhaits, ses obsessions et la réalité de cet instant-là pouvait avoir d'incongru, mais il la laissait agir, trouvant bientôt un certain délice à mouiller la dextre de la fille tandis que la sienne la fourrageait... Puis ils s'étaient unis sur le sol, et Bertine n'aurait pas gémi plus fort s'il avait voulu l'occire... Passé ce premier spasme — cette suffocation de déconvenue plus encore que de contentement —, il avait connu et connaissait toujours, depuis, ce tourment du plaisir inapaisé, ces mystérieux appétits satisfaits presque malgré soi dans les draps fripés et vides... Solitude... Car Bertine s'était mariée sept jours après cette étreinte. Elle avait pris pour époux un palefrenier, Jean Hamel, et la drôlesse, bien que pourvue d'un homme en âge d'être son père, ne l'avait plus jamais regardé...

Bertine. Pourquoi y avait-il tant songé ? Parce qu'elle était la première, l'unique ?

Bien avant cette étreinte, l'appel du désir s'était brusquement manifesté dans son corps avec une turbulence presque sauvage, comparable à un cri de détresse. Lui qui, dès son plus jeune âge, avait compris les lois de la nature sans s'interroger sur la façon dont il y serait assujetti, voilà qu'incrédule, il s'y était senti soumis. Certes, il n'était pas en âge de se marier, mais il pouvait « prendre femme ». Cette réalité lui avait semblé tout d'abord incroyable. Les seules filles du château qui eussent pu ennoblir cet appétit tout neuf, c'étaient Aude et Guillemette, la chambrière de sa sœur. D'Aude il n'était point question, bien sûr... Mais Guillemette...

Elles ne se quittaient jamais — ou presque. Percevant la transformation qui venait de se produire en lui — comme une autre s'était opérée en elles, plus confondante, car les blanchets (1) des lessives flottant au vent commençaient à en révéler à tous l'humiliante périodicité —, elles avaient prudemment écourté les instants passés en sa présence, et il avait traîné son corps solitaire comme une guenille dont les deux pucelles semblaient avoir honte pour lui.

Était-ce la présence réconfortante d'Anne ? Certains détails de cette période lui revenaient, fugaces, à l'esprit, comme le souvenir d'une soif terrible, étanchée avec un assez mauvais breuvage : Bertine. Mais l'on boirait n'importe quoi lorsqu'on est altéré. Un soir, alors que le château s'entourait d'ombre et de silence, il avait surpris Guillemette — aussi blonde qu'Anne l'était, mais plantureuse —, dans l'escalier menant à la chambre d'Aude. « Messire Ogier ! Ah, vous m'avez fait peur ! » Elle le regardait, pâle, deux marches au-dessous d'elle, mais si près, cependant, qu'il eût pu saisir sa cheville et remonter plus haut, bien plus, que ses genoux. « Que faites-vous ici ? » — « La même chose que toi... » Cédant aux ardeurs qui le secouaient, il l'avait rejointe et pressée contre lui. Il avait enfoui ses lèvres, son nez dans ses cheveux ; il avait voulu couvrir de baisers ce front plissé, et ces lèvres qui, au lieu de hurler de peur ou de colère, protestaient dans un chuchotis : « Messire Ogier ! Messire Ogier ! Vous me faites mal ! » La maltraitait-il vraiment ? Jamais plus elle ne s'était trouvée seule en sa présence...

Il revint aux réalités. Il caressait la tête de Saladin pour effleurer la main d'Anne. Il la saisit tout à coup. Elle était douce, fraîche, nerveuse. Il demanda :

— Mais pourquoi Renaud s'en est-il pris à ton chien ?

Elle se libéra et dissimula sa main sous sa cuisse. Il fut tenté de l'en dégager, mais s'abstint.

(1) Lingeries intimes.

— Non seulement j'ai donné un nom de païen à cette bête... Mais il me faut aussi vous dire que je me suis refusée à Renaud... Voilà surtout pourquoi ce malandrin m'en veut. Il s'est vengé sur Saladin.

Comme le-soir-de-Bertine, Ogier n'était plus que contradictions et tumultes, désir rugueux, douceur hargneuse, et trop faible, soudain, devant la levée des démons familiers : Anne était si belle et surtout si proche. « Ne la laisse pas s'échapper. Elle te plaît. Non seulement son visage et son corps, mais aussi son esprit... Comment, par quelles approches, quels élans, quels propos, l'amener dans tes bras, consentante ? » La première et seule fois, l'initiative était revenue à Bertine ; la drôlesse avait de l'audace et de la pratique...

— Quelqu'un, je veux dire un garçon t'a-t-il...

Comme cette question lui semblait indécente, maintenant qu'il l'avait exprimée !

Leurs mains s'étaient à nouveau touchées sur l'échine de Saladin. Arrêtées. Il réemprisonna si brusquement celle de la jouvencelle qu'elle en fut comme angoissée :

— Vous me faites mal, messire !

Le même reproche que Guillemette.

— Pardonne-moi.

Était-il foncièrement brutal ? De toute manière, elle ne lui répondrait pas. Pour *savoir,* il fallait qu'elle lui cède. Et tout accoutumée qu'elle fût aux usages et basses exigences des seigneurs — ou de leurs fils — elle se regimberait *et elle aurait raison !*

Il la lâcha. Contrairement à ses prévisions, elle ne bougea pas. Saladin eut un soupir : il s'endormait.

— Vous êtes pardonné.

Lancinante, la tentation vint au garçon de remonter de cette main immobile au poignet, puis au coude et d'un seul jet à l'épaule. De là, glisser sur la nuque, le dos ; descendre vers la courbe de la hanche, tout en approchant son visage de cette joue d'ombre et de lumière sur laquelle la tresse posait un fin bourrelet d'or.

— Anne, chuchota-t-il pour le seul plaisir de prononcer son nom.

Il se mit à cajoler le chien, imaginant une toison aussi douce, plus secrète, aussi vivante. Il décida :

— Tu ne dormiras pas sur un tas de fourrage !

— Garçons et filles, nous, colliberts (1), comptons peu pour

(1) Catégorie de personnes de condition légèrement supérieure à celle des serfs. On disait : *culverts.* .

les gens de votre espèce. Il n'y a guère de différence entre les bœufs, les juments et nous... Alors, l'écurie nous convient... L'ignorez-vous, messire ?

Ogier se cabra, d'autant plus humilié qu'elle énonçait une vérité.

— Cesse de me donner du messire. Appelle-moi Ogier ! Tu peux même me tutoyer. Je t'en serai reconnaissant.

— Jamais je n'oserai.

Elle déglutit. Tout de même, elle avait avalé le *messire*.

— Je dirai à mon oncle, demain, de me trouver un autre logis. Tu reprendras ta chambre.

Il la sentit tressaillir.

— Non ! Non ! Ne parlez de rien ni à votre oncle ni à Blanquefort... Pas même à Mathilde. Moins on s'occupe de moi, et plus je vis heureuse... Ma sœur Margot est chambrière des damoiselles. Elle me trouvera bien un endroit où je pourrai...

Il l'interrompit :

— T'a-t-on déjà dit que tu es belle ?

Elle haussa les épaules.

Un visage aimable, un corps charmeur. Ce n'était pas *mal* que d'être captivé par ces douceurs évidentes, et de soupçonner les autres sous le tissu de lin rêche, quoique élimé.

— Eh bien, moi, je te dis que tu es belle !

Dans l'ombre où la flamme du cierge irradiait un halo d'or tremblotant, le sourire d'Anne s'accentua.

— On m'a déjà dit ça, messire. (Elle soupira.) Je dois vous quitter... Cette tour toute proche, on l'appelle Mathilde... parce qu'elle est grosse.

Elle parlait. Elle était nerveuse, tout à coup. Que craignait-elle ? Il insista :

— Reste. Il ne fait pas bon traverser la cour. Et puis, si tu veux que notre protégé, cette nuit, soit en sécurité, c'est ici qu'il doit dormir.

Il saisit le chiot, le souleva, frotta son nez contre la truffe humide et déposa dessus un baiser avant de le placer au milieu du lit. Accoutumé sans doute à cet endroit, Saladin s'étendit sur le flanc, les pattes molles, la tête un peu relevée. Il bâilla, les yeux clos, satisfait.

— Il est encore faible. Parfois, il pleure quand je m'en vais.

Ogier prit le cierge, à ses pieds, le souleva et l'approcha du chiot afin de réexaminer la plaie : de grandes lèvres violacées parmi des poils folâtres.

— Je m'en occuperai, crois-moi. Et malheur à ces larrons s'ils essaient quoi que ce soit contre lui... Et contre toi !

Il posa le cierge sur le banc à traire, dans un coin, puis revint au chevet du lit.

— As-tu peur, Anne ?

Elle était debout et si proche qu'il sentait son souffle contre ses joues. Çà et là, sur ses torsades, la petite flamme lançait des paillettes aux scintillements d'étoile. Elle souriait dans la pénombre, tandis que son corps inscrivait sur le mur chaulé depuis longtemps, ses contours noirs, troublants, dédoublés par l'encoignure.

— Reste, dit-il, la gorge nouée. N'aie crainte : je te respecterai.

Il exprimait ce qu'il pensait, mais son corps fiévreux et vibrant contredisait ses paroles.

Il ébaucha un geste : la flamme qui miroitait comme une médaille égarée dans les ténèbres, rapetissa, et quand elle redevint large et claire, il tenait Anne aux épaules :

— As-tu confiance en moi ?

Un autre que lui, Didier ou Renaud, l'eût déjà renversée sur le lit. Elle secoua la tête :

— Messire, nulle fille du commun ne peut ouïr fiablement (1) les damoiseaux de votre qualité. Ils ont tous les droits. Ils prennent et vont ailleurs sans regrets ni vergogne... Il y aurait moins de malheureuses et de ribaudes si les fils bien-nés étaient pourvus d'un cœur.

Une lueur de rancune dansait dans ses pupilles. Et pourtant ses épaules ne se dérobaient pas, mais tremblaient. Résignation ? Plaisir ? Elle soupira. Contentement ? Agacement ? Comment savoir ?

Ogier n'osait parler. Ce qu'Anne avait dit des gars de son espèce était vrai. Comment eût-il pu protester qu'il en était différent puisqu'il rêvait de les imiter, tout en usant de gestes et d'égards dont la plupart d'entre eux étaient bien incapables.

La nuit devait en être à son plus noir, et des bruits furtifs atteignaient leurs oreilles : craquements du bois — des solives ou des barils en bas —, crissements de la pluie plus acharnée qu'au crépuscule, grincements d'un grillon, appels des guetteurs sur les murailles et que le vent roulait dans ses plis floconneux... Une belle nuit pour se serrer l'un contre l'autre.

— Je n'ai guère plus confiance en vous qu'en un autre, reprit Anne, moins âprement. Et pourtant, je crois que vous êtes bon.

(1) Avec confiance.

Sa voix ne trompa pas Ogier : elle était tourmentée. Derrière son visage lisse et hardi s'abritaient des terreurs de pucelle agressée... Quant à lui, ce n'était plus une envie de mâle en rut qu'il éprouvait envers la lavandière, mais une sorte d'amour tendre et simplet, dont l'assouvissement — il le savait — plutôt que de le plonger dans des délices profondes, le pourfendrait d'inquiétude et de remords.

— Aie confiance en moi... Je suis... différent.

Il hésitait d'autant plus qu'il était sincère. Bien qu'elle fût contre lui au point d'adhérer à sa chair à travers le tissu de leurs vêtements, il ne céderait à aucune poussée brusque et vulgaire. Plus tard... quand il l'aurait apprivoisée... Quand le désir partirait d'elle, et non de lui.

— Je vous crois.

Elle le considérait sans la moindre humilité, maintenant. « Je lui plais, mais elle est encore craintive. » Il insista :

— T'a-t-on jamais...

— Non, messire. Je vous le jure sur la Très Sainte Vierge !... Je me suis toujours gardée. J'ai pris parfois des coups et me suis défendue... Souvent avec mon battoir !

Elle souriait, mais à peine, et sa voix s'était assourdie. Songeait-elle : « Puisqu'il faudra bien un jour que je cède, autant vaut-il mieux que ce soit à lui ? » Or, ce n'était pas de la résignation qu'il attendait d'elle, ni un consentement pareil à un sacrifice.

— Es-tu promise à un gars ?

— Non... Thibaut, un bûcheron d'en bas, a essayé de convaincre mon père.

— Tu l'aimes ?

Elle rit :

— Plutôt que de céder à cet ours, je préférerais me faire nonne !... Des maçons, des charpentiers ont aussi essayé. Vainement... Je sais me battre quand il faut.

Il avait cru discerner en elle un dédain secret, solide, et une suspicion certes fondée envers les mâles quels qu'ils fussent ; il en subissait le démenti : elle pouvait être gaie, comme maintenant, et se blottir contre un garçon, par envie, plaisir ou lassitude.

— Reste, dit-il, et sois sans crainte... Je ne te supplie ni te commande. Passe la nuit auprès de moi. Si tu veux, nous mettrons Saladin entre nous. Je te promets d'être aussi sage... qu'un gisant ! Laisse donc le fourrage à d'autres.

— Eh bien, soit. Je crois à ce que vous dites.

Elle s'allongea telle quelle sur la couche tandis qu'il enlevait en hâte son pourpoint, ses heuses, ses chausses, et ne conservait pour tout vêtement que ses braies (1).

— Tu peux te mettre à ton aise, dit-il en s'allongeant.

— Je veux bien, mais fermez les yeux.

Elle se releva. Suffoqué, paupières closes, il entendit glisser une à une les étoffes rudes, et quand il crut pouvoir regarder, l'étonnement l'emporta tellement sur l'inertie à laquelle il s'était condamné qu'il en frémit : elle était nue, étrangement cuivrée par la flamme du cierge, les seins bien fermes, l'écusson de broussaille nettement visible entre le ventre rond et les cuisses longues et minces.

— Toi alors ! dit-il, le cou serré dans un carcan d'émoi si douloureux qu'il n'eût pu ajouter un mot.

— Je n'ai rien à craindre de vous.

Elle se glissa dans les draps. Saladin eut un petit grognement de déplaisir et se lova dans le creux formé par les deux corps immobiles.

— La bonne nuit, messire !

Était-elle naïve ou provocante ? Et vierge avec de pareilles façons ? Il se tourna sur le flanc.

« Quelle fille ! »

Il sentit une main preste s'égarer sur la couverture, toucher Saladin, tâtonner encore. Son cœur battit follement quand elle se posa sur sa dextre.

— Vous êtes bon, messire, et vous êtes loyal.

— Certes... Mais...

— Je vous aiderai.

Avait-elle chuchoté *aiderai* ou *aimerai* ? Si c'était *aiderai*, que voulait-elle lui signifier ?

Il était ravagé de dépit, d'étonnement et de désir. Il retomba sur le dos, furieux d'avoir formulé une promesse insensée. Alors qu'il aurait dû tâtonner cette fille, et même la forniquer avec plus d'ardeur que Bertine, il était là, roide, empêtré dans ses velléités et ses rancunes, victime d'une générosité inepte et livré aux puissantes vagues de ses obsessions.

— Soit, dit-il, j'attendrai.

Il eut un soupir aussi pitoyable qu'un sanglot et, cessant de regarder les solives brunes du plafond, il libéra sa main pour saisir le cierge et souffler sur sa mèche.

(1) Caleçon.

Noir total, empli par trois souffles inégaux dont celui, plus court, de Saladin.

— Messire ?

— Quoi ? demanda Ogier, hargneux.

— Redonnez-moi votre main.

Il la lui abandonna.

Elle la plongea sous les draps.

Muet et ravagé par un émoi dont il n'eût pu auparavant soupçonner la puissance, Ogier sentit sous ses doigts, la courbe d'une clavicule. Ils s'immobilisèrent sur un sein au téton durci.

Il voulut descendre vers les profondeurs plus veloutées, mais des ongles s'incrustèrent dans la chair.

— Eh ! tu me fais mal.

— Alors, pour cette nuit, restez-en là, messire ! Respectez-moi.

— Tu es folle ! Tu m'encourage à te...

Elle rit et murmura d'une voix soudain attendrie :

— Je vous appartiendrai un jour, messire...

— Alors pourquoi attendre ? Et cesse de me donner du *messire* !

— Soit, *Ogier...* Si j'étais une damoiselle bien née, je serais en droit de vous infliger des épreuves... Vous y consentiriez volontiers, afin de me conquérir. Vous attendriez mon bon vouloir des mois, voire des années... Laissez-moi rêver que j'en suis une... Vous êtes arrivé à Rechignac à la vesprée, et la nuit venue, je suis dans votre lit !... Si vous êtes épris de moi autant que peut l'être un prud'homme, vous aurez quelque patience.

— Et toi ? demanda Ogier excédé, en pinçant doucement le téton dur comme un caillou. Tu es éprise de moi ? Je sens ton cœur sous mes doigts... Il bat. Il bat tellement...

— Si je n'étais pas éprise, serais-je ici ?... Quand je vous ai vu traverser le hameau, à votre arrivée...

Elle soupira, protesta :

— Non, ne bougez pas ou je m'habille et m'en vais !

Puis, gravement :

— Dès que vous m'êtes apparu, j'ai su que si vous le vouliez, je serais vôtre.

Il demanda, de nouveau plein d'espoir :

— Alors, délivre-moi de mon serment !... Un peu plus tôt, un peu plus tard...

— Non ! En vous cédant ainsi, j'agirais en putain !

— Bon Dieu !

Il était furieux et ravi : Anne avait du caractère.

Elle étouffa un bâillement ; Saladin grogna, remua et dut se lover contre sa hanche. Il y eut un silence, puis la jouvencelle demanda :

— Combien de temps restez-vous à Rechignac ?

— Deux, trois, peut-être quatre ans... Je dois y apprendre le métier des armes.

— Ensuite, vous partirez.

Pour conjurer des velléités inutiles, le garçon tira sa main hors du lit.

— Trois ou quatre ans, Ogier... Que serons-nous au bout de tous ces jours ?

Il ne sut que répondre. Leurs mains se joignirent.

Ce fut ainsi que le sommeil les fiança.

DEUXIÈME PARTIE

La fin des enfances

I

Dans le ciel blême où le vent frissonnait, le soleil tardait à paraître, bien qu'il eût affronté victorieusement déjà les colosses livides assemblés depuis la veille au-dessus d'Excideuil. Certains, atteints de ses flèches, répandaient sur leur poitrail des flots de sang ; d'autres glissaient vers le Ponant dans un grand déploiement de nacre et de cuivre. Il y avait dans l'air des luisances d'épées.

Au sol, la nuit se décolorait. Noire, compacte, entre les replis des collines, grisâtre et légère sur leurs crêtes, elle fondait inégalement aux feux glacés de l'aurore. Déjà, tout au long des grandes prairies bordant l'Isle, elle se dissolvait en charpies ondoyantes. Ces brumes, songea Ogier, laisseraient de leur passage mille et mille perles dans les herbes ; l'averse les broierait dès ses premiers cinglons car le temps, depuis trois semaines, était à l'eau : on eût dit qu'averti de son départ pour Gratot, Dieu lui remémorait son pays, tout en éprouvant sa patience.

Un sourire presque méprisant décolla les lèvres du damoiseau. Pour autant qu'il s'en souvînt après cinq ans d'éloignement, la pluie de Normandie, doucereuse et salée, ne se pouvait comparer à celle du Périgord, violente et fade.

Il jeta un regard sur son oncle. Le vieillard, muet, le précédait. Il eût pu se porter à sa hauteur ; il s'en garda. Sitôt le pont-levis franchi, Guillaume lui avait fait signe de le rejoindre ; il avait feint d'ignorer son geste.

« Pourquoi, vieillard, es-tu si courroucé ? Sens-tu que j'ai fixé le jour de la rupture ?... Eh bien, oui : je vais m'affranchir de ta mainbournie au petit matin du prochain dimanche. Ce soir, je t'annoncerai ma décision et te demanderai trois sergents pour me compagner jusqu'à Limoges ; ensuite, les Anglais ne pouvant être au-delà, je te les renverrai... Quel que soit mon désir de ménager ton cœur, je ne peux plus longtemps rester dans ta bastille. Si Anne n'y était pas, j'en serais parti à Pâques ou à la Pentecôte... Elle aura du chagrin. Toi, pourquoi te plaindrais-je ? D'ailleurs, tu vas retrouver Tancrède. Ainsi se fera l'équilibre... Et s'il te faut un jour l'éveiller à l'aurore, j'espère que tu t'y prendras autrement qu'avec moi.

Au seuil de ce 14 août 1345, Guillaume avait fait irruption dans sa chambre, écarté du pied Saladin furieux, et renversé son lit en hurlant : « Debout, fainéant ! Découche-toi et prépare-toi en hâte !... Aurais-tu perdu la mémoire ? Ignores-tu qu'au petit jour, nous devons partir à la rencontre de ma puînée ? » Non, il n'avait rien oublié. D'ailleurs, en prévision d'un réveil de ce genre, il avait laissé sa porte ouverte et dormi seul.

« Tancrède !... Je l'aurai vue une semaine à mon arrivée ; je la verrai juste autant avant mon départ... C'est bien ainsi... Quant à ta mauvaise humeur, vieillard, elle me déplaît sans m'affliger. Notre proche séparation te rend hargneux ? Dis-toi pour t'apaiser que nous n'y pouvons rien. Nous avons eu cinq ans pour nous préparer à nous perdre. »

Guillaume montait Broiefort, son palefroi pommelé, vieux et placide. Ogier chevauchait Marchegai, dont la robe du plus beau noir prenait des reflets soyeux aux flamboiements de l'astre enfin libéré des montagnes. Et tandis que son cheval, à larges foulées amblantes, suivait de près celui du vieux chevalier, le damoiseau cessant de lui flatter le col, renonça à lutter contre l'émotion qui le tenaillait depuis son lever.

« Anne », songea-t-il, « il m'en coûte de te quitter... Je ne peux t'emmener, cela tu l'as compris... Le soir où tu fus mienne, tu m'as juré de me laisser partir sans larmes... Tu resteras dans mon cœur... Sans toi, peut-être aurais-je fui Rechignac peu de temps après mon arrivée. C'est surtout pour toi et grâce à toi que je me suis accoutumé à ces murailles et à ces gens tout aussi rugueux qu'elles... Et me voilà partant au-devant de ma cousine... Car plutôt que d'y aller lui-même, Guillaume a chargé Blanquefort de la lui ramener. »

*
* *

Le sentier sur lequel le baron s'engagea gravissait une colline hérissée de chênes membrus aux pieds chaussés de mousses ténébreuses. Parfois, le vieillard se retournait, comme prêt à parler ; mais non ! Il dévisageait son neveu sans imaginer qu'il était autant que lui dévoré par un mal étrange, composé de regrets informes et de souvenirs d'autant plus corrosifs pour son cœur qu'ils étaient doux, précis, à son esprit. Partir, quelles qu'en soient les raisons, c'est toujours un déchirement. Ce n'était pas, comme Guillaume paraissait le croire, une joie puissante qui, depuis quelques jours, hantait Ogier, mais une anxiété de plomb : en cinq ans, les êtres changent. Gratot devait être ce qu'il était dans sa prime jeunesse, car ses murs avaient certainement tenu bon. Mais son père, sa mère et Aude ? La chair d'un visage et d'un corps n'a pas la dureté de la pierre. Il conservait de ces êtres chers quelques rares et fragiles images. Qu'étaient-ils devenus sous l'afflux des tourments et l'enchaînement des saisons ? Les rares plis serrés dans les bagues des coulons qui, de loin en loin, réintégraient le pigeonnier de Rechignac, se révélaient toujours d'une brièveté inquiétante : *« Tout va bien. »* Frère Isambert n'en était point le scripteur. Pourquoi ? Quant aux chevaucheurs que Guillaume envoyait une fois l'an à Gratot pour l'échange des messagers ailés dont certains, parfois, n'atteignaient point leur juchoir, ils se montraient, à leur retour, d'une réserve invincible. Leur commentaire ne changeait jamais : *« Votre père, votre mère et votre sœur sont en bonne santé. »* Rien d'autre. Leur dévouement et leur taciturnité avaient contribué à leur choix.

— Tels que je connais Tancrède et Blanquefort, dit le vieillard sans même se retourner, ils auront quitté Lubersac hier au petit jour. Ils auront passé la nuit au *Chêne d'Or* d'Excideuil... C'est sûrement là que nous les rejoindrons.

Ogier ne trouva rien à répondre. Guillaume continua :

— Tu verras comme elle a changé. La dernière fois que je l'ai visitée — par Dieu, ça fait six mois ! — je l'ai à peine reconnue. Je te l'ai dit : elle a toujours ses longues tresses noires. Elle a appris cent façons courtoises, à ce qu'il paraît. Elle ne te reconnaîtra pas, sans doute.

Ogier haussa les épaules. Que Tancrède et lui se reconnussent ou non, quelle importance ? Ils allaient échanger quelques civilités puis, dans une semaine, prononcer avant ou après un baiser, un adieu définitif. Ensuite, il cheminerait vers Gratot.

— Elle a dix-huit ans comme toi, mais elle est un peu plus petite.

— Et alors ? grommela Ogier.

Il était haut de cinq pieds cinq pouces, les épaules larges, les jambes longues, musclées. Le chaperon de laine grise qu'une brindille accrocha, bien qu'il se fût courbé pour passer sous des ramures que son oncle n'avait pas effleurées, dégagea son front haut, précocement ridé. Il se recoiffa brusquement, laissant à l'air une touffe de cheveux blonds. Anne les lui coupait à l'écuelle. « Tu es beau, mon cœur! » s'écriait-elle parfois.

« Beau, moi ? » s'interrogea-t-il, incrédule.

Dans son visage rasé, sous des sourcils épais, bien arqués et presque roux, seuls, ses yeux — imperceptiblement clignés pour concentrer son intérêt sur ces arbres et ces taillis qu'il ne reverrait plus — méritaient peut-être les compliments de la jouvencelle. Il les avait grands et vairs, pareils à ceux de Titus, son faucon. Les oreilles fortes, mais bien collées ; le nez petit et droit, les lèvres épaisses, le menton net, il lui arrivait de se trouver laid en s'arrêtant devant le miroir d'acier poli accroché dans sa chambre ou en se dévisageant, tout simplement, dans l'eau de sa bassine avant de procéder à ses ablutions.

Il frissonna. Était-ce parce qu'il la quitterait bientôt, elle aussi ? Il se sentait soudain comme envoûté par l'arôme étrangement charnel de cette forêt à peine délivrée de la sujétion des ténèbres. Elle frissonnait çà et là, poudrée de givre sur ses talus, arrosée, à travers le crible des ramures, d'une lumière sirupeuse dont les lueurs ruisselaient sur les écailles des châtaigniers et des fayards, et pailletaient d'or humide la bourre rousse, crissante, des fougères où les chevaux s'enfonçaient d'un même pas paisible.

— A quoi penses-tu ? demanda le baron sans se retourner.

Ogier mentit délibérément :

— Je pensais que la pluie, bientôt, retombera.

Il se reprocha d'avoir usé d'une aussi piètre échappatoire plutôt que d'exprimer franchement ce qu'il éprouvait. Tout d'abord cette joie sourde et fiévreuse à l'idée de revoir son père et de lui prouver qu'il savait à pied comme à cheval manier toutes les armes, et que la revanche était proche. Ensuite, ce chagrin d'avoir à quitter aussi l'opulente forêt en laquelle, présentement, il chevauchait. Car avec une espèce de vertige d'autant plus étourdissant qu'il repoussait soudain toute autre préoccupation, il découvrait combien il appartenait à ces rocs, à ces arbres, à ces halliers formant au loin des cavernes d'ombres où palpitaient de si frêles lumières qu'elles semblaient des étoiles ; combien il était attaché à ces prés inclinés prudemment vers l'Isle dont il entrevoyait parfois, hors de sa gaine de taillis et de boqueteaux, l'acier tour à tour mat et luisant. Oui, il aimait ces somptueux bois noirs aux lisières desquels foisonnaient des dentelles douces à l'œil de loin, et de près griffues comme des lynx ou des harets. Il aimait ces collines rêches où les ombres des nuages se craquelaient. Il s'était baigné dans l'Isle et l'Auvézère : il en connaissait les vrilles, les cascades et les grands espaces inertes où les eaux chaudes, moelleuses, s'ouvraient sur des chevrins glacés dans lesquels, en s'enfonçant, il avait éprouvé comme un avant-goût de la mort. Et la certitude d'avoir à se séparer de cela aussi, pour toujours, le révulsait autant que celle de quitter, non seulement Anne, mais tous ces gens bons ou mauvais qui, durant cinq années, avaient constitué son monde.

Silence d'une petite clairière à l'herbe rase, tout à coup percé de chants d'oiseaux. Son oncle ne pouvait souhaiter mieux s'il tenait à lui dire... Quoi ?... De nouveau, Guillaume se retournait pour l'observer, et semblait même prendre son souffle, mais encore une fois, renonçait.

— Il vieillit, murmura Ogier.

Le baron commençait à se dessécher. Plutôt que de jaunir et de se parcheminer, son visage restait sanguin — du moins ce qu'on en voyait, car depuis son renoncement au harnois de guerre, à son retour de l'Écluse, il négligeait peigne et ciseaux. Sa moustache épaisse, de couleur un peu rousse, tombait en deux grosses touffes aux coins de ses lèvres et se mêlait à une barbe grise, longue de deux pouces, ouverte sur le côté droit du menton. Cette brèche, c'était la cicatrice du coup de taille subi sur le pont du *Christophe.* Sous l'auvent d'une chevelure grise, elle aussi, et tonsurée par l'âge, les yeux noirs semblaient s'enfoncer dans les orbites, et les sourcils rongés par les bords du heaume et de la cervelière étaient à peine visibles. Le nez, dont l'arête semblait avoir été aplatie par le nasal de fer, rougeoyait de couperose.

— Te souviens-tu Ogier ?

— Oui, vous m'avez amené ici le premier jour.

— J'avais tant de choses à te dire et à te montrer... Tu semblais savourer chacune de mes phrases et t'emplissais les yeux tout en menant Baucent.

— Baucent était un fier destrier !

— Il est mort de vieillesse. Belle fin, selon toi ?

— Oui, mon oncle... Même pour un chevalier... On ne peut toujours manier l'épée. Vient un temps où il faut se résigner à ne pas périr sur un champ de bataille... Mais la vaillance, c'est aussi de savoir mourir dans son lit.

Guillaume acquiesça et retint Broiefort :

— Le pays est bien quiet.

— En vérité ! Il n'empêche qu'à votre place, j'aurais emmené quelques hommes.

— Un troppelet (1) !... Il suffit que Tancrède ait Blanquefort et deux gars auprès d'elle. A l'inverse de toi, je ne suis point craintif : les Goddons ne pousseront jamais jusqu'ici !

Cela dit sur un ton de profond dédain, Guillaume relança Broiefort ; Marchegai le suivit aussitôt.

— Qu'en savez-vous ? demanda le damoiseau plus brusquement qu'il ne le voulait. Ils peuvent survenir d'un jour à l'autre.

— Pourquoi veux-tu partir, s'ils t'apportent enfin l'occasion de mesurer ton courage ?

La remarque moqueuse et acerbe à la fois, ne manquait pas de pertinence. Ogier en trouva la réplique :

— Souvenez-vous, dit-il. Quant Philippe et Édouard ont signé la trêve d'Esplechin, trois mois après l'Écluse (2), vous avez cru la paix toute proche. Blanquefort et Vivien étaient d'un autre avis. Ne vous déplaise, c'était fort bien penser car un an plus tard les deux rois s'affrontaient à nouveau. En Bretagne, cette fois ! Édouard a soutenu Jean de Montfort, et Philippe Charles de Blois... La seconde trêve qu'ils signèrent à Malestroit (3) n'a rien changé à cette guerre, puisqu'on se tue toujours là-bas sans qu'il y ait jamais ni vainqueur ni vaincu.

— C'est vrai, convint Guillaume. Et tu le sais : moins âgé, j'aurais prêté main-forte à Charles de Blois... Mais où veux-tu en venir ?

— A ceci : depuis cet été, c'est au Périgord qu'Édouard s'en est pris (4).

— Bah, dit Guillaume sans se retourner. A trop vouloir avaler, ce glouton et ses hommes s'étoufferont avant d'atteindre notre contrée. Nous ne manquons ni de chevaliers ni de piétaille pour

(1) Petite escorte.

(2) Le 23 septembre 1340.

(3) Le 19 janvier 1343.

(4) L'invasion de cette contrée avait été décidée le 24 avril, à Westminster, lors de la seconde fête de la Table-Ronde. Déclarant la trêve avec la France rompue, Édouard III avait donné ordre à Guillaume de Bohum ou Bohon, comte de Northampton — qu'il établissait son lieutenant dans le royaume de France —, de défier Philippe de Valois comme usurpateur de ses droits légitimes à lui, Édouard, et son ennemi capital. Édouard III devait défier publiquement Philippe de Valois par ses lettres en forme de manifeste, deux mois plus tard : le 14 juin 1345.

les contenir. De plus, le duc Jean se trouve à Carcassonne, d'où il peut remonter jusqu'ici, et Pierre, duc de Bourbon, vient d'être nommé lieutenant-général de toutes les parties de la Langue d'Oc et de la Gascogne. Crois-moi : les Anglais sont loin, éparpillés...

« Où sont-ils, justement ? » se demanda Ogier. « Ils sont sortis des marches de Guyenne à la fin du printemps. Saint-Macaire est tombé. D'autres cités aussi, petites et mal défendues. Nos gens parviendront-ils à les refouler ? Et moi ?... Dois-je quitter Rechignac ou y rester quelques semaines encore ? »

Dès les premières rumeurs d'invasion, Bertrand de l'Isle-Jourdain, comte de l'Isle, s'était enfermé dans Bergerac avec sept cents lances et mille arbalétriers génois — Bergerac, que naguère Mathe d'Albret avait promis à Édouard. Là, le capitaine du roi avait réuni précipitamment en conseil les comtes de Comminges, de Périgord et de Valentinois ; les vicomtes de Villemur, de Carmaing et de Mirande, les seigneurs de Duras, de Taride, de la Barde, de Pincornet, de Castelbou, de Châteauneuf ; le seigneur d'Escun, et pour que Dieu fût présent aux délibérations, l'abbé de Saint-Sever. Unanimes, ils avaient décidé d'établir un corps de garde à Montcuq, un château sur la rive gauche de la Dordogne.

« C'est tout ce que nous savons », songea Ogier. « Mais si mon oncle a chargé Blanquefort d'aller quérir Tancrède à Lubersac en lui adjoignant Norbert et Paul, c'est qu'il est plus inquiet qu'il ne le prétend... D'ailleurs moi, à sa place, je l'aurais laissée là-bas quelque temps encore. »

— Si par malheur ces malandrins venaient jusqu'à nous, mon neveu, tu sais que j'ai tout pour leur résister. Trente barils de poix... et autant d'huile... des flèches par milliers... Un puits d'une eau si pure qu'on la dirait bénite !

« Tout, vieillard ? Par Dieu, l'essentiel — les hommes — te fait défaut... Tu disposes de quinze archers et arbalétriers... Autant de piétons sachant manier la hache et l'épieu... Voilà ton armée !... Cent-trente-sept maçons et charpentiers peuvent la renforcer, certes, mais que ferions-nous face à des milliers de guerriers ivres de sang ? »

Comme ils parvenaient sur une éminence, le baron regarda attentivement les forêts et les champs, autour d'eux. Aucun feu, aucun être humain, aucun animal n'y apparaissait. Seuls, au-dessus de leurs têtes, quatre corbeaux se laissaient porter par le vent aigre, silencieusement.

— Va pleuvoir encore !... Mauvais temps pour couvrir, comme

c'est ton intention, des lieues et des lieues de terre boueuse...Les chemins chevauchables sont rares. Tu le verras par toi-même.

Et Guillaume talonna Broiefort. Le vieux palefroi galopa aussitôt. Le damoiseau rendit les rênes à Marchegai :

— Mon oncle !...Parlons net !... Me dites-vous cela pour me retenir ?

Le baron ne lui répondant pas, Ogier, en le rejoignant dans un pré où Broiefort s'était remis à l'amble, fut tenté d'ajouter qu'il partirait au jour fixé, même si les Anglais envahissaient la contrée. Cette affirmation lui parut tellement incongrue qu'il préféra l'écarter.

— S'il y a des Goddons par ici nous les verrons sous peu... Ils ne sont pas gens à se dissimuler... Alors, je resterai. Dans une pareille conjoncture, mon oncle, je serai plus encore votre obligé que votre neveu... Mais demeurer près de vous quelques mois encore ? J'aime autant vous répéter que c'est impossible... Il me faut recevoir la colée et les éperons d'or à Gratot, de la main de mon père, sitôt que notre roi l'aura réhabilité.

Était-ce pour cette raison, moins crûment exprimée la veille au soir, que le vieillard lui faisait grise mine ?

— Nous avons déjà débattu cette question, mon oncle. A quoi bon y revenir ? Si les Goddons nous assailllent, il nous faudra leur résister... et qui sait ? succomber... Mais si nous survivons — ou si ces malandrins passent au large — je m'assignerai pour tâche immédiate de retrouver Blainville et de l'affronter... J'en ai désormais les moyens.

Guillaume hocha la tête et ne répondit point.

Après une demi-lieue de marche régulière, les chevaux prirent l'entre-pas, puis le trot en débouchant sur le chemin d'Excideuil, au pied d'une colline rocheuse, coiffée de châtaigniers. Ogier considéra les grands arbres fiers au-dessus desquels planait un aigle, puis le ciel gris-noir effiloché d'azur. Baissant les yeux, il dit soudain, le doigt tendu entre les oreilles de Marchegai :

— Là !

— Crois-tu que ce sont eux ? questionna Guillaume, sourcils froncés.

Se détachant parfaitement sur le fond verdoyant des prairies, quatre cavaliers avançaient. Deux étaient coiffés de fer, un autre d'un chaperon noir ; le quatrième allait nu-tête.

— Est-ce quelque avant-garde ennemie ?

— Non, mon oncle. S'ils avaient à venir jusqu'ici, les Anglais seraient au moins cent ! De plus, il y a un cheval blanc... peut-être Roxelane.

Roxelane : un présent de Guillaume à sa fille ; une jument nerveuse et rétive, âgée d'un an, acquise six mois plus tôt, à Sarliac, pour Tancrède, mais qu'il avait dressée, lui, Ogier. L'avant-veille, Blanquefort l'avait emmenée avec lui.

Le damoiseau, méfiant, fit jouer son épée dans son fourreau, et quand l'homme au chaperon agita un bras, il s'écria :

— Ce sont eux ! Hugues nous fait signe.

Il arrêta Marchegai. S'il s'était agi d'une autre fille que Tancrède, il eût lancé son cheval au galop pour l'atteindre et la saluer en premier. Mais *elle !...* Il n'éprouvait ni plaisir ni impatience à la retrouver : c'était par devoir qu'il avait accompagné Guillaume.

Les sergents — Norbert et Paul — l'arc à l'épaule et le carquois fourni, honorèrent le baron d'un *« Messire »* et continuèrent leur chemin. Puis vint Blanquefort, paisible et neutre.

— La voilà ! dit-il en retenant Veillantif.

Ogier reconnut d'autant moins sa cousine qu'elle avait sacrifié ses tresses et s'était vêtue comme un homme.

— Tudieu ! s'exclama Guillaume. J'allais au-devant de ma puînée, et il m'arrive un damoiseau !... Est-ce bien *toi* ?

— C'est moi.

— Pourquoi t'es-tu fait tondre ?

Loin de l'incommoder, la question égaya Tancrède. Son visage figé s'éclaira ; une fugitive nuance de moquerie anima sa bouche :

— Pour la vie que je vais mener désormais à vos côtés, mes longs cheveux m'auraient certainement gênée. Je les ai taillés ce matin et brûlés dans l'âtre de l'auberge...

— Et tes vêtements... Quelle idée de s'affubler ainsi !

Ogier, de biais, considérait sa cousine immobile sur Roxelane, qu'elle avait déjà bien en main. Elle était vêtue d'un pourpoint bleu, de soie retorse, dans lequel sa poitrine était visiblement à l'étroit. Ses chausses de velours sang-de-bœuf s'enfonçaient dans des houseaux de cuir noir. Une dague à pommeau et à fusée d'acier doré pendait à sa ceinture. Ainsi accoutrée, une autre qu'elle eût passé pour folle. Or, plutôt que la dérision, elle inspirait le respect.

— J'ai tout acheté hier à Jumilhac, dit-elle.

— Je n'ai rien pu contre, commenta Blanquefort. Et par Dieu, je ne sais d'où viennent ces écus dont sa bourse était pleine !

— Que t'importe, Hugues ! répliqua Tancrède en riant. Je les avais. Ils m'ont servi.

Son visage avait perdu sa fixité hautaine, et cependant, sa bonne humeur semblait feinte, à fleur de peau. « Dessous », pressentit non sans tristesse Ogier, « elle est toujours la même ! » Elle dardait sur son père des regards froids, profonds, et ses lèvres parfois se joignaient en moue fugace, indéchiffrable : émotion refoulée ? mépris ou condescendance ? Comment savoir ?

— Es-tu heureuse de nous revenir ? demanda Guillaume en dominant sa déconvenue.

Tancrède eut une mimique d'agacement car le baron, par son intervention, avait interrompu le cours d'une idée.

— Je vous ai détesté quand vous m'avez menée *là-bas.* Il serait injuste que je vous en veuille encore.

Ogier fut certain que derrière cette grâce amnistiante — ou cette amnistie gracieuse —, un ressentiment des plus noirs, des plus tenaces subsistait, soigneusement enroulé comme une vipère sur un tas de pierres chaudes, et résolu à se détendre et à mordre. Abandonner le château familial constituait, pour Tancrède, un acte d'obéissance qu'aucune rébellion n'aurait pu ajourner. Elle le savait et s'était préparée à ce départ. Cependant, abandonner Gersende avait dû la meurtrir.

— Cousin, dit-elle, au cas où nous nous serions croisés seuls, un tout autre jour que ce dimanche, je ne sais si je t'aurais reconnu.

Ogier se sentit dévisagé avec tellement d'insistance qu'il en rougit.

— Je serais passée près de toi sans te voir.

Comme on met une pincée de sel sur un aliment insipide, Tancrède assaisonnait sa voix d'un soupçon de moquerie pour en atténuer la suavité.

— Je t'aurais remirée, cousine... sans savoir que c'était toi.

C'était un compliment. Elle y fut insensible.

Guillaume s'immisça dans cette passe d'armes :

— N'étaient ces tétons qui gonflent ton habit, on te prendrait pour un damoiseau.

Il riait, mais il était gêné, tandis qu'après ce dialogue aigre-doux, Ogier, malcontent, se retrouvait confronté au mystère de cette cousine dont le couvent, il en fut certain, n'avait fait ni une sainte ni une fille à marier.

Elle était belle, pourtant, dépouillée des artifices dont Claresme mésusait parfois pour rehausser l'éclat de son regard et de ses lèvres. Elle était *nette.* Son visage régulier, son teint clair, préservé par des voûtes et des murs à peine moins austères que ceux de Rechignac, le port altier de son buste, ses longues jambes pliées sur les flancs de Roxelane exprimaient l'énergie, la maîtrise de soi. Il existait d'ailleurs une communion singulière entre cette jouvencelle sûre d'elle après cinq ans de privations de toutes sortes — dont celle de chevauchées — et cette jument déjà soumise et résolue à la satisfaction des vœux et rioles (1) de sa cavalière. On eût dit qu'elles s'étaient plu, accointées immédiatement, et que déjà leurs rapports harmonieux et sévères se composaient par moitié d'une sorte d'énergie flexible et d'audace ostentatoire.

« Belles, redoutables et complices », conclut Ogier en flattant le col de Marchegai, tout à coup fébrile et frissonnant.

— Hugues m'a dit que tu es prêt à partir pour Gratot.

— Eh oui, cousine... J'ai depuis fort longtemps achevé mes enfances (2).

L'expression grave du visage de Tancrède fut effacée par un rire sec, rapide :

— Nous n'aurons fait que nous croiser !... J'aurais aimé te mieux connaître.

Ses longs cils battirent, dissimulant son regard, puis, pensive, elle talonna Roxelane.

— J'aime cette jument, dit-elle avec toujours, dans sa voix, cette placidité sinon cette acerbité par laquelle, semblait-il, elle se plaçait non pas à l'écart des autres, mais au-dessus.

« Une femelle à ta semblance », songea Ogier. « Malaisée à dompter, mais j'y suis parvenu... Avec toi, je ne prendrai pas cette peine. »

Les sergents avançaient sans parler. Ensuite venaient Blanquefort et Tancrède, tout à coup silencieuse, puis, à distance, Guillaume auprès duquel le damoiseau se sentit enclin à chevaucher.

— Comment la trouves-tu ?

— Belle, mon oncle, malgré ses outrances.

Ogier considérait ce buste droit, ces hanches doucement incurvées, soulignées par la ceinture, ces deux croupes juxtaposées, l'une rouge, l'autre blanche et luisante, fouettée par la longue quenouillée des crins blonds. Et, sans savoir pourquoi, il se surprit à évoquer Anne. Cinq ans... C'était vrai qu'elle était vierge, la première nuit où elle s'était glissée dans son lit... Leurs amours, étaient connues de beaucoup, et s'il en était informé, Guillaume avait toujours

(1) Parties de plaisir.
(2) Années pendant lesquelles le damoiseau — ou bachelier — apprenait son métier de guerrier.

feint de les ignorer. Trois jours après son arrivée à Rechignac, lorsque la Mathilde avait été coiffée de lauzes, il s'y était fait donner une chambre. Anne avait repris la sienne.

— Et comment va Didier, mon cousin ?

— Il paraît solide et fort heureux de mon départ.

— Renaud et Haguenier ? Vous entendez-vous bien ?

— Résolument mal, cousine. En cinq ans nous n'avons pas échangé cent mots.

Tancrède émit un petit rire froid, et l'expression de fermeté qui, depuis son réveil, avait figé la face d'Ogier, s'aggrava. Ces rustiques l'abominaient toujours autant, bien qu'il n'eût jamais montré à leur égard la moindre hautaineté. En vertu d'une équité qui devait lui coûter, Guillaume n'avait jamais exercé sur lui un pouvoir différent de celui auquel ils se soumettaient. Lorsqu'ils le provoquaient — hors de la présence de son oncle, de Vivien et de Blanquefort —, au moyen d'allusions ineptes sur la beauté d'Anne ou l'affection de Saladin, suivies de ricanements imbéciles, il feignait de manquer d'oreille. Cette sérénité, parfois difficilement simulée, constituait la plus élémentaire concession aux bons usages, et peu lui importait qu'elle pût ressembler à de la couardise. S'ils avaient eu connaissance des terribles châtiments infligés à son père et aux lions des Argouges, la provocation des trois larrons eût été franche, un affrontement sans merci l'eût suivie…

Le damoiseau cracha tant le fiel, à évoquer ce trio détesté, lui était monté à la gorge. Blanquefort retint Veillantif et se laissa rejoindre par Guillaume.

— Nous avons quitté le *Chêne d'Or* dès que possible. Il y avait, là-bas, un capitaine et deux sergents… Ils m'ont dit que les Anglais marchent sur Bergerac.

— Édouard est à leur tête ?

— Non… Il paraît qu'il a reçu des promesses d'alliance provenant de Bretagne, de Guyenne et du Périgord… Vingt grands seigneurs de chez nous se sont ralliés à sa cause, et parmi eux, le sire de L'Esparre, le sire de Chaumont, le sire de Mussidan, les barons de Labret, Pommiers, Montferrand, Landuras.

— Tu confirmes ce que nous savions et craignions.

— Le connétable qu'Édouard a chargé de conquérir le Périgord est Henry de Lancastre, comte de Derby… Le débarquement s'est fait à Bayonne. Quarante mille hommes.

— Qui commande cette truandaille ?

— La plupart des chefs que nous avons affrontés : les comtes de Pennebruich, le baron de Stanford, Gautier de Masny et moult autres.

— De toute façon, dit Guillaume, ils n'iront pas plus loin que Bergerac.

— On s'y bat peut-être, hâtons-nous.

Poussant Veillantif, Blanquefort prit la tête du petit groupe. Ogier se retrouva auprès de Tancrède.

— Tu vas trouver du changement, cousine.

— Je m'en doute... Hugues m'a dit que tu avais déraciné trois chênes, en forêt, pour les planter près du puits, et que le donjon est achevé depuis quatre mois... Claresme et moi y avons une chambre.

— Ton père a voulu m'y loger. J'ai préféré garder celle que j'ai dans la Mathilde.

— Comment vont Margot et Gersende ?

Ogier n'hésita pas :

— Margot, bien... Gersende ? Blanquefort ou ton père aurait pu t'en parler !... Elle est morte un an après ton départ.

— Morte ? Comment ?

Ogier s'était attendu à du chagrin, sinon du désespoir or, Tancrède avait subi le coup sans douleur apparente.

— Un matin, on l'a trouvée étranglée, derrière la chapelle... Violée, bien sûr... On n'a jamais su qui avait fait cela.

Il avait des soupçons : Jean de Saint-Rémy, le père de Didier, en visite au château pour deux jours. Mais à quoi bon en dire davantage puisque cette perte n'attristait pas Tancrède.

— Cinq ans, dit-elle, c'est long.

Il l'approuva. Pour lui, l'essentiel de sa vie, depuis cinq ans, c'était Anne. C'étaient aussi, jour après jour, l'exercice des armes, les soins à donner aux chevaux, la chasse, les courses sur Marchegai, les lents cheminements jusqu'aux lieux des joutes auxquelles participait Guillaume. Et elle, que faisait-elle pendant ce temps chez les nonnes de Lubersac ?

A la suite du sénéchal et des sergents, ils entrèrent dans la forêt. Tancrède talonna Roxelane qui bondit et rejoignit Veillantif, tandis que Guillaume retenait Broiefort. Sous la lisière des moustaches, les lèvres du baron perdirent leur sinuosité mauvaise :

— Souviens-toi, Ogier... Nous avons vu souvent des cerfs en ces lieux... Tiens, là, je t'ai montré tes tout premiers galis (1) !

(1) Endroits où le chevreuil a gratté la terre avec son pied.

A lui aussi, des souvenirs revenaient. Ils devaient être vifs, ardents, et d'autant plus venimeux qu'ils étaient inattendus.

Sur le chemin qui les avait conduits, cinq ans plus tôt, de la Broye en Périgord, sans doute le vieillard avait-il décidé : « Je ferai d'Ogier un homme de ma trempe. Je le traiterai comme un fils et lui me prendra pour son père. Il aimera la vie qu'on mène auprès de moi au point d'y vouloir demeurer, sauf quand il lui faudra partir pour l'ost. » Il s'était complu dans ces errements.

— Jamais, ailleurs, tu ne trouveras terres aussi giboyeuses.

« Que dois-je faire ou dire ? » se demanda le damoiseau. Plus il observait son oncle, moins il le reconnaissait. Était-ce la sévérité de son vêtement qui le déconcertait ainsi ? Non, sans doute, bien qu'il fût inhabituel : Guillaume portait sur sa chemise un pelisson court, au col épais, sur lequel il avait passé une tunique simple dont les manches, depuis les entournures jusqu'aux poignets, formaient entonnoir. Il était habillé de noir, de son chaperon à ses chausses, et jusqu'à ses heuses de cuir cordouan.

— Tancrède a bien changé, mon oncle !

Un tremblement s'empara des joues de Guillaume, de son menton — comme s'il se retenait de pleurer. Quelque chose de plus essentiel que sa nobilité s'était disloqué en lui, et s'il rentrait sa tête entre les épaules, ce n'était plus pour éviter les égratignures des branches.

— Eh oui, elle a changé.

Surmontant sa gêne, Ogier se maintint à la hauteur du vétéran et fut aussitôt ému par la pâleur de ce profil en friche et par le tassement de ce dos que le trot de Broiefort aggravait. Il s'aperçut que pour la première fois de la matinée, le baron consentait à être lui-même : non plus un chevalier irascible et hautain, mais un homme usé par les saisons, les blessures, les déceptions ; un malheureux humilié par l'échec d'une paternité double, l'une factice, et se rapportant à lui, Ogier ; l'autre vraie, et concernant Tancrède dont le couvent, plutôt que de les atténuer, avait développé les tendances garçonnières.

— Reprenez-vous, mon oncle !

Irrité soudain par cette détresse contre laquelle il savait ne pouvoir rien, Ogier se demanda lequel il préférait des deux hommes : celui qui, à force de constance et de grand vouloir pouvait encore, s'il le fallait, combattre, ou celui qui, incapable de vaincre l'angoisse d'une espèce de solitude précédant celle, inexorable, du tombeau, se soumettait enfin aux lois de la nature, d'autant plus rigoureuses envers lui qu'il en avait toujours fait fi, par orgueil plus encore que par inconséquence. Pour la première fois de sa vie, sans doute, l'esprit du baron charriait des sentiments inconnus, incongrus, tels que la tendresse, l'égoïsme, le désespoir et peut-être, — à l'égard de Tancrède —, la vergogne.

— Demeure auprès de moi, Ogier ! Plus que jamais j'ai besoin de ta présence. Pas une seule fois, elle ne m'a appelé « Père »... L'as-tu remarqué ?

Le vieillard parlait haut, comme sans souci d'être entendu.

— Ne reviens pas à Gratot... Tu seras le nouveau seigneur de Rechignac... Nulle bastille, aux alentours, n'est aussi belle.

— J'en conviens.

— Tu peux épouser quelque pucelle de bonne estrasse (1)... Je t'en chercherai une... Après tout, tel que tu es, te voilà plus mon fils que celui de Godefroy.

Ces paroles, pourtant prévues, blessèrent profondément Ogier. Par respect pour cette débâcle affective, il feignit de ne pas les avoir entendues.

— Car s'il t'a engendré dans le corps de ma sœur, c'est moi qui ai fait de toi un homme.

Ogier fut près de regimber contre cette sorte d'apophtegme en répliquant, tout bonnement, que Blanquefort et Vivien avaient contribué à son éducation. Il s'abstint d'envenimer la détresse de cet homme blessé sans savoir ce qu'il éprouvait à son égard. De la pitié ? Le repentir anticipé d'infliger à un guerrier exemplaire un surcroît de souffrance équivalant à un coup de grâce ? Le regard trouble de Guillaume et ses mains convulsivement serrées sur les rênes trop lâches, exprimaient avec une éloquence plus forte encore que des paroles, l'affliction qui enténébrait son cœur et son âme. Il livrait contre lui-même le plus acharné, le plus immérité, le plus exténuant des combats. Il se savait perdu.

— J'aimerais...

— Non, Ogier... Non, mon fils... Plus un mot.

Ne les avaient-ils pas épuisés l'un et l'autre ?

(1) De bonne extraction.

II

Un désespoir inattendu s'empara d'Ogier quand, sortant des frondaisons épaisses, il découvrit les prairies et les boqueteaux épars autour de Rechignac. La violence de cette affliction l'ébranla d'autant plus douloureusement que le pays merveilleux, devant lui, s'il l'avait provoquée, n'en était pas la cause essentielle. Bien qu'il participât de l'une et de l'autre, cet émoi différait de l'admiration par son amertume et du chagrin par son âpreté.

Il avait cru que son départ le déchargerait d'un immense fardeau dont il se refusait toujours à dresser l'inventaire. Il avait acquis la certitude qu'en s'éloignant de ces lieux, il respirerait d'une ample et voluptueuse haleine. Eh bien, ce plaisir-là lui serait refusé. Quelque incongrue qu'elle lui parût, la détresse qui plombait son cœur se prêtait à l'analyse : il se sentait soudain sur le point d'être dépossédé d'un domaine où son fantôme seul allait errer sans fin. Dans quelques jours, si les Anglais refluaient en Aquitaine, ce serait Tancrède qui parcourrait ces prés, ces bosquets, ces fûtaies et ces vignes sans jamais imaginer combien ce cousin qu'elle traitait de haut les avait chéris.

« Telle qu'elle m'apparaît, elle prendra des allures de suzeraine… ou de suzerain ! » Ironie facile et indigne de lui. « Jaloux ? » se demanda-t-il alors. « Ah ! non… Rien ne m'appartient ici. Les seuls biens que j'y ai acquis ne risquent pas de retarder ma chevauchée. Ce sont mon noir coursier et mon harnois de guerre ! »

Suivant Guillaume, il traversa le village auquel sa cousine, talonnant sans nécessité Roxelane, accorda un regard à la fois distrait et supérieur. Personne sur les seuils aux portes vermoulues. Trois toits de chaume s'incurvaient. L'un d'eux, le moins pelé, abritait l'Henriette, la mère de Margot et d'Anne. Et l'Henriette se mourait...

— Nous y voilà, ma fille, dit Guillaume.

Hérissant de ses tours et de son crénelage l'éminence dont elle couronnait le sommet, la forteresse donnait un formidable coup de dents aux nuages.

— Bien sûr, tu ne t'y reconnais plus !... Cinq ans !... A ton départ le donjon n'était qu'un trou dans la terre ! Il crève à présent le ciel !

Comme elle ne disait mot — ou submergée ou dépourvue d'émotion — le baron, déçu, laissa Tancrède, les sergents et Blanquefort prendre du champ. Se détournant alors à peine, il lança :

— Ce matin, Sicart de Lordat m'a rejoint aux cuisines. Il m'a annoncé l'achèvement des travaux dans deux semaines.

Le ton étant devenu brusquement moins amène, Ogier s'attendit à des reproches.

— Il m'a également prévenu que Bressolles allait te suivre jusqu'à Pontorson, et de là te quitter pour gagner le Mont-Saint-Michel.

— C'est vrai... J'avais décidé de vous l'annoncer ce soir.

— En somme, de m'informer le dernier ?

L'expression du visage de Guillaume révélait une rancune froide, en parfait accord avec la pluie qui se remettait à tomber.

— Pas le dernier, mon oncle, mais...

Bruyamment, les fléaux du pont-levis s'abaissèrent. Griveau et Chastagnol sortirent du château par la porte piétonne.

— Tout va bien ? demanda Blanquefort tandis que la cavalière et les sergents franchissaient le tablier sonore et s'enfonçaient sous la grande voûte dont la herse était abaissée d'un tiers.

— Oui, messire !

Son cri de stupéfaction retenu sans doute à grand-peine, le portier bafouilla en désignant du doigt Tancrède :

— C'est... c'est notre damoiselle ?

— Eh oui, Chastagnol, ricana Guillaume.

Quand son oncle l'eut fait, Ogier mit pied à terre. Il tendit les rênes de Marchegai à Griveau, et tandis que le palefrenier à la fois hilare et ahuri entraînait l'étalon vers l'écurie, Chastagnol s'exclama :

— Par le sel de mon baptême, je l'aurais prise pour un gars !

Guillaume considéra ce petit homme trembleur, rouge comme ce vin qu'il aimait tant à boire.

— Va donc t'occuper des treuils... Clos ces murailles en hâte, mais laisse la herse où elle est... Quant à toi, mon neveu, suis-moi.

* *
*

Derrière le baron subitement maussade, Ogier s'engagea sur un des deux escaliers découverts qui accédaient à la bretèche du pont-levis.

— Nous voilà donc au complet, dit Guillaume avant même d'avoir atteint le chemin de ronde... J'ai bien fait d'envoyer quérir Tancrède mais ça ne me dit rien d'assister à ses retrouvailles... Tu devines l'effet qu'elle produira sur Claresme, Mathilde... et bien d'autres !

Se penchant vers la haute cour en partie fermée par les logis, la chapelle et les écuries, le vieillard observa les maçons occupés à tirer les derniers fardiers de pierres, et les charpentiers entassant tout au long des murs des étables et du fournil, des tronçons de chêne et de châtaignier.

— Voilà sept ans que ces travaux ont été entrepris. Dans quinze jours, j'en verrai enfin l'issue !... Avant que tous ces manouvriers de bonne espèce ne m'aient quitté, il me faut engager trente ou quarante archers... Les tavernes du Puy-Saint-Front sont pleines de gars affamés, prêts à se vendre pour avoir litière, boisson et mangeaille assurées.

— En temps de paix, sans doute, observa Ogier. L'oubliez-vous, mon oncle ? Le commun sait comme nous que les Anglais progressent en ce terroir. La plupart de ces gars, je le crains, préféreront rester des errants couchant, mangeant et lampant au hasard plutôt que de devenir ou redevenir mercenaires... Vêtements, nourriture et solde ne sont certes pas négligeables par le temps qui court !... Mais contre quoi, ces avantages ? Le péril de mort... Et mourir pour quoi ? Ils n'ont rien, eux, à défendre.

— Le royaume, ou tout au moins le Périgord leur appartient autant qu'à nous !

— Allons donc !... Vous savez comme moi ce qu'on dit jusque dans vos murailles : les vilains et même les bourgeois de Guyenne sont plus heureux sous le joug des Anglais que tous ceux de par chez nous sous l'obédience de Philippe VI et des princes du sang !

Le baron eut un geste irrité :

— Les Goddons sont Dieu sait où !... Peut-être reculent-ils devant nos gens de haute et basse conditions, loyalement assemblés pour les vaincre !

Puis, tout à coup enclin à la sincérité :

— Crois-moi, cette invasion ne me dit rien qui vaille... J'ai eu mon content de combats !... Voilà cinq ans que je vis bien, loin du grand hu (1) des mêlées... J'étais ardent et armeret (2) à la bataille, et tu le sais, ma carcasse en porte les marques !... Désormais, pour trouver mon sort enviable, il me suffit de pourpenser que je peux défier l'Édouard III en la personne de Derby, ou de n'importe quel connétable anglais s'il vient m'encercler avec ses malandrins !... N'est-il pas vrai que ces parois inspirent tout à la fois le respect, le réconfort, et pour celui qui les fit élever, un orgueil légitime ?

Ogier approuva le vieillard tout en regardant l'énorme masse barlongue du donjon au sommet duquel des maçons élevaient le dernier merlon. Hardis, robustes, ces hommes étaient épris de belle ouvrage. Et ils l'avaient prouvé !

Soudain, le garçon sentit les doigts du vieux guerrier se crisper presque méchamment sur son épaule.

— Tu seras donc armé chevalier ailleurs qu'en ces murailles où tu as tant appris !

Ogier contrefit sa voix pour répondre doucement :

— A quoi bon revenir là-dessus ? Je serai adoubé à Gratot, et par mon père... Auparavant, je défierai Blainville.

— Quand ? Comment ? Il est temps, — ne crois-tu pas ? — de m'exposer enfin tous tes desseins... Pendant cinq ans, nous avons autant que faire se pouvait, évité de parler de l'Écluse et de ses conséquences... Était-ce déraison, lâcheté ou sagesse ? Je n'en sais rien.

— *Quand ?...* Je serai patient... *Comment ?...* Devant le roi... J'attendrai le temps qu'il faudra, mais en présence de notre sire Philippe, je jetterai mon gantelet à la face de ce félon ! Ensuite je raconterai tout ce qui s'est passé en Flandre et réclamerai le jugement de Dieu !

— Le roi exigera preuves et témoignages.

— J'y ai pensé... Aussi, avant d'affronter cet homme en champ clos, je vous ferai quérir ainsi que Blanquefort !

(1) Le grand vacarme.
(2) Vaillant.

— Nous ne pouvons attester la traîtrise : ce serait nous parjurer. Il nous est seulement loisible de raconter comment Blainville a fait en sorte que nous perdions cette bataille dont le souvenir nous tourmente encore tous...

— Je l'occirai !

— Ne sois pas si présomptueux... D'autres plus aguerris que toi ont inquiété Blainville... Te souviens-tu d'Arnoul de Loubignac ?

— Bien sûr ! Il revenait de la guerre de Bretagne quand il fit halte ici avec son écuyer. Il avait perdu un œil au siège d'Hennebont et un pied à Vannes.

— Rappelle-t'en afin d'apaiser ton ardeur : Loubignac nous a dit que Blainville était plus en faveur que jamais. Il s'est à sa façon, là-bas, couvert de gloire... Quand Nantes est tombée devant Charles de Blois et le duc Jean, c'est lui qui captura Montfort. Loubignac a vu Blainville et l'ursupateur sortir de la tour où ce dernier s'était retranché... On n'eût pas dit deux ennemis, paraît-il...

— Et pour cause : ils sont tous deux alliés à l'Angleterre !

— Pour en revenir à Blainville : il est puissant, retors, félonneux et austère (1). Souviens-toi de la dégradation de ton père.

D'un regard, le baron enjoignit le silence au damoiseau indigné.

— C'est façon de parler, tu devrais le savoir... Maudit soit ce jour-là !... Lancelot de Longval se rangea du côté de Godefroy d'Argouges.

Comprenant où il voulait en venir, Ogier devança les explications du vieillard :

— Je sais... Lancelot est mort six mois après son retour de la Broye. On a trouvé son corps sur les terres de Gauthier d'Évrecy, duquel il s'était éloigné pour suivre les fumées (2) d'un cerf.

— Le bruit a couru qu'il avait cogné une branche de la tête, alors que son cheval s'était affolé... Donc, il aurait dû être heurté de front. Or, avant qu'on cloue son cerceuil, les chevaliers présents ont vu que son visage ne présentait aucun coup de lorgne.

— Mais sa nuque était brisée !

— Un mois plus tard, ce fut le tour d'Évrecy. Loubignac nous a dit qu'il avait vomi du sang pendant deux jours... Et peu après, on a trouvé Raoul de Longpré pendu à une poutre de son écurie... On a raconté que c'était le désespoir d'amour qui l'avait poussé à cet acte... Allons donc !... Il y a du Ramonnet là-dessous.

(1) Dur, cruel.
(2) Fientes.

Comme le vieillard sourcillait dans un effort de mémoire, Ogier le précéda dans sa conclusion :

— Quant à Ernauton de Penne, il chevauchait sur le chemin de Malestroit lorsqu'un trait l'a touché au cœur... L'auteur de ce coup-là n'a jamais dit pourquoi il avait encoché sa flèche !

Guillaume haussa les épaules :

— Les gens qui procédèrent à son interrogatoire étaient des piètres tourmenteurs... Songes-y, Ogier, quand tu auras Blainville à portée de hache ou d'épée : en le pourfendant, tu ne vengeras pas que ton père. Ces quatre-là, eux aussi, sont ses victimes, j'en jurerais !

— Nul doute là-dessus, mon oncle... Mais pourquoi vous a-t-il épargné ?... Courroux, humilité : dans les maudits murs de la Broye, vous avez tout essayé pour qu'il renonce à dégrader mon père.

— Il me sait loin des intrigues de Cour, et sur l'autre versant de la vie. Sais-tu pourquoi il ignore que je t'ai accueilli ?

Ogier avait trop d'empire sur lui-même pour montrer quelque surprise à cette question cent fois posée — si ce n'était davantage —, et demeurée sans réponse.

— Qu'il le sache ou non m'est indifférent. Il ne m'importe que d'obtenir ma vengance.

Le baron fronça les sourcils. Une nouvelle inquiétude, à moins que ce ne fût une gêne, l'immobilisa un moment ; puis, défiant son neveu du regard :

— Ah ! là là... On peut dire qu'avec ce départ auquel je m'attendais, mais dont l'imminence m'escagasse, je suis contraint d'agir à l'opposé de mes prévisions !

— Que voulez-vous dire ?

Heurtant ses poings l'un contre l'autre, et après une longue inspiration, Guillaume prit son élan :

— Eh bien, voilà — et crois-moi, j'aurais voulu t'informer d'une autre manière, car à présent j'ai l'air, à ton égard, de me libérer d'un ressentiment qui m'étouffe — : avant de nous séparer dans la cour de la Broye, ton père, dont il me faut louer la prudence, a décidé de répandre autour de lui la nouvelle de ton décès.

— Mon père !

Ébahi par cette révélation faite sur le ton d'un grief, le garçon se mordit les lèvres pour ne pas crier sa réprobation et sa douleur. Ainsi, depuis cinq ans, il vivait dans l'ignorance et le mensonge. *Il n'existait que pour les gens de Rechignac !*

— Godefroy avait grand souci de ta sécurité, mon gars, reprit doucement Guillaume. Ne t'en déplaise, tu as trépassé du côté d'Abbeville, en revenant à Gratot... Une mauvaise fièvre contractée dans le bourbier de l'Écluse.

— *Il* a décidé ça !

— Je te le jure sur le sang du Christ ! Et conviens-en, au lieu de t'indigner bêtement : rien ne convenait mieux à ta protection... N'oublie pas que Blainville t'avait menacé, toi aussi, sur le pont du *Christophe*.

— Ainsi, ma mère et ma sœur me croient mort !

— Eh oui, soupira Guillaume, tête basse. Ce n'est pas de gaieté de cœur que Godefroy s'est aconvenancé avec moi, alors que tu t'attardais auprès d'une fillette... Pour te le révéler, j'attendais une occasion propice. Je l'ai trouvée ce jour d'hui... Enfin !... Pardonne cet aveu tardif et nécessaire. Tu le sais : il m'advient d'être dépourvu de finesse ou de modération...

Blême et privé soudain de tout ressentiment, le garçon ne savait que répondre. Un pan de rêves, d'illusions, de desseins dont les miroitements avaient orné sa vie, s'effondrait sous ce coup de boutoir stupéfiant, et l'affliction, le désespoir apparus au-delà de ces ruines l'angoissaient plus encore, maintenant, que le sort de son père.

Il essaya d'imaginer le chagrin de sa mère et de sa sœur, cinq ans plus tôt ; la douleur, non pas figée, mais agressive de Luciane d'Argouges, et ses reproches à un époux déjà bien éprouvé : *« Je t'avais dit de ne pas l'emmener ! Il était trop jeune ! »* Un mari — et pour Aude, un père — dégradé, en quelque sorte anéanti ; un fils — et pour Aude, un frère — trépassé ; et des armes dont elles étaient si fières, réduites, avec leurs lions en partie courtaudés, à des objets de risée !

— Allons, redresse-toi plutôt que de te laisser envahir par le dépit et l'amertume.

Guillaume avait raison. Et réagir, c'était imaginer leur joie à tous en le voyant réapparaître, fort et résolu à les venger. Réagir, c'était concevoir la stupeur de Blainville, défié par un revenant.

— Vous auriez pu m'avouer la vérité, mon oncle.

— J'avais donné ma parole à ton père... Si je n'avais été fidèle à ce serment, tu te serais tourmenté des années... à moins que tu n'aies fui pour retrouver les tiens... Crois-moi : tout est mieux ainsi.

— Mais les coulons ? Ma mère a dû les voir dans le ciel de Gratot.

— En dépliant les messages, tu t'es souvent plaint d'une brièveté à laquelle nous étions contraints... Un *tout va bien* suffisait... Jamais, sache-le, mes oiseaux n'ont été portés à Gratot... Et ceux qui prenaient leur vol de Rechignac n'appartenaient pas à ton père...

— Où allaient-ils se jucher ? Et ceux qui se perchaient ici, d'où venaient-ils ?

— Apaise-toi, tu vas tout savoir. Ton père a dans son voisinage un homme de confiance... Un ermite... Il vit à une demi-lieue de chez vous...

— Gerbold !

— C'est chez lui, en présence de ton père, que mes hommes échangeaient les oiseaux. J'ai toujours envoyé les mêmes soudoyers en Normandie... J'ai en eux la plus entière confiance.

— Aspe, Calmels, Benoît et Raymond.

— Oui... Ils ont su et sauront garder le secret. Je les solde en conséquence !... Et c'est pourquoi je peux aussi te rassurer. Selon le dernier message que Godefroy a remis, début mars, à Benoît, et que j'ai détruit après en avoir pris connaissance, Luciane et Aude vont bien.

— Et vous, mon oncle ? Qu'avez-vous mis dans le bref destiné à mon père ?

— *Il est prêt. Attendez-le pour la Saint-Sylvestre.*

— La fin de l'année ! Même avant ces révélations, c'était déjà trop loin.

— Je sais... Je suis un vieil égoïste et n'ai pensé qu'à moi seul.

D'un revers de main, Ogier sécha ses larmes.

— Ah ! mon oncle, comme je les plains tous... Mon père, enlisé dans un mensonge pire encore que son déshonneur... Ma mère et ma sœur confinées dans un deuil injuste !

— Je sais, je sais... Godefroy doit souffrir de toutes les menteries qu'il a racontées sur ton compte... Il a dû bien souvent être tenté d'avouer la vérité à ma sœur... S'il a tenu et tient bon, c'est qu'on ne peut se fier à la meilleure des femmes.

— Vous avez raison, mon oncle.

— Crois-moi, Blanquefort et moi avons tout entrepris pour te préserver. Nous avons été discrets sur ton compte avec les seigneurs et les chevaliers de passage... Dérogeant même aux règles de l'hospitalité, je n'ai reçu aucun Normand. Il s'en est présenté, en cinq ans, une bonne douzaine... Ils ont dû me faire une détestable réputation. Mais c'était mieux ainsi : prononcé malencontreusement, le nom d'Argouges aurait pu déclencher des révélations auxquelles nous ne tenions ni toi ni nous ; peut-être — qui sait ? — une querelle... Mes proches, dont tu connais la curiosité, m'auraient alors posé des questions... De cette façon, ma valetaille et mes gens ne se sont jamais interrogés sur ton compte. Mathilde même ignore la vraie raison de ta présence.

— Je peindrai aujourd'hui mes lions sur mon écu !

— Rien ne t'y oblige, Ogier. Tu peux chevaucher avec un écu et un tabard à mes armes... N'es-tu pas par moitié Argouges et Rechignac ?

— C'est vrai, mais mes lions, même diffamés, j'en suis et serai fier !... Je m'attends à ce que les voyant, manants, bourgeois et seigneurs s'ébaudissent ou s'indignent : *« Un traître ou fils de traître »...* ou quelque autre ânerie... Alors je sortirai mon épée. Ah ! mon oncle, après ce que vous m'avez divulgué, j'ai plus d'impatience encore à retrouver les miens !

— Tu pars quand ? Vas-tu précipiter ton départ ?

— A quoi bon. J'ai décidé que ce serait le prochain dimanche après la messe et ne changerai rien à mes dispositions. J'ai pourtant hâte d'affronter Blainville !

— Il te faut pour cela le confondre. Apporter à tes accusations des preuves testimoniales... et tu n'en as guère !

— Je l'étendrai sanglant à mes pieds. Son maudit nom s'éteindra.

— S'éteindra ?... Tout beau, mon gars. Tu oublies qu'il a un neveu : Jean de Maugenchy de Blainville, qu'on appelle aussi Mouton de Blainville (1).

— Eh bien, si ce mouton se fait loup pour revancher son parent, je l'enverrai le rejoindre en enfer !

Le baron s'assit sur un tabouret oublié par un guetteur. Il contempla ses mains posées sur ses genoux. Larges, solides, brunes et armées de longs doigts aux ongles ras, elles ne portaient aucun anneau. Mille et mille fois, elles avaient empoigné la lance, l'épée, l'énarme et la guige de l'écu, de sorte qu'elles étaient un peu crochues et que leurs paumes calleuses, qu'il frottait maintenant sur ses cuisses, luisaient comme les vieux cuirs.

— Pour les temps à venir, il convient que j'aie en ces murs

(1) Né en 1322, mort en février 1391, il fit ses premières armes en Normandie, où il assista au siège de Honfleur. Il défendit le château de Rouen contre les Anglais (1364) et fut fait maréchal de France (1368). Il commandait l'avant-garde qui se couvrit de gloire à Rosebecke (1382) et contribua, au cours de la campagne, à la prise de Bécherel.

un gendre de ton espèce. Un gars aussi capable de contrester (1) aux agresseurs que d'imposer l'inquiétude et le respect à des voisins turbulents. Il lui faudra s'adjoindre un écuyer, voire un sénéchal à ta semblance. Blanquefort a vieilli. De plus, il n'est point chevalier.

— S'il est un homme qui, avant moi, mérite les éperons, c'est lui ! Pourquoi ne l'avez-vous pas adoubé ?

Guillaume éluda cette question ; elle l'indisposait chaque fois qu'elle lui était posée.

— Ah ! dit-il, pour quelle raison Dieu m'a-t-il refusé un fils ? Qu'ai-je à faire de deux pucelles ?

Ogier eut un geste de protestation et le baron s'apaisa :

— Je sais ce que tu vas me répondre. Tancrède est rude. Tu as vu en quel état ces nonnains me l'ont rendue. La voilà plus encline à porter le heaume qu'une de ces coiffes absurdes — huves ou templettes — dont les dames aiment à se jolier.

— Quoique différente de celle que vous attendiez, votre puînée vous plaît toujours autant.

Le damoiseau se garda d'exprimer les pensées que cette fille, à vrai dire inconnue, avait développées dans son esprit. Car c'était une étrangeté qu'elle fût si garçonnière. Sans doute ne serait-ce point de son côté que viendrait le gendre espéré par Guillaume. Si ses formes, revêtues d'une robe de velours ou de baudequin (2), pouvaient embraser l'imagination des prétendants, son caractère abrupt et ses façons revêches les rebuteraient avant même qu'ils lui eussent fait compliment de sa beauté. Auprès d'elle Claresme, pâle et blonde, inspirait plus de commisération que d'envie. Elle allait, jour après jour, de sa chambre à la chapelle, filait la laine, s'absorbait dans la confection d'une tapisserie et même aidait Mathilde à la cuisine quand l'envie l'en prenait. Elle riait peu, parlait à peine et soupirait souvent. Quels rêves, quels désirs peuplaient sa tête et son cœur ?

— Es-tu heureux de les quitter, elles aussi ?

Ogier ignora cette question. Heureux, lui ? Bien qu'il eût vécu près d'elle pendant cinq ans, il oublierait Claresme plus aisément que sa sœur. Et pourtant, elle avait, quand leurs regards se croisaient, des rougeurs, des gestes embarrassés ; et lorsqu'ils se parlaient seul à seul — rarement —, des balbutiements au sujet desquels il cesserait bientôt de s'interroger.

(1) Résister, s'opposer.
(2) Toile de fils d'or et de soie.

— D'ici à ton départ, tu vas côtoyer Aspe, Benoît, Calmels et Raymond... Tiens ta langue. Évite de leur montrer que tu sais... Ils ne comprendraient pas que j'aie eu la faiblesse de tout te révéler. Ce sont les événements autant que mon amour pour toi qui m'y ont poussé.

Ogier se sentit rougir. Guillaume, incommodé lui aussi, se racla la gorge et se leva. Sa gravité devint extrême :

— Avant-hier, au Puy-Saint-Front, Salviati, tu le sais, toujours bien informé, m'a dit que du côté de Mussidan, des forteresses réputées imprenables sont tombées sous les assauts de cette truandaille anglaise.

— Pourquoi nous avoir tu les propos du Lombard ?

— A quoi bon affoler nos gens ? Il paraît qu'un certain Robin Canole commande à quelques milliers de routiers. On le dit sournois et mauvais. C'est pourquoi, tous sentiments mis à part, je te demande de rester avec nous jusqu'à ce que ces Goddons, Gascons et autres mercenaires s'en retournent en Guyenne.

Ogier considéra le vieillard sans lui dissimuler sa surprise. Éprouvait-il soudain de l'inquiétude ?

— Mon oncle, si ces démons survenaient, il n'y a pas en ces murs suffisamment de gars aguerris pour soutenir un siège... C'est dès à présent qu'il nous faut essayer d'assembler des hommes d'armes dignes de confiance. Or, j'ai grand-peur que nous n'y parvenions pas... Si par malheur les Goddons nous cernaient maintenant, nous serions perdus.

— J'y songe... S'ils s'en prennent à Bergerac, ils nous laisseront le temps de préparer nos défenses.

Les trente hommes qui tenaient garnison à Rechignac, étaient la plupart vieux, débonnaires. Entre deux travaux champêtres, l'essentiel de leurs activités consistait à veiller aux remparts et, chaque dimanche après la messe, devant les bersails ou le papegai (1), à prouver leur habilité. Avec eux, pour repousser une attaque, il fallait compter sur le personnel du baron : trente-trois serviteurs logés tant bien que mal dans les bâtiments accotés à trois pans de murailles ; quatre forgerons et six palefreniers ; les vingt villageois — s'ils pouvaient, prévenus à temps, monter jusqu'au château accompagnés de leur famille ; Didier, Renaud et Haguenier. Quant aux maçons, couvreurs et charpentiers, il leur tardait d'abandonner la promiscuité de leur gîte — une grange aux greniers

(1) *Bersail :* cible, d'où *berser :* tirer. *Papegai :* oiseau de carton placé sur une perche ; but à atteindre des archers et arbalétriers.

aménagés pour dix couples, leurs rejetons et leurs chiens. Sauf quatre gars mariés à des filles natives de Rechignac, tous partiraient, les uns pour Vieillesegure avec Sicart de Lordat, et le restant chez eux, dans le comté de Foix, en Roussillon et même en Langue d'Oc. Mais tous ces tâcherons forts en gueule et en muscles se battraient en cas d'encerclement : cette citadelle était leur œuvre.

— Malfaisants Goddons ! grommela Guillaume. Nous étions pourtant si bien...

— C'est vrai, mon oncle. Tancrède vous fera oublier mon départ.

— Je n'en crois rien, et toi, tu n'en crois rien aussi.

Après avoir contourné les latrines, ils parvenaient à l'angle que la Malthide formait avec la muraille. Ogier s'approcha des créneaux dans l'intention d'observer la campagne. Il n'en eut pas le temps : surgissant d'une des tours portières, Chastagnol embouchait son cor.

La plainte de l'instrument fut brève, car le portier manquait de souffle ; mais Bérault, un hommes d'armes, sortit des latrines en rajustant ses chausses. Tout en bouclant sa ceinture, il regarda vers le hameau. A son tour, il porta sa trompe à sa bouche. Longtemps le mugissement de la corne de bœuf surnagea au-dessus des bruits du château, immobilisant les ouvriers dans la cour et agglutinant des visages dans l'embrasure des fenêtres. Et ce fut, sauf l'aboiement d'un chien, le silence.

— Un chevaucheur, messire ! hurla Chastagnol en courant au-devant du baron.

— Viens, Ogier, allons à la bretèche. D'au-dessus du pont-levis, nous verrons mieux à qui nous avons affaire !

Quand le vieillard se pencha au milieu du parapet crénelé reliant les tours de l'entrée, le cavalier parvenait sur l'esplanade. Apercevant des visages, il agita la main :

— Holà !... Holà !... Qu'on m'ouvre incontinent.

Il portait une cotte grise, loqueteuse, sur un haubergeon en piteux état. Sous son chapel de Montauban, sa figure était un buisson de moustache et de barbe. Son noir coursier semblait fourbu. Un écu rond, une besace, une arbalète et un carquois demi-plein pendaient aux arçons de sa selle.

— Qui est-tu ? demanda Guillaume.

— Grégoire Savignol, message (1) du comte de l'Isle-Jourdain.

— Que veux-tu ?

(1) Messager.

Lâchant les rênes, l'homme réunit ses mains en cornet :

— Il me faut changer de monture, la mienne s'est entretaillée. De plus, elle court depuis Bergerac... Ouvrez, messire... Par Dieu et tous les saints, ouvrez !

— Que fais-tu à galoper ainsi ?

— Il me faut atteindre le duc Jean au plus tôt pour lui remettre un bref... Et j'ai grand besoin d'un cheval frais.

Guillaume tourna vers Ogier un regard fatigué puis, à l'adresse de Chastagnol :

— Cours lui ouvrir ! Et toi, Bérault, ne bouge pas et veille au grain... Par ma foi, ni Didier, ni Renaud, ni Haguenier ne sont présents pour accueillir cet homme... Sont jamais là quand on a besoin d'eux.

Tandis que le pont s'inclinait, le baron ajouta :

— Voilà un gars qui m'a l'air rude !

Devançant son oncle, Ogier dégringola l'escalier conduisant à la haute cour.. Ils parvinrent ensemble devant le puits en même temps que le chevaucheur. Celui-ci sauta de son cheval, tituba et s'accrocha au bras de Griveau qui venait de saisir les rênes.

— Sang-Dieu, cette course m'a épuisé... Mon Bayart aussi. Voyez comme il écume !

Il s'inclina devant Guillaume, Ogier et Vivien de Podensac.

— Messires, Dieu vous garde !... Service du roi et du duc Jean.

Écartant l'encolure de sa cotte, il montra au baron, accrochée à une chaînette, une bague à chaton rond sur lequel Ogier entrevit une fleur de lis (1).

— Avant de paroler, j'aimerais qu'on fasse diligence pour mettre mon Bayart à l'écurie avec un bon tas de fourrage et un seau d'eau.

— D'accord, dit Guillaume. Et tu veux un cheval en échange ?

De l'avant-bras, le sergent essuya sa bouche et sa moustache souillées par la poudre des grands chemins.

— Il me le faut vaillant... J'ai moult lieues à couvrir encore.

— On peut lui confier Prinsaut, suggéra Ogier à son oncle.

— Je vais le lui faire préparer, dit Vivien.

— C'est un bon coursier, commenta Guillaume. Ménage-le et rapporte-le si tu le peux.

Tandis que Vivien s'éloignait, menant le cheval fourbu par la bride, Guillaume entraîna le messager vers le donjon.

(1) Depuis 1185, les courriers étaient tenus de porter les armoieries royales soit sur le couvre-chef, soit au cou.

— Tu vas tout de même boire et manger, Savignol !
— Pas de temps. J'ai ce qu'il faut dans ma besace.
— Tu viens de Bergerac. Nous en sommes à dix lieues... Tout va-t-il bien ?
— On s'y bat, messire.
L'homme portait des housseaux croûtés de boue séchée. Une épée pendait à sa hanche, si longue que sa bouterolle touchait le sol.
— On s'y bat depuis plus d'une semaine, messire (1).
— Ah ! s'exclama Blanquefort en s'approchant. Le capitaine et les sergents d'Excideuil prétendaient le contraire.
On s'assemblait autour d'eux. D'un geste, Guillaume invita les curieux à se disperser. Comme Mathilde, angoissée peut-être, demeurait immobile, il se fâcha :
— Ne sais-tu plus, ma grosse, obéir à ton maître ?... Va préparer en hâte une outre de vin, des saucisses et du bacon... Tout cela dans un sac... Hâte-toi !
La commère, sciemment, partit à pas comptés.
— Boudious ! dit Savignol en désignant du doigt la Mathilde, j'accepte votre Prinsaut, mais vous pourriez m'offrir cette mule que je vous la refuserais !
Il passait à proximité du puits. Il arracha une feuille à un chêne et la mordilla tout en s'asseyant sur la margelle. Ensuite, l'ayant crachée :
— C'est pas parce que j'ai le mien douloureux, non, faut pas croire : Montcuq est tombé depuis trois semaines. J'y étais, baron, par ma foi. La garnison — ou ce qu'il en restait — s'est retirée jusqu'à la Madeleine, et de là jusqu'à Bergerac...
Blanquefort déroula la corde du treuil et remonta un seau ruisselant d'eau. Savignol aussitôt y plongea ses mains réunies en coupe et but avec avidité. Il recommença, cette fois pour se débarbouiller, tandis que Guillaume demandait :
— Ils sont si forts que ça ?
— Forts et nombreux ! Nous n'avons, contre eux, que des génois, des bidaux (2) et des manants mal armés... Heureusement qu'ils ont tous du cœur au ventre !
— Qui les commande ?
— Le comte de l'Isle, le comte de Comminges, le vicomte de Carmaing, le sire de Duras... le vicomte de Villemur, le sire de...
— Avez-vous perdu beaucoup d'hommes ?

(1) Le comte de Derby et ses hommes prirent Bergerac le 26 août 1345.
(2) Paysans enrégimentés.

— Hélas, oui !... Les vicomtes de Bosquentin et de Châteaubon, les sires de Châteauneuf et de l'Escun ont disparu... Les seigneurs de Castelnaud, Castillon et Limeuil, ainsi que Jean de Galard sont captifs de ces malfaisants.

— Je les connais tous ! dit Guillaume. J'en ai même reçu certains...

— Jean II de Lévis, seigneur de Mirepoix, a trouvé la mort dans une mêlée... Pour prendre Bergerac, Derby a désigné deux capitaines : Gautier de Masny et Franke de Halle.

— Et alors ? demanda Blanquefort.

— Comme les Goddons ne peuvent investir la cité par le sol, voilà quatre jours qu'ils construisent des radeaux... Mais nous savons qu'ils attendent des barges et des petites nefs en provenance de Bordeaux... Et c'est Kenfort qui les commandera.

— Kenfort... Il était à l'Écluse... Continue !

— Demain ou après-demain, c'est sûr, ils attaqueront les murailles élevées au-dessus de la Dordogne. Ils ont avec eux une espèce de capitaine qu'on appelle Robin Canole. On le dit d'un caractère d'une tigrerie extraordinaire... Un homme sans pitié, sans vergogne...

— Comment es-tu sorti de Bergerac ? demanda Guillaume.

Ogier aperçut Anne qui, Saladin sur les talons, se rendait à l'échansonnerie. Il lui sourit tout en regrettant de ne pouvoir lui parler.

« Elle est bien pâle... L'état de sa mère a-t-il empiré ? »

Il se tourna vers Savignol.

— J'ai pris, expliquait le sergent, le souterrain qu'empruntaient le comte de l'Isle et ses conseillers... Mon Bayart me suivait, car la voûte en est haute.

Guillaume lança un regard paisible à ses murailles ; elles étaient hautes, elles aussi, bien pourvues en merlons, impropres, apparemment, aux échellades.

— Sont-ils nombreux ? demanda Blanquefort.

— Dix mille à Bergerac, sans doute...

La cotte de Savignol était brune de sang sec ; il traînait un peu la jambe ; il expliqua :

— Dès qu'ils ont attaqué, le comte de l'Isle a décidé de renforcer les défenses des places et cités que ces maudits, sûrement, convoitent en premier... Le sénéchal de Toulouse est parti pour Montauban, le vicomte de Villemur a gagné Auberoche et Bertrand des Prez, Pellegrue...

— Y a-t-il d'autres menaces ?

Savignol battit mollement des bras :

— Messire, sauf ici, le Périgord est à feu et à sang. On bouge, on bouge... Tenez : Philippe de Dyon s'en est allé à Montagrée avec ses lances ; le sire de Montbrandon est, lui, à Maudurant... Ernoult de Dyon est à Lamougie ; Robert de Malemort à Beaumont-de-Lomagne ; Charles de Poitiers à Penne, en Agenais...

— Et le comte de l'Isle, Grégoire ? demanda Blanquefort.

Il y avait de l'ironie dans sa question. Le sergent ne s'en indigna point :

— Il devait gagner la Réole pour y renforcer les défenses, mais foi de Savignol, je crois qu'il va bientôt venir au Puy-Saint-Front.

Griveau, à cet instant, sortit des écuries, menant Prinsaut par la bride. Vivien le suivait.

— Il est fin prêt ! Tout ce que portait ton Bayart est sur lui.

— Très bien, dit le sergent en marchant au-devant du manchot.

— Il te faut manger un morceau et boire un coup, l'ami ! insista Blanquefort. Un bon bain t'aurait même revigoré.

— Pas le temps, dit Savignol en frottant sa barbe humide. Croyez que j'en ai du regret... J'ai dans un sac du pain, du vin, du saucisson... Je suis bien pourvu en écus.

Il s'approcha du cheval pommelé, croisement de Percheron et d'Auvergnat, tourna autour, caressa son encolure et son poitrail cordé de grosses veines frémissantes, tandis que de son œil noir aux cils blancs Prinsaut l'observait sans inquiétude.

— Il me paraît fort bon !

— Si tu le ménages, il ira loin, dit Vivien.

— Attends donc, protesta Guillaume. Mathilde va t'apporter des vitailles.

Savignol sauta en selle, ajusta son épée contre sa hanche et remonta son chapeau de fer sur son front couvert de sueur.

— Sans doute le duc Jean est-il du côté d'Albi ou de Cahors... Je le trouverai ! Il me faut essayer d'amener par ici trois ou quatre cents lances (1)... Peut-être acceptera-t-il de venir en personne affronter Derby et ses malandrins.

— Veux-tu quelques hommes pour te faire un brin de conduite ? Vide au moins une pinte de vin !

Le sergent eut un tel sourire qu'il parut prendre Guillaume en pitié :

(1) La lance se composait d'environ dix cavaliers qu'entouraient et protégeaient les « hommes de pied » en nombre égal ou supérieur.

— Gardez votre vin ! Quant à vos hommes, vous verrez que vous en aurez moult besoin si ces démons vous entourent... A vous revoir ! Soignez bien mon Bayart !

Sans plus de façons, Savignol traversa la cour. Le pont était toujours baissé : Prinsaut prit le trot avant même d'en avoir franchi le tablier. Ses sabots y menèrent un instant grand tapage, puis le cheval et le sergent disparurent.

— Eh bien, soupira Guillaume tandis que le fracas des fers diminuait sur la pente, il est rudemment pressé !... Tiens, voilà Mathilde !... A trop vouloir en enfourner dans sa besace, elle a manqué le départ de ce drôle !

— J'espère qu'il amènera des renforts ! dit Ogier, insensible autant que son oncle, au dépit de la commère.

— J'ai idée que pendant quelques jours, nous allons nous sentir bien seuls, dit Vivien.

— Dans la vie, quoi qu'on fasse, on est toujours seul, conclut Guillaume.

Ogier n'osa croiser son regard.

* *
*

Ce dimanche 14 août continua sans qu'aucun autre événement perturbât son cours monotone. La pluie ayant cessé, le baron de Rechignac passa l'après-midi sur ses murailles. Quand il se penchait à la fenêtre de sa chambre où il peignait, sur fond d'azur, les lions jaunes de son écu, Ogier, parfois, apercevait son oncle. Qu'il se tînt immobile ou qu'il arpentât le chemin de ronde, Guillaume dirigeait constamment ses yeux vers les lisières des forêts.

Vivien le rejoignit à plusieurs reprises. Ce furent des entretiens assez vifs, soulignés par des gesticulations du manchot, tandis que le baron, les mains réunies sur sa boucle de ceinture, haussait de temps en temps les épaules.

« Lequel est le plus soucieux ? » s'interrogea le damoiseau en revenant à ses pinceaux. « De quoi Podensac l'adjure-t-il ?... D'aller quérir sans tarder des hommes d'armes ? Même si cela lui coûte cher, il faut qu'il s'y résigne au plus tôt. »

Avant de grimper au faîte du donjon pour surveiller, lui aussi, la contrée, Blanquefort avait renforcé les guetteurs. Il y en avait sept, désormais, — un pour chaque côté de cet heptagone irrégulier qu'était Rechignac —, l'arbalète ou l'arc à l'épaule. Devant les escaliers d'accès, leurs compagnons empilaient des quartiers et des boulets de pierre, tandis que Bressolles et Sicart de Lordat harcelaient les hommes de truelle et de marteau ; il fallait débarrasser les cours des matériaux et engins encombrants, de façon qu'en cas d'attaque aucun obstacle ne pût retarder les mouvements des défenseurs. Les femmes avaient disparu.

« Ont-elles déjà peur ?» se demandait Ogier.

Il eût aimé voir Anne. Il s'inquiétait du coup d'œil soucieux qu'elle lui avait lancé lorsqu'il écoutait Savignol. Que signifiait-il ? Allait-elle bientôt le rejoindre ?

A la fin du jour, agacé par sa solitude, il glissa son bouclier sous son lit ; et comme il s'apprêtait à se rendre au donjon pour souper, on frappa à sa porte. Saladin, allongé sous la fenêtre, aboya sans bouger.

— Tiens, c'est toi, Margot !

La chambrière avait un visage rond, des yeux bleus, une bouche étroite, un peu moqueuse. Le regard d'Ogier tomba sur sa gorge, qu'il vit presque tout entière tant était dénouée l'aiguillette à ferrets de cuivre qui fermait d'ordinaire le col de sa camisole.

— Que viens-tu m'annoncer ?

Il songea : « Elle est joliette, pas farouche... » Et ces seins blancs, à portée de ses mains, semblaient fermes, doux à souhait. Gilles Champartel, son époux, ne devait pas s'ennuyer.

— Anne m'a chargée de vous dire, messire, qu'elle ne pourra vous voir avant demain matin. Il a fallu qu'elle aille au hameau. J'en viens. Notre mère s'en va... Elle gonfle, gonfle et le souffle lui manque de plus en plus... J'aurais souhaité la veiller à la place de ma sœur, mais la damoiselle m'en a empêchée.

— Qui ? Tancrède ou Claresme ?

— Pas Claresme... L'autre !

Ainsi, à peine arrivée, Tancrède manifestait ses volontés.

— C'est dangereux de descendre au hameau... Sais-tu que les Anglais ...

— Je sais, messire. Mais faut rien attendre des voisins et on ne peut la laisser seule... Anne remontera au petit matin.

Margot parut tentée de pénétrer dans la chambre. Ogier s'adossa au chambranle.

— Vous savez, messire, que Blanquefort a donné des tours de veille à nos hommes ?

Le damoiseau secoua négativement la tête, mais songea : « Il a bien fait. » Margot sourit :

— Jusqu'à la mi-nuit, Gilles sera sur les aleoirs (1).

— Et alors ? Tu me parlais de ta mère. Continue.

— Donc demain, au lever du jour, j'irai remplacer Anne au village... Notre vieille n'en a plus pour longtemps.

Cette gorge derrière l'entrecroisement du lacet ! Blanche, laiteuse... Pourquoi ne la cachait-elle pas ? Avait-elle *exprès* dénoué le cordonnet de cuir en montant l'escalier ? Renaud disait-il vrai lorsqu'il affirmait avoir un jour couché Margot consentante, dans les fougères du bord de l'Isle ?

— C'est bien que tu remplaces Anne.

La servante sourit sans nécessité. Légère, peut-être, mais jamais elle ne marcherait sur les brisées de sa sœur.

— C'est comme ça, messire ! Faut bien, elle et moi, qu'on se remplace... Quand j'y pense, je me dis qu'elle a plus de chance avec vous que moi avec Gilles !... Enfin, cette nuit, il fera le guet sur les parois... Grand bien lui fasse !

« Ces tétons, la Margot, tu pourrais les cacher... Et je crois savoir où tu veux en venir avec ton Gilles aux créneaux et ta sœur au hameau. »

Ogier sourit : ses coups d'œil n'avaient pas échappé à la domestique. Il saisit lentement les ferrets, — frôlant les seins dont il put estimer la fermeté — tira de part et d'autre de l'aiguillette, rapprochant ainsi les deux pans de l'encolure.

— Cache donc ces trésors, ma belle ! Tu vas prendre froid.

Il avait imaginé que, confondue, Margot s'esquiverait. Il n'en fut rien. Elle s'approcha au contraire.

— Messire, je ne suis ni prude ni frileuse ! Anne, elle...

Il la saisit aux épaules, en se disant que c'était pour rire, mais en se sachant des plus sérieux :

— Tu ne prétendrais pas la remplacer *pour tout* ?

— Qui sait ? Dans six jours vous partirez...

Après une courbette destinée peut-être à dissimuler sa confusion, Margot fit un pas en arrière.

— Holà !... Sais-tu pourquoi ma cousine veut te retenir ?

La chambrière eut une moue d'ignorance ; et riant tout à coup :

— Je veux bien broder, repasser, repriser son linge. Mais je me refuse à chauffer son lit comme Gersende le fit naguère.

Et sur une pirouette, elle descendit en courant l'escalier.

« Celle-là ! » songea Ogier. « Bon sang, si je voulais... »

Or, justement, il ne voulait point : il était trop épris d'Anne pour la trahir à quelques jours de leur séparation.

(1) Chemin de ronde à la partie supérieure des murs.

III

Ce fut lundi.

Le jour s'annonça par un grand déploiement d'or et de flammes. Dans l'air humide où le soleil levait sa rondache vermeille, un vent du sud lança ses vagues pétillantes de cris d'oiseaux. Portés par elles, et planant au-dessus des tours et du donjon, hirondelles, moineaux, pigeons et corneilles réveillèrent mieux encore que les coqs de la basse-cour, le château engourdi dans le sommeil et l'inquiétude.

Les guetteurs allaient et venaient, frileux et muets, et Guillaume veillait, lui aussi, immobile entre les sommets pointus des tours portières. Une houppelande de drap noir doublé d'écureuil l'enveloppait du cou jusqu'aux talons.

— Déjà debout, mon neveu… Rasé… Vêtu comme à la fête.

— C'est l'Assomption, mon oncle.

— Bon sang !… Ces malandrins, déjà, m'abîment la mémoire !

Le baron n'était ni lavé, ni peigné. L'insomnie rendait ses yeux bouffis presque incolores. Il eut un mouvement du menton, puis cracha :

— Je me suis levé tôt pour voir si mes sept vegilles (1) faisaient bien leur guet… Je n'en ai trouvé qu'un, le Florimont, assis et adossé à la muraille… Mais il ne dormait pas… Prétend qu'il a des genoux douloureux !

« Et c'est avec de tels hommes qu'il prétend, lui, défier les Goddons ! »

(1) Guetteurs.

Comme s'il avait deviné la perpléxité de son neveu, le baron eut un sourire par lequel, sans doute, il affirmait sa supériorité sur cet ancien compagnon de bataille.

— Je suis d'au moins trois ans plus vieux que Florimont... Mais, pour être sincère, je souhaite que ces pouilleux passent au large !... J'ai deux mille arpents de prés, de forêts... des vignes bien pourvues cette année en raisins... Ils peuvent les exiller (1) sans que nous n'y puissions rien.

Guillaume sembla soudain vidé de sa tristesse. Il ne fléchissait plus les épaules ; il était presque admirable ainsi, prêt au combat. Cependant, Ogier ne se méprenait point : ce sursaut de vigueur était provoqué par Bressolles qui, sa verge de mesure à la main, passait à proximité.

— Il te faudra d'autres compagnons, mon neveu !... Ce maçon a du sang de navet dans les veines. Depuis sept ans bientôt qu'il est à Rechignac, en dehors, bien sûr, de ses longues absences, je ne l'ai jamais surpris à tâtonner une donzelle. Pourtant, j'en ai vu de belles tourner autour de lui... Tiens, la Margot... Hé ! Hé ! la sœur d'Anne... Bon sang, je n'aurais pas refusé à la place de Bressolles !

Guillaume aurait pu reprendre femme : certaines damoiselles dédaignées pour quelque disgrâce du corps, du visage ou du caractère, et surtout les veuves des châtellenies voisines, n'étaient insensibles ni à son aspect, ni à sa fortune. Il l'affirmait du moins, en lançant une œillade perfide à Mathilde. Et s'il prenait plaisir à rudoyer sa concubine, c'était sans doute pour se venger de défaillances intimes dont seul son honneur d'homme était secrètement affecté. Par représailles, la commère savait prestement retirer devant lui le pichet de vin, l'aiguière d'eau-de-vie, le pot de sauce épicée dont l'excès alourdissait le sang et troublait la raison. Tancrède, autrefois, réprouvait ces amours. Claresme y était indifférente ; parfois même, lorsque Mathilde morigénait son père à coups de mots épais et rudes — à sa semblance —, et que celui-ci renâclait, elle pouffait derrière ses mains jointes. Elle préférait cette diligente, brusque et lourde commère à quelque marâtre de bas ou haut lignage qui, installée au château comme en pays conquis, l'eût traitée sans répit en vassale.

— Aussi nombreux soient-ils, jamais ces Goddons ne franchiront mes murailles.

Ogier ne sut que répondre. Pour lui, ce château à l'érection

(1) Ravager, détruire.

duquel il avait assisté, était une œuvre dépourvue d'harmonie, vaniteuse, mais dont les proportions grandioses et l'allure farouche devaient contraindre au respect les conquérants de tout acabit. Il présentait par le relief de ses tours et de ses murs d'enceinte, la fragilité de sa chapelle et la robustesse de ses bâtiments civils, un singulier alliage d'arrogance guerrière, de piété religieuse et de tranquillité domestique. Fermement enraciné dans sa motte, où çà et là moutonnaient des roncières, ce monstre pâle aux replis ténébreux élevait son front bastionné au-dessus des flots immenses des forêts. On eût dit qu'avec ses sept tours crêtées de sombre, il jetait un défi à toutes les têtes bleues des monts environnants, à l'affût dans les créneaux des collines. Quant au donjon, haut de quatre-vingts pieds, large de soixante-seize (1), il dominait à tel point les fortifications que de son sommet, elles paraissaient vulnérables. Innovant sans doute, Sicart de Lordat et Bressolles avaient, de toise en toise (1) entrecoupé ses pierres de chaînages de cailloux tirés du lit et des berges de l'Isle. Percés d'archères cruciformes, les merlons de ses crénelages avaient été reliés entre eux par du plomb coulé dans des gorges aménagées à cet effet.

Tout en descendant, suivi d'Ogier, l'escalier menant à la haute cour, Guillaume considéra le colosse aux mâchicoulis pareils à des conduits de cheminée :

— La belle ouvrage !

Et, parvenu au bord de la fosse qui l'entourait, au fond pavé, miroitant de flaques grasses :

— Tout de même, ces deux ingénieurs sont des champions... à leur manière !

A dix pieds de la tour grise, presque aveugle, le pont de pierre d'une seule arche menant à son perron était interrompu par une excavation plus profonde encore que la tranchée. Un plancher mobile, au garde-fou formé d'un réseau de grosses chaînes, surplombait cette cunette (2). Ce tablier épais de sept pouces et renforcé de pentures aussi lourdes que celle d'un portail de cathédrale pouvait être rabattu et verrouillé contre la porte de la poterne située sous le perron, rendant ainsi, en cet endroit, toute pénétration impossible.

— Si des Goddons parvenaient à franchir mes défenses, Ogier, ils ne pourraient aller plus loin qu'où nous sommes. Et si par male chance, je n'avais plus rien — rochers, poix, eau bouillante — à

(1) Mesure du pied : 0,324 m. — de la toise : 1,94 m. — du pouce : 0,027 m.
(2) Fossé creusé dans le grand fossé.

leur jeter sur le corps et qu'ils arrivent à ma porte, que trouveraient-ils devant ses ais en bon cœur de chêne ?... Eh bien, ça !

Suivant du regard l'index de son oncle, Ogier considéra la herse à demi baissée, œuvre de Gilles et Thierry Champartel, qui n'avaient assurément pas ménagé le fer.

— En effet, tout cela est fort bon.

Le colosse renfermait trois étages et deux caves, la plus profonde communicant avec celle de l'échansonnerie. Tous ces compartiments étaient reliés entre eux par un escalier pratiqué dans l'épaisseur de la muraille. Chaque palier desservait deux pièces voûtées et des réduits destinés à la domesticité. La grand-salle — ou tinel —, au rez-de-chaussée, commandait à tout le bâtiment. Guillaume y donnerait ses audiences et ses fêtes.

L'oncle et le neveu gravirent les dix degrés du perron et se courbèrent sous la herse. L'entrée intérieure était embellie par deux statues : un homme, une femme. L'homme, en haubert, tenait dans une main son heaume, et dans l'autre une épée. Ses traits étaient ceux du baron. La dame, tête nue, ses tresses roulées sur ses oreilles, souriait imperceptiblement. Elle avait un faucon sur son poing ; un chien était couché dans les plis de sa robe. C'était Guibourc de Saint-Rémy, dame de Rechignac, telle que Bressolles et son ciseau l'avaient arrachée à la pierre.

— Ce Girbert a du savoir-faire, mais je doute qu'il tienne une épée aussi parfaitement qu'un maillet. En chemin, j'ai bien peur qu'il te soit inutile.

Ogier ne répondit pas. La vaste pièce dans laquelle il venait de pénétrer était couverte d'une voûte à six nervures dont la clé portait le double blason des Rechignac et des Saint-Rémy. Le premier : *de sable à deux léopards lionnés d'or* (1), le second : *de pourpre à un coq d'argent couronné d'or, membré et armé de même.* Ogier ne pouvait voir les armes de son oncle sans songer à celles de sa famille.

Ayant surpris son regard, Guillaume poussa son neveu en avant.

— Je n'ai pu fermer l'œil... Tu ne m'en veux pas, pour tout ce que je t'ai appris ?

— Non, mon oncle !

Le baron considéra les murs de la salle immense, peints en faux-joints jusqu'à hauteur d'homme, habillés de tentures et de

(1) A l'inverse des lions de la famille Argouges, vus de profil, ceux des Rechignac montraient leurs yeux et leurs oreilles.

tapisseries. Le sol était de carreaux rouges et noirs, vernissés : Mathilde et deux de ses filles, Isaure et Ameline, achevaient de les joncher de paille.

— Sois patient, mon gars. Je suis sûr que tout va bien à Gratot.

Mathilde était pourvue d'un fessier grandissime, de hanches plus larges que ses épaules. Ogier ne pouvait les imaginer dévêtus sans se dire que les ardeurs de cette femme conspiraient à la décrépitude de Guillaume. Elle avait enfanté trois filles, deux garçons et, disait-on, éreinté son époux, Joseph, un semalier (1) pourtant solide, en des embrassements copieux et funestes.

Elle se releva, frotta ses mains contre sa robe. Son visage cireux, criblé de son, exprima le souci et l'anxiété :

— Comment avez-vous trouvé vos regards (2) ? demanda-t-elle en renvoyant d'un geste ses deux aides.

— Que t'importe, femme !... Retourne à tes bassines.

Sans hâte, après avoir soupiré bruyamment, Mathilde s'éloigna.

Ogier se laissa tomber sur un banc près de la cheminée où flamboyaient des fagots. Guillaume posa sa dextre sur son épaule. Ce n'était pas un geste possessif : la compassion qu'il exprimait fut douce au garçon.

— En quel état vais-je les retrouver !

— Vieillis... Ne t'attends pas à voir Godefroy sourire, lui qui déjà riait si peu.

— Comment a-t-il pu survivre ? La diffame (3), et pour me sauvegarder, le mensonge !

— La haine tout autant que l'amour aide à vivre.

Ogier cilla des paupières tandis qu'une scène d'autrefois se présentait à sa mémoire, si précise qu'elle semblait dater de la veille : Godefroy d'Argouges, prêt à partir pour l'ost et marchant, son faucon Lithaire sur le poing, tout en dictant une lettre à frère Isambert, son chapelain et confident.

— J'ai mal, dit-il, sans oser regarder son oncle. Quand je pense à lui, mon cœur saigne et bat plus fort. J'ai des agaçins dans les bras. Mes poings se durcissent... Ah ! partir... Partir et faire justice !

La main du baron retomba. Il fronça les sourcils et serra les mâchoires.

— Mon bon oncle, ne faites pas cette tête-là... Croyez-moi :

(1) Fabricant de comportes (sémals).
(2) Guetteurs.
(3) Le déshonneur.

il me faudra volonté, courage... violence même, pour franchir votre pont-levis une dernière fois.

Ogier s'interrompit, car là, il pensait à Anne autant qu'à Guillaume. Blanquefort et Vivien seraient également des amarres pénibles à trancher.

— Renoncer à vous, sans doute pour toujours, me désempare, et je me maudis de devoir vous imposer cette affliction... Ah ! mon oncle, rien n'est simple... et votre attachement dont je vous sais bon gré aggrave un repentir dont je vous fais l'aveu.

— En avril, quand mes sergents sont revenus de Normandie, tout allait bien.

— C'est possible... Je le souhaite, et cependant j'éprouve une sorte d'angoisse ou de prémonition. Je ne sais trop comment vous expliquer cela, mais me supplieriez-vous à genoux de demeurer près de vous que, le cœur gros, je vous refuserais cette grâce... Et je me maudirais d'agir ainsi !... Je sais tout ce que je vous dois, parenté à part, et vous en ai respect et dilection... Oui, je connais le poids de votre amour pour moi et sais combien vous m'avez favorisé au détriment de votre second neveu.

— C'est un bidau ! Jamais on n'en pourra rien tirer.

Ogier quitta son banc, mais n'osa se permettre un mouvement d'approbation. D'emblée, à son retour de l'Écluse et sans pourtant évincer l'autre, Guillaume avait marqué sa préférence. Certes, Didier était un huron. Pire même. Indécrottable, indifférent aux conseils, insensible aux remontrances, mauvais, sournois, cherchant toujours querelle aux humbles et prenant des privautés avec les jouvencelles.

« A sa place, me voyant supplanté, accablé de moqueries, insultes et reproches, je serais retourné à Saint-Rémy. En voilà un que Guillaume verrait partir sans émoi... et même avec soulagement. »

Quelles raisons maintenaient Didier à Rechignac ? L'orgueil ? Non : s'il en avait été pourvu, il n'eût point hésité à revenir chez son père.

Soudain, Ogier crut comprendre :

« Il a tout simplement attendu mon départ. Sa seule vertu, c'est la patience. *Une fois Argouges loin,* s'est-il dit, *la place sera mienne...* En quoi il a commis une erreur car notre oncle va se hâter de fiancer ses filles... Claresme acceptera un époux : elle est docile... Tancrède va ruer mauvaisement. De toute manière, un seul gendre suffit à Rechignac, et s'il était quelque peu finaud, Didier devrait s'attendre à ce qu'après mon départ un beau-fils de Guillaume règne ici sans partage... Et ce gendre ne sera ni Haguenier ni Renaud ! »

Passant et repassant devant la cheminée, le baron, tête basse, délibérait. Parfois il caressait sa barbe tandis que ses lèvres tremblaient sur des paroles informulées. Ogier n'osa troubler sa méditation.

« C'est vrai que pendant cinq ans il a remplacé mon père et agi comme tel envers moi. Je n'ai jamais manqué de rien. J'ai mis du temps à m'accoutumer à ces hauts murs. Quand je m'y sentais seul, découragé malgré la présence d'Anne, les sourires, les clins d'œil de cet homme, voire ses bourrades suffisaient à me rassurer... Rien que pour tout le bien qu'il m'a fait, et si le péril anglais se précise, je lui dois encore quelques jours d'allégeance... Avant que d'être mon oncle, il est un seigneur dont je suis le vassal... Cependant, si les Goddons ne se montrent point et si je diffère mon départ de quelques semaines à cause d'un retour de pitié ou de reconnaissance, nous aurons encore plus de peine à nous séparer qu'à présent lorsque ce sursis viendra à échéance. »

Son regard croisa celui de Guillaume qui se déroba aussitôt.

« Il ne l'avoue pas mais il craint un assaut. Pour ses filles et ses biens, non pour lui dont le souhait est de mourir l'épée en main. »

Le vieillard dit tout à coup :

— Ils ne savent rien de la guerre. Toi si, Ogier, même après cinq années de paix... Tu es le seul qui soit à ma semblance. Le seul sur lequel j'aurais pu compter... Je t'ai rendu solide et tu vas t'en aller.

— C'est la loi de la vie qu'on quitte un jour son gîte.

— Tu dis vrai.

Derechef la gêne les séparait. Ils subissaient l'un et l'autre l'ascendant de leur destinée. En fait, peut- être n'avaient-ils plus rien à se dire, plus rien en commun. Ogier ne trouvait aucun mot à prononcer, mais une question souvent formulée en cinq ans, et toujours repoussée comme outrageuse et injustifiée, se reposa, inévitable, irrésistible et pernicieuse : *« Comment Godefroy d'Argouges t'aurait-il élevé s'il n'avait été contraint de t'envoyer en Périgord ? »* Sans gêne et sans détour, il se plut à répondre : « Avec plus de rigueur que Guillaume, même si celui-ci n'est pas un exemple de douceur ! » Il se leva, tendit ses paumes aux flammes. Parler lui fut impossible.

« Crois-moi, vieillard », songea-t-il, « je ne partirai pas le cœur content... parce que je t'aime autant qu'un père... Mais te l'avouer, ce serait t'engloutir dans la joie et déchaîner contre moi un égoïsme écrasant ! Tiens, je pourrais te dire ceci : Godefroy n'a pas hésité longtemps pour m'entraîner dans cette expédition où nous avons fait connaissance, et qui s'est si funestement achevée à l'Écluse...Toi, tu as toujours voulu me préserver... Quand la guerre a commencé, en Bretagne, tu aurais pu partir te ranger aux côtés de Charles de Blois... »

La gorge nouée, les yeux embués d'émotion, le garçon se souvint d'une scène où Guillaume s'était montré d'une fermeté presque odieuse. C'était un soir, au coucher du soleil. Ils cheminaient sur les aléoirs évoquant le conflit des Bretons tenant qui pour la France et qui pour l'Angleterre. Il adjurait son oncle de partir pour Rennes, et de le prendre comme écuyer. Dépité du silence de cet homme d'apparence froide, mais tourmenté, irrésolu, il avait avancé : *« Mon père, à votre place... »* Aussitôt Guillaume avait pâli : *« Crois-tu qu'il serait heureux, Godefroy, si tu trépassais en Bretagne ? Penses-tu qu'il me serait reconnaissant de t'avoir amené à la bataille comme n'importe lequel de mes soudoyers* (1) *alors que tu es encore incapable de te battre ?... Il me haïrait, voilà, si je n'étais ménager de ta vie !... Et comment le vengerais-tu, petit couillon, si tu mourais là-bas ? »*

— Mon oncle, à dix-huit ans, si vous vous étiez trouvé à ma place, comment auriez-vous fait ?

Guillaume haussa les épaules et grogna :

— A cet âge-là, je n'avais ni ta force, ni ton caractère... Mon père, qui venait de mourir, n'avait eu aucun ennui avec le roi Philippe le Bel, et du fait que j'étais fils unique, ce château m'appartenait. Tu vois : nos destins sont différents, de sorte que je ne puis te répondre.

« J'ai mangé ton pain, vieillard... Bu ton vin... J'ai puisé en toi ma quiétude et mon savoir. Jamais tu ne t'es vanté de ce que tu faisais pour moi... Tu t'es efforcé de me rendre meilleur que toi en sagesse et en force, de façon que mon père soit fier de moi... En fait, je te dois d'exister ! »

— Mon oncle, je ne veux pas partir comme un ingrat ! Je vous aime, il est vrai, *comme un père.*

Voilà, c'était dit.

Une rougeur, visible malgré la barbe, glissa sur le visage crispé de Guillaume.

(1) Homme d'armes touchant une solde.

— Je te regracie (1), fit-il en écrasant une larme. A quoi bon nous déchirer ? Je sais qu'il vaut mieux que tu partes. Ton vrai père t'attend... Viens donc ! Une petite messe nous rafraîchira les idées... Clergue qui nous attend doit s'impatienter !

* *
*

Guillaume marchait d'un pas vif en direction de la chapelle.

« Vieillard », songea Ogier, « quel coup ce serait pour toi si les gendres que tu espères emmenaient tes filles hors d'ici !... Qu'adviendrait-il si elles étaient bréhaignes ou si leurs enfants mouraient en bas-âge, comme souventefois ?... Qui te succéderait ?... Pas Philippe, tout de même... Est-il d'ailleurs ton bâtard ? Tu n'en parles jamais ; tu le rabroues tellement que lorsque tu parais, il se sauve !... Il peut d'autant moins devenir ton successeur qu'il ne sait rien du métier des armes. S'il est ton fils, Mathilde, dans l'intimité, doit te mener la vie dure ! »

Le damoiseau ajusta son pas sur celui du baron.

— Mon oncle, vous avez eu jusqu'à soixante-dix hommes d'armes. Vous en avez perdu beaucoup dans les mêlées... Je n'ai guère confiance en ceux qui restent... Hardis sans doute, mais hélas, bien vieux. Il nous faut aller au Puy-Saint-Front ou à Excideuil. Plus nous attendrons pour engager des hommes, moins nous en trouverons.

— Nous irons... Je crois, vois-tu, que les Goddons passeront au large de ces cités. Elles sont de trop gros morceaux.

Soudain, penché sur l'encolure du Noiret, Vivien de Podensac sortit des écuries :

— Viens-tu ? Ogier ?... Didier a vu des cerfs du côté de Savignac, et même une bête noire qui herbeillait dans un pré (2).

Le damoiseau eut un geste d'incertitude.

— Cours chercher ton faucon !... Lorsque nous saurons où sont ces bêtes, nous chasserons un petit peu avant de remonter. Cet après-midi, nous descendrons avec la meute.

L'office achevé, Ogier avait l'intention de parfaire les ornements de son écu. Quant à Titus, ils devaient encore se familiariser l'un l'autre. A Pâques, en revenant à Rechignac après une absence plus longue que les précédentes, Bressolles lui avait fait don du rapace en même temps qu'il en offrait un, Roland, à Guillaume. *« Je*

(1) Je te remercie.
(2) « Et même un sanglier qui paissait dans un pré. »

connais le Grand Fauconnier de Cordes et j'ai pensé que ce seraient des présents dignes de vous. » Qui était Bressolles ? Quelles attaches avait-il avec la Langue d'Oc ?

Ogier tapota la croupe terne, poussiéreuse, du Noiret :

— Non, Vivien... Je regrette mais j'ai trop à faire... Vous feriez mieux de laisser ce sanglier herbeiller ou fouger (1)... Gardez-vous aussi des Anglais !

A son tour sollicité, Blanquefort refusa net, sans explication. Guillaume, invité ensuite, crut bon de modérer l'impatience de son ami :

— Attends d'avoir mangé, Vivien !... Nous irons tous chasser avec Tancrède.

L'estropié dont la manche volait au vent, eut un sursaut :

— Tancrède !... Parlons-en !... As-tu vu ce qu'elle est devenue à Lubersac ? Par ma foi, j'irai demain trouver ma parente et lui demanderai si son couvent n'est point un repaire de...

— Laisse donc, coupa Guillaume. Je vais la marier en hâte. Ainsi, elle recouvrera le bon sens et les robes !... Quant à chasser et même errer sur nos terres, attends que nous ayons dîné... Seul et manchot, tu ne pourras rien au débucher d'un sanglier. Hier matin, en sortant, nous avons aperçu une harde. Hein, mon neveu ?

Ogier acquiesça :

— Je ne sais, Vivien, si les cerfs sont nombreux, mais les bêtes noires pullulent : les Goddons ont dû les chasser de leurs bauges et elles fuient de notre côté.

— Restez donc, messire, conseilla Griveau, de loin. Le Noiret a besoin d'un bon coup d'étrille.

Podensac sourcilla et parut sur le point de se courroucer.

— N'ayez crainte, tous... Si j'aperçois ces porcs poilus comme des boucs, je passerai au large.

— Nous t'aurons prévenu, dit Guillaume.

Déjà, le manchot guidait le cheval vers les tours portières. Et Griveau se signait en disant : « Il est fol ! » Guillaume l'approuva d'un mouvement de tête.

Podensac, talonnant le Noiret, dispersa des oies et des canards groupés devant l'abreuvoir.

— Viens, mon neveu.

Guillaume allait entrer dans la chapelle. Il s'immobilisa pour en laisser sortir Bressolles.

(1) Se dit du sanglier qui fouille la terre avec son boutoir.

— Le bonjour, messires. Enfin, du soleil !... Il me tarde d'être à dimanche. Pourvu que nous ayons ce temps-là pour partir !

— Et les Anglais ? demanda Guillaume. Ne les craignez-vous pas ?

— Je les crains, certes. Mais que voudriez-vous qu'ils viennent faire ici ?

— La guerre, messire, la guerre !

Ogier s'était gardé de prendre part à cet échange. Il dévisageait le maître maçon. Non seulement il le trouvait vieilli depuis sa dernière absence — des rides fripaient ses joues, les coins de sa bouche et de ses paupières —, mais de plus, Bressolles semblait accablé par une espèce de mal de l'âme. Les besogneux dans la cour, les volailles sur le fumier, les trois chênes près du puits, les granges et surtout les murailles et les tours érigées sous sa surveillance, rien ne l'intéressait plus autant qu'autrefois. C'était comme s'il avait fait — sans doute en son pays — une rencontre essentielle, déterminante, et que dorénavant tout ce qui existait en dehors d'elle et de ses prolongements importait peu. Ses yeux même avaient perdu leur singulier éclat car leur vie était tout intérieure. Bressolles s'était toujours enveloppé de mystère. Ogier craignit de l'importuner en lui demandant la raison de son pèlerinage au Mont-Saint-Michel.

— Si les Anglais se montrent, messire Girbert, il nous faudra différer notre départ...

Le garçon laissa sa phrase en suspens, car Tancrède apparaissait. Elle s'était vêtue en femme : pareille à celle d'un soir lointain, une robe blanche flottait autour d'elle. Assis sur la margelle du puits, Didier lui lança une sornette que Renaud et Haguenier soulignèrent de leurs rires. Tancrède cracha dans leur direction, prolongeant ainsi une hilarité qui la poursuivit longtemps sans qu'elle parût s'en émouvoir.

— Si votre parente a bien changé, commenta Bressolles, Didier, en cinq ans, est demeuré le même... Plus il vieillit, plus il mérite l'emblème des Saint-Rémy !

— C'est ma foi vrai.

Le maçon enfouit ses mains dans ses larges manches noires :

— A-t-on idée de s'infatuer d'un pareil oiseau !...Un coq !... Cette bestiole a tout pour répugner : morgue et cris orgueilleux, concupiscence maladive des faux mâles confondant amour et accouplement ; ostentation de la parure... Mais arrachez ces faucilles en plumes qu'il porte au croupion : un coq devient ridicule...

On le croit téméraire ? Sa seule hardiesse est de défier le soleil... parce qu'il est loin ! Son domaine ? Il n'est à l'aise que dans le fumier. C'est sur des fientes qu'il se rengorge le plus pour surveiller ses femelles aussi despotiquement qu'un Sarrasin les femmes de son harem !... Qui pourrait être assez sot, sinon les Saint-Rémy, pour orner un blason d'un tel animal ? Et mieux encore : de le couronner ? Roi de quoi ? De la basse-cour !... Par ma foi, Didier, sur son tabard toujours souillé d'on ne sait quoi, mérite bien cette volaille !... Allons, je vous quitte, messires. Que Dieu exauce vos souhaits...

Bressolles s'éloigna ; Ogier entra dans la chapelle. Bien qu'elle fût pleine de maçons, de domestiques et de sergents, il aperçut Anne aussitôt.

« Ainsi, elle est de retour. »

Vêtue et coiffée de noir, courbée dans l'ombre du transept, elle priait sous le saint Georges et le dragon que Bressolles avait taillés pendant les veillées, dans une chute de châtaignier.

Ogier s'agenouilla et se signa. Anne se détourna. Ils échangèrent un regard.

« Dans une semaine, si tout va bien pour ce château, je ne la verrai plus... Cinq ans ! Cinq ans à ruser pour être ensemble une nuit çà et là. Se croiser dans la cour et les salles sans jamais se montrer familiers... Grâce à Guillaume, à Mathilde et ... à moi, elle a pu abandonner les lessives. Mais de qui dépendra-t-elle à présent ? Margot est son aînée de six ans, elle a de la défense et de l'effronterie ! Elle peut servir Tancrède et laisser Anne à Claresme. »

Cessant d'observer la jouvencelle, Ogier considéra le dos large et voûté de son oncle, inondé, ondoyé d'une lueur argentée. Agenouillé sur la dalle de sa future sépulture, jouxtant celle sous laquelle reposait son épouse, le vieillard priait avec tant d'énergie que ses grognements provoquaient les regards étonnés d'Arnaud Clergue.

Quelle insigne faveur demandait-il au ciel ?

* *
*

A midi, Vivien de Podensac n'était pas revenu.

Avant de pénétrer dans son donjon, le baron prit Blanquefort et son neveu par l'épaule :

— Tel que je le connais, il ne remontera qu'à la nuit. Ah ! là là. Je l'ai doulousé en le traitant de manchot. Qu'en dis-tu, Hugues ?

— Moi ?

Le sénéchal réservait sa pensée. Il parlait peu, depuis son retour de Lubersac, et semblait las, soucieux. Son regard, qui s'attardait sur Aspe, Calmels, Raymond et Benoît, de passage dans la haute cour, ne fit qu'effleurer Tancrède : bras ballants, elle parcourait le chemin de ronde.

Elle allait lentement, indifférente aux saluts des guetteurs. Lorsqu'elle fut parvenue devant la Mathilde, elle s'arrêta et croisa les bras tout en considérant le faîtage de l'édifice et sa guette au sommet de laquelle des pigeons s'étaient posés. Elle revint vers les tours portières. Le vent froissait, gonflait sa robe, ébouriffait ses cheveux courts.

« A quoi pense-t-elle ? » se demanda Ogier tandis que la jouvencelle redescendait. « A Gersende ou à celles qu'elle a quittées à Lubersac ? La voici qui parle à Bressolles... Robe blanche et robe noire. Sang vif et sang de... navet ! »

Il baissa les yeux.

— Et si, dit Blanquefort, plutôt qu'une recontre avec une harde, voire même un solitaire, Vivien avait eu affaire aux Anglais ?

— Non, dit Guillaume, formel. J'ai veillé une longue partie de la nuit... Aucun feu... Tout est paisible... Mais Vivien, tu le sais, ressemble à ma défunte ! Toujours à se cabrer, à ruer : un rien l'offense.

Blanquefort jeta sur le baron un regard si bref qu'Ogier s'attendit à une remarque cinglante. Il intervint :

— Harde de cerfs, compagnie de sangliers... et même un solitaire : Vivien, seul, ne sera pas de force.

— Allons, pourquoi ces soucis ? demanda Tancrède en s'immisçant dans l'entretien. Il a trouvé un prétexte pour aller chevaucher... Ça a toujours été son seul vrai plaisir !

On eût dit que jamais elle n'avait quitté la forteresse. Le col de son vêtement était haut, hermétiquement fermé par une gorgerette de dentelle. Ogier en détourna ses yeux.

« La voilà qui fait la prude, à présent ! »

Le souvenir de Margot Champartel traversa son esprit sans qu'il pût définir ce qu'il éprouvait. Regret ? Envie ?

Il s'éloigna. Longtemps, il sentit contre son dos le regard de sa cousine.

Il sella Marchegai. Griveau apparut sur le seuil de l'écurie :

— Je suis inquiet, messire. Podensac est en danger.

— Tu ne m'apprends rien.

— Pour tout vous dire, il se trouve en grand péril de mort. Tandis qu'il s'en allait, son Noiret a écrasé un crapaud. Un moult gros noir comme ses habits... Et son sang aussi était noir... Le temps que je cherche une pelle pour enlever la bestiole et la jeter au fumier, un rat poilu comme...

— Comme ?

— Je ne puis vous en dire plus, messire, mais c'est du mauvais sort tout autour du manchot... Je peux essayer de le contrebattre... Laissez-moi vous accompagner.

Ogier fit reculer Marchegai. Par-dessus sa croupe, il rabroua le palefrenier :

— Plutôt que de songer à courir par les terres, tu ferais mieux de renouveler la litière de mon cheval... ou d'ordonner cette besogne à tes aides... Où sont-ils ? A jouer aux billes, aux osselets ou aux dés avec Didier et les deux autres ?... La plupart des deniers de tes drôles vont dans l'escarcelle de mon cousin... Il fraude avec impudence sans qu'aucun d'eux ne se rebelle !

— C'est notre sort à nous d'éviter de nous plaindre... et d'être tondus par plus fort que nous.

Ogier haussa les épaules. Il méprisait ce petit vieillard bancroche. Rebouteux, puisatier, augure, guérisseur, Griveau vivait à part, dans un réduit adossé à la muraille, derrière la forge. Et bien qu'il fréquentât assidûment la chapelle, Arnaud Clergue en avait peur. Lui aussi, comme Blanquefort, était sans femme.

Griveau vérifia la tension de la sangle et des étrivières. Marchegai renâcla au contact de ces mains habiles, dont Ogier n'eût su dire si elle étaient bénéfiques ou maléfiques.

— Messire, quoi qu'il en soit vous devriez m'emmener. Quand nous aurons retrouvé Podensac, je galoperai trois fois autour de notre motte en priant pour que ces maudits Goddons s'en écartent. Je dresserai entre eux et nous trois barrières de paroles plus hautes encore que ces murailles, plus épaisses et infranchissables que ces montagnes où la neige ne fond jamais... Ainsi, vous continuerez à vivre heureux jusqu'à votre départ.

Agacé, Ogier secoua la tête :

— Mon départ ?... Tu ne t'en soucie point. Bon débarras !

— Peut-être pour moi, messire. Mais d'autres en seront

malades... *Ainsi, ils ne sont plus deux, mais une même chair. Ce que Dieu a joint, que l'homme ne le sépare donc pas !*

— Pour Anne, tu sais tout depuis longtemps. C'est vrai. Elle me l'a dit... mais que t'importe et que m'importe... Allons, fais-moi place.

Griveau secoua la tête et s'obstina :

— Messire, je ne dirai pas bon débarras. Vous êtes quasiment pur, mais votre passé ne l'est pas plus que votre avenir, je le sens... Méfiez-vous !... Il y a sur vous un ciel d'orage... Des éclairs de fer et d'acier... Du sang noir et du sang vermeil...

— La paix, vieux coquin.

Ogier tira le bridon de Marchegai. Plus encore que les sornettes qu'il débitait d'un ton sentencieux, l'obséquiosité du palefrenier lui donnait du mésaise. Derrière ce respect trop servile et comme sirupeux palpitait sans doute une haine rageuse. La bouche fine et vorace, le regard fixe et glacé de Griveau, dans l'ombre du chaperon gris de poussière et pailleté de fétus, ne s'animaient qu'en présence de Philippe et d'Eudes, les fils de Mathilde, à laquelle de loin, il était apparenté.

— Je vais prier pour Podensac, messire ! *Car il est désormais trop tard pour lui.*

Sitôt après ces paroles rageuses, le domestique s'éloigna.

« Tu devrais prier plutôt pour ton âme... Tu peux te réjouir que Guillaume soit bon, tolérant... D'autres pour moins que ça sont montés au bûcher... »

Regrettant d'avoir laissé percevoir son mépris au rustique, Ogier mena Marchegai au-dehors et sauta en selle.

— Où vas-tu ? cria Guillaume, réprobateur.

— Chercher Vivien !

Il traversa la haute cour. Jean du Taillis, un culvert franc jusqu'à l'insolence, était de garde au pont-levis. Assis sur le montoir, il ajustait des fers de sagettes sur des hampes de coudrier.

— Baisse le pont, Jean !

— Tout de suite... Où allez-vous ?

La curiosité du garçon n'offensa pas Ogier : dans leur prime jeunesse, ils avaient joué ensemble sans que Guillaume y trouvât à redire. Ensuite, peu à peu, les exigences de la vie les avaient séparés.

— Je vais chercher Vivien.

— Il a piqué droit vers Savignac.

Bientôt, de hoquet en hoquet, le treuil désenroula ses chaînes.

L'extrémité du tablier s'engagea dans son logement sur ses piliers de granit.

De lui-même, Marchegai prit le galop.

* *
*

Ogier trouva le Noiret immobile et frémissant dans une clairière, non loin de l'Isle. A quelques toises de là, près d'un épinier aux abords saccagés par le passage d'une harde, le chevalier manchot gisait, roide, les vêtements en lambeaux et le ventre ouvert par un quartannier (1) mort lui aussi, et lardé de coups de dague. La poignée d'or de l'arme luisait sur le garrot du fauve.

— Bon Dieu ! La bête avait des défenses pires que des couteaux... Moi-même, face à ce monstre, j'aurais été perdu... Pourquoi n'a-t-il pas pris la fuite ?... Peut-être l'a-t-il prise, après tout, et a-t-il été désarçonné.

Le damoiseau mit pied à terre. Il s'était félicité d'être parti seul, et maintenant, devant ce corps sanglant, il se reprochait sa conduite. *« Rien ne va plus depuis hier matin. »* Il sentait s'élargir en lui des ondes noires : tristesse et violence. Des larmes picotaient ses yeux. Vivien !... Le seul qui lui eût parlé souvent de Godefroy d'Argouges, car il ignorait tout du drame de la Broye.

Plus proche des grandes peines d'enfant que des afflictions d'adulte, le chagrin du garçon dégénéra en colère :

— Bon sang, Vivien, je ne crois pas que Griveau y soit pour quelque chose. Tu l'as bien cherchée, cette mort ! Pourquoi ne nous as-tu pas attendus ?

Il s'était approché du défunt. Il s'efforça de n'en considérer que le visage pour n'être pas pris de nausées : du ventre béant émergeaient bruns, vermeils, écaillés de mouches, de guêpes et de fourmis fouisseuses, les viscères écrabouillés. Sur l'herbe, tavelée de sang, il y avait des fragments d'intestins.

— Ce n'était pas la mort qu'il te fallait, Vivien ! Si les Goddons nous assaillent, ton seul bras nous fera défaut.

Cou tordu. Visage crispé, pâle, souillé de terre. Des caillots s'accrochaient à la barbe, aux moustaches. Bouche sanglante et grimaçante, aux dents brisées. Yeux sans pupilles dont précipitamment Ogier abaissa les paupières, juste pour voir un puceron s'engluer dans une narine d'où le sang suintait encore.

(1) Sanglier de quatre ans.

Il décida de charger le corps sur le Noiret, et pour éviter qu'il ne se vidât comme un sac, il se déshabilla et quitta sa chemise. Alors, retenant des haut-le-cœur et dispersant les insectes, il noua le vêtement autour de l'abdomen béant et le maintint avec sa ceinture, celle de Vivien ayant été rompue.

Il frotta ses mains poisseuses dans l'herbe et attrapant Podensac aux aisselles, il le tira jusqu'au Noiret, de plus en plus nerveux, et qu'il apaisa par des chuchotements et des flatteries dès qu'il eut, sans difficulté, placé la dépouille du chevalier en travers de la selle.

Ensuite, il siffla Marchegai occupé à brouter puis, sur son cheval, menant la monture du défunt par la bride, il s'en revint lentement au château.

— Eh bien, messire ? questionna du Taillis au passage, une fois le pont-levis franchi.

— Mort, Jean !... Un quartannier.

Le garçon (1) emboucha sa trompe et sonna par deux fois.

Ogier n'avait pas atteint le centre de la haute cour que Guillaume et ses familiers couraient à sa rencontre.

— Voilà, leur dit-il en mettant pied à terre et en désignant le corps arqué sur le dos du Noiret.

Il aperçut Griveau et Chastagnol :

— Descendez-le doucement ! Hâtez-vous ensuite de laver et panser ce cheval... Il a du sang partout... Soignez également le mien.

— Que vous avais-je dit ? fit Griveau en saisissant les rênes de Marchegai.

Il triomphait. Ogier fut tenté d'écraser son poing sur cette figure plus réjouie que compassée.

— Méfie-toi, vieux larron ! Garde tes sorts et tes prédictions dans ta gorge... Pendant cinq ans, tu m'as laissé en paix. Continue... Tu peux en imposer aux niais, aux femmes, aux pucelles... Pas à moi... Vivien est mort... Nullement à cause d'un crapaud, mais d'une fâcheuse rencontre !

Le garçon ne put en dire davantage : importuns, douloureux, des sanglots secouaient de nouveau sa poitrine. Se détournant des curieux, il entendit les lamentations de Mathilde, mêlées aux voix de Blanquefort et de son oncle commentant l'inconséquence du défunt. Il héla Gilles et Thierry Champartel, immobiles sur le seuil de la maréchalerie.

(1) On nommait *garçons* les subalternes que les gens d'armes menaient à leur suite, soit pour porter leurs armes, soit pour les seconder en certaines occasions.

— Ho ! vous, les robustes... Procurez-vous une perche et des cordes et allez quérir ce sanglier !... Vous le trouverez pas très loin de ce lieu qu'on appelle le Chadaloux... Surtout, ne vous attardez pas !

— Eh bien, toi, cousin, on peut dire que tu ne négliges rien !

Tancrède s'était approchée. Sa réflexion, peut-être admirative, laissa Ogier indifférent, mais il crut pourtant bon d'y répondre — et d'une manière ambiguë — tout en plongeant ses yeux dans le regard immobile et quelque peu moqueur de la jouvencelle.

— Avec les appétits que je te connais depuis longtemps, cousine, je suis sûr que tu n'en mangeras pas... Sa chair, pour toi, est insuffisamment tendre... S'il m'advient de croiser une biche, je ferai tout pour te l'offrir... vivante.

— Que veux-tu dire ?

Il ne répondit pas : Arnaud Clergue sortait de la chapelle et marchait droit sur eux.

— Que se passe-t-il, enfants ?

— Vivien, dit Tancrède... Il est mat... Ogier vient de le ramener.

Le chapelain se signa ; ensuite, mains jointes, et suivi des deux jeunes gens, il se mêla aux curieux formant cercle autour du défunt qu'il bénit tandis que ses lèvres bougeaient dans une prière inaudible.

— Tout de même, murmura le cordelier en se signant à nouveau, Vivien !

— J'ai le cœur gros, mon père, d'avoir refusé de le compagner comme il me l'avait proposé... Je lui ai demandé d'attendre l'aprèsmidi... Je me sens coupable.

— De rien, cousin ! fit Tancrède, devançant le chapelain prêt à parler.

— Vivien ! répéta Ogier. Il était bienveillant, d'humeur égale. Au-delà de son bras disparu, il lui manquait quelque chose. Peut-être plus d'affection.

Podensac n'avait aucun bien, ayant tout abandonné aux Anglais ; aucune arme, sauf cette dague avec laquelle il avait affronté le fauve. Peut-être, las de vivre sans but, sans passion, avait-il cherché la mort. Une mort dont Guillaume et Blanquefort ne paraissaient guère affligés et qui laissait indifférents Didier, Renaud et Haguenier, immobiles et fronts bas, si pareils dans leurs vêtements gris.

— Une claie ! Une claie pour qu'on l'y couche, cria tout à coup Mathilde.

Deux maçons en basculèrent une avec laquelle ils transportaient des pierres. Ils posèrent dessus le corps du défunt. Et tandis que, les mains aux mancherons, Raymond et Calmels emportaient le cadavre au donjon, suivis par le seigneur, le sénéchal et la valetaille, Ogier s'éloigna en décidant de changer de vêtements. Ensuite, il attendrait Anne dans sa chambre.

Pâle, mais nullement affligée, Tancrède le rejoignit :

— Quelle idée de se faire étriper ainsi !

Saladin surgit du donjon, flaira le corps sanglant au passage et aboya comme pour l'éveiller ; puis il courut jusqu'à Ogier en lui manifestant son plaisir de le retrouver par des jappements, des bonds et des gambades. Ses yeux châtain clair, grands et scintillants, croisèrent ceux du damoiseau.

— Il est à cette petite... Anne, je crois ?

Le grand chien jaune renifla la robe de Tancrède et sa queue battit sans trop de familiarité.

— Oui, c'est Saladin. Il est mien.

La nuance de mépris du *cette petite* avait indigné Ogier. Mais que faire ?

— A propos de chasse, cousin : Père m'a fait présent du faucon que Bressolles lui a rapporté de son pays. J'ai l'intention de le mettre dans ma chambre.

— J'avais laissé Titus dans celle de mon oncle, pour qu'il demeure avec Roland.

— Tu peux, si tu veux, le laisser dans la mienne.

Elle disait *la mienne,* pour une pièce qu'elle partageait avec sa sœur.

— Je reprendrai Titus avant ce soir, cousine. Il est temps, d'ailleurs, qu'il s'accoutume à moi seul.

Tancrède fut sur le point d'exprimer une objection, puis y renonça. Ogier entendit Arnaud Clergue :

— Il nous faut l'enterrer... Ah ! messire Lordat, vous tombez bien : chargez donc un de vos charpentiers de clouer sans tarder quelques planches. Avant que nous mangions, je bénirai le corps et nous le descendrons dans l'enclos du hameau.

— Avec ceux du commun ? s'étonna Mathilde. Manquerait plus qu'il ait son trou à côté de celui de Gersende... ou de l'Henriette, dont Margot et Anne disent qu'elle en termine elle aussi !

— Femme, j'ai souvent reçu Vivien en confession... Il voulait être enterré là.

Ogier se retourna pour observer, poings aux hanches, la concubine de Guillaume.

— Si promptement ?

Plutôt que de me regarder ainsi, Mathilde, va dans la chambre de Podensac. Prends-y ses plus beaux habits ; mets-les-lui et donne-lui bonne apparence. Trouve même une épée où tu voudras et place-là dans sa main. Il était chevalier : ajuste-lui ses éperons... Il tenait à dormir parmi les humbles, mais il convient qu'il s'y sente à son rang.

— Quand on est mort, on est mort, dit Tancrède. Les planches, la terre et les vers sont les mêmes pour tous !... Moi, cousin, si je mourais, je voudrais être engloutie dans le sol toute nue.

— Comme lors d'un bain, cousine.

— Comme lors de l'amour, cousin !

En riant, elle s'éloigna, laissant Ogier perplexe.

« Elle vient de revenir et rien n'est plus pareil. Vivien s'en va. Nous sommes toujours autant dans ces murailles... et je sens Rechignac comme maléficié ! »

Suivi par son chien, il franchit le seuil de la Mathilde.

« L'amour !... Qu'en sait-elle ? A-t-elle connu quelqu'un à Lubersac ? »

Il regarda ses mains tachées de sang et les frotta contre ses hanches.

« Et que sais-je, moi, de l'amour ? Celui de Lancelot pour Guenièvre existe-t-il vraiment ? »

Il fut tout à coup anxieux de revoir Anne ; avide de la serrer contre lui.

Il gravit l'escalier accédant à sa chambre et redouta soudain, finaude et malicieuse comme il l'imaginait, que Tancrède n'apprît sa liaison.

— Bah ! dit-il à mi-voix en poussant sa porte, on verra bien... Allons, Saladin, entre et couche-toi... Repose-toi, compère : bientôt tu devras piéter pendant des lieues et des lieues de chemins, forêts et prairies, et la nuit veiller sur nos vies... si toutefois Robin Canole et ses Anglais ne nous occisent point sur les hauteurs où nous sommes !

IV

Ogier, Saladin sur ses talons, pénétra dans le tinel (1) de Rechignac.

— J'ai faim, dit-il au chien. Pas toi ? Les deux maçons également, sans doute... D'ordinaire, ils sont plutôt en retard qu'en avance.

Assis sur un banc, le dos appuyé à l'une des colonnes de la cheminée, Sicart de Lordat, immobile, attendait. Bras croisés, jambes tendues, éloignées du foyer où craquait un tronc de hêtre, il paraissait indifférent aux allées et venues, lesquelles emplissaient la pièce immense d'une rumeur composée de voix, de bruits, de turbulences confuses. Parfois, son regard quittait la pointe de ses sandales et parcourait l'échiquier des dalles jonchées de paille, puis ses paupières se fermaient, et rien alors ne semblait plus compter pour cet homme : ni les battements d'ailes d'un pigeon égaré, tournoyant sous les voûtes sonores, ni les appels des servantes apportant et distribuant les vaisselles, ni même les aboiements rageurs de Childebrand, le bouvier de Margot, qui détestait Brochartre, la levrette de Claresme.

Debout près de l'architecte, Girbert Bressolles regardait la sanglante fête du feu. Plus loin, Didier, Renaud et Haguenier aidaient les femmes à installer sur ses tréteaux le plateau de la maître-table, tandis qu'Eudes et Philippe disposaient les banquettes de part et d'autre du siège seigneurial : une chaire au dossier sculpté, haut comme un homme, et surmonté d'un dais de chêne au fronton

(1) Grand-salle du donjon.

duquel , des lions léopardés des Rechignac semblaient surveiller l'assistance.

Mathilde apparut, habillée de noir et coiffée d'une courte guimpe blanche d'où pendaient deux touffes de cheveux. Elle apportait des tabliers (1) ; elle les confia à Ameline, la préférée de ses enfants, et s'éloigna.

— Vous semblez chagrin, messire Ogier, observa Bressolles. La mort de Podensac vous a fort éprouvé.

Dans son visage émacié, les prunelles bleu pâle et les dents, d'une blancheur de craie, rougeoyaient aux lueurs du brasier.

— Tenez, dit-il, voici la plus avenante.

Claresme venait d'entrer, triste, blême, vêtue de gris. Les écuyers chuchotèrent quelques railleries que la pucelle dut entendre car ses joues s'empourprèrent. Elle disparut dans l'escalier des cuisines.

« Je les déteste », songea Ogier en défiant les trois gars du regard. « Quand il est lavé et rasé comme ce mardi, Didier a tout d'un porc ébouillanté !... Haguenier est maigre, et d'autant plus laid qu'il est boutonneux comme une coloquinte ! Renaud est mieux, de plus haute naissance, et il le sait. N'empêche qu'il a l'œil sournois et que Didier le domine. »

Des odeurs de rôtis, des cris, des heurts de chaudrons et de bassines montaient des cuisines. Dans la cour, maçons et charpentiers travaillaient toujours. On entendait leurs appels et leurs chants, le martellement des fers sur la pierre : certains, en effet, morcelaient les quartiers de rocher inutiles, afin que ces fragments pussent entrer dans les mâchicoulis.

Saladin s'éloigna pour accueillir Guillaume, puis il revint flairer les pieds d'Ogier, devant lesquels il s'assit.

— Si tu partais sans lui, mon neveu, tu n'aurais pas atteint les basses terres qu'il t'aurait rejoint pour te montrer la voie... Il a je ne sais quoi que les bêtes n'ont pas... L'as-tu vu, hier, quand nous avons mené Vivien en terre ? Il nous a suivis... comme un homme !

Guillaume s'interrompit, car précédant Blanquefort, Tancrède venait d'apparaître.

— Eh bien, çà ! dit-il.

Une robe d'écarlate cramoisie, serrée à la taille par une ceinture de cuir tressé, l'habillait. Tandis qu'à pas souples, elle rejoignait son père, Ogier constata que ce vêtement était fendu à la mode de Toulouse, et rattaché à hauteur de la cuisse et du mollet

(1) Nappes.

par des fremaillets d'or. L'encolure du vêtement était si hardie qu'elle révélait presque tout entière, sous la vaporeuse chemise de dessous, deux boules de chair bien ferme entre lesquelles palpitait un rubis aussi gros qu'un œuf de mésange. Une crépine de soie vermeille enjolivait sa coiffure.

Elle s'immobilisa devant l'âtre et leva ses mains nues jusqu'au collier d'or à gros maillons que Claresme avait souvent porté en son absence. Puis, comme elle se tournait vers lui, Ogier s'aperçut qu'elle était peinte.

— Bon sang ! dit-il, cousine... Attendons-nous le roi ?

Elle avait subtilement étalé un rouge léger sur ses lèvres et ses pommettes, un bleu exquis sous ses yeux ; du safran sur ses joues. Ainsi, elle semblait idéalement femme.

— Claresme ne mangera pas.

Repoussant de sa sandale Brochartre dont les sautillements l'agaçaient, Tancrède n'apporta aucune autre précision à cette annonce ; toutefois, son sourire expliquait tout : contrariée ou indignée d'avoir vu sa puînée s'approprier un de ses vêtements et employer ses fards, Claresme, dans la crainte d'être dépréciée, s'était abstenue d'apparaître.

— Comme te voilà cointe ! s'étonna le baron, balançant entre le déplaisir et la moquerie. Par Dieu, tu nous crées toujours des ébahissements.

Sans répondre, Tancrède s'approcha de la maître-table, tira un banc et s'assit. Ogier la rejoignit, et regardant autour d'eux pour s'assurer qu'Anne était absente :

— A qui sont destinés ces prodiges de joliesse ?

— Mais à toi, beau cousin !

— Tu es belle, cousine... Bien belle, en vérité... A *moi,* dis-tu ? Je n'en souhaitais pas tant.

Elle avait, sous ses cils longs et courbes, des yeux d'un vert profond, mystérieux. Il décida qu'ils ressemblaient à ceux d'une chatte, jusqu'au moment où une indéfinissable lueur les anima, qui l'enveloppa tout entier. *« Une lionne, oui, en vérité ! »* Il sentit alors que sa cousine voyait en lui aussi sûrement que lui-même, et s'enquit :

— Tu souhaites que j'emporte de toi une image... mémorable.

Les sourcils de la jouvencelle se froncèrent presque méchamment. Il lui faisait compliment : elle se trouvait offensée !

— Ce soir, après souper, retrouvons-nous sous les chênes, près du puits... Il me faut te parler, cousin. Et cesse de me regarder ainsi : *il* nous épie.

Immobile dans le chambranle de la porte ouvrant sur l'escalier des cuisines, Didier jetait des regards dévorants sur la jouvencelle, tout en suçotant la médaille qu'il portait à son cou, attachée à un lacet de cuir.

Soudain, la longue plainte d'un cor résonna au bas du donjon. Guillaume frappa dans ses mains.

— Allons, dit-il, on corne l'eau... Viens, Tancrède.

Blanquefort suivit le père et la fille. Il semblait mécontent et portait son épée au côté. Des mailles luisaient sous sa cotte d'armes de velours grenat. « On dirait qu'il se prépare à la guerre », songea Ogier. Il s'approcha du sénéchal, s'aperçut que son visage était humide de sueur et qu'un souci lui labourait le front.

— Holà, Hugues ! dit-il en riant. Que ne posez-vous votre lame ? Ces grands malandrins sont-ils si proches ? Ou bien allez-vous galoper jusqu'à je ne sais où, sitôt le repas avalé, pour y quérir des hommes d'armes ?

— Je ne sais où sont les Goddons. Au Puy-Saint-Front, ma foi, rien n'a changé. J'y suis allé cette nuit avec Norbert et Aspe.

— Vous auriez pu m'y emmener.

Les yeux bleu-vert du sénéchal effleurèrent Ogier. Son front se déplissa. Cet homme carré, solide, sourit avec son habituelle courtoisie : ce fut à peine si ses dents apparurent.

— J'en avais l'intention, votre oncle m'a dit : non. Il avait raison : une longue course pour ne ramener personne. Tous les hommes valides sont aux murailles. Les chevaliers couchent sur le parvis de Saint-Étienne. On dit que le comte de l'Isle est présent... Si les Goddons surviennent, nous serons seuls. Seuls avec notre courage... Il nous en faudra !

Plantant là Ogier interdit, le sénéchal rejoignit Guillaume qui, discourant avec son architecte, s'approchait d'une des fontaines de cuivre placées de part et d'autre de la porte des cuisines.

— N'attendons-nous pas le chapelain, mon oncle ? interrogea Ogier.

L'usage que les clercs eussent la préséance sur les laïcs ne serait pas respecté une fois de plus, car le moine quinquagénaire, s'il aimait les plaisirs de la table, ne se pressait jamais pour s'y adonner.

Guillaume se lava les mains, les essuya après la touaille accrochée au mur et céda la place à Ogier. Sicart de Lordat, qui venait d'occuper l'autre fontaine, s'éloigna après avoir fait un signe à

Bressolles, mais le maçon, ployant un peu l'échine, invita Tancrède à le précéder.

On entendit alors un clapotement de semelles. C'était Arnaud Clergue. Après s'être informé sur l'écuyer tranchant, Saint-Rémy, le chapelain exprima une excuse : plongé dans saint Matthieu, il n'avait pas senti passer le temps. Négligeant la serviette qu'Ogier lui offrait, il sécha l'extrémité de ses doigts à sa bure. Sa tête, baissée, reposait sur un triple menton piqueté de poils blancs.

— Quelles sont les nouvelles, Hugues ? demanda-t-il.

— Aucune, mon Père, qui puisse vous donner la cacade.

— Ouf !... J'ai bien craint, vous voyant la mine si triste, que vous ne me coupiez l'appétit.

Il rit. Ses fanons, son ventre tremblotèrent, et ses lèvres larges et pâles se décollèrent dans un sourire si béat qu'Ogier aperçut une double crénelure de dents jaunes et branlantes. Bien qu'il les coupât menus, Arnaud Clergue avait de plus en plus de peine à mâcher les gibiers et les venaisons. Et il n'aimait guère la soupe, même grasse et solide comme un mortier.

Guillaume s'installa dans sa chaire, les avant-bras sur les accoudoirs ; ses commensaux s'assirent : Tancrède à sa droite, le chapelain à sa gauche, mais séparé de lui par le banc de Claresme, inoccupé. Ogier se plaça face à son oncle et Blanquefort en bout de table, entre Bressolles et Sicart de Lordat.

Le sénéchal héla Mathilde occupée à semoncer Philippe :

— Laisse ton gars, femme ! Hâte-toi avec tes filles. Nos gens arrivent !

Sergents vêtus de mailles, couvreurs, maçons et charpentiers en guenilles, besogneux de toute espèce et de tout poil, entrèrent, saluèrent et gagnèrent les trois longues tables dressées loin de celle de Guillaume, afin que leurs rires et leurs rots ne vinssent pas l'incommoder. Les chiens tournaient autour, guettant déjà les reliefs, car seuls étaient nourris matin et soir les six veautres de la meute enfermés dans un enclos, non loin des écuries.

Ogier remarqua les coups d'œil acérés que les trois écuyers lançaient à Tancrède. Haguenier portait l'ennui sur son visage livide. Abandonné à ses pensées, il tortillait une mèche de ses cheveux. Visage rubicond, regard trouble, bouche amère, Didier, qu'un tabard gris couvrait des épaules aux genoux, officiait tout en essuyant ses paumes après le coq brodé sur sa poitrine... Renaud était vigoureux, mais son obséquiosité envers le baron et Blanquefort les indisposait à son égard : ils aimaient la franchise et la rudesse. Il avait pensé susciter l'intérêt de Claresme, or jamais celle-ci ne lui avait accordé un semblant d'attention.

— J'ai demandé, dit Guillaume, qu'on apprête ce sanglier qui nous enleva Vivien... Mauvais avec lui, peut-être sera-t-il bon pour nous tous !

Tandis qu'Arnaud Clergue se pourléchait, approuvant le baron, Ogier s'intéressa aux tapisseries qu'un courant d'air bougeait derrière son oncle. L'une, dans son entour brodé de lis d'or et de roses, représentait le nain Obéron mettant en fuite Huon de Bordeaux et ses treize compagnons ; l'autre Thierry accusant Ganelon devant le tribunal de Charles.

— A quoi penses-tu, mon neveu ? Tu ne m'approuves pas ?

Le damoiseau pensait que la défunte épouse de Guillaume avait eu des goûts singuliers. Aimait-elle la guerre ? Pourquoi n'avait-elle pas fait figurer sur ses canevas des saints, des fleurs, des cygnes — voire le coq de ses armes ? Pourquoi Charles ressemblait-il à Blanquefort ?... Non, cela c'était une illusion due à une rupture des fils dans la trame de ce visage.

— Je vous approuve d'autant plus pour ce quartannier, mon oncle, que c'est moi qui l'ai fait chercher.

Cela dit, Ogier reporta son regard sur les gens du commun. Ils s'asseyaient dans les cris et les rires. Anne tardait à les rejoindre. Et Margot, dont la place auprès de Gilles Champartel restait vacante. Quel événement les avait retardées ? L'Henriette ou Claresme ?

Plus disert que d'ordinaire, Guillaume exprima ses doléances à Sicart de Lordat :

— J'aurais tout de même aimé avoir des parois plus hautes de quatre ou cinq pieds afin de rendre vaines toutes les échellades.

— Nos ouvrages sont conformes aux édits royaux. J'ai respecté votre assurement (1) et vous aurais mis, messire, dans l'embarras si j'avais exhaussé vos murailles. Notre sire Philippe déteste que l'on contrarie ses volontés.

— Je ne compte plus les fois où, de moi-même, j'ai rejoint l'ost royal. En conséquence...

— Tout beau, messire, interrompit l'architecte. Le droit est le droit. La loi est souveraine. Nul ne peut bâtir un châtelet à sa guise et, si étrange que cela soit, le *Capitulaire des Pistes* de feu Charles

(1) On appelait assurement le contrat par lequel le seigneur donnait à son suzerain des garanties contre ses fortifications, en s'engageant à ne pas élever certains ouvrages et à remettre ses places fortes aux mains de son suzerain, et même à les raser lorsqu'il plairait à celui-ci de le requérir.

le Chauve est encore en vigueur (1). Ne vous plaignez point. Si vous étiez Normand, vous n'auriez pu avoir autour de votre bastide tous ces fossés qui dépassent la profondeur d'un jet de terre.

— Je ne suis point Normand.

— De quoi vous plaignez-vous ? Votre demeure est imprenable.

— Je veux bien l'espérer.

Le ton sérieux de cette réplique ne laissa aucun doute à Ogier sur l'état d'esprit du vieillard :

« Il a peur, grand-peur ! »

Il se sentit épié, se détourna et rencontra le regard de Tancrède.

« Que serions-nous devenus si nous nous étions côtoyés pendant cinq ans ? Amis ? Ennemis ? Indifférents ?... Claresme ne m'a jamais attiré. Fade comme un miel trop plein de cire... Mais *elle* ! »

Il éprouvait au cœur une sorte de mal. Étrange fille. Pourquoi le glaçait-elle en même temps qu'elle lui donnait envie de la mieux connaître ? De s'en faire apprécier, pour ne pas employer d'autre verbe. Pourquoi ce rendez-vous vespéral sous les chênes ?

Un instant, fermant les yeux, il continua de la voir, de la sentir. Elle le troublait d'une façon moins irritante que lors de leur rencontre sur la route d'Excideuil, mais insidieusement. Et elle le savait.

Il releva ses paupières : elle lui souriait. Comment interpréter ce sourire ? Les autres l'avaient-ils surpris ? Lui avaient-ils trouvé une signification ? Laquelle ?

« Je ne connais rien d'elle... ou si peu : ses audaces avec Gersende. Qui prouvent quoi ? Qu'à treize ans elle avait soif d'être rebaudie comme parfois Saladin ou Brochartre (2). Elle n'a pas eu de mère et cette inclination peut donc, à défaut de s'admettre... »

Il abandonna cette réflexion car il s'égarait : Claresme, elle aussi, avait été privée d'amour maternel. Or, même encore, du moins apparemment, ses sens ne la tourmentaient pas.

Tout en jouant avec le pied de son hanap, le garçon essaya de s'expliquer la raison d'une aussi soudaine indulgence. Car enfin, telle qu'il la conservait dans sa mémoire, la scène entre Tancrède et la chambrière l'avait indigné.

(1) Dès 864, Charles le Chauve avait rendu le Capitulaire des pistes exigeant l'autorisation du roi pour l'érection des forteresses. En 1080, le Concile de Lillebonne reconnut et proclama que, d'après la coutume de Normandie, nul seigneur ne pouvait creuser des fossés dépassant la profondeur d'un jet de terre (3 m), ni construire des palissades flanquées ou à redans. Elle devaient être d'alignement, sans chemin de ronde ou coursières, et sans *propugnacula :* crénelages, hourds, bretèches. Il fallait obtenir la permission expresse du suzerain pour avoir son château dans un île ou sur un rocher.

(2) *Rebaudir* les chiens : les caresser pour les exciter.

« Elle a pris en cinq ans des tétons et des cuisses... Et après ? Rien de ceci n'est pour moi... Tout près d'elle : Blanquefort. Je ne sais de lui que le maniement des armes. A-t-il aimé naguère ? Comment nous juge-t-il ? Comment me juge-t-il ? A-t-il eu des desseins qui tous ont avorté, faisant de lui ce maussade au grand cœur ? Il a bien souvent aiguisé ma curiosité, mais jamais je n'ai osé lui poser quelque question susceptible de m'informer sur son passé... Tant pis pour moi. Et Guillaume, bien calé dans sa chaire ? Je connais ses batailles, ses emportements, ses partis pris, ses gaillardises et ses amours — si l'on peut appeler ça ainsi ! — mais j'ignore tout de sa défunte épouse. Il dit que la figure qu'en a faite Bressolles lui ressemble... Est-ce vrai ? Le sang de cette femme charriait-il des ardeurs aussi mauvaises que celles des mâles de Saint-Rémy ? Et Mathilde ? Est-il vrai que Philippe est le fils de Guillaume ? Alors pourquoi pas Eudes, qu'elle eut après ? Tiens, Didier m'observe. Je ne sais rien de lui que sa haine envers moi... »

Sous les voûtes ombreuses, les conversations roulaient. Arnaud Clergue, impatient de satisfaire sa safrerie, et Blanquefort, qui frottait contre son avant-bras la lame de sa dague, parlèrent soudain avec animation, et Bressolles, ses poings immobiles de part et d'autre de son écuelle, ne perdait rien de leurs propos. Ogier, que le vacarme ennuyait, comprit qu'il était question de deux vilains en discorde pour un bout de pâture. D'injure en injure, ils avaient failli s'entre-égorger.

— Ce Marcelin et ce Pimouguet sont sots ! grogna le chapelain. Ah ! là là, si j'étais le baron qui les a délivrés du chevage (1), je romprais avec eux le contrat d'affouage, les privant ainsi du bois pour se chauffer, refaîter les toits au printemps et bâtir une grange !

— C'est les faire crever, objecta Didier, de loin.

— Qu'ils crèvent, après tout ! s'écria Arnaud Clergue en touchant sur sa poitrine son lourd crucifix de bois. Outre qu'ils viennent rarement à la messe, ils ont des faces de païens... Dieu, là-haut, saura se montrer meilleur arbitre que nous, qui sommes les piètres instruments de Sa Justice. Il sait juger du Bien et du Mal mieux que nous... J'ajoute que le Bien est rare, de nos jours. On dirait, en vérité, que la malivolance, la haine, la luxure, toute cette mesellerie (2) qui désola longtemps la Langue d'Oc, nous contaminent à nouveau.

(1) Capitation due par les serfs à leur seigneur.
(2) Lèpre.

Ogier remarqua la pâleur de Girbert Bressolles. Ses doigts se serraient sur le manche de son couteau. Après que le chapelain eut dit le *benedicite,* le Carcassonnais fit un signe de croix si bref qu'il semblait un simulacre. Puis, n'y tenant plus :

— Qui doit, mon Père, décider si un acte, une pensée, ressortissent au Bien ou au Mal ? Dieu qui est loin et dont la miséricorde est infinie — un peu trop selon moi — ou nous-mêmes qui pouvons observer chaque jour les actes commis pour le Bien ou le Mal... et leurs conséquences ?

— Je sens, mon fils, dit Arnaud Clergue sévèrement, que vous allez vous égarer.

— Nullement. Ne vous semble-t-il pas, comme à moi, comme à tous, que le Mal suit le Bien telle une ombre tenace et maléficieuse ?

— Le Bien est net et pur et détaché de tout. Le Mal est... effrayant !

— Où sont-ils ? Selon ce que j'ai compris, le Bien, scintillant comme l'or, constant, inaltérable, est le lot des suzerains grands et petits, des bourgeois et des clercs. Le Mal, épouvantable et prolifique, chiendent des âmes et du royaume, est inséparable des humbles, *surtout s'ils sont de Langue d'Oc...* N'avez-vous point songé, messire tonsuré, que vous appartenez en partie à ces pays dont vous avez le nom et l'accent ? N'avez-vous point songé, vous qui recevez les pécheurs en confession, que le Bien et le Mal s'équilibrent en chaque être humain comme, sans doute, en chaque animal ?

— Holà ! s'exclama le chapelain, à vif. N'allez point comparer une bête et un homme, une singesse, par exemple, avec une femme, un rat avec un enfant !

— Plus je nous observe, dit Bressolles, impassible, plus je ne vois en nous que des bêtes améliorées.

Le regard du maçon examinait le cordelier comme s'il était moins qu'une bête : une chose inerte, insignifiante. Arnaud Clergue s'en courrouça :

— Votre démonstration commence à empester le soufre, mon fils !

Plutôt que de l'indigner, cette menace veloutée laissa Bressolles indifférent :

— Mes paroles sentent ce que vous voulez bien qu'elles sentent, mon Père, dit-il de sa voix douce, chantante. Je n'y trouve rien qui soit en contradiction avec les divins préceptes... J'ajoute, en étant sûr d'obtenir votre approbation, que quelle qu'en soit la nature, je maudis les événements où le Bien et le Mal s'enchevêtrent au point qu'on ne saurait les discerner... où le Bien devient sans transition le Mal parce qu'il faut qu'il en soit ainsi pour qu'il triomphe de la cruauté !... Les guerres...

— Les guerres ! s'exclama le baron. Vous n'avez nullement combattu, Bressolles. Comment osez-vous en parler ?

Le maçon fit front, paisible, obstiné :

— Ne vous en déplaise, monseigneur, les guerres nous concernent tous. Vous et les vôtres ostoyez (1), je pourvois aux défenses qui vous mettent en sécurité de corps et d'esprit, — sentiment qu'un manant n'éprouve guère. Ce que je souhaiterais pour ma part, c'est que tous les hommes d'armes, à quelque condition qu'ils appartiennent, soient lucides avant d'engager des batailles.

— Ce qui veut dire ? demanda Tancrède impassible.

— Ce qui veut dire, damoiselle, que le vainqueur d'un jour sera vaincu, meurtri, le lendemain. Ce qui veut dire qu'au-dessus des plaintes des victimes il y a les rires de ceux qui décident, mangent à leur faim, s'enrichissent et forniquent avec leurs captives. Et ces gens-là sont plus abjects encore que ceux qui s'entre-tuent par devoir ou par goût.

Bressolles se tourna vers Ogier. Le damoiseau ne vit que ses yeux, tellement lumineux qu'il les crut baignés de larmes :

— Vous aimez, messire Argouges, ce métier des armes, noble dans la défense et la protection, j'en conviens, mais vil dans l'agression et la persécution... Quels maîtres allez-vous prendre ? D'Édouard ou de Philippe, je sais pour lequel vous optez. Mais quand vous parviendrez à Gratot ?... Sera-ce Jean de Montfort ou Charles de Blois ? Comment trancherez-vous ?

— Montfort est mort, dit Blanquefort.

— On ne le sait, intervint Tancrède. Son épouse est en vie. Elle poursuit sa lutte.

Elle s'était exaltée d'un seul coup. Ses mains tremblaient. Aucun doute, elle admirait cette femme. Ogier, intrigué, cessa de la regarder car Bressolles continuait :

— Il vous faudra choisir, messire Argouges, dès votre arrivée en cet endroit de Normandie qui touche tant à la Bretagne que ses seigneurs, tout comme ceux du Périgord, sont divisés... Opterez-vous aussi pour le duc Jean ? Mais comment le pourriez-vous bien

(1) *Ostoyer, ostoier* : combattre dans l'ost, guerroyer.

servir, sachant qu'il ne vaut rien !... Sa femme au nom pourtant doux de Bonne (1) rêve, dit-on, de revenir chez son père tant la bêtise de son époux est accablante et sa lubricité abjecte.

Les conversations avaient cessé. C'était la première fois qu'Ogier éprouvait de tout son corps, de toute sa conscience, le poids d'une incertitude infinie. Que pouvait-il répondre ? Bressolles était-il un Albigeois ? Il y avait peu de temps qu'on avait jeté aux fagots deux Parfaits : Authier et Bélibaste (2).

— Eh bien, messire Ogier, répondez !... Je n'ai rien dit qui ne soit outrageant.

— J'en conviens, messire Girbert, et ne saurais vous dire quel choix je puis faire... Mon père avait fait le sien. Il se peut qu'il l'ait renié... J'ajoute que les Goddons sont en partie composés de Normands, descendants de ceux qui, avec le duc Guillaume, conquirent la Grande Île... Tenez : les Bohum, par exemple. Ils sont bel et bien Normands, fils et petits-fils d'un Onfroi natif de *Bohon,* près de Carentan... qui lui-même était fils d'un Richard de Mary, de Saint-Come-du-Mont, lequel conserva longuement ses droits en Normandie. Eh bien, Onfroi IX était contre nous à l'Écluse, et c'est son frère Guillaume qui fut fait comte de Northampton et qui appartint à l'ambassade envoyée par Édouard III à Philippe lorsqu'il fit valoir ses droits au trône de France. Il était à l'Écluse également (3).

— D'où tiens-tu tout cela ? s'étonna Guillaume. Tu ne m'en as point parlé.

Ogier limita son sourire à Bressolles puis, tourné vers son oncle :

— Vous savez qu'avant de vous retrouver à la Broye, j'avais fait la retraite avec des Normands. Ils parlaient. Ils disaient que cette guerre était absurde parce qu'elle opposait des guerriers de la même famille... ou presque.

(1) Bonne, qui se prénommait en réalité Guta, fille du roi Jean de Bohême, avait épousé Jean de Normandie, fils de Philippe VI et de Jeanne de Bourgogne, la sinistre Boiteuse, en janvier 1332. Il s'épuisa au lit et y épuisa sa femme, son aînée de deux ans. Marié à treize ans, il eut son premier enfant deux ans plus tard. Et déjà, selon le Dr Cabanès *(Les morts mystérieuses de l'Histoire,* Paris, 1901) Jean souffrait de blennorragie. Celle-ci fut accompagnée sur les membres *« de grosseurs et saillies dures, de couleur brunâtre ou livide, se terminant par résolution. Par conséquent n'aboutissant ni à la suppuration ni à la chronicité — ce qui exclut l'idée d'une adénite ou d'une tumeur squirrheuse (cancer, par exemple).»* Jean fit neuf enfants à sa femme, tous, comme on dirait maintenant : *tarés.* Ses mœurs homosexuelles, sa lourde bêtise, son ostentation dispendieuse, en font un personnage qui méritait d'être trompé. Le connétable de Guines paya de sa vie une amitié certainement amoureuse avec une princesse qui mériterait qu'on lui consacrât un livre.

(2) Pierre Authier, originaire de Montségur, pris, évadé, repris, fut brûlé vif en 1311. Guillaume Bélibaste, trahi par un espion, monta sur le bûcher de Villerouge-Termenès en 1321. Après eux, rien. Du moins en apparence.

(3) Lire l'annexe II.

Guillaume s'ébaudit avec une indulgence affectée. Ogier derechef s'avisa de Bressolles :

— Je ne sais si cette guerre est juste ou injuste. Ce que je sais, c'est que j'ai plus de haine envers certaines gens du royaume de France qu'envers la plupart des Anglais. J'ajoute qu'à l'Écluse, l'agression fut anglaise et que les meilleurs alliés des Goddons furent, hélas ! des substituts du roi de France.

— C'est vrai, dit Blanquefort. Ils en furent punis.

— Pas tous, dit Guillaume.

— Faites la guerre si tel doit être votre plaisir, messire Ogier, reprit Bressolles, mais méfiez-vous de la vanité : elle commande à tous ceux que revêt une écorce de fer... C'est la vanité qui fit perdre aux croisés la Terre Sainte...

— Paix, Girbert, ordonna Sicart de Lordat. Qu'est-ce qui vous prend ? Jamais vous n'avez été si langagier !

Mais, toujours impassible, le maçon continua :

— Pour le Dieu de justice et de bonté dont ils portaient le crucifix sur leur tabard, et jusque sur la croupe de leur destrier, qu'avaient-ils trouvé de mieux à faire, ces ardents chevaucheurs de la Foi ? Ils tuaient ! Leur route fut jonchée de monceaux de cadavres. Tenez : Godefroy de Bouillon et ses leudes délibérèrent trois jours pour décider s'ils devaient exécuter les soixante-dix mille mahomets de Jérusalem lorsqu'ils eurent pris cette ville... Réflexion faite, il décrétèrent qu'aucun d'eux ne devait vivre... Seul Raymond de Saint-Gilles, comte de Toulouse, protesta... et sauva tous ceux qui pouvaient l'être, aidé par ses hommes... Même en sachant que Dieu vous absoudra par le truchement d'un ou plusieurs de Ses ministres, tuerez-vous aussi des ennemis désarmés, messire Argouges ?

Subitement, Ogier revit Ramonnet essuyant son poignard après avoir égorgé quatre Anglais nullement dangereux. Bressolles insista :

— Des femmes, des pucelles, des enfants ?... Serez-vous sourd à leurs supplications ? Vous ferez-vous une joie de les occire ?

— Non, parce que je serai chevalier !

Le maçon eut un sourire incrédule :

— La Chevalerie n'a rien à voir là-dedans... C'est une affaire de conscience d'homme... Si l'on vous enjoint de tuer des innocents vous criant *« Grâce ! Grâce ! »* ou *« Pitié ! »* les passerez-vous au fil de l'épée ?

— Je m'y refuserai ! s'exclama le damoiseau d'autant plus agacé que Tancrède attendait avidement sa réponse.

Il était effondré. Était-il possible qu'à Jérusalem, son héros le plus cher eût ordonné pareil massacre ?

— Dites-vous, messire Argouges, reprit Bressolles insatisfait — et pour cause — dites-vous que partout où ils passent, les chevaliers ne gagnent pas toujours la réputation que vous imaginez. On prétend même qu'ils sont sots... Faites excuses, messire baron, mais ce n'est pas moi qui le dis : *Pourvu qu'un clerc le leur commande, les chevaliers iront saccager Tudelle, le Puy et Montferrand. Les clercs les jettent au carnage. Après qu'ils leur ont donné le pain et le fromage, ils les mettent là où on les crible de traits. Mais leur poitrine à eux, les clercs la protègent contre toute lame ; et la cervelle d'autrui, ils ne la plaignent pas si elle se répand !*

Précédant de peu Arnaud Clergue, Guillaume se leva brusquement. Penché par-dessus la table, il jeta sans colère apparente, à la face du maçon.

— Je suis chevalier. J'ai combattu. Je vis. Je n'ai été ni ne suis sot, à preuve que je n'ai jamais cessé d'agrandir ma chevance (1).

— De qui sont ces curieuses paroles que vous citez ? demanda Blanquefort sans la moindre acrimonie.

— Bélibaste ou Guilhabert de Castres ! s'écria le chapelain en se rasseyant.

— Peire Cardinal, du Puy-en-Velay, laissa tomber Bressolles. Et rassurez-vous, ce troubadour est mort voilà un demi-siècle, non pas sur un bûcher, mais religieusement dans son lit, et presque centenaire.

Le baron se rassit, apparemment satisfait. Arnaud Clergue l'imita. Bressolles, en soupirant, jeta un regard sur son écuelle. Tancrède paraissait heureuse d'une telle querelle. Blanquefort semblait rêver, le regard noyé dans la tapisserie d'Obéron. Et lui, Ogier ?

Le maçon l'avait troublé. C'était vrai qu'il haïssait Philippe et le duc Jean de Normandie : ils étaient responsables du déshonneur et des tourments de sa famille. Mais c'était vrai aussi que les prétentions d'Édouard au trône de France, même légitimes, ne pouvaient que le révolter. C'était vrai, également, qu'entre Jean de Montfort et Charles de Blois, sa préférence était allée d'emblée à ce dernier : il était l'ennemi d'Édouard. Son père, à Gratot, devait penser ainsi...

(1) Les biens, la propriété.

— La Chevalerie ne vous concerne pas, Bressolles, décida le chapelain d'un ton sec.

— Elle nous concerne tous : les chevaliers sont des hommes. Nullement des dieux infaillibles et tout-puissants.

— Méfiez-vous, mon fils, menaça le clerc en agitant un index sentencieux. Jusqu'ici, Dieu m'est témoin que je n'avais jamais côtoyé l'hérésie… Vous m'effrayez tant votre courage est monstrueux.

« Monstrueux ? » s'étonna Ogier. « En vérité Bressolles a raison. Mais pourquoi parle-t-il soudain ? Craint-il, s'il n'énonce pas toutes ces choses-là maintenant, de ne jamais plus trouver l'audace et l'occasion de les dire ? »

Le baron vida son hanap, puis, comme s'il se préparait à un aveu gênant, il se gratouilla une joue.

— J'en conviens, Bressolles, dit-il enfin sans dissimuler son amertume, on a ouvert les portes de la Chevalerie à moult seigneurs indignes… Un Richard de Blainville est une pourriture dans nos rangs.

— J'arrive, Père, et vous parlez *encore* de cet homme-là ! s'étonna Tancrède. Que vous a-t-il donc fait ?

— Que t'importe !… Ta sœur, elle, ne se mêle jamais de mes parlures. Imite-la !

Tancrède, rouge de vergogne et de dépit, allait protester, mais Guillaume tourna la tête :

— Quant à vous, Bressolles, je comprends que vous vidiez votre sac avant votre départ. Un conseil, cependant : dites-vous que toutes les idées sont bonnes dès l'instant que Belzébuth ne les a pas inspirées.

Le maçon fit un signe d'acquiescement bref, mais respectueux. Arnaud Clergue lui lança un regard dont Ogier ne put décider s'il était haineux ou dédaigneux. Quant à Tancrède… Saladin s'en était approché ; elle le caressait et semblait maintenant suivre un rêve.

Elle tressaillit lorsque Mathilde, Jeanne et Guiraude, toutes rouges d'avoir passé leur matinée devant les feux, apparurent à la porte de l'escalier des cuisines. La première amenait des pichets ; la seconde, sur un plateau rond et creux comme un bouclier sarrasin, une oie fumante, et la troisième, dans un grand chaudron d'étain, des lentilles, des raves et des fèves. Bertine, la fille de Guiraude, survint alors, tenant serrées sous ses aisselles, deux miches aux croûtes couleur d'or.

Jeanne déposa l'oie à l'extrémité de la table, et Blanquefort poussa la volaille vers Didier, pour ce jour écuyer tranchant.

— A boire, réclama le baron. Cet entretien m'a donné soif !

La fonction d'échanson était dévolue à Renaud. Il remplit les hanaps, et contourna de telle sorte la table qu'il servit Ogier en dernier.

— Maladroit ! s'écria le baron en voyant des gouttes de vin sur la nappe. Ne perds pas bêtement le sang de mes vignes !

Mathilde et ses femmes s'en retournèrent aux cuisines. Elles réapparurent, portant pour les ouvriers et les gens d'armes deux épaules du sanglier, et pour la table du seigneur, sur un plateau de fer long comme une épée, un pâté de pigeons garni en son milieu d'un bouquet de plumes blanches. La petite Bertine suivait lentement cette fois, car elle tenait par l'anse un bassinet de sauce poivrade.

Le baron leva son hanap, imité par les convives.

— Béni soit Dieu, dit Arnaud Clergue.

Ils burent tous, sauf Tancrède — sans doute pour contrarier son père et le chapelain — tandis qu'aux tables voisines, on se mettait à rire et à hausser le ton.

Cherchant une diversion, Sicart de Lordat essaya d'entretenir Ogier de sa longue chevauchée vers cette Normandie qu'il eût voulu connaître.

— Le chemin vous semblera parfois interminable, et les périls peuvent y advenir, car la truandaille est partout... Comptez-vous l'entreprendre avec, pour seule compagnie, ce Girbert qui ne résiste jamais à dire tout haut ce que certains de nous pensent tout bas ?

— Un garçon, Jean du Taillis, m'a, ce matin, demandé de venir avec nous.

— Je le connais.

— Il sait tenir un arc. Mon oncle, je l'espère, acceptera de s'en défaire...

— Étrange royaume ! dit le baron, tout en se coupant des tranchoirs (1) après avoir fait un signe de croix sur la miche. Il convient, où qu'on aille, de s'entourer d'hommes d'armes.

— Il faudrait prêcher la guerre contre tous les malandrins, s'emporta de nouveau Arnaud Clergue. Avoir une grande armée en permanence et qu'elle porte le fer partout : sur les mauvais, les envieux, les païens, les pernicieux.

— L'église, mon Père, demanda Bressolles, a-t-elle le devoir de prêcher la guerre ? Ne doit-elle pas s'opposer à toutes les saignées ?

(1) Tranches de pain sur lesquelles on coupait la viande.

Il était blafard. Des gouttes mouillaient son front, poissant, à la racine, ses cheveux ébouriffés. A l'impétuosité inattendue d'Arnaud Clergue, il opposait soudain une naïveté douce, factice, plus exaspérante encore, pour le cordelier, que son courage « monstrueux ». Le clerc soupira et laissa choir son couteau :

— L'église tolère la guerre, mais elle n'autorise que les guerres justes... Saint Augustin a dit qu'il y a guerre juste quand on se propose de punir une violation de droit... Quand il s'agit de châtier un peuple qui se refuse à réparer une action néfaste ou à restituer un bien injustement acquis.

— Dès l'instant qu'elle lui profite, la mauvaise action semble toujours bonne à celui qui la commet !

Arnaud Clergue tendit son hanap à Renaud. Impassible, celui-ci le lui remplit sans doute à demi, car il fit la grimace. Il but, puis affronta le Carcassonnais :

— Vincent de Beauvais a déclaré qu'il y a trois conditions pour qu'une guerre soit juste et licite. L'autorité du prince qui l'a décidée, puis une cause juste, et enfin une intention droite. Quant aux guerres injustes, le grand évêque d'Hippone les avait appelées *grande latrocinium :* le brigandage en grand.

— De tous côtés, la guerre est un grand brigandage !

Le chapelain eut un geste las :

— Ah ! Bressolles, pourquoi vous regimbez-vous ? Dans chacun des ministères qui sont nôtres, les Grands prennent des décisions. Nous nous y conformons parfois peu aisément, c'est vrai. Vous ne dérogez point aux volontés de Sicart de Lordat, qui lui-même essaie de se plier à celles des seigneurs qui l'ont appelé... sans contrevenir aux édits royaux. J'essaie de n'enfreindre aucun rescrit des substituts de Dieu, notre Suzerain à tous. Or, quoi que nous fassions, quoi que nous éprouvions, nous sommes, avant même d'être les créatures du Très-Haut, les obligés du Pape, du roi et de leurs satellites quelquefois infâmes, voire infernaux... Cependant, dites-vous bien que quelque contrainte qu'elle soit de tolérer la guerre, l'Église a organisé la paix, la Trêve de Dieu et la Chevalerie.

Le maçon eut un sourire à la fois déférent et moqueur :

— L'Église, mon Père, ne se contente pas de permettre et de tolérer la guerre : elle l'encourage.

La nervosité d'Arnaud Clergue s'aggrava ; il suffisait d'observer ses mains : elles n'égrenaient plus son chapelet mais le tordaient en tous sens.

— Allons, c'est vrai, admit Blanquefort, intervenant comme à regret dans cette joute oratoire. L'Église provoque certaines guerres.

— Quand elle ne peut faire autrement, Hugues... Il y a des centaines d'années, Origène a dit que le métier des armes était incompatible avec la foi chrétienne... Après lui, Lactance a déclaré qu'on ne pouvait faire exception au décret divin : « *Tu ne tueras pas* »... Je pourrais aussi vous citer Tertullien : « *Ainsi, il serait permis de vivre dans ce métier de l'épée quand le Seigneur a dit : Celui qui se servira de l'épée périra par l'épée* »...

— Messire chapelain, objecta Bressolles, Tertullien...

Aussitôt, Clergue coupa la parole au maçon :

— Certes, il serait prudent de mettre en doute la foi chrétienne de cet apologiste. Elle était tout alourdie de l'hérésie de Montanus... Une foi qui dévie ou s'encrasse ne peut être prise en considération... Il est même sage de la détruire... C'est d'ailleurs la raison pour laquelle Simon de Montfort a exterminé les patarins (1).

Cette conclusion fit bondir Bressolles de son siège. De doucereuse, la voix du maçon devint tonnante :

— Les patarins aimaient Dieu plus encore que les prélats qui les ont fait occire et cramer, mon Père ! Et Simon de Montfort, quand sa tête vola en l'air devant les murs de Toulouse, eut le temps de se demander — en tout cas je le lui souhaite — où était la céleste Justice... Une Justice au nom de laquelle il avait répandu des rivières de sang.

— Il a servi la cause du roi de France, dit Guillaume.

— Et comme c'était la cause du roi, elle ne pouvait être que juste, insista Clergue.

Bressolles s'assit, comme abasourdi puis, sa colère étanchée :

— La belle cause en vérité !... Les armées de ce démon, Franc à demi, allant de bûcher en bûcher, de saignée en saignée. Elles traînaient derrière elles autant de presbytériens que de truands et de ribaudes...

Ogier écoutait sans mot dire. Était-ce parce qu'il allait partir que Bressolles s'exprimait sans ambages ? Qui était-il vraiment ? En quel lieu Sicart de Lordat avait-il trouvé cet homme-là ?

Une vision traversa son esprit : des bûchers par dizaines et au creux des flammes et des fumées convulsives, des hommes, des femmes et des enfants transformés en une pourriture ardente, et devenant brandons, étincelles, puis cendres. Des gibets, des arbres

(1) Cathares.

et leurs sinistres fruits humains. Pourquoi ? Ceux qui disparaissaient ainsi pensaient certes autrement que les autres, sans toutefois les menacer. Leurs idées différaient peu sur la façon de vivre le présent. Celles qu'ils entretenaient et propageaient sur l'Au-delà, étaient-elles si effrayantes ? Et les autres, les homicides : juges, fagoteurs, serviteurs de la Foi — du Pape aux chapelains — avaient-ils des pensées uniformes ? Étaient-ils des parangons de vertu ?... Et le Christ même, que Clergue servait moins rigoureusement d'habitude, quelles avaient été ses pensées sur le chemin du Golgotha ? Peut-être celles d'un homme *ordinaire*.

« Et si la mort, plutôt que de déboucher sur la vie céleste, n'était que putréfaction ? »

Ogier se tourna vers le sénéchal. Il était juste, tolérant. Que pensait-il de l'audace de Bressolles et de l'ire du cordelier ?

Sous ses paupières clignotantes, le regard de Blanquefort était teinté d'ironie, tandis que le reste de son visage conservait sa gravité coutumière. Il écoutait, mais il songeait intensément à autre chose : les Anglais. Et parce qu'ils venaient d'échanger un coup d'œil plus fort qu'un regard d'amitié, Ogier se dit qu'il était *aussi* le fils de cet homme-là. En cinq ans, patiemment toujours, hargneusement parfois, Blanquefort lui avait inculqué tout ce qu'il avait appris en une vie de chevauchées et de batailles.

Il tressaillit car la controverse entre Bressolles et Clergue s'envenimait :

— Boulgre ! Patarin !... Publicain (1) !

La voix du clerc n'avait plus rien d'humain : elle tenait de l'aboiement et de la toux de coquelucheux :

— Taisez-vous ! Taisez-vous, Bressolles !... Savez-vous qu'ailleurs qu'ici, vous mériteriez les fagots, comme Authier et Bélibaste ?

La menace parut glisser sur le maçon :

— Messire Clergue !... Dieu nous a donné la parole, et j'ai tout autant que vous le droit de la mettre au service de mon esprit... Sur les hauteurs où je me tiens à longueur de jour, j'ai d'ailleurs

(1) Le mot *cathare* ne fut adopté que vers 1688 (du grec *katharos :* pur). Les contemporains de Simon de Montfort employaient des mots divers : *Pauliciens* (de saint Paul de Samosate), *patarins, tisserands, texerans, boulgres* (Bulgares) *lombards, turlupins, publicains, popublicains* Ce mot de *cathare* ne sera donc jamais prononcé pour éviter un anachronisme. Les « épopées » et « passions » cathares en ont d'ailleurs suscité de nombreux, à commencer par celui de Maurice Magre dans *Le Sang de Toulouse,* page 121 de l'édition Fasquelle (1931) où l'on voit son héros se dissimuler dans un champ de maïs, plante qui fut importée en Europe vers 1500 (trois siècles plus tard). Le mot *Languedoc* n'apparaîtra pas non plus : il ne fit son entrée dans la langue française que vers la fin du XIVe siècle.

plus grande vue du ciel que vous qui, hormis les moments… bénis des repas, vous confinez dans votre maisonnelle ou dans cette chapelle dont j'ai dressé les formes avant toute autre chose, et surveillé la construction avec un zèle et une foi tout aussi estimables que les vôtres !

Ogier regarda tour à tour Arnaud Clergue, rouge, frémissant, et Bressolles, pâle, immobile. Patarin ? Lorsqu'il lui en avait parlé, — rarement — le chapelain lui avait décrit ces gens-là comme des monstres à visage humain, anormalement mornes ou voluptueux. Or, le maçon n'était que bonté, simplicité, chasteté. « Je n'ai plus faim. » Bressolles, hérétique ? C'était plus qu'une révélation : un ravage. Non, il ne l'était pas ! Du moins voulait-il ardemment qu'il en fût ainsi. « Et les voilà qui continuent ! » Il écouta, comme tous les convives.

— Votre amour de la solitude est anormal, Bressolles… Jamais vous ne vous êtes intégré.

— Et si, messire Clergue, je voyais et sentais mieux Dieu seul qu'en n'importe quelle compagnie, surtout la vôtre ?

Ogier s'aperçut qu'en cinq ans, seul l'aspect extérieur du maçon avait compté pour lui. L'enveloppe. Mais que contenait-elle, hormis cette foi violente et singulière ? Cela, jusqu'à ce jour, lui avait semblé dépourvu d'importance. Ils se parlaient : le temps, la couleur du ciel, la courbure d'une voûte, l'obliquité d'une archère. C'était tout. Jamais il n'avait été tenté de pousser plus loin le dialogue et de savoir comment se calculaient la résistance d'un cintre ou d'une mensole (1), le nombre des voussoirs, le volume et la force de l'arc-boutant. Ils vivaient dans deux mondes tellement différents ! Bressolles, l'immobilité des pierres, la composition des mortiers, l'aplomb d'une arête, la volute d'un escalier ; lui, Argouges, la fougue d'une chevauchée, la rapidité d'un assaut, la célérité d'une reculade… Ils avaient rompu le même pain, bu le même vin, et jamais il n'avait été tenté de questionner ce roturier sur son savoir. Il ne s'était même pas interrogé sur l'aisance du Carcassonnais à sculpter dans la pierre et le bois des êtres et des visages… Cinq ans. Cinq ans avec en sa proximité cet homme-là, et trop occupé de préparer son corps au maniement des armes, il s'était peu soucié d'engranger dans son esprit d'autres enseignements que ceux de Guillaume, de Blanquefort et de Vivien.

— Messire chapelain, dit-il, cessez donc cette querelle.

Confronté à la hardiesse inattendue de Bressoles, il découvrait

(1) Ancien nom de la clé de voûte.

avec stupeur que la bénignité du cordelier dissimulait une hargne, une rigidité, une dévotion intransigeantes. Ah ! ce besoin forcené de sortir vainqueur d'une controverse serrée, après des années sans le moindre accrochage... Il devait être au désespoir de ne tenir aucune preuve suffisante pour jeter l'anathème sur ce maçon impassible dont chaque réplique avait été comme une insulte à son ministère.

— Eh bien, Clergue, dit Guillaume, jamais je ne vous ai vu en cet état... La Chevalerie nous a menés loin !

Ogier repoussa son écuelle :

— Je ne peux parler de Chevalerie, dit-il, puisque je n'y appartiens pas... Mais, je veux dire un mot sur Bressoles.

Il plongea son regard dans celui du chapelain :

— Patarin ou non, peu me chaut !

Tandis que le maçon, confus, baissait la tête, Arnaud Clergue fit un signe de croix précipité et leva les yeux vers les voûtes.

— Bressolles est doux, dévoué... Il ne détruit rien, mais construit... Et si certains, ici, ont l'esprit faussé, perverti, celui de Girbert me paraît aussi droit et solide que les parois qu'il a dressées autour de nous en accord avec messire Lordat... C'est pourquoi, mon Père, votre ire me paraît outrancière et non avenue, car nous vivons tous ici sous le signe de la Croix, mais son ombre, ou sa lumière, diffère pour chacun de nous !

Cessant de regarder le clerc, Ogier se tourna vers le maçon :

— Girbert, compagnon, je vous crois, en vérité, plus chrétien que moi... Et si c'est tout bonnement ça, être boulgre ou patarin, eh bien...

— Tais-toi ! hurla le chapelain. Tais-toi, insensé !

A cet instant, Mathilde réapparut, précédant Philippe. Ils apportaient deux agnelets rôtis. Sans laisser à Didier le temps d'officier, Tancrède arrêta un des plats devant elle pour, en un tournemain, arracher un gigot ; Arnaud Clergue en prit un autre ; le baron se saisit du troisième et Sicart de Lordat du dernier, tandis qu'Ogier se contentait d'un peu de flanchet.

Bressolles ne mangeait, quand il y en avait, que du poisson. Se vengeant, comme l'affirmait Guillaume, sur les légumes, il se servit une pleine écuellée de lentilles.

— Bientôt, je regretterai de ne plus vous avoir à ma table, Girbert, avoua plaisamment le baron. En vérité, sans vous, je m'ennuierai... Et mes-hui (1), je vous dois au moins une vérité

(1) Aujourd'hui, maintenant.

contre laquelle nul d'entre nous ne s'élèvera : ces Valois sont des plus déplaisants... La famille ne vaut rien sauf Jeanne, la sœur de Philippe. En se consacrant à Dieu, elle sauve en quelque sorte l'espèce (1). Elle a connu les félicités du corps avant que de jouir par son âme.

— Oh ! s'étrangla le chapelain.

Ogier regarda furtivement Tancrède. Il vit ses doigts longs, minces, à peine luisants de graisse, saisir délicatement le hanap où son vin était coupé d'eau. Elle but, puis donna un morceau d'agneau à Saladin, qui l'engoula et posa sa grosse patte sur le bord de la table. « Bon Dieu, elle l'apprivoise ! » Dans le vacarme des conversations, des cris et des rires, cette fille était l'image même de la sérénité. Soudain, elle tendit l'oreille.

— Oyez, dit-elle. Les trompes cornent encore.

— Qui peut venir ou bien passer au large ? interrogea Blanquefort tourné vers le baron.

— Je préférerais que ce soit Lucifer, avoua Guillaume, plutôt qu'une armée d'Anglais.

Comme les ondes d'une pierre tombant dans l'eau, le silence s'étendit autour de la table seigneuriale et atteignit les hommes d'armes et les gens du commun. A la suite de Saladin, les chiens jappèrent et coururent au-dehors.

De nouveau les cors sonnèrent.

Le damoiseau entendit hurler Jean du Taillis.

— *Avancez ! D'où venez-vous ?*

Dans la grand-salle où l'attention figeait la plupart des convives — sauf Chastagnol qui, abandonnant son repas, s'en allait clopin-clopant — le baron se leva et se pencha pour se tailler une large part de pâté. Il la laissa choir dans son écuelle et, de nouveau assis, se pencha pour s'en délecter. Son indifférence était feinte : plus encore que son entourage, il était impatient de savoir quels passants demandaient asile, et pourquoi.

Quelqu'un monta en courant les degrés du perron, bousculant les rares sergents et domestiques :

— Place ! Place ! Holà, rangez-vous !

Jean du Taillis apparut.

Il avait son chaperon dans une main, son olifant dans l'autre — une grosse corne brune, garnie de viroles d'or —. Il courba

(1) Sœur de Philippe VI, Jeanne de Valois avait épousé, le 19 mai 1305, Guillaume Ier le Bon, comte de Hainaut et de Hollande, fils de Jean d'Avesnes, comte de Hainaut, et de Philippa de Luxembourg. Il avait succédé à son père en 1304. Après la mort de son mari, le 7 juin 1337, Jeanne se retira au monastère de Fontenelles (commune de Maing, près de Valenciennes) dont elle devint l'abbesse.

l'échine avant de s'approcher de la table seigneuriale, comme s'il voulait qu'on admirât son crâne rasé de frais. Ensuite, se redressant, il offrit au baron et à ses voisins son visage rond, jovial, criblé des trous de la variole. Sous ses sourcils bruns, épais comme des chenilles, ses yeux bleus pétillaient :

— Trois forains (1), messire, vous demandent asile. Ils disent venir des Allemagnes... Ils rentraient chez eux, en Castille, quand ils sont tombés sur les Anglais... Ils chevauchent, et deux mules tirent leur chariot.

Guillaume cessa de mastiquer, puis demanda entre ses dents, pour ne rien perdre de sa nourriture :

— Qui sont-ils ? Des marchands ? Des ménestrieux !

Jean du Taillis eut une lippe d'ignorance.

— Tout ce que je peux dire, c'est que les bers et le cagnard (2) de leur chariot, à l'arrière, sont presque aussi pourvus en sagettes que saint Sébastien à la fin de son martyre.

Cette comparaison, qui fit sursauter Arnaud de Clergue, suscita l'ironie de Didier. Aussitôt, Renaud et Haguenier s'ébaudirent.

« Tiens, ils étaient présents ! » songea Ogier. « Je les avais oubliés. »

Du regard Jean défia les écuyers. Il ajouta :

— Je crois que vous pouvez les recevoir fiablement (3).

Le baron eut un geste de mauvaise humeur : il détestait les déductions intempestives. Il grogna, tourné vers le chapelain :

— Ces hommes n'ont-ils pas fait un bien grand détour pour rentrer chez eux ?

Arnaud Clergue souleva son hanap et, avant de boire, le considéra presque aussi respectueusement que s'il s'agissait d'un calice :

— Je ne sais... A votre place, je serais allé voir leurs têtes.

— Pensez-vous, mon Père, demanda Tancrède au cordelier, qu'un visage — surtout vu du haut de nos murs — soit suffisant pour décider si un homme est bon ou mauvais ?

— Qu'on abaisse le pont, ordonna Guillaume.

Jean se recoiffa et partit en courant, suivi de Renaud et de Didier, puis d'Haguenier, le plus irrésolu des trois. Ils devaient accueillir les étrangers, commander aux palefreniers de s'occuper de leurs chevaux et de leurs mules ; leur offrir un bain et, s'ils étaient sales,

(1) Étrangers.
(2) Ridelles d'une charrette sur lesquelles on tendait une bâche ou *cagnard*.
(3) Avec confiance.

des vêtements. Contrairement au rustique dont l'empressement satisfaisait Guillaume, ils ne se hâtaient pas.

Les entretiens reprirent, et le baron, après avoir mangé son pâté et s'être essuyé, d'un revers de main, bouche et moustache, se tourna vers Blanquefort :

— Qui peuvent être ces hommes ?

Les lèvres du sénéchal se pincèrent. La contagion de la curiosité ne l'avait pas atteint, du moins apparemment.

— Les Castillans sont nos alliés, remarqua-t-il. Leurs nefs étaient proches des nôtres, à l'Écluse.

— Déjà, pour cela, ces gens seront les bienvenus.

Ogier entendit les chaînes grincer autour des poulies, puis le choc du lourd panneau de chêne s'encastrant dans son logement, sur les piliers de granit. Il comprit, à leurs hennissements, que les chevaux épuisés avaient senti l'eau et le fourrage. Quand, après une assez longue attente, Didier, Renaud et Haguenier revinrent, aussi lents qu'à leur départ mais un air de mépris au visage, il se leva, s'écarta pour que Guillaume eût meilleure vue, et fit face à l'entrée.

V

Devancés par Jean du Taillis, les Castillans apparurent. Tandis qu'ils traversaient la salle, répandant autour d'eux des chuchotements issus de la défiance et de la curiosité, Ogier fit une observation que son oncle formula d'une voix tonnante :

— Messires, bienvenue. Vous paraissez hodés (1) !

Assez petits, larges d'épaules et pourvus de bras longs et musclés, c'étaient apparemment un nobliau ou un bourgeois suivi de ses serviteurs. Quelque chose dans leur attitude et leur sombre regard inspira d'emblée confiance au damoiseau. Il réserva son opinion pour une occasion favorable cependant que le sénéchal se levait, s'inclinait et exprimait la sienne :

— Content de vous conjouir (2), messires, au nom de notre prud'homme, Guillaume de Rechignac, et au mien propre : Hugues Blanquefort pour vous servir.

Bien qu'étant un sujet, mais non des moindres, au respect du baron, il tenait à justifier de son rang sans pourtant révéler son titre. S'il n'avait point d'orgueil, s'il n'était jamais célébré par cet homme dont il était l'ombre vigilante et tangible, il avait assez d'esprit pour manier l'encensoir sans paraître y avoir touché. La raison le gouvernait en tout. Il se punissait de son aménité naturelle en se contraignant à des courtoisies aussi pesantes que sommaires.

(1) Très fatigués.
(2) Accueillir.

— Approchez, messires. Approchez. Nous sommes désormais vos obligés.

Les voyageurs repoussèrent l'aumusse qui protégeait leur tête, dégageant ainsi une courte chevelure. Deux d'entre eux portaient bouc et moustache, l'autre — le chef — avait le visage nu. Leur peau était hâlée par le sang, non par l'air. Ils étaient vêtus d'un hoqueton de lin gris, tacheté par leur sueur et la poudre des chemins. Près de la boucle de leur ceinture, émergeant d'un étui de cuir vermeil, luisait la prise d'une anelace. Des chausses rouges moulaient leurs jambes ; leurs heuses de daim, pelucheuses de poussière, avaient des talons armés d'éperons courts, sans molette.

Ogier se demanda en quelle langue ces gens-là s'exprimeraient. Le jeune homme glabre parla, et sauf un accent léger, presque semblable à celui de Bressolles, on eût pu croire qu'il était de Béziers, Toulouse ou Carcassonne.

— Pedro del Valle, dit-il en s'inclinant et en jetant à Tancrède un coup d'œil surpris — ou admiratif. J'ai quitté Tolède il y a quatre ans, avec mes aides, pour aller voir en d'autres lieux ce qui se fait en matière d'armes... A Milan, nous avons œuvré pour messires Missaglia et Nigroli... Ensuite, nous sommes partis pour Augsbourg, Nuremberg, Solingen où nous avons parfait notre labeur auprès de Karl Helmschmitd (1) et de Lorenz Peffenhauser. Au retour, nous sommes passés par Trèves, Nancy, Clermont et Tulle. Nous parvenions aux abords d'une petite cité quand un chevaucheur nous a prévenus qu'un gros parti d'Anglais mettait le pays en exil (2) et qu'en allant plus avant, nous risquions d'être occis, la lenteur de notre chariot nous étant préjudiciable.

— Quelle cité, messire ? demanda Blanquefort.

— Cubjac.

— Cubjac ! s'exclama Guillaume.

Ogier, le sénéchal et le baron échangèrent un regard.

— Ils se rapprochent, affirma Sicart de Lordat, tandis que le Tolédan continuait :

— Nous avons fait demi-tour. C'est alors qu'une demi-douzaine de ces ribauds nous ont encerclés. Nous en avons occis trois à l'arbalète. Les autres ont guerpi !

Arrêtant là son récit, Pedro del Valle présenta ses compagnons :

— José Blasco... Juan Martinez... Ils comprennent un petit votre langue.

(1) Forgeur de heaumes.
(2) En destruction.

— Soyez les bienvenus, dit Guillaume.

Il se tourna vers sa fille :

— Va dire à Mathilde d'amener tout ce qu'il faut pour nos hôtes.

Tancrède se hâta vers les cuisines tandis que le baron s'extrayait de sa cathèdre pour accompagner les étrangers aux fontaines.

— Vous devez avoir grand-faim. Vous allez donc manger. Ce soir, je vous mènerai aux étuves.

Il revint à table et offrit à Pedro del Valle, le siège inoccupé de Claresme.

— Asseyez-vous là, messire !

L'armurier hésita devant l'honneur qui lui était fait. Le chapelain désigna à l'attention d'Ogier le pâté fort diminué au milieu de la table.

— *Tarde venientibus ossa* (1) ! soupira-t-il. J'espère, pour ces gens et pour moi-même, qu'il subsiste de bonnes choses !

— Allons !... Asseyez-vous, messire. C'est avec moult plaisir que nous vous accueillons.

Le Tolédan s'installa. Ses aides s'attablèrent à la gauche de Bressolles. Ébahissant et incommodant Guillaume et son chapelain, le maçon se mit à leur parler dans leur langue. « Quel homme ! » se dit Ogier, tandis que son oncle, de nouveau tourné vers Pedro del Valle, ne refrénait plus sa curiosité :

— Dans votre chariot, que transportez-vous, messire ?... Des armes ?

Le regard vif du Castillan s'enténébra. Ses lèvres pâles, gercées, se plissèrent dans une grimace qui pouvait être un sourire de gêne ou de timidité ; mais, ne trouvant dans l'expression du vieillard nulle trace d'envie, sinon de cupidité, il répondit de bonne grâce :

— Nous ramenons des épées, quelques arbalètes et trois de ces vêtements de fer qui plaisent tant aux seigneurs des royaumes d'où nous venons... Vos chevaliers du Nord les nomment armures, et nous *armaduras...* Je vous les ferai voir.

— J'ai, dit le baron, quelques armes que je vous montrerai. Mes ancêtres, naguère, ont pris la Croix. Certains ne ramenèrent que leur épée de Terre Sainte. La plus belle de toutes fut, dit-on, forgée par Galant. Mon aïeul Thibaut l'appelait Aigredure.

— Galant ! Vous possédez une épée forgée par *lui* !

Le baron lança une étrange œillade à Bressolles :

— Un jour, mon aïeul sauva la vie de Godefroy de Bouillon,

(1) Ceux qui viennent tard à table ne trouvent plus que des os.

qui le récompensa en lui offrant Aigredure... Thibaut fut blessé devant Edesse. Il entra dans Antioche un des premiers.

« Qu'a-t-il fait à Jérusalem ? » se demanda Ogier. « Ah ? Qu'importe, après tout ! »

Bressolles continuait de bavarder avec les deux Espagnols, mais il écoutait aussi Guillaume de Rechignac. Il savait que son indifférence affectée décevait le baron dont l'animation s'accroissait :

— Thibaut entra un des premiers dans Jérusalem... Je te l'ai dit, pas vrai, Ogier ?... Il séjourna six mois dans la cité sainte... Puis un jour, il pensa que sa dame, — elle était née Auterive de Blagnac — l'attendait depuis cinq années en leur châtelet de Peyrebrune... Il revint de Terre Sainte avec un coffre bien plein et deux belles juments qu'il fit couvrir par ses coursiers... Il vécut sur ses terres, faisant chaque année un enfant à son épouse tandis que ses chevaux engrossaient les juments... Auterive mourut en donnant le jour à son dixième enfant... Sur les dix, huit partirent en bas âge, et un autre à seize ans, d'un mal incurable qui lui vint après qu'il se soit trempé dans une mare. Il était tout tordu, ne pouvait plus se mouvoir et le souffle lui manquait... Un seul a vécu pour perpétuer le nom et la famille. Ainsi peut-on dire de mon ancêtre, — pas vrai, Blanquefort ? — qu'il peupla l'enfer de Mahomets, et le Paradis, plus que la terre, en chevauchant sa femme !

Le baron ricana, visiblement contrarié de n'avoir suscité aucun rire. En quête d'un soupçon d'absolution, il glissa un regard vers le chapelain occupé à meuler, entre ses mâchelières, une bouchée de cuissot. Tancrède réapparut, précédant Mathilde et ses femmes.

— Allons, messire del Valle, je vois qu'on vous amène plats, écuelles et hanaps... Mangez... Holà ! dame... Apporte donc un tonnelet de grenache. Point de vin vulgaire pour ces gens... Reste-t-il de la viande ?

— Evidemment !

— Apporte !

Mathilde dévala dans ses cuisines. Elle réapparut bientôt, précédant Guiraude et Isaure, porteuses d'un tonnelet cerclé de cuivre. Quittant la table du commun, à laquelle il était accoudé, Thierry Champartel s'empressa d'aider les deux femmes, et sitôt que le baril fut hissé sur un chevalet, à l'extrémité du plateau, près de Blanquefort, le forgeron le mit en perce. Il revint s'asseoir à la droite de son frère, cependant qu'Ogier s'inquiétait : où étaient Margot et Anne ?

De nouveau, c'était le tumulte, et pour Mathilde un surcroît de mouvements. De nombreux va-et-vient lui furent nécessaires pour apporter un rôti de mouton gardé en réserve, des raves, un pâté, des fèves. Tandis que les Castillans achevaient de se sustenter, Guillaume s'informa :

— Avez-vous rencontré des Anglais dans ces pays où vous avez vécu, messire del Valle ?

— Les seuls auxquels nous ayons eu affaire, dit en souriant l'armurier, sont ceux qui nous ont assaillis.

Constatant que Jean du Taillis écoutait, le baron, du doigt, lui montra la porte par laquelle les hommes d'armes et le commun s'en allaient en commentant les nouvelles apportées par les trois Espagnols.

— Retourne sur les aleoirs, garçon, et ouvre l'œil.

Jean s'éloigna sans cacher son mécontentement. Aussitôt, Didier, Haguenier et Renaud s'ébaudirent.

— Pour qui se prend-il ? demanda Saint-Rémy à ses deux compères. Bon sang, il a de l'effronterie !

— Qu'il en ait ou non, ceci ne regarde que moi, Didier, fit Guillaume en se rasseyant. Sers-nous à boire sans en perdre une goutte !

Blanquefort de son poing menaça l'écuyer :

— Une lame à la main, cet effronté t'enverrait peut-être en enfer, Saint-Rémy !... Il me déplaît à moi qu'il ne soit qu'un culvert.

Ogier échangea un regard avec Tancrède, debout près de la cheminée. Elle semblait réjouie, il s'en détourna.

Guillaume n'était qu'amabilité et curiosité. Il se dodinait entre ses accoudoirs.

— Parlez-nous des Allemagnes, messire del Valle... Nous en savons si peu sur ces lointains pays.

Longtemps, l'armurier décrivit les cités où il avait vécu, sans d'ailleurs insister sur la façon de vivre des gens qu'il y avait côtoyés. Comme Blanquefort lui demandait ce qu'étaient devenus les chevaliers teutoniques, il répondit :

— Des présomptueux, des ambitieux pour lesquels, chez Lorenz Peffenhauser, nous avons composé des armures.

Puis un nom prononcé par Bressolles amena un soupir sur ses lèvres : *« Toledo ! Toledo ! »* Tolède. Il lui tardait d'en revoir les murailles roses, et le Tage dont les eaux presque roses, elles aussi, donnaient une si bonne trempe aux fers et aux aciers.

Les deux maîtres d'œuvre se levèrent.

— Mille pardons, messires, dit Sicart de Lordat, mais une besogne nous attend, qui ne peut souffrir de retard.

Ils s'éloignèrent et longtemps Guillaume suivit Bressolles du regard. Saladin réapparut et se coucha devant Tancrède assise sur le coffre à sel, près de l'âtre. Elle le caressa, peu soucieuse ainsi de montrer sa gorge. Les compagnons de Pedro del Valle avaient mangé d'un si bon appétit qu'ils en avaient ébaubi Arnaud Clergue. Et comme Mathilde passait à sa portée, le chapelain saisit un pan de son tablier.

— Dame, les pichets et le tonnelet sont vides... Va donc nous chercher à boire... Nous avons parlé de choses graves et qui m'ont attristé.

— Eh bien, cessons donc, décida Guillaume en s'extrayant de sa chaire. Messire del Valle, allons voir vos armures... Tant pis pour vous, Clergue, suivez-nous.

* *
*

Établi sur ses béquilles, à l'ombre du donjon, le chariot des armuriers, construit en sapin, mesurait environ sept pieds de long et quatre de large. Poli par les flancs des mules, un timon de chêne à l'extrémité sculptée en mufle de panthère, le prolongeait. Les roues étaient hautes, percées de rosaces destinées à les alléger ; des jantes de fer les ceignaient. Les clous à grosse tête décorant les flancs de la caisse, tout en les renforçant, ainsi que les ridelles, formaient des dessins en losanges. Un cagnard de cuir protégeait le chargement.

Blanquefort arracha une des sagettes enfoncées dans le bois du layon (1) et la tendit à Ogier. Le damoiseau examina son fer triangulaire et plat, son empenne de plumes de héron, puis, soupesant la flèche en la tenant par le milieu, sur sa paume :

— La pointe semble bien lourde pour ce morceau de coudrier.

— Sagette galloise, grogna Guillaume.

S'en saisissant, il la jeta au loin. D'un bond, Saladin l'attrapa et la rompit entre ses mâchoires.

— Montrez-nous ce que vous avez, messire del Valle.

Impatient de voir le contenu du chariot, ce fut à peine si Ogier aperçut Claresme, incertaine, pâle et vêtue d'un bliaut de futaine émeraude. Mais il vit Aspe, marchant en direction de l'écurie.

(1) Partie mobile fermant l'arrière d'un chariot.

— Aspe, cria Blanquefort. Dis à Griveau de seller Veillantif. Je vais faire un tour.

Le sergent avait plus de cinquante ans, des épaules si larges que sa tête, — crâne ras, moustache épaisse et menton nu — paraissait petite.

— Méfie-toi, Hugues... Ces trois forains ont rencontré des routiers.

— Sois quiet, mon compaing, et hâte-toi.

Blond, barbu, le regard noir, soucieux, Thierry Champartel s'approcha du groupe formé par Tancrède, Claresme, Arnaud Clergue, le baron et Ogier. En retrait se tenaient Didier, Renaud et Haguenier ; ils attendaient un signe pour se joindre aux curieux, mais soit oubli, soit sanction pour leur peu d'empressement à accueillir les Tolédans, Guillaume ignorait leur présence. Déçus, et certainement furieux, Renaud et Didier s'éloignèrent.

Saladin était demeuré à l'écart. Étendu, un fragment de flèche entre ses pattes antérieures, le chien observait les étrangers comme des gens de connaissance.

Il descendirent du chariot trois caisses aussi grandes que des cercueils, les dressèrent contre le véhicule, enlevèrent presque en même temps leur couvercle et dégagèrent la paille et la bourre de laine protégeant chaque contenu.

Tancrède et Ogier poussèrent un cri au spectacle de trois gisants de fer, debout dans leur niche et qui, la prise de leur épée entre leurs mains écaillées de métal, semblaient des guerriers victimes d'un sortilège à l'instant même où ils s'apprêtaient au combat.

— Voici mes armures, expliqua Pedro del Valle. J'en ai revêtu des mannequins fixés sur des socles de bois. Elles sont constituées d'un appareillage abritant entièrement les bras, les cuisses, les jambes et les pieds... le torse également. Les différentes pièces sont articulées... La plupart de ces étuis protecteurs ont été battus à froid.

— Les merveilles ! s'exclama Ogier en s'approchant. Voilà que les hauberts et les cottes de mailles me paraissent soudain fragiles. L'épée, la lance, la masse et le fléau d'armes ne vaudront rien contre ces carapaces... Seul un carreau tiré à quelques toises les pourrait transpercer.

— Ou peut-être un dard lancé d'une baliste, risqua Thierry Champartel... En tant que fèvre (1), il me semble pouvoir en juger.

Il ajouta, tourné vers Pedro del Valle :

(1) Forgeron.

— Qui les a forgées ?

— Nous trois. Celle du milieu vient de Milan ; c'est la plus ouvrée. Les deux autres sont une partie de nos travaux chez messire Helmschmitd, à Nuremberg, et messire Wundes, à Solingen...

Avec une fierté que le damoiseau trouva légitime, le Tolédan commenta :

— Les seigneurs qui portent des défenses de cette espèce sont vêtus d'un gambison piqué dont le colleret dépasse un peu le surcot brodé et lacé par derrière. Cela, c'est l'ajustement intérieur sur lequel sont appliquées les mailles. Voyez : les épaules sont défendues par des *hombreras...* je veux dire : des épaulières. Les coudes sont armés, sur la manche de mailles, de *codales* ou cubitières, et les cuisses protégées par des cuissots. Les genouillères, *rodilleras* dans notre langue, rejoignent les *grébons* ou trumelières, qui préservent le bas des jambes. Les pieds sont garantis par des *escarpins* ou pédieux... La tête est en dedans d'un bassinet à viaire ou *visera* mobile (1).

— Les guerriers revêtus de ces habits de fer obtiendront toujours la victoire.

Claresme était intervenue ! Elle pressait ses mains l'une contre l'autre, frémissante, rougissante, et souriait. Jamais Ogier ne l'avait vue ainsi.

— Gagner des guerres, mon ains-née ? s'étonna Guillaume. Les hommes auxquels tu décernes ces triomphes ne les mériteront que si ceux d'en face ne seront pas vêtus de même.

Il enrageait que sa fille aînée se fût exprimée sur un sujet qui ne la concernait d'aucune façon. En détournant l'intérêt du baron, Pedro del Valle interrompit la confusion de la pucelle.

— Pour composer et ajuster un vêtement de cette espèce, messire, dit-il avec empressement, il faut savoir comment un membre se meut, quelles sont ses attaches. Il faut apprendre comment un muscle se tend et se gonfle, connaître le jeu de chaque articulation afin d'y adapter celle du métal... Les contours intérieurs de

(1) « Du quinzième siècle », penseront certains en lisant la description volontairement sommaire de ces armures. Or, Maurice Maindron, pour le milieu du XIVe siècle, décrit dans son ouvrage *Les armes* (1890) des vêtements de fer plus achevés. Cet excellent écrivain, hélas oublié, poussa la connaissance des armes et des armures jusqu'à en forger lui-même. Auguste Demin (1897), dans son *Guide des Amateurs d'armes et d'armures anciennes,* a dessiné des armures du XIVe siècle sur lesquelles on remarque des pièces très « fignolées » qu'en principe on ne voit qu'au XVe. Sans doute y eut-il des précurseurs : l'art de se protéger à la guerre n'a jamais stagné ; au contraire ! Enfin, et pour conclure : la première armure dite *de plates* (donc aussi sophistiquée que celles de Pedro del Valle) apparut en Angleterre en 1327. L'heureux possesseur en était John d'Aubernon (Surrey). Aussitôt qu'il la vit, Guy de Beauchamp, comte de Warwick, s'en fit confectionner une semblable. *(The History of the Tournament in England and in France,* by Francis-Henry Cripps-Day - 1918.).

ces défenses doivent épouser au plus juste les formes de l'homme qui s'en revêt sans les contraindre.

— Je n'ai jamais rien vu d'aussi beau.

L'admiration de Tancrède confinait tellement au vertige qu'elle en avait le souffle court.

— Tu dis vrai, cousine.

Ogier ne pouvait s'exprimer davantage. Quelque confondants qu'ils fussent par leur naturel et leur similitude, l'émoi, l'admiration et l'âcre plaisir qui les rapprochaient plus que ne l'eussent fait un geste, une étreinte, lui paraissaient légitimes : ils émanaient d'un goût commun de la beauté, du mouvement et même de la violence.

— Quelle est belle, Ogier ! reprit Tancrède en touchotant d'un doigt le plastron de l'armure milanaise.

Le damoiseau percevait son haleine tiède, haletante, contre sa joue. Il n'osa croiser son regard sans qu'il sût la raison de cette modération soudaine, fort éloignée de son caractère.

— Certes, cela est beau, tonna le baron irrité par ces éloges auxquels Claresme se gardait désormais de participer. Cependant, parole d'homme de guerre, rien ne supplantera le haubert plus léger, plus ample et plus souple. Hein, Hugues ?

— Qui sait ? dit Blanquefort. L'avenir seul peut nous édifier sur les qualités et les défauts de ces écorces de fer. Cependant, moi aussi, je les trouve admirables.

On eût dit qu'il volait au secours de Tancrède autant pour lui complaire que pour hérisser Guillaume. Mais, à l'inverse de la jouvencelle, l'envie de possession ne le travaillait point.

— Légères à la vue et pesantes au corps, dit Thierry Champartel. A moins que ce ne soit l'inverse.

Guillaume hocha la tête, croisa les bras et rejeta le torse en arrière. Au mouvement vif et continu d'un de ses pieds, Ogier comprit qu'il dominait mal son impatience.

— Faites voir vos épées, dit-il.

José Blasco tira du chariot un coffre plus petit dont il enleva le couvercle puis le paillot étendu sur les armes. Ogier aperçut des brillances de cuir et de métal.

— Ah ! bien, fit le baron.

Il se saisit de la première épée tombant sous sa main, la sortit de son fourreau, et il parut au damoiseau qu'elle captait, tellement elle flamboyait, toutes les lumières du jour.

— Regarde, mon neveu !

Les quillons de cette arme étaient terminée par deux petites sphères à bouton, dans la même pratique que le pommeau et la fusée recouverte d'une peau noire, enjolivée d'anneaux et de nervures de fer.

— Nous en avons de cette espèce, dit assez fièrement le vieillard. Plus lourdes, j'en conviens, et à pointe arrondie.

Il présenta l'arme à Blanquefort. Le sénéchal en estima le poids sans se départir de sa maussaderie, puis il l'offrit à Ogier pendant que le baron empoignait une autre épée, plus longue, et grognait de plaisir dans sa barbe.

— Belle et bonne prise !

— Une œuvre de Munich, dit Pedro del Valle tout en reposant dans le coffre la lame qu'Ogier, à regret, lui restituait.

— Vois, mon neveu !

La fusée de cette épée-là, habillée de fil de fer tressé, était maintenue par deux bagues épaisses. Le baron s'écarta du groupe pour la manier à son aise, suspendant l'ouvrage de deux scieurs de long qui sourirent de le voir gesticuler dans un combat sans péril. Tout en passant son pouce sur un tranchant, il siffla d'ébahissement.

— Prends-la, Ogier... Bonne prise... La soie la traverse tout entière et son talon est fort... Vois, la garde n'est qu'une simple croisette avec des quillons surbaissés. C'est du fer aussi sain que l'or ! Et quelle amure (1) !

— Je l'ai forgée, dit Pedro del Valle.

Il s'interrompit : Griveau amenait Veillantif.

— Je vais faire mon tour, dit Blanquefort.

Il sauta en selle.

— Ne t'éloigne pas, Hugues ! recommanda Guillaume. Préviens ceux du hameau. Personne dans les champs et les vignes. Qu'ils se tiennent prêts à monter.

Blanquefort acquiesça de la tête.

— Baisse le pont, Chastagnol, hurla quelque part Jean du Taillis.

Le baron regarda le tablier décliner tandis qu'Ogier s'approchait de l'armure milanaise.

— Je me merveille de la voir !

Pedro del Valle la désarma. Les bras de fer retombèrent.

— Prenez cette lame, messire. Elle vient de Munich et peut être tenue aisément à deux mains. Ses quillons sont droits, simples et solides. Essayez-la.

(1) « Quel tranchant ! »

Le damoiseau s'éloigna de quelques pas. Soudain, tenant l'épée à deux mains, il se fendit pour l'enfoncer dans le corps d'un ennemi imaginaire, tournoya sur lui-même afin de le décapiter ; amortit un coup, riposta et s'arrêta, indécis, en constatant que seuls les deux scieurs de long, Tancrède et Bressolles s'intéressaient à son impétueux simulacre, et plus loin Haguenier qui n'osait s'approcher de crainte d'être rabroué.

— La belle amie, dit-il en restituant l'épée à Blasco. Si je la possédais, je l'appellerai Confiance.

— Un beau nom ! approuva Pedro del Valle.

Il décoiffa l'armure et se tourna vers Guillaume :

— Voici, messire baron, quels seront les nouveaux bassinets.

Façonnée dans des plaques de fer, cette défense inspirait d'emblée un sentiment de sécurité ; de plus, la joliesse de son travail participait d'un grand art. La visière, mobile sur ses deux pivots, pouvait être enlevée si l'on ôtait les fiches de ses charnières. Le dessus de celle-ci portait deux fentes transversales ouvertes dans des saillies légères, faisant office de paupières et permettant la vue. Pareille au bec d'une pie, la ventaille était percée de trous et de petits chevrons ajourés pour le passage de l'haleine et de l'air. Au-dessous de ce cône destiné à la protection du nez, de la bouche et du menton, la visière se continuait en demi-cylindre et rejoignait le bas du bassinet.

— Une splendeur, mon oncle. Pas vrai ?

— Un gorgerin, un camail de mailles ou un colletin de fer complètent cette défense, expliqua l'armurier.

Arnaud Clergue s'approcha, les yeux papillotants :

— Voyons voir que j'essaie cet étrange chapel qui ressemble, par tous les saints, à une tiare sans ses couronnes.

Pedro del Valle coiffa le chapelain de la défense de tête dont il rabattit la visière pour la relever sur un visage hilare et congestionné qu'il fit de nouveau disparaître.

— Cette pièce qui s'ouvre et se ferme s'appelle aussi un *viaire,* messire, ou une *visera* en Espagne.

— Holà ! protesta le clerc dont la voix semblait sortir d'un soupirail. Je me sens plus à l'étroit là-dedans qu'un pois dans un grelot.

Ventre en avant, bras écartés, cordelière tombante, et dans ses sandales dont certaines lanières pendaient, il était *ridiculus,* comme il disait parfois. Tancrède s'esclaffa. Ogier l'imita, ainsi que Thierry Champartel, Griveau et des maçons qui s'étaient approchés.

— Allons, libérez-le ! dit Guillaume, agacé.

Tandis que les aides de Pedro del Valle, sans ménagement pour sa prêtrise, décoiffaient le chapelain, le baron ajouta à l'adresse de celui-ci :

— Bon sang, contentez-vous de porter la tonsure. Et portez-la dignement !

Cramoisi, Clergue transpirait et suffoquait. Indifférent aux commentaires du baron, il recouvra sa faconde :

— Mille grâces, dit-il aux armuriers. Sans votre aide, j'aurais pu demeurer tout le jour dans cette prison de l'âme, et ce soir, il m'eût été impossible de manger !

— Vous n'en auriez certes pas souffert, dit Ogier en considérant la bedaine du clerc, seul endroit où sa coule se tendait sans un pli.

Puis, s'adressant à Pedro del Valle occupé à reconstituer son armure :

— Avec ça sur le corps, on doit mieux combattre !

— Mieux ? ricana Guillaume. C'est pesant, roide... Le poids, c'est bien connu, rend lent et malhabile.

— C'est peut-être la fin des guerres, dit Bressolles. Ainsi armés, et se voyant mêmement fervêtus, les ennemis n'oseront plus s'affronter. La paix des royaumes naîtra de cette crainte.

Le baron haussa les épaules et considéra le maçon comme il l'eût fait d'un manant :

— La crainte ? J'y ai songé dès que j'ai vu ces guerriers de fer. Je n'y crois plus, Bressolles, car tels que sont les hommes, ils se battront toujours... Depuis que Dieu a créé le monde, chacun a voulu, pour vaincre et se garantir des coups, en avoir plus, et plus épais que l'autre sur la peau... Or, retenez bien ceci : ces vêtements coûtent et coûteront cher. Rares seront ceux qui pourront s'en pourvoir, et c'est aussi pourquoi les guerres continueront !

Il fronça les sourcils, puis un sourire éclaira son visage :

— Pour gagner les batailles, Ogier, l'ardeur, la vigueur, la vaillance, le sens du devoir et la persévérance des hommes importeront toujours plus que le fer qui les revêtira. Certains seront si fiers de porter ces écorces, si sûrs de s'y trouver préservés, qu'ils commettront les pires fautes... Un homme à terre, vêtu de *ça*, est un homme en péril de mort... Impossible de se relever... Entre le bas de votre bassinet, del Valle, et le col de l'armure, il y a place pour une lame !

— Si ça se trouve, Blainville en possède une.

— Blainville, s'étonna Tancrède. Toujours lui... Ah ! cousin, j'aimerais savoir ce que cet homme vous a fait. Me le diras-tu ?

Ogier faussement sourd, se tourna vers Guillaume.

— J'ai combattu moult fois, messire, poursuivait le baron, bras croisés, face à del Valle. Eh bien, je ne me suis jamais senti aussi aise et aségur (1) que dans la vieille cotte rustrée qui repose en mon armerie et dont certaines mailles mouillées de mon sang et de celui de mes ennemis sont enrugnies au point qu'elles ont pris la couleur du vieil or. J'ajoute que sous le heaume, on savait qui on affrontait. Les regards prévoyaient les coups avant l'esprit. Les mailles sont plus souples et même inviolables... Tenez : à Bouvines, quand le roi Philippe-Auguste fut renversé de son cheval par les vouges et les fauchards, les coustiliers ennemis qui l'entourèrent aussitôt ne purent passer une lame par les joints de son haubert. Ses gens eurent le temps d'accourir et de le tirer de la presse. L'empereur Othon, fortement bourré dans ses mailles, échappa sans dommage à trente coups de lame. Dans votre bassinet, on étouffe et ne voit personne. Personne ne vous voit ni ne vous reconnaît. Ami ? Adversaire ? C'est Mardi gras ! C'est le *quarnivalle* — comme disent les Flamands — sur le champ de bataille, les faux-visages de fer remplaçant ceux de parchemin !

Bressolles n'avait plus rien dit. Il s'éloigna tête basse, et Thierry Champartel le suivit.

Ogier revint devant l'armure milanaise. Il le savait : son regard devait être aussi convoiteux que s'il avait contemplé une femme nue. Et c'était bien cela, après tout : il eût voulu pouvoir entrer dans cette belle enveloppe, l'épouser de toute sa peau, de tous ses membres ; assouvir en elle sa vigueur, connaître sa souplesse et sa fermeté. Se payant l'audace, il en fit mouvoir le bras. Les jointures, dociles, obéirent à sa volonté extérieure aussi souplement que s'il les avait animées du dedans ; et c'était déjà une volupté d'accomplir ce geste où le désir et la curiosité s'emmêlaient.

Le soleil enfin là, en frappant cet homme de fer auquel il ne manquait qu'une âme, illumina une de ses épaules, glissa comme un miel léger le long de sa hanche pour tomber comme une goutte d'or à la pointe de son pied. Et soudain Claresme, qui peut-être avait perçu le plaisir absolu, quasi sensuel, que son cousin s'était donné à toucher ce métal aussi tiède qu'une chair, Claresme partait en courant vers l'échansonnerie.

— Où vas-tu ? cria sa sœur étonnée.

(1) Sûr de moi.

— Que t'importe !

— Quelle vilenie lui as-tu faite ?

Tancrède s'éloigna de son père. Lorsque l'espace entre eux lui parut suffisant, elle porta ses bras en arrière pour qu'il pût mieux l'examiner :

— Ne vois-tu pas que j'ai sur moi une robe qu'elle n'a jamais portée ?... Elle la trouve audacieuse...

— Qui l'a faite ?

— Margot Champartel.

— Ça ne m'étonne pas !

— Ne vois-tu pas aussi que j'ai fait usage de ses peintures ?

— Un usage outrageant !

Guillaume se détourna, bien résolu à ne pas s'occuper d'un tel différend.

— Avez-vous déjà porté un vêtement comme ceux-ci, messire Ogier ? demanda Pedro del Valle.

Heureux de cette diversion, le damoiseau hésita et sourit :

— C'est la première fois que nous en voyons.

Cet aveu lui coûtait au point qu'il avait rougi en l'exprimant, mais il ne pouvait mentir.

— Rechignac est loin, messire del Valle... Je ne suis pas encore chevalier.

— Parce que tu ne veux pas que je t'adoube ! protesta le baron. Il ne tient qu'à toi de chausser les éperons... Demain, si tu veux...

Ogier déclina cette offre de la tête. Auprès d'une de ces armures, la milanaise surtout, son haubert dont il était pourtant si fier, ressemblait à un méchant tablier. Tandis que cette merveille !... A contempler ses formes parfaites, à la toucher en différant le moment de l'épouser du dedans, on devait déjà éprouver une jouissance grave, se sentir aussi puissant qu'un tronc de chêne, et palpitant de forces insoupçonnées. Ah ! le splendide complément de l'homme de guerre, apte à satisfaire ses passions : batailles, tournois et joutes, tout en lui permettant d'assister, plein d'orgueil pour lui-même et les armes de ses ancêtres, à ces longues cérémonies qui ne peuvent se passer sans religion ni bobant (1) : un sacre, un mariage et les funérailles d'un Preux. Il serait demeuré jusqu'au soir, immobile ou presque, à évaluer l'épaisseur des épaulières, la souplesse des articulations ; à sonder les solides attaches de cette musculature scintillante soumise par avance à celle de l'homme qui l'animerait en lui insufflant sa force. Étonnante concorde du

(1) Pompe, faste.

métal et de la chair, de ce qui brille et de ce qui saigne. L'instant était précieux, détaché de tout ce qui pourtant avait compté au cours de cette journée...

— Allons, cela suffit, dit rudement Guillaume.

Les Tolédans se hâtèrent de clore leurs caisses et de les renfermer dans leur chariot. Quand ce fut fait Ogier s'approcha de Pedro del Valle, et baissant la voix pour ne pas être entendu par son oncle :

— Messire, combien de jours comptez-vous demeurer avec nous ?

— Deux ou trois. Nous sommes impatients de retrouver nos familles.

L'entretien s'étant mal amorcé, le damoiseau ne tergiversa plus :

— Messire, je vous comprends car moi aussi, je dois au plus tôt revoir les miens. Cependant, les Anglais sont partout... et vos armures... — il hésita le temps d'un soupir — me plaisent tant... Bien que n'étant pas fortuné, j'ai de quoi pourvoir à mon équipement : gros tournois, deniers tournois et grands blancs amassés peu à peu et placés en lieu sûr... Du bon or et du bel argent, messire... Je devine que ce que vous ramenez en Castille n'est pas à vendre, mais pourriez-vous faire en sorte de me composer un vêtement semblable ? Nous avons bon fer et bonne forge. Et Thierry Champartel peut vous aider !

Arnaud Clergue se dirigeait vers la chapelle ; Blanquefort, déjà de retour, menait Veillantif à l'abreuvoir, et Tancrède courait à sa rencontre :

— Hugues, attends-moi. J'ai à te demander...

Entre José Blasco et Juan Martinez, le baron, en revenant à son donjon, évoquait les forgerons et les épées célèbres :

— J'ai ouï dire que Galant avait mis vingt-quatre ans pour forger la Joyeuse de Charles, et Hauteclaire, du preux Olivier...

— Quel homme ! confia Ogier à Pedro del Valle. Il se soucie peu que vos compères le comprennent !

Puis, revenant à son désir :

— Me feriez-vous cette armure ?

— Battre le fer ici !

Suivant Claresme, pourtant lointaine, du regard, le Tolédan ébauchait une idée d'où le damoiseau se sentit exclu.

— Messire del Valle... Est-ce mal de vous... supplier ?

Avec un autre, il n'eût pas insisté, mais le talent de l'Espagnol lui semblait l'émanation d'une bienveillance foncière.

L'armurier sourit et frappa une pierre du bout de sa semelle. Des canards se dandinèrent à sa poursuite, puis s'en allèrent.

— Il nous faudrait, à mes compagnons et moi, trois semaines pour battre le fer. Je crains que José et Juan ne refusent de se retarder tout ce temps...

De nouveau Pedro del Valle chassa un caillou devant lui, et de nouveau les canards clopinèrent après.

— Mais je vais prendre leur avis et plaider votre cause.

— Vous qui êtes de ce pays, messires, continuait le baron, avez-vous ouï parler d'Isaac de Barcelone ? Il a forgé des armes dont les livres de Chevalerie énumèrent les qualités comme si c'étaient des vertus de grandes dames ! Et après tout, entre *dames* et *lames*, la différence est de peu !

— Plaidez, messire del Valle ! Plaidez bien !

— ... Floberge, Hauterive, Tranchefer... Almire !... Celle que j'ai, Aigredure, ne m'a jamais trahi !... Dans *Perceval,* il est question d'une épée forgée par quatre pucelles !... Elles devaient avoir des bras capables de broyer les hommes qui les enfourchaient !

Pedro del Valle soupira :

— Nous avons parcouru bien du chemin et sommes aussi hodés (1) que nos chevaux et nos mules... Si mes compagnons y consentent, nous vous ferons cette armure en employant des pièces de réserve, — tout au moins celles qui vous siéront, car il nous faudrait plus d'un mois pour forger toutes les défenses.

Soudain, le baron s'arrêta et, les mains levées :

— ... et le chevalier s'écria : *« Cette épée est d'une espèce qui vaut un comté ! »*

Pedro del Valle examina Ogier de haut en bas, puis sourit :

— Cette armure, nous la ferons plus haute et plus large car vous n'avez pas encore entièrement poussé et forci. Son prix dépendra du temps passé à la forge, duquel nous déduirons les largesses de votre oncle à notre égard...

— Ah ! messire, je vous en aurai une gratitude éternelle !... Quant à votre séjour, je vais m'en occuper. Il reste deux chambres vacantes au donjon ; je vous les obtiendrai... Et n'ayez crainte : je paierai.

D'un geste, l'armurier signifia que ce détail était superflu ; puis il s'enquit :

— Votre fer est-il en plaques ?

— Oui, messire... Du fer poitevin. Le meilleur du royaume.

(1) Recrus de fatigue.

— Nous irons l'examiner. J'espère que votre oncle acceptera de nous garder...

Ogier songea : « Trois hommes de plus, capables de tenir une épée : Guillaume sera content ! » Il sourit :

— Je vous en donne l'assurance !

— En ce cas, rejoignons-le. Je suis curieux de voir ses armes, et surtout cette Aigredure.

— Allez-y sans moi ! Je connais son armerie par cœur et, de plus, j'ai à faire... Mon cheval a été ferré ce matin, je veux m'assurer de cet ouvrage.

C'était une excuse : s'il s'expliquait la présence de Blanquefort à l'écurie, le damoiseau s'interrogeait sur celle de Tancrède. Il l'avait vue y entrer ; apparemment, elle n'en était pas ressortie. Il croyait avoir aperçu le sénéchal se dirigeant seul vers le logis des hommes d'armes.

— A bientôt donc, messire Ogier.

Le Tolédan s'inclina puis, comme elle passait, il décocha une telle œillade à Claresme que celle-ci, à la fois ravie et indignée, fut traversée d'un frisson.

— Elle est bien belle, *amigo* !... Qui est-elle ?

— Ma cousine, messire. Bonne à marier, mais sans prétendant.

Loin d'eux, maintenant, et soulevant bien haut sa robe, Claresme se hâtait vers la chapelle.

VI

Sitôt franchi le seuil de l'écurie, dont il entrebâilla les vantaux derrière lui, Ogier s'immobilisa, indécis. Restait-il ébloui par les étincellements des armures ? Devant lui, le décor familier revêtait un aspect soudain fruste, inquiétant ; son silence avait une épaisseur de mystère.

Il justifia la désagréable sensation qu'il venait d'éprouver en découvrant que les volets des deux fenêtres étaient clos ainsi que les couvercles des affenoirs. Griveau avait-il provoqué cette obscurité lourde, inhabituelle, pour calmer les ardeurs d'un étalon ? Il n'y avait pourtant rien à craindre de ces roncins, même des plus impétueux : des cloisons les séparaient, plus hautes que leurs têtes, et c'était à peine s'ils pouvaient échanger quelques coups de dents en arrachant le foin aux extrémités de leur râtelier. Et puis, pourquoi cherchait-il de l'insolite ailleurs que dans ces contrevents et abat-foin fermés ? S'ils l'étaient, c'était par nécessité.

Sans plus avancer toutefois et d'un regard rapide, car il s'accoutumait à l'ombre, Ogier compta les chevaux. Vingt, répartis en deux files ; tous se trouvaient donc là et l'on était encore loin de l'affenage, où ces bêtes s'animeraient sans trêve dans l'attente du picotin. Les queues fouettaient peut-être un peu nerveusement les cuisses blanches ou brunes, mais la quiétude des lieux n'était troublée, comme toujours, que par le bruit d'un sabot, le cliquetis d'une chaîne, le claquement d'une mâchoire attrapant une touffe de fourrage, la broyant lentement ou rongeant le rebord d'une mangeoire.

A côté, l'écurie aux juments, plus petite, était également sereine.

Sans avoir l'intention d'y pénétrer — une baie voûtée les faisait communiquer — le damoiseau imagina le double rang des six femelles et des quatre poulains, et au fond, Roxelane, la favorite à laquelle Tancrède, en faisant, la veille, abattre un muret, avait octroyé un espace dont Marchegai eût davantage profité qu'elle.

« Les genets et les mules des Tolédans sont certainement aux étables. J'irai voir comment Aspe et Griveau les ont placés. »

Tout en se louant des bonnes dispositions de Pedro del Valle à son égard, Ogier progressa dans la ruelle séparant jambes et croupes, décidé à ouvrir un des contrevents, quoi qu'il advînt. Il s'étonnait qu'aucun palefrenier — pas même Eudes, le fils puîné de Mathilde — ne fût présent. Y avait-il tant à faire au-dehors ?

Il s'arrêta encore et tendit l'oreille, glacé tout à coup par une prémonition si singulière et si forte qu'il porta une main à sa ceinture pour constater que, dans sa hâte de voir le contenu du chariot, il avait laissé sa dague sur la maître-table. Allons, se rassura-t-il en avançant de nouveau, quelle que fût la véhémence du danger pressenti, celui-ci était extérieur à la forteresse. Ici, parmi les chevaux, il n'y avait rien à craindre.

De l'autre côté du mur de torchis, c'était la forge. Gilles, Thierry Champartel et leur compère, Laurent Massoutier, qui avaient dû s'interrompre un instant, se remettaient à l'ouvrage et tançaient Gauthier, le fils de Gilles et de Margot. Le lent chuintement du soufflet commença et le fer tinta sur l'enclume, harcelé en cadence par un marteau.

« Ces quatre-là, quelle tête ils feront si les armuriers viennent partager leur domaine !... Je vais devoir leur conseiller de se montrer bienveillants. »

Et subitement :

« Ma cousine est entrée céans. En est-elle partie sans que je la voie ?... Tout de même, elle ne sera pas sortie par la petite porte de derrière... »

Saisissant une fourche abandonnée à l'entrée de la sellerie, le garçon se glissa dans la parclose de Marchegai et poussa, du manche, le volet rabattu au-dessus du râtelier.

— Eh bien, qu'en dis-tu, l'ami ?

En réapparaissant, la lumière couvrit d'or la litière de l'étalon et lustra les planches de sa mangeoire. Un brouillard de poussière s'éleva, pailleté par les ailes d'un tourbillon de mouches bruissantes. Marchegai pencha vers le damoiseau sa tête brune où les yeux brillaient comme deux boules d'onyx. Ogier lui tapota la joue :

— Bonjour, Monseigneur... T'ont-ils bien ferré, ces goguelus d'à-côté ?

Sa dextre glissa dans la coulée de soleil qui, telle une housse de soie, couvrait la croupe de l'étalon. Il caressa son flanc, son encolure, prenant plaisir à deviner sous cette chair de ténèbre et de sang, les muscles souples, infatigables, dont un effleurement changeait l'immobilité vibrante en un flux de palpitations. Ce faisant, il constata que son destrier l'observait avec moins d'intérêt qu'à l'accoutumée. Il était nerveux, distrait ; ses naseaux frémissaient ; il eut même un hennissement bref et grave, hocha la tête et gratta sa litière.

— As-tu soif ?... Ton chaudron est vide. J'irai te l'emplir... Mais avant, fais-moi place... Et ne me regarde pas si effrontément !

Ogier souleva une à une les jambes dociles, examina les fers, les clous et fut satisfait : « Belle besogne ; Thierry plutôt que Gilles. » Il caressa le tiède et dur chanfrein, les lèvres veloutées, flatta la crinière opulente et s'étonna que son cheval eût les oreilles chauvies, attentives, et qu'il se mît encore à saboter le sol.

— Tu vois clair maintenant. Je viendrai te seller après vêpres.

Loin de s'apaiser, l'étalon racla sa paille de ses antérieurs. Dans l'écurie voisine, Roxelane hennit d'une manière si tragique en sa briéveté qu'elle semblait subir tout à coup, par un inexplicable sortilège, l'émoi qui rendait Marchegai fébrile. Alors, Ogier crut comprendre :

— Tu veux couvrir cette luronne et elle ne demande pas mieux... Bon, attends, je vais te chercher à boire.

Il recula, le chaudron dans une main, la fourche dans l'autre. Il appuya l'outil contre une poutre, à l'entrée du gîte et s'enfonça dans l'écurie. Au passage, il claqua la cuisse du noiraud que Blanquefort avait acheté à l'entrée d'Ailly, sur le chemin de Rouen, cinq ans plus tôt. Il vivait toujours, ainsi que la jument.

— Pour toi, mon vieux, le temps des amours est passé !

Il entendit un froissement léger. Peut-être un rat. Peut-être *autre chose.* Il s'immobilisa et leva les yeux vers le sommet de l'escalier accédant au galetas.

— Est-ce toi, Tancrède ?

Le silence devint encore plus oppressant que l'odeur vivante des bêtes et du fourrage.

Prudemment, le damoiseau avança.

Il y avait derrière l'abreuvoir, au fond du bâtiment, un compartiment inoccupé : celui du défunt Baucent. Chaque matin, on y mettait la paille destinée au renouvellement des litières. Avant d'y plonger son chaudron, et comme un craquement plus net accroissait sa méfiance, Ogier contourna le bassin de granit rempli d'eau poussiéreuse ; il entra dans la loge et lâcha le récipient.

— Tancrède !

Elle gisait dans un indécent désordre de vêtements. Son agresseur venait de se relever et faisait front, livide, une dague à la main ; de l'autre il essayait de fourrer sa virilité dans son haut-de-chausses et n'y parvenait pas, ce qui l'encolérait davantage que d'avoir dû interrompre son viol.

— Saint-Rémy !

— Eh oui, Argouges... Comme empêcheur, toi alors, y a pas mieux. Mais tu peux l'enconner maintenant !... Je l'ai eue... Holà, prends garde : je suis armé, pas toi... Lève les mains... Recule... Encore... Encore, te dis-je !

Ogier obéit. Il devait gagner du temps. Le malandrin semblait résolu à le tuer : il était un témoin gênant. Parler. Parler alors qu'armé, il l'eût agressé sans hésitation.

— Avais-tu l'intention de l'étrangler après, comme Gersende ?

Il n'obtint qu'un ricanement pour réponse.

— Vois, Argouges.

Le sexe de Didier sortait toujours de ses chausses, blanc dans la pénombre, roide, gluant ; la brute l'empoigna :

— Plus gros et plus long que le tien. Normand... Non, ne baisse pas tes bras ou je te troue la panse... Sache-le : voilà plus de cinq ans que j'avais envie de foutre cette orgueilleuse pour lui faire passer de bon ou mauvais gré, le goût des filles.

— Elle est ta cousine au premier degré (1). Dieu te voit et te juge !

— Cousine ou non, Dieu ou non, inceste ou pas, tout ça n'est que bavardise... Recule encore, Argouges... Sais-tu comment je l'ai eue ? Eh bien, j'ai deviné qu'elle allait venir puiser de l'eau pour Roxelane... Je la guettais, accroupi derrière l'abreuvoir... J'avais fermé les contrevents et il faisait si noir qu'elle n'a rien vu... Je l'ai estourbie et me suis servi sur la paille.

Fulgurant et destructeur, le poing d'Ogier jaillit vers cette face ombreuse où la concupiscence et la satisfaction triomphaient de la vigilance. Toutefois, quelque rapide qu'eût été cette gourmade,

(1) Avant le Concile de Latran (1215) les mariages étaient interdits jusqu'au septième degré de parenté. Ils le furent ensuite jusqu'au quatrième.

Didier était exercé au combat : il fit un bond et pivota. Le coup l'atteignit à l'épaule et glissa sur son surcot, inefficace, humiliant ; sa seule conséquence fut de boursoufler la grogne du malfaisant.

— Sangdieu, tu as eu tort.

— Bats-toi avec tes seules mains !... Allons, approche.

— Ah ! non.. Depuis que tu es ici, je passe toujours après toi... Cette fois, j'ai l'avantage et j'entends bien l'affirmer.

— Espèce de linfar !... Ta lame ne fait aucune différence... La différence depuis toujours, entre nous, tu la dois à ta rusticité. Tu te prends pour un noble et tu n'es qu'un loudier (1) !

L'indignation d'Ogier, maintenant à son comble, venait de délivrer dans sa poitrine un démon jusque-là contenu. Son cœur martelait férocement ses côtes ; ses lèvres, sa gorge asséchées lui refusaient toute autre parole. Ruser. Tourner autour de l'adversaire. Lui laisser pour un temps l'avantage des actes. L'exaspérer. L'assommer et le traîner devant Guillaume !

— Loudier ou non, tu ne sais pas ce que tu perds, Normand !... Vois son ventre, si tu peux... Par Dieu, le bien bel écu !

Ogier surveillait cette main armée, ce regard délirant. Reculer encore et encore... L'abreuvoir... Il était entre eux. Le dépasser... Voilà... Laisser ce mécréant se saouler de paroles.

— Je la guettais, te dis-je. Avec ces trois forains, j'avais la partie belle... Vous étiez-là-bas, à contempler leurs ferrailles... Nul ne m'a vu entrer... Quant à elle : rien senti ! Elle dort encore.

— Avec quoi l'as-tu assommée ?

— Mon arme favorite, toujours prête à servir dans la mangeoire du Blanchet : le manche d'un marteau enveloppé de laine... Elle est tombée comme une pomme mûre... Un trou noir... Au fait, il faut que je t'informe : de pucelage point... Je ne sais où elle l'a perdu. Sûrement pas avec toi !

— Vierge ou non, peu me chaut : tu vas payer.

Didier agita sa dague et s'esclaffa :

— Payer, dis-tu ? J'aimerais bien savoir comment.

Le damoiseau ne cessait de regarder cette lame mouvante. Il la connaissait bien. Pointue, brillante, insolente en sa simplicité : un seul tranchant, un dos très large qui la rendait triangulaire.

— Gros porc !... Parfaitement digne de ton père... Est-ce vrai qu'il va se pourvoir de temps en temps en ribaudes, au Puy-Saint-Front... et qu'il les restitue en fort piteux état aux tenanciers des bordeaux ?

(1) Paysan.

— C'est vrai… Moi, tu vois, je me sers sur place.

— Jolie famille, en vérité. Le coq me paraît encore bien trop beau pour vos armes… J'y verrais plutôt un tas de merde sur un fond de sinople ou d'azur !

Didier éloigna les mouches que ses sueurs attiraient autour de son visage puis, balançant entre l'ironie et la suffisance :

— A ta place, Argouges, je me garderais de toute allusion à la filiation, car si peu noble que soit mon vieux, et si corrompu qu'il soit aussi — je te l'accorde —, il n'a pas trahi, lui, notre suzerain à l'Écluse.

Abasourdi de stupeur, Ogier vit trop tard l'arme jaillir en direction de sa poitrine. Il la dévia d'extrême justesse, de sa main gauche dans la paume de laquelle elle s'enfonça. Une douleur stridente le pénétra, mais il contint le cri dont sa bouche était pleine. Pâle, le cœur déchiré de fureur et de vergogne, il aperçut cette plaie brûlante et d'où le sang fluait, vermillonnant ses doigts.

— Comment sais-tu ce que tu m'as dit là, Saint-Rémy ?

Entre eux, à hauteur de leurs ventres, cette lame désormais gluante. Et le rire moqueur de l'écuyer :

— Quand Blanquefort est revenu de son petit tour de surveillance, Tancrède l'a rejoint ici… Elle voulait savoir, au sujet de ce Blainville… Et il a parlé… J'étais déjà derrière l'abreuvoir… Je sais tout ! Eh oui, ce vieux bêta de sénéchal n'a pas tenu sa langue : *elle* l'avait comme ensorcelé… Et que m'importe qu'il ait prétendu, avant de la laisser seule, que ton père est innocent !… Pour moi, ce maudit baron normand est coupable, et Blainville est un saint homme… Quand je sortirai d'ici, après vous avoir occis, Tancrède et toi…

— Que dis-tu ? Que crois-tu que tu vas pouvoir faire ?

— Eh oui, il me faut vous occire… L'on t'imputera le viol et la mort de notre bien-aimée cousine et l'on me congratulera d'avoir fait justice en te crevant la peau. Et pour cet acte pertinent, j'obtiendrai la Chevalerie !

Didier délirait, sans rien perdre de sa méfiance. Il continua, titubant un peu comme sous le poids du secret qu'il portait :

— Renaud et Haguenier sauront… Et avec eux, le château tout entier… Allons, ne fais pas cette tête ! Que t'importe ce qu'on pensera de toi et de ton vieux, puisque tu ne seras plus de ce monde.

— Et tu crois, si je meurs, que Guillaume acceptera tes fables ?

— Et comment !… J'aurai deux témoins.

— Ce sera trop peu !

Ogier ne se laissait pas distraire. Il surveillait la lame. Lorsqu'elle étincela, il sauta de côté : elle entra dans une poutre, à deux doigts de son épaule. En jurant, Didier la dégagea. Son insolence augmenta tandis qu'il menaçait le ventre du damoiseau :

— Fils de traître qui eut toujours sur moi toutes les primautés, enfin je comprends pourquoi tu ne montrais jamais les armes de ta famille, ni sur ton écu ni sur tes vêtements !... Deux lions diffamés !... Quels rires, quel mépris, si on savait... Eh bien, on va savoir.

Ogier prévoyait un coup. D'un bond, il l'évita. De sa main valide, il saisit au passage le poignet de son agresseur, qu'il amena brutalement contre sa poitrine, lui interdisant tout mouvement. Se baissant alors, il le heurta de son crâne au menton, si furieusement qu'il entendit ses dents de devant s'incruster les unes dans les autres.

Didier gémit, du sang poissa le front du damoiseau.

— Immonde crapaud !

Une fois encore, insensible au mal qu'il se faisait, Ogier donna de la tête contre le menton de son antagoniste en tordant la main crispée sur la dague. L'arme tomba. D'un coup de pied, il l'envoya au loin ; elle chut dans la rigole où stagnait l'urine des bêtes. Blême et chancelante, Tancrède apparut et s'en saisit. Elle marcha vers les garçons noués l'un à l'autre et la brandit dans le dos de Saint-Rémy.

— Non ! protesta Ogier, sûr de lui, désormais. Puisque tu sais la vérité, regarde, cousine, ce qu'il en coûte de souiller l'honneur des Argouges.

Il repoussa son adversaire qui glissa, tomba, mais fut prestement debout.

— Sans ta lame, tu n'es pas si falourdeur (1) !

Une bourrade envoya choir Didier sur le seuil de la stalle du Blanchet. Il se redressa encore et saisit un fouet accroché à l'une des poutres de soutènement.

Aussitôt, la longue lanière ondula ; les chevaux, à ce sifflement détesté, renâclèrent. Atteint à la joue, Ogier sentit sa tête éclater, brasiller, mais ne cria ni ne gémit. Il recula vers l'enclos de son destrier. Là, il y avait une fourche ; avec elle, il se défendrait.

La mèche claqua de nouveau ; le damoiseau esquivant le coup, elle cingla l'arrière-main de Marchegai. Le cheval piétina sa litière et fit tomber l'outil.

(1) Orgueilleux, présomptueux.

— Foi de Saint-Rémy, le sort t'est contraire Argouges.

Reculant encore, Ogier dépassa la parclose de son cheval.

« Saligot ! Dire qu'il me domine et que je ne peux rien ! »

Didier essuya de l'avant-bras sa bouche ensanglantée, prenant ainsi son temps pour une nouvelle volée :

— Je t'en fais serment devant cette fille, Argouges (il cracha une dent), la peau te cuira jusqu'à ce que tu hurles... Et si tu ne veux pas qu'il souffre, Tancrède, rends-moi ma lame...

D'un œil paisible, Marchegai avait suivi la scène. Il hennit et rua soudain. Ses sabots ferrés de neuf atteignirent le présomptueux à la hanche. Il y eut un craquement. Projeté sur le seuil du logis de Broiefort, de l'autre côté de la travée, Didier s'écroula, hoqueta et ne bougea plus.

Tancrède se pencha et scruta le visage de l'écuyer. Les yeux vitreux ne la voyaient pas ; la bouche pleine de bave et de sang était ouverte pour un cri que nul n'entendrait.

— Mort, murmura Ogier incliné sur le corps immobile.

De son pied, Tancrède poussa le cadavre dans la rigole à purin.

— Tu as vu ce qu'il m'a fait !

Elle lâcha la dague et cracha sur la tête du défunt :

— Que Satan te châtre et te fasse rôtir sur ses braises.

Immobile, irrésolu, le damoiseau regarda le visage exsangue de sa cousine, ses cheveux souillés de fétus, de poussière, et son ventre sur lequel pendaient les lambeaux de sa robe. Il l'attira contre lui. Elle pleura sur son épaule.

— Laisse-le en paix. Il était perfide et couillard... Quant à Blanquefort, ne lui dis pas que je sais... S'il a faibli, c'est qu'il nous aime bien.

Il caressa la joue de la jouvencelle. Il ne savait qu'ajouter. Cette mésaventure le confondait.

— Marchegai l'a puni. S'il ne l'avait fait, j'aurais quand même occis ce malandrin... Je ne craignais ni ses cinglons ni ses menaces.

Ses lèvres glissèrent sur le front de Tancrède. Il comprenait son chagrin et sa fureur. Les mots lui semblaient faibles pour la consoler. Sa main le brûlait atrocement.

— Mais tu saignes ! s'écria-t-elle. Fais voir.

Elle examina la blessure, tout en soufflant dessus pour en atténuer les feux.

— La lame n'a pas traversé, mais il s'en est fallu de peu, dit Ogier après avoir scruté la plaie jusqu'à en être écœuré. Ce damné pourceau aurait pu m'eshancher (1).

— Et ta joue... As-tu mal ?

— Non.

Il mentait. Il avait l'impression d'être marqué au fer.

— Je vais chercher quelques bonnes toiles d'araigne pour arrêter le sang...

— Non ! N'en fais rien... Reste...

Ils étaient en sueur, et si proches que leurs odeurs se mêlaient. D'un doigt léger, le garçon effaça les larmes de Tancrède sur ses longs cils collés, sur ses joues. Il lui sembla qu'un silence interminable s'était produit entre ses dernières paroles et celles qu'il prononçait enfin pour conjurer le trouble où il s'enlisait.

— Pars sans être vue... Passe par la petite porte, entre le fournil et les granges... Cours jusqu'au logis de Margot. Il n'y a sûrement personne : elle est au hameau avec Anne, et les hommes sont à la forge... Tu trouveras là-bas de quoi te vêtir.

Elle frissonnait, prête à sangloter ; il lui tapota l'épaule et sa main remonta le long de son cou.

— Nous ne pouvons sortir ensemble dans l'état où nous sommes... Laisse-moi retirer cette paille plantée dans tes cheveux... As-tu mal ? Oui... Je sens une bosse.

Il lui souleva le menton afin que leurs regards pussent se pénétrer, mais elle ferma les paupières.

— Oublie tout !... Ce démon avait bien pourpensé son coup... Il avait renvoyé les palefreniers... Il savait que tu viendrais... Sa mort me satisfait. Foi d'Ogier !

Maintenant qu'il regardait cette chair blonde, magnifiée par les déchirures de la robe ; maintenant qu'il avait à sa portée ces seins fermes aux tétins de la couleur et de la grosseur des noisettes, et qu'il pensait aussi à cet écu de bourre brune sur lequel le sexe de Didier s'était abattu, son esprit devait affronter une meute de sentiments inconnus, résolument contraires à l'honnêteté. Il avait jugé la concupiscence de Saint-Rémy intolérable. L'infinie compassion qu'il éprouvait pour Tancrède n'était-elle pas aussi délictueuse que cette malefaim d'amour qui avait conduit l'autre aux excès ?

— Pars... N'aie aucune inquiétude.

— Tu es bon... Meilleur que je ne le pensais.

Entre eux, sans doute en raison de leur singulier accord devant

(1) « M'estropier ».

les armures, puis de leur alliance contre Didier, un nouveau lien s'était formé, plus fort, plus agréable — tout au moins pour lui, Ogier — que celui du cousinage.

— Pars, insista-t-il. Il ne faut pas qu'on nous trouve ainsi.

Toujours transie d'émoi, Tancrède essaya d'ajuster, sur sa poitrine, les lambeaux de son vêtement. La pudeur et l'inanité de ce geste eussent fait sourire le damoiseau s'il n'avait aussitôt imaginé les poignes de Didier crispées sur ces rondeurs entre lesquelles le gros rubis du collier avait tenu bon. La jouvencelle se méprit sur l'expression du visage proche du sien.

— As-tu mal ?

— Non... Ne te fais aucun souci... Je souffre moins.

Ogier mentait. « Pourvu qu'il ne m'ait pas tranché un nerf et que je puisse tenir un écu ! » Il étouffa un gémissement :

— En vérité j'ai mal... mais je souffre pour toi.

Tancrède effleura cette main gonflée de douleur, et d'où le sang gouttait, puis d'un doigt contourna la plaie de la joue.

— Je suis bien près de toi, cousine.

En fait, Ogier se sentait non seulement en harmonie délicieuse avec Tancrède ; il était également en accord avec cette pénombre fauve qui semblait engloutir la plupart des architectures de l'écurie pour ne laisser paraître que l'essentiel : ces murs blêmes hachurés par l'ombre des râteliers, ces lourdes solives entrecroisées d'où tombait çà et là quelque licol ou quelque étrivière, et surtout ces puissants chevaux dont le silence et l'immobilité constituaient peut-être un hommage à la réaction du meilleur d'entre eux : Marchegai.

— Personne ne saura jamais... N'as-tu pas mal, toi ? Pour t'assommer, il a dû cogner fort !

— Si, j'ai mal. Mais ça passera... Comment vas-tu annoncer cette mort ?

— Je vais dire à ton père que j'ai surpris Didier s'apprêtant à piquer Marchegai avec une fourche et que nous nous sommes battus... Je lui raconterai comment mon destrier a fait justice. Nul témoin ne pourra contester mes dires.

— Tu es bon.

C'était une halte imprévue dans une journée chargée d'événements. Et une comparaison s'élaborait, au plus profond d'Ogier, entre le plaisir qu'il avait éprouvé en contemplant l'armure milanaise, puis en voulant la pénétrer, et les sensations de possession que sa cousine, à son insu, provoquait en lui.

« Non », se dit-il pour ramener ses sens au calme, « tu ne l'aimes pas… Il y a du maléfice dans l'air… Saint-Rémy t'a jeté un sort avant son trépas, ou bien c'est elle qui t'envoûte ! »

Il ne savait comment dissiper ces impressions de tendresse et de désarroi, et s'étonnait d'être également fasciné par ce regard où, après la détresse et la fureur, se lisaient la reconnaissance et des bénignités inconnues.

— Pars, dit-il. Nous nous verrons comme convenu à la vesprée.

— A quoi bon attendre !

— Attendre *quoi* ?

Était-ce par inconscience ou par perversité qu'elle excitait en lui ces velléités d'attouchements ? Elle ne tenait plus les pans de son fasset, et de nouveau il voyait entièrement sa poitrine.

— Pars !

Il avait trop envie de caresser ces mamelons, d'en évaluer la texture, d'en sucer même les tétins ! C'était comme une de ces faims qui vous assaillent au retour des longues chevauchées, et vous creusent, vous enfièvrent, vous agitent d'inextinguibles tremblements jusqu'à ce qu'elles soient assouvies.

— Je veux partir avec toi.

Tancrède avait baissé la tête ; il eut ses cheveux sur les lèvres.

— A Gratot ? Tu n'y songes pas !

— Non, cousin, pas jusque-là… Je te quitterai en chemin… Les voies que je veux emprunter sont si peu sûres que j'ai besoin de toi pour atteindre mon but.

— Où veux-tu te rendre ?… Pourquoi ?… Quelle personne veux-tu retrouver ?

— Voilà que tu t'engrignes ! Pour le moment, je ne puis t'en dire davantage… Sache que je ferai tout ce que tu voudras pour que tu m'emmènes.

— *Tout* ?

— N'as-tu donc pas compris ce que je t'accorderai ?

Il la repoussa doucement. Sa proposition était si inattendue, si énorme… Elle le regardait bien droit, un sourire frémissant aux lèvres.

— Je dois tout à Guillaume, dit-il, et je le trahirais pour tes beaux yeux et tes promesses ? Allons donc ! De plus, as-tu pensé à ce que sont les grands chemins ? On y risque à chaque détour une mésaventure pire encore que celle dont tu as souffert présentement. Et comme tu es belle…

— Répète ! exigea-t-elle, les yeux étincelants.

— J'ai dit : *comme tu es belle…*

— Tu ne m'avais jamais louée ainsi !

Elle laissait le regard du garçon pénétrer le sien sans ciller, sans que son visage eût quitté cette expression de joie et d'expectative qu'il y avait apposée.

— Laisse-moi t'accompagner, Ogier... Si je te plais, tu ne le regretteras pas...

Il la repoussa doucement, mais lui abandonna sa main blessée.

— Entre nous, rien n'est possible. Didier l'avait oublié, pas moi : nous sommes proches cousins... parents...

— Parents !

Un rire était sorti des lèvres de Tancrède. Brusquement, cette gaieté s'interrompit. Elle demanda, en considérant cette paume crevée, enflée, d'où le sang gouttait toujours, tachant ses doigts :

— Et si je n'étais pas la fille de Guillaume ?

— Têtebleue !... Que dis-tu là ?... Que vas-tu chercher encore ?

Leurs ombres s'emmêlaient sur la paille, près du corps de Saint-Rémy. Marchegai hennit d'une façon plaintive, comme s'il réprouvait leurs propos.

— Je dis ce qui est, Ogier. Mais tu n'en sauras pas plus...

Cette fois le garçon se dégagea brutalement :

— Tais-toi ! Tu sais que je ne peux t'emmener... Ton père, pour moi, c'est Guillaume... Ne viens rien casser, rien salir entre lui et moi.

Il observa les chevaux autour d'eux pour ne pas répondre au regard suppliant de la jouvencelle. Le spectacle de ces colosses paisibles le ravit une fois de plus. Cependant, cette pesante et grave tranquillité des bêtes ne fit pas naître en lui, comme à l'accoutumée, le désir de seller Marchegai et de descendre galoper dans les basses terres ; et bien que le trouble dans lequel Tancrède l'avait plongé se fût évanoui, il était encore incapable de se mouvoir et d'agir nettement.

— Ne te courrouce point, cousine, si je refuse ta présence. C'est pour ton bien que je te parle ainsi.

— Tu n'entreprendras pas seul ce long chemin... D'autres que toi pourront veiller sur moi... Sans doute en seront-ils heureux.

Elle glissa un regard suggestif vers son épaule, son sein, sa hanche. Il détesta ce procédé, voulut s'éloigner mais elle l'étreignit si étroitement qu'il sentit contre lui la chaleur de son ventre.

— Emmène-moi, beau cousin... Tu me feras passer pour un damoiseau... J'ai tout prévu, je t'en parlerai.

— Non, dit-il en contraignant sa voix à la douceur. Pour ton bien et celui de *ton père,* il me faut partir sans toi... Allons, ne fais pas cette tête-là ! Et tu devrais t'en aller maintenant avant que quelque palefrenier n'arrive et te trouve en cet état.

Elle dénoua son étreinte et jeta un regard vers la porte. Elle s'inquiétait ; Ogier en fut heureux. Elle voulut à nouveau saisir la main blessée ; il la lui refusa :

— Non... Mes doigts remuent, c'est l'essentiel.

Il s'approcha du logis de Beaucent et, considérant la paille aplatie :

— Je vais regonfler ça en quelques coups de fourche.

Il se baissa, ramassa un fragment de tissu :

— Prends ça, cousine.

Et comme à proximité, il découvrait sa jambe tout entière :

— As-tu les frémaillets qui maintenaient ta robe ?

Il ne la regardait plus, mais il savait qu'elle avait son ventre à la hauteur de sa joue. Il vit ses mains glisser le long de ses cuisses et de ses mollets, compter les broches.

— Oui, quatre... On peut dire que tu penses à tout.

Il se releva :

— Si Griveau trouvait ici quelque chose qui t'appartienne, il te dénoncerait...

Tancrède fit quelques pas en arrière. Elle trébucha contre le corps de l'écuyer, le dépassa et soudain le frappa du pied en plein visage.

— Que les dieux infernaux t'émasculent !

Elle atteignit le seuil de l'écurie aux juments. Roxelane hennit en la voyant paraître. Elle s'immobilisa :

— Emmène-moi !

Elle le suppliait, cette fois. L'indécision, l'agacement et l'appétition d'Ogier s'en trouvèrent exaspérés.

— Non dit-il. Sache-le : jamais je ne trahirai Guillaume.

Par couardise ou fureur et pour rester sur son refus, il se baissa et ramassa le fouet tombé dans la rigole, à proximité de Didier. Quand il se redressa, mû par un repentir qu'il ne réprouvait point, Tancrède avait disparu.

« Merdaille ! » enragea-t-il. « Suis-je un faible ? J'aurais cédé. Ah ! quel dommage. Elle va désormais m'avoir en grand-pitié. »

VII

— Continue, dit Guillaume en refermant la porte de son armerie après en avoir laissé sortir Pedro del Valle et ses aides.

— Il s'est ensuivi que, mon oncle, Marchegai lui a lancé une ruade qui l'a disjoint par le milieu du corps. Didier a craqué comme un sarment bien sec.

Ogier se tut, estimant qu'il en avait assez dit. Le vieillard soupira et, sous ses poils incultes, sa lippe exprima des regrets modérés.

— C'est dommage, commença-t-il aussi bien pour les Tolédans attentifs que pour Ogier. Mais il est vrai que Didier en voulait à Marchegai. Je l'ai souvent vu le regarder d'un œil mauvais... Non seulement, il t'appartient, mais il a toujours devancé Blanchet à la chasse et dans nos prairies.

— Voyez ce qu'il m'a fait.

Guillaume n'accorda qu'un bref regard à la joue déchirée. La main sanglante l'intéressa davantage.

— Bouge les doigts, dit-il, examinant si attentivement la blessure que son nez la touchait presque.

Le garçon s'exécuta, ranimant aussitôt des souffrances engourdies. Guillaume se redressa, rassuré.

— Ce malfaisant aurait pu t'eshancher... Vous avez vu, messire del Valle ?

L'armurier s'approcha, regarda la plaie et pinça les lèvres en une moue dubitative. Quand Ogier remua ses doigts une seconde fois, le visage du Tolédan s'éclaira :

— Eh bien, messire, vous avez failli perdre l'usage de cette main... Soignez-vous en hâte, car vos chairs pourraient s'empoisonner.

— Rien à craindre, il a le sang pur, répliqua Guillaume assez durement. Viens avec moi, mon neveu. Allons voir les restes de ce marmouset. Quant à vous, messires, attendez-moi dans mon tinel.

Délaissant les Castillans indécis, immobiles et quelque peu surpris par tant d'âpreté, le baron se rendit à l'écurie. Là, de tout son haut, il considéra la dépouille de son neveu assaillie par l'essaim des taons et des mouches. Éloignant de son pied les insectes dont la grêle revint aussitôt animer le visage immobile, il fit appeler son chapelain, Mathilde et Blanquefort par Griveau, qui venait d'apparaître, entouré de ses palefreniers : il fallait procéder au nettoyage du mort, préparer ses armes et s'occuper de son âme.

— Il y avait une telle frainte (1) à la forge qu'ils ne se sont pas doutés de ce qui se passait ici, supposa Ogier.

— Tu les as vus ?

— Avant d'aller vous prévenir.

A cet instant, la face poilue de Thierry Champartel apparut.

— Ah ! si on avait su, dit-il.

Par un réflexe de vilain craignant l'algarade, il frottait ses paumes noires, poisseuses, contre son tablier de cuir et baissait la tête. Derrière, les mains serrées sur un marteau et des tenailles, se tenait Laurent Massoutier. Son visage nu, gras, noirci aux feux et aux suies, exprimait l'inquiétude :

— Je me demande comment le vieux renard de Saint-Rémy prendra ça !

Guillaume feignit d'être loin de ces soucis.

— Thierry, dit-il, tu vas descendre au hameau. Dis aux gens de monter sans tarder avec leurs petites et grosses bêtes. Ils n'en ont pas tellement d'ailleurs... Blanquefort les a prévenus du péril, mais ils ne se hâtent guère. Moi, je vais aller porter Didier à son père...

— Mais, mon oncle...

Ogier ne put achever son objection :

— Il le faut... Qu'il repose au moins sur les terres de sa famille. J'en profiterai pour dire à mon beau-frère de se méfier des Anglais.

Sans prendre le temps d'enlever son tablier, Thierry quitta l'écurie. Il trouva Gilles sur le seuil.

— Eh, attends... Veux-tu que je t'accompagne ?

(1) Vacarme.

Ogier rejoignit les deux frères.

— Anne et Margot sont toujours en bas ?

— Oui, dit Gilles. L'Henriette met du temps à mourir.

— Amenez-la.

— Elle refuse, dit Thierry. Vous pensez bien qu'on a eu cette idée. Qu'elle meure ici ou en bas, où est la différence ? Mais la vieille est têtue.

— Soyez-le davantage, trancha le damoiseau changeant soudain de ton. Les Goddons peuvent arriver plus tôt que mon oncle ne le pense. Il ne faut pas, Gilles, que ta femme et sa sœur restent au hameau.

L'aîné des Champartel l'approuva. Il était tout aussi barbu que Thierry, mais le dépassait d'une tête. Contrairement à son puîné, il avait un caractère irascible, et après tout, songea Ogier, au sortir des bras d'un tel homme, la Margot avait bien raison d'être encline à d'autres sortes d'épanchements.

Thierry s'en alla. Gilles regagna la forge devant laquelle l'attendait Gauthier, son fils, onze ans. Griveau rejoignit Ogier. Dans son visage plat, jaspé de couperose, ses yeux petits et ronds, humectés de sang jusqu'à la pupille, semblaient ceux d'un brochet.

— J'ai, messire Argouges, la tête pleine de pensées noires... Sur ma part de paradis, je vous jure que le malheur vient... Il y a eu Vivien que nous avons pleuré. Il y a Saint-Rémy mais nos yeux restent secs.

— Qu'as-tu fait, pendant que je l'affrontais ?... Et tes hommes ?... Si l'un d'eux avait été présent, Didier vivrait encore !

Griveau poussa un long soupir, comme s'il pouvait, en soufflant ainsi, évacuer ses angoisses :

— Nous avons réparti le fourrage et la paille. Messire Lordat nous a dit d'en laisser le moins possible dans les galetas, rapport aux falariques (1)... si bien sûr les Anglais nous assaillent !

Ogier se contenta de cette explication. D'ailleurs, Arnaud Clergue venait d'apparaître.

Le chapelain bénit le trépassé, puis s'éloigna sans formuler le moindre commentaire. Mathilde arriva :

— Même mort il a l'air malicieux !

En prenant le corps aux aisselles, elle le traîna jusqu'à l'abreuvoir.

— Il pue trop, dit-elle, pour l'emmener dans une chambre... Bon débarras ! Ben quoi, messire Guillaume ? La vérité vous

(1) Flèches incendiaires.

contrarie ? Sous la menace et les coups, il m'avait forniqué quelques filles... Quand elles ont appris sa mort, elles ont bien ri.

Sans aide, elle immergea Didier dans la cuve. Elle le dévêtit et le frictionna puis, s'adressant à Griveau :

— Cours me chercher de l'eau.

Le palefrenier obtempéra tandis que la commère s'adressait au baron immobile :

— Quant à vous, messire, puisque vous tenez à le mener chez son père, allez donc passer un harnois de guerre... et en chemin, soyez prudent.

* *
*

Parce que Saint-Rémy, n'avait jamais été rien d'autre qu'un pécheur endurci, Mathilde refusa au chapelain de répandre de l'encens sur son corps. Il accéda d'autant plus volontiers à sa requête qu'elle était assortie d'une menace d'anathème d'une espèce particulière :

— Encensez-le, mon père, et vous jeûnerez moult plus longtemps qu'en carême !

Arnaud Clergue se revancha par un signe de croix long et ferme et quelques bribes de prière. Cependant, un courage inattendu le prit lorsqu'il vit la commère qui, poings aux hanches, l'observait sans intention d'amnistie :

Huic ergo parce, Deus :
Pie Jesu, Dômine,
Dona eis requiem... Amen (1).

— Toi, tu me le paieras ! dit-elle entre ses dents.

Elle habilla Didier de vêtements décents. Elle aida Blanquefort à le hisser dans la litière préparée par Eudes et Griveau. Alors, le sénéchal désigna les accompagnateurs : Matthieu s'occuperait des mules, Florimont chevaucherait en avant-garde. Haguenier et Renaud, pâles comme des cierges, veilleraient à l'arrière.

— Armez-vous bien tous pendant que je vais seller Veillantif, leur recommanda Blanquefort... Et hâtez-vous ! Nous prendrons les traverses car il nous faut revenir céans avant la nuit.

Guillaume, tirant Broiefort par la bride, sortit de l'écurie.

— Il est soucieux, confia Mathilde à Ogier. A preuve qu'il a mis sa cloueure (2) de Rouen... Moi, à sa place, j'aurais enterré

(1) Ayez pitié de lui ! Ô mon Dieu. Doux Jésus, ô Seigneur ! et donnez-lui le repos éternel.

(2) On nommait *cloueure* la rivure de chacun des anneaux d'une cotte de mailles, puis le vêtement tout entier.

Didier au hameau, et plus tard, j'aurais prévenu son père... Mais il n'écoute rien de ce que je lui dis.

*
* *

Quand ils furent tous réunis devant le pont-levis baissé, le baron appela son neveu.

— Ne quitte pas ces murs, dit-il baissant la voix. Sous aucun prétexte... Ce que les armuriers m'ont dit hors de la présence de mes pucelles me met en déconfort... Cubjac brûlait. Ils ont ouï des cris... Tu comprends ? Si ces malandrins marchent vers nous, ils arriveront dans deux jours... Il faut que nos hurons viennent en ce refuge. Canole, si c'est lui, n'en épargnera aucun !

— Ils commencent à remuer, dit Blanquefort.

— Je te confie ces parois, mon neveu. Mes sergents t'obéiront sans broncher, je leur ai parlé... Sitôt le pont remonté, fais soigner ta main par Mathilde. Il en est temps.

Insensible aux regards furibonds de Renaud et d'Haguenier, Ogier tapota le poitrail de Broiefort.

— J'espère, mon oncle, que vous ne ferez pas de mauvaise rencontre... C'est folie d'aller à Saint-Rémy. J'aurais voulu vous y compagner pour dire à ce vieux fumeux que son fils...

— Je le lui dirai mieux que toi... Tu me parlais de mauvaise rencontre ? Crois-moi : la plus mauvaise que je puisse faire, c'est de me trouver devant mon beau-frère.

* *
*

Guillaume revint à la nuit, précédant d'assez loin Florimont et Matthieu, blêmes, silencieux, puis Blanquefort, le front soucieux sous son chaperon noir. En les accompagnant à l'écurie, Ogier s'étonna de l'absence des écuyers.

— Saint-Rémy a voulu qu'ils restent pour l'enterrement, dit Blanquefort. Ils seront de retour demain à midi... Moi, à la place de votre oncle, même au risque d'aggraver la fureur de ce gros ladre, je les aurais ramenés. On a besoin d'hommes... Nous lui avons dit de se méfier des Anglais. Il nous a desrisés (1). Il croit qu'ils passeront au large.

Une pluie légère commençait à tomber. La basse-cour était encombrée de vilains, d'animaux et de quelques meubles :

(1) « Il s'est moqué de nous. »

berceaux, paillasses, coffres de mauvais bois. Les gens du village étaient montés. Du côté des logis affectés à la valetaille régnaient grand bruit et grand désordre. On se serrait pour faire place aux culverts. On entendait des pleurs d'enfants, des cris, des appels, des piailleries de volailles, le braiement d'un âne et des aboiements. Saladin allait de l'un à l'autre de ses congénères, les flairant avec intérêt, indifférence ou mépris selon leur taille et leur sexe.

Sitôt qu'il eut confié Broiefort à Griveau, Guillaume et son chapelain visitèrent leurs ouailles. Le baron ne leur dissimula pas que les hordes dont il avait entendu parler étaient féroces. Il engagea les hommes à inverser le fer de leur faux et à se procurer des arcs.

— Blanquefort vous en donnera. Mon armerie est bien pourvue... Et si certains d'entre vous veulent apprendre à se servir d'une arbalète, Benoît, Matthieu, Aspe et Joulet leur en enseigneront demain le maniement.

— Vont-ils vraiment venir ? demanda une aïeule.

— Qui peut savoir, la mère ? S'ils t'effraient déjà, va prier. Toi, c'est tout ce que tu peux faire.

Tandis que la vieille allait à la chapelle, clopin-clopant, suivie d'Arnaud Clergue, le baron se rendit aux étables. Sous sa surveillance, les hommes de Griveau rapprochèrent ses quinze bœufs et vaches, de sorte qu'il y eût place pour les animaux d'en bas : un âne et deux génisses maigres. Il restait trois porcs ; la porcherie du château était vaste, on les y mit.

— Ils sont si plats qu'on les reconnaîtra longtemps !

Cette plaisanterie lancée, Guillaume s'enquit des vilains demeurés au village. Thierry Champartel satisfit sa curiosité :

— Il reste la Pitioune — vous savez : la naine d'auprès de chez Calixte, le sabotier qui, lui, est en vos murs avec sa femme — et Thibaut, le bûcheron. Il connaît une caverne où nul, dit-il, ne les trouvera... Il y a encore l'Henriette, qui veut mourir dans son lit... Gilles et mes belles-sœurs sont près d'elle.

— Mon oncle, intervint Ogier. Et si j'allais maintenant au hameau avec trois ou quatre hommes ? Nous ramènerions l'Henriette avec l'assentiment de son gendre et de ses filles.

Guillaume eut un haussement d'épaules dédaigneux.

— Allons, allons, rien ne presse. Cesse de t'inquiéter. Avec Gilles et Thibaut, Anne et Margot sont protégées.

* *
*

Au début du souper, interrogé par Arnaud Clergue, Ogier se trouva contraint de raconter son affrontement avec Didier. Telles qu'il les avait imaginées, les circonstances de cette altercation desservaient à peine la mémoire du défunt. Il les exposa pourtant à contrecœur, aussi placidement que possible.

Parvenu à la ruade de Marchegai, et comme il surprenait une lueur d'incrédulité dans les yeux mi-clos du chapelain, il s'enquit :

— Vous faut-il, mon Père, un petit confiteor avant de continuer ?

— Mais non, mais non, mon fils... Je ne mets pas tes dires en doute... Et puis, nous sommes à table, et non à confesse.

Se tournant alors vers Tancrède, le damoiseau sollicita un sourire ou un signe d'assentiment pour son irrévérence envers le cordelier. Contrairement à son attente, la jouvencelle lui parut maussade, indifférente à sa présence.

« Elle me démontera toujours ! »

Mathilde avait fait ajouter quatre plateaux dans l'espace réservé aux gens du commun. Ceux du hameau s'y étaient attablés. Ogier les compta : trois aïeules, cinq vieillards, douze femmes encore jeunes, trois pucelles, quatre jouvenceaux, trois enfants et dix-huit hommes solides et courageux d'apparence. De ceux-là, il eût fallu dix fois plus.

Ils formaient un groupe à part, échangeaient peu de mots entre eux, encore moins avec leurs voisins, qu'ils connaissaient pourtant, et auxquels certains étaient apparentés. Se croyant considérés comme des gêneurs, ils lançaient autour d'eux des regards chagrins. Tous regrettaient leurs logis abandonnés.

Ogier se sentit gagné par une fureur pernicieuse :

« Le repas traîne... Je devrais descendre au hameau... Rien n'est clair dans les agissements d'Anne. On dirait qu'elle me fuit... Sa mère va trépasser, soit, mais il semble qu'elle en profite pour quitter tant qu'elle peut nos murailles... Elle me cache quelque chose... quelque chose dont Margot, peut-être, est informée... Quand elles remonteront, je m'arrangerai pour les questionner l'une après l'autre. »

A de brefs intervalles, il entendait les cris rassurants des guetteurs, et parfois les plaintes sinueuses du vent aux prises avec la pluie du crépuscule. Puis les crépitations de l'âtre et le cliquetis des cuillers dans les écuelles reprenaient le dessus.

— C'est presque un temps d'hiver, dit Pedro del Valle, assis entre Claresme et Guillaume.

En le voyant lever son hanap à la santé du baron, Ogier se félicita que cet homme eût convaincu ses compagnons de procéder à l'exécution de son vêtement de fer. Cependant, il était inquiet : un malaise l'avertissait que le danger fluait autour du château. Et ce pressentiment, composé de crainte légère et d'attente, le tenaillait à la gorge et au ventre.

— J'aimerais, dit Claresme, connaître la Castille.

Tancrède adressa un sourire à Ogier. L'audace de sa sœur lui plaisait. Cependant — et cette évidence scintillait dans son regard toujours froid —, elle conservait au fond du cœur un mépris sans doute inguérissable envers cette créature douce, fragile, — ce qu'elle n'était point et se refusait d'être. Il se pouvait aussi que son orgueil se fût cabré de voir son aînée s'enhardir au point d'attirer sur sa personne l'attention d'un homme tel que le Tolédan, bien bâti, le visage agréable et d'une courtoisie sans égale en ces murs.

— Que pense-t-on de nous au-delà de notre royaume ? interrogea le baron. Du bien, je présume, et du mal pour Édouard.

— Messire, dit Pedro del Valle avec une lenteur prudente, ce serait plutôt le contraire. Les gens de France apparaissent comme des présomptueux qui, face au danger, s'escampent... en excipant toujours de fort bonnes raisons. Des gens qui ne manquent jamais de bonnes excuses à leurs échecs et qui n'ont que des *si* pour se sortir d'affaire. Mais je n'en dirai pas davantage car je ne vous tiens pas pour apparenté à ces outrecuidants.

Le baron parut surpris.

— Et notre sire Philippe ?

— On trouve qu'il est vain, prodigue, plein de jactance.

— Ce n'est point ce que nous disent les marchands, pèlerins, drapiers, lainiers qui s'en vont à Toulouse, Béziers, Cahors ou en reviennent, et semblent au courant de tout ce qui se trame ici-bas.

— On prétend que votre roi est d'intelligence étroite et qu'il manque de caractère... surtout devant sa femme.

— Je le crois, dit Guillaume non sans réticence. Les seigneurs et les chevaliers qui nous demandent asile se confient volontiers après avoir vidé quelques hanaps... Mais ce roi qu'on dit « trouvé » sut à temps se débarrasser de Mortimer pour le rendre à l'Angleterre et y faire souffler un vent de tempête. Cet homme de médiocre courage n'a pas hésité à réclamer au roi Édouard III l'hommage lige qui soumettait l'Anglais à des obligations précises de vassalité... Le jeune Édouard a reconnu par écrit — oui, par écrit ! — ce sens au geste d'Amiens (1).

— Ce fut un hommage inutile, à ce qu'il semble, dit Pedro del Valle. Les guerriers qui nous entourent, ce soir, sont sortis de Guyenne.

Mathilde apportait un chaudron de panais. Le chapelain la saisit par un pan de son surcot :

— Sers-nous-en vite, pécheresse. Et surtout livre-nous du vin. *Bonnum vinum lactificat cor hominis...* Nous parlons de choses graves et tout ce qui se passe au-delà des parois me froidit les sangs.

— Je ne connais point notre sire Philippe, dit Ogier, importuné par l'interruption d'Arnaud Clergue. Mais s'il est chevalier...

— Holà ! cousin, fit Tancrède. Il est chevalier parce que fils bien-né. Il a reçu les éperons avant même d'avoir prouvé qu'il était sain d'esprit et aduré aux armes.

Bressolles sourit et parut approuver la jouvencelle. Ogier, ébahi, sentit contre sa cuisse la griffe de Saladin, puis celle de Brochartre, qui sans doute avait peur, elle aussi : on ne la voyait guère.

— Est-il foncièrement un chevalier ? dit Guillaume. Il aime les armes et les beaux vêtements... Tenez : Ogier était à peine né... Eh ! oui, mon neveu, c'était en trente-deux, à Royallieu, près de Compiègne et tu avais...

— Cinq ans.

— Soit... J'étais présent quand le roi de Bohême et ses chevaliers lui ont rendu visite. Ils étaient dix-huit cents, la plupart des Allemagnes, avec leurs gonfanons à trois ou quatre langues et leurs ménestrels. Le soleil ruisselait sur leurs anneaux de fer à tel point qu'on eût dit une armée de poissons. Au-dessus, c'était comme une forêt de lances dont les bannières semblaient le feuillage... Et quel tournoi !... A Fontainebleau, quand les deux souverains ont uni leurs enfants, Bonne et Jean (2), il y eut aussi des cérémonies merveilleuses où les chevaliers furent moult conjouis (3) et fêtés. Le roi de Bohême offrit à notre suzerain trois cents chevaliers. Il devait les prendre avec lui dans ses guerres, et le royaume d'Arles lui fut promis s'il obtenait l'Empire.

— Ces trois cents chevaliers nous manquèrent à l'Écluse, dit

(1) 26 juin 1328. Pour la circonstance, Philippe VI s'était déplacé avec une suite de 3 000 chevaliers et barons. Il était accompagné de trois rois : ceux de Bohême, de Majorque et de Navarre. Édouard III ne fit qu'un hommage mesuré pour la Guyenne. Ses lettres de confirmation d'hommage lige sont datées du 30 mars 1331.

(2) 23 juillet 1332.

(3) Accueillis.

Ogier avec un sourire de malice. Quant à l'Empire, Édouard en fut nommé vicaire.

Nul ne broncha. On avait fait diversion et de nouveau c'était l'angoisse.

« Je n'ai pas faim... Je suis encore sous le coup de cette mort... Même si je ne l'ai pas donnée, j'en ai eu l'intention. Quelle joie quand Didier reçut cette ruade ! Il me faudra me confesser... Et Saladin ? Il tend l'oreille et reste près de moi. Il devine, lui aussi, qu'*ils* approchent... Je n'ai plus le droit d'attendre. Je dois descendre au hameau. »

— Mon oncle, je m'attarde... Il me faut aller où vous savez...

Il ne voulait prononcer aucun nom.

— Pas d'inquiétude, Ogier. Nous n'avons rien vu du haut des crêtes, au retour de Saint-Rémy, et nos regards (1) ne nous ont rien signalé... Demeure encore avec nous.

C'était un ordre.

« Vieux grimaud ! Tu le fais exprès, ma parole ! »

Le sang du damoiseau circula violemment dans ses veines. Sa joue de nouveau le brûla, moins que sa main entourée d'un linge cousu par Mathilde. L'onguent que la grosse femme avait étalé sur la plaie tardait à agir : il lui semblait que la lame de Didier lardait encore sa chair ; elle battait comme son cœur.

— Par ce temps, dit Claresme, pourvu que nos guetteurs aient bonne vue et bonne ouïe !

Il y avait dans l'air un mauvais présage. Tout prenait une apparence molle, assoupie ; même Mathilde, la rudoyeuse, agissait doucement ainsi que les servantes, par crainte de distraire l'attention des convives. Aux tables des hommes d'armes et de la valetaille, nul ne haussait la voix. Et seul, ce soir, le feu affirmait bruyamment sa force.

— Vous avez bien fait d'interrompre pour quelques jours votre voyage, dit Claresme à Pedro del Valle.

Elle se penchait vers l'armurier, il lui sourit et elle retomba dans sa mélancolie.

— Oui, vous avez bien fait, et pour plusieurs raisons ! dit Ogier, en s'efforçant de paraître enjoué. En poursuivant votre chemin, vos armures seraient sans doute anglaises, à présent.

Ses sens ne le trompaient pas : il y avait quelque chose d'indistinct et d'hostile autour de lui. L'âme noire de Didier ? De nouveau, il regarda les flammes, tantôt écrasées sous le poids de

(1) Guetteurs.

l'air tombant dans la cheminée, tantôt tellement longues et mêlées en de si frémissantes tresses qu'on eût pu croire qu'un génie tapi dans le conduit où la fumée s'enfuyait, les aspirait comme un liquide.

La porte des cuisines claqua ; Mathilde sermonna une de ses femmes trop négligente ou malhabile, puis tança ses fils, Eudes et Philippe : « *Milladious dé milladious !* Qu'ai-je fait au Ciel pour avoir de pareils nigauds ! » Ensuite, il fit très calme.

C'était une soirée de menaces et de plaintes, une de ces nuits compactes comme une gelée de mûres, et qui figent tout à l'intérieur d'elles-mêmes, — nature, bêtes et gens —, les sens en éveil. Ogier eut envie de clore ses paupières.

« Des nuits pareilles, combien devrai-je en traverser avant d'atteindre Gratot ? »

— Vilain ciel ! gronda Guillaume. Et bien misérable journée !... Je ne pensais pas devoir refaire un jour le chemin de Saint-Rémy ! J'avais tant hâte de revenir auprès de vous que j'ai laissé là-bas la litière !

— Il était temps que vous reveniez, marmonna le chapelain, le regard figé sur son écuelle où subsistait un morceau de pâté. Vous avez devancé la pluie.

Il s'interrompit. Il avait parlé, lui aussi, pour conjurer une frayeur irrésistible. Il jeta un regard sur Pedro del Valle, particulièrement attentif à l'inquiétude de Claresme, pâle, et dont les mains tremblaient. Il poursuivit :

— Comment Saint-Rémy a-t-il pris cette funeste nouvelle ? C'est un outrageux, têtu comme un bélier dont il a le poil jarreux, et s'il me souvient bien, l'odeur.

Le baron feignit d'être distrait par Mathilde : elle venait de lui demander si, après le pâté de chevreuil, le service pouvait continuer. Ogier pressentit que la version de l'entrevue de Guillaume avec le père de Didier serait aussi mensongère que celle qu'il avait inventée pour expliquer la mort de l'écuyer.

— La vérité, mon oncle ! s'écria-t-il.

Le baron gratta ses crins blancs. Sa massive charpente, immobile contre le dossier de sa chaire, et donnant à son attitude une impression d'équilibre et de dédain farouche, parut chanceler ; mais ce n'était qu'une illusion provoquée par le trémoussement des flammes : dans un pétillement si violent que Brochartre, allongée devant l'âtre, prit peur, elles venaient d'entamer le dessus de leur proie.

— C'était son seul fils, Ogier. Et de le savoir mort, comme ça, sans même qu'il ait été occis en guerre...

Claresme lança un sourire étrange à sa sœur ; un sourire, pour une fois, dominateur. En voyant sa robe en lambeaux, elle avait dû lui demander — et obtenir — des explications.

— Mon cousin, dit-elle, a eu le sort qu'il méritait... Pas vrai, Tancrède ?

— Oui, bien sûr... Ah ! cessons d'en parler.

« Elle s'enfelonne (1) », se dit Ogier. « Elle n'oublie rien... Elle n'oubliera jamais... Son réveil, sur la paille, a sans doute été terrible... »

— A partir de demain, dit Guillaume en désignant les tables voisines, et tout comme mes culverts, vos bâtisseurs, messire Lordat, devront s'exercer à tenir arc, arbalète, vouge, éponton, godendac... Il faudra aussi qu'ils apprennent à garnir vivement mes défenses... La nuit, ils renforceront mes guetteurs... Après tout, la menace de ces Goddons les concerne autant que nous !

— Vous parlez judicieusement, messire, acquiesça le maître d'œuvre.

Girbert Bressolles se servit des panais avec parcimonie. José Blasco et Juan Martinez n'eurent pas ses scrupules. En tendant à Ogier l'écuelle de Claresme afin qu'il la remplît, Pedro del Valle essaya de rassurer les filles de son hôte :

— Selon moi, damoiselles, les murailles où nous sommes sont imprenables.

— Certes ! s'exclama Guillaume. Si ces dévergondés nous assaillent, ils se briseront contre elles... Hélas ! certains des nôtres y laisseront leur vie.

L'armurier restitua son écuelle à Claresme. Elle sourit ; elle était la seule. Les clartés du foyer transformaient sa coiffure en un camail de cuivre dont les deux tresses, comme une épaisse jugulaire débouclée, allongeaient sa figure, donnant plus d'importance à son front droit, à sa bouche petite et vermeille. Une torsade d'anneaux d'or soulignait son cou fragile sur lequel palpitait une veine. Et la gracilité de ses épaules, sous son bliaut de cariset vert amande, était aussi évidente que la beauté cachée d'une poitrine sur laquelle revenait assez souvent l'attention du Castillan.

— Allons, prenons des forces ! dit Guillaume.

L'on se mit à manger, le baron et son chapelain avec une

(1) *Enfelonner* ou *enfélonnir* : irriter.

vivacité d'affamés, les autres avec une componction peut-être involontaire.

— *Il* a juré de se venger, dit soudain Blanquefort, en rompant un bout de pain. Mais il n'a pas dit sur qui... Je ne vois d'ailleurs pas comment il pourrait y parvenir.

— Est-ce vrai, mon oncle ?

Un grognement : Guillaume ne démentait pas son sénéchal. Puis il sourit — sans envie — et crut bon d'ajouter :

— Il y a loin de la parole aux actes, mon neveu.

Dans les yeux du vieillard qu'il sondait à nouveau, Ogier ne découvrit nulle trace d'inquiétude, mais plutôt de l'ennui et de la fatigue.

— Ogier, dit Blanquefort, veillez sur Marchegai dès le retour de Renaud et d'Haguenier.

— Sang-Dieu, si ces deux-là touchent à ton cheval, je les fais bastonner jusqu'à ce qu'ils en crèvent !

— Je n'ai jamais eu, jusqu'ici, la moindre querelle avec eux, et je ne vois pas pourquoi cela commencerait... Mais qu'ils prennent garde !

Ogier promena sur les convives un regard impassible. Il dominait, cependant, une colère glacée. Il avait prévu qu'il s'aliénerait les deux gars. Riant, et de bon cœur cette fois, Guillaume déclara :

— Si tu dois les affronter, attends que nos Castillans t'aient couvert de fer de pied en cap.

— Nous nous hâterons pour cette armure, messire Ogier, dit Pedro del Valle. Votre fer poitevin est bon... Demain, au réveil, nous prendrons vos mesures.

L'armurier se servit à boire. Il avait des doigts longs, robustes, aux ongles ras, et les flammes auxquelles il était tant accoutumé semblaient, ce soir, ajouter une grâce un peu maléficieuse à leur vie. Ces mains fascinaient Claresme : elle les observait en déglutissant parfois, comme si quelque émoi lui serrait la gorge. Les imaginait-elle glissant ici et là sur son corps, et s'y attardant ?

Ogier remercia les Tolédans :

— Je sais que ce harnois sera beau et solide. Chaque fois que je le porterai, ce sera pour vous faire honneur.

Et tandis que Tancrède souriait pour la première fois de la soirée, avec une sorte d'indulgence dont il fut irrité, Ogier se demanda s'il éprouvait encore envers elle la même attirance que dans l'après-midi. Elle avait recouvré son ambiguïté, son mystère, et si elle s'était blottie dans ses bras, elle paraissait avoir oublié ce moment d'abandon qu'il conservait intact en sa mémoire. Singulière capacité de domination de la volonté sur les sens, qui l'avait transférée d'une défaite qu'il se plut à évoquer, quelles qu'en eussent été les causes, à cette sévérité déconcertante.

— Tu souris, cousine... Avoue donc qu'elles t'on fait de l'effet, ces armures !

Elle approuva sans mot dire. Elle était, elle aussi, bien pourvue en seins. Son surcot de velours sinople dégageait un cou long et mince et des poignets presque fragiles. Comme il la connaissait mal ! Esprit et corps. L'esprit, jamais il ne parviendrait à l'atteindre. Le corps ? Là, s'il y songeait trop, il s'engagerait sur une pente abrupte, sans rien trouver où s'accrocher. Pas même Dieu.

Cherchant à comprendre l'étonnant revirement de la jouvencelle — car son refus de favoriser une évasion insensée n'expliquait pas seul sa soudaine et curieuse réserve — le garçon décida qu'elle regrettait qu'il l'eût vue non pas nue, mais en quelque sorte vaincue. De plus, elle s'était ressaisie afin de pouvoir mieux tromper son père : sereine, rigide, comment eût-il pu soupçonner ses désirs, sa détermination, ses ambitions, ce fiévreux tourbillon d'effervescences, la plupart sans doute inavouables, dont les remous ne laissaient en repos ni son cerveau ni ses sens ?

— Qu'il s'agisse de quelqu'un ou de quelque chose, tu n'as nulle raison d'avoir le visage chagrin.

— Qu'en sais-tu, cousine ?

— Il y a des pensées, des souvenirs, des envies qui vous collent à l'esprit, comme à la peau des vêtements mouillés... Une bonne ou belle nuit dans les draps, et au réveil, on voit différemment tout ce qui vous entoure : ce qui paraissait insensé devient raisonnable...

— Tu crois ?

En une après-midi, il avait percé la plupart des secrets de Tancrède. Tout d'abord, celui de sa disposition à la volupté. Ensuite, celui de sa féminité, ensevelie sous des aspects, des allures énergiques, mais prête à paraître et même à s'exacerber au moindre caprice. Elle savait commander à son corps. Elle surveillait également son langage. Ainsi, ce soir, sa voix n'avait plus les mêmes inflexions que lorsqu'elle se trouvait dans ses bras, frémissante de fureur et de honte, et lorsqu'elle lui parlait, il savait — du moins en cet instant — que les phrases qu'elle prononçait avec une lenteur volontaire en dissimulaient d'autres à lui seul destinées. Après ces circonlocutions par lesquelles elle affirmait maintenir sa volonté de fuite et insistait pour obtenir sa complicité, son mutisme soudain, naturel en apparence, mais chargé d'une interrogation avide, était aussi vivant et tangible que, dans l'écurie, sa main sur la sienne, enflée, brûlante et poissée de sang.

Elle dit enfin, comme il ne lui répondait pas :

— M'as-tu bien comprise, cousin ?

Il eut un mouvement de tête affirmatif, et pour en finir avec ce dialogue, il se tourna vers Claresme, si douce, si charnelle en sa fragilité.

Mais elle lui parut fade, impersonnelle, enfantine. Son voisin l'armurier pensait différemment : il ne la quittait pas des yeux. En était-il amouré ?

— Messire del Valle, dit Guillaume, je ne suis pas mécontent que vous battiez le fer pour mon neveu... Faites-lui, comme il dit : du beau et du solide.

Baissant soudain les yeux sur son écuelle, Ogier s'imagina fervêtu, chevauchant Marchegai paré d'un houssement d'or et d'azur dont les pans effleureraient le sol. De loin, les guetteurs s'interrogeraient aux créneaux : *« Qui est ce chevalier à la lance tout enfannonnée de soie ? Est-ce un nouveau Roland ?... Un autre Perceval ? Attendons de voir ses armes ! »* Les guetteurs ! Il imagina ceux de Rechignac transis de froid, immobiles au sommet des tours et du donjon, ou marchant sur les dalles luisantes des aleoirs, le vouge sur l'épaule et le chapel de fer dégoulinant de pluie. Et justement, une trompe sonna : deux coups brefs, inhabituels, comme si l'homme qui les avait lancés manquait de souffle ou s'arrêtait, pris d'un repentir subit.

— Qui est-ce encore ? demanda Claresme, blême, tournée vers son père.

— Comment pourrais-je te répondre ?

Dans la vaste salle soudain paisible, les regards des convives et des femmes de service, immobiles, s'interrogèrent. Surpris par ce silence lourd d'émoi et d'incertitude, Saladin aboya, suscitant des pleurs d'enfants et çà et là des jappements rageurs. Les chiens présents autour des tables se rassemblèrent, la queue battante, devant la porte entrebâillée, mais seul Saladin sortit, le museau flairant le sol.

— Par ce temps juste bon pour les limaçons et les crapauds, qui peut bien rôder le long de mes parois... Qu'en dis-tu, Hugues ?

Blanquefort ne répondit pas. Le cou et la joue tendus vers l'entrée de la grand-salle, il semblait attentif aux crépitations de la pluie que le vent siffleur, hurleur et parfois gémissant, fracassait contre les murailles.

— Ce sale temps, messire, ne saurait arrêter des malfaisants : ils font alliance avec tout !

— Hélas ! gémit Arnaud Clergue, plus pâle encore que Claresme.

Ogier respirait à peine, imaginant des présences furtives autour de l'enceinte, des chuchotis énigmatiques et des lueurs de métal. Il détestait la nuit : elle trouble la vue et les sens, vous force à déprécier les distances, transforme le ruisseau en chemin et le chemin en ruisseau, crée de ténébreuses falaises aux endroits où l'espace est large, dissimule l'abîme ou la fondrière et parfois attriste les pensées jusqu'à la désespérance.

— C'est peut-être Anne, Margot et Gilles qui reviennent. Tout simplement.

Il y eut des pas dans l'escalier, le cliquetis d'une épée dont le fourreau heurtait l'oreillon de la genouillère. C'était Rigaud, vieux compagnon du baron et de Blanquefort, un des rares soudoyers à être né au hameau. Bien qu'atteint par la soixantaine, il avait si bonne vue qu'il prenait de temps en temps place au sommet du donjon. Son cor, suspendu à son cou par une guiche de soie vermeille, lui battait la hanche.

— C'est moi qui ai sonné, dit-il sans s'empêtrer dans des marques de respect. J'ai cru voir des ombres en bas.

Il clignait de l'œil à force d'avoir trop sondé l'obscurité. Il retira sa cervelière ruisselante et passa une main blême, crochue, dans ses cheveux gris, incultes, puis sur son menton buissonneux.

— De toute façon, il y a des feux, moult feux : quelques-uns vers la Berlandie, l'Egadauds, Paleyrac... Mais où ils sont le plus, c'est près des Banchereaux.

— Allons voir !

L'un derrière l'autre, Guillaume, ses filles, Ogier, Blanquefort et leurs commensaux gravirent les hautes marches dont un pharillon, de loin en loin, éclairait la spirale. Ils débouchèrent au faîte du donjon. La pluie les assaillit, si épaisse et si froide qu'elle mit le baron en fureur.

Un instant, alors qu'une bouffée de vent déchiquetait le rideau de l'averse, Ogier put voir entre les touffes et les haies d'épiniers, le chemin conduisant à la forteresse. Au-delà de la motte, sitôt après les prés, les champs, les vignes, c'était l'immense empire sylvestre : des millions de troncs de toute forme et de toute grosseur, et dessus, la formidable épaisseur des feuillages. Il n'y avait que cinq ou six clairières dans ces forêts profondes comme des océans. A la tonsure de celle des Banchereaux, des feux brillaient — une trentaine — et quelques-uns aux lieux signalés par Rigaud. Ils clignotaient à la façon des étoiles, s'engloutissaient parfois dans la nuit, pour mieux réapparaître, régénérés par ces bains de noirceur.

— Comment des branches peuvent-elles flamber par ce temps ? s'étonna le chapelain d'une voix lourde, essoufflée.

— Les granges ne manquent pas, alentour, répondit Bressolles. Pleines de paille et de foin...

— Eh oui, fit Guillaume. Et les fagots pour l'hiver n'ont pas été rentrés.

— S'agit-il des routiers ? demanda Tancrède en plaquant ses mains sur ses cheveux. En ce cas, ils sont peu nombreux.

— Comment savoir quel est leur nombre ? Anglais ? Gascons ou quelque compagnie du duc Jean — qui sait ? —. S'ils restent, nous le saurons dès le petit jour... Mais ne t'attarde pas ! Tu vas prendre mal... Et toi aussi, Claresme... Descendez !

— *Ton père* a raison, Tancrède, approuva Ogier. Déjà, te voilà trempée.

Il était échevelé, lui aussi, et frissonnait, moins de froid que d'expectative.

— Je sais, cousin, ce que j'ai à faire.

Dédaigneuse, elle alla s'immobiliser entre deux merlons. Là, les bras croisés, elle sembla braver la pluie, le vent, l'espace.

Blanquefort venait de longer le crénelage :

— Saint-Rémy va avoir affaire avant nous à cette racaille.

— Rigaud, appela Guillaume.

— Messire ?

— Cours en bas. Dis aux sergents et aux archers de se préparer. Mais qu'ils demeurent à l'abri... Je vais les rejoindre et leur ouvrir mes remises... Nous ne manquons de rien pour dissuader n'importe qui de nous assaillir !

Le baron ne cessait de considérer les feux lointains. Il cracha dans leur direction, puis se tournant vers ses architectes :

— Messires, dès que l'aube aura crevé, voyez ce qu'il y a urgence à achever. Si nous avons affaire à de la truandaille, je veux que vos défenses puissent leur résister sans la moindre défaillance.

— Nous allons prendre nos dispositions, messire.

Le maître d'œuvre entraîna Bressolles vers l'escalier. Ils disparurent.

— Hugues ?

Blanquefort s'approcha du baron.

— Il convient d'avertir Saint-Rémy. Ses guetteurs ne peuvent voir ces feux, de l'autre côté des boces (1), même du haut de son donjon.

— Avez-vous, messire, perdu subitement la mémoire ?... Avez-vous oublié comment il nous a reçus ?

— Nullement. Mais mon devoir de parent, et mieux : de chevalier, consiste à prévenir cet homme. De plus, il me faut Haguenier et Renaud. Je leur dois aide et protection ; en revanche, ils sont astreints à la défense de cette bastille... Désigne un gars pour alerter ce vieux larron... et si tu n'as pas confiance, eh bien, vas-y !

Le sénéchal s'éloigna, mécontent. Ogier fit un pas :

— Mon oncle, nul mieux que moi ne connaît le chemin le plus court pour atteindre Saint-Rémy. J'irai, si cela vous agrée.

Tancrède poussa un cri de réprobation, et Guillaume se toucha plusieurs fois le front de l'index, ce dont le damoiseau ne fut pas affecté.

— Soyez sans crainte : je me garderai d'entrer. Je l'avertirai d'au-delà des murailles et reviendrai aussitôt avec vos écuyers... s'ils y consentent.

Claresme était demeurée immobile auprès de Pedro del Valle et de ses aides. Soudain, elle se précipita sur Ogier, qu'elle agrippa aux épaules.

— Demeure avec nous, cousin. *Ils* sont sans doute tout autour.

— Qu'en dis-tu, Hugues ? interrogea Guillaume.

— Nous devons commencer les préparatifs de défense, car il nous faudra nous battre... A votre place, je me garderais de risquer une vie, surtout celle d'Ogier, pour prévenir ce vieux fumeux, et lui laisserais même nos deux larrons pour assurer, petitement d'ailleurs, sa défense.

Ogier repoussa Claresme et devança les objections de son oncle :

— Je connais un passage par la forêt... Je serai prudent.

— Certes ! Certes, tu seras prudent, sanglota Claresme, que Pedro del Valle essaya de réconforter. Mais tu oublies le courroux de ce viel effronté à ton égard !

— Il me saura bon gré de contribuer à sa sauvegarde.

(1) Ou *brosses :* collines.

— Voire, maugréa le baron, approuvé par son sénéchal... Mais je devine la raison de cette soudaine vaillance... Tu vas faire un crochet par le hameau.

— C'est vrai.

— Dis à mon beau-frère que je lui conseille de venir nous rejoindre avec hommes, femmes, enfants. Qu'il abandonne son bétail et ses chevaux : trop de bruit risquerait de leur nuire.

Guillaume soupira et, saisissant Ogier aux épaules :

— Si l'Henriette vit encore, eh bien... dis à Gilles de l'achever avec un oreiller. S'il hésite, charge-t'en. On ne peut sacrifier trois jeunes à une mourante.

Tancrède s'était approchée ; elle saisit la main blessée du garçon :

— Un marmouset n'agirait pas plus sottement que toi !... Que veux-tu nous prouver ? Demeure auprès de nous !

Elle le suppliait. Il lui sourit tout en dégageant sa main lourde et tremblante d'un surcroît de douleurs. Cette fille impossible ne l'aimait certes pas d'amour, mais elle n'en était pas loin.

VIII

Quand Ogier s'arrêta, le cœur battant et les jambes glacées, il avait couru quelque deux cents toises à l'abri des roncières dont le chemin d'accès à Rechignac était tout hérissé.

« Qui pourrait m'avoir vu sortir par la poterne et franchir la paroi du fossé ?... Personne. Il suffit maintenant que Dieu m'aide. »

Quelques marches de terre, sous le pont-levis, avaient facilité l'ascension de la contrescarpe. Il se promit de les détruire à son retour.

Le château le dominait toujours, blafard sur le ciel noir et bouillonnant. Nulle lumière ne cloutait cette masse engloutie dans le silence et les brouillards d'eau. Parfois, la guette du donjon lacérait un nuage tandis que surgi de la cheminée, un panache d'étoupe pâle glissait convulsivement vers le septentrion.

Il repartit. Il s'était vêtu en vilain : un galeron (1) emprunté à Jean du Taillis ; un bliaut noir, déchiré ; des chausses de toile ; des bottes éculées dans lesquelles il avait déjà les pieds humides. Accroché en verrou à sa ceinture, un couteau à forte lame battait ses reins.

« Sale temps ! »

(1) Chapeau porté surtout par les fauconniers. Il s'avançait au-dessus du front comme une visière pointue. C'est à peu près celui des Robins des Bois de l'écran, sauf, sur ce sujet, le personnage de Kevin Costner, absurde et complètement anachronique, d'où son succès auprès d'un public juvénile. Plus proche de la vraisemblance est le film de John Irvin, contemporain du précédent, dont la vedette est Patrick Bergin.

D'un geste, il repoussa les lanières de cette pluie foisonnante ; elles recinglèrent aussitôt son visage, aggravant, plutôt que de l'éteindre, le feu de sa joue blessée.

Une inquiétude le prit, qui ne l'avait point incommodé jusqu'alors : allait-il être défiguré ? La mèche lui avait enlevé la peau sur une largeur et une longueur de petit doigt.

« Non, je redeviendrai comme avant ! La navrure est peu profonde et Mathilde l'a bien soignée ! Sans cette eau malfaisante, je n'aurais plus mal... J'ai bien fait de laisser Saladin à l'abri : il aurait attrapé la mort. »

Il marchait ou courait selon l'état du sentier conduisant au hameau dont l'échine dentelée, luisante et pâle, crevait le désordre torrentiel des hauteurs privées d'étoiles. Il s'immobilisa encore, l'œil et l'oreille aux aguets, avant de s'engager entre les maisons.

Rien que l'obsédant friselis de la pluie. Partout, portes et fenêtres étaient ouvertes afin que lors d'une incursion de plus en plus certaine, les routiers n'eussent point à briser pour piller. Une senteur de murs imbibés d'eau et de suie, de chaume pourrissant, et pour tout dire de misère, flottait là, et le vent soufflant par saccades molles, était comme l'haleine de cette pauvreté désertée. Silence. Il ajoutait son poids d'incertitude à cette vacuité, à cette inertie des choses sacrifiées aux fureurs humaines.

Ogier se mit à marcher lentement pour ne point glisser sur le sol mou parsemé de flaques profondes. La vue de la maison de l'Henriette ne lui procura aucun plaisir. Elle était petite, laide avec ses murs de guingois et sa toiture affaissée sous le poids des ans et des plantes culmigènes. Les gouttes titillaient la pierre creuse de son seuil.

Il s'arrêta et toqua à la porte. « Elle est close, donc ils sont là !... Bon sang, c'est une méchanceté de souhaiter ça... mais pourvu qu'*elle* soit morte ! » Il entendit un juron et des glissements de sabots.

Le vantail s'entrebâilla ; il le poussa, provoquant un cri étouffé.

— Oh ! c'est vous, dit-il contrarié.

Il avait cru retrouver enfin Anne, or, Margot s'effaçait pour le laisser entrer.

— Je venais vous dire de monter sans tarder. Les Anglais sont sur nos terres.

Il aperçut Gilles dans l'ombre, mais point Anne. Pourquoi ne se montrait-elle pas ? Et l'Henriette ? Était-elle décédée ? La maison puait la mort.

— Nous savions qu'ils approchaient, messire, déclara Gilles tout en enfonçant des linges dans un sac. Le Thibaut nous a prévenus et nous nous préparions à partir. Vous voyez : Margot venait de moucher les chandelles... L'Henriette a enfin rendu l'âme et nous l'avons ensépulturée.

— Comment se fait-il que Thibaut...

— Il bûcheronnait du côté de Paleyrac, coupa Gilles. Il les a vus venir de loin.

Des êtres en lesquels Anne avait passé son enfance, Ogier ne distinguait rien — ou si peu : le linteau d'une cheminée au milieu duquel luisait le cuivre d'un bougeoir, et la grisaille d'un lit défait. Il exprima sa fureur contre le bûcheron :

— Ce huron aurait dû venir nous alarmer !

Et Anne ? Préparait-elle quelque ballot de linge dans la pièce à côté ? Non, car il l'eût entendue.

— Où est Anne ?

Margot prit le bougeoir et le fourra dans une besace qu'elle jeta sur son épaule. Elle regarda son mari, et bien qu'il fît sombre, le damoiseau remarqua l'expression de gêne du forgeron.

— Ben voilà, dit-il, elle n'a pas voulu revenir là-haut.

— *Pas voulu !...* Que me dis-tu là ?

— La vérité, messire, dit Margot, simplement. Elle a peur...

— *Peur !...* Peur de qui ? De quoi ? De ces cagous dont nous ignorons les intentions et le nombre... *ou de moi* ?

Champartel s'avança, traînant son sac.

— Griveau lui a dit que nos murailles tomberaient avant sept jours et que si elle voulait...

— Si elle voulait *quoi* ? Bon sang, continue, Gilles !

— Je ne le puis, messire.

Le damoiseau se tourna vers Margot :

— Elle a cru aux sornes de Griveau !... Elle a toujours fait fi de ses prédictions et de ses pouvoirs... Où est-elle ?

D'un coup d'œil, Gilles consulta sa femme. Il était soucieux, peut-être angoissé. Négligeant son mari, Margot sourit, mais c'était un sourire insincère et chagrin. Elle renifla et dit, essuyant une larme :

— On n'a rien pu faire, messire. Rien. Elle avait dû d'ailleurs se décider bien avant ce jour d'hui...

— Où est-elle ?

— Partie avec Thibaut et la Pitioune.

— Hein ?

— Dans la grotte où Thibaut les emmène, il y a lits, nourriture, et même une source. Depuis que les Goddons sont sortis de Guyenne, il avait prévu qu'ils nous envahiraient.

— Connais-tu cette grotte, Gilles ?

Le forgeron lâcha son sac.

— Vous pensez bien que j'ai cherché à savoir... Rien à faire.

Ogier s'approcha de Margot.

— Tu ne vas pas me dire que ce palefrenier de malheur a effrayé Anne à ce point ? Je connais ta sœur aussi bien que toi... Mieux, même. Je venais l'exhorter, conforter son courage, et la voilà partie avec ce rustique !

Thibaut, quarante ans au moins ; des cheveux crépus et un collier de barbe brune ; des yeux larges, relevés vers les tempes ; un nez petit un peu écrasé, une bouche épaisse et des dents saines encore. Si Anne descendait rarement au village, c'était pour échapper à sa sollicitude étroite, à ses louanges, à sa convoitise. Et voilà qu'elle fuyait avec lui !

— Il n'y a pas que Griveau à l'avoir décidée. Il y a autre chose que vous savez, et que vous lui avez juré de me taire. Pas vrai ?

Margot acquiesca. Mais il sut qu'elle ne dirait rien — du moins devant son époux.

— Qui sait, messire, soupira le forgeron compatissant, elle sera peut-être plus quiète en forêt que nous dans nos murailles.

Ils sortirent. La pluie tombait toujours, fine comme une fumée. Ogier s'avisa soudain que la maison du bûcheron jouxtait celle de l'Henriette.

« Si tout se passe bien et que l'Anglais s'en va, et moi après lui, ce huron lui proposera le mariage... Un trou dans le mur mitoyen, et elle aura un logis plus vaste... Il est vaillant, il consolidera tout. »

Une scène précise s'enfonça dans son esprit, aussi nette qu'un sceau dans une cire tiède : le grand corps d'ours de Thibaut étreignant celui d'Anne. Alors, la colère le prit :

— Tu sais, Margot, comme je lui suis attaché. Tu sais que je dois bientôt la quitter, et tu n'avais aucun mal à imaginer combien me seraient précieux les derniers jours passés auprès d'elle. Et malgré tout, tu l'as laissée partir !... Dis-moi la vérité. Je suis assez solide pour la recevoir telle quelle !

— Vous avez tort, messire, de vous mettre en cet état...

Margot ruisselait ; sa camisole et son jupon lui collaient au corps.

Ses cheveux adhéraient à son cou, ses épaules ; elle frissonnait de froid et de peur.

— Elle ne va tout de même pas se mettre en ménage avec ce boquillon !... Il pourrait être son père !

— Elle ne nous a rien dit, intervint Gilles, secourant sa femme indécise. Thibaut est rude et bon. Un huron, certes, mais serviable... Le meilleur du village. Et il manie la cognée mieux que certains la masse d'armes !

— Justement, il aurait dû venir renforcer nos rangs.

— Si vous n'étiez là-haut, il y serait monté.

— En voilà un qui ne m'a jamais adressé la parole. Il me hait ?

— Je ne sais, messire. Mais ce que je peux vous dire, c'est qu'il protégera Anne aussi bien que vous.

Presque agressivement, Margot ajouta :

— Quand vous serez à cent lieues d'ici, que vous importera le sort de ma sœur ! Laissez-la agir à sa façon... Vous savez qu'elle a du bon sens... C'est tout ce que je peux vous dire... Pas vrai, Gilles ?

Le forgeron eut un geste d'incertitude, puis il souleva son sac et l'assura sur son épaule.

— Vous remontez avec nous ?

— Non, dit Ogier en s'éloignant du couple. Je vais à Saint-Rémy. Il faut les prévenir.

— Les prévenir ? s'étonna la chambrière. Les Goddons y sont peut-être déjà. Thibaut nous a dit qu'ils se répandaient partout... Vous risquez...

— Eh oui, je sais ce que je risque... Allez, remontez en hâte et gardez-vous.

* * *

Trempé, frissonnant et hargneux, le damoiseau courut sur le sentier menant à la forêt. Il la longerait jusqu'à la Croix-Noire et couperait ensuite en direction de l'Isle. Alors, il lui faudrait se montrer attentif avant d'atteindre la rivière, car les extrêmes feux des routiers ne seraient qu'à quelques enjambées.

« Où sont-ils allés ?... Quelle caverne ?... Sangdieu, si je me doutais ! »

Mais il s'était douté : Anne n'était plus la même depuis plusieurs semaines. Il l'avait interrogée sur sa maussaderie, sa pâleur et ses nerfs. En vain.

« Quelque chose là-dedans n'est pas net. »

A sa fureur jalouse, à son déchirement, il s'apercevait qu'il l'aimait plus encore qu'il ne l'avait pensé.

Il trébucha, marcha, courut encore, jurant quand il chancelait ou glissait. Lorsqu'un grand pin jaillit au-dessus d'un réseau de ramures, il sut qu'il avait couvert une demi-lieue : la moitié du parcours.

Il s'engagea sur un chemin abrupt, miroitant et blanc comme une coulée de glace, et la Croix-Noire apparut, amputée d'un bras, l'autre servant de perchoir à une hulotte. Importuné dans sa méditation, l'oiseau plongea et s'engloutit dans un fourré.

Ogier contourna le calvaire dont le tronc de granit ruisselant arborait çà et là des bourgeons de lumière. Il traversa un pré, s'englua dans des taupinières, atteignit une ravine et, à courtes foulées, la longea en direction de la forêt dont les premiers arbres n'étaient plus qu'à quelques toises. Lorsqu'il en fut tout près, il s'arrêta, ôta son galeron, l'écrasa dans son poing afin de l'essorer pour éponger son visage.

Sa senestre lui faisait mal. Les lèvres de la plaie le brûlaient davantage que le cœur de celle-ci. Du poivre entrait-il dans la composition de l'onguent de Mathilde ? Il tâta les bandes de tissu cousues par la grosse femme ; elles tenaient bon. Alors, il s'enfonça sous les feuillages sombres.

La froidure prisonnière entre les piliers serrés, gluants d'eau et de sève, le saisit des épaules aux orteils. L'ombre s'épaissit. Décantée par la feuillée, la pluie perdit de sa violence et les revolins du vent s'atténuèrent. Une musique discrète remplaça les sifflements des bourrasques et les crépitements de l'averse.

« Pourvu que je ne m'égare pas ! »

De hautes fougères, des tiges indéfinissables, des membres grêles d'arbrisseaux, parfois lisses et accolés, parfois noués, vissés les uns aux autres, et griffus, contrariaient sa progression. L'air était moite, pesant, pareil à celui d'une crypte. Des vapeurs flottaient, puis se dissolvaient comme une halenée en hiver, et renaissaient de loin en loin, d'un soupir de la terre ou des plantes. Capricieuses, les ténèbres changeaient : noires ou grises, et d'épaisseurs différentes, mais Ogier connaissait le sol lépreux qu'il foulait maintenant. Ce tapis de feuilles de chêne, refuge des belettes et des lièvres, se trouait en saison sous la poussée des cèpes gras et ambrés, de morilles aussi grosses que des cervelles de mouton, et de *loufes* (1) d'un blanc velouté, sans pied mais à tête épaisse comme un turban sarrasin.

Une chevêche prit brusquement son vol. Elle hulula en se haussant mollement vers le ciel que les étoiles enfin damasquinaient par-delà les charpentes brunes et tourmentées.

« Sang-Dieu ! Pourvu qu'elle n'alerte pas ces gueux. »

Tout à coup, à travers la résille glauque des fougères et des rameaux, et les lambeaux de vapeurs ondoyantes, le damoiseau vit le clignotement d'un feu. Se courbant, il avança jusqu'à un colosse derrière lequel il s'accroupit lorsque des voix trouèrent le silence.

— Par les cornes de Belzébuth, jura un homme, Robin nous avait pourtant dit qu'il serait de retour avant la nuit.

Ogier tressaillit : ainsi, c'était bien *lui :* Robin Canole.

— Ne t'inquiète pas : il ne s'est jamais fait pincer. Mais tu le connais : il veut tout voir avant d'engager les assauts.

« Des Gascons », songea Ogier. « Ils parlent en langue d'oïl. Je pourrais demeurer, savoir ce qu'ils préparent... Mais je dois prévenir Saint-Rémy. J'ai déjà trop perdu de temps au hameau... Ce vieux vilotier, je m'en moquerais carrément s'il n'y avait des femmes et des enfants derrière ses murailles. »

Il s'éloigna, s'arrêta, tendit l'oreille ; on ne le suivait pas. Il continua d'avancer sur le sol mou que le roc affleurait parfois, luisant et glissant.

« Est-ce pour *eux* vraiment que j'accomplis cela ou pour me *montrer* à Tancrède ? »

Il n'osa se répondre : il se fût déprécié.

Les arbres se multiplièrent, avant-garde d'une armée dans laquelle il s'insinua. Chênes, pins, fayards et tant d'autres, ils étaient là, monstrueux, groupant leurs troncs gras et rugueux comme de vieilles cottes de mailles ; les uns, les membres écartés à hauteur de visage, les autres élevant convulsivement des bras innombrables et suppliants. Ici, l'air sentait le moisi. Pire, même : le tombeau.

« L'Isle doit être bien grosse... Je serai mouillé jusqu'à la boudine ! »

Il atteignit bientôt la rivière turbulente, noire, argentée sous les feuillages chargés d'eau et de nuit. Il connaissait un gué, il le trouva

(1) Sclérodermes vulgaires.

sans peine, heureux que la lune enfin resplendissante l'eût aidé dans ses recherches.

Comme prévu, l'eau bruyante et glacée monta plus haut que ses cuisses. A deux reprises, il trébucha sur des pierres et sa main blessée, plongée dans le courant, lui fit mal. Il fut content d'atteindre l'autre rive.

Il courut longtemps, sitôt en terrain nu, sa lame à la main, en cas de mauvaise rencontre. Le souffle court, il atteignit l'épaule de granit qui, telle une porte demi-close, obstruait le chemin escarpé menant à Saint-Rémy. Il la franchit, s'arrêta, écouta de nouveau.

— Bon, je m'en suis bien tiré.

Il s'ébroua, et tout en remettant son arme au fourreau, il marcha vers les parapets brumeux, de pierre et de broussaille, derrière lesquels, sans doute, on veillait Didier.

— Saint-Rémy... Vieux fumeux, tu as bien la bastille que tu mérites !

C'était une bâtisse ancienne, disgracieuse, un peu irréelle dans sa ceinture d'arbres et de buissons. Avec ses hauts murs surmontés d'un crénelage en dents de scie, les orgueilleux cylindres de ses quatre tours, son donjon carré dont la foudre avait ébréché un angle, de loin et maintenant, elle paraissait redoutable. Sans doute aurait-on pu penser que nantie d'une bonne garnison, elle pouvait soutenir un long siège. Ce n'était qu'une illusion nocturne. Les merlons triangulaires, sur ses crêtes, n'étaient nullement d'inspiration sarrasine ; ils devaient leur forme à l'âge et aux éboulements. En plein jour, on découvrait aussi des parois lézardées, creusées d'alvéoles énormes dus aux chutes des pierres disjointes par les intempéries et jamais relevées. On pouvait voir pencher les toits en poivrière. Ce n'était pas un château fier, ni même une demeure respectable, mais le vestige d'une force épuisée. Aux mœurs dégradées, dissolues des Saint-Rémy correspondait l'inexorable dégradation et la dissolution de leur forteresse.

Lentement afin de reprendre haleine, Ogier s'avança vers les murailles livides.

« Je me garderai d'entrer. Pour que je sois venu, moi, l'avertir, le vieux comprendra que je suis innocent de la mort de son fils. »

Ses pieds glissaient sur ses semelles et les gouttes, sur son front, n'étaient plus toutes dues à la pluie.

— Cela pue, dit-il en parvenant devant le fossé rempli d'ordures, car il s'en élevait une odeur à faire fuir des cochons. Combien sont-ils, là-dedans ? Trente ou quarante ? De toute manière, c'est insuffisant pour résister aux Goddons.

Il vida ses poumons pour mieux les gonfler.

— Holà !... hurla-t-il. Holà, portier !... Cours chercher ton seigneur, il me faut lui parler.

Il avait croisé les bras, et il attendit.

Nulle clarté n'apparut, témoignant qu'il y eût vie humaine en cette enceinte. Pourtant, des aboiements secouaient maintenant la nuit, et un cheval hennissait au fond d'une écurie.

— Portier !... N'y a-t-il aucun portier, céans, ou quelque oiseux chargé d'accomplir son office ?

Des pas lents clapotèrent sur des marches. Un flambeau apparut au crénelage, dont la flamme loqueteuse éclairait à peine la figure de son porteur.

— Y a quelqu'un ?

Le damoiseau faillit s'esclaffer, mais c'eût été commettre une faute. Grâce à la lune, l'homme les distinguait, lui et son ombre. Il agita sa torche :

— Passe au large... Si tu veux voir notre seigneur, présente-toi demain, dès prime si tu le peux !

« Des loudiers ! (1) *Ils se sont enrichis on ne sait comment, voilà cent ans à peine »,* disait Guillaume, des Saint-Rémy. *« Des culverts, en vérité, nés de rien et bons à rien. Mais je n'ai pu refuser de prendre Didier chez moi pour le dégrossir ! »* Des rustiques certes, que certaines alliances — notamment avec les Rechignac — avaient rendus arrogants. Et une cohorte d'hommes d'armes empestant la truanderie.

— Par Dieu qui a créé le monde, la mer et les poissons ! cria Ogier. Par saint Michel qui nous voit, lui aussi, informez-vous d'un message de Guillaume de Rechignac ! Il y a péril ! Oyez délivrément (2) ce que j'ai à vous dire !

Il perçut derrière l'homme un grognement fatigué, puis des chuchotis. Enfin, il reconnut des rires : Renaud et Haguenier venaient d'accéder au chemin de ronde.

— Péril ! Péril ! railla l'homme à la torche.

— Rien ne peut être plus dommageable au seigneur de Saint-Rémy que la mort de son fils ! hurla Renaud.

(1) Paysans.
(2) Promptement.

— Tu ferais mieux de guerpir, Argouges, conseilla, sans la moindre acrimonie, Haguenier.

— Oui, passe ton chemin, si tu tiens à la vie !

Renaud, toujours. Et hargneux. Ogier alors entendit quelqu'un s'ébaudir ; il frissonna. Ce rire chargé d'ironie fielleuse et de méchanceté, c'était celui de Saint-Rémy dont la face livide apparut à un créneau, sous deux feux crachant plus de vapeur que de flammes.

Ogier recroisa les bras en signe de défi, et recula pour mieux observer ces hauteurs où comme des soleils de misère, les flambeaux dissolvaient un pan d'obscurité.

— C'est à vous d'ouïr mes propos si vous tenez à la vie !

La puissance mauvaise des lieux — pierres et ramures emmêlées dans une étreinte étouffante — suffoquait le damoiseau. Il avait vu trois ou quatre fois ce château en plein jour ; cette nuit de pluie glacée, frénétique, aggravait plutôt que de l'atténuer, la hideur de ces sombres murailles aux boursouflures desquelles, çà et là, l'eau diluant le mortier centenaire, luisaient de larges coulées de morve.

« La bastille la plus sévère peut inspirer des envies de repos, de sécurité ; paraître même accueillante... Ici tout est malveillant. »

Le pont-levis s'abattit sans qu'il eût entendu un ordre, et l'unique porte voûtée d'ogives ouvrit sa gueule brune sur une cour fangueuse, miroitante, au milieu de laquelle un tas de fumier dégageait des fumerolles. Dans leur étable, les chiens aboyaient encore.

Ogier fut incapable de bouger. Pire qu'un garrot, l'angoisse meurtrissait sa gorge et son cœur battait fort. Ses genoux s'entrechoquaient. Sa main le tourmentait à travers ses bandages détrempés.

« Je n'irai pas plus loin que le milieu du pont ! »

A peine engagé sur le tablier dont certaines planches, vermoulues, ployaient sous ses semelles, les odeurs d'étable et d'immondices contenues tant bien que mal, l'instant d'avant, par le rempart de bois, fluèrent sous le cintre béant et l'assaillirent, si fortes qu'il en toussa. Comment pouvait-on vivre ainsi ? Ce château de solitude et de désolation était plus terrifiant, dans son abandon, plus repoussant, dans sa laideur croupissante, que ce qu'il en avait imaginé. Entre les clatissements des chiens, des murmures confus montaient, et des lueurs clignotaient derrière les vessies tendues de trois ou quatre fenêtres.

« On dirait que je les ai réveillés d'un long sommeil... Ils n'ont même pas de guetteurs ! »

Il s'arrêta, méfiant, à deux pas de l'entrée.

— Approche donc !... Que viens-tu faire ?

Ils venaient d'apparaître et il fut tenté de reculer ; mais c'eût été passer pour un couard.

— Approchez vous-même, Saint-Rémy. Je n'en ai d'ailleurs pas pour longtemps...

— Hâte-toi de parler. On allait se mettre à table.

Entre Renaud et Haguenier, chacun portant une torche, il était là, grand, maigre et dodinant de la tête. Tout proches, coiffés d'une cervelière à nasal et vêtus d'un gambison dont les mailles rouillées, luisantes de pluie, semblaient des écailles de tanche ou de brochet, deux barbus attendaient un commandement. L'un tenait un *morgenstern,* cette massue à la tête hérissée de clous, l'autre une sorte d'épieu dont le fer tridenté semblait avoir une escarboucle à sa plus haute pointe.

— Qui es-tu ? demanda Saint-Rémy.

— Vous savez déjà la réponse. Donc, pas de cérémonie entre nous : il fait obscur, mais nous nous connaissons bien.

— Qu'es-tu venu me dire ?

— Que les Goddons sont partout.

— Ogier d'Argouges, murmura Saint-Rémy, poursuivant son idée. Son préféré... Didier m'a dit comment son oncle te favorisait à son détriment. Augignac et Trélissac me l'ont confirmé ce soir encore. Mais laissons cela. Tu prétends que les Anglais sont sur nos terres ? Guillaume les flaire partout, à croire qu'il en a peur... Certes, ils assiègent Bergerac. C'est loin ! Au Puy-Saint-Front, où je suis allé ce jour d'hui chercher de quoi m'offrir une riole (1), j'en ai pas vu la queue d'un.

Ignorant ces commentaires, Ogier avança en direction des écuyers, puis s'arrêta, prudent :

— Allez chercher vos armes. Préparez-vous à rentrer à pied.

Ils restèrent immobiles. Pour se décider, Haguenier attendait la réaction de Renaud ; elle fut violente et divertit Saint-Rémy :

— Pour qui te prends-tu, Argouges ? Le baron nous a accordé jusqu'à demain matin... Il nous faut mettre Didier en terre.

— Guillaume a changé d'avis, Augignac, et vous devez me suivre.

(1) Partie de plaisir.

— Te suivre ?... Rien ne prouve que tu dis vrai !... Tu me parais bien osé !

Le damoiseau se tourna vers Haguenier :

— Apprête-toi, Trélissac.

— Il reste ! aboya Renaud.

Agacé par cette résistance inepte, Ogier fit un pas pour saisir Augignac au collet. Il fut de trop : à peine s'était-il engagé sous la voûte que quelque chose chut dans son dos et toucha le sol en un bruit de tonnerre. Pas besoin de se retourner : c'était la herse. Dans les ténèbres du plafond, les rires du portier satisfait de sa manœuvre éclatèrent, déclenchant ceux de Saint-Rémy et de ses hommes d'armes.

Tourné vers le vieillard, Haguenier protesta :

— Messire, c'est déloyal.

— Toi, ferme ta goule ! Je suis chez moi et j'agis à ma convenance.

Ogier, les barreaux de fer contre son dos, s'efforça de dominer sa fureur :

— Renaud, c'est à cause de toi que j'en suis là... Je saurai m'en souvenir, crois-moi !... Quant à vous, vieux perfide, dites à ce coquin qui s'ébaudit au-dessus de nous de relever sa sarrasine (1) !

Il y eut un silence et Saint-Rémy croisa les bras.

— Tes menaces, damoiseau, je me les fous au cul... Et tels que je les connais, je doute que les deux bacheliers (2) que tu vois là te viennent en aide... Allons, viens... Tu ne peux faire autrement qu'obéir... Tu me raconteras au sec ce qui t'amène.

— Soit. Mais méfiez-vous... Vous m'avez eu par cautelle et d'une manière indigne... Je saurai m'en souvenir.

— On verra, on verra ! En attendant, tu es en mon pouvoir.

Flanqué des deux pétaux, leur arme sur l'épaule, et suivi par les trois malebêtes, Ogier traversa la cour. Alors qu'il pataugeait dans une flaque puante, il sentit qu'on tirait son couteau du fourreau. Qui l'avait désarmé ? Renaud certainement. Il aperçut à la lueur de la lune une guette dont le toit penchait comme un entonnoir mal posé, un arbre mort dans un angle, et douta que cette forteresse pût inspirer la convoitise. Toute la diablerie des Goddons se répandrait sur Rechignac.

(1) Autre nom de la herse.

(2) Les bacheliers étaient des fils de nobles peu fortunés. Ils servaient les comtes et barons comme écuyers, attendant leur bon vouloir pour devenir chevaliers. Il les assistaient dans les batailles, mais y participaient rarement. Leur rôle se bornait à tenir les armes de leur seigneur.

Il franchit un seuil derrière le picquenaire et passa dans une petite salle obscure aux pavés gras, aux murs suintants.

— Avance.

Le second rustique le poussa d'un coup de massue dans la fesse ; quelques pointes y pénétrèrent, mais il ne broncha pas. Une porte devant eux était entrebâillée ; le picquenaire l'ouvrit et s'effaça.

La salle dans laquelle Ogier pénétra était couverte d'un plafond lourd de poutres. Entre ces troncs à peine dégrossis et fléchissants, la poussière et les araignées avaient installé leur frimas. Les murs étaient constitués de pierres disparates, les unes — celles de la base — aussi grosses que des coffres, les autres d'un plus faible volume, mais empilées telles quelles, de sorte qu'ils se bosselaient ou se creusaient par endroits. Deux étaient chargés d'armes d'hast dressées l'une près de l'autre ou entrecroisées — fauchards, couteaux de brèche, langues de bœuf, corsesques, vouges, guisarmes —, un autre disparaissait sous une tapisserie tellement décolorée qu'elle en était indéchiffrable. Une cheminée timbrée d'un blason noir de suie occupait le quatrième. Elle abritait dans sa caverne une femme qui, assise sur une escabelle, rôtissait un mouton à la broche. C'était une créature sans âge, aux cheveux filasse, à demi dépoitraillée, une follieuse, assurément, que Saint-Rémy avait tirée de quelque taverne et qu'il épuiserait sans doute plus encore à la tâche qu'au lit.

Il y avait une chaire brune, dans un coin, entre des fenêtres crasseuses. Contournant une table ronde, le maître des lieux alla s'y asseoir et, les avant-bras sur les accoudoirs, prit la mine d'un roi accordant une audience.

— Parle !

Une fois de plus, le damoiseau détesta ce tutoiement. Il retrouvait le père de Didier tel qu'il l'avait entrevu six mois plus tôt, lors d'une chasse en compagnie de Guillaume et de Blanquefort. Il errait sur les terres de Rechignac plus giboyeuses que les siennes, et pour ne pas déclencher quelque affaire, il était seul, l'épieu en main, vieux corbeau sur un cheval pie. Comme son fils, cet homme n'inspirait ni courtoisie ni respect : sa rustauderie était trop évidente. Un front bas couvert d'un chaume où les poux devaient être à la fête ; une haie de sourcils fibrilleux, à peine éclaircie, à la racine du nez crochu, et sous laquelle de petits yeux rougis par l'insomnie et la luxure, immobiles, faisaient songer à ceux du coq figurant sur ses armes ; des paupières épaisses, ridées, tombaient dessus par intermittence. Cette face hâve, percillée par l'âge et le manque de soins, avait une expression amère et presque ecclésiastique. Sous son étroite bouche humide, Saint-Rémy laissait en friche un bouc pâle, plus jaune que blanc, qu'il se mit à tortiller.

— Parle !

La flétrissure de ce visage correspondait au négligé de la toilette : un bliaut verdâtre, crasseux ; des chausses noires, trouées aux genoux ; des heuses boueuses et si vieilles que leur extrémité bâillait. Enfin, les reflets des flambeaux donnaient au rubis que Saint-Rémy portait au médius droit, enchâssé sur un large anneau d'argent, l'apparence d'une goutte de sang.

Après cet examen sommaire de l'homme qu'il affrontait, Ogier se sentit disposé à parler. Mais le mouton cessa de tourner au-dessus des flammes qui foisonnaient comme une végétation d'or et de pourpre dans le ventre de la cheminée, et le silence le gêna.

— C'est prêt, dit la ribaude.

De ses paumes, elle écrasa des sueurs sur son front et ses joues.

— Bon, fit Saint-Rémy en cessant de tordre son bouc.

Puis se tournant vers Ogier :

— Ainsi, te voilà en mon pouvoir.

La broche se remit à tourner avec un petit couinement rageur, et dehors, le vent déchaîné ferma une porte. Les chiens, un instant muets, raboyèrent. Il y eut des cris, des bruits de courses, une turbulence sournoise — comme un prélude à quelque action mauvaise. Pour échapper aux transes dans lesquelles il s'engluait, Ogier parla :

— Les routiers cantonnent aux Banchereaux jusqu'à la lisière de vos terres. Vous ne pouvez voir leurs feux de votre donjon, mais ils sont là.

Saint-Rémy pencha en avant son visage débiffé, exsangue et impénétrable :

— Et mon parent s'inquiète ?

— Pas pour lui... Il dispose d'une bonne garnison, renforcée par les maçons, les charpentiers, et tous ceux du hameau. Ses parois sont neuves et solides.

— Tandis que les miennes ne le sont pas ?

Ogier s'aperçut qu'en comparant implicitement les deux châteaux, il avait commis une faute : l'orgueil de Saint-Rémy saignait.

— Mes aïeux à moi n'ont pas été pillards aux Croisades, beugla le vieil homme en se levant, puis en retombant sur son siège. La terre sainte, pour moi, c'est celle que tu as indûment foulée !

Il s'ébaudit ; ses soudoyers l'imitèrent, ouvrant de grandes gueules noires. Haguenier et Renaud se taisaient : ils ne pouvaient prendre parti contre le baron au service duquel leur père les avait placés, mais si leurs lèvres pincées donnaient à leur visage une expression chagrine, leurs yeux riaient. Et tandis que le grincement de la broche cessait, Saint-Rémy reprit :

— J'ai vécu de misère en misère, c'est pourquoi ce châtel est étroit et plus mal juché sur sa motte que celui de mon beau-frère. Mais il est solide. Bien gardé.

Les hommes d'armes approuvèrent leur seigneur d'un coup de tête et d'un grognement.

— Quand le pont est levé, le ratel abattu (1), nul ne peut m'atteindre, Argouges !... C'est aimable à Guillaume de m'avoir fait prévenir, mais vois-tu, juste après son départ, nous avons su qu'il se tramait quelque chose : à leur retour de chasse, trois de mes hommes ont attrapé un rôdeur sous nos murs. Il n'est pas de chez nous : ça se sent à sa voix... Il nous a raconté qu'il venait d'au-delà de Limoges et se rendait à Toulouse. Il s'est paraît-il égaré après qu'on lui a volé son cheval. Il ment !... Demain, s'il est toujours aussi peu baveux (2), je le ferai dépiauter... Les Anglais sont loin, damoiseau... Mais le royaume est plein de malandrins : celui-ci, crois-moi, va effrayer ses pareils, et bien plus aisément, à lui seul, qu'une compagnie d'archers : en le voyant écorché au-dessus de ma porte, les envieux s'en iront chercher fortune ailleurs !

Saint-Rémy avait baissé progressivement la voix. Il termina sa phrase sur un soupir de délectation qui donna un haut-le-cœur au damoiseau. Cet homme à la mine tellement négligée qu'on eût dit un ribaud, en dépit des allures souveraines qu'il prenait sur son siège, l'indignait autant qu'il l'épouvantait. Quelque chose d'indéfinissable, mais d'assurément pervers, fermentait derrière les bourrelets de ce front bas et blême. Et dans l'expectative où il s'était trouvé précipité, Ogier devina que chez ce vieillard, la propension au mal aiguisait un insatiable appétit de luxure. D'ailleurs, il suffisait de voir le visage effrayé de la fille, lorsqu'il l'enveloppait du regard, pour comprendre que ce démon confondait avec délices, la géhenne et la volupté.

Les barbus lancèrent un clin d'œil de connivence à Renaud et Haguenier, puis leur attention se porta sur le mouton immobile et suant de graisse entre les landiers, avant de revenir à Saint-Rémy.

(1) La herse baissée.
(2) Bavard.

Il y avait une telle servilité dans leur admiration pour cet homme qu'Ogier frémit en refusant d'imaginer jusqu'où pouvait aller leur zèle.

— Demain, à prime, annonça le vieillard.

Les lourds mentons poilus se soulevèrent et s'abaissèrent. Haguenier, qui se chauffait le ventre au foyer sans que la fille fît attention à lui, toucha son compagnon du coude. Ils échangèrent quelques mots. Réprouvaient-ils la conduite de leur hôte ? Sans doute, mais soit par crainte de le désobliger, soit encore pour ne pas encourir sa colère, ils se gardaient de protester.

La fille tisonna les braises. Sous la frange de sa chevelure, ses regards exprimaient la détresse et la haine. Ogier la voyait mieux. Elle devait avoir un peu plus de vingt ans. Sa grâce était déjà flétrie. Des rides sillonnaient son visage, et sur ses bras maigres, des traces de coups étalaient d'étranges fleurs bleuâtres.

Saint-Rémy toussota, inclina la tête en un vague mouvement de réflexion. Son visage figé devint illisible, puis il étendit la main :

— Mettez-le avec l'autre.

Presque simultanément, les pétaux agrippèrent Ogier aux avant-bras.

— Holà ! protesta-t-il en se débattant. Lâchez-moi !

Mais plutôt que de se desserrer, les deux poignes accentuèrent leur pression. Et comme il échappait, pourtant, à cette étreinte, Saint-Rémy bondit, une dague à la main et lui picota la gorge :

— Cesse de remuer ou je te saigne dès maintenant !

Au sentiment d'irréparable erreur qui secoua le garçon s'ajouta, corrosif, celui d'une impuissance sans remède.

— Comme un poulet et je te mangerai le cœur !

Il avait cette face détestable si proche de la sienne que tout en recevant son souffle chaud et puant sur sa bouche et son nez, il pouvait voir les filaments d'humeur dans les yeux exorbités, aux paupières ourlées de rouge. Et ces yeux exprimaient plus encore que de la férocité : la délectation du mal. Il retint sa respiration car la pointe de la lame venait de s'enfoncer dans sa chair ; quelque chose coula. Il sut ce que c'était.

La lame se retira ; Saint-Rémy ricana en la rengainant à sa ceinture ; enfin, il recula ; Ogier reprit courage :

— Guillaume vous fera payer cette trahison... Jamais, non jamais je n'ai vu un homme aussi déloyal que vous !

— Ne parle ni de loyauté ni de déloyauté... Tu as tué mon fils et tu seras châtié.

Du menton, et sans chercher à se libérer, Ogier désigna les écuyers derrière lesquels la ribaude, à nouveau assise, recommençait à tourner la broche :

— Demandez-leur si j'ai jamais cherché querelle à Didier !... Ils me savent incapable d'une vilenie !

Les deux gars se détournèrent en signe de mépris, à moins que ce ne fût de honte.

— Didier, vivant, aurait fait un bon chevalier.

— Lui, vieillard ? s'esclaffa Ogier, incapable, tout à coup, d'aucun contrôle. Ce n'était comme vous qu'un huron malappris, ignorant les usages et préceptes de la Chevalerie !

Saint-Rémy s'étant levé, il craignit de recevoir un coup, une jouée ou davantage ; rien ne vint. Il continua, insensible aux poignes qui le meurtrissaient.

— Certes, votre fils croyait en l'Église... sans pratiquer aucun de ses commandements... Défendre les faibles ? Il méprisait les humbles... Aimer le royaume ? Il disait à Renaud, qui ne me démentira pas, j'espère, que son royaume c'était ce château merdeux devant lequel j'ai fait un pas de trop.

— Tais-toi, damoiseau.

La menace fut stérile. Ogier passa de la dérision au dédain :

— Être hardi ? Didier ne l'était que devant les faibles, gars ou filles. La belle bachelerie (1) en vérité !

— Tais-toi ! Plus tu parles et plus tu aggraves ta fin.

— Combattre les païens ? Il se riait de la Palestine et disait qu'il y faisait trop chaud... Quant à être fidèle à son seigneur, ton fils, vieillard perfide, ne l'était aucunement... J'en détiens la preuve.

Il ne pouvait évoquer le viol de Tancrède. Il essaya une fois encore de se soustraire aux poignes agriffées à ses bras, puis renonça.

— Faire largesse à tous ? acheva-t-il d'un ton moins violent mais plus lourd de mépris. Il n'y avait pas plus chiche que Didier, qui trichait au jeu pour s'enrichir... Quant à être le champion du Bien contre le Mal, c'était plutôt le contraire... Au reste, il tenait mieux, hélas, son braquemart que son épée.

Saint-Rémy s'était rassis. Ses mains tremblaient sur les accoudoirs de son siège.

— Emmenez-le, les gars. Demain il regrettera ses paroles.

Ogier fut contraint d'avancer. Il s'aperçut alors, au vacarme

(1) Vaillance.

qu'ils répandaient, que les hommes d'armes étaient chaussés de sabots.

— Mon oncle va vous faire payer cette traîtrise.

— Ton oncle ! Ton oncle !... Il est à une lieue, le Guillaume. Et s'il vient en bonne compagnie, sa bastille sera sans défense... Car il lui faudra m'assiéger pour t'avoir.

— Prenez garde !

— Sois tout de même assuré que je te rendrai à lui, damoiseau. Mais il te remportera dans la même litière que celle où il m'amena mon fils.

Ogier feignit de ne pas s'émouvoir de cette allusion pourtant précise, mais le désespoir l'accablait. Il tenta de le surmonter : « D'ici demain, je trouverai un moyen de m'enfuir ! » Un instant ses yeux croisèrent ceux de la ribaude. Il crut y trouver des lueurs de pitié, d'espérance. Elles ne le rassurèrent pas.

La broche se remit à tourner avec son petit bruit de bête gémissante.

Entre les deux barbus accrochés à ses poignets, le damoiseau traversa la cour infecte. Les chiens aboyaient toujours.

Le picquenaire ouvrit, le long d'un mur, la porte d'un réduit. Son compagnon, d'un violent coup de sa masse épineuse, y précipita le prisonnier. Le lourd battant se referma. Il y eut des rires, un commentaire : « Tu pouvais lui briser les reins ! » puis deux verrous grincèrent.

Tandis que décroissaient les pas bruyants des deux hommes, Ogier entendit les cris des rats que sa présence éparpillait sur une jonchée de paille, puis le cliquetis d'une chaîne.

— *What ?...* Qui vient ? demanda une voix.

— Ogier d'Argouges, au service du baron de Rechignac, son oncle. En son château, je viens d'achever mes enfances.

— Approchez ! Approchez !

Paralysé par la trop épaisse obscurité de ce qui, à l'odeur, était une ancienne porcherie, le garçon n'osait poser un pied en avant, de crainte de marcher sur l'inconnu.

— Approchez ! insista l'homme. Je suis adossé au mur. Mais courbez-vous : le plafond est bas...

Penché, les bras tendus, Ogier avança en direction du bruit des fers. Sa tête heurta une poutre. S'agenouillant, il toucha des mains, des poignets serrés dans d'épais bracelets.

— Voilà, dit-il. Vous ont-ils aussi rivé des ceps aux chevilles ?

— Non.

— Je peux peut-être vous aider.

— J'en doute. Toutefois, nous allons essayer de desceller l'anneau qui fixe cette ferraille au mur... Mais assieds-toi un moment, compagnon ! Rien ne presse.

Après celui de Saint-Rémy, ce tutoiement pourtant brutal réconforta le damoiseau. Il s'assit. Près de lui, l'homme respirait à grands traits tandis que sur le toit la pluie grésillait comme une friture. Les chiens s'étaient tus, et succédant aux affligeants décors du dehors, la tranquillité de cette geôle avait quelque chose de rassurant.

— Une fois sortis de là, nous pourrons nous laver comme du linge sale. Et je te garantis, *my new fellow,* que nous n'y pourrirons pas.

— Votre parler est différent du nôtre. Êtes-vous Anglais, messire ?

— Que t'importe !

Les chaînes cliquetèrent. Un rat couina quelque part. Les yeux d'Ogier, à la recherche d'un peu de clarté — un trou, une rainure — aperçurent un bref reflet. Ce devait être les prunelles de l'inconnu.

— Sais-tu à quoi je rêvais avant que tu n'arrives, *my boy* ?... A une table bien dressée, à un grand hanap plein de *beer...* Je veux dire de cervoise... ou de vin. Je ne suis pas pour les ripailles. On me dit même sobre. Je ne fais seulement bombance que quatre ou cinq fois l'an. La bonne chère nuit aux méditations et charge les muscles de graisses néfastes. Sais-tu, *my boy,* que ces niais regretteront ce qu'ils nous ont fait ?

Ogier écoutait cette voix d'ombre et de fureur. Il ruisselait de sueur et se sentait pourtant glacé jusqu'aux moelles. Haletant de rage, il tourna son dépit contre Renaud et Haguenier :

— Ah ! messire, confia-t-il à l'inconnu, je suis comme vous victime de ce vieux saligot. Mais deux gars ignobles, au service de mon oncle, ont facilité ma prise !

L'homme remua.

— *Slowly !* Nous allons bouger cet anneau, dit-il comme s'il s'agissait d'une tâche facile. La pierre est humide et le fer mal scellé.

Il s'exprimait d'une voix lente, monocorde. Ogier insista :

— Êtes-vous Anglais, messire ?

— Comme toi, compagnon, je suis un prisonnier.

— Si vous tourniez, comme dit le vieux, autour de cette bastille, c'est que vous aviez de secrètes pensées.

— Nous avons tous des arrière-pensées, *my boy.* De fort belles, parfois, dont nous pourrions être fiers, mais le plus souvent de moins bonnes que nous n'oserions révéler sans rougir... Seize ans, hein ?

— Dix-huit.

— L'adoubement est imminent ?

— Pour cela, il faudrait que je sorte de l'encombre où nous sommes !

— Mais nous en sortirons ! A qui avons-nous affaire ? A d'affreux pétaux. S'ils étaient intelligents, ils m'auraient occis sans attendre !

Quoiqu'il ne distinguât rien de son interlocuteur, Ogier lui donna vingt-cinq ans. Il était cultivé : le ton ne cessait d'être courtois, et sa sérénité où perçaient cependant quelques pointes d'aigreur, rendait plus évident encore son accent étrange.

— La belle forteresse, en vérité. Ce ne serait pas grand-mal qu'elle disparaisse... Elle enlaidit ce pays comme une pustule un beau visage... Pourquoi y es-tu entré ? Pourquoi t'on-t-ils attrapé ?

— Le fils de Saint-Rémy est mort cet après-midi... Son père m'en tient pour responsable...

Il y eut un silence qu'altérèrent leurs souffles, car l'air était rare... Un rat courut sur la cheville d'Ogier, un autre attiré par le sang suintant de sa blessure, en happa les linges. Il protégea sa main sous son aisselle.

— Et tu t'es jeté dans la gueule de ce vieux loup... Pourquoi ?

— Nous avons aperçu des feux que ces culverts ne peuvent voir. Je suis venu les mettre en garde contre les Anglais.

Le silence se prolongea.

— Maudits soient ces gens ! Maudite soit cette bastille ! grogna soudain le captif. Les hommes de Canole, crois-moi, damoiseau, n'en feront qu'une mauvaise bouchée.

Le mépris et la rage secouèrent son corps, puis il dut se mettre à genoux et tâta le mur.

— Êtes-vous de la bande de Canole ?

— Il se pourrait ! gloussa le prisonnier. Mais qui donc est Canole, *my boy* ? On l'appelle Robin, par chez toi. Pour ta gouverne, sache qu'il est Anglais et se nomme Robert (il prononçait *Robeurt)* Knolles... Mais cessons d'en parler. L'important, vois-tu, c'est de sortir d'ici...

Ogier se surprit à admirer ce compagnon invisible. Enchaîné, abandonné, il aurait pu succomber au découragement, mais non :

sa voix maintenant était légère. Sa colère semblait s'être dissoute dans une confiance en soi — et en d'autres — qui n'avait rien d'affecté. Faute de le voir, il devinait une nature fine, ironique ; un esprit vaste, meublé. Le rire léger qui, parfois, achevait les phrases de cet homme révélait une certitude de vivre non seulement dans l'immédiat, mais longtemps. Il songea brusquement que ce Goddon — car il était sûr, à présent, d'avoir affaire à un Anglais — avait reçu une éducation princière, à moins qu'elle n'eût été ecclésiastique, et il fut tenté de rire : leur cordialité était à la fois des plus vraies et des plus fallacieuses. Aucun d'eux ne s'illusionnait ni sur sa portée, ni sur sa durée.

Les chaînes cliquetèrent.

— Maudits grésillons ! Ils m'entrent dans les chairs... Mais nous en sortirons. Parce que, damoiseau, je n'étais pas seul quand ces hurons m'ont sauté dessus... Nous étions deux, éloignés l'un de l'autre comme il sied de le faire quand on tourne autour d'une place que l'on veut conquérir... Oui, je suis un routier, mais tu peux garder ton mépris ou le multiplier par cent, je n'en ai cure.

— Je vous dispense... monseigneur, de tous vos commentaires. Je sais ce que valent les gens de votre espèce. Présentement, je n'ai aucun mépris pour vous. Une seule chose importe aussi pour moi : sortir de ce trou avant prime.

Les chaînes bougèrent encore.

— Cesse de te touiller l'esprit, Argouges, reprit la voix, cette fois-ci railleuse. Nous partirons de cette geôle infecte, je t'en fais serment... Ce qui compte, chez les gens de guerre, lorsqu'ils sont décidés à la prise d'une bastille, c'est ce qui compte pour tous les êtres humains : le cul ou le potron, comme vous dites.

— Messire ! protesta Ogier.

— On investit parfois commodément une place par les latrines... Trouve l'emplacement de ces lieux qu'on dit fort justement d'aisances, et tu disposeras des orifices par lesquels une partie de ton armée pénétrera... Or, on peut entrer dans Saint-Rémy par cette voie, même si elle pue... Un arbre vigoureux pousse hors de l'enceinte, juste au-dessous. Mes *boys* grimperont après quand la nuit sera noire. A l'aube, nous brancherons ce maudit seigneur et ses pétaux s'ils n'ont pas trouvé la mort au cours de l'assaut... Tu pourras reprendre ta liberté... Mais il convient que tu la mérites... Aide-moi à tirer sur cet anneau... Il bouge et la pierre est humide...

Sans plus parler, Ogier se mit à la tâche. Le cercle de fer dans lequel il passait son poing, était maintenu par une louve énorme dont la tige s'enfonçait profondément dans le mur. L'ensemble bougeait, mais si peu que c'en était désespérant. Après de longs et stériles efforts, le garçon renonça :

— Ma main me fait souffrir, messire, car Didier me l'a percée.

— Attends que le mal s'apaise.

— Si je trouvais quelque levier que nous puissions passer dans l'anneau... Il nous serait aisé de le manœuvrer.

Ogier tâtonna dans la paille, remua des choses gluantes, innommables. Enfin, alors qu'il désespérait, ses doigts rencontrèrent un objet dur, long d'un pied, qui devait être un barreau de fenêtre.

— J'ai ce qu'il faut... Allons-y, dit-il en revenant s'agenouiller près du routier.

En pesant sur l'anneau, en le forçant de droite et de gauche, le mortier tout autour du piton s'effrita. Bientôt, la fiche de scellement joua de mieux en mieux dans sa cavité. L'étranger poussa un soupir.

— Nous y sommes... Maintenant tirons...

La barre et l'anneau tombèrent.

— Dieu te bénisse, damoiseau. Je te baillerai plus tard, *my boy,* tout ce que tu voudras pour m'avoir ainsi aidé.

— Vous me faites moult promesses, messire. Mais saurez-vous seulement en tenir une ?

— Tu doutes de moi ?

— Maintenant, essayons de sortir, reprit Ogier pour éluder cette question.

— Te voilà bien pressé !

Il y eut un silence. Haletants, satisfaits, ils écoutèrent le grésillement de la pluie.

— La porte est épaisse, dit Ogier. Son bois renforcé de ferrures.

Il toucha les têtes des clous : « Plus grosses que des glands ! » Il se tourna vers le routier :

— Contre cet obstacle, notre barreau ne sert à rien... Avez-vous une idée ?

— Reste quiet et crois-moi : ce qu'il convient de faire, c'est attendre.

— Attendre ? s'étonna le garçon sur le ton de la protestation. Attendre jusqu'au petit jour que Saint-Rémy et ses pétaux reviennent !

— *Yes, my boy...* Attendre. Crois-moi, si je suis aussi serein c'est que j'ai de bonnes raisons de l'être.

Étrange, comme cette voix avait un pouvoir réconfortant. Et c'était celle d'un routier anglais !

— Dans le bois, avant d'arriver à Saint-Rémy, je suis passé près d'un de vos feux. Il y avait là deux hommes... Ils s'inquiétaient de ne pas voir revenir l'un des vôtres... C'était peut-être vous.

— Ils s'inquiétaient ? gloussa l'inconnu.

— Qui êtes-vous, messire ?

Il y eut un silence et l'homme remua comme s'il s'allongeait.

— Patience !... Le vent souffle toujours et cela est bon. La pluie tombe et s'acharne. Tant mieux : la paroi des latrines sera bien lavée... J'ai toujours mes bracelets, mais le mur ne me retient plus... Laisse la barre à portée de ta main... Et attends... Ce misérable qui voulait nous occire dévore sa pitance avec tous ses affreux... Qu'ils mangent bien pour la dernière fois de leur vie.

L'Anglais éternua sans trop faire de bruit.

— Quelle froidure !

— Ah ! oui...

Une buée dont ils devinaient le voile autour d'eux mouillait leurs visages et glaçait leurs vêtements. Les murs suintaient, le plafond qui s'arénait laissait filtrer des gouttes. Les rats devenaient insolents : Ogier en sentit un dans son dos, grignoter son fourreau vide ; il le repoussa. L'opacité noire des lieux lui portait sur les nerfs, autant que l'indestructible sérénité de son voisin. Il insista :

— D'où venez-vous, messire ?

— D'Angleterre. Du Cheshire, si tu veux en savoir plus. Et toi ?

— De Normandie... J'achève mes enfances en Périgord.

— Vas-tu y demeurer ?

— Non. J'allais repartir pour mon pays dans quelques jours.

— Eh bien, il te faut guerpir sans tarder sitôt que tu seras sorti d'ici. Le terroir où tu as vécu n'est plus sûr à compter de cette nuit... Le Périgord tout entier n'est plus sûr.

L'avait-il été un jour ? se demanda Ogier. Maintes fois, il avait entendu son oncle tonner contre les traîtres. Il n'était pas surprenant que les routiers et les Anglais pussent, en certains lieux, avancer aisément. Ils avaient des complicités un peu partout, et surtout le long de la marche de Guyenne. Après avoir essayé de se rallier Fargandy d'Estissac, Taleyrand de Grignols, Mathe d'Albret (1), Édouard III avait voulu mettre de son côté le Puy-Saint-Front, Bergerac, Mont-de-Dôme. En vain. Et tous les bons seigneurs du pays s'étaient réjouis. C'était loin dans le temps déjà... Douze ans

(1) 1327.

après, Raymond de Montaut, sire de Mussidan, et Bernard d'Albret n'avaient pas craint de proclamer leur ralliement aux Goddons. Albret, qui voulait l'héritage de sa sœur Mathe, s'était fait accompagner, pour l'obtenir, du sénéchal de Gascogne tandis que ses partisans, commandés par Raymond de Montaut, s'emparaient de Saint-Astier. D'autres s'étaient joints à eux. Même invisible et lointaine, l'Angleterre exerçait encore, sur certains seigneurs, une espèce de fascination.

— Quoi que vous puissiez penser, messire, vous n'aurez rien sans mal en Périgord, continua le damoiseau en se contraignant à rire. Tenez, lorsque j'y suis arrivé, votre roi venait d'envoyer, sur ces terres où il fait bon vivre, Guillaume Longuespée et Hugues de Vivonne pour recevoir la foi de ceux qui voudraient se donner à lui. Ils sont venus chez mon oncle et en sont partis au grand galop (1).

— C'est que ton oncle est un sot. Il a tout à gagner à être des nôtres !

— Rien que le déshonneur, messire !... Avant le Périgord, vous avez mis avec Montfort la Bretagne à feu et à sang, et je crois que vous continuez... Toutes ces batailles ne vous ont donc pas rassasiés ?... Ici, ce n'est pas la Bretagne. Nous aurons à cœur de vous prouver que vous êtes moins forts qu'il vous semble !

Sous cet aiguillon, le routier s'agita :

— Damoiseau, je te souhaite de ne jamais connaître notre force !

Ogier ferma ses paupières. Dormir... Dormir tellement il se sentait las... Et tandis que le silence l'enveloppait, Anne apparut dans ses pensées. Avait-elle chaud ? Avait-elle peur ? Pensait-elle à lui ? Thibaut la respectait-il ?

— Combien êtes-vous messire ?

— Que t'importe !... Dans quelques semaines, en dépit de tout ce que tu penses, le pays nous appartiendra. Bergerac se soumettra

(1) Dès 1339, on pouvait, selon Léon Dessalles *(Histoire du Périgord,* Périgueux, 1885, page 185) se croire en pleine guerre. « *Édouard III prit ses arrangements avec Bernard d'Albret, héritier de Mathe, sa sœur, et le fit envoyer en possession de son héritage l'année suivante, par le sénéchal de Gascogne, pendant que ses partisans, commandés par Raymond de Montaut, sire de Mussidan, s'emparaient de Saint-Astier. Deux ans plus tard, le roi-duc chargeait Guillaume Longuespée et Hugues de Vivonne d'aller en Périgord recevoir la foi de ceux qui voudraient se donner à lui. Les choses se continuèrent ainsi jusqu'en 1345 où le roi-duc se mit sérieusement en campagne dans la Guyenne.* »

Après avoir donné un commandement à Bérard d'Albret et Hugues de Vivonne (janvier 1340), Édouard III s'était adressé aux populations du Périgord : « *Sachez que nous avons donné pouvoir à Guillaume Longuespée et à Hugues de Vivonne de traiter, en notre nom, avec tous ceux dont nous pouvons avoir besoin. Nous approuverons les traités et les conventions qu'ils auront faits avec tous ceux qui se mettront à notre service. Bordeaux, le 24 septembre 1342.* »

sans doute avant dimanche. Ensuite, nous prendrons Langon : Aymon Lyon, l'écuyer de Derby, mènera l'assaut... La ville cédera !

— Pourquoi pas le Puy-Saint-Front ou, si vous préférez : Périgueux, tant vous avez grand appétit ?

— Pour le moment, c'est comme un bon plat qui fermente. Nous sommes peu pressés de l'avaler.

— Un jour, notre souverain vous refoulera !

L'inconnu eut un rire compatissant :

— Votre roi est un idiot. Toutes ses entreprises échouent, tu le sais bien ! Au début de son règne, il a guerroyé contre son vassal, le comte de Flandre. Des milliers de morts pour rien... Il s'est tourné vers son second vassal pour le duché d'Aquitaine : Édouard III... Le vassal, désormais, va dominer ce roi que vos grands seigneurs ne sont pas allés chercher sur les marches d'un trône, mais dans des grimoires abandonnés on ne sait où...

— Messire ! Même s'il est le petit-fils du roi de Fer, personne en ce royaume ne veut de votre Édouard !

— Personne ?... Damoiseau, sache ceci : le nombre de nos alliés grossit de jour en jour.

— Par la contrainte ou l'intérêt, non par le cœur !

— Vois-tu, cette guerre me peine. Est-ce d'ailleurs une guerre, après tout ? Nos souverains sont de la même famille, et mieux que ça : de deux familles aussi françaises l'une que l'autre.

— Holà, messire !... Je ne vous suis plus !

— Je me demande ce que tes maîtres ont pu t'enseigner !

— A faire la guerre.

— Sache au moins pourquoi tu la fais !... Et dis-toi que jusqu'au jour où nous sommes, les rois régnant sur l'Angleterre ont été du sang de France autant que ton souverain, et cela moins parce qu'ils descendaient de Guillaume le Conquérant que de par leurs mariages... Tiens, Mathilde, la petite-fille du Conquérant, a épousé le comte d'Anjou, Geoffroy IV... Leur fils, Henry II, né au Mans, un de nos rois, a épousé la reine Aliénor d'Aquitaine, qu'il avait connue à Paris et que Louis VII avait répudiée... Elle est devenue reine d'Angleterre... Si ça t'ennuie que l'Aquitaine soit anglaise, dis-toi que c'était la dot d'Aliénor ! Tans pis pour Louis VII et sa postérité !

— Un jour, nous reconquerrons ce duché !

— J'en doute !... Sais-tu combien d'années Henry II a vécu en ton pays tout en gouvernant l'Angleterre ?

— Je m'en moque.

— Vingt-deux ans... Oui, vingt-deux ans sans poser le pied sur le sol anglais... Richard Cœur-de-Lion, lui aussi, fut élevé en France où il a passé le plus long de sa vie... Il paraît qu'il n'a jamais franchi la Manche... Il est mort à quelques lieues d'ici, devant Châlus.

— Qu'il assiégeait, messire.

— Soit !... Henry III aussi a vécu sur ces terres... Le premier à ne pas épouser une fille de France, c'est Édouard Ier, mais son fils, lui, a pris pour femme Isabelle, la fille de votre roi de Fer, Philippe IV, qui peut-être était bel, sauf son âme !

— Isabelle s'est conduite en horrible putain !

— Sans doute... Elle tenait ses mauvais penchants de son père... Notre roi actuel, son fils, a épousé Philippa de Hainaut... Une étrangère, penseras-tu sans doute ?

— Non. Je sais qu'elle est la petite-fille de Charles de Valois, l'arrière-petite-fille du feu roi de France, Philippe le Hardi.

— Quand je te dis que cette guerre est un sanglant litige entre parents ?... Les Plantagenêts, que je sers, sont des Capétiens pur sang !... Ils ne règnent pas sur les mêmes territoires, mais leurs tombes ne sont nullement à Westmouster... C'est en Anjou, en Poitou que tu les découvriras. Quant au langage, nous parlons votre langue d'oïl davantage que le saxon. D'ailleurs, la plupart de nos actes et de nos ouvrages sont rédigés en français.

— Messire, vous avez raison, sans doute ; il n'empêche que vous devriez rester chez vous !

Ogier soupira. Il n'avait jamais envisagé sous cet angle la rivalité entre Édouard et Philippe.

— Étiez-vous à l'Écluse, voici cinq ans ?

— Non... Mais quelle défaite !... Quand je te dis que nous sommes les plus forts !... Et je ne puis rien ajouter car je te donnerais la chair de poule !

Ogier décida de rompre l'entretien : il commençait à s'indigner.

— N'espère pas que nous serons chassés, damoiseau, dit lentement la voix moqueuse. Nous sommes ici pour l'éternité... Seul un miracle pourrait vous délivrer de nous... Or, les miracles, c'est un peu comme les unicornes : on en parle souvent mais on n'en voit jamais ailleurs que sur les tapisseries.

* *
*

La nuit en était sans doute à son plus noir, et le routier somnolait quand Ogier, attentif, perçut de légers grincements, puis un choc métallique. Les chiens jappèrent. Un guetteur cria :

— Maudites bêtes ! Allez-vous...

Sa colère et sa voix s'évanouirent.

Des cliquetis, des bribes de paroles et des jurons étouffés traversèrent le silence dans lequel les chiens donnaient maintenant de la gueule.

— Ce sont mes *boys !* Le *castle* est à nous !

Des hurlements de joie et de terreur se mêlèrent. Il y eut des bruits de portes ouvertes, enfoncées, des clapotements de pas dans les flaques, des heurts et des crépitations d'armes.

Ogier rampa et colla son oreille contre l'ais visqueux et clouté.

La clameur gagnait en force, puis se dispersait au gré du combat et du vent. Des plaintes d'hommes fendus ou transpercés avant même d'avoir pu se défendre, des glapissements de vieilles femmes, des cris d'enfants horrifiés, firent frémir le damoiseau.

— Sans cœur et sans pitié à ce que je devine.

— La guerre est ainsi, Argouges.

— Ah ! non... non ! Pas les femmes et les enfants !

Des supplications précédaient des gargouillements affreux. Des courses. Encore, en tous sens. Et des assauts, des poursuites qu'Ogier suffoquant d'indignation et d'impuissance ne pouvait interpréter, mais que son voisin devait écouter et imaginer avec délices. Des voix braillaient et s'interpellaient en toutes langues. Et soudain, celle de Saint-Rémy hurla quelque part :

— Soyez maudits !

Le carnage atteignit alors son paroxysme.

Le cœur soulevé de dégoût, Ogier s'éloigna jusqu'au mur, bousculant son compagnon. Il tremblait, maîtrisant à grand-peine une envie de pleurer et d'insulter cet homme impitoyable. Des cris jaillirent devant la porcherie, l'un d'eux se consuma en hoquets plaintifs. Le damoiseau allait appeler à l'aide lorsque le routier le saisit par le bras :

— Tais-toi !... Laisse-les faire... Si nous sortions de ce trou infect engourdis comme nous sommes, nous ne pourrions parer les coups, car on se bat encore.

Des commandements, des appels et des rires éclatèrent ; et soudain, le tumulte cessa.

— Victoire !... Victoire ! hurla un homme.

Une hilarité si bruyante, si indécente qu'un frisson de haine secoua Ogier, bouillonna dans toutes ces gorges qui, à force d'avoir vociféré, ne pouvaient plus dire un mot.

— Allons, soupira le routier, mes hommes ont réussi. Et je crois qu'ils n'ont pas eu à baisser le pont pour permettre aux renforts d'entrer.

S'approchant de la porte, il la martela de ses poings.

— *Halloo !* Bemborough, Mélipart, Briatexte...

De nouveaux cris s'élevèrent, joyeux et même délirants. Il y eut des galopades en direction de la porcherie. Les verrous grincèrent.

L'huis couina sur ses gonds et s'ouvrit. Un rectangle de nuit piqueté de feux mouvants apparut.

Le captif enchaîné se précipita au-dehors. A peine relevé, il fut entouré d'un groupe d'hommes sautillants qui tous voulaient l'étreindre et le congratuler.

— Viens, damoiseau !... Sors donc. Que crains-tu ?

Ogier émergea au cœur de cette horde hérissée d'armes et de torches. Paupières clignotantes, il aperçut des lueurs d'écailles, de mailles ; des coiffes de fer disparates et des éclats de lames gluantes.

Certains routiers étaient glabres ; sous leur dôme à cornes de bouc ou de taureau, ils avaient des visages barbouillés de suie, et dans leurs yeux dansaient les lueurs des flambeaux. D'autres, le crâne nu, rasé, essuyaient leurs doigts poisseux de sang contre leurs cuisses, et même certains, à leur barbe. Tous ces vainqueurs gesticulaient et gambillaient comme pour secouer la malédiction qu'en envahissant ce château putride, ils venaient d'attirer sur leur tête.

— La jolie compagnie que la vôtre, messire !

Baissant la voix, Ogier demanda :

— Combien de geôles, de galères avez-vous vidées pour la constituer ?

— Rengaine ton aversion, damoiseau. Si tu vis, c'est grâce à eux. Et tu les peux enhaïr autant qu'il te plaira : ils n'ont que faire de ton ingratitude.

Le compagnon d'Ogier marchait au hasard parmi ses hommes, sans doute afin d'en mieux évaluer le nombre. D'autres survinrent. Sous la calotte illuminée des cervelières à nasal remuaient leurs faces de chouettes. Quelques-uns étaient nu-pieds afin de mieux ascensionner les murailles. Des fléaux, des haches composaient l'armement de cette herpaille. Ils piétinaient, enjambaient les cadavres. Ils riaient tandis que leur cohorte se dirigeait vers les bâtiments.

Un épieu clouait le barbu à la masse contre une porte. Il vivait encore, la bouche pleine de caillots, les yeux levés vers les étoiles. Le picquenaire avait été décapité, et sa tête décoiffée plantée sur le fer de son arme, au sommet du tas de fumier. La ribaude était vivante : un des assaillants, un bras encerclant son cou et la main plongeant dans l'encolure de sa robe, lui empaumait un sein. La fille se laissait faire, indifférente aux cris et aux gestes obscènes des compagnons de ce goguelu ; insensible également à cette effluence de sang et d'entrailles dont l'odeur submergeait toutes les autres.

— Je croyais, Béranger, la garnison de ce vieux fumeux plus importante ! s'exclama le chef de bande en prenant un de ses compagnons par l'épaule.

— Vingt-quatre corps... Plus sept femmes et trois enfants... Il doit y avoir céans bien peu à rober.

— Trois des nôtres sont occis, lança un homme.

— Combien de meshaignés (1) ?

— Sept, mais sauf un bras rompu, pas d'inquiétude.

— Ces pétaux se sont tout de même battus ! commenta le nommé Béranger.

— Je leur préparais un châtiment bien meilleur... Fouillez partout. S'il en existe, amenez-moi les survivants.

— Vos malandrins auraient pu épargner les femmes et les enfants.

— Certes, Argouges !... Quand je suis absent, ils font ce que bon leur semble... Ce sont les pourvoyeurs du Paradis.

Le chef de cette horde que le damoiseau venait de prendre en aversion était un homme brun, carré d'épaules, vêtu de cuir de haut en bas. Son nez avait été cassé. De solides moustaches et une mousse de barbe ombraient le bas de son visage. Ses yeux scintillaient aux flamboiements des torches tandis qu'ils glissaient sur cette foule d'hommes triomphants dont les voix, à force d'avoir hurlé, s'étaient assourdies. Ils s'arrêtèrent sur la ribaude.

— Lâche cette fille, Barbiéri !

— Nenni, Robin, protesta le routier en riant, c'est la seule qui méritait qu'on l'épargne !... Les autres étaient si vieilles ou si laides que c'était un bienfait pour le genre humain de les occire... et leurs enfants avec !

Un tabard gris de crasse, frappé de la croix du Temple, enveloppait cet homme grand, corpulent, au visage buissonneux sous

(1) Malmenés, blessés.

une cervelière emplumée. Son parler révélait un esprit cauteleux mais fermement déterminé au mal.

— C'est ma prise, Robin... *Ma* prise, je te dis ! Je veux me ventrouiller sur elle !

— Lâche-la !

La main du routier hésita puis abandonna sa proie. En grommelant, il s'éloigna vers les étables.

La ribaude contourna le tas de fumier. Elle alla s'asseoir sur la margelle du puits, et son indifférence, sa résignation ébahirent Ogier :

« Bon sang, si cette fille a peur, elle le cache bien ! »

Des porte-feux s'élancèrent dans toutes les directions. On égorgea les volailles. On tira des étables une demi-douzaine de chevaux et autant de vaches, de moutons, un mulet qui ruait. Ces bêtes, à l'odeur des viscères et du sang, émettaient d'étranges plaintes : on eût dit qu'elles redoutaient d'être sacrifiées.

— Je sais qui vous êtes, dit Ogier à son voisin, sans cesser de s'intéresser au remuement des hommes, autour d'eux.

— Tu n'as pas grand mérite ! Tu pourras te vanter d'avoir, une nuit, partagé la geôle de Robin Canole... C'est ainsi que les tiens m'appellent.

Un coustilier voulut sacrifier les deux chiens qu'il venait d'extraire d'une écurie, et tirait par leur chaîne. C'étaient des bêtes au poil gris et noir, faméliques, tout heureuses d'être délivrées.

— *No,* Amalric ! Ces brachets étaient enchaînés, mal nourris : vois leurs flancs ; on compterait leurs côtes... Lâche-les. Il se peut qu'ils nous suivent ou qu'ils demeurent... Regarde : ils lèchent le sang ! Vengeance !

Ensuite, Canole se tourna vers un homme vêtu d'une peau d'ours et coiffé d'un chaperon verdâtre :

— Trouve Tranchelion. Qu'il m'apporte ici un marteau et une enclume ! Je ne veux pas conserver ces bracelets plus longtemps...

Il jeta un regard circulaire :

— Mais où est donc passé Enguerrand de Briatexte ?

— Je suis là, dit une voix. J'essayais avec Bemborough et Mélipart de manœuvrer les fléaux du pont-levis...

— Dites plutôt, *old fellow,* que vous avez une fois de plus répugné à occire des gens pris par surprise, et la plupart désarmés... Mais, sachant les raisons de votre satiété, je ne vous en tiens pas rigueur !

Le chef de bande se tourna vers Ogier. Sa voix prit des accents moqueurs :

— Les chevaliers vrais ou faux sont une engeance spéciale. Courageux dans un franc combat, mais répugnant aux ruses et aux astuces. Cela est dommage, car la victoire est pareille à certaines gentes dames : il faut, pour l'obtenir, employer de savantes et hypocrites manœuvres... Voici, damoiseau, un de mes meilleurs compagnons.

L'homme en question avait quelque chose de fascinant, à la fois dans sa démarche lente et grave et son ajustement. Armé de toutes pièces, l'épée battant la genouillère, une pardalide (1) en guise de jupon de mailles, il frottait lentement ses gantelets sans souillure. Son bassinet au viaire déclos, était surmonté d'un bouquet de plumes de paon haute d'un pied. Pris tout entier dans son vêtement de fer qui se révéla, tandis qu'il s'approchait, de la couleur bleu-noir des homards tirés de la mer, il semblait une statue de bronze à la recherche d'un socle. Les molettes de ses éperons tintillaient. Sa face, — ou plutôt ce qu'Ogier en vit — était livide, et son expression triste, dégoûtée.

— Je vous présente, *my boy,* Enguerrand de Briatexte. C'est un de mes *chieftains.*

Le chevalier pencha la tête ; Ogier feignit l'indifférence.

— Ogier d'Argouges, précisa Robin Canole.

— Bienvenue parmi nous, dit l'homme à l'armure, d'une voix dont l'accent, peut-être, aggravait la maussaderie.

Des injures contre les traîtres à la solde ou à la dévotion des Anglais, démangèrent les lèvres du damoiseau. Il s'abstint de les proférer car autour de lui l'affreuse effervescence venait de renaître.

Il y eut des coups de hache, un vacarme de portes fracassées, de ferrailles heurtées. Des hommes quittèrent les logis du maître et de ses satellites après avoir moissonné toutes les armes. Certains les tenaient à bras-le-corps, d'autres les avaient rassemblées par les hampes et liées comme des fagots ; ils les portaient sur l'épaule. Barbiéri et deux routiers apparurent poussant de la pointe de l'épée Saint-Rémy, Renaud et Haguenier. Ogier fut ébahi de n'avoir jamais pensé à ce qu'ils devenaient lors de la tuerie et immédiatement après.

— Il était temps que nous arrivions ! s'exclama un routier. Ces hardis seigneurs s'étaient muchés derrière des barriques.

Saisis aux épaules, les écuyers et le vieillard furent précipités

(1) Peau de panthère.

devant Robin Canole. Des invectives éclatèrent ; des bras armés d'épées, de vouges et d'épieux les menacèrent. En cette occurrence, l'attitude de Saint-Rémy — bras croisés, hautain, silencieux — confondit Ogier : le vieillard avait certes tenté d'échapper au massacre mais, à la différence des écuyers, il ne craignait pas la mort.

— Çà, vous autres, qu'en fait-on ? questionna le chef de bande.

Présomption ou folie, Ogier se sentit de taille à défier cette engeance.

— Je veux ces hommes, dit-il.

Il y eut des rires et des grognements dont il n'eut cure. Il le savait : en agissant de la sorte, il s'exposait à la fureur de ces démons dont la plupart, à les entendre, semblaient Gascons. Il sentit leur ardeur haineuse l'envelopper comme en été, parfois, l'infernale puissance du soleil.

— Je veux ces hommes, répéta-t-il moins par conviction, maintenant, que pour se persuader de son courage. J'ai un litige à trancher avec eux.

— Tout beau, Argouges, s'indigna Robin Canole. Ne te mets pas à échauffer mes oreilles... Je dois, moi aussi, justicier ce vieillard.

Il s'approcha du damoiseau. Une lueur couvait, mauvaise, dans ses prunelles.

— Tu veux !... Et que voudras-tu ensuite, si je t'accorde ces trois drôles ?... Les couards, les fuyards, on les décolle ou on les branche, à quelque bord qu'ils appartiennent. Et toi, tu voudrais les sauver. Ne sais-tu pas que tu te serais trouvé en leur compagnie si ce vieux seigneur félonneux n'avait commis la sottise de te mettre dans cette roulée (1) où je prenais ma captivité en patience ? Sais-tu, tel que je te connais, que tu serais mort, maintenant... après, je présume, m'avoir occis quelques hommes ?

— J'ignore encore tout ce que je veux, messire Canole, répondit Ogier, placide... Vous sembliez plus généreux quand je vous aidais à vous arracher à la muraille... Ne trouvez-vous pas qu'il y a eu assez de victimes, depuis lors, entre ces parois puantes ?... Si je veux ces larrons, c'est que je tiens à me venger de leurs agissements... Nullement à les sauver.

— Soit... Je vais te faire donner une arme... Et à eux aussi... Les prendras-tu tous ensemble ou un par un ?... Je veux savoir jusqu'où tu pousses la vaillance.

(1) Étable à cochon.

— Omniement (1), ils ne me font pas peur... Je les prendrai toutefois un par un, mais hors de votre vue. C'est une affaire entre eux et moi... Je vous accorde que vous pouvez vous revancher sur le vieux. Cependant, ce couillard m'a trop esclaboté de ses rires et de ses injures pour que je vous laisse le soin de l'occire. Il est mon ennemi encore plus que le vôtre. Et ce n'est pas tout...

Tendant l'index vers Renaud et Haguenier, anxieux, puis s'approchant de Saint-Rémy et le poussant jusqu'au fumier dans le jus duquel celui-ci pataugea, Ogier insista :

— Je veux ces deux gars et cette vieille ordure. Ils ne feraient que trois charognes de plus si je m'en désintéressais... Si vous les gardiez, Canole, votre gloire en les faisant occire en hâte ou lentement, deviendrait-elle plus grande avant le petit jour ? Non ! Vos hommes ont commis cette nuit force maux et tueries. Ne sont-ils pas repus de sang ? N'ont-ils pas atteint cette satiété dont vous parliez à messire Briatexte ? Et puis, quelque puissant que vous soyez pour le moment, épargnez-moi vos appréciations sur la vaillance... Elles me paraissent d'autant plus déplacées que celle de vos champions, avant d'entamer ce combat inégal, a commencé par se manifester dans les trous à merde !

Un lourd murmure d'indignation parcourut les rangs des routiers. Des cris fusèrent :

— A mort !

— Branchons-les tous les quatre !

— Laissez-moi ce puceau et j'en fais mon affaire !

Des éclairs de lames fendirent l'obscurité. Enguerrand de Briatexte dégaina son épée, mais ce fut pour en placer la pointe sous le menton de Barbiéri qui hurlait à nouveau :

— Laissez-moi ce puceau !

— On ne vous a rien demandé, messire le pastoureau !

Le chevalier à l'armure noire s'exprimait lentement, d'une façon courtoise, cordiale même, mais péremptoire. Il ajouta, tandis que le forcené reculait en grognant, ainsi que ses voisins :

— Je pense, moi, que ce puceau est doté d'un cœur dont vous n'êtes pas pourvu, Barbiéri, et que son allusion sur les latrines, tout bien pesé, n'est pas si hardie en ce qui vous concerne. Car si mon nez ne me joue pas un tour, vous puez fortement l'étron et le pissat.

Robin Canole s'esclaffa. Cela suffit pour transformer l'outrage en facétie. La voix du chef des routiers devint condescendante :

(1) Ensemble.

— Enguerrand, mon bon, laissons là ces histoires nauséabondes.

Puis sèchement :

— Au large, Barbéri. Allons, je vois un puits : va donc t'y démerder... Quant à toi, Argouges, il te faut ces trois couards ? Je te les accorde... Et je vais te prouver que j'apprécie ton audace... Veux-tu cette ribaude pour te payer du bon temps la nuit prochaine et, si tu y tiens, les suivantes ?

— Pourquoi dirais-je non ? J'accepte avec plaisir.

— Elle est mienne ! hurla Barbiéri en surgissant de la foule des guerriers dans laquelle il venait à peine de s'enfoncer.

Le drôle fit quelques pas en direction de son chef. Il semblait désespéré :

— Robin, tu ne peux donner cette fille à ce galopin !... Ces trois couards, je veux bien mais...

Dans un cliquetis de chaînes, Canole croisa les bras.

— Je t'ai dit d'aller laver ta merde, compère... Et n'essaie pas de reprendre cette ribaude en te faisant aider.

Un géant chevelu et barbu apparut, portant sur son épaule une enclume. Il posa son fardeau, l'équilibra sur le sol et tira un marteau coincé entre sa ceinture et ses haut-de-chausses. Des torches s'approchèrent.

— J'ai tardé, Rob, mais je ne trouvais pas la forge.

Canole s'agenouilla et posa une main retournée sur l'enclume.

— Frappe fort, Tranchelion.

Deux coups rompirent les bracelets de fer. Libéré, le routier tâta ses poignets et leva les yeux au ciel. Cessant de l'observer, Ogier s'aperçut que la pluie avait cessé, puis comme, se sentant épié, il se retournait, ses yeux rencontrèrent ceux de Saint-Rémy. La méchanceté luisait, toujours aussi destructrice, dans le regard du vieillard, et dessous, il y avait un sourire de haine. Renaud et Haguenier, tête nue, en mailles et tabard boueux, avaient un aspect misérable.

— Il faut en finir ! hurla Barbiéri.

La rage, à moins que ce fût un essoufflement dû à quelque maladie, gonflait spasmodiquement ses joues poilues. Il essuya ses mains contre ses hanches.

— Nous devons flamber ce châtel branlant après ỹ avoir pris tout ce qui nous convient. Puis nous irons assiéger son voisin !

— Est-ce toi qui commande ? interrogea Canole dont la fureur, soudain, enrouait la voix.

On se tut peu à peu. Très loin, un éternuement fit comme un

bruit de tissu qu'on lacère et de nouveau tout fut tellement silencieux qu'Ogier en profita :

— Passez au large de Rechignac avec vos routiers, messire Canole... Il appartient à ma famille.

— *Goddam !...* Que de volonté ! s'exclama l'Anglais, le poing levé. Je me suis décidé à conquérir ce *castle* dès que je l'ai vu. Et je m'en suis approché sans que nul d'entre vous ne m'aperçoive. Eh oui : la vigilance de tes regards (1) laisse à désirer.

Ogier reçut ce trait sans protester. Cependant, son orgueil souffrait.

— Il doit y avoir quantité de richesses en ces murs, et les gens qu'ils abritent sont certainement moins laids que ceux qui jonchent le sol autour de nous... Mais restons-en là, damoiseau. Je te baille ces couards et la putain en sus...

L'Anglais se détourna vers le puits :

— Eh, la fille !... Veux-tu les suivre ?

La ribaude quitta la margelle sur laquelle elle était demeurée assise. Elle enjamba quelques cadavres. Elle rejetait parfois, d'une main, les cheveux que le vent rabattait sur son front et ses joues. Elle agissait dans une sorte d'indifférence. La malfaisance de tous ces hommes, leurs propos épicés et leurs gestes obscènes, rien ne l'atteignait.

— Je veux bien partir, dit-elle d'une voix neutre.

Les torches s'agitaient. Ogier perçut autour de lui une rumeur d'impatience. Il crut que les étoiles, brûlant leurs ultimes feux avant l'apparition du jour, accusaient la brillance des chapels de fer et des armes, mais il se méprenait : les flambeaux s'étaient multipliés, car la horde des envahisseurs venait de se grossir d'un contingent destiné, en cas d'échec, à fournir un second assaut. Par des cordes armées de grappins, ces archers et ces picquenaires avaient franchi les murs d'enceinte.

— Allons, Knolles... Hâtons-nous, dit l'un d'eux.

Devant chaque porte ouverte, un homme attendait, torche au poing, et son ombre dansait, noire sur le bois blême ou la pierre du chambranle. On voyait, contre les cloisons du dedans, le fantôme d'un meuble, d'un outil, d'un vêtement suspendu.

— Pourquoi surquérir Rechignac ? questionna Ogier, face à l'Anglais. Vous allez y perdre inutilement des hommes. Les pierres sont neuves, hautes... Nous avons de quoi soutenir un long siège. Hommes et nourriture.

Il mentait avec une espèce de rage. Il ajouta en ricanant :

(1) Guetteurs.

— Nos latrines sont inaccessibles.

— Ton insolence et tes discours m'ennuient, *my boy.* Plus la guerre entre nous sera chaude, et plus elle me plaira.

Puis le visage du conquérant se figea dans une expression d'inexorable dureté. Il était las de ces discussions, et surtout, il se refusait, devant ses hommes, à faire étalage de trop de bénignité.

Ogier ne tenait pas à s'attarder davantage ; une lieue le séparait de Rechignac. Une lieue de nuit, de boue et de possibles embuscades... Ainsi, la suprême épreuve aurait lieu ! L'arrogante citadelle de son oncle allait subir une tornade de chair et d'acier. Là-bas déjà, et c'était rassurant, on devait s'apprêter à repousser les envahisseurs.

— Les fossés de Rechignac seront les tombes de vos guerriers, messire.

— *Go ahead,* damoiseau.

Le routier ne s'était pas retourné.

Traversant sous les insultes et les quolibets ce grand remuement de routiers asservis à une seule passion, la guerre, Ogier pensa qu'il y aurait de nombreuses victimes à Rechignac, même si les défenseurs maintenaient toute cette truanderie hors de l'enceinte. Sauf ceux des femmes et des enfants, rien ne l'émouvait moins, pour l'instant, que les cadavres autour de lui. Sans l'intervention des Anglais et de leurs mercenaires, ces inconnus seraient devenus, les uns ses tourmenteurs, les autres les spectateurs réjouis de ses souffrances.

Il y eut des cris, des chants. Robin Canole, impassible, distribua des commandements et le damoiseau se trouva entouré de Saint-Rémy, Haguenier, Renaud et la ribaude. On les poussa. Ils trébuchèrent sur des corps.

« Ainsi », songea Ogier, « la bataille aura lieu. »

Pouvait-il en vouloir à ce Robin, féal du roi d'Angleterre ? Non. Il avait été loyalement prévenu que le sang coulerait encore. De plus, cet homme vil avait fait preuve à son égard et à l'égard des quatre autres d'une mansuétude sans doute inaccoutumée.

Il laissa Saint-Rémy et les deux écuyers le précéder puis, comme il lui fallait parler pour dominer son angoisse, il dit à la fille :

— Nous devons en hâte aviser mon oncle... Ne craignez rien désormais.

Elle remua la tête et n'osa lui répondre.

Dans l'obscurité ruisselante et lourde, un toit flamboya : celui d'une grange qu'un boutefeu venait d'embraser. Saint-Rémy se tourna vers les flammes de plus en plus hardies, et qui avec un grondement et des tourbillons de plaisir, se repaissaient de fourrage, de paille et de bois.

— Dieu les emporte tous ! Qu'Il les jette en enfer et que le feu d'en dessous les dévore comme celui-là va dévorer ma demeure et mon fils, que j'avais mis en cercueil dans ma chambre et auquel je n'ai pas eu le temps de donner une tombe !

— Hâtons-nous, insista Ogier en menaçant du poing cet homme répugnant.

— Oui, hâtons-nous, dit Renaud. L'un de ces ribauds, à l'insu de Canole, pourrait nous occire.

— Un peu plus tôt, un peu plus tard... grogna Ogier, sans craindre d'être entendu.

Le pont-levis s'abaissa et Enguerrand de Briatexte s'inclina sur leur passage, ce dont ils furent outrés :

— Bon retour, messires, et à très bientôt. Ce n'est vraiment pas un temps pour noqueter (1), même en bonne compagnie.

Passé l'arche noire, la nuit s'allégeait ; elle prit soudain une teinte vineuse : les embrasements s'y diluaient, animant d'une sorte de vie les arbres chenus ou squelettiques, les fourrés et les flaques, et conférant aux pans de roc entre lesquels le chemin s'enfonçait l'apparence de grands suaires glacés.

Saint-Rémy s'était tu : après avoir lancé ses imprécations, il semblait insoucieux de tout. La ribaude, pieds nus, transie, marchait désormais en avant comme une habituée des lieux. Haguenier et Renaud échangeaient des mots à voix basse. Ogier pensa qu'ils se querellaient.

Ils passèrent loin de la houle brune de la forêt, traversèrent l'Isle sans hésiter, et bien qu'ils n'eussent fait aucune mauvaise rencontre, ce fut avec soulagement que le damoiseau foula les terres de Rechignac.

Ils gravirent en hâte la pente menant au château dont la puissante étrave, au-dessus d'eux, déchirait à peine les ténèbres. Ogier entendit le cri d'un guetteur. Il acheva sa montée presque au pas de course.

— Qui va là ? demanda Blanquefort penché à la bretèche du pont-levis.

— Ogier !

Le sénéchal hurla :

— C'est Ogier ! Ogier est de retour !

Le tablier aussitôt s'abaissa.

(1) Errer dans la nuit, trembler de froid.

La cour était obscure ; toutefois, dans les logis, les écuries et la forge, on s'affairait à la lueur des feux et des chandelles. Le damoiseau s'arrêta pour céder la place à la fille follieuse que suivaient d'assez loin Saint-Rémy chancelant de honte et de fatigue, Renaud et Haguenier, craintifs à l'idée qu'il pourrait gloser sur leur attitude. Il eut envie de rire à leur passage mais y renonça, jugeant l'indifférence plus insultante encore que la moquerie.

En courant, Blanquefort et deux porte-feux, — Philippe le bâtard et son frère Eudes —, le rejoignirent.

— Enfin !... J'allais partir vous chercher.

La joie du sénéchal plut au damoiseau. Il se contenta de sourire alors qu'il eût aimé prendre Blanquefort par l'épaule pour lui avouer ses angoisses.

— Préparons-nous, dit-il. Ces démons vont nous assaillir avant peu.

Les chaînes ramenèrent le pont en position de défense et la herse descendit. A la clarté des torches et des pots à feu, Ogier entraperçut tout au long du chemin de ronde, des mottes de boulets, et sur des trépieds, les chaudrons destinés à chauffer l'eau et l'huile. Les tonneaux contenant les réserves, les seaux dans lesquels la poix serait montée aux remparts ainsi que les fagots et le bois à brûler — couverts de bâches protectrices — avaient été disposés au pied de chacun des escaliers d'accès.

Quelqu'un courut, précédant Guillaume et un petit groupe devant lequel marchait le chapelain. C'était Tancrède, vêtue à nouveau en garçon. Sans trop comprendre le sens de son émotion, Ogier ouvrit les bras et reçut sa cousine contre sa poitrine. La violence du heurt le déconcerta.

— Ogier !... J'ai langui en t'espérant !

Il hocha la tête sans mot dire, avec un sérieux dont elle s'étonna. Mais quoi ! il fallait tromper ces gens, opposer à cet émoi qui la possédait et pouvait trop bien — ou trop mal — s'interpréter, un détachement feint au sujet duquel, plus tard, il s'expliquerait. Et puis, il avait tant à dire et à faire avant l'aurore.

Il regarda Renaud et Haguenier très entourés, puis Saint-Rémy marchant droit au baron.

— Ils m'ont tout mis à feu ! Ils ont occis mes gens et robé mon bétail.

— Je l'ai compris, dit Guillaume, sans compatir, — et le damoiseau s'en réjouit —, aux malheurs de son beau-frère. Regarde : d'ici le ciel flamboie juste au-dessus de ta chevance (1) !

(1) Les biens, la propriété.

— Que l'enfer les dévore !... Et dire que je tenais leur chef...

Ogier aperçut Margot. Elle était en chemise. Elle avait les cheveux au vent, et leur blondeur semblait irréelle dans cette obscurité lourde. Elle observait Tancrède avec une espèce de jalousie, de colère. Cette expression s'aggrava lorsque la fille du baron désigna la ribaude immobile, assise à l'écart sur le premier degré d'un escalier.

— Où l'as-tu trouvée, mon cousin ?

— Je l'ai arrachée à ces pernicieux...

La fille baissait la tête, gênée par ces retrouvailles et cette joie bruyante, et il avait autant pitié d'elle, maintenant, que lorsque Barbiéri s'en était emparé comme d'un butin de guerre.

— A prime, il essaieront de nous envahir, dit-il en se tournant vers son oncle. J'ai voulu convaincre Robin Canole de passer son chemin...

— C'est donc lui !

— Hélas ! je vous dirai comment je l'ai connu.

Il ne fallait plus qu'il regardât Tancrède. Margot s'en retournait. Sa chemise, au loin, frémissait comme une flamme blanche. Pensait-elle à Anne autant qu'il y pensait ?

— Je suis heureux de vous revoir, messire Argouges.

C'était Pedro del Valle. Ogier le remercia, puis, comme Arnaud Clergue le serrait contre sa bedaine :

— Vos prières, messire chapelain, m'ont sauvé d'une mort sans doute effrayante.

— Bah ! Bah !... Lorsqu'il s'agit de la sauvegarde de ton corps, tu n'as guère besoin de prières, mon fils, pour te sortir des encombres.

— Sont-ils nombreux ? demanda Girard, le plus jeune et le plus inquiet des soudoyers.

— Une ou deux centaines ont suffi pour anéantir Saint-Rémy.

Le baron se tourna vers son maître d'œuvre :

— Alors, messire l'ingénieur ?... Voilà, pour vos ouvrages, la grande épreuve qui commence !

Sicart de Lordat s'inclina :

— Ma quiétude est grande, messire : ces coquins viendront battre vos murailles, puis s'en repartiront fort marris et sanglants... sauf ceux qui resteront dans le fossé !

— C'est ce que j'espère !... Et vous également, Bressolles, je suppose ?

Le maître maçon eut un mouvement de tête affirmatif.

Saladin s'approcha sans hâte, mais sa queue battait fort. Ogier le caressa. Ensuite, le chien s'en alla flairer les haillons de la ribaude. Elle lui parla tandis que ses doigts glissaient sur son museau ses oreilles.

— Quel est ton nom ?

— Adelis, damoiselle.

— D'où viens-tu ?... Je veux dire : où es-tu née ?

La voix de Tancrède n'avait rien d'outrageant. La fille parut lui en être reconnaissante.

— Auriac, en Fenouillède... C'est loin.

— Je connais ce châtelet, dit Bressolles... Tout en haut d'une montagne dite la Redoulade... Moi, je suis né à Arques...

Le maçon adressa un sourire à la fille, puis fit face à Tancrède :

— Où pensez-vous loger cette pauvresse ?... Ne pourriez-vous la prendre à votre service ?

Il parut au damoiseau que sa cousine pensait, tout aussi suffoquée que lui : « Une pute ! » Cependant, elle s'inclina :

— J'ai justement besoin d'une chambrière... Anne, mon cousin, ne remontera pas.

A son sourire, Ogier comprit qu'elle était informée. Par qui ? Sûrement pas par Margot. Alors, ce devait être Claresme... ou Mathilde... ou Blanquefort...

— Je vais te donner une robe, Adelis, et te montrer où te laver... Êtes-vous satisfait, messire Bressolles ?

— Je resterai votre obligé, damoiselle.

Le maçon s'éloigna d'un pas soudain léger.

Claresme, présente un peu plus loin, dans les profondeurs obscures, avait tout entendu. Elle ne protesta pas. Elle se trouvait auprès de Pedro del Valle. Ogier songea : « Elle va s'accrocher à cet homme. Elle sait pourtant qu'elle n'est pas de son estoc (1) ! » Soudain, il eut envie d'être seul, enfermé sur soi-même et sur sa lassitude ; envie de retrouver sa chambre austère comme une cellule de moine ; envie de caresser Titus, et surtout de préparer son épée, son haubert et son heaume.

Il toisa Renaud, Haguenier et Saint-Rémy, indécis, puis se tourna vers Guillaume :

— Rien ne presse, mais demain, mon oncle, je vous parlerai de ces trois-là ! Car si je suis vivant, ce n'est pas grâce à eux, mais à Canole.

(1) De sa race, de son sang.

— Que me dis-tu là ?

— Rien que la vérité !... Voyez d'ailleurs leurs faces de carême !

Comment avait-il pu être assez sot d'aller risquer sa vie à Saint-Rémy !... Et pour rien : le château brûlait, il n'y avait plus, là-bas, âme qui vive.

— Mon oncle, ajouta-t-il, lorsque les Goddons nous dessiègeront, je veux affronter ces trois larrons pour les anéantir. Et je commencerai par ce malfaisant-là !

S'approchant de Saint-Rémy, hilare et comme sûr de son impunité, il le buqua d'un revers de main si violent que le chaperon du vieillard tomba.

— Tiens, voici un acompte !... Ton âge ne m'indispose point. Et que tu saches ou non tenir une épée, je te tuerai.

— Allons, allons, fit Guillaume, contiens-toi.

Soucieux, il se tourna vers Renaud et Haguenier :

— Je ne sais ce que vous lui avez fait... Il me le dira. Mais allez vous apprêter ! Je veux vous voir sous peu là-haut avec mes guetteurs... Sang-Dieu ! je ne vous avais pas laissés là-bas pour donner libre cours à votre malivolance !

Haguenier voulut parler ; un regard de Renaud l'en dissuada. Ils tournèrent les talons et marchèrent vers le donjon. Saint-Rémy ramassa sa coiffure.

— Puis-je les suivre ? demanda-t-il à son beau-frère.

— Attends-moi devant la cheminée... Je devrais te fournir une épée pour contribuer à ma défense, mais je n'ai plus confiance, alors fais-toi petit...

Sans répondre, Saint-Rémy recula dans l'ombre.

— Maintenant, dit Guillaume, te plaît-il, Ogier, de me dire ce qui s'est passé ?... Il t'a pris, enchartré, et les deux autres l'ont aidé ?

— Si vous voulez.

— Je ne suis pas défavorable à ta vengeance, mais laisse les Anglais repartir... Va prendre un petit repos. Ils ne vont pas nous assaillir maintenant.

Guillaume s'éloigna, entraînant tous ses familiers à sa suite. Tancrède, souriante, s'approcha :

— Viens, beau cousin. Bon sang, comme tu l'as frappé fort, ce vieux bouc !

Cette scène inattendue l'avait divertie au point qu'elle en riait encore.

— Il est temps de soigner ta main. Vois tes linges...

Il regarda. Son pansement pendait, noirâtre, et sa paume le cuisait autant que sa joue. Mais c'était seulement maintenant qu'il s'en apercevait.

— Viens, Adelis, ajouta Tancrède.

La fille les suivit d'assez loin.

Les ténèbres passaient, en hésitant, à ces pâleurs froides et fumeuses qui devancent l'aurore. Le damoiseau frissonna. Bientôt, les abords du château ne seraient plus insondables. Il imagina les routiers arrivant tout autour ; le troupeau grouillant, soudain assagi, s'organisant dans un léger clapotis d'armes ; les piétinements des hommes commençant l'escalade de la motte en chuchotant parfois, les yeux boursouflés de sommeil, le cœur palpitant d'un désir de meurtre et de rapine inexplicable pour un garçon tel que lui... Et pourquoi ne pouvait-il les comprendre, ces malandrins ? Parce qu'il avait toujours disposé de tout ce qui rendait son existence agréable... De tout ? Voire ! Et l'honneur ?

— A quoi penses-tu, cousin ? demanda Tancrède alors qu'ils entraient dans les sombres cuisines où le ventre de la cheminée brasillait.

Ogier se laissa choir sur un banc, à proximité du feu. La ribaude s'assit près de la porte et baissa la tête.

— S'il était dépourvu des immondes travers des gars qu'il commande, et surtout s'il n'était pas sujet d'Édouard III, je crois bien que j'aurais pu admirer ce Canole.

— Et moi, chuchota la jouvencelle contre son oreille, tu m'admires ?... Me prendras-tu quand ces routiers nous laisseront en paix ?

Le garçon apprécia le choix du verbe et se garda de répondre. C'eût été folie de s'engager sur les grands chemins avec une telle créature. A supposer qu'elle le rejoignît, car elle en était capable, supporterait-elle longtemps le voisinage des hommes et la promiscuité des auberges ? Résisterait-elle à la fatigue ? Parfois, les chevaux eux-mêmes seraient fourbus... Que ferait-elle si des routiers leur tendaient une embûche ? Que ferait-il, lui, si tout bonnement un seigneur ou un manant audacieux, reconnaissant la femme sous ses vêtements d'emprunt, la voulait conquérir ? Il lui faudrait intervenir !... Et puis, à quoi bon prévoir l'avenir ! Il importait tout d'abord qu'ils sortissent des murailles de Rechignac, et cela supposait un reflux de Canole et de son armée.

— Parle ! insista Tancrède. Je déteste ton silence.

Elle alluma dans l'âtre deux chandelles et les posa sur la table.

— Ils les ont tous occis à Saint-Rémy ?

— Tous sauf les bêtes et les quatre que j'ai ramenés.

Allait-elle continuer de l'interroger ? Il était ailleurs, loin de ce château fangueux : dans la forêt. Dans une caverne. Anne s'y trouvait-elle vraiment en sécurité ?

— Pourquoi me regardes-tu ainsi, cousin ?

Il s'obstinait à découvrir la source du charme de cette fille presque violée devant lui et nullement humiliée, apparemment, par cette mésaventure.

— Tu es heureux d'être revenu près de moi !

Il hocha la tête et se garda de répondre. Allait-il la trouver dorénavant plus belle, par indulgence ou gratitude, à cause du plaisir sans frein qu'elle avait manifesté en le retrouvant ? Non ! Alors, devait-il attribuer cette soudaine attirance à son corps seul, moulé par ces vêtements d'homme, et dont il connaissait désormais les rondeurs, les pâleurs, les secrets.

— Tu as mis en péril ta vie pour peu de chose.

Une douceur venue du tréfonds de son être éclaira le visage et les yeux de Tancrède :

— Mais c'est bien ! Tu es plus vaillant qu'aucun de ceux qui nous entourent.

Si sa bénignité paraissait empruntée, ses nerfs vibraient avec sincérité : un frémissement animait son cou, le coin de ses lèvres, l'aile de son nez.

— Je n'ai pas aventuré ma vie pour peu de chose. J'ai ramené...

— Pour ce que tu as ramené, cousin ! Un vieillard luxurieux, deux bacheliers couards et (elle baissa la voix et se tourna vers Adelis) une pute dont tu veux sans doute profiter.

Il ne répliqua rien tant cette dernière remarque était excessive, et lui tendit sa main blessée. Elle en défit les bandages et, l'approchant des chandelles, elle l'examina et fit la grimace :

— Lève-toi.

Il la suivit jusqu'à la cheminée. Il regarda la plaie à la lueur des braises. Elle lui parut saine malgré l'enflure de ses lèvres pâles, entrebâillées sur une chair vermeille où le sang suintait.

Tancrède saisit une cruche sur un dressoir, puis une touaille accrochée à la muraille. Elle fit couler de l'eau sur la blessure.

— Didier t'a salement meshaigné !... Ça te pique ?

— A peine.

Elle essuya la main et prit, sur le linteau de chêne noirci par les fumées, deux pots de terre. L'un contenait des pétales de fleurs de lis macérant dans de l'eau-de-vie (elle en appliqua sur la plaie), l'autre de petits morceaux de linge. Elle en apposa sur les pétales.

— Bouge pas !

Elle ouvrit une armoire et sortit des charpies et des bandelettes dont elle entoura la main blessée.

— Crois-tu qu'ils franchiront nos parois ?

— Le crois-tu toi, cousine ?

Elle ne répondit pas. Quant à lui, il redoutait d'éprouver lors d'un assaut des malandrins, une crainte, une hésitation qui le figerait un moment lors d'un mouvement de défense et lui porterait un préjudice mortel. Il ne devait plus rien attendre de bon de Robin de Canole ; il avait, à force d'exigences, épuisé sa patience.

— Canole ! dit-il. Il a un nom anglais qu'il n'a prononcé qu'une fois... Knolles... Robert Knolles... Ils sont effrayants, cousine. Effrayants !

Et c'est vrai : tous ces combattants impitoyables, dans les ténèbres de Saint-Rémy, l'avaient épouvanté sans qu'il s'en rendît compte. C'était *maintenant* qu'ils lui faisaient vraiment horreur. Têtes de poils et de sueur ; lividités et brillances oppressantes des vêtements tachés de boue, de sang, de sanie, d'excréments. Et les cris, les hurlements de mort. Et cet homme d'armes percé d'un épieu et vomissant un sang épais comme une confiture...

— Tu crois qu'ils entreront ? insista Tancrède.

— Jamais...

Cette certitude n'empêchait pas le damoiseau d'être inquiet. Si vaillante qu'elle fût ou voulût le paraître, sa cousine serait glacée d'horreur en découvrant cette multitude guerrière du haut du donjon où sa curiosité la hausserait. Il frémit en se souvenant du regard de Barbiéri. Les loups eux-mêmes n'avaient pas une pareille férocité dans leurs prunelles. Et les griffes de ce fauve sur le sein de la ribaude...

Paupières closes, il écouta Tancrède replacer les pots sur le linteau. Quelque chose de suave et de mélancolique se mêlait à sa fatigue. Peut-être le contentement d'avoir bien agi.

— Va te coucher un peu, Ogier... Tu parais las...

Il traversa la longue salle où subsistaient des odeurs de venaison. Près du seuil, mais avant de passer devant Adelis, qui venait d'éloigner, d'un geste lent, les cheveux épars sur son front, il se retourna : Tancrède le regardait partir, immobile devant l'âtre rougeoyant, singulièrement juvénile — inquiète et désirable.

« Voilà que la frayeur en refait une femme ! »

Il sortit mécontent et ne sachant pourquoi.

IX

— Messire … Messire !… Bon sang, réveillez-vous !

La bouche amère et les yeux picotants, Ogier sortit du sommeil : Girard, un flambeau à la main, le secouait par l'épaule.

— Messire, pardonnez-moi, mais il vous faut me suivre.

Le damoiseau se leva, mal remis et malcontent de sa fatigue.

— Les Goddons s'apprêtent à nous assaillir ?

Sous le dôme brillant du chapel de fer, la face tannée du soudoyer s'éclaira d'un sourire :

— Rassurez-vous, messire… Vous n'avez dormi qu'un tantinet.

— Il fait nuit ?

— Toujours… Votre oncle vous mande auprès de lui. Il a décidé de nous parler à tous.

Ogier enfila ses braies, ses chausses, un justaucorps de laine. Après qu'il eut mis ses heuses, Girard l'aida à passer son haubert.

— Tout est quiet vraiment ?

— Oui, sauf à la forge… Les armuriers y œuvrent pour vous.

— Déjà !

Il les avait rencontrés en quittant les cuisines. Ils l'avaient accompagné jusqu'ici pour prendre ses mesures. Ensuite de leur départ, il s'était allongé afin de se délasser un instant. Le sommeil l'avait assommé.

Il ceignit son épée. A son heaume, lourd, enveloppant, il préféra la cervelière que Guillaume lui avait offerte pour ses dix-sept-ans. Regardant son faucon, irrité, sur sa perche, il pria Girard de baisser sa torche.

— Titus n'aime pas cette lumière... Allons, viens.

Ils sortirent. Ogier demanda, tandis qu'ils traversaient la haute cour :

— Qu'à-t-on fait depuis mon retour ?

— Blanquefort a réuni les jouvenceaux... Seuls les vieillards, les mères et leurs nourreçons peuvent dormir cette nuit.

— Qu'a-t-il fait de tous ces jeunes ?

— Un tri parmi ceux du hameau et ceux d'ici. Les gars préparent des boulets ou s'emploient à d'autres tâches. Les filles font de la charpie... Mais voyez : nous arrivons à point... Jean va corner le ralliement.

Au second mugissement de la trompe, la cour fut envahie d'hommes, de femmes, d'adolescents et d'enfants. Sans hâte, ils se groupèrent devant le pont d'accès au donjon, que le damoiseau et Girard franchirent.

Accompagné de Blanquefort, Saint-Rémy, Aspe portant une torche et Saladin bâillant d'ennui, Guillaume apparut au sommet du perron.

— Te voilà, mon neveu, c'est bien.

D'un coup d'œil, il dénombra ses gens immobiles, croisa les bras dans une attitude autoritaire, et haussant le ton :

— Les routiers de Canole s'apprêtent à nous livrer un assaut sans merci !... C'est le plus cruel Goddon de ces temps de désespérance et de haine... Dites-vous bien que si ces malfaisants venaient à bout de mes parois, vous subiriez le sort de ceux de Saint-Rémy, que certains d'entre vous connaissaient, et qui tous ont été occis, sauf leur seigneur présent à mes côtés !

Était-ce une perfidie à l'adresse du père de Didier ? Vu la gravité du moment, Ogier en douta tout en observant son oncle dont l'émoi réduisait le souffle.

— S'il vous plaît de savoir ce qu'il en coûte d'être couard, vous n'avez qu'à leur permettre d'entrer.

— Non ! Non ! crièrent aussitôt les culverts, les manouvriers et les hommes d'armes.

Leurs voix grondantes, colériques, semblèrent terribles au damoiseau. Cependant, par la détermination qu'elles exprimaient, il les trouva rassurantes, attrayantes. Canole, au lieu d'une guerre entre leurs deux pays, lui avait parlé d'une « affaire de famille » : eh bien, pour la cause du Périgord et du royaume, et surtout pour la sauvegarde de Rechignac, il se sentait parent de ces hommes ; parent dans le courage, parent dans la vaillance et la foi en l'avenir. Le brouillard où se dandinaient les petites touffes rouges des torches irrita soudain ses yeux. Le brouillard ? Il n'eût osé l'affirmer.

— Voilà qui est bon, commenta le baron en quêtant l'approbation de son entourage.

Puis, les mains tendues vers la foule :

— Je ne veux pas être tenu pour mençongier : nous sommes un peu plus de deux cents ; ils sont mille ou deux mille... Nous nous défendrons hardiment... Nous avons des armes, de l'eau, de la mangeaille, et mes parois sont plus épaisses que la longueur d'une lance. Nous les repousserons !

— Oui, on les renverra au diable ! cria Gilles Champartel, approuvé par Thierry, au premier rang de l'assistance.

Des acclamations et des applaudissements jaillirent en une éruption brève, intense, achevée incongrûment, alors qu'elles s'apaisait, par de joyeux « On les aura, on les aura », lancés d'une voix nasillarde : entre les forgerons ahuris, Philippe le bâtard claquait des mains et sautillait d'allégresse.

— Mort aux Anglais ! conclut-il en éclatant de rire.

— T'as fini, oui ? Qu'est-ce qui m'a fichu ça ? cria de loin Mathilde.

Tandis que le garçon s'enfonçait dans la cohue, y provoquant des injures et des bourrades, Guillaume consterné toucha le sénéchal du coude :

— C'est le seul à se croire à la fête...

— Eh oui, fit Blanquefort. Les autres seront audacieux et rudes ; lui, dès le premier mort, foirera dans ses braies !

La plupart des hommes d'armes veillant aux créneaux, les culverts, charpentiers et maçons formaient une masse vivante, compacte. Tout en les observant, rempart de chair et de volonté devant les femmes attentives et pétrifiées de peur, Ogier se demanda si tous ces hommes auraient à chacun des assauts le même courage qu'au premier. Ils n'avaient jamais tué d'être humain, jamais vu tuer, jamais assisté au trépas d'un compagnon dans les convulsions d'une mort par l'acier ; jamais entendu ces cris de souffrance furieuse dont il gardait le souvenir. Il les connaissait tous de vue, mais il eût été incapable de mettre un nom sur chacun de ces visages. En fait, ces tâcherons étaient pour lui presque des étrangers.

— Craignez rien, messire Ogier, dit Aspe, perspicace, en agitant son flambeau. Quant un mouton devient enragé, y a pas pire. Ils se battront. Tenez : voyez les jouvenceaux !

Débordant Massoutier, Griveau, les frères Champartel, les jeunes franchissaient le pont et s'approchaient du perron. Une espèce d'émulation mortelle les possédait. Le damoiseau regretta de ne pas être leur familier ; de n'avoir jamais essayé de le devenir. Certes son oncle lui avait commandé de seigneurier le commun par la voix, le geste ou l'indifférence : *« Oignez vilain, il vous poindra, poignez vilain, il vous oindra. »* Avait-il eu raison d'être aussi scrupuleux ?

Soudain, eu égard aux circonstances, les conseils, injonctions et préceptes entendus pendant cinq ans de présence à Rechignac lui parurent surannés. Par leur seule irruption, les Anglais bouleversaient les mœurs et les contraintes, et rapetissaient toutes les différences. Le baron demeurait le baron, mais le commun, négligé, méprisé, s'élevait irrésistiblement dans la hiérarchie de la forteresse. Plus que jamais Guillaume en avait besoin ; plus que jamais sa vie dépendait de la vitalité de cette multitude.

« Grâce à Dieu ils sont tous décidés à se battre. »

Ils l'étaient certes davantage pour sauver leur existence et celle de leurs proches que celle de leur maître, de ses filles et de ses hauts serviteurs, mais qu'importait !

Le garçon descendit un degré puis un autre. Les corps se confondaient devant lui. Les souffles de tous ces poumons oppressés formaient au-dessus de cette foule tantôt figée, tantôt remuante, des vapeurs que le vent dissipait. Faces glabres ou poilues sous le chaperon de tiretaine ou la coiffe de fer ; corps minces ou trapus sous le tissu râpé, la maille ou l'écaille : dans le vaste creuset des hauts murs toujours pleins à ras bord de ténèbres, c'était une armée en gésine qu'il découvrait, à la fois disparate et homogène, consciente de ses faiblesses autant que de son efficacité.

— Ils nous faut résister ! Récalcitrer à outrance ! tonnait le baron.

Encore deux marches. Un sentiment composé d'amitié, de satisfaction, de remords poussait le damoiseau à se joindre à ces hommes et surtout à ces adolescents impatients de combattre.

— Ogier ! hurla Guillaume.

Il remonta, docile, à côté du vieillard, et si lentement qu'il l'eût fait, il se méprisa d'avoir obéi. Alors, le baron prenant d'une main appui sur son épaule, passa de l'exhortation à la prophétie :

— Chaque jour va nous apporter son lot de meschefs (1) : plaies et membres rompus, souffrances et trépas !

(1) Malheurs. Les Anglais ont conservé *mischief*.

Il se tut, cherchant comment conclure, et faute de trouver des mots satisfaisants, il descendit les degrés du perron. Mais il ne portait plus ses mains en avant : il brandissait ses poings déjà gantés de mailles :

— Par Dieu et saint Michel qui nous assisteront et avec l'aide des Neuf Preux (1) qui nous voient, j'en suis sûr, Canole et ses maudits se casseront les dents sur mes pierres !

— Oui, ils se casseront les dents ! Nous rôtirons leurs chairs à la chaleur de notre huile ! Et nous les renverrons tous au diable si, à la malheure, ils s'obstinent !

Blanquefort se tut. Guillaume lui jeta un regard oblique et reprit :

— Je commanderai. Hugues, mon sénéchal, vous rapportera mes décisions. Mes pucelles et dame Mathilde s'occuperont de tout ce qui concerne les soins et la mangeaille...

Le baron descendit une nouvelle marche ; Ogier s'abstint de le suivre, bien qu'il y eût été invité.

— Que les femmes, enfants, vieillards aillent se coucher. Que les hommes et les garçons en âge de contrester (2) aux Goddons se rangent autour de Blanquefort et de Girard. Ceux qui n'en ont pas encore vont recevoir un arc ou une arbalète, des sagettes, carreaux et carquois. Bien sûr, ils auront aussi cotte de mailles et chapel de fer. S'il en manque dans les coffres de mes hommes d'armes, j'en prêterai des miens... Allons, mes hurons, hâtez-vous !

Ogier se demanda si Guillaume, à présent, était capable d'admirer ses vilains. C'étaient — hommes, femmes, enfants — des acharnés. Quand ils défrichaient la forêt, en lisière du village, ils se mettaient à dix ou vingt pour basculer un roc ou extraire une souche profonde. Toujours un peu plus de bonne terre pour mieux vivre... Ils semaient et plantaient avec une obstination que rien n'amoindrissait. Ni la grêle et les orages ruineux, ni le gel, qui autant que le feu consume, n'entamaient leur confiance en de maigres récoltes. A se colleter chaque jour avec la glèbe et les éléments — plus difficiles à vaincre que les hommes —, ils étaient devenus forts, endurants, hargneux. Et c'étaient là vertus guerrières. De

(1) Il était souvent fait allusion à ces neuf « chevaliers » qui, lorsqu'ils apparaissaient, apportaient leur concours aux combattants. Philippe de Mouskes, dans sa *Chronique rimée* (1242) les situe. Ce sont : *Josué*, le bras et l'épée de Moïse ; *David*, soldat, chevalier et prophète ; *Judas Macchabée*, qui délivra son peuple. Viennent ensuite *Hector, Alexandre* et *César :* ils symbolisent Troie, la Grèce et Rome. Plus près, *Artus le Breton, Charlemagne de France* et *Godefroy de Bouillon*, le plus célèbre, sorte d'Hercule au cœur d'agneau, héros de la littérature épique, l'homme qui, à la Porte-David, pendant le suprême assaut de Jérusalem, s'était écrié : *« Ne redoutez pas la mort. Cherchez-la ! »*

(2) Résister.

plus, ils le savaient : Canole avait brûlé Saint-Rémy ; leur hameau connaîtrait le même sort. Ils se battraient aussi par esprit de vengeance.

— Vous pouvez compter sur vos loudiers, mon oncle. Ils seront aussi valeureux, le moment venu, que tous les compagnons que vous avez eu à la bataille.

— Je te crois !... Venons à bout de cette truanderie, et je leur en serais reconnaissant !

— Je l'espère bien.

La foule se démembrait en silence. Arnaud Clergue passa. L'échine courbe et le front bas, il se hâtait vers la chapelle. Avait-il peur ? Ogier fut tenté de le suivre et de prier pour la sauvegarde de Rechignac. Mais il avait mieux à faire : monter au sommet du donjon pour y observer l'ennemi. Dieu, assurément, se montrerait plus patient que Robert Knolles.

* *
*

L'aube se leva, ourlant d'un feston de nacre et d'orfroi la ligne brisée des forêts. Le vent, la pluie s'étaient apaisés. De partout des oiseaux jaillissaient ; leurs piailleries se mêlaient aux cocoricos de la basse-cour et aux meuglements de l'étable. Les statues argentées, sur les chemins de ronde, se mirent à remuer, à secouer dans leur dos leur carquois, à essuyer entre leurs doigts la corde de leur arc.

— Un jour comme les autres, du moins en son commencement !

Les paupières d'Ogier cillèrent : il avait cru apercevoir en bas, dans la brume immobile, un scintillement de métal. Appuyant sa main couverte de charpie sur la prise de son épée, il soupira, tourné vers Blanquefort.

— Et voilà !... J'ai souvent imaginé ces pentes envahies ; elles le sont, bien que nous ne voyions encore aucun de ces malfaisants. Heureusement, les fourrés et les arbres sont rares, tout autour ! Jamais ils ne seront à l'abri... Nous pourrons prévoir leurs mouvements.

— Qui sait ? A la guerre, rien n'est net... D'ailleurs la nuit leur plaît à ce que j'ai compris... Il me tarde, en tout cas, d'épauler cette amie.

Et le sénéchal tapota l'arbrier de son arbalète.

Au loin, vers Excideuil, le ciel devenait verdâtre comme si la forêt déteignait sur quelques-uns de ses replis. Le damoiseau sentit sa gravité se résoudre en impatience tandis que le froid piquant de l'aurore s'insinuait à travers les mailles de son vêtement : c'était beau, apaisant, cet éveil du jour ; il y avait sur Rechignac le bonheur de vivre habituel. Mais ce n'était qu'une apparence.

Il se pencha. Dans les cours, la terre et l'eau stagnante formaient des mosaïques vitreuses. Un par un, de jeunes culverts remontaient des boulets des caves ; d'autres portaient à deux des cuveaux emplis d'eau, des chaudrons de poix ou d'huile, des carquois, des gerbes de flèches, et s'en allaient les répartir derrière les merlons. Devant la forge où les marteaux des armuriers menaient grand tapage, quatre femmes en noir dépeçaient un bœuf sous la survaillance de Mathilde, poings aux hanches. Des jouvencelles aux longues tresses aidaient Benoît, Aspe et Joulet à transporter des paillasses au donjon.

— J'ai demandé aux sergents de préparer un coin pour les navrés et les mourants, commenta Blanquefort.

Devant les écuries, Griveau et ses palefreniers endossaient avec un déplaisir évident, de vieilles chemises de mailles.

— En voilà qui doivent m'en vouloir ! ricana le sénéchal. Je les ai tous fait remplacer par des vieux d'en bas, trop las et trop noueux pour tenir une arme... Le Griveau a grogné quelque chose dans mon dos quand je lui ai dit qu'il devait, lui aussi, accomplir son devoir... S'il m'a jeté un sort, tant pis.

— Je ne l'ai pas rapporté à mon oncle, mais il a effrayé Anne avec ses prédictions. Selon lui, nos murailles tomberont dans sept jours.

— Je sais... Margot m'en a parlé. Elle te manque pas vrai ?

Plus encore que l'inhabituel tutoiement, la question, légèrement acerbe, embarrassa Ogier. Jamais, jusqu'ici, Blanquefort n'avait fait allusion à ses amours. Devinant qu'il ne répondrait pas, le sénéchal continua :

— Tu t'aperçois qu'elle t'est précieuse à l'instant où elle est loin. Mais tu serais tout de même parti seul.

— Comment faire autrement que de l'abandonner ?

— Avais-tu connu des filles avant elle ?

— Une servante de Gratot...

— Les servantes, pas vrai, sont bonnes pour ça !

Cette repartie contenait tant de fiel que le garçon s'en trouva comme éclaboussé. Blanquefort dut d'ailleurs regretter son aigreur.

— Allons, dit-il d'une voix adoucie, ne fais pas cette tête-là.

Mais c'est tout de même une iniquité, ne crois-tu pas ? que les gars bien nés et quelquefois leur père se rabattent sur les meschines... Pourquoi ne troussent-ils pas les femmes, les filles de leur condition ?... Pourquoi ne les violent-ils pas, elles ? Toujours, toujours les femmes et les vierges du commun ! Bien sûr, c'est plus aisé et c'est presque l'usage. Et si le fiancé ou le mari proteste, il y a divers moyens de le contraindre au silence... Il est vrai aussi qu'un seigneur cornard, informé de son infortune, est tout de même plus redoutable qu'un culvert frappé du même... inconvénient.

« Qu'est-ce qui lui prend ? » se demanda Ogier, interdit.

— Semer des bâtards partout, grogna Blanquefort.

Le damoiseau se souvint que le sénéchal était homme de peu, et s'en glorifiait.

— Je tenais à Anne, dit-il suivant au-dessus d'eux le vol rigide d'une buse. Ma vie va être aventureuse... Elle souffrira moins loin de moi qu'à partager petitement mon sort.

— Bon ! Bon !... Nous ne sommes pas à confesse... Mais regardez.

Du village presque invisible encore, une fumée montait, fine, tel un lacet.

— Est-il resté quelqu'un ?

— Les maisons sont vides, rassurez-vous... Avec tous les courants d'air qu'il doit y avoir, un feu qui couvait a repris... A moins que des Goddons n'y cuisent leur mangeaille.

Ainsi, le sénéchal était revenu au vouvoiement. Il enleva sa cervelière. Ogier l'imita : l'acier le serrait aux tempes et au front.

— Et c'était un bon temps pour la chasse !

Ils voyaient maintenant les brillances de l'Isle, entre les collines et les prés veloutés de brouillards mouvants. Ogier, saisi par l'épaisseur du silence, n'osa proférer un mot. Qu'allait-il se passer ? L'avenir immédiat lui semblait à la fois si effroyable et si imprévisible qu'il en avait le cœur gros et la chair de poule.

— Je les vois ! dit Blanquefort en se recoiffant.

Le sénéchal n'eût pas parlé plus bas s'il s'était trouvé aux aguets derrière une roncière. Et c'était vrai ! Ogier les distingua, émergeant de l'étoupe dans laquelle ils s'étaient vautrés, et qui les abandonnait, fumerolle après fumerolle.

Ils se tenaient presque au bas de la motte, à une arbalétée des murailles, comme une boue tigrée de rouge, de vert, de bleu, de jaune. Ils se mouvaient lentement, et parfois quelque chose de furtif étincelait : un heaume, une épée, une cotte. L'aube de ce mercredi avait en plus de celles du ciel, les bariolures de cette marée d'hommes aux gestes avares, et tellement silencieux que le spectacle de leur déploiement, avant qu'ils ne se figent sur un ordre, paraissait irréel.

— Nous pouvons désormais nous préparer à souffrir !

Ogier se tut, gêné que l'anxiété eût broyé sa voix au point de la rendre méconnaissable. Ces mécréants friands de rapines et de carnages conservaient un aspect effrayant, même lointains, indistincts parmi les vapeurs onduleuses. Il frémit à l'idée qu'ils couraient bientôt droit aux murailles et parviendraient peut-être à dresser une échelle et à prendre pied entre quelques merlons. Il s'imagina taillant cette vermine en pièces et pressentit que lors de ces combats acharnés, dans la double exaltation de ses muscles et de sa fureur portés au paroxysme de la violence par le seul désir de survivre, il se révélerait à lui-même et passerait enfin de l'âge ingrat à l'âge adulte.

— Je veux que mon épée ait un fourreau de sang.

Blanquefort haussa les épaules. Après avoir connu, en des occasions variées, l'extrême impétuosité de la colère, il s'était apaisé.

— Ah ! dit-il sans élever la voix, le remuement commence et la brume se dissipe.

En effet, une houle agitait tous ces guerriers dont certains avaient dormi là, pêle-mêle. Ils se dressaient, s'étiraient. De loin, le cliquetis de leurs armes semblait insignifiant. Les cavaliers avaient parqué leurs chevaux dans un champ ; on entendait hennir les bêtes, soit de faim, soit d'agacement, tandis que les palefreniers s'affairaient, sellant certaines et bouchonnant les autres. Des charrettes de butin, alignées à la queue leu leu, obstruaient le chemin de Mayac. Et des feux s'allumaient entre des trépieds : on allait préparer la soupe avant de se disposer à l'assaut.

— Il me semble entrevoir des charpenteries derrière des boqueteaux.

— Que croyez-vous que ce soit, Hugues ?

— Certainement des machines de guerre. Oh ! certes, il leur faudra les assembler, mais avant d'y procéder, ils nous assailliront sans elles.

— Canole n'est pas seul à commander cette pendaille, dit Ogier, le bras tendu.

Il y avait deux aucubes et deux trefs (1) à la corne du bois

(1) *Aucube :* tente à deux pans. *Tref :* tente conique, développée autour d'un pieu central.

d'En-Bas, et non loin d'elles, plus vaste et d'un violet soyeux, un pavillon en forme de pyramide en haut duquel flottait une bannière noire. Devant cet édifice veillaient deux picquenaires en cotte jaune. C'était assurément la tente de Robert Knolles, tranquille et satisfait de ses prouesses nocturnes.

Blanquefort grimaça :

— Flairez-moi ça !

Les exhalaisons de ce grand rassemblement d'hommes vermineux, puant le sang caillé, la sueur, la boisson, la mangeaille, parvenaient jusqu'au château. C'était comme une odeur de charogne.

— Ils empunaisent la mort, dit Ogier.

Et ce qui le surprit, ce fut le silence de cette ribaudaille qu'il avait entendue hurler de joie dans la cour de Saint-Rémy. Cette bonace immense, prélude à la violence et au vacarme, en imposait même aux oiseaux : ils avaient cessé de piailler ; le ciel, au-delà du château, était vide de leur vol.

— Descendons rejoindre Guillaume, décida Blanquefort en repoussant le carquois qui venait de glisser sur sa hanche. Il est temps.

* *
*

Sitôt hors du donjon, le sénéchal donna ses instructions :

— Toi, Peyre, fais remonter quelques chaudronnées d'eau et des trépieds pour qu'elle bouille dessus. Raymond, fais-en disposer de pleins baquets devant les écuries et l'étable, et s'il le faut, prends les cuviers des étuves. L'eau est aussi une arme pour nous défendre du feu et des hommes... Perrine, cours à la chapelle. Dis à Clergue d'agiter sa campane un bon coup... Va au donjon, Lucie : tu dois enfanter. Songe à te protéger ainsi que ton petit. Venez, Ogier. Montons sur les parois.

Bientôt, le tocsin bourdonna dans le clocher, éparpillant les corneilles et les pigeons qui s'y abritaient. En hurlant : *« A l'arme ! A l'arme ! »* des hommes tenant un arc ou une arbalète surgirent du bâtiment réservé aux soudoyers, traversèrent la haute cour et gravirent les escaliers d'accès au chemin de ronde. Le mur crénelé allant de la Mathilde, à l'ouest, à la demi-tour ronde, au nord, en passant par la bretèche reliant les tours portières, fut occupé. Tout ce remuement d'une cinquantaine d'hommes s'était effectué sans désarroi, dans un cliquetis de métal qui semblait aggraver le silence des hordes.

— Il sort !

La pyramide d'étoffe violette s'était ouverte ; Robert Knolles apparut en compagnie d'un homme couvert d'écailles.

— Je ne l'ai pas vu cette nuit, dit Ogier. Qui peut-il être ? Bemborough ou Mélipart qu'il appelait quand nous étions captifs ? Ce n'est tout de même pas un chevalier !... Il n'en a qu'un à son service. Un outrecuidant du nom d'Enguerrand de Briatexte.

Appuyé contre un merlon, au bon milieu de la bretèche du pont-levis, le baron assistait aux apprêts de l'ennemi, et son assurance était telle qu'on eût pu croire qu'ils ne le concernaient pas. Il était coiffé d'un heaume peint en rouge, le corps couvert de son haubert de Rouen, sur lequel il avait passé un parement pourpre frappé d'un écusson à ses armes. Bien qu'il dut combattre à pied, il avait chaussé ses éperons d'or.

— Ils bougent, dit-il. Leurs connétablies sont hideuses mais bien fournies...

Les routiers s'assemblaient en compagnies. Et déjà certains retroussaient leurs manches afin d'avoir plus d'aisance à manœuvrer leur arme. D'autres assujettissaient la guige de leur écu, tandis qu'un clerc, une longue croix processionnelle en main, les bénissait et les encourageait si fort qu'on l'entendait des murailles.

Arnaud Clergue, essoufflé, vêtu d'un pelisson noir fourré de laine sale, s'approcha du baron. Il vit et se signa :

— *Multitudo maxima abjectissimorum vivorum,* dit-il.

Puis il bâilla, sa nuit ayant été trop courte.

Deux, trois, puis dix troupeaux s'ébranlèrent en clopinant dans les creux et sur les bosses de la motte. Ils renoncèrent à son ascension, mais comme deux grosses chenilles partant l'une à droite, l'autre à gauche du village, ils entreprirent l'enveloppement du château, contournant les maigres arbustres, les rocs élevés et les roncières, et demeurant toujours autant que possible sur le même alignement, hors de portée des carreaux. Le jour, clair désormais, rendait enfin voyant l'armement de ces hommes : des épées de toutes tailles que certains portaient sur l'épaule, des arbalètes, des arcs à simple ou double courbure, des fauchards, des godendacs et des lances courtes, ornées à leur extrémité d'un pennon de tissu rouge. Sous les ondées de soleil, les éclairs de tous ces fers aiguisés pailletaient les broussailles, pareils à des fleurs éphémères, et leurs tintements faisaient penser à ceux d'une gigantesque vaisselle.

Nourries des hommes qui surgissaient des bois et, en courant, rejoignaient leurs compagnons, les chenilles s'allongèrent, s'épaissirent et devinrent serpents.

— Nous devons être entourés, dit Ogier.

Il recoiffa sa cervelière.

Des routiers se coulèrent au fond des excavations ; d'autres qui marchaient encore s'immobilisèrent à un commandement, et s'asseyant par petits troupelets, attendirent.

— Pour contenir longtemps ces linfars, notre garnison devrait compter dix fois plus d'hommes, dit Blanquefort. Il faut aller quérir des secours.

— Nul d'entre nous ne pourra franchir une telle haie de malandrins. Et même si l'on y parvenait, oublies-tu qu'il y a des Goddons partout ?

Ogier avait impulsivement tutoyé le sénéchal. Cette audace fut sans effet sur le vieux guerrier. Ni sur son oncle.

— Je n'oublie rien, dit Blanquefort.

— Moi non plus ! grogna Guillaume. Attendons. S'il faut passer sous cette engeance, eh bien, vous savez que nous y passerons. J'y ai pensé toute la nuit...

Ogier vit Girard courir dans leur direction. Une émotion le ravageait ; il en était cramoisi :

— Messires ! Messires !... Outre ceux qui nous cernent, d'autres s'assemblent en bas, que vous ne pouvez voir d'ici. Je suis sûr que Canole va venir vous défier.

— Eh bien, qu'il vienne... Je l'attends... Va le surveiller, dit Guillaume. Quant à nous, ne bougeons pas...

Soudain, des tambours firent entendre un roulement pareil à celui d'un orage, et les assiégés virent s'avancer le cortège que Robert Knolles avait constitué pour se livrer à des commençailles en bonne et due forme.

— Le voilà ! dit Ogier. Il vient en grand bobant (1).

Chevauchant un roncin noir, l'Anglais avançait entre deux files de picquenaires uniformément vêtus de pourpre, coiffés du chapel de Montauban, le buste serré dans une pansière de fer. Il devait être fier de ces hommes qui, l'arme sur l'épaule, marchaient d'un pas égal sans que leur tête remuât d'un pouce. Quant à son accoutrement, celui-ci avait de quoi scandaliser Arnaud Clergue : une chasuble violette parfilée d'or et d'argent couvrait comme un tabard son haubergeon de mailles ; une mitre — ou

(1) En grand apparat.

sa contrefaçon — derrière laquelle bougeait une poignée de plumes d'aigle, l'embronchait jusqu'aux sourcils. Cet appareil blasphématoire aurait pu provoquer les quolibets et les insultes, or, nul ne s'ébaudit ni ne cria sur les remparts tant il était éloquent : il conférait à la sérénité du personnage une sorte de magnificence extraordinaire : le monarque des morts montait à Rechignac, et le marteau d'armes serré dans un gant de basane cramoisie prenait, vu de loin, la semblance d'un sceptre.

Devant le cheval du chef avançaient un héraut et un *estuart* (1). Le premier, habillé de blanc, tête nue, présentait sur un large coussin noir, un bassinet dont la forme semblait une copie d'un de ceux de Pedro del Valle. Le second, vêtu d'une livrée de soie violette, botté, coiffé d'un camail, tenait à deux mains, devant son visage, un cimeterre aussi courbe et brillant qu'un croissant de lune.

Suivant Knolles, chevauchant des destriers houssés de pourpre et superbement harnachés, venaient une douzaine de connétables, tous coiffés et cuirassés de fer, et maintenant debout contre l'étrier une lance au picot garni d'une flamme vermeille. Ogier reconnut parmi eux l'armure noire d'Enguerrand de Briatexte. Et après ces cavaliers pleins de morgue dont les montures encensaient, marchaient les musiciens : deux rangs de quatre tambours, deux de joueurs de busine, de cor, de hautbois, de cromorne, et enfin quatre cornemuseurs, tous torse nu, poilus comme des loups, ivres du tapage qu'ils répandaient.

— Je crois bien qu'ils nous jouent la menée (2), dit Guillaume.

Ogier put voir ensuite une cohorte de sergents vêtus de toile bise, coiffés de chapels de fer ou d'aumusses de cuir, et si proches les uns des autres que leurs boucliers s'entrechoquaient ; puis, un porteur de bannière où, sur fond de gueules et d'azur, parmi les lis de France, se convulsaient les léopards d'Édouard III. Derrière lui, lentement, progressait, cinq par cinq, une centurie d'archers, coiffés d'une calotte uniforme, le carquois au côté, le *long bow* en bois d'if appuyé sur l'épaule. Ils précédaient de loin la truandaille, la sentine des armées : les légions d'hommes en guenilles, chevelus commes des ribaudes et pelus comme des sangliers. Ils étaient armés d'arcs, de vouges, de faux, de guisarmes, de fléaux et même de francisques de l'ancien temps. Et plus loin, une petite cavalerie en bon arroi devançait des porteurs d'échelles. Enfin, au pied du chemin d'accès, dix bœufs par attelage tiraient un

(1) Intendant, sénéchal. Est devenu *stewart :* majordome
(2) La charge.

trébuchet, une perrière et un ribaudequin tellement énorme qu'il devait lancer des dards longs d'une aune à cent toises.

— Voilà ce qu'ils cachaient derrière les fourrés ! s'exclama Blanquefort.

De toutes parts, à mi-hauteur de la motte, l'orbe effrayant des hommes prêts à l'assaut s'agitait maintenant. Ils coloraient le sol de leurs vêtures et de leurs peaux de bêtes, se hélant, faisant les fiers, tels des bûcherons s'apprêtant à en finir avec le tronc de quelque vénérable. Il y avait là aussi, sous leur pot de fer pointu, des Germains gras et vigoureux ; des Gallois taciturnes, des Gascons petits et turbulents, plus haineux encore que les Goddons leurs maîtres, des Flamands à la barbe fourchue, criant alternativement : *« Édouard ! Édouard !... A la mort ! A la mort ! »* Et devant ce déploiement de force et de vacarme, Ogier se demanda si le château ne tomberait pas avant la fin du jour.

— Eh bien, messire, lui confia Thierry Champartel à l'oreille, je crois qu'Anne a bien fait de partir en forêt.

Le damoiseau ne put qu'approuver d'un mouvement de tête, par crainte de chevroter.

Parvenu à trois ou quatre toises du pont-levis, Robert Knolles devança ses picquenaires. Après avoir, d'un geste où scintilla son marteau d'armes, immobilisé ses hommes et imposé silence à ses musiciens, il s'avança seul jusqu'au fossé dont il évalua la largeur et la profondeur. Alors, après avoir fait volter son moreau, plus docile qu'une haquenée, il leva les yeux en direction des créneaux vides.

— Il est tout ébaubi de ne rien voir paraître, dit Blanquefort. Il ne saura jamais combien nous sommes.

Le sénéchal avait armé son arbalète. Il se montra seul, l'arme au poing, le fer de son carreau levé en signe de paix.

— Un matras (1), Blanquefort ! protesta Guillaume. Moi, j'aurais choisi une darde.

Cette remarque laissa le sénéchal insensible. Il hurla :

— Que voulez-vous, messire Canole ? Pensez-vous vraiment nous faire subir le même sort qu'à ceux de Saint-Rémy ?

(1) Les flèches, empennées à leur talon, soit avec des plumes, soit avec des ailettes de cuir, avaient des fers de diverses formes. A section triangulaire ou carrée, on les nommait des *boujons*. Cette disposition s'observe surtout dans les carreaux d'arbalète (ou *dondaines, semi-dondaines, viretons)*. Les *barbillons* étaient des flèches de fer barbelé, les *passadoux* avaient un fer triangulaire et plat ; les *dardes,* plus longues, avaient un fer long et lourd. Les *matras* étaient des carreaux à tête cylindrique ou quadrangulaire, destinée à briser les membres.

— Nenni ! Nenni ! protesta le routier en flattant l'encolure de son cheval.

Puis, haussant la voix :

— Oyez ! Oyez ! bonnes gens. Si vous nous ouvrez et nous accueillez, mes chevaliers, mes *chieftains* et moi, en dignes serviteurs de notre puissant souverain Édouard d'Angleterre, nous vous demanderons ce dont nous avons besoin et prendrons le large ensuite ! Nos desseins sont propres !... Nous savons tout pareillement user de bienfaisance ou de rudesse selon le rang et la conduite des seigneurs chez lesquels nous souhaitons faire halte.

— Coquin ! s'exclama Saint-Rémy en se plaçant auprès de Blanquefort.

Guillaume, d'un geste, ordonna au vieillard de se taire.

— Au large, messire Canole ! dit-il en apparaissant dans l'embrasure proche de celle où s'était placé son sénéchal. Épargnez-nous vos parlures. Si vos intentions étaient bonnes, vous ne conduiriez pas, faux évêque, tous ces paroissiens dont les bonnes gens de notre beau royaume, que vous exillez à plaisir, ne parlent jamais sans frémir.

— Adonques, c'est vous le baron !... Tout beau, messire ! hurla Canole. Mes hommes ne vous ont présentement rien fait : ni sévices, ni injures... Rien ! Leurs intentions sont pures, propres.

Blanquefort, outré, se découvrit carrément :

— Aussi pures que leur âme, sans doute ? clama-t-il. Et aussi propres que leur cul !

On ne rit pas, de part et d'autre, tant l'instant était solennel. Vu d'en haut, et sur son cheval immobile, Ogier trouva le routier plus petit, plus épais que durant la nuit. Ses moustaches noires, tombantes, aggravaient la tristesse d'une bouche serrée par la colère et la déconvenue. La sobriété de son armement pouvait surprendre : hormis son marteau d'armes, il n'avait en tout et pour tout, à sa selle, qu'une épée de passot.

— Au large, messire Canole !

Guillaume s'était désheaumé afin que cet importun vît mieux son visage. Sous l'ourlet de ses cheveux en friche se creusaient des rides qui, plutôt que de l'indignation ou de l'inquiétude, révélaient ce tempérament opiniâtre dont rien, même les pires échecs, ne pouvait ébranler la solidité. Ce vieillard capable de violence et d'ironie quelquefois plus éprouvante que des coups, se montrait aujourd'hui d'une patience infinie. Le routier, soucieux de l'effet qu'il produisait et des formules qu'il devait employer pour leurrer ses auditeurs, et surtout ce baron chenu mais énergique, pouvait-il voir, d'en bas, les yeux froids, méprisants, qui le considéraient ?

— Votre malsaine réputation vous a précédé depuis quelques jours jusqu'à nos parois, continua enfin Guillaume d'une voix vibrante. Mais croyez-moi : nous ne nous effrayons pas à la pensée que vous êtes résolu à lancer vos hommes dans nos fossés... Leurs assauts se briseront sur nos murs comme des vagues contre une digue.

Knolles baissa la tête, le temps, sans doute, de parfaire sa réponse. Son impassibilité révélait — du moins Ogier le crut — une espèce d'humiliation, qu'il s'efforçait de dissimuler à ses hommes tout en feignant d'assagir son destrier dont il tirait le mors. Il n'avait pas produit, dans l'esprit de ce vieux seigneur vaniteux, même en déployant ses forces sous ses murailles, l'effet de terreur qu'il avait escompté.

Rechignac se tourna vers son chapelain :

— Ces païens ne croient qu'à l'Antéchrist !... En vérité, leur dieu est cet homme félonneux et cruel : Robin Canole !... Nous croyons, nous, au Roi du Paradis, qui est mort et ressuscité !... C'est pourquoi nous aurions grand tort de craindre ces maudits, quel qu'en soit le nombre !

Arnaud Clergue l'approuva, mais il tremblait d'effroi.

Ogier n'était plus troublé à l'idée du prochain affrontement. Au contraire, sa hâte de voir ces préliminaires odieux s'achever faisait d'inquiétants progrès : il avait envie de cracher sur Canole, — ou dans sa direction — et se maudissait d'avoir aidé cet homme à sortir de ses fers. Mais comment aurait-il pu deviner, dans ce cachot où Saint-Rémy l'avait enfermé, qu'il était en présence d'un aussi redoutable chef de guerre ? Quand il en avait eu le pressentiment, l'Anglais était libre, ou presque ! De plus, il lui devait d'être en vie !

« Nous sommes bien peu, mais il ferait beau voir nos gars manquer de confiance », songea-t-il. « Cependant, si nous pouvons repousser les premiers assauts, qu'adviendra-t-il des suivants ? Ce Goddon perdra des douzaines et des douzaines d'hommes au franchissement du fossé. Il va pourtant se permettre ces terrifiantes dépenses... Leurs échelles ne sont pas de taille, mais ils peuvent, en liant des troussières, en assembler deux pour en faire une... Certes, celles qu'ils formeront ainsi fléchiront en leur milieu. Mais sait-on jamais !... En outre, ils disposent d'engins de guerre et s'ils peuvent les amener jusqu'ici malgré les tirs de notre archerie, il grêlera des rocs sur nous avant la nuit. »

Derrière Knolles, les chefs bavardaient aussi sereinement que des bourgeois au marché. Plus loin, dépassant de la tête et des épaules toute la horde impatiente, le nommé Tranchelion bâillait, et les picquenaires s'impatientaient, relâchant leur discipline ; plus loin encore, le vaste anneau de corps et d'armes bougeait. Certains mercenaires profitaient de cette longue joute oratoire pour soulager derrière une haie ou un rocher une envie pressante. Ils révélaient ainsi que quelque braillards et audacieux qu'ils parussent, ils avaient peur. Les chevaux hennissaient : arrêtés en pleine montée, ils secouaient la tête, rongeaient leur mors, ruaient ou jouaient du sabot, suscitant les cris des cavaliers à bout de patience.

Soudain, des fumées montèrent du village, et de grises devinrent brusquement brunes : la truandaille incendiait les maisons. Portés par le vent, des cris, des rires d'hommes, et ceux des ribaudes attachées à leur destin, parvinrent aux oreilles du damoiseau.

— Nous voulons entrer et nous entrerons, hurla Knolles.

Après avoir déroulé le parchemin qu'il venait de saisir, dans la main de son héraut, avec une brusquerie révélant un courroux dont Ogier pressentit la violence, l'Anglais lut sa sommation d'une voix sèche à laquelle son accent conférait une espèce de monotonie. On entendait pourtant des mots plus sonores que d'autres : *trépas, faim, misère.* Et même *Dieu.* Or, dans la bouche de ce combattant indigne, ils perdaient toute valeur. Et les hommes d'armes et les vilains prudemment penchés aux créneaux écoutaient, hochant la tête. Beaucoup fronçaient les sourcils ; d'autres tendaient l'oreille ; d'autres encore fourrageaient leur barbe pour en tirer les fétus qui s'y étaient collés pendant un bref sommeil. Ce dédain silencieux, presque en surplomb sur sa personne, irrita l'orateur ; il termina précipitamment, après avoir mangé la moitié d'une phrase :

— ... et croyez-moi, soumettez-vous, sinon nous aurons le regret de devoir vous occire.

Intrépide, à l'extrême bord de la muraille, Ogier leva ses bras dont les mailles scintillèrent.

— Nous occire ? Et comment ? Croyez-moi, messire Knolles, vous ne nous atteindrez jamais. Car je puis vous l'assurer derechef : nos latrines sont plus hautes et mieux préservées que celles de Saint-Rémy.

Le chef de bande s'ébaudit, entraînant dans son hilarité ses capitaines, sauf Barbiéri toujours couvert de son tabard templier, mais il était d'une pâleur mortelle.

— Nous aurions pu déjà vous briser le corps. Regardez.

Ogier désigna Blanquefort, l'arbalète à l'épaule et la corde tendue.

Sur un signe du baron, le sénéchal abaissa son arme, mais il hurla, cédant à son indignation :

— Éloignez-vous, Canole. Et sans plus tarder... Par ma foi, si je ne respectais les dispositions de mon seigneur envers votre personne, vous seriez mat, et hôte de Belzébuth maintenant.

— J'aimerais mieux vous faire bénir vivants que morts, car j'ai aussi des presbytériens à mon service !

— Va faire bénir, ton cul, et par qui tu voudras !... Va même, larron, jusqu'en Avignon !

L'insolence de Blanquefort outragea le routier :

— Toi, vieille noix, aussi vrai que je me nomme Robert Knolles, je t'essorillerai !

— Prends garde que ce ne soit moi ! Et en attendant, Goddon, retourne dans ta Grande Ile baiser le cul de ton roi !

— Alors, soit, dit Robert Knolles en faisant reculer son cheval, et sans cesser de lever les yeux vers les créneaux. Nous nous retirons tous, dans l'immédiat, fort marris de votre entêtement. Mais c'est pour mieux prendre notre élan et vous tailler en pièces !

Il semblait chercher un visage ; il le trouva :

— Dieu te garde tout de même, Ogier. Tu me plaisais bien.

— Votre malfaisante obstination me répugne.

L'Anglais manœuvra son destrier, traversa comme une haie les rangs de ses picquenaires dont les hampes oscillèrent et se refermèrent, formant une cage mouvante où il dut se sentir à l'abri. Les tambours se remirent à tonner et les cornemuses couinèrent, tandis que les piétons et les cavaliers, en protestant et en tendant le poing vers les murailles, effectuaient un demi-tour.

— Ne tirez pas, ordonna le baron. Obéissez tous... Nous avons, certes, sagettes et carreaux, armes et nourriture en abondance. Ce n'est pas une raison pour nous montrer outrecuidants et prodigues de notre bien. D'ailleurs, voyez : ils descendent...

— Il fallait étendre mort ce Goddon, Hugues, reprocha tout à coup Saint-Rémy.

— C'eût été déloyal, messire, même à l'égard d'un homme aussi infect.

— C'est avec de telles fautes qu'on perd les guerres !

Ogier dont le sang bouillait, intervint :

— Quelles fautes, vieillard, avez-vous donc commises pour que cent de ces malandrins aient conquis votre imprenable bastille ?

— Allons, allons, intervint Guillaume, taisez-vous. Je ne tolérerai aucune brouille entre qui que ce soit... Tu es sauf, Saint-Rémy. Sache donc profiter de la vie et ferme un bon coup ta grande goule !

— Ah ! oui, alors, approuva le sénéchal excédé.

Ogier lui sourit, ce qui ne le dérida pas. Jean du Taillis s'approcha et ôta son chaperon :

— Messires, je voudrais être auprès de vous quand ces hommes lanceront l'assaut.

Guillaume eut une moue de mécontentement, mais Blanquefort recouvra le sourire :

— Tu y seras. Je sais que tu sauras tenir l'arc et l'épée.

Il passa brusquement sa dextre sur le crâne rasé du culvert. Cette familiarité vivace, incongrue, ébahit Ogier plus encore que son oncle.

Il se tourna vers le donjon. Une robe rouge jouait à cache-cache avec les merlons. Tancrède.

Les tambours s'étaient tus, les cornemuses également, mais les trompettes de cuivre et d'étain jouaient en sourdine. Soudain, les picquenaires se replièrent en désordre, suivis par Knolles, Briatexte et les connétables. Guillaume, penché, se releva :

— Ils ont déjugué leurs bœufs et laissé leurs engins sur place, hors de portée de nos traits. Souhaitons qu'ils ne puissent les démonter pour venir les rassembler cette nuit devant nous.

Renonçant à suivre les évolutions des envahisseurs que Knolles avait amenés à sa suite, Ogier considéra la multitude dont l'anneau bariolé ceignait la citadelle.

— Sais-tu, dit Guillaume, j'avais proposé à Bressolles de tailler mon gisant dans la pierre. Il m'avait demandé : *« Avec un lion ou un chien sous vos pieds ? »* J'ai atermoyé. Il va partir sans avoir satisfait à ma demande... Toi, mon neveu, que préférerais-tu pour moi ?

Ogier ne sut que répondre. Le lion, aux pieds du gisant, indiquait qu'il était mort en champ de bataille ou en combat à outrance. Alors, la cotte d'armes était ceinte, l'épée nue à dextre, l'écu à senestre, le heaume en tête, ventaille close. Ceux qui mouraient auprès des vaincus étaient figurés sans cotte d'armes, l'épée ceinte au côté du fourreau, la ventaille levée, grande ouverte, les mains jointes devant la poitrine, les pieds appuyés contre le dos d'un lion mort, terrassé. Ceux qui mouraient en prison avant qu'ils eussent payé leur rançon étaient figurés sans éperons, sans heaume, sans cotte, sans épée, le fourreau d'icelle seulement ceint et pendant à leur côté. Le chien aux pieds d'un chevalier indiquait qu'il était mort en temps de paix. La cotte d'armes alors était déceinte et la tête nue.

— Un lion, mon oncle... et une hache...

— Une hache ?

La hache indiquait les combats singuliers. Si le défunt avait été vainqueur, il tenait sa hache entre les bras, le bras dextre croisé sur le senestre ; s'il avait été vaincu, la hache était hors de ses bras, couchée près de lui, et le bras senestre croisé sur le bras dextre.

— Je crois que c'est l'arme qu'il vous faudra manier, mon oncle... et si vous sucombez, vous l'aurez dans vos bras.

— Tu fais erreur, mon neveu. Je mourrai l'épée au vent. Je me suis vu souvent dans mes sommeils légers, trépasser cette arme à la main... Je ne sais contre qui mais c'était un Anglais.

— J'aimerais, mon oncle, avoir un lion sous mes talons !

Ogier se retint d'avouer qu'il avait peur. Et cette peur se développait en lui plus vélocement qu'à l'Écluse.

— Tu n'as pas l'âge d'avoir ta figure au-dessus d'une tombe, mon neveu. Moi si. N'est-ce pas ce que tu penses ?

Afin d'éluder cette question, Ogier se pencha vers les Anglais et leurs alliés. Il frissonna. En d'autres lieux, au temps de Merlin et Viviane, leur fixité de pierre et leur silence eussent pu procéder d'un enchantement. Or, ces corps, ces visages, ces armes même qui çà et là semblaient pétiller au soleil, sécrétaient une seule et même calamité : la male mort. Il fallait s'y préparer.

— Je vais aller prier, mon oncle. Venez-vous ?

— Crois-tu que Dieu, céans, nous réserve un miracle ?

La réponse était non. Pour ne point la fournir, Ogier s'en alla, morose, à la chapelle. En cet instant, ce qui le réclamait, c'était le plaisir plus encore que la sérénité des voûtes et des ombres tout imprégnées de la gloire divine. Mais Anne était perdue pour lui à tout jamais.

Là-haut, la robe de Tancrède flottait toujours. Une robe couleur d'oriflamme : rouge sang.

ANNEXE I

SUR LA BATAILLE DE L'ÉCLUSE

Avant d'entreprendre la description, d'ailleurs succincte, de la bataille de l'Écluse, Jean le Bel prend soin de rappeler le rôle d'attaquant de Philippe VI de Valois.

Le roy de France fist durement renforcer son armée sur mer (1), dont messire Hues Kyrès estoit mareschal et gouverneur, avecques ung marinier que on appelloit Barbevaire, et firent plusieurs envayes et escarmuches sur les Anglois et gaignèrent de belles naves que le roy d'Angleterre avoit fait faire par grand devis, entre lesquelles en y avoit une que on appalloit Cristofle, et d'autres plusieurs plaines de laines et d'aultres marchandises que le roy envoyoit par deça, dont les François furent moult joyeux et en firent très grande feste à grandes parolles, et tant en furent les Anglois plus courrouchiez.

Le chroniqueur confirme que Hue Kieret avait pour mission d'intercepter la flotte anglaise :

Il poursuivy tant ce noble roy (Édouard) que il le consuivy droit entre l'Écluse et l'isle de Cagant, siques on veoit plainement les batailles et les assaulx des diges et du port de l'Excluse. Cette bataille fut si grande que on n'avoit ouy parler de si grosse sur mer, et dura dès l'eure de prime jusques à vespres.

Les Françoys avoient de navire la moitié plus deux fois que les autres, et si avoient une grosse nave que on appelloit Cristofle, qui pouoit destruire moult de petites, aussy fist elle moult dommages aux Anglois, et se Dieu ne leur eust aidié, ilz n'avoient pas pouoir n'esperance de resister aux Françoys.

Jean le Bel ajoute que la mer rejeta 30 000 cadavres sur la rive de l'Écluse et Cagant (2).

(1) Philippe VI de Valois avait fait réunir, à cette époque, 200 vaisseaux pouvant porter chacun entre 60 et 200 hommes. Ils furent placés sous le double commandement de Hue Kieret (ou Quieret) et de Bahuchet avec, en sous-ordre, Hélie Barbavera (ou Barbanera) et Matthieu Quiefdeville.

Édouard III avait, lui, sous ses ordres, la fleur de la noblesse anglaise : Glocester, Warvik, Lincoln, Lancastre, Pembroke, Arundel, Northampton, Huntington, Hereford, Cobham, Percy, La War, Multon, Masny, Chandos, Felton, Bradeston, Trussell et le traître Robert d'Artois.

(2) Cadsand (ou Kadsand), île située entre la cité de l'Écluse et l'île de Walcheren, en Zélande.

Froissart met en scène 720 gros bateaux *« sans les hokebos »* (ou petites barques), ce qui semble exagéré, mais le nombre de 40 000 Français semble exact puisque la mer rejeta 30 000 corps. Tous trépassés par blessures ? Non. Que l'on songe à ceux qui ne savaient point nager et à la pesanteur d'un équipement de ce temps-là.

Côté anglais, ce fut Édouard III qui commanda en chef. On peut imaginer le soin qu'il mit à protéger une nef pleine de comtesses, baronnesses, chevaleresses et bourgeoises de Londres qui allaient visiter la reine d'Angleterre à Gand.

Froissard décrit la bataille telle qu'elle est racontée dans ce livre, plus longue, d'ailleurs, dans le temps, puisque, entamée vers 6 heures du matin, elle s'acheva tard dans l'après-midi, les Anglais se battant à un contre quatre jusqu'à l'arrivée des communiers de Bruges et des pays voisins, par voie de terre.

Or, selon la *Chronique des Quatre premiers Valois,* ce serait par la terre que la bataille aurait commencé. On y découvre aussi deux noms inconnus des autres chroniqueurs : Charles de la Gouvande et Pierre d'Estelant, alors que Barbanera semble avoir été confondu avec Bahuchet.

En l'an mil trois cens quarante, le roy Philippe fist une armée par mer sur les Flamens. Dont estoient et furent chiefs Charles de la Gouvande, Hue Kerest et Beuchet, noble homme de la duché de Jennes, et monseigneur Pierre d'Estelant, Normant, aussi fors comme geans. Avecquez iceulx out bien mil hommes de la coste de la mer de Normendie et de Picardie avec les gens d'armes et arbalestriers. Ilz singlèrent par mer tant qu'ilz vindrent à l'Escluze en Flandres et là se tindrent devant l'Escluze et se antrerent. Les Flamens vindrent sur la terre jusques au nombre de bien dix-huit mil. Les Françoiz leur requistrent place à combatre.

Le chroniqueur, ensuite, ne fournit aucune variante sur la façon dont se développa la bataille. Cependant, il insiste sur le rôle de Pierre d'Estelant, homme particulièrement hardi, qui était entouré de gens morts *« bien occist de sa main plus de cent Angloiz. Mais par force par derrière, il fut mort et occiz. »* Dix mille Anglais périrent.

Les *Grandes Chroniques de France* font grand reproche à Barbanera de ce dont Froissart le loue, c'est-à-dire d'avoir choisi des gens de mer, *« poissonniers et mariniers »,* au lieu de chevaliers en quête de forts salaires et ne correspondant pas à ce type de bataille. Quant à Bahuchet, qui commandait aussi, elles relatent qu'*il savait mieux se mêler d'un compte à faire que de guerroyer en mer.* Il était trésorier de la Couronne et conseiller du roi. Il avait été un des commissaires nommés pour entendre les dépositions des témoins dans le procès de Robert d'Artois. Il fut associé de longue date à Hugues Kieret dans le commandement des vaisseaux qui croisaient contre les Anglais. Barbanera commandait les Génois. Ces trois *maîtres écumeurs* avaient pour adjoint Mathieu Quiefdeville (1).

La marine française était alors la plus puissante d'Europe. Au cours de l'hiver 1338, elle avait fait, selon Froissart, *« plusieurs dommages aux Anglois »,* et le chroniqueur de poursuivre :

(1) De la Roncière : *Quatrième guerre navale entre la France et l'Angleterre (1335-1341),* extrait de la *Revue maritime,* février 1898. cf *Histoire de la marine française.* Lire également Siméon Luce : *La France pendant la Guerre de Cent Ans* (Hachette, 1890), Chapitre Ier : *La marine normande à la bataille de l'Écluse.* L'auteur y écrit que la bataille eut lieu du début de la matinée à 5 heures de l'après-midi.

Et venoient souvent courir jusques à Douvres, Wincesé, à Rie et là environ sur les côtes d'Angleterre ; et les ressoingnoient durement les Anglois, car c'ils étoient si forts sur mer que plus de quarante mille soudoyers étoient en leur compagnie ; et ne pouvoit nul issir, ni partir d'Angleterre, qu'il ne fût vu et scu, et puis pillé et robé ; et tout mettoient à mort. Si conquirent ces dits mariniers du roi de France en cet hiver maint grand pillage ; et par espécial ils conquirent la belle et grosse nef qui s'appeloit Christophe, toute chargée d'avoir et de laines que les Anglois amenoient en Flandre, laquelle nef avoit coûté moult d'avoir au roi anglois à faire faire. Mais ces gens la perdirent sur ces Normands, et furent tous mis à mort.

Le sac de Douvres par les Français : tueries, incendies, viols, etc. ne pouvait être pardonné. Si c'est à l'unanimité que les historiens attribuent la défaite de l'Écluse à la division des chefs choisis par le roi de France, aucun, sauf Charles de la Roncière, ne souligne que la fureur de vaincre des Anglais avait pour cause leur ressentiment envers les incendiaires et meurtriers de Douvres et de quelques autres ports, en particulier Southampton.

Barbanera voulait que la flotte quittât la côte et se portât à la rencontre des Anglais, mais les « amiraux » persistèrent dans leur volonté de demeurer près de la terre, resserrés dans une anse qui, de façon patente, annihilait leur supériorité. Cette position devint nuisible en quelques instants : les vaisseaux manquant d'espace pour manœuvrer se gênaient et ne pouvaient se prêter assistance. Le commandant génois parvint à s'échapper. Hugues Kieret fut assassiné de sang-froid après avoir été capturé. Bahuchet fut pendu au maître-mât de son vaisseau. Le roi d'Angleterre avait été blessé à la cuisse peu après qu'il fut monté à bord du *Christophe*.

Les ports d'armement français étaient alors au nombre de 25. Tous, à l'exception de 8 (le Crotoy, Saint-Valéry-sur-Somme, Abbeville, Waben, Etaples, Boulogne, Calais, Saint-Savinien-en-Saintonge, qui fournirent, avant la bataille de l'Écluse, une quarantaine de navires) appartenaient à la Normandie.

Les comptes de François de l'Hôpital, clerc des arbalétriers du roi, nous donnent des informations précises sur le nombre des navires armés dans chaque port normand et les dates de leur approvisionnement.

Cherbourg arma 4 navires ; Barfleur 9 ; la Hogue 10 ; un mouillage dit la Roche-de-Maisy ou la Baie-de-Vire, qui désigne l'embouchure de cette rivière, 8 ; Caen 14 ; Touques 5 ; Honfleur 6 ; Fiquefleur 1 ; Pont-Audemer 4 ; Rouen 7 ; Caudebec 2 ; Leure (aujourd'hui le Havre) 42 dont 3 galées montées chacune par 200 hommes et 3 barges appartenant au roi de France ; Harfleur 9 ; Le Chef-de-Caux, (actuellement Sainte-Adresse) 3 ; Etretat 6 ; Fécamp 2 ; Dieppe 28 dont 2 étaient la propriété personnelle du roi et 2 autres montés chacun par 200 marins dieppois. En tout 160 bâtiments. En y joignant les 40 navires provenant des autres ports (à savoir 2 de Saint-Valéry-sur-Somme, 12 d'Abbeville dont 6 barges possédées par des particuliers et 2 barges royales ; 2 de Waben, 9 d'Etaples dont une barge ; 10 de Boulogne dont 3 barges ; une nef de Calais), soit 200 voiles (1).

Les préparatifs de cette expédition avaient commencé le 2 mai à Leure, le 4 à Honfleur, le 5 à Harfleur, le 7 à Dieppe, le 8 à Caen, le 9 à Rouen où le seul

(1) D'autres navires avaient été préparés pour une Croisade. La flotte était prête à prendre la mer, à Marseille, lorsque Benoît XII y renonça. Successeur de Clément V, ce Fuxien du nom de Jacques Fournier avait été élu Pape en 1334.

armement de la barge *Saint-Jean* ne se termina que le 26. L'armement du vaisseau amiral le *Christophe* commença le 24 mai à Honfleur. Dès 1338, Bahuchet avait fait placer sur une de ses barges un *pot à feu* à tirer des *garrots*. Si cette « nave » était à l'Écluse, elle ne put faire usage de l'ancêtre du canon.

OÙ EST L'ÉCLUSE ?

A propos de cette bataille, un fait reste à élucider : *où se passa-t-elle exactement ?*

Quelques jours après la première édition de cet ouvrage, l'écrivain et archéologue normand, Frédéric Scuvée, nous adressait ces lignes à propos de l'Écluse :

Il semble, finalement, que personne ne paraît avoir connaissance du lieu exact de cette bataille navale (?). Au moins deux emplacements sont avancés :

1. Auprès du bras occidental de l'Escaut (ou Scheld*), d'une largeur redhibitoire, dont jamais la flotte française n'aurait pu barrer l'ouverture, même avec 200 barges disposées en deux lignes.*

2. Le barrage sur le canal du Zwin qui mène au port de Brugge (Bruges).

Pour la première hypothèse, un argument : il existe encore maintenant, en pleine terre, un bourg du nom de Sluys (Ecluse) — sans article. Mais topographiquement et tactiquement, la seconde serait plus favorable. Cependant, il n'existe pas de Sluys (Sluijs) depuis longtemps. Et pour cause, puisque tout le territoire autant que pour la première hypothèse, a été totalement ensablé.

Il y avait de nombreuses écluses au Moyen Age car, à marée haute, toute cette zone littorale aurait été inondée sans l'existence de « portes à flot » et d'écluses soigneusement entretenues.

D'autre part, je n'arrive pas à retrouver si, grammaticalement, Sluys *est masculin ou féminin (1). En allemand, c'est féminin, donc :* Die. *Soit* De *ou* Het. *Je me demande, d'ailleurs, si l'Écluse désigne un village ou tout simplement une écluse ordinaire, sans nom particulier. Les textes manquent de clarté. Il faudrait posséder une carte ancienne, c'est-à-dire un document datant d'avant les ensablements. Archéologiquement, comment pourrait-on retrouver les épaves de cette bataille sous plusieurs mètres de vase ? Dommage que l'on ne possède pas leur localisation.*

La question des limites littorales est très malencontreusement un domaine inconnu des historiens. Or, ce tracé est encore, actuellement, mouvant. L'ignorance de ces variations empêche souvent toute compréhension du déroulement des événements. Ne prenez, par exemple, que l'étude du point de départ de la flotte d'invasion de Guillaume, point qui n'a été retrouvé que grâce aux recherches d'un géologue, Maurice-Jacques Graindor, maître de Recherches au C.N.R.S., chargé de cours au Collège de France. Cette étude est basée uniquement sur les niveaux marins, la ligne des rivages, les marées, etc., donc des éléments qui ne doivent rien aux chroniqueurs.

La topographie de ces côtes plates, à peine et mal hors d'atteinte des marées, est encore mal définie. Comme l'anse de débarquement des Anglais à Saint-Vaast, la Hogue, ce qui n'est pas tout à fait la même chose, car à Saint-Vaast même, il n'y a pas de hogue. *Il est très probable que le 12 juillet 1346, les Anglais débarquèrent à l'anse du Cul-de-Loup, à Morsalines-Saint-Vaast, pas encore ensablée. A la fin du XVII*[e] *siècle, l'anse était encore relativement libre, lors de la bataille navale dite de la Hougue et, en réalité, de Barfleur.*

(1) Grammaticalement, *sluis* est du féminin. L'on dit « *de sluis* ».

Cette lettre rédigée, Frédéric Scuvée poursuivit ses recherches. Il nous écrivit :

*Il ne peut être question d'une bataille navale dans l'estuaire de l'Escaut (Scheld), mais bien à la sortie du large canal de Bruges (Brugge), le Zwin, non loin du village de Lammersvliet ou Lambinsvliet, et d'une écluse (De Sluis) qui a donné la précision du lieu-dit. Ultérieurement, et sans doute lors de l'ensablement du canal de Bruges, le village de Lammersvliet a été abandonné au profit du hameau proche de l'ancienne écluse. Il serait intéressant de rechercher l'étymologie de Lammensvliet (*Lamm *= agneau —* Vliet *= flot ou toison) qui est certainement très expressive. Je me demande encore si l'écluse en question servait le Zwin ou bien,* plutôt, *l'issue des canaux de drainage de la région. En effet, il serait quand même douteux qu'une écluse des XII, XIII et XIV*e *siècles ait pu être d'assez grande taille pour transvaser des* kogges *de la Ligue Hanséatique qui venaient de Bruges.*

*L'ensablement eut lieu lors de la mini-glaciation des XIV*e *et XV*e *siècles, probablement responsable des famines, puis des épidémies de peste de cette époque. D'où la ruine de Bruges, puis de Gand, à l'avantage de Bruxelles et Malines.*

Sur un autre plan, cependant parallèle, je pense que cette mini-glaciation accompagnée obligatoirement d'une baisse minime mais sensible du niveau de la mer, est responsable du passage à gué de la Blanche Take, puis du passage à gué du Grand Vey devant Carentan, tous deux impossibles maintenant. Il faut également préciser que le canal de Bruges n'était pas du tout artificiel, mais bien naturel et seulement aménagé. Il avait quasiment la forme d'un golfe étroit et profond, selon les cartes reconstituées.

Quelque temps après la réception de cette lettre, un journaliste néerlandais, M. Wout Koster, nous écrivit pour nous signaler les recherches entreprises sur ce sujet par son compatriote, M. P.E. de Brock, habitant *Sluis,* auteur d'une longue étude sur la bataille de l'Écluse. Les dires de Frédéric Scuvée y furent confirmés. Les préliminaires de cette bataille également. A savoir que :

Après les raids français sur les côtes d'Angleterre, suivis de la prise du *Christophe,* Édouard III avait décidé de se venger. Pour cela, dès 1336, il interdit l'exportation des laines anglaises en Flandre. Il souhaitait ainsi provoquer la colère des Gantois, dirigés par van Artevelde, contre les aristocrates et la France. Artevelde fit effectivement passer la Flandre dans le camp anglais et soutint les prétentions d'Édouard III au trône de France, avant d'être massacré lors d'une émeute (1345).

Dès 1337, Édouard III commença par former une armée de professionnels, composée d'Anglais, à l'inverse de l'ost français constitué, pour une grande part, de mercenaires. Une *puissante* armée d'invasion fut assemblée dans les Cinq Ports, Édouard III ayant décidé de rejoindre Artevelde en Flandre le 24 juin 1340.

Philippe VI avait fait promesse aux Normands qui le sollicitaient, de débarquer sur la Grande Ile. A force d'atermoyer, il n'eut que la ressource de s'opposer à l'arrivée d'Édouard III en Flandre.

M. P.E. de Brock prétend que la flotte française était forte de 800 unités dont 190 gros navires et 30 galères de Barbavera. C'est exagéré. Le 10 juin, Édouard III connaissait les dispositions du roi de France envers lui et la constitution de sa flotte. Il prit le commandement de ses navires le 23 juin, dans le port d'Orswell et cingla en direction du Zwin, avec 300 vaisseaux, ce qui semble moins excessif. Vers 3 heures, la côte flamande était en vue.

Trois éclaireurs à cheval furent nuitamment débarqués près de Blankenberghe, à l'insu des Français. Ils rendirent compte au roi d'Angleterre et à ses capitaines de ce qu'ils avaient observé, dissimulés dans de hautes dunes. Ils évaluèrent l'armée de Philippe VI à environ 35 000 hommes, — ce qui était exact.

La bataille commença comme elle est décrite au début de cet ouvrage. Joie des « Français » en voyant manœuvrer les Anglais, insultes, etc. Puis une attaque vivement menée. Les Flamands, alertés, envoyèrent des renforts aux Anglais par des bateaux en provenance de Bruges, sous le commandement de Jan van Heille. Ce fut un tel carnage que le Zwin fut rouge pendant trois jours.

Au soir du 24 juin, le roi d'Angleterre fit jouer ses fanfares ; les Flamands et les Goddons dansèrent ; on dépêcha des messagers à Artevelde. Le lendemain, Édouard III se rendit à pied à l'église de Onze-Lieve-Vrouwe (Notre-Dame) à Aardenburg pour une messe d'action de grâces, puis il partit pour Gand où il retrouva la reine.

Tandis que l'armée anglaise débarquait à Cadzand, un corps d'arbalétriers génois les attaqua. Cet acte d'héroïsme inutile n'est jamais mentionné. 20 000 Anglais tentèrent de conquérir Doornik. La ville fortement défendue et bien ravitaillée résista.

M. P.E. de Brock écrivit son étude en se référant à des textes d'érudits et de chercheurs locaux ; il signale également, parmi les auteurs qu'il a consultés : Froissart, W. Churchill *(Histoire d'Angleterre), Histoire de Middelburg en Flandre,* de Karel Verschelde, *Histoire de Blankenberghe,* etc.

LE DÉCALOGUE DE LA VICTOIRE

Comme pour la stratégie des guerres sur terre, il existait un décalogue de la bataille en mer, tiré des écrits de Végèce. Le voici — et l'on constatera que si les Français en avaient observé les commandements, la bataille de l'Écluse eût été gagnée :

• Sur l'ennemi, lancez de la poix, de la résine, du soufre, de l'huile *« tout ce confit et enveloppé en étoupes »* enflammées.
• Par vos espies en mer, sachez quand l'adversaire sera *« dépourvu »*.
• Poussez-le à la côte et tenez le large.
• Suspendez au mât une poutre ferrée aux deux bouts, qu'un engin manœuvrera comme un bélier.
• Avec de larges flèches, trouez les voiles de l'ennemi.
• Coupez-lui les cordages avec une faucille emmanchée.
• S'il est le plus faible, accrochez-le avec des grappins.
• Aveuglez-le en brisant devant lui des vases pleins de chaux et de poussière.
• Sous ses pas, jetez des pots remplis de mol savon qui le feront glisser.
• Que vos plongeurs, avec des tarières, percent les flancs du navire. Pour hâter le naufrage, vous lancerez de grosses pierres du côté de la voie d'eau.

* *
*

Comme il est indiqué dans la scène de l'embarquement à Honfleur, les vaisseaux nouvellement sortis du Clos des Galées commençaient à avoir plusieurs mâts. Contre le mât central, l'*arbre,* on liait l'antenne par une *drosse* garnie de paillets de vieux cordages appelés *mantelets* et de morceaux de bois nommés *bigots,* de façon à former un collier de raccage. Pour serrer la drosse, on tirait sur un *anqui.* L'*aman* hissait ou baissait l'antenne. Au *car* de l'antenne, c'est-à-dire à la pièce dirigée vers l'avant, étaient attachés deux petits palans, la *pogue* pour la porter à droite, l'*orze* pour la porter à gauche. A son autre extrémité, à sa *penne,* l'antenne était munie de deux autres cordages, les *ostes,* capelées sur elle au moyen d'un *bragot* dont la fonction était de maintenir la voilure (grande voile et *tersarols)* contre l'effort du vent. Des *breuils* et *cargues* détendaient la voile et la rapportaient contre l'antenne.

Des manœuvres dormantes, passées en couronne à la tête du mât et appelées de ce fait *couronnes,* servaient d'appui à de forts palans dits *carnals* qui soulevaient les lourds fardeaux, supportaient la tente, hissaient l'antenne. Des *groupis* levaient l'ancre par son anneau ou *organeau.* Le mot *gomènes* désignait tous les gros câbles, *caps* les filins et *tailles* les poulies. On donnait plus particulièrement le nom de *proese* ou *podron* à l'amarre de proue. La *sagoule* était la corde qui hissait le *sachet* destiné à approvisionner au sommet du mât de gabie.

Sous le tendelet de poupe, recouvert durant les parades d'un gaillard d'étoffe richement brodé qui traînait dans la mer, on élevait parfois un trône. De cette chaire que les Italiens nommaient *tabernacle* et les Français *carrosse,* le capitaine dominait l'équipage. Il y avait une étable, un cellier ou *compagne.* La cuisine était souvent à ciel ouvert. On communiquait du château d'arrière au château d'avant par des *corridors.* Ils furent certainement encombrés à l'Écluse par la panique qui s'empara des marins et des hommes d'armes quand la bataille fut commencée.

ANNEXE II

LES BOHON

Un cas parmi des centaines d'autres d'une famille normande passée à l'Angleterre après la victoire du conquérant à Hastings

Nous devons à l'amabilité du Dr Jean Le Melletier, demeurant à Saint-André-de-Bohon, Manche, de reproduire quelques pages de son étude remarquable consacrée aux Normands qui firent souche Outre-Manche. Il est l'auteur de deux ouvrages : Les seigneurs de Bohon, illustre famille anglo-normande originaire du Cotentin *(Arnaud-Bellée, Coutances, 1978) et* De la Manche vers l'Angleterre au temps de la Conquête *(Saint-Lô, 1989). Jean Le Melletier cite, pour le seul département de la Manche, 71 familles qui s'établirent dans la Grande Ile, dont l'une des plus estimée : les Bohon.*

Bohon

Honfroi de Bohon figure sur les listes de Dives et de Falaise.

Wace (1) cite parmi les combattants de Hastings :

E de Bohon le viel Onfrei (8 450).

Onfroi (Honfroi, Humfridus, Humphrey) premier du nom, était seigneur de Bohon (actuelles communes de Saint-André et de Saint-Georges-de-Bohon, canton Carentan). Il était un des fils de Richard de Mary établi à Saint-Côme du Mont (Canton Carentan) et d'après la tradition d'origine viking.

Sur le *Domesday Book* il est inscrit comme tenant en chef pour la seule seigneurie de Tatterford dans le Norfolk.

De ses quatre fils, l'un fut moine ; les autres firent souche.

Onfroi II de Bohon l'aîné connut la faveur de deux rois : Guillaume le Roux et Henri Ier. Il fut l'ancêtre de la branche la plus illustre.

(1) Poète normand né à Jersey vers 1120, mort en 1183, auteur du *Roman du Rou* ou *la Geste des Normands* et *le Brut* ou *la Geste des Bretons.* Il vécut surtout à Caen, protégé par Henri II Plantagenêt, Son *Roman de Brut,* écrit en langue romane (1155) est une adaptation de l'*Histoire des Rois de Bretagne,* écrite en latin par Geoffroy de Montmouth. Il y raconte les origines troyennes de la Bretagne insulaire et les aventures fabuleuses du roi Artus.

Onfroi III, fils du précédent était en Angleterre seigneur de Trowbridge (Wiltshire). En Normandie il conserva une partie des biens familiaux, notamment à Carentan. Il fut sénéchal et chancelier de Henri Ier et joua ensuite un rôle actif dans le conflit qui opposa la fille de celui-ci, Mathilde l'Emperesse à Étienne de Blois. Son fils Onfroi IV, mort avant lui, avait épousé la sœur du roi d'Écosse, Guillaume le Lion.

Henri de Bohon, fils d'Onfroi IV, premier comte de Hereford de la famille, opta pour Jean sans Terre lors du rattachement de la Normandie à la France de 1204 et ses biens sur le continent furent confisqués par Philippe Auguste. Il participa ensuite à la révolte des barons contre Jean sans Terre qui aboutit à la Grande Charte (1215) puis se joignit à la tentative de débarquement en Angleterre du dauphin Louis de France, fut fait prisonnier à la bataille de Lincoln, où celui-ci fut vaincu, et mourut en Terre Sainte.

Onfroi V de Bohon joignit au titre de comte de Hereford celui de comte d'Essex.

Onfroi VI participa à la lutte des barons contre Henri III.

Onfroi VII combattit les Gallois avec Édouard Ier mais s'opposa à la politique autoritaire de celui-ci.

Onfroi VIII « homme le plus distingué du royaume » épousa une des filles du roi Édouard Ier. Sous le règne d'Édouard II il fut fait prisonnier par les Écossais et échangé contre la femme de Robert Bruce captive en Angleterre. Il combattit ensuite les favoris du roi et fut tué à la bataille de Boroughbridge (1322).

Onfroi IX était à la bataille de l'Écluse (1340) et débarqua avec Édouard III à la Hougue en 1346.

Guillaume de Bohon, frère du précédent fut un homme de guerre réputé. Il fut fait comte de Northampton par Édouard III, fit partie de l'ambassade envoyée par celui-ci à Philippe VI de Valois pour faire valoir ses droits au Trône de France et se distingua aux batailles de l'Écluse et de Crécy.

La lignée se termina avec Onfroi X. Fils de Guillaume, il hérita de l'honneur de son père puis de ceux de son oncle Onfroi IX et fut donc comte de Hereford, d'Essex et de Northampton.

Il mourut prématurément laissant deux filles : l'aînée Éléonore fut mariée à Thomas de Woodstock, dernier fils d'Édouard III, par la suite comte de Buckingham et duc de Gloucester. La cadette Marie fut mariée à Henri Bolingbroke, comte de Derby, petit-fils d'Édouard III, par la suite duc de Hereford, qui devait détrôner Richard II et lui succéder sous le nom de Henri IV (1399).

Morte en 1394, Marie de Bohon ne partagea pas avec lui le trône d'Angleterre, mais elle fut la mère du roi Henri V, du duc de Clarence, du duc de Bedford et du duc de Gloucester.

Richard de Mary sire de Bohon (+ 1179-1180), deuxième fils d'Onfroi Ier fut l'ancêtre d'une lignée moins illustre.

Enjuger Ier de Bohon, fils du précédent, appartint à l'entourage de Henri Ier puis se fit remarquer dans les luttes qui suivirent la mort de celui-ci et sous Henri II. En Normandie, la seigneurie de Bohon lui échut, la commune de La Chapelle-Enjuger (Canton Marigny) lui doit son nom.

En Angleterre il possédait des biens importants dans le Sussex.

Il eut pour successeur Savary de Bohon, qui était probablement son gendre.

En 1204, les biens normands d'Enjuger II furent confisqués par Philippe Auguste. Il eut pour descendance en Angleterre les Bohon de Midhurst

(Sussex) dont le plus notable fut Jean III de Bohon de Midhurst qui combattit à Crécy. Ces Bohon s'éteignirent au XIVe siècle.

Cette branche compta au XIIe siècle quatre évêques :

Un en Normandie : Richard de Bohon, évêque de Coutances,

Trois en Angleterre : Jocelin de Bohon évêque de Salisbury, Reginal (Renaud) de Bohon évêque de Bath, archévêque élu de Canterbury, Savary de Bohon évêque de Bath et Glastonbury.

Robert de Bohon, quatrième fils de Onfroi Ier pose un problème particulier. Il a été considéré comme mort jeune par d'autres et par nous-mêmes dans un travail antérieur mais c'est très probablement lui le Robertus de Buhone ou Robertus de Buhum qu'on retrouve en Italie du Sud comme bienfaiteur des abbayes de Mileto en Calabre et de Montecassino de 1092 à 1104.

Il mourut avant 1110 laissant deux fils : Onfroi et Alexandre.

ANNEXE III

A PROPOS DES BLASONS

Y eut-il beaucoup de chevaliers dégradés ? Certainement pas. La Colombière, dans son *Traité de l'Office du roi d'armes,* (1645), Beloi, dans son *Origine de la Chevalerie,* La Roque, dans son *Traité de la Noblesse* décrivent les rites des cérémonies de dégradation sans citer un exemple auquel on puisse se référer. Dans un roman, *Tiran-le-Blanc,* un chevalier est ignominieusement jeté hors des lices et l'on assiste aux formalités à la suite desquelles des chevaliers chrétiens ayant servi dans les rangs des infidèles sont dégradés solennellement en présence de l'Empereur et de toute sa Cour. Il existe une dégradation dans *Tristan de Leonois.*

Le soin tout particulier accordé à la flétrissure de l'écu semble avoir été le moment capital de ces rites. Suspendu à la queue d'un cheval quelconque et, s'il se pouvait, d'une jument, renversé pointe en haut, le bouclier était traîné dans la boue. Qu'il fût jeté, pointe en haut, sur le corps d'un chevalier attaché à une claie signifiait que l'homme serait exécuté.

Bertrand du Guesclin utilisa ce procédé sur un Anglais jugé et condamné comme parjure lors du siège de Moncontour. Ce chevalier n'avait pas acquitté sa rançon dans les délais. Il devait être de petite noblesse, donc représenter peu de chose pour cet aventurier qui ne frayait qu'avec les Grands. L'Anglais fut pendu.

Quelques années plus tard, Édouard de Woodstock eût pu agir de la même façon envers Arnoul d'Audrehem, maréchal de France (un sacré coquin !) qui pris à la bataille de Taillebourg (soit le 1er, soit le 8 avril 1351) puis à la bataille de Poitiers, s'était désintéressé de sa rançon, bien qu'il eût été libéré sur promesse de la payer dans les plus brefs délais. Or, capturé à Najera (3 avril 1367), il fut mis en présence de son vainqueur pour la seconde fois. Le Prince Noir eût pu le faire dégrader car non seulement il n'avait pas respecté ses engagements, mais encore et surtout, *il avait été mis en liberté à condition de ne pas porter les armes, à moins que la guerre ne fût déclarée entre Édouard III et le roi de France.* Or, au-delà de l'Espagne, les batailles avaient cessé. Édouard de Woodstock proposa de soumettre son prisonnier au jugement de 12 chevaliers : 4 Anglais, 4 Gascons, 4 Bretons. Audrehem échappa à la dégradation et à ses conséquences après maintes « plaidoiries » qui le déshonorèrent. Mais cet homme mesquin, sournois, pusillanime, *combinard* et vénal n'en fut pas affecté pour autant.

Il est vrai, question juges, qu'entre un rustique cruel et intransigeant comme Guesclin et un prince quelque peu dépravé, mais chevaleresque dans ses bons moments, la différence est énorme.

LES ÉMAUX ET LES MEUBLES

Jean de Grailly, captal de Buch, fut traité sans pitié, en septembre 1364, lorsqu'il tomba au pouvoir d'un roi morbide et maladif, incapable de tenir une épée, une lance : Charles V. Ce fut sans doute la dernière grande dégradation — hypocrite car sans témoin —, suivie d'une mort horrible, au Temple, sous les regards discrets d'un roi et d'un favori sans scrupule.

Voir ses armes souillées et leurs meubles « rompus » devait être, pour ceux que l'on accablait d'insultes, quelque chose de pire que des horions et des saignées.

Certains seigneurs dont les blasons n'avaient pas eu à souffrir les tenaient cependant enveloppés d'une housse jusqu'à ce qu'ils fussent en guerre ou en tournoi. Les coups de lance ou d'épée qu'ils y recevaient alors devaient en couper et lacérer le voile, révélant ainsi à quelle famille appartenaient ces prud'hommes et prouvant *ab irato* qu'ils étaient dignes d'en porter le nom et les armes. *« Souvent, ils se contentoient d'un écu blanc ou d'une seule couleur en attendant que les circonstances les déterminassent sur le choix des pièces de leur blason auquel le nom et le cri d'armes, qui servait de signe pour se reconnoitre dans les combats, devait faire allusion autant qu'il était possible (1). »*

L'important, sur l'écu, est l'émail du fond : *de sable au... de gueules à...* Ce fut longtemps le seul et capital élément de base, les *meubles* variant selon les circonstances et les goûts de chacun. Ce qui, d'ailleurs, est parfaitement logique : si chacun pouvait se choisir et exhiber un blason (même les manants), seules les bannières de bataille devaient porter un signal simple de ralliement à une, deux, éventuellement trois couleurs visibles de loin (alors que le ou les meubles restaient imperceptibles à une certaine distance). Les plus nobles et anciens blasons ne présentaient, ainsi, que des aplats violemment colorés. Les meubles n'y furent ajoutés que dans un but de différentiation dans une même famille ou lors d'un morcellement de fief (car le blason était attaché aussi bien à un fief temporaire qu'à une famille fixe, et un individu abandonnait parfois son blason personnel pour celui de son fief attribué).

Les meubles ne faisaient que « meubler » pour la satisfaction personnelle ou pour rappeler un fait remarquable. Par exemple, les *besants* remémorent la *solde* accordé par l'empereur de Byzance à une partie des croisés ; le croissant de lune suggère le combat de la croisade ; la croix ou les croisettes, la consécration du

(1) Jean-Baptiste de La Curne de Sainte-Palaye (1697-1781) *Mémoires sur l'ancienne Chevalerie,* réédités en 1876. Préface de Charles Nodier.

Seigneur crucifié à Jérusalem. (Plusieurs croisettes signifient parfois l'accomplissement de plusieurs croisades.)

Il arriva, plus tard, qu'avec les mêmes meubles, le fond ait été changé. On pourrait comprendre, alors, que le porteur du blason ait eu tendance à se réclamer d'une parenté plus ou moins proche avec le tenant du vrai blason, sans toutefois appartenir vraiment à la lignée en question — ou bien d'une manière détournée.

Les pièces honorables sont toujours géométriques alors que les meubles sont indéfinis et « au choix », toutefois dans un cadre précis lorsque la héraldique est encore pure de « bourgeoisisme ». Il existe des exemples de blasons non-nobles et pourtant anciens (sépultures notamment) qui n'hésitent pas à arborer croissant, croisette, etc. sans inconvenient puisque ce n'étaient que des blasons et non des *armes militaires.*

* *
*

Près de Saint-Sauveur-le-Vicomte subsistent les restes imposants du manoir Desmaires, dont une double porte d'entrée (porte charretière et porte piétonne), très belle. Au-dessus, une dalle scellée porte le blason des Maires (hermines en sautoir, couleurs inconnues) *à l'envers.* Une ferme tradition soutient que cette diffamation fut imposée à la suite de la prise de position du tenant en faveur de Godefroy d'Harcourt, au début de la Guerre de Cent Ans. L'on en peut douter. Si les Maires ou des Maires étaient encore en possession de leur fief, c'est qu'il n'y avait pas eu de trahison caractérisée, mais seulement une action déshonorante de son chef, ne justifiant point saisie des biens.

Au XVe siècle finissant ou au début du XVIe siècle, une amnistie, un pardon auraient pu intervenir pour un acte du XIVe siècle. Aussi le mystère reste-t-il entier. Aucune trace dans les archives (peut-être non sans raison). Peut-être quelque chose de plus tardif que la Guerre de Cent Ans s'est-il produit sur ce domaine. Un simple assassinat. Pourquoi non ? Il y en avait tant...

ANNEXE IV

QU'EST-CE QU'UN VAVASSEUR ?

L'opinion du comte F. Rigaud de Vaudreuil
dans son « Tableau des Mœurs françaises au temps de la Chevalerie »
d'après le roman de Sire Raoul et de la Belle Ermeline
1825

On lit dans cet ouvrage au mot *vavasseurs :*

« Il y avait deux espèces de vavasseurs. Les grands (majores), les petits *(minores).* Les premiers relevaient des empereurs, rois, très-grands souverains. Ils étaient nommés avant les Chevaliers et après les ducs, comtes, vicomtes, barons. Dans une constitution de Catalogne publiée par Raimon Béranger et Almodie, sa femme, il est dit que celui qui aura tué un vavasseur qui ait 5 chevaliers paiera 60 onces d'or. Et si le vavasseur a plus de 5 chevaliers, l'amende croîtra en proportion du nombre de chevaliers. Celui qui aura tué un chevalier paiera 12 onces d'or.

Les petits vavasseurs, au contraire, n'étaient estimés que le un cinquième d'un chevalier à fief de haubert. Dans une charte d'Odon, abbé de Saint-Denis, on voit : *« Quinque vavassores aequentur mili* (1) *habenti feudum hauberticum. »* On trouve également dans un registre de Philippe-Auguste : *« Propter hoc, debet tenere unum militem, ant quinque vavassores, quando submonetur. »*

C'est de petits vavasseurs que parlent les statuts de Saint-Louis : *« Ne nus* (nuls) *vavasseurs n'a le meurdre, ne le rapt, ne la trahison, ne le trésor trouvé* (2). *»* On voit ailleurs que les vavasseurs étaient aussi appelés *bas sires.*

Pour comprendre comment le même nom était donné à un seigneur qui valait 5 chevaliers et à un autre qui ne valait que le 1/5e d'un chevalier, il faut se rappeler que, dans le principe, les rois et grands souverains ne donnaient le titre

(1) *Miles :* en latinité féodale : chevalier.

(2) C'était un grand délit que de celer au souverain la découverte d'un trésor. Ce fut pour punir ce délit que Richard Cœur-de-Lion attaqua Châlus et y mourut.

de vassaux *(vassallos)* qu'aux grands feudataires, depuis les ducs jusqu'aux barons. Après cela, le reste était pour eux de petits vassaux, bas vassaux *(vavasseurs)* et encore ne donnaient-ils ce titre de vavasseurs ou bas vassaux qu'aux nobles qui avaient dans leur seigneurie au moins 5 fiefs de Chevalerie ou de haubert. Au-dessous de cela, c'était la multitude de la noblesse, l'arrière-ban. Mais comme les formes adoptées par les grands ne manquaient guère d'être imitées par ceux qui sont au-dessous d'eux, les barons ou sires de baronnies, qui étaient derrière les vassaux titrés dans la hiérarchie féodale héréditaire, relevant immédiatement des rois et souverains, ne voulurent eux-mêmes appeler vassaux que les seigneurs relevant de leur baronnie, qui avaient des fiefs de haubert, desquels mouvaient au moins 5 manoirs nobles ; et ils appelaient petits vassaux, bas vassaux, vavasseurs tous les gentilshommes de leur baronnie qui n'avaient pas 5 petits fiefs relevant de leur girouette. Il fallait donc 5 de ces petits gentilshommes pour représenter le chevalier dont ils étaient les vavasseurs, comme il avait fallu 5 chevaliers à fief de haubert pour représenter un vassal immédiat d'un souverain.

Toutefois, dans la suite, on donna par courtoisie le nom de vassaux à tous les possesseurs de fief qu'on avait sous sa mouvance, et le mot *vavasseur* se perdit peu à peu.

Plus tard, la noblesse se nivelant par l'ascension de la puissance royale et l'affranchissement des communes, les nobles ne voulurent plus même le titre de vassal. Il fut transporté aux roturiers qui possédaient des propriétés relevant des terres nobles, et même aux colons qui faisaient valoir ces mêmes terres, et qui remplaçaient les anciens serfs, gens de poesté, vilains, etc. »

* *
*

A vrai dire, il semblerait qu'au moins à l'origine et jusqu'assez tardivement, le vavasseur aurait pu être un *homme libre,* propriétaire d'une terre ne relevant de personne, mais devenant vavasseur sitôt qu'il obtenait un fief quelconque. En somme, l'équivalent du *Freiherr* allemand qui pouvait être aussi *Markgraf* en plus. D'ailleurs, ces *hommes libres,* héritiers directs du droit germanique des invasions (où *tous* étaient des hommes libres) représentaient une classe bien gênante pour la hiérarchie féodale, car ne devant rien à personne et n'étant soumis à aucune obligation. Aussi, le meilleur moyen de les faire disparaître fut de leur affecter libéralement un fief ou l'autre par lequel on les « tenait ». D'où de nouvelles complications, car il était nécessaire de connaître l'origine précise d'une obligation éventuellement exigée... à chaque fois.

Le texte de 1825 représente donc l'état de la question à une époque plus ou moins floue.

Equipement d'Ogier d'Argouges

dans la seconde moitié du XIVème siècle

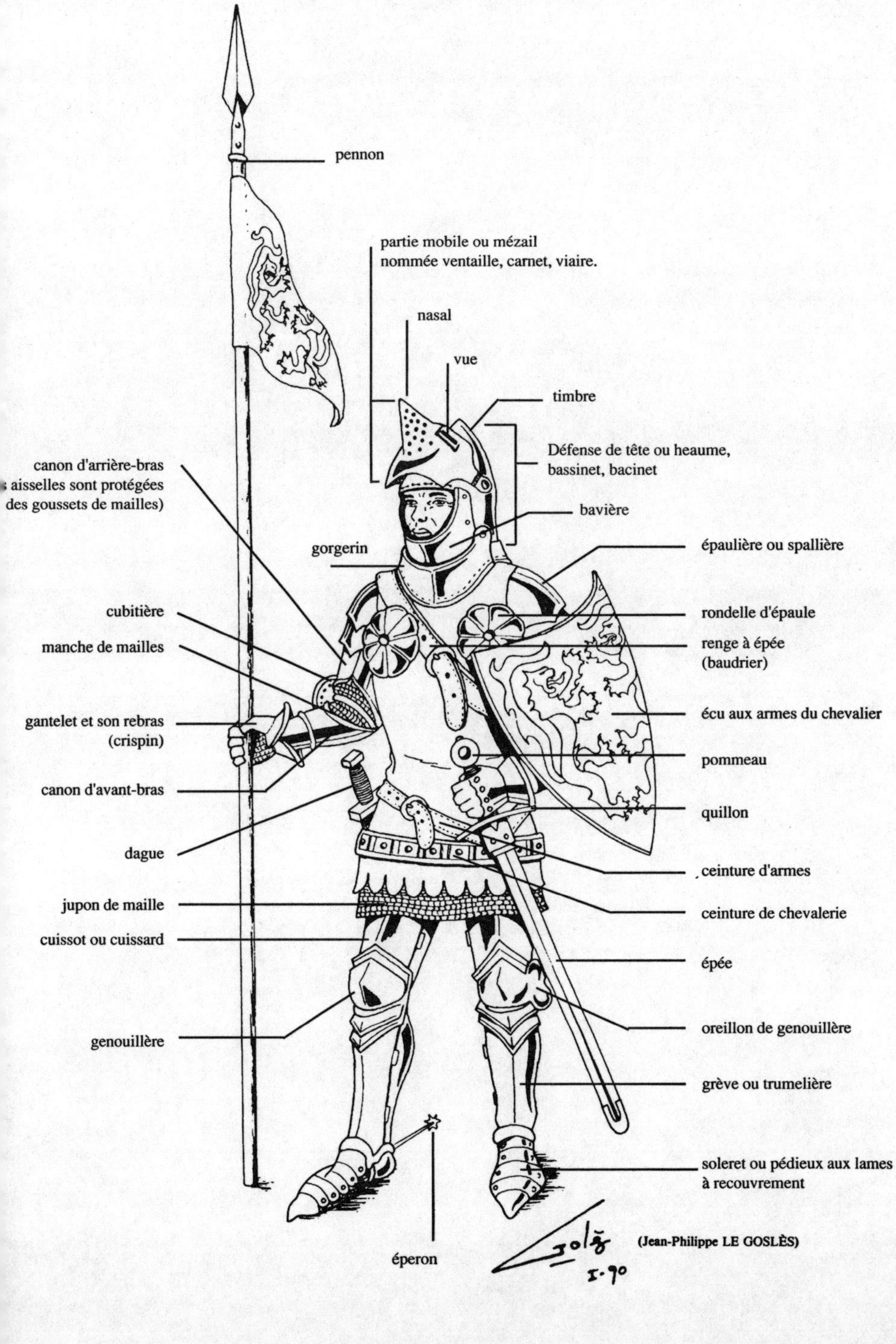

Cycle d'Ogier d'Argouges

Une fantastique épopée
enracinée dans l'Histoire
de la guerre de Cent Ans au nom de l'honneur perdu.

Les Lions diffamés

En 1340, après la bataille de l'Écluse, le chevalier normand Godefroy d'Argouges, faussement accusé de trahison, est dégradé et les glorieux lions d'or de son blason sont diffamés. Pour venger cet opprobre, il envoie son fils Ogier apprendre le métier des armes dans le château de son oncle Guillaume de Rechignac. En Périgord, Ogier connaît les amours les plus simples, mais aussi les plus singulières avec Anne, la lavandière, Adelis, la ribaude et Tancrède, son étrange et inoubliable cousine qui sait si bellement s'offrir et si bien se reprendre.

Le Granit et le Feu

Cinq ans ont passé. Ogier est devenu un écuyer solide. Il songe moins à devenir chevalier qu'à restaurer son honneur. Hélas ! ses desseins subissent un contretemps terrible. Au cœur de l'été 1345, les Anglais se répandent en Périgord. La forteresse de Rechignac a excité la convoitise d'un capitaine d'aventure : Robert Knolles. Il somme Guillaume de lui livrer son château. Le vieux guerrier refuse. Ogier, son oncle et Blanquefort, son sénéchal, s'emploient à stimuler le courage des défenseurs. Les assauts des «routiers» se multiplient. Le fier château sera-t-il envahi ?

Les Fleurs d'acier

Jeudi 13 avril 1346. En fin de matinée, Ogier d'Argouges et ses compagnons contournent le champ clos de Chauvigny où des joutes vont rassembler, le dimanche suivant, les meilleurs chevaliers du Poitou et quelques personnages fameux du royaume. Ogier sait que des émissaires du roi d'Angleterre doivent y rencontrer secrètement des nobles français traîtres à la Couronne. Parmi eux, Richard de Blainville, le favori du roi Philippe VI, l'homme qui a injustement dégradé son père et diffamé les lions de ses armes. Pourra-t-il, tout en sauvant l'honneur menacé de son suzerain, assouvir enfin sa vengeance ?

La Fête écarlate

Dimanche 16 avril 1346. En ce jour de Pâques, la population de Chauvigny et des environs se presse autour du champ clos. Le hasard favorise Ogier dans son entreprise : il rencontre l'ancien chapelain de Gratot, frère Isambert, que sa couardise a conduit à servir Blainville. Il apprend que les conjurés vont se réunir dans un souterrain sous la maison du chévecier de l'église Saint-Pierre. Ces hommes décideront de la date à laquelle les armées anglaises débarqueront en Normandie afin de conquérir Paris et installer sur le trône des Valois le légitime successeur de Philippe le Bel : Édouard III.

Les Noces de fer

Mardi 3 octobre 1346. Ce jour-là, dans la matinée, Henry de Lancastre, comte de Derby, qui vient de conquérir les grandes cités de la Saintonge et d'en ruiner les édifices religieux, commande à son armée de se déployer autour de Poitiers. Ogier d'Argouges, qui a survécu au massacre de Crécy, cinq semaines auparavant, a quitté Gratot, le château familial, pour se rendre en Poitou et demander au seigneur des Halles de Poitiers, Herbert III Berland, la main de sa fille Blandine. Chemin faisant, il doute que sa démarche aboutisse.

Le Jour des reines

Blessé devant Calais assiégé, Ogier d'Argouges, prisonnier, est emmené en Angleterre. Le roi Edouard III et sa noblesse, glorifiés par les manants du royaume, célèbrent leurs victoires par des fêtes grandioses : les joutes d'Ashby. Mêlé à des aventures guerrières et amoureuses où apparaissent Catherine de Salisbury et Jeanne de Kent, surnommée la plus belle fille d'Angleterre, Ogier est bien déterminé à refuser sa condition d'otage.

L'Épervier de feu

L'Épervier de feu décrit d'hallucinante façon l'hécatombe que la peste noire provoqua en 1348 en Normandie. Non seulement l'irrésistible fléau y détruisit les manants, le paysans, les prud'hommes et leurs familles, mais il ouvrit ce malheureux duché à des hordes aussi épouvantables que la gigantesque épidémie.

Cycle de Tristan de Castelreng

C'est dans les guerres et les ruines que naissent les amours immortelles.

Les Amants de Brignais

Le jeune chevalier de la Langue d'Oc, Tristan de Castelreng, figure dans la suite du roi Jean le Bon lorsque celui-ci, avec l'agrément des Anglais qui l'ont capturé à Poitiers, va prendre possession du Duché de Bourgogne (décembre 1361). Capturé par une noble dame dont il a repoussé les avances, Tristan s'évade grâce à l'aide d'un ancien truand : Tiercelet de Chambly. Leur fuite les entraîne vers Lyon. Dans une auberge, Tristan sauve d'un viol collectif une jouvencelle, Oriabel, dont il s'éprend. Un malandrin, Naudon de Bagerant, les tient désormais sous sa coupe. Il les emmène à Brignais où se sont assemblés la plupart des routiers du royaume. Les prisonniers et prisonnières y subissent d'effroyables sévices.
Alors que Tiercelet cherche vainement une astuce pour quitter cet enfer, l'armée française se présente devant Brignais (6 avril 1362). Elle y sera taillée en pièces. Tristan qui, l'épée à la main, défendait sa vie parmi les routiers, sera considéré comme traître à la Couronne. Emmené à Lyon, il se verra condamné au bûcher. Dans la charrette qui le conduit au supplice, il désespère de tout. Mais la Providence veille...

Le Poursuivant d'amour

Contraint d'épouser Mathilde de Montaigny qui l'a sauvé d'une mort ignominieuse à Lyon, le 7 avril 1362, Tristan de Castelreng ne peut oublier la blonde Oriabel dont il était éperdument épris. Il s'évade du château où il était le jouet d'une femme hystérique et revient à Paris. Le maladif dauphin Charles, régent du royaume, le charge d'une mission périlleuse : partir pour l'Angleterre avec quelques guerriers, gagner le manoir de Cobham où résident le prince de Galles et son épouse, la belle Jeanne de Kent, et procéder au rapt du fils d'Edouard III.
L'irruption d'une compagnie d'archers venant relever la garde princière compromet la réussite de l'aventure. Une jeune captive, Luciane, sauve le jeune chevalier et son écuyer, Robert Paindorge. Ils la ramènent en France avant de l'accompagner en Normandie dont elle est originaire. En effet, cette jouvencelle est la fille d'un seigneur cotentinais, Ogier d'Argouges, l'ancien champion du roi Philippe VI. Aidé par Thierry, l'oncle de Luciane, Tristan permet à la jeune fille de retrouver son père. Alors qu'une idylle pourrait se nouer, Tristan retourne à Paris en se demandant, une fois de plus, où sont Oriabel et son ami Tiercelet qui devait veiller sur elle. Vivent-ils à Castelreng, ce village de la Langue d'Oc dont le jeune chevalier a souvent la nostalgie ? Les terribles routiers qui écument le royaume les ont-ils capturés puis occis ? Ces malandrins sont partout et, paradoxe de ces temps de sang et de larmes, l'un des plus terribles, Bertrand Guesclin, a gagné la faveur du dauphin de France !

La Couronne et la Tiare

Tristan de Castelreng fait partie de la nombreuse escorte que Jean II le Bon a décidé d'emmener avec lui en Avignon où il espère obtenir du nouveau Saint-Père, Urbain V, des subsides qui lui permettront d'acquitter une partie de l'immense rançon dont il a été frappé, par Edouard III et son fils, après sa défaite à Poitiers-Maupertuis.

A peine arrivé dans la cité papale, Tristan retrouve incidemment son ami Tiercelet. Celui-ci lui fait part de la mort d'Oriabel, son premier amour. Le jeune chevalier, à la suite d'une incartade nocturne, doit affronter Bridoul de Gozon, le champion de la reine Jeanne de Naples. Ce combat inégal laisse Tristan sur le champ, percé de nombreuses blessures. Celles-ci à peine cicatrisées, il chevauche vers Gratot, en Normandie, où l'attend une jouvencelle, Luciane, qu'il avait ramenée d'Angleterre où elle était captive de la belle Jeanne de Kent. L'intransigeance d'Ogier d'Argouges, le père de la pucelle, porte un coup fatal à un sentiment contre lequel le jeune homme ne se défendait plus. Peu après cette rupture, le devoir dû à la Couronne l'entraîne jusqu'à Cocherel, un hameau de Normandie où les forces royales, conduites par Bertrand Guesclin, affrontent victorieusement une coalition anglo-navarraise emmenée par un prestigieux chef militaire : Jean de Grailly, captal de Buch.

Les Fontaines de sang

Le 16 mai 1364, après la bataille de Cocherel remportée par Bertrand Guesclin et ses troupes, Tristan de Castelreng, qui a pris part à l'engagement, doit galoper vers Reims pour annoncer cette victoire à Charles V dont le couronnement est imminent. Le jeune chevalier se hâte d'autant plus que Luciane d'Argouges, sa fiancée, a été enlevée par des Navarrais qui l'ont enfermée au château Ganne, en Normandie. Aidé par Ogier, père de la jouvencelle, par l'oncle de celle-ci, Thierry, et quelques compères, Tristan sauve la prisonnière et l'épouse. Ses jours de bonheur sont comptés. En effet, Charles V, pour purger la France des routiers qui l'infestent, a décidé de les envoyer en Espagne, sous la conduite de Guesclin, afin d'aider Henri de Trastamare à détrôner le roi légitime, Pèdre Ier de Castille. Le Breton, qui déteste pareillement Tristan et Ogier, obtient du roi de les entraîner à sa suite.
Les Pyrénées franchies, c'est une effroyable avalanche qui déferle sur l'Aragon, en direction de la Castille. De multiples atrocités sont commises, particulièrement contre les Juifs. A Burgos, Tristan et ses compagnons décident de préserver Simon et Teresa, deux enfants d'Israël, des violences auxquelles ils ont récemment assisté...

À paraître : Les Fils de Bélial
Le Pas d'armes de Bordeaux
Les Spectres de l'honneur.

CET OUVRAGE
A ÉTÉ REPRODUIT
ET ACHEVÉ D'IMPRIMER
SUR ROTO-PAGE
PAR L'IMPRIMERIE FLOCH À MAYENNE
LE 23 JUIN 1997
SUIVI DE FABRICATION
ATELIERS GRAPHIQUES DE L'ARDOISIÈRE

DÉPÔT LÉGAL : JUIN 1997
N° D'ÉD. 10 - N° D'IMP. 41801

IMPRIMÉ EN FRANCE